WARBREAKER

WARBREAKER

o sopro dos deuses

BRANDON SANDERSON

TRADUÇÃO
Pedro Ribeiro

TRAMA

Título original: *Warbreaker*

Editora Nova Fronteira Participações S.A.
Av. Rio Branco, 115 — Salas 1201 a 1205 — Centro — 20040-004
Rio de Janeiro — RJ — Brasil
Tel.: (21) 3882-8200

Dados Internacionais de Catalogação na Publicação (CIP)

S216w Sanderson, Brandon
Warbreaker: o sopro dos deuses/ Brandon Sanderson; traduzido por Pedro Ribeiro. – 1.ed. – Rio de Janeiro: Trama, 2024.
708 p.

Título original: *Warbreaker*

ISBN: 978-65-81339-06-7

1. Literatura americana. I. Ribeiro, Pedro. II. Título.

CDD: 810
CDU: 821.111(73)

André Felipe de Moraes Queiroz – Bibliotecário – CRB-4/2242

Visite nossa loja virtual em:

www.editoratrama.com.br
/ editoratrama

PARA EMILY,

que disse sim.

ILUSTRAÇÕES, EM ORDEM DE APARIÇÃO:

Cidade dos Retornados por Bryan Mark Taylor © Dragonsteel, LLC
Primeiro vislumbre do Rei-Deus por Howard Lyon © Dragonsteel, LLC
Vivenna no Jardim dos D'Denir por Magali Villeneuve © Dragonsteel, LLC
Faz-Corar e Canto-de-Luz por Miranda Meeks © Dragonsteel, LLC
Sangue-da-Noite desembainhada por Micah Epstein © Dragonsteel, LLC

SUMÁRIO

Agradecimentos 9

WARBREAKER 11

Mapa 12

PRÓLOGO 15

EPÍLOGO 683

ARS ARCANUM
Tabela de elevações 689
Poderes das elevações 690

AGRADECIMENTOS

TRABALHAR EM ***WARBREAKER*** foi um processo incomum, de algumas maneiras; você pode ler mais sobre isso no meu site. Basta dizer que tive um grupo mais variado de leitores alfa do que o normal, muitos dos quais conheço primariamente pelos seus apelidos nos meus fóruns. Tentei colocar o nome de todo mundo aqui, mas tenho certeza de que esqueci alguns. Se você é um desses indivíduos, sinta-se à vontade para me mandar um e-mail, e vamos tentar incluí-lo nas futuras edições.

O primeiro agradecimento vai para minha linda esposa, Emily Sanderson, com quem eu me casei enquanto escrevia este livro. Este é meu primeiro romance em que ela teve uma grande influência, me dando feedbacks e sugestões, e dou muito valor a sua ajuda. Além disso, como sempre, meu agente, Joshua Bilmes, e meu editor, Moshe Feder, realizaram uma imensa quantidade de trabalho neste manuscrito, levando-o da Segunda ou Terceira Elevação para pelo menos a Oitava.

Na Tor, várias pessoas foram muito além do seu dever. A primeira é Dot Lin, minha assessora de imprensa, que sempre foi particularmente incrível no seu trabalho. Obrigado, Dot! E, como sempre, os esforços incansáveis de Larry Yoder merecem menção, assim como o excelente trabalho da genial diretora de arte da Tor, Irene Gallo. Dan dos Santos fez a arte da capa da edição estadunidense de capa dura, e sugiro com veemência que você dê uma olhada no site dele e nos seus outros trabalhos, porque acho que ele é um dos melhores profissionais da atualidade. Além disso, Paul Stevens merece uma palavra de agradecimento por intermediar meus livros na empresa.

No departamento de agradecimentos especiais, temos Joevans3, Dreamking47, Louise Simard, Jeff Creer, Megan Kauffman, thelsdj, Megan Hutchins, Izzy Whiting, Janci Olds, Drew Olds, Karla Bennion, Eric James Stone, Dan Wells, Isaac Stewart, Ben Olsen, Greyhound, Demented Yam, D. Demille, Loryn, Kuntry Bumpken, Vadia, U-boat, Tjaeden, Dragon Fly, pterath, BarbaraJ, Shir Hasirim, Digitalbias, Spink Longfellow, amyface, Richard "Captain Goradel" Gordon, Swiggly, Dawn Cawley, Drerio, David B, Mi'chelle Trammel, Matthew R Carlin, Ollie Tabooger, John Palmer, Henrik Nyh, e o insolúvel Peter Ahlstrom.

MEU DIRETOR DE arte, Isaac Stewart, fez o design do livro que está agora em suas mãos e contratou um grupo talentoso de ilustradores para dar vida ao mundo de *Warbreaker*. Para Shawn Boyles, Bryan Mark Taylor, Howard Lyon, Magali Villeneuve, Miranda Meeks e Micah Epstein: obrigado pelas suas belas e inspiradoras visões.

Quero agradecer em particular a Jian Guo e Dan dos Santos pelo extenso trabalho neste volume. As belíssimas letras capitulares de Jian Guo iniciam cada capítulo e fornecem ao livro um ar de iluminura que eu adoro.

Nós também gostaríamos de agradecer a todos que trabalharam duramente nas trincheiras, imprimindo, aparando, colando, costurando, encadernando, comprimindo e preparando os livros. Cada um de vocês é um herói.

WARBREAKER

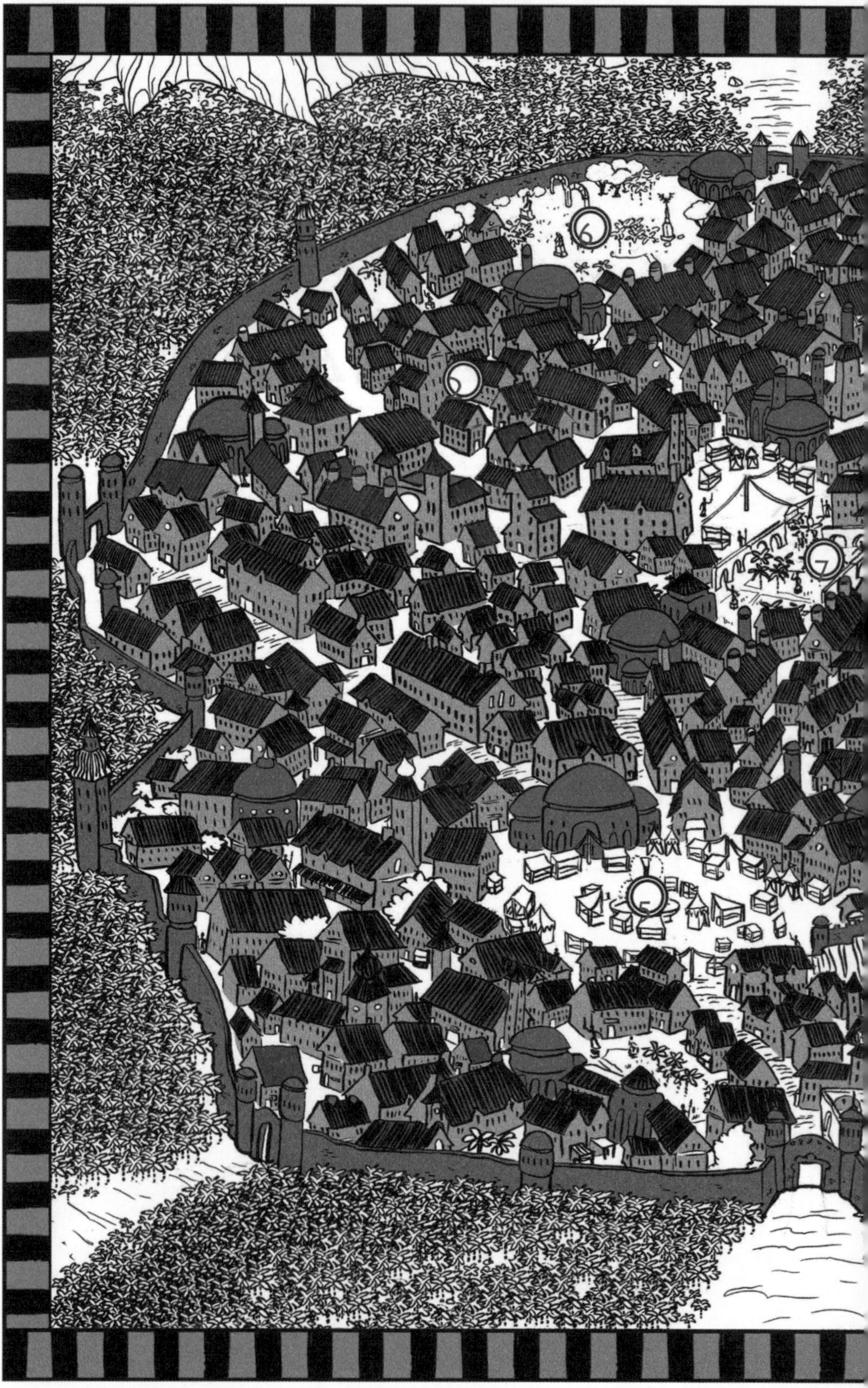

Mapa de T'Telir copiado de uma tapeçaria pendurada no palácio do deus Retornado Canto-de-Lu

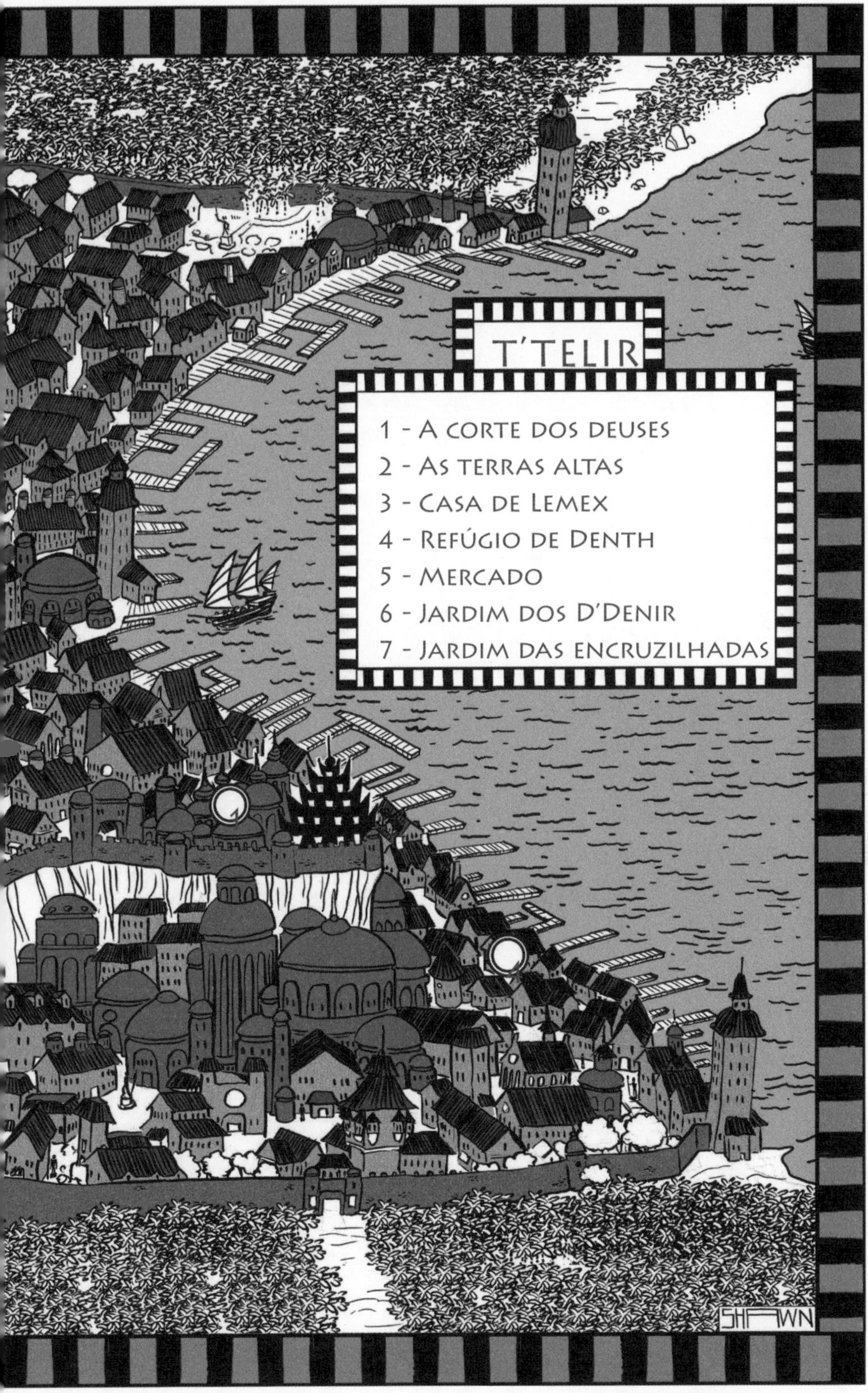

usado, cerca de 327. Essa representacao artística da cidade nao está na escala correta, mas é referência útil da posicao relativa dos locais.

PRÓLOGO

ENGRAÇADO, PENSOU Vasher, *como tantas coisas começam comigo sendo jogado na prisão.* Os três guardas gargalharam juntos e bateram a porta da cela com um estrondo. Vasher se levantou, espanando a poeira do corpo, e girou o ombro. Fez uma careta.

Embora a metade inferior da porta da cela fosse de madeira maciça, a metade superior tinha barras, então ele observou os guardas abrindo sua grande bolsa de lona e vasculhando suas posses. Um dos guardas notou o olhar dele — uma besta de homem com a cabeça raspada e um uniforme sujo que mal exibia as cores vivas do amarelo e do azul da guarda da cidade de T'Telir.

Cores vivas, pensou Vasher. *Terei que me acostumar a elas de novo.* Em qualquer outra nação, soldados ficariam ridículos naqueles azuis e amarelos vibrantes. Contudo, ali era Hallandren: terra dos deuses Retornados, servos Sem-Vida, pesquisa BioCromática, e — naturalmente — cor.

O guarda enorme veio gingando até a porta da cela, deixando os amigos se divertirem com as posses de Vasher.

— Falaram que você é bem durão — disse o homem, avaliando Vasher de cima a baixo.

Vasher não respondeu.

— O taverneiro disse que você surrou uns vinte homens na briga. — O guarda esfregou o queixo. — Você não me parece tão durão assim. De qualquer modo, devia saber que não se bate em um sacerdote. Os outros vão passar a noite trancados. Mas você... vai balançar na forca. Idiota descolorado.

Vasher deu-lhe as costas. Sua cela era funcional, ainda que sem originalidade. Uma fenda fina no topo de uma parede deixava entrar luz, as paredes de pedra pingavam água e musgo, e uma pilha de palha suja se decompunha no canto.

— Está me ignorando? — perguntou o guarda, se aproximando da porta.

As cores do seu uniforme se tornaram mais vivas, como se ele houvesse entrado em um lugar mais iluminado. A mudança foi leve. Vasher não tinha Respiração sobrando, então sua aura não afetava muito as cores ao redor. O guarda não havia notado a mudança na cor — assim como não notara no bar, quando ele e seus companheiros pegaram Vasher do chão e o jogaram na carroça. A mudança era tão pequena que, a olho nu, era quase impossível percebê-la.

— Vejam só — disse um dos homens mexendo na bolsa de lona de Vasher. — O que é *isso*?

Vasher sempre achara interessante que os vigias de calabouços tendessem a ser tão maus quanto os homens que vigiavam, ou até piores. Talvez isso fosse deliberado. A sociedade não parecia se importar se tais homens estavam fora das celas ou dentro delas, contanto que fossem mantidos longe dos homens mais honestos.

Partindo do princípio de que existia tal coisa.

Da bolsa de Vasher, o guarda retirou um objeto longo envolto em linho branco. O homem assobiou ao desenrolar o pano, revelando uma longa espada de lâmina fina dentro de uma bainha prateada. O punho era totalmente negro.

— De quem vocês acham que ele roubou *isso*?

O chefe dos guardas olhou Vasher de soslaio, provavelmente se perguntando se ele era algum tipo de nobre. Embora Hallandren não possuísse aristocracia, muitos dos reinos vizinhos tinham seus lordes e damas. Contudo, que lorde usaria um manto marrom desbotado, rasgado em vários lugares? Que lorde estaria coberto de machucados de uma briga de bar, com a barba por fazer e botas gastas por anos de caminhadas? O guarda se virou, aparentemente convencido de que Vasher não era um lorde.

Ele estava certo. E errado.

— Deixe-me ver isso — disse o guarda-chefe, pegando a espada.

Ele grunhiu ao levantá-la, surpreso que não fosse mais pesada. Ele a virou, olhando o fecho que prendia a bainha ao punho e impedia a lâmina de ser desembainhada. Abriu o fecho.

As cores no recinto se intensificaram. Não ficaram mais vivas — não da maneira como o colete do guarda havia ficado quando ele se aproximou de Vasher. Em vez disso, se tornaram *mais fortes*. Mais escuras. Vermelhos se tornaram carmins; amarelos endureceram até o dourado; azuis se aproximaram do marinho.

— Tome cuidado, amigo — disse Vasher baixinho. — Essa espada pode ser perigosa.

O guarda levantou os olhos. Tudo estava quieto. Então ele bufou e se afastou da cela de Vasher, ainda carregando a espada. Os outros dois o seguiram, levando a bolsa de lona, e entraram na sala da guarda no final do corredor.

A porta se fechou ruidosamente. Vasher logo se ajoelhou ao lado da pilha de palha e selecionou um punhado de aparência mais resistente. Puxou fios do seu manto — que estava começando a se desfiar na barra — e amarrou a palha para formar uma pequena pessoa de sete ou oito centímetros, com braços e pernas hirsutos. Arrancou um fio de uma de suas sobrancelhas e o colocou contra a cabeça da figura de palha, depois enfiou a mão na bota e puxou um cachecol vermelho-brilhante.

Então Vasher Respirou.

A Respiração fluiu dele, uma baforada no ar, translúcida mas radiante, da cor do óleo na água sob o sol. Vasher a sentiu partir: Respiração BioCromática, como os eruditos chamavam. A maioria das pessoas chamava apenas de Respiração. Todo mundo tinha uma. Ou pelo menos costumava ser assim. Uma pessoa, uma Respiração.

Vasher possuía cerca de cinquenta Respirações, o que mal bastava para alcançar a Primeira Elevação. Ter tão poucas fazia com que se sentisse pobre em comparação com a quantidade que já possuíra, mas muitos considerariam cinquenta Respirações um grande tesouro. Infelizmente, Despertar mesmo que uma pequena figura feita de material orgânico — usando um pedaço do próprio corpo como foco — drenou metade das suas Respirações.

A figurinha de palha se moveu bruscamente, sugando a Respiração. Na mão de Vasher, metade do brilhante cachecol vermelho desbotou até ficar cinza. Vasher se abaixou — imaginando o que queria que a figura fizesse — e completou a etapa final do processo ao dar o Comando.

— Pegue as chaves — disse ele.

A figura de palha se levantou e arqueou sua única sobrancelha na direção de Vasher, que apontou para a sala da guarda. De lá, ele subitamente ouviu gritos de surpresa.

Não vai demorar muito mais, pensou.

A pessoa de palha correu pelo chão, então pulou, passando entre as barras. Vasher removeu seu manto e o pousou no chão. Ele reproduzia perfeitamente a forma de uma pessoa — marcada com rasgos que correspondiam às cicatrizes no corpo de Vasher, seu capuz com buracos para corresponder aos olhos. Quanto mais próximo um objeto fosse da forma humana, menor era a quantidade de Respirações necessária para Despertá-lo.

Vasher se inclinou, tentando não pensar na época em que contivera Respirações suficientes para Despertar sem nem se preocupar com forma ou foco. Eram outros tempos. Fazendo uma careta, ele puxou um tufo de cabelo da cabeça, então o salpicou sobre o capuz do manto.

Mais uma vez, ele Respirou.

Isso lhe custou o resto da sua Respiração. Quando ela se foi — o manto tremendo, o cachecol perdendo o resto da cor —, Vasher se sentiu... mais apagado. Perder a própria Respiração não era fatal. De fato, as Respirações extras que Vasher usava outrora pertenceram a outras pessoas. Vasher não sabia quem; não fora ele que coletara aquelas Respirações. Ele as ganhara. Era assim que sempre devia funcionar. Não era possível tomar uma Respiração à força.

Ficar sem Respiração *de fato* o mudava. As cores não pareciam tão vivas. Ele não *sentia* as pessoas apressadas se movendo pela cidade acima, uma

Conexão que geralmente considerava natural. Era a consciência que todos os homens tinham dos outros — a coisa que sussurrava um aviso, na beira do sono, de que alguém havia entrado no quarto. Em Vasher, aquele sentido havia sido ampliado cinquenta vezes.

E agora se fora. Sugado para o manto e para a pessoa de palha, concedendo-lhes poder.

O manto se sacudiu. Vasher se abaixou.

— Proteja-me — Comandou ele, e o manto se aquietou.

Ele se levantou, vestindo-o novamente.

A figura de palha voltou para sua janela, trazendo um grande chaveiro. Os pés de palha estavam manchados de vermelho. O sangue carmesim agora parecia desbotado para Vasher.

Ele tomou as chaves.

— Obrigado — disse. Sempre agradecia às suas criações. Não sabia por quê, ainda mais levando em conta o que fazia em seguida. — Sua Respiração para a minha — Comandou ele, tocando o peito da pessoa de palha.

A figura imediatamente desabou da porta — a vida drenada dela —, e Vasher recebeu sua Respiração de volta. O familiar senso de consciência retornou, o conhecimento da Conexão, de *encaixe*. Só pôde recuperar a Respiração porque ele mesmo havia Despertado aquela criatura — de fato, Despertares daquele tipo raramente eram permanentes. Usava sua Respiração como uma reserva, que distribuía e depois recuperava.

Em comparação com a quantidade que possuíra um dia, 25 Respirações era um número ridiculamente pequeno. Mas, em comparação com nada, parecia infinito. Ele sentiu um arrepio de satisfação.

Os gritos na sala de guarda cessaram. O calabouço ficou em silêncio. Ele precisava continuar agindo.

Vasher estendeu o braço por entre as barras e usou as chaves para destrancar sua cela. Abriu a porta maciça e saiu apressado para o corredor, deixando a figura de palha descartada no chão. Ele não foi em direção à sala da guarda — e à saída além —, mas sim virou para o sul, adentrando mais no calabouço.

Essa era a parte mais incerta do seu plano. Encontrar uma taverna frequentada pelos sacerdotes dos Tons Iridescentes fora bastante fácil. Meter-se em uma briga de bar — depois bater em um desses mesmos sacerdotes

— fora igualmente simples. Hallandren levava suas figuras religiosas muito a sério, e Vasher conseguia não o aprisionamento comum, em uma cadeia local, mas uma ida para os calabouços do Rei-Deus.

Conhecendo o tipo de homem que costumava vigiar tais calabouços, ele tivera quase certeza de que tentariam sacar Sangue-da-Noite. Isso lhe dera a distração necessária para conseguir as chaves.

Mas agora vinha a parte imprevisível.

Vasher parou, seu manto Despertado farfalhando. Foi fácil encontrar a cela que queria, pois ao redor dela havia um grande trecho de pedra drenada de cor, deixando as portas e as paredes em um cinza-desbotado. Era um lugar para aprisionar um Despertador, pois sem cor, sem Despertar. Vasher foi até a porta e olhou pelas barras. Um homem pendia do teto pelos braços, nu e acorrentado. Sua cor era vibrante aos olhos de Vasher, sua pele, puro bronze, e seus machucados, manchas brilhantes em azul e roxo.

O homem estava amordaçado; outra precaução. Para Despertar, um homem precisava de três coisas: Respiração, cor e um Comando. A Harmonia e as Matizes, como alguns chamavam. Os Tons Iridescentes, o relacionamento entre cor e som. Um Comando devia ser falado de modo claro e firme no idioma nativo do Despertador — qualquer gaguejar, qualquer pronúncia errada, invalidava o Despertar. A Respiração era extraída, mas o objeto ficava incapaz de agir.

Vasher usou as chaves da prisão para destrancar a porta da cela e entrar. A aura daquele homem fazia com que as cores se tornassem mais vivas quando se chegava mais perto dele. Qualquer um poderia notar uma aura tão forte, embora fosse muito mais fácil para alguém que houvesse alcançado a Primeira Elevação.

Não era a aura BioCromática mais forte que Vasher já vira — essas pertenciam aos Retornados, conhecidos como deuses ali em Hallandren. Ainda assim, o BioCroma do prisioneiro era bem impressionante, e muito, muito mais forte que o de Vasher. O prisioneiro continha um bocado de Respirações. Centenas e mais centenas.

O homem balançou em seus grilhões, estudando Vasher, lábios amordaçados sangrando devido à falta de água. Vasher hesitou só por um instante, então estendeu a mão e removeu a mordaça.

— Você — sussurrou o prisioneiro, tossindo de leve — veio aqui para me libertar?

— Não, Vahr — disse Vasher baixinho. — Vim para matá-lo.

Vahr bufou. O cativeiro não havia sido fácil para ele. Na última vez em que havia visto Vahr, ele era roliço. A julgar pelo seu corpo emaciado, estava sem comer há algum tempo. Os cortes, machucados e marcas de queimadura eram recentes.

Tanto a tortura quanto o ar assombrado dos olhos fundos de Vahr indicavam uma verdade solene: a Respiração só podia ser transferida por um Comando voluntário e intencional. Mas aquele Comando podia ser encorajado.

— Então você está me julgando, como todos os outros — grasnou Vahr.

— Sua rebelião fracassada não é problema meu. Tudo que quero é a sua Respiração.

— Você e toda a corte de Hallandren.

— Sim. Mas você não vai entregá-la a um dos Retornados. Vai entregá-la a mim. Em troca, vou matá-lo.

— Não me parece um bom negócio.

Havia uma dureza em Vahr, uma ausência de emoção que Vasher não observara anos atrás, da última vez que se viram.

Estranho, pensou Vasher, *que eu finalmente tenha encontrado, depois de todo esse tempo, algo nesse homem com que consigo me identificar.*

Vasher manteve uma distância prudente de Vahr. Agora que a voz do homem estava livre, ele podia Comandar. Mas ele não estava tocando nada além das correntes de metal, e metal era notoriamente difícil de Despertar, porque nunca estivera vivo, e estava distante da forma humana. Mesmo no ápice do seu poder, o próprio Vasher só havia sido capaz de Despertar metal em umas poucas ocasiões. Naturalmente, Despertadores muito poderosos podiam dar vida a objetos que não estivessem tocando, mas que estivessem ao alcance do som da sua voz. Contudo, isso exigia a Nona Elevação. Até mesmo Vahr não tinha tanta Respiração assim. Vasher só conhecia uma única pessoa viva que a possuía: o próprio Rei-Deus.

Isso significava que ele provavelmente estava em segurança. Vahr possuía uma grande quantidade de Respiração, mas não tinha nada para Despertar. Vasher caminhou ao redor do homem acorrentado, achando difícil oferecer qualquer empatia. Vahr havia merecido seu destino. Contudo, os sacerdotes não deixariam que ele perecesse contendo tanta Respiração; caso morresse, ela seria desperdiçada. Perdida. Irrecuperável.

Nem mesmo o governo de Hallandren — que possuía leis tão estritas sobre a compra e a passagem de Respiração — podia permitir que tal tesouro escapasse. Eles o queriam o bastante para retardar a execução de um criminoso tão notório quanto Vahr. Em retrospecto, eles se amaldiçoariam por não tê-lo guardado melhor.

Por outro lado, Vasher estava esperando há dois anos por uma oportunidade como aquela.

— E então? — perguntou Vahr.

— Dê-me a Respiração, Vahr — disse Vasher, dando um passo à frente.

Vahr bufou.

— Duvido que você tenha a habilidade dos torturadores do Rei-Deus, Vasher... e estou resistindo a eles há duas semanas.

— Você ficaria surpreso. Mas isso não importa. Você *vai* me entregar sua Respiração. Sabe que só tem duas escolhas: entregá-la a mim, ou entregá-la a eles.

Vahr estava pendurado pelos pulsos, girando lentamente. Em silêncio.

— Você não tem muito tempo para pensar — argumentou Vasher. — A qualquer momento, alguém vai descobrir os guardas mortos lá fora. Soará o alarme. Eu vou embora, e você *será* torturado novamente, e uma hora *vai* ceder. Então, todo o poder que acumulou irá para as pessoas que jurou destruir.

Vahr olhou para o chão. Vasher deixou-o ali pendurado por alguns momentos, e pôde perceber que a realidade da situação estava evidente para ele. Finalmente, Vahr olhou para Vasher.

— Aquela... coisa que você carrega. Está aqui na cidade?

Vasher assentiu.

— Os gritos que ouvi antes? Foram causados por ela?

Vasher assentiu novamente.

— Quanto tempo você vai ficar em T'Telir?

— Algum tempo. Talvez um ano.

— Você vai usá-la contra eles?

— Minhas metas são da minha conta, Vahr. Você aceita ou não o acordo? Morte rápida em troca dessas Respirações. Eu prometo a você: seus inimigos *não* as terão.

Vahr ficou quieto.

— É tudo seu — sussurrou ele finalmente.

Vasher estendeu a mão e pousou-a na testa de Vahr — tomando cuidado para que nenhuma parte de sua roupa tocasse a pele do homem, para que Vahr não pudesse extrair cor para Despertar.

Vahr não se moveu. Parecia entorpecido. Então, no momento em que Vasher começou a se preocupar com a possível mudança de ideia do prisioneiro, Vahr Respirou. A cor foi drenada dele. A bela Iridescência, a aura que o fazia parecer majestoso, apesar das feridas e das correntes. Ela fluiu pela sua boca e pairou no ar, uma névoa cintilante. Vasher a sorveu, fechando os olhos.

— Minha vida para a sua — Comandou Vahr, com um toque de desespero na voz. — Minha Respiração se torna sua.

A Respiração inundou Vasher, e tudo se tornou vibrante. Seu manto marrom agora parecia rico em cores. O sangue no piso era intensamente vermelho, como se estivesse em chamas. Até a pele de Vahr parecia uma obra-prima da cor, a superfície marcada por pelos de um preto profundo, com hematomas azuis e cortes rubros. Fazia anos desde que Vasher havia sentido tamanha... *vida.*

Ele arquejou, caindo de joelhos enquanto era sobrepujado, e teve que colocar uma das mãos no chão de pedra para evitar desabar. *Como pude viver sem isso?*

Ele sabia que seus sentidos não haviam realmente melhorado, mas se sentia tão mais alerta, mais consciente da beleza das sensações. Quando tocou o piso de pedra, admirou-se da textura áspera. E do som do vento passando pela estreita janela do calabouço acima. Sempre fora tão melodioso? Como era possível que não houvesse reparado?

— Cumpra sua parte do acordo — disse Vahr.

Vasher notou os tons daquela voz, a beleza de cada um deles, como estavam próximos da harmonia. Vasher havia adquirido o ouvido absoluto. Um dom para qualquer um que alcançasse a Segunda Elevação. Era bom tê-lo de novo.

Naturalmente, Vasher poderia obter até a Quinta Elevação a qualquer momento que desejasse. Isso exigiria certos sacrifícios aos quais ele não estava disposto a se submeter. Assim, obrigava-se a fazer as coisas da maneira antiquada, coletando Respirações de pessoas como Vahr.

Vasher se levantou, pegou o cachecol sem cor que havia usado antes e o jogou sobre os ombros de Vahr, então Respirou.

Ele não se deu ao trabalho de fazer com que o cachecol tomasse uma forma humana, nem precisou usar um pouco de cabelo ou de pele como foco — embora tenha precisado extrair a cor da sua camisa.

Vasher fitou os olhos resignados de Vahr.

— Estrangular — Comandou Vasher, seus dedos tocando o cachecol que tremia.

A peça se contorceu, extraindo uma grande — mas agora insignificante — quantidade de Respiração. O cachecol rapidamente se enrolou no pescoço de Vahr e apertou, estrangulando-o. Vahr não resistiu ou arquejou, apenas fitou Vasher com ódio, até que seus olhos se esbugalharam e ele morreu.

Ódio. Vasher já o sentira bastante na vida. Estendeu a mão e recuperou sua Respiração do cachecol, então deixou Vahr pendurado na cela. Passou em silêncio pela prisão, maravilhado com a cor das madeiras e das pedras. Depois de alguns momentos de caminhada, notou uma cor nova no corredor. Vermelho.

Ele contornou a poça de sangue, que estava descendo pelo piso inclinado do calabouço, e seguiu rumo à sala da guarda. Os três guardas estavam mortos. Um deles estava sentado em uma cadeira. Sangue-da-Noite, ainda na bainha de ponta afiada, fora usada para empalar o peito do homem. Cerca de dois centímetros de uma lâmina negra como piche estavam visíveis sob a bainha prateada.

Vasher cuidadosamente deslizou a arma até ela estar totalmente embainhada, e prendeu o fecho.

Eu me saí muito bem hoje, disse uma voz na sua mente.

Vasher não respondeu à espada.

Eu matei todos eles, continuou Sangue-da-Noite. *Não sente orgulho de mim?*

Vasher pegou a arma, acostumado à sua leveza incomum, e carregou-a em uma das mãos. Recuperou sua bolsa de lona e jogou-a sobre o ombro.

Eu sabia que você ficaria impressionado, disse Sangue-da-Noite, parecendo contente.

1

HAVIA VANTAGENS SIGnificativas em ser insignificante.

Era verdade que, pelos padrões da maioria, Siri não era insignificante. Afinal de contas, era a filha de um rei. Felizmente, seu pai tinha quatro filhos vivos, e Siri — aos 17 anos — era a mais jovem. Fafen, a filha logo acima de Siri, cumprira o dever da família e se tornara uma monja. Acima de Fafen vinha Ridger, o filho mais velho. Ele herdaria o reino.

Então, havia Vivenna. Siri suspirou enquanto seguia o caminho de volta à cidade. Vivenna, a primogênita, era... bem... Vivenna. Bela, ponderada, perfeita de quase todas as maneiras. E isso era bom, já que ela estava noiva de um deus. De qualquer modo, Siri — como quarta filha — era redundante. Vivenna e Ridger precisaram se concentrar nos estudos; Fafen tinha que fazer seu trabalho nos pastos e lares. Siri, contudo, podia se safar por ser insignificante. Assim, podia desaparecer no mato por várias horas.

As pessoas notariam, com certeza, e ela *arrumaria* problemas. Contudo, mesmo seu pai teria que admitir que seu desaparecimento não havia causado muitos problemas. A cidade passava muito bem sem Siri — de fato, tendia a passar um pouco melhor quando ela não estava por perto.

Insignificância. Para outra pessoa, poderia ter sido ofensivo; para Siri, era uma bênção.

Ela sorria enquanto caminhava de volta para a cidade e atraía olhares inevitáveis. Embora Bevalis fosse tecnicamente a capital de Idris, não era grande, e todo mundo a conhecia de vista. A julgar pelas histórias que Siri havia escutado dos andarilhos de passagem, seu lar mal chegava a uma vila, em comparação com as imensas metrópoles de outras nações.

Ela gostava da cidade como era, com suas ruas lamacentas, as casinhas simples de telhado de palha, as muralhas de pedra tediosas mas robustas. Mulheres correndo atrás de gansos fugidos, homens puxando asnos carregados de sementes de primavera, e crianças conduzindo ovelhas para os pastos. Uma cidade grandiosa em Xaka, Hudres ou na terrível Hallandren podia ter vistas exóticas, mas estaria apinhada de multidões sem rosto, barulhentas e agitadas, e com nobres arrogantes. Não era o que Siri preferia; ela costumava achar que até mesmo Bevalis era um pouco movimentada demais.

Ainda assim, ela pensou, olhando para seu vestido utilitário cinzento, *aposto que aquelas cidades têm mais cores. Isso é algo que eu gostaria de ver.*

Seu cabelo não chamaria tanta atenção lá. Como de costume, as longas madeixas haviam ficado louras de alegria enquanto ela estivera nos campos. Ela se concentrou, tentando contê-las, mas só foi capaz de trazer a cor para um castanho sem graça. Assim que parou de prestar atenção, seu cabelo voltou a ficar como estava antes. Ela nunca fora muito boa em controlá-lo; não como Vivenna.

Enquanto atravessava a cidade, um grupo de pequenas figuras começou a segui-la. Ela fingiu ignorar as crianças, até que uma delas foi corajosa o bastante para avançar correndo e dar uma puxadinha no seu vestido. Então ela se virou, sorrindo. Elas a fitavam com rostos solenes. As crianças idrianas eram treinadas, mesmo naquela idade, para evitar expressões vergonhosas de emoção. Os ensinamentos austrinos diziam que não havia nada de errado com sentimentos, mas que era errado usá-los para chamar atenção para si.

Siri nunca fora particularmente devota. Não era culpa dela, pensava, se Austre a fizera com uma distinta incapacidade de obedecer. As crianças esperaram pacientemente até que Siri meteu a mão no avental e retirou um punhado de flores de cores vivas. Os olhos das crianças se arregalaram, encantadas pelas cores vibrantes. Três das flores eram azuis, e uma era amarela.

As flores se destacavam diante da intensa monotonia da cidade. Além das encontradas na pele e nos olhos das pessoas, não havia uma gota de cor à vista. As pedras haviam sido caiadas, as roupas, descoloradas para cinza ou marrom. Tudo para manter as cores à distância.

Pois, sem cores, não podia haver Despertadores.

A garota que puxara a saia de Siri pegou as flores e saiu correndo com elas, seguida pelas outras crianças. Siri captou um ar de reprovação no olhar de cidadãos no caminho, mas nenhum deles a confrontou. Ser uma princesa — mesmo uma princesa insignificante — tinha lá suas vantagens.

Ela seguiu em direção ao palácio. Era um edifício baixo, de um único andar, com um grande pátio de terra batida. Siri evitou as multidões que negociavam na frente, dando a volta pelos fundos até a entrada da cozinha. Mab, a mestra da cozinha, parou de cantar quando a porta se abriu, então olhou Siri de soslaio.

— Seu pai está procurando você, menina — avisou Mab, dando-lhe as costas e cantarolando enquanto atacava uma pilha de cebolas.

— Suspeitei que estivesse.

Siri se aproximou e cheirou uma panela que emitia o calmo aroma de batatas fervendo.

— Foi de novo até as colinas, não foi? Aposto que matou as sessões de tutoria.

Siri sorriu, então pegou outra das flores amarelas e girou-a entre dois dedos. Mab revirou os olhos.

— E também andou corrompendo a juventude da cidade, pelo jeito. Sinceramente, garota, você já deveria ter deixado essas coisas de lado, na sua idade. Seu pai vai querer ter uma palavrinha com você sobre fugir das suas responsabilidades.

— Eu gosto de palavrinhas — replicou Siri. — E sempre aprendo algumas novas quando o pai fica zangado. Ora, eu não deveria negligenciar minha educação, deveria?

Mab bufou, jogando alguns pepinos em conserva sobre as cebolas.

— Sinceramente, Mab — disse Siri enquanto girava a flor, sentindo o tom do seu cabelo se avermelhar um pouco. — Não vejo qual é o problema.

Austre fez as flores, não foi? Ele colocou cores nelas, então não podem ser más. Quero dizer, nós o chamamos de Deus das Cores, pelo amor do céu.

— Flores não são más — disse Mab, acrescentando algo parecido com grama à sua mistura —, contanto que sejam deixadas onde Austre as colocou. Não devemos usar a beleza de Austre para aumentarmos a nossa importância.

— Uma flor não me deixa mais importante.

— Ah é? — perguntou Mab, acrescentando a grama, o pepino e as cebolas a uma das suas panelas fervendo. Ela bateu na lateral da panela com a parte chata da faca, prestando atenção, então se enfiou debaixo da bancada à procura de mais legumes. — Você está me dizendo — continuou ela, com a voz abafada — que realmente acha que caminhar pela cidade com uma flor igual a essa não chama atenção?

— Só porque a cidade é muito sem graça. Se houvesse um pouquinho de cor por aí, ninguém notaria uma flor.

Mab reapareceu, levantando uma caixa cheia de tubérculos variados.

— Você quer que a gente decore o local como Hallandren? Talvez devêssemos começar a convidar Despertadores para a cidade. Você gostaria disso? Algum diabo sugando a alma das crianças, estrangulando pessoas com suas próprias roupas? Trazendo homens de volta do túmulo, depois usando seus cadáveres como mão de obra barata? Sacrificando mulheres nos seus altares profanos?

Siri sentiu o cabelo embranquecer um pouco de nervosismo. *Pare com isso!*, pensou. O cabelo parecia ter vontade própria, reagindo aos seus sentimentos.

— A parte de sacrificar donzelas é só uma lenda — contestou Siri. — Eles não fazem isso de verdade.

— Lendas vêm de algum lugar.

— Sim, vêm de velhotas sentadas junto à lareira no inverno. Eu não acho que a gente devia ter tanto medo. Os hallandreanos fazem o que querem, e por mim tudo bem, contanto que nos deixem em paz.

Mab fatiava os tubérculos sem levantar os olhos.

— Nós temos o tratado, Mab — disse Siri. — Meu pai e Vivenna vão garantir nossa segurança e farão os hallandreanos nos deixarem em paz.

— E se não deixarem?

— Vão deixar. Você não precisa se preocupar.

— Eles têm exércitos melhores — disse Mab, cortando uma raiz de vanavel —, armas melhores, mais comida, e aquelas... aquelas *coisas.* Isso deixa as pessoas preocupadas. Talvez não *você*, mas pessoas sensatas.

As palavras da cozinheira eram difíceis de ignorar. Mab tinha uma sabedoria que ia além do seu instinto para temperos e caldos. Contudo, ela *também* tinha uma tendência a ficar ansiosa.

— Você está se preocupando por nada, Mab. Vai ver só.

— Só estou dizendo que esse não é um bom momento para uma princesa real ficar correndo por aí com flores, chamando atenção e atraindo o desagrado de Austre.

Siri suspirou.

— Tudo bem, então — disse ela, e jogou sua última flor na panela. — Agora todos nós podemos chamar atenção juntos.

Mab gelou, então revirou os olhos.

— Imagino que fosse uma flor de vanavel?

— Mas é claro — disse Siri, cheirando a panela fumegante. — Eu não estragaria um bom cozido. E ainda acho que você está exagerando.

Mab fungou.

— Tome — disse ela, pegando outra faca. — Vá fazer alguma coisa útil. Aquelas raízes precisam ser picadas.

— Eu não deveria ir encontrar meu pai? — indagou Siri, pegando uma raiz retorcida de vanavel e começando a picá-la.

— Ele só vai mandar você de volta para cá e obrigá-la a trabalhar na cozinha como punição — respondeu Mab, batendo novamente na panela com sua faca.

Ela acreditava piamente que conseguia julgar quando um prato estava pronto pela maneira como a panela ressoava.

— Que Austre me ajude se meu pai um dia descobrir que eu gosto de ficar aqui.

— Você gosta é de ficar perto da comida — retrucou Mab, removendo a flor de Siri do cozido e jogando-a fora. — De qualquer modo, você não pode ir encontrá-lo. Ele está numa conferência com Yarda.

Siri não esboçou reação, apenas continuou executando sua tarefa. Seu cabelo, contudo, ficou louro de empolgação. *As conferências do pai com*

Yarda geralmente levam horas, pensou. *Não adianta muito ficar sentada esperando que ele acabe...*

Mab se virou para pegar algo na mesa e, antes que ela pudesse olhar de volta, Siri saiu correndo pela porta, rumo aos estábulos reais. Poucos minutos depois, saía a galope do palácio, usando seu manto marrom favorito, sentindo uma animação revigorante que deixou seu cabelo louro-brilhante. Uma rápida cavalgada seria uma boa maneira de fechar o dia.

Afinal de contas, sua punição provavelmente seria a mesma, de qualquer modo.

DEDELIN, REI DE Idris, pousou a carta na sua escrivaninha. Já olhara para ela tempo suficiente. Era hora de decidir se deveria ou não enviar sua filha mais velha para a morte.

Apesar da chegada da primavera, a câmara estava fria. O calor era raro nas terras altas de Idris; algo cobiçado e apreciado, pois só permanecia por um curto período do verão. As câmaras também eram austeras. Havia beleza na simplicidade. Nem mesmo um rei tinha direito a uma ostentação arrogante.

Dedelin se levantou e olhou pela janela para o pátio. O palácio era pequeno para os padrões do mundo — apenas um andar, com um telhado de madeira pontiagudo e atarracadas paredes de pedra. Contudo, era grande para os padrões idrianos, quase ostensivo. Isso podia ser perdoado, já que o palácio também era uma câmara de reuniões e o centro de operações para todo o reino.

O rei podia ver o General Yarda pelo canto do olho. O homem corpulento estava esperando, as mãos juntas às costas, a barba espessa amarrada em três pontos. Ele era a única outra pessoa na sala.

O olhar de Dedelin voltou à carta. O papel era de um rosa brilhante, e a cor espalhafatosa se destacava contra a mesa como uma gota de sangue na neve. Rosa era uma cor que jamais seria vista em Idris. Em Hallandren — o centro da indústria mundial de tinturas —, esses matizes de mau gosto eram comuns.

— E então, meu amigo? — perguntou Dedelin. — Você tem algum conselho para me dar?

O General Yarda balançou a cabeça.

— A guerra está chegando, Vossa Majestade. Posso senti-la nos ventos e lê-la nos relatórios de nossos espiões. Hallandren ainda nos considera rebeldes, e nossas trilhas para o norte são tentadoras demais. Eles vão atacar.

— Então eu não deveria mandá-la — replicou Dedelin, espiando novamente pela janela.

O pátio estava movimentado com pessoas vestidas com peles e mantos a caminho do mercado.

— Não podemos impedir a guerra, Vossa Majestade — disse Yarda. — Mas... podemos retardá-la.

Dedelin se voltou para ele.

Yarda deu um passo à frente e falou em voz baixa:

— Este não é um bom momento. Nossas tropas ainda não se recuperaram daqueles ataques de Vendis no último outono, e com os incêndios no celeiro no inverno... — Yarda balançou a cabeça. — Nós *não podemos* nos dar ao luxo de entrar em uma guerra defensiva no verão. Nossa melhor aliada contra Hallandren é a neve. Não podemos deixar que esse conflito ocorra nos termos deles. Se fizermos isso, estamos mortos.

Todas aquelas palavras faziam sentido.

— Vossa Majestade — continuou Yarda —, eles estão *esperando* que nós quebremos o tratado, para terem uma desculpa para atacar. Se fizermos o primeiro movimento, eles vão avançar.

— Se cumprirmos o tratado, atacarão mesmo assim — observou Dedelin.

— Mas depois. Talvez meses depois. Sabemos como é a política hallandreana. Se mantivermos o tratado, haverá debates e discussões. Se elas durarem até o período de neve, teremos conquistado o tempo de que tanto precisamos.

Tudo aquilo fazia sentido; um sentido honesto e brutal. Todos aqueles anos, Dedelin havia postergado e observado enquanto a corte hallandreana se tornava cada vez mais agressiva, cada vez mais agitada. A cada ano, vozes clamavam por um ataque contra os "rebeldes idrianos" vivendo nas terras altas. A cada ano, essas vozes se tornavam mais altas e abundantes. A cada ano, a pacificação e a diplomacia de Dedelin mantinham os exércitos à distância. Ele havia esperado que talvez o líder rebelde Vahr e seus dissidentes Pahn Kahl desviassem a atenção de Idris, mas Vahr havia sido capturado e seu "exército", dispersado. Suas ações tinham servido apenas para deixar Hallandren mais concentrada nos inimigos.

A paz não ia durar. Não com Idris tão atraente, não com as rotas comerciais valendo tanto. Não com a cepa atual de deuses hallandreanos, que pareciam muito mais erráticos do que seus predecessores. Ele *sabia* de tudo isso. Mas também sabia que romper o tratado seria tolice. Quando alguém é jogado no covil de uma fera, não ousa provocar sua raiva.

Yarda se juntou a ele ao lado da janela e olhou para fora, apoiando um cotovelo no caixilho. Ele era um homem duro, nascido de invernos duros, mas também era um dos melhores homens que Dedelin já conhecera — uma parte do rei desejava casar Vivenna com o filho do general.

Isso era bobagem. Dedelin sempre soubera que esse dia chegaria. Ele mesmo havia projetado o tratado, que exigia que ele enviasse sua filha para se casar com o Rei-Deus. Hallandren precisava de uma filha de sangue real para reintroduzir a linhagem de sangue tradicional na sua monarquia. Era algo que as pessoas vãs e depravadas das terras baixas há muito ambicionavam, e aquela cláusula específica do tratado foi a única garantia que salvou Idris durante aqueles vinte anos.

Aquele tratado havia sido o primeiro ato oficial do reinado de Dedelin, negociado furiosamente depois do assassinato do seu pai. Dedelin cerrou os dentes. Quão rapidamente ele havia se curvado aos caprichos dos seus inimigos. Contudo, faria tudo de novo; um monarca idriano fazia qualquer coisa pelo seu povo. Essa era uma grande diferença entre Idris e Hallandren.

— Se nós a mandarmos, Yarda, estaremos enviando-a para a morte — disse Dedelin.

— Talvez eles não façam mal a ela — respondeu Yarda finalmente.

— Você sabe que não será assim. A primeira coisa que farão, quando a guerra chegar, será usá-la contra mim. Estamos falando de *Hallandren.* Eles recebem Despertadores em seus palácios, pelo amor de Austre!

Yarda ficou calado, depois sacudiu a cabeça.

— Os últimos relatórios dizem que o exército deles cresceu a ponto de incluir cerca de quarenta mil Sem-Vida.

Senhor Deus das Cores, pensou Dedelin, olhando novamente para a carta. A sua linguagem era simples. O vigésimo segundo aniversário de

Vivenna havia chegado, e os termos do tratado estipulavam que Dedelin não podia mais esperar.

— Enviar Vivenna é um plano ruim, mas é o único que temos — comentou Yarda. — Com mais tempo, sei que consigo trazer Tedradel para nossa causa... eles odeiam Hallandren desde a Multiguerra. E talvez eu possa encontrar uma maneira de atiçar a facção rebelde debandada de Vahr, na própria Hallandren. E, no mínimo, podemos construir, coletar suprimentos, viver mais um ano. — Yarda se voltou para ele. — Se não enviarmos a Hallandren a princesa que eles querem, a guerra será vista como nossa culpa. Quem nos apoiará, então? Eles exigirão saber por que nos recusamos a seguir o tratado que nosso próprio rei escreveu!

— E se enviarmos Vivenna, sangue real será introduzido na monarquia deles, dando-lhes uma reivindicação ainda *mais* legítima das terras altas!

— Talvez — admitiu Yarda. — Mas se nós dois sabemos que eles vão atacar de qualquer maneira, por que nos importarmos com a reivindicação deles? Assim, pelo menos, talvez eles esperem que nasça um herdeiro antes do ataque.

Mais tempo. O general sempre pedia mais tempo. Mas e se aquele tempo custasse a própria filha de Dedelin?

Yarda não hesitaria em enviar um soldado para morrer, se isso significasse tempo o bastante para que o resto de suas tropas se posicionasse melhor para atacar, pensou Dedelin. *Nós somos Idris. Como posso pedir menos da minha filha do que exigiria de alguém das minhas tropas?*

Só de pensar em Vivenna nos braços do Rei-Deus, sendo forçada a carregar no ventre o filho daquela criatura... seu cabelo quase se descoloriu de preocupação. Aquele filho se tornaria um monstro natimorto que seria o próximo deus Retornado dos hallandreanos.

Há outro jeito, sussurrou parte da sua mente. *Você não precisa enviar Vivenna...*

Uma batida soou à porta. Tanto ele quanto Yarda se viraram, e Dedelin mandou o visitante entrar. Ele deveria ter sido capaz de adivinhar quem seria.

Vivenna estava usando um sóbrio vestido cinza, ainda parecendo-lhe tão jovem. Mas ela era a imagem perfeita de uma mulher idriana — cabelo preso em um nó modesto, sem maquiagem que chamasse atenção para seu rosto. Ela não era tímida ou fraca, como algumas mulheres da nobreza dos reinos do norte; era apenas composta. Controlada, simples, dura e capaz. Idriana.

— O senhor está aqui há várias horas, pai — disse Vivenna, então curvou a cabeça respeitosamente para Yarda. — Os servos mencionaram um envelope colorido trazido pelo general quando ele entrou. Acredito saber o que ele contém.

Dedelin fitou-a nos olhos, então acenou para que ela se sentasse. A moça fechou a porta sem fazer barulho, então pegou uma das cadeiras de madeira do outro lado da sala. Yarda permaneceu de pé, segundo a maneira masculina. Vivenna olhou a carta que estava sobre a mesa. Ela estava calma, seu cabelo controlado e mantido na respeitável cor negra. Ela era duas vezes mais devota que Dedelin e, ao contrário da irmã mais nova, nunca chamava atenção para si com explosões de emoção.

— Presumo que deva me preparar para a partida — disse Vivenna, as mãos juntas sobre o colo.

Dedelin abriu a boca, mas não conseguiu encontrar uma objeção. Ele olhou para Yarda, que sacudiu a cabeça, resignado.

— Eu me preparei a vida toda para esse momento, pai — continuou Vivenna. — Estou pronta. Contudo, Siri não vai aceitar bem isso. Ela saiu para cavalgar uma hora atrás. Eu deveria sair da cidade antes que ela volte. Isso evitará qualquer escândalo que ela possa fazer.

— Tarde demais — disse Yarda, fazendo uma careta e indicando a janela.

No pátio, as pessoas se dispersavam enquanto uma figura galopava pelos portões. Ela usava um manto marrom como a terra, quase colorido demais, e, naturalmente, estava com o cabelo solto.

O cabelo estava amarelo.

Dedelin sentiu sua raiva e frustração crescerem. Só Sisirinah conseguia fazer com que ele perdesse o controle, e — como um contraponto irônico à fonte da sua raiva — ele sentiu seu cabelo mudar. Para os espectadores, algumas mechas em sua cabeça teriam passado de preto para vermelho. Essa era a marca identificadora da família real, que havia fugido para as terras altas de Idris no clímax da Multiguerra. Outros podiam esconder suas emoções; os membros da realeza, contudo, manifestavam o que sentiam em seus próprios cabelos.

Vivenna olhava para ele, impecável como sempre, e sua postura o fortalecia enquanto ele obrigava seu cabelo a voltar a ser negro. Controlar as traiçoeiras Madeixas Reais exigia uma força de vontade além da compreensão de qualquer homem. Dedelin não sabia ao certo como Vivenna conseguia fazer aquilo tão bem.

A pobre menina nunca teve uma infância, ele pensou. Desde o nascimento, a vida de Vivenna fora voltada para aquele único evento. Sua primogênita, a garota que sempre pareceu uma parte dele. A garota que sempre o deixara orgulhoso; a mulher que já havia conquistado o amor e o respeito do seu povo. Na mente, ele viu a rainha que ela poderia se tornar, mais forte do que ele. Alguém que poderia guiá-los através dos dias sombrios do futuro.

Mas só se ela sobrevivesse tempo o bastante.

— Vou me preparar para a viagem — declarou Vivenna, se levantando.

— Não — contestou Dedelin.

Tanto Yarda quanto Vivenna se viraram.

— Pai — disse Vivenna. — Se quebrarmos esse tratado, haverá guerra. Estou preparada para me sacrificar pelo nosso povo. O senhor me ensinou isso.

— Você *não* vai — disse Dedelin com firmeza, se voltando novamente para a janela.

Do lado de fora, Siri estava às gargalhadas com um dos cavalariços; Dedelin podia ouvir seu estardalhaço mesmo daquela distância. Seus cabelos estavam rubros como chamas.

Senhor Deus das Cores, me perdoe, ele pensou. *Que escolha terrível para um pai. O tratado é específico: devo enviar a Hallandren minha filha quando Vivenna chegar ao seu vigésimo segundo aniversário. Mas não diz efetivamente* qual *filha eu deveria enviar.*

Se ele não enviasse para Hallandren uma de suas filhas, eles atacariam imediatamente. Se enviasse a filha errada, eles poderiam se enfurecer, mas Dedelin sabia que não atacariam. Esperariam até possuírem um herdeiro. Isso daria a Idris pelo menos nove meses.

E... se tentassem usar Vivenna contra mim, eu sei que não conseguiria não ceder. Era vergonhoso admitir, mas, no final, foi isso que o fez se decidir.

Dedelin se voltou para a sala.

— Vivenna, você não vai se casar com o deus tirano dos nossos inimigos. Vou mandar Siri no seu lugar.

2

SIRI ESTAVA SENTADA EM UMA carruagem barulhenta, atordoada, sua terra natal ficando mais distante a cada batida e sacolejo.

Dois dias haviam se passado, e ela ainda não conseguia compreender. Aquela deveria ser a tarefa de Vivenna. Todo mundo entendia isso. Idris havia feito uma celebração no dia do nascimento de Vivenna. O rei havia iniciado as aulas dela assim que ela pôde caminhar, treinando-a nos maneirismos da vida na corte e da política. Fafen, a segunda filha, também estudara as lições, para o caso de Vivenna morrer antes do dia no casamento. Mas Siri, não. Ela havia sido redundante. Insignificante.

Não mais.

Ela deu uma olhada pela janela. Seu pai havia mandado a mais bela carruagem do reino e uma guarda de honra de vinte soldados para levá-la ao sul. Isso, combinado com um comissário e vários serviçais, formava a procissão mais grandiosa que Siri já vira. Era quase uma ostentação, o que poderia tê-la entusiasmado, se não estivesse levando-a para longe de Idris.

Não deveria ser assim. Nada disso *deveria acontecer assim!*

No entanto, estava acontecendo.

Nada fazia sentido. A carruagem sacudiu, mas ela só permaneceu sentada, entorpecida. *No mínimo, podiam ter me deixado seguir a cavalo, em vez de me forçar a ficar sentada nessa carruagem.* Infelizmente, aquela não teria sido uma maneira apropriada de chegar a Hallandren.

Hallandren.

Ela sentiu seu cabelo embranquecer de medo. Estava sendo enviada para *Hallandren*, um reino que seu povo amaldiçoava o tempo inteiro. Não veria seu pai novamente por um longo tempo, talvez nunca. Não falaria mais com Vivenna, nem escutaria seus tutores, nem seria censurada por Mab ou cavalgaria os cavalos reais, ou procuraria flores no mato, ou trabalharia nas cozinhas. Ela iria...

Se casar com o Rei-Deus. O terror de Hallandren, o monstro que nunca respirara um fôlego de vida. Em Hallandren, seu poder era absoluto. Ele podia ordenar uma execução por capricho.

Mas eu estarei segura, não estarei? Serei a esposa dele.

Esposa. Eu vou me casar.

Ah, Austre, Deus das Cores..., pensou, sentindo náusea. Ela se encolheu com as pernas contra o peito — seu cabelo se tornando tão branco que parecia brilhar — e se deitou no banco da carruagem, sem saber ao certo se o tremor que sentia era do próprio corpo ou da carruagem seguindo seu caminho inexorável rumo ao sul.

— **ACHO QUE O** senhor deveria reconsiderar sua decisão, pai — disse Vivenna calmamente, sentada de maneira decorosa, como havia sido treinada, com as mãos no colo.

— Eu considerei e reconsiderei, Vivenna — disse o rei Dedelin, acenando com a mão. — Minha decisão está tomada.

— Siri não é adequada para essa tarefa.

— Ela vai ficar bem — replicou o pai, dando uma olhada em alguns papéis na mesa. — Tudo que ela realmente precisa fazer é ter um bebê. Tenho certeza de que ela é adequada para *essa* tarefa.

Mas e o meu treinamento, então?, pensou Vivenna. *Os 22 anos de preparação? Para que serviu, se o único motivo de ser enviada era fornecer um útero conveniente?*

Ela manteve o cabelo negro, a voz solene, o rosto calmo.

— Siri deve estar angustiada. Não acho que ela seja emocionalmente capaz de lidar com isso.

O pai levantou os olhos, seu cabelo se tonalizando um pouco de vermelho — o negro vazando como tinta escorrendo de uma tela. Isso mostrava sua irritação.

Ele está mais perturbado com a partida dela do que está disposto a admitir.

— É o melhor para nosso povo, Vivenna — respondeu ele, tentando, com esforço óbvio, tornar seu cabelo negro novamente. — Se a guerra vier, Idris vai precisar de você aqui.

— Se a guerra vier, o que vai ser de Siri?

Seu pai ficou em silêncio.

— Talvez não haja guerra — disse ele finamente.

Austre..., pensou Vivenna, chocada. *Ele não acredita nisso. Ele acha que a enviou para a morte.*

— Eu sei o que você está pensando — disse o pai, atraindo a atenção dela de volta aos seus olhos. Tão solenes. — Como pude escolher uma no lugar da outra? Como pude mandar Siri para morrer e deixar você aqui para viver? Eu não fiz isso me baseando em preferências pessoais, independentemente do que as pessoas pensem. Fiz o que será melhor para Idris, quando essa guerra chegar.

Quando essa guerra chegar. Vivenna o encarou.

— Era eu que deveria deter a guerra, pai. Era eu que deveria ser a noiva do Rei-Deus! Eu ia falar com ele, persuadi-lo. Fui treinada com o conhecimento político, a compreensão dos costumes, a...

— Deter a guerra? — perguntou seu pai, interrompendo-a.

Só então Vivenna percebeu como devia ter soado atrevida. Ela desviou o olhar.

— Vivenna, minha menina — disse seu pai. — Não há como deter essa guerra. Só a promessa de uma filha da linhagem real os impediu até agora, e enviar Siri pode nos dar tempo. E... talvez eu a tenha mandado para um lugar seguro, mesmo quando a guerra estourar. Talvez eles valorizem seu sangue real a ponto de deixá-la viver... uma reserva, caso o herdeiro gerado por ela morra. — Ele se tornou distante. — Sim, talvez não seja Siri que devêssemos temer, mas...

Mas por nós mesmos, concluiu Vivenna em sua mente. Ela não estava ciente de todo o planejamento do pai para a guerra, mas sabia o suficiente. A guerra não favoreceria Idris. Em um conflito com Hallandren, havia pouca chance de vencerem. Seria devastador para seu povo e seu modo de vida.

— Pai, eu...

— Por favor, Vivenna — disse ele em voz baixa. — Não aguento mais falar sobre esse assunto. Agora vá. Conversaremos depois.

Depois. Depois que Siri estivesse ainda mais longe, depois que fosse muito mais difícil trazê-la de volta. Ainda assim, Vivenna se levantou. Era obediente; assim fora treinada. Essa era uma das coisas que sempre a distinguiram da irmã.

Ela deixou o escritório do pai, fechando a porta atrás de si, então caminhou pelos corredores do palácio de madeira, fingindo que não via os olhares ou escutava os sussurros. Foi até seu quarto — que era pequeno e sem decoração — e sentou-se na cama, com as mãos juntas sobre o colo.

Ela não concordava de maneira alguma com a avaliação do seu pai. Ela *poderia* ter feito alguma coisa. Ser a noiva do Rei-Deus teria lhe concedido influência sobre a corte. Todo mundo sabia que o próprio Rei-Deus se mantinha distante da política da nação, mas certamente sua esposa poderia ter exercido um papel na defesa dos interesses do seu povo.

E seu pai havia jogado aquilo fora?

Ele realmente deve acreditar que nada pode deter a invasão. Isso tornava o envio de Siri apenas outra manobra política para ganhar tempo. Como Idris vinha fazendo há décadas. De qualquer modo, se era tão importante sacrificar uma filha real para Hallandren, então ainda deveria ter sido o papel de Vivenna partir. Sempre fora o dever *dela* se preparar para o casamento com o Rei-Deus. Não o de Siri, não o de Fafen. O de Vivenna.

Ao ser salva, ela não se sentia agradecida. Nem achava que poderia servir Idris melhor permanecendo em Bevalis. Se seu pai morresse, Yarda seria muito mais adequado do que ela para reinar durante o tempo de guerra. Além disso, Ridger — o irmão mais novo de Vivenna — havia sido preparado, durante anos, para ser herdeiro.

Ela fora preservada sem motivo algum. Parecia uma punição, de algumas maneiras. Ela prestara atenção, se preparara, aprendera e praticara. Todos diziam que ela era perfeita. Então, por que não era boa o bastante para servir, como planejado?

Não tinha uma resposta satisfatória. Só podia ficar sentada ali, se preocupando, as mãos quietas no colo, e encarar aquela terrível verdade. Seu propósito na vida havia sido roubado e dado para outra. Ela era redundante agora. Inútil.

Insignificante.

— O QUE ELE ESTAVA pensando?! — vociferou Siri, com metade do corpo para fora da janela da carruagem que sacudia pela estrada de terra.

Um jovem soldado marchava ao lado do veículo, parecendo desconfortável na luz da tarde.

— Quero dizer, de verdade — continuou Siri. — Enviar a *mim* para se casar com o rei hallandreano. Isso é uma bobagem, não é? Certamente você ouviu falar sobre o tipo de coisa que eu apronto. Saio perambulando por aí quando ninguém está olhando. Ignoro minhas lições. Eu tenho acessos de raiva, pelo amor das Cores!

O guarda fitou-a pelo canto do olho, mas não esboçou nenhuma outra reação. Siri não se importava muito. Ela não estava gritando *com* ele, estava apenas *gritando*. Ela se inclinou precariamente na janela, sentindo o vento brincar com seu cabelo — longo, vermelho, liso — e atiçar sua raiva. A fúria a impedia de chorar.

As verdes colinas primaveris das terras altas de Idris lentamente haviam sumido com o passar dos dias. Provavelmente já estavam em Hallandren — a fronteira entre os dois reinos era vaga, o que não era surpresa, já que haviam sido uma única nação até a Multiguerra.

Ela olhou de soslaio para o pobre guarda — cuja única maneira de lidar com uma princesa raivosa era ignorá-la. Então, finalmente, deixou-se cair de volta no interior da carruagem. Não deveria tê-lo tratado assim, mas, bem, ela havia sido vendida como um naco de carne de cordeiro — condenada por um documento escrito anos antes do seu nascimento. Se alguém tinha direito a ter um chilique, era Siri.

Talvez haja um motivo para tudo isso, ela pensou, cruzando os braços no parapeito da janela. *Talvez meu pai estivesse cansado dos meus chiliques, e simplesmente quis se livrar de mim.*

Aquilo parecia um pouco improvável. Havia maneiras mais fáceis de lidar com Siri — maneiras que não incluíam enviá-la para representar Idris em uma corte estrangeira. Então, por quê? Ele realmente achava que ela poderia fazer um bom trabalho? Isso o fez hesitar. Então pensou como aquilo era ridículo. Seu pai não podia ter decidido que ela faria um trabalho melhor do que Vivenna. Ninguém fazia *nada* melhor do que Vivenna.

Siri suspirou, sentindo o cabelo se tornar um marrom pensativo. Pelo menos a paisagem era interessante, e, para afastar sua frustação, ela deixou que isso a distraísse por enquanto. Hallandren ficava nas terras baixas, um local de florestas tropicais e animais estranhos e coloridos. Siri ouvira as descrições dos andarilhos e confirmara seus relatos nos livros que fora forçada a ler. Pensara que sabia o que esperar. Contudo, conforme as colinas deram lugar às pradarias mais profundas, depois aos aglomerados de árvores junto à estrada, Siri começou a entender que havia algo que nenhum livro ou conto poderia descrever bem.

Cores.

Nas terras altas, campos floridos eram raros e esparsos, como se compreendessem quão pouco se encaixavam com a filosofia idriana. Ali, eles estavam em toda parte. Flores minúsculas cresciam em amplas faixas no chão. Grandes flores rosadas pendiam de árvores como cachos de uvas, praticamente crescendo umas sobre as outras em um grande agregado. Mesmo as ervas daninhas tinham flores. Siri teria colhido algumas, não fosse pelo modo como os soldados as olhavam com hostilidade.

Se eu estou nervosa, os guardas devem estar mais ainda, compreendeu. Ela não fora a única a ser mandada para longe da família e dos amigos. Quando aqueles homens teriam permissão de voltar? Subitamente, sentiu mais culpa por sujeitar o jovem soldado ao seu desabafo.

Vou mandá-los de volta quando chegar, ela pensou. Então imediatamente sentiu seu cabelo embranquecer. Mandar os soldados embora a deixaria sozinha em uma cidade cheia de Sem-Vida, Despertadores e pagãos.

Contudo, de que adiantariam vinte soldados? Melhor seria que pelo menos alguém tivesse permissão de voltar para casa.

— ERA DE SE pensar que você ficaria feliz — disse Fafen. — Afinal de contas, não precisa mais se casar com um tirano.

Vivenna deixou cair na sua cesta uma amora arroxeada, então passou para um arbusto diferente. Fafen estava trabalhando em outro ali perto. Ela usava a túnica branca de monja, seu cabelo totalmente raspado. Fafen era a irmã do meio de quase todas as maneiras — ficava entre Siri e Vivenna em termos de altura, era menos séria que Vivenna, mas nem de longe tão descuidada quanto Siri. Era um pouco mais curvilínea do que as outras duas, o que havia chamado a atenção de vários jovens da cidade. Contudo, o fato de que eles teriam que se tornar monges, caso quisessem se casar com ela, os mantivera à distância. Se Fafen notava quão popular era, nunca havia demonstrado. Havia tomado a decisão de se tornar monja no seu décimo aniversário, e seu pai aprovara com entusiasmo. Toda família rica ou nobre tinha a obrigação tradicional de fornecer uma pessoa para os monastérios. Ser egoísta ia contra as Cinco Visões, mesmo com seus próprios parentes.

As duas irmãs estavam colhendo amoras que Fafen mais tarde distribuiria para os necessitados. Os dedos da monja estavam ligeiramente manchados de roxo pelo trabalho. Vivenna usava luvas; não era apropriado ter tanta cor em suas mãos.

— Sim — disse Fafen —, eu acho que você está vendo as coisas de modo errado. Ora, você age como se *quisesse* ir se casar com um monstro Sem-Vida.

— Ele não é um Sem-Vida — disse Vivenna. — Susebron é um Retornado, e há uma grande diferença.

— Sim, mas ele é um falso deus. Além disso, todo mundo sabe que ele é uma criatura terrível.

— Mas era meu *papel* ir me casar com ele. É isso que eu sou, Fafen. Sem isso, eu não sou nada.

— Bobagem — disse Fafen. — Você vai herdar o trono agora, em vez de Ridger.

O que perturbará ainda mais a ordem das coisas, pensou Vivenna. *Que direito tenho eu de tomar o lugar dele?*

Contudo, ela permitiu que esse aspecto da conversa morresse. Havia defendido seu argumento por vários minutos, e não parecia apropriado continuar. Apropriado. Raramente no passado Vivenna se sentira tão frustrada em ter que se comportar de maneira apropriada. Suas emoções estavam se tornando bastante... inconvenientes.

— Mas e Siri? — ela se pegou perguntando. — Você está feliz que ela tenha sido tratada assim?

Fafen ergueu os olhos, então franziu levemente o cenho. Ela tinha uma tendência a evitar pensar a fundo sobre as coisas, a menos que fosse confrontada com elas diretamente. Vivenna sentiu um pouco de vergonha por ter feito um comentário tão direto, mas, com Fafen, frequentemente não havia outro jeito.

— Você tem razão — admitiu a irmã. — Não vejo por que *qualquer pessoa* precisava ser enviada.

— O tratado — disse Vivenna. — Ele protege nosso povo.

— Austre protege nosso povo — replicou Fafen, passando para outro arbusto.

Ele vai proteger Siri?, pensou Vivenna. Pobre da inocente e caprichosa Siri. Ela nunca aprendera a se controlar; seria engolida viva na Corte dos Deuses hallandreana. Siri não entenderia a política, as traições, as falsidades e as mentiras. Ela seria forçada a parir o próximo Rei-Deus de Hallandren. Vivenna não estivera ansiosa para executar essa tarefa. Teria sido um sacrifício, mas o sacrifício *dela*, oferecido voluntariamente pela segurança do seu povo.

Tais pensamentos continuavam a atormentar Vivenna enquanto ela e Fafen terminavam a coleta de amoras, depois desciam a colina de volta para a cidade. Fafen, como todas as monjas, dedicava seu trabalho ao bem do povo. Ela guardava rebanhos, colhia alimentos e limpava casas para aqueles que não podiam fazer isso.

Sem um dever próprio, Vivenna tinha pouco propósito. Contudo, enquanto pensava no assunto, percebeu que *havia* alguém que ainda precisava dela. Alguém que partira uma semana antes, chorosa e assustada, fitando sua irmã mais velha com desespero.

Vivenna não era necessária em Idris, independentemente do que seu pai dissesse. Ela era inútil ali. Mas *conhecia* o povo, as culturas e a sociedade de Hallandren. E, enquanto seguia Fafen até a estrada, uma ideia começava a se formar em sua cabeça.

Uma ideia que não era, nem de longe, apropriada.

3

ELE NÃO SE LEMBRAVA de ter morrido. Mas os sacerdotes de Canto-de-Luz lhe garantiram que sua morte havia sido extremamente inspiradora. Nobre. Grandiosa. Heroica. Ninguém Retornava se não houvesse morrido de um modo que exemplificasse as virtudes da existência humana. Era por isso que os Tons Iridescentes enviavam os Retornados de volta; eles agiam como exemplos e deuses para as pessoas que ainda viviam.

Cada deus representava alguma coisa. Um ideal relacionado à maneira heroica como haviam morrido. O próprio Canto-de-Luz morrera exibindo extraordinária coragem. Ou pelo menos era isso que seus sacerdotes lhe contaram. Ele não se lembrava do evento, assim como não se lembrava de nada da sua vida antes de se tornar um deus.

Ele grunhiu baixinho, incapaz de continuar dormindo. Rolou, sentindo-se fraco enquanto se sentava no seu leito majestoso. Visões e memórias atormentavam sua mente, e ele sacudiu a cabeça, tentando clarear a névoa do sono.

Servos entraram, respondendo tacitamente às necessidades do seu deus. Ele era uma das divindades mais jovens, pois havia Retornado há apenas cinco anos. Havia cerca de duas dúzias de divindades na Corte dos Deuses, e muitas eram bem mais importantes — e muito mais astutas politicamente — do que Canto-de-Luz. E, acima de todas, reinava Susebron, o Rei-Deus de Hallandren.

Por mais jovem que fosse, ele merecera um enorme palácio. Dormia em um quarto acortinado com sedas tingidas de tons de vermelho e amarelo vivos. Seu palácio continha dezenas de câmaras, todas decoradas e preenchidas de acordo com seus caprichos. Centenas de servos e sacerdotes cuidavam das suas necessidades — quer ele quisesse, quer não.

Tudo isso, ele pensava enquanto se levantava, *porque eu não soube morrer.* Levantar-se o deixou um pouco tonto. Era seu dia de banquete. Careceria de força até comer.

Servos se aproximaram, carregando brilhantes trajes em vermelho e dourado. Ao adentrar a aura dele, cada servo — pele, cabelo, roupas e trajes — explodia em um colorido exagerado. Os matizes saturados eram muito mais resplandecentes do que qualquer tinta ou tintura poderia produzir. Esse era um efeito do BioCroma inato de Canto-de-Luz: ele tinha Respiração o bastante para preencher milhares de pessoas. Via pouco valor nisso. Não podia usá-la para animar objetos ou cadáveres; ele era um deus, não um Despertador. Não podia entregar — ou sequer emprestar — sua Respiração deífica.

Bem, exceto uma vez. Isso, contudo, o mataria.

Os servos continuaram com seus cuidados, envolvendo-o em lindos tecidos. Canto-de-Luz era pelo menos meio metro mais alto do que qualquer outra pessoa no recinto. Também tinha ombros largos, com um físico musculoso que não merecia, considerando a quantidade de tempo que passava no ócio.

— Dormiu bem, Vossa Graça? — perguntou uma voz.

Canto-de-Luz se virou. Llarimar, seu sumo sacerdote, era um homem alto e corpulento, que usava óculos e tinha um jeito calmo. Suas mãos estavam quase escondidas pelas mangas profundas da túnica dourada e vermelha, e ele carregava um grosso volume. Tanto a túnica quanto o livro explodiram em cores quando entraram na aura de Canto-de-Luz.

— Eu dormi fantasticamente bem, Afobado — disse Canto-de-Luz, bocejando. — Uma noite cheia de pesadelos e sonhos obscuros, como sempre. Terrivelmente repousante.

O sacerdote ergueu uma sobrancelha.

— Afobado?

— Sim — confirmou Canto-de-Luz. — Decidi dar a você um novo apelido. Afobado. Parece combinar com a maneira como você está sempre correndo por aí, mexendo nas coisas.

— Estou honrado, Vossa Graça — disse Llarimar, sentando-se em uma cadeira.

Cores, pensou Canto-de-Luz. *Ele nunca se irrita?*

Llarimar abriu seu volume.

— Vamos começar?

— Se é preciso — respondeu Canto-de-Luz.

Os servos terminaram de amarrar as fitas, encaixar os fechos e ajeitar as sedas. Cada um deles se curvou e recuou para um lado do quarto.

Llarimar pegou sua pena.

— O que, então, o senhor se lembra dos seus sonhos?

— Ah, você sabe. — Canto-de-Luz deixou-se cair novamente em um dos seus sofás, relaxando. — Nada realmente importante.

Llarimar franziu os lábios em desagrado. Outros servos começaram a chegar, trazendo vários pratos de comida. Comida humana comum. Como um Retornado, Canto-de-Luz não precisava realmente comer tais coisas — elas não lhe concediam força nem baniam sua fadiga. Eram uma mera indulgência. Em pouco tempo, ele teria que se alimentar de algo muito mais... divino. Isso daria a ele força o bastante para viver por outra semana.

— Por favor, tente se lembrar dos sonhos, Vossa Graça — pediu Llarimar em seu modo polido mas firme. — Por mais insignificantes que possam parecer.

Canto-de-Luz suspirou e olhou para o teto, que era, naturalmente, pintado com um mural que representava três campos cercados por muralhas de pedra. Era uma visão que um dos seus predecessores tivera. Canto-de-Luz fechou os olhos e tentou se concentrar.

— Eu... estava caminhando por uma praia. E um navio estava partindo sem mim. Não sei para onde estava indo.

A pena de Llarimar começou a rascunhar rapidamente. Era provável que estivesse encontrando todo tipo de simbolismo na memória.

— Havia alguma cor? — perguntou o sacerdote.

— O navio tinha uma vela vermelha — respondeu Canto-de-Luz. — A areia era marrom, como de costume, e as árvores, verdes. Por algum motivo, acho que a água do oceano era vermelha, como o navio.

Llarimar escreveu furiosamente — ele sempre se empolgava quando Canto-de-Luz recordava cores. Canto-de-Luz abriu os olhos e fitou o teto e seus campos de cores vivas. Estendeu a mão preguiçosamente e pegou umas frutinhas do prato de um servo.

Por que se ressentia de dar seus sonhos ao povo? Mesmo que achasse divinação tolice, não tinha direito de reclamar. Ele era incrivelmente afortunado. Tinha uma aura BioCromática deífica, um físico que causaria inveja a qualquer homem, e luxo o bastante para dez reis. De todas as pessoas do mundo, ele não tinha o mínimo direito de dificultar as coisas. Era só que... bem, provavelmente era o único deus no mundo que não acreditava na própria religião.

— Havia mais alguma coisa no sonho, Vossa Graça? — perguntou Llarimar, levantando os olhos do livro.

— Você estava lá, Afobado.

Llarimar empalideceu um pouco.

— Eu... estava?

Canto-de-Luz assentiu.

— Você pedia desculpas por me perturbar o tempo todo e por impedir minha depravação. Então você me trouxe um garrafão de vinho e fez uma dancinha. Foi bem impressionante.

Llarimar lhe lançou um olhar inexpressivo. Canto-de-Luz suspirou.

— Não, não havia mais nada. Só o barco. Até mesmo isso está sumindo.

Llarimar assentiu, então se levantou e mandou os servos se afastarem — mesmo que eles permanecessem no cômodo, segurando pratos de nozes, vinho e frutas, caso algo disso fosse desejado.

— Vamos seguir em frente então, Vossa Graça? — perguntou Llarimar.

Canto-de-Luz suspirou outra vez, então se levantou, exausto. Um servo avançou apressadamente para ajeitar um dos fechos da sua túnica, que se abriu quando ele se sentou.

Canto-de-Luz acompanhou o passo de Llarimar, assomando pelo menos trinta centímetros acima do sacerdote. A mobília e os umbrais das portas haviam sido construídos para se adequar ao tamanho aumentado de Canto-de-Luz, de modo que eram os servos e sacerdotes que pareciam deslocados. Eles seguiram de cômodo em cômodo, sem usar os corredores. Corredores eram para servos e formavam um quadrado ao redor do edifício. Canto-de-Luz caminhava sobre tapetes aveludados das nações do norte, passando pela melhor cerâmica vinda do outro lado do Mar Interno. Cada cômodo estava decorado com pinturas e poemas escritos com caligrafia graciosa, criados pelos melhores artistas de Hallandren.

No centro do palácio havia uma pequena sala quadrada que se abstinha dos vermelhos e dourados emblemáticos de Canto-de-Luz. Aquela ali estava cheia de fitas de cores mais escuras — azuis-profundos e vermelhos-sangue. Cada uma delas era uma cor verdadeira, diretamente no matiz, como só alguém que havia obtido a Terceira Elevação poderia distinguir.

Quando Canto-de-Luz adentrou a sala, as cores ganharam vida, se tornando mais brilhantes e intensas, mas, de algum modo, permaneceram escuras. O bordô tornou-se um bordô mais verdadeiro, o azul-marinho, um azul-marinho mais poderoso. Escuro porém brilhante, um contraste que só a Respiração podia inspirar.

No centro da sala havia uma criança.

Por que sempre precisa ser uma criança?, pensou Canto-de-Luz.

Llarimar e os servos esperavam. Canto-de-Luz deu um passo à frente e a garotinha olhou para o lado, onde havia dois sacerdotes em túnicas vermelhas e douradas que assentiram de modo encorajador. A garota olhou de volta para Canto-de-Luz, obviamente nervosa.

— Pronto, pronto — disse Canto-de-Luz, tentando soar encorajador. — Não há nada a temer.

Ainda assim, a garota tremia.

Sermões e mais sermões — feitos por Llarimar, que alegava que *não* eram sermões, pois não se faziam sermões aos deuses — passaram pela cabeça de Canto-de-Luz. Não havia nada a temer dos deuses Retornados de Hallandren. Eles eram uma bênção. Forneceram visões do futuro, assim como liderança e sabedoria. Tudo que eles precisavam para sobreviver era uma coisa.

Respiração.

Canto-de-Luz hesitou, mas sua fraqueza estava chegando ao ponto crítico. Estava tonto. Amaldiçoando a si mesmo em silêncio, ele se ajoelhou e tomou o rosto da menina em suas mãos enormes. Ela começou a chorar, mas disse as palavras, de modo claro e distinto, como havia sido ensinada.

— Minha vida para a sua. Minha Respiração se torna sua.

A Respiração dela fluiu, formando uma névoa no ar, que subiu pelo braço de Canto-de-Luz — o toque era necessário —, que a absorveu. Sua fraqueza desapareceu; a tontura se evaporou. Ambas foram substituídas por uma intensa clareza. Ele se sentiu revigorado, revitalizado, *vivo.*

A garota perdeu a vivacidade. A cor de seus lábios e dos olhos desbotou ligeiramente. Seu cabelo castanho perdeu um pouco do brilho; suas bochechas ficaram mais pálidas.

Não é nada, ele pensou. *A maioria das pessoas diz que nem percebe que sua Respiração se foi. Ela vai viver uma vida plena. Feliz. Sua família será bem paga pelo sacrifício.*

E Canto-de-Luz viveria por mais uma semana. Sua aura não ficou mais forte com a Respiração de que se alimentara; aquela era outra diferença entre um Retornado e um Despertador. Despertadores às vezes eram considerados imitações inferiores e artificiais dos Retornados.

Sem uma nova Respiração a cada semana, Canto-de-Luz morreria. Muitos Retornados fora de Hallandren só viviam oito dias. Contudo, com uma Respiração doada por semana, um Retornado podia seguir vivendo, sem envelhecer, tendo visões à noite que supostamente forneciam divinações do futuro. Daí a Corte dos Deuses, repleta de palácios, onde os deuses podiam ser cuidados, protegidos e — mais importante — alimentados.

Os sacerdotes avançaram para conduzir a garota para fora do recinto. *Não é nada para ela*, repetiu Canto-de-Luz para si mesmo. *Nada...*

Os olhos da menina encontraram os dele enquanto ela partia, e ele viu que aquele brilho havia sumido. Ela se tornara uma Descorada, uma Opaca, ou uma Desbotada. Uma pessoa sem Respiração. Nunca a recuperaria. Os sacerdotes a levaram embora.

Canto-de-Luz voltou-se para Llarimar, sentindo-se culpado por sua súbita energia.

— Muito bem — disse ele. — Vamos ver as Oferendas.

Llarimar arqueou uma sobrancelha acima dos óculos.

— O senhor está subitamente muito solícito.

Preciso recompensar, pensou Canto-de-Luz. *Mesmo que seja com algo inútil.*

Eles passaram por várias outras salas em vermelho e dourado, a maioria das quais era perfeitamente quadrada, com portas em todos os lados. Na ponta oriental do palácio, adentraram uma sala longa e estreita, completamente branca, algo incomum em Hallandren. As paredes estavam cheias de pinturas e poemas. Os servos permaneceram do lado de fora; só Llarimar se juntou a Canto-de-Luz quando ele foi ver a primeira pintura.

— E então? — perguntou Llarimar.

Era uma pintura pastoral da selva, com folhas de palmeira pendentes e flores coloridas. Havia algumas daquelas plantas nos jardins ao redor da Corte dos Deuses, o que permitiu que Canto-de-Luz as reconhecesse. Ele nunca estivera em uma selva — pelo menos durante aquela encarnação de sua vida.

— A pintura é boa — disse Canto-de-Luz. — Não é minha favorita. Me faz pensar no exterior. Gostaria de poder visitá-lo.

Llarimar olhou para ele com uma expressão curiosa.

— O que foi? — quis saber Canto-de-Luz. — A corte às vezes é tediosa.

— Não há muito vinho na floresta, Vossa Graça.

— Eu poderia fazer um pouco. Fermentar... alguma coisa.

— Estou certo de que sim — replicou Llarimar, acenando com a cabeça para um dos seus auxiliares fora da sala.

O sacerdote inferior anotou o que Canto-de-Luz havia dito sobre a pintura. Em algum lugar da cidade havia um patrono que buscava uma bênção de Canto-de-Luz. Provavelmente tinha algo a ver com bravura — talvez o patrono estivesse planejando propor casamento ou talvez fosse um comerciante prestes a assinar um acordo comercial arriscado. Os sacerdotes interpretavam a opinião de Canto-de-Luz da pintura, então concediam àquela pessoa um augúrio — para o bem ou para o mal —, junto com as palavras exatas que Canto-de-Luz dissera. De qualquer modo, o ato de enviar uma pintura para o deus garantia ao patrono certa dose de boa sorte.

Supostamente.

Canto-de-Luz se afastou da pintura. Um sacerdote inferior se apressou em removê-la. Provavelmente o patrono não a pintara, mas contratara alguém para isso. Em geral, quanto melhor uma pintura, melhor a reação obtida dos deuses. Ao que parecia, o futuro de alguém podia ser influenciado pela quantia paga a um artista.

Eu não deveria ser tão cínico, pensou Canto-de-Luz. *Sem esse sistema, eu teria morrido cinco anos atrás.*

Cinco anos atrás ele *havia* morrido, embora ainda não soubesse o que o matara. Havia sido realmente uma morte heroica? Talvez ninguém tivesse permissão de falar sobre sua vida anterior porque não queriam que ninguém soubesse que Canto-de-Luz, o Ousado, morrera de cólica estomacal.

O sacerdote inferior desapareceu pela porta com a pintura da selva. Ela seria queimada. Tais oferendas eram feitas especificamente para o deus pretendido, e só ele — além de alguns dos seus sacerdotes — tinha permissão de vê-las. Canto-de-Luz seguiu para a próxima obra de arte na parede. Na verdade, era um poema, feito na escrita dos artesãos hallandreanos. Os pontos de cor se tornavam mais claros conforme Canto-de-Luz se aproximava. A escrita era um sistema especializado, que não se baseava na forma, mas na cor. Cada ponto colorido representava um som diferente na língua de Hallandren. Combinados com alguns pontos duplos — um de cada cor —, isso criava um alfabeto que era um pesadelo para os daltônicos.

Poucos em Hallandren admitiriam ter *aquela* enfermidade em particular. Pelo menos era o que Canto-de-Luz ouvira dizer. Ele se perguntava se os sacerdotes sabiam o quanto seus deuses fofocavam sobre o mundo exterior.

O poema não era muito bom, obviamente composto por um camponês que havia pagado outra pessoa para traduzi-lo para a escrita dos artesãos. Os pontos simples eram sinal disso; verdadeiros poetas utilizavam símbolos mais elaborados, linhas contínuas que mudavam de cor, ou glifos coloridos que formavam imagens. Muito podia ser feito com símbolos que mudavam de forma sem perder o significado.

Acertar as cores era uma arte delicada, que exigia a Terceira Elevação ou mais para aperfeiçoar. Era naquele nível de Respiração que uma pessoa adquiria a habilidade de perceber matizes perfeitos de cor, assim como a Segunda Elevação concedia um ouvido absoluto. Os Retornados eram da Quinta Elevação. Canto-de-Luz não sabia como era viver sem a habilidade de reconhecer instantaneamente tons exatos de cor e som. Ele podia diferenciar um vermelho ideal de outro que havia sido misturado com pelo menos uma gota de tinta branca.

Deu para o poema do camponês a melhor avaliação possível, embora em geral sentisse o impulso de ser honesto ao avaliar as Oferendas. Parecia ser seu dever e, por algum motivo, aquela era uma das poucas coisas que ele levava a sério.

Eles continuaram seguindo a fila, com Canto-de-Luz oferecendo resenhas das várias pinturas e poemas. A parede estava admiravelmente cheia naquele dia. Havia alguma festa ou celebração de que não ouvira falar? Quando se aproximaram do fim da fila, Canto-de-Luz estava cansado de olhar para arte, embora seu corpo — alimentado pela Respiração da criança — continuasse se sentindo forte e bem-disposto.

Parou diante da pintura final. Era um trabalho abstrato, um estilo que andava se tornando cada vez mais popular — particularmente em pinturas enviadas para ele, já que fornecera resenhas favoráveis para outras do tipo no passado. Ele quase deu àquela uma nota baixa só por causa disso. Era bom manter os sacerdotes inseguros em relação ao que o agradava, ou pelo menos fora o que lhe disseram alguns dos deuses. Canto-de-Luz sentia que vários deles eram muito mais calculistas na maneira como forneciam suas resenhas, acrescentando mensagens crípticas.

Canto-de-Luz não tinha paciência para truques como aquele, especialmente já que tudo que todo mundo parecia querer dele era honestidade. Ele deu à última pintura o tempo que ela merecia. A tela estava espessa com tinta, cada centímetro colorido com pinceladas grandes e pesadas. O matiz predominante era um vermelho profundo, que não chegava a carmesim, que Canto-de-Luz imediatamente soube que era uma mistura de vermelho e azul com um toque de preto.

As linhas de cor se sobrepunham, uma em cima da outra, quase em progressão. Quase como... ondas. Canto-de-Luz franziu o cenho. Se olhasse da maneira certa, parecia um mar. E seria aquilo um navio no centro?

Vagas impressões do seu sonho lhe voltaram. Um mar vermelho. O navio partindo.

Estou imaginando coisas, disse a si mesmo.

— Boa cor — comentou ele. — Belos padrões. Ela me deixa em paz, mas também há certa tensão. Eu aprovo.

Llarimar pareceu satisfeito com a resposta. Ele assentiu enquanto o sacerdote inferior — que estava um pouco afastado — registrava as palavras de Canto-de-Luz.

— Então — disse Canto-de-Luz — creio que encerramos.

— Sim, Vossa Graça.

Só falta um dever, ele pensou. Agora que terminara com as Oferendas, era hora de passar para a última — e menos agradável — das suas tarefas diárias: as petições. Ele precisava resolvê-las antes de chegar às atividades mais importantes, como tirar uma soneca.

Contudo, Llarimar não o conduziu até o salão de petições. Ele acenou para chamar um sacerdote inferior, então começou a folhear algumas páginas em uma prancheta.

— E então? — indagou Canto-de-Luz.

— Então o quê, Vossa Graça?

— As petições.

Llarimar balançou a cabeça.

— Vossa Graça não vai ouvir petições hoje. Lembra-se?

— Não. Eu tenho *você* para lembrar as coisas por mim.

— Muito bem — disse Llarimar, virando uma página. — Considere-se oficialmente lembrado que não tem petições hoje. Seus sacerdotes estão ocupados com outras coisas.

— Estão? — interpelou Canto-de-Luz. — Fazendo o quê?

— Ajoelhando-se reverentemente no pátio, Vossa Graça. Nossa nova rainha chega hoje.

Canto-de-Luz gelou. *Eu realmente preciso prestar mais atenção na política.*

— Hoje?

— Sim, Vossa Graça. Nosso senhor, o Rei-Deus, vai se casar.

— Tão cedo?

— Assim que ela chegar, Vossa Graça.

Interessante, pensou Canto-de-Luz. *Susebron arrumando uma esposa.* O Rei-Deus era o único dos Retornados que podia se casar. Retornados não podiam produzir filhos — exceto o rei, que nunca havia respirado como um homem vivo. Canto-de-Luz sempre havia considerado a distinção estranha.

— Vossa Graça — disse Llarimar. — Vamos precisar de um Comando de Sem-Vida para organizar nossas tropas no campo fora da cidade, a fim de dar boas-vindas à rainha.

Canto-de-Luz levantou uma sobrancelha.

— Nós planejamos atacá-la?

Llarimar fitou-o com severidade.

Canto-de-Luz deu uma risadinha.

— Botão de fruta — disse ele, fornecendo uma das frases de segurança que permitiam que outros controlassem os Sem-Vida da cidade.

Não era o Comando central, naturalmente. A frase que dera a Llarimar permitia que uma pessoa controlasse os Sem-Vida apenas em situações que não envolvessem combate, e expiraria um dia depois do seu primeiro uso. Canto-de-Luz muitas vezes pensava que o convoluto sistema de Comandos usado para controlar os Sem-Vida era complexo sem a menor necessidade. Contudo, ser um dos quatro deuses a guardar os Comandos dos Sem-Vida *realmente* o tornava importante ocasionalmente.

Os sacerdotes começaram a conversar em voz baixa sobre as preparações. Canto-de-Luz esperou, ainda pensando sobre Susebron e o casamento iminente. Ele cruzou os braços e se encostou ao umbral da porta.

— Afobado? — chamou.

— Sim, Vossa Graça?

— Eu tive uma esposa? Antes de morrer, quero dizer.

Llarimar hesitou.

— Vossa Graça sabe que não posso falar sobre sua vida antes do Retorno. Saber do seu passado não faria bem a ninguém.

Canto-de-Luz inclinou a cabeça para trás, descansando-a contra a parede, e olhou para o teto branco.

— Eu... me lembro de um rosto, às vezes — disse ele em voz baixa. — Um rosto belo, jovem. Acho que pode ter sido ela.

Os sacerdotes se calaram.

— Cabelo castanho atraente — descreveu Canto-de-Luz. — Lábios vermelhos, três tons abaixo da sétima harmonia, com uma beleza profunda. Pele bronzeada e escura.

Um sacerdote se adiantou com o tomo vermelho, e Llarimar começou a escrever furiosamente. Ele não solicitou mais informações a Canto-de-Luz, apenas anotou as palavras do deus como haviam sido ditas.

Canto-de-Luz ficou em silêncio, dando as costas para os homens e suas penas. *De que importa? Aquela vida se foi. Em vez disso, virei um deus. Independentemente da minha descrença na religião em si, as vantagens são agradáveis.*

Ele foi embora com um séquito de servos e sacerdotes inferiores que cuidariam das suas necessidades. Oferendas analisadas, sonhos registrados e petições canceladas, Canto-de-Luz estava livre para se dedicar às próprias atividades.

Ele não voltou às suas câmaras principais. Em vez disso, foi até o pátio e acenou para que um pavilhão fosse montado para ele.

Se uma nova rainha ia chegar naquele dia, queria dar uma boa olhada nela.

4

A CARRUAGEM DE SIRI PArou diante de T'Telir, a capital de Hallandren. Ela olhou pela janela e percebeu algo muito, muito intimidador: seu povo *não* fazia ideia do que a palavra "ostentoso" significava. Flores não eram ostentosas. Vinte soldados protegendo uma carruagem não era ostentoso. Ter um chilique em público não era ostentoso.

O campo de quarenta mil soldados vestidos em brilhantes azuis e dourados, em fileiras perfeitas, lanças levantadas bem alto com borlas azuis sacudindo ao vento... *aquilo* era ostentoso. As fileiras gêmeas de cavaleiros sobre enormes cavalos de cascos grossos, tanto homens quanto animais envoltos em panos dourados que brilhavam ao sol... *aquilo* era ostentoso. A cidade enorme, tão grande que sua mente ficava entorpecida só de pensar, com domos e pináculos e paredes pintadas, tudo competindo para chamar sua atenção... *aquilo* era ostentoso.

Ela pensou que estivesse preparada. A carruagem havia passado por cidades enquanto seguia para T'Telir. Vira as casas pintadas, as cores vivas e as estampas. Ficara em tavernas com camas fofas; comera alimentos com temperos que a fizeram espirrar.

Ela não estava preparada para a recepção em T'Telir. Nem um pouco.

Abençoado Senhor das Cores, pensou.

Os soldados dela cercaram bem de perto a carruagem, como se desejassem poder entrar e se esconder daquela visão avassaladora. T'Telir havia sido construída junto à costa do Mar Brilhante, um grande corpo de água cercado por terra. Ela podia vê-lo ao longe, refletindo a luz solar, justificando seu nome de modo notável.

Um homem de azul e prata cavalgou até a carruagem. Sua túnica volumosa não era simples como as dos monges de Idris, mas tinha enormes ombreiras pontudas que quase faziam o traje parecer uma armadura, e sua cabeça estava adornada com uma mitra combinando. Isso, junto com as cores vivas e as camadas complexas da túnica, fez o cabelo de Siri empalidecer até um branco intimidado.

Ele fez uma mesura.

— Lady Sisirinah Real — disse o homem com uma voz profunda —, sou Treledees, sumo sacerdote da Sua Imortal Majestade Susebron, o Grandioso, Deus Retornado e rei de Hallandren. A senhora aceita essa guarda de honra simbólica para guiá-la até a Corte dos Deuses?

Simbólica?, pensou Siri.

O sacerdote não esperou por uma resposta; apenas virou seu cavalo e começou a voltar pela estrada na direção da cidade. A carruagem o seguiu, seus soldados marchando desconfortavelmente ao redor do veículo. A selva deu lugar a aglomerados esporádicos de palmeiras, e Siri se surpreendeu ao ver quanta areia estava misturada ao solo. Sua vista da paisagem logo foi obstruída pelo vasto campo de soldados em posição de sentido dos dois lados da estrada.

— Austre, Deus das Cores! — sussurrou um dos guardas de Siri. — Eles são Sem-Vida!

O cabelo de Siri — que havia começado a mudar para castanho-avermelhado — voltou bruscamente para um branco temeroso. Ele tinha razão. Sob os uniformes coloridos, as tropas hallandreanas eram de um cinza pálido. Seus olhos, suas peles, até mesmo seus cabelos: tudo havia sido completamente drenado de cor, deixando apenas um monocromo.

Esses não podem ser Sem-Vida! Eles parecem homens!

Havia imaginado os Sem-Vida como criaturas esqueléticas, a carne apodrecendo e caindo dos ossos. Eles eram, afinal de contas, homens que haviam morrido, então trazidos de volta à vida como soldados irracionais. Mas aqueles ali pareciam tão humanos. Não havia nada para distingui-los, exceto sua falta de cor e suas expressões rígidas. Isso e o fato de que ficavam imóveis de uma maneira insólita. Sem se mexer, sem respirar, sem espasmos musculares. Até os olhos estavam imóveis. Pareciam estátuas, especialmente com aquela pele cinzenta.

E... eu vou me casar com uma dessas coisas?, pensou Siri. Mas não, Retornados eram diferentes dos Sem-Vida, e ambos eram diferentes dos Descorados, que eram pessoas que haviam perdido sua Respiração. Ela se lembrava vagamente de um tempo em que alguém em Bevalis havia Retornado. Fazia quase dez anos, e seu pai não a deixara visitar o homem. Ela recordava que ele fora capaz de falar e de interagir com sua família, embora não se lembrasse deles.

Ele morrera de novo uma semana depois.

Por fim, a carruagem passou pelas fileiras dos Sem-Vida. As muralhas da cidade vieram em seguida; eram imensas e intimidadoras, mas quase pareciam mais artísticas do que funcionais. O topo da muralha era curvado em enormes semicírculos, como colinas arredondadas, e a beirada era folheada com um metal dourado. Os portões tinham a forma de duas esbeltas criaturas marinhas que se curvavam em um massivo arco. Siri passou por eles, e a guarda de soldados da cavalaria hallandreana — que pareciam ser homens vivos — a acompanhou.

Ela sempre pensara em Hallandren como um lugar de morte. Suas impressões baseavam-se em histórias contadas por andarilhos de passagem ou por velhas junto da lareira no inverno. Elas falavam de muralhas construídas com caveiras, então pintadas de colorido de modo descuidado e feio. Siri imaginara os edifícios lá dentro manchados com matizes descombinados. Obscenos.

Estava errada. Era verdade que *havia* uma arrogância em T'Telir. Cada nova maravilha parecia querer chamar sua atenção e sacudi-la pelos olhos. As pessoas ladeavam as ruas — mais gente do que Siri já vira em toda sua vida —, se amontoando para ver sua carruagem. Se havia pobres entre elas, Siri não sabia dizer, porque todas usavam roupas com cores vivas.

Alguns tinham trajes mais exagerados — provavelmente comerciantes, já que diziam que Hallandren não tinha nobreza além dos seus deuses —, mas até mesmo a roupa mais simples tinha uma alegre vivacidade.

Muitos dos edifícios pintados destoavam entre si, mas nenhum havia sido feito de modo descuidado. Havia um senso de artesanato e arte em tudo, desde as fachadas das lojas até as pessoas e as estátuas de poderosos soldados frequentemente dispostas nas esquinas. Era terrivelmente avassalador. Espalhafatoso, mas de um modo vibrante e entusiasmado. Siri se pegou sorrindo — seu cabelo tornando-se um louro hesitante —, embora sentisse uma enxaqueca chegando.

Talvez... talvez tenha sido por isso que meu pai me enviou, pensou Siri. *Com ou sem treinamento, Vivenna nunca se adaptaria a este lugar. Mas eu sempre fui interessada demais em cor.*

O pai dela era um bom rei, com bons instintos. E se, depois de vinte anos criando e treinando Vivenna, ele houvesse chegado à conclusão de que ela não era a pessoa certa para ajudar Idris? Seria por isso que, pela primeira vez em suas vidas, o pai havia escolhido Siri em vez de Vivenna?

Mas se isso é verdade, o que devo fazer? Ela sabia que seu povo temia que Hallandren invadisse Idris, mas não conseguia imaginar seu pai enviando uma das filhas caso acreditasse que a guerra estava próxima. Talvez ele esperasse que ela fosse capaz de aliviar as tensões entre os reinos?

Aquela possibilidade só aumentou seu nervosismo. O dever era algo com que não estava familiarizada, e era um tanto perturbador. Seu pai havia confiado a ela o próprio destino e a vida do seu povo. Ela não podia fugir, escapar ou se esconder.

Particularmente do próprio matrimônio.

Enquanto seu cabelo embranquecia de medo do que estava por vir, ela desviou o foco novamente para a cidade. Não era difícil deixar que ela tomasse sua atenção; era enorme, se estendendo como uma fera cansada enrolada ao redor e acima das colinas. Enquanto a carruagem subia pela zona sul da cidade, ela pôde ver, através de espaços entre os edifícios, que o Mar Brilhante se separava em uma baía diante da cidade. T'Telir se curvava em volta da baía e corria até a água, formando uma crescente. A muralha da cidade, então, só precisava seguir em um semicírculo junto do mar, mantendo a cidade fechada.

Ela não parecia abarrotada. Havia bastante espaço aberto na cidade — mercados e jardins, grandes trechos de terra não utilizada. Palmeiras enfeitavam muitas das ruas, e outras folhagens eram comuns. Além disso, com a brisa fresca do mar, o ar era muito mais ameno do que ela havia esperado. A estrada conduzia a um mirante costeiro na cidade, um pequeno platô com uma vista excelente. Só que o platô inteiro estava cercado por uma grande muralha que obstruía a visão. Siri observou com apreensão crescente enquanto os portais para aquela cidade dentro da cidade se abriam para deixar entrar a carruagem, os soldados e os sacerdotes.

Os plebeus ficaram do lado de fora.

Havia outra muralha no interior, uma barreira para impedir que alguém espiasse pelo portão. A procissão se virou para a esquerda e deu a volta ao redor da muralha de ocultamento, então adentrou a Corte dos Deuses hallandreana: um pátio fechado e coberto de grama. Dezenas de mansões dominavam o ambiente, cada uma pintada de uma cor. Ao fim da corte, havia uma estrutura negra massiva, muito mais alta do que os outros edifícios.

O pátio murado estava silencioso e sem movimento. Siri pôde ver figuras sentadas em sacadas, assistindo a sua carruagem avançar. Diante de cada um dos palácios, uma equipe de homens e mulheres jazia prostrada na grama. A cor de suas roupas combinava com a do edifício, mas Siri não deu muita atenção a elas. Em vez disso, espiou nervosamente a grande estrutura negra, que tinha uma base piramidal de blocos gigantes em degraus, e uma ampla torre no topo.

Preto, ela pensou. *Em uma cidade de cores.* Seu cabelo empalideceu ainda mais. Ela subitamente desejou ser mais devota. Duvidava que Austre estivesse muito satisfeito com suas explosões e, na maioria dos dias, ela tinha dificuldade até em nomear as Cinco Visões. Mas ele a protegeria por amor ao seu povo, não?

A procissão parou diante da base do enorme edifício. Siri olhou para cima pela janela da carruagem e viu as plataformas e saliências junto do telhado da torre, que faziam com que a arquitetura parecesse pesada no topo. Teve a sensação de que os blocos escuros desabariam em uma avalanche para enterrá-la.

O sacerdote cavalgou de volta até a janela de Siri. Os cavaleiros esperavam em silêncio, os movimentos dos animais, o único som no enorme pátio aberto.

— Chegamos, Receptáculo — disse o homem. — Assim que adentrarmos o edifício, você será preparada e levada ao seu marido.

— Marido? — indagou Siri, desconfortável. — Não haverá uma cerimônia de casamento?

O sacerdote sorriu.

— O Rei-Deus não precisa de justificação cerimonial. Você se tornou esposa dele no momento em que ele assim desejou.

Siri se arrepiou.

— Eu estava esperando talvez poder vê-lo antes, sabe...

O sacerdote fitou-a com dureza.

— O Rei-Deus não age de acordo com seus caprichos, mulher. Você foi abençoada acima de todas as outras, pois terá permissão de tocá-lo... mesmo que apenas quando *ele* decidir. Não pretenda ser nada além do que você é. Veio aqui porque ele assim desejou, e vai obedecer. Caso contrário, será repudiada e outra será escolhida em seu lugar... O que acho que seria um mau agouro para seus amigos rebeldes nas terras altas.

O sacerdote virou seu cavalo, então trotou de volta até uma grande rampa de pedra que levava ao edifício. A carruagem se moveu subitamente, e Siri foi guiada na direção de seu destino.

5

***ISSO VAI COMPLICAR** as coisas*, pensou Vasher, parado entre as sombras no topo da muralha que envolvia a Corte dos Deuses.

Qual é o problema?, indagou Sangue-da-Noite. *Então, os rebeldes mandaram mesmo uma princesa. Isso não muda seus planos.*

Vasher não reagiu, assistindo à carruagem da nova rainha subir a ladeira e desaparecer na bocarra do palácio. *O que foi?*, questionou Sangue-da-Noite. Mesmo depois de todos aqueles anos, a espada muitas vezes agia como uma criança.

Ela será usada, pensou Vasher. *Duvido que sejamos capazes de resolver esse assunto sem lidar com ela.* Ele não havia acreditado que os idrianos mandariam sangue real para T'Telir. Haviam cedido um peão de enorme valor.

Vasher deu as costas para a corte e enroscou seu pé calçado com sandália em um dos estandartes que corria até a base da muralha. Então liberou sua Respiração.

— Leve-me para baixo — Comandou.

A grande tapeçaria — tecida com fios de lã — sugou centenas de Respirações dele, pois não tinha a forma humana e era enorme, mas Vasher agora tinha Respiração suficiente para gastar em Despertares extravagantes como aquele.

A tapeçaria se retorceu, uma coisa viva, e formou uma mão que pegou Vasher. Como sempre, o Despertar tentava imitar a forma humana — olhando de perto as torções e ondulações do tecido, Vasher podia ver silhuetas de músculos e veias. Não havia necessidade disso; a Respiração animava o tecido e nenhum músculo era necessário para que ele se movesse.

A tapeçaria carregou Vasher cuidadosamente para baixo, pegando-o por um ombro, e pousou seus pés na rua.

— Sua Respiração para a minha — Comandou Vasher.

A grande tapeçaria-estandarte perdeu sua forma animada imediatamente, a vida desaparecendo, e esvoaçou de volta contra a muralha.

Algumas poucas pessoas hesitaram na rua, mas apenas curiosas, não amedrontradas. T'Telir era lar dos próprios deuses. Indivíduos com mais de mil Respirações eram incomuns, mas não inauditos. As pessoas olharam boquiabertas — como camponeses em outros reinos parariam para ver a carruagem de um lorde —, mas então seguiram adiante com suas atividades diárias.

A atenção era inevitável. Embora Vasher ainda usasse seu traje habitual — calças esfarrapadas, manto bem gasto, apesar do calor, uma corda enrolada várias vezes ao redor da cintura como cinto —, ele agora fazia as cores brilharem dramaticamente quando estava por perto. A mudança era perceptível para pessoas normais, e gritante para aqueles da Primeira Elevação.

Seus dias de se esconder e se esgueirar haviam acabado. Teria que se reacostumar a ser notado. Esse era um dos motivos para ficar feliz de estar em T'Telir. A cidade era grande e cheia de estranhezas o bastante — desde soldados Sem-Vida até objetos Despertados desempenhando funções cotidianas — para ele não chamar atenção *demais*.

Exceto, naturalmente, Sangue-da-Noite. Vasher se moveu pelas multidões carregando a espada, agora excessivamente pesada, em uma das mãos, a ponta embainhada quase se arrastando no chão atrás dele. Algumas pessoas se desviavam da espada imediatamente; outras a fitavam, seus olhos se demorando nela tempo demais. Talvez fosse hora de meter Sangue-da-Noite de volta na bolsa.

Ah, não senhor, disse Sangue-da-Noite. *Nem pense nisso. Já fiquei tempo demais sem sair.*

Que diferença faz para você?, pensou Vasher.

Preciso de ar fresco, declarou Sangue-da-Noite. *E luz solar.*

Você é uma espada, pensou Vasher. *Não uma palmeira.*

Sangue-da-Noite ficou em silêncio. Era inteligente o bastante para perceber que não era uma pessoa, mas não gostava que lhe confrontassem com aquele fato. Isso costumava causar mau humor e silêncio. Por Vasher, estava ótimo.

Percorreu o caminho até um restaurante, a algumas ruas abaixo da Corte dos Deuses. Aquela era uma coisa de que *havia* sentido falta em relação a T'Telir: restaurantes. Na maioria das cidades, havia poucas opções de refeição. Se a intenção era permanecer por algum tempo, contratava-se uma mulher local para fornecer refeições à sua mesa. Se a estadia era curta, comia-se o que seu taverneiro fornecia.

Em T'Telir, contudo, a população era grande o bastante — e rica o bastante — para sustentar provedores de alimentos profissionais. Restaurantes ainda não haviam virado moda no resto do mundo, mas em T'Telir eram comuns. Vasher já tinha uma cabine reservada, e o garçom indicou-lhe o local. Ele se instalou e encostou Sangue-da-Noite contra a parede.

A espada foi roubada menos de um minuto depois.

Vasher ignorou o furto, pensativo, enquanto o garçom lhe trazia um copo de chá quente cítrico. Provou o líquido adoçado e sugou o pedaço de casca que havia nele, se perguntando por que afinal um povo que vivia em terras baixas e tropicais preferia chás aquecidos. Depois de alguns minutos, seu senso vital o preveniu de que estava sendo vigiado. Por fim, aquele mesmo senso o avisou de que alguém estava se aproximando. Vasher deslizou sua adaga para fora do cinto com a mão livre enquanto bebia.

O sacerdote se sentou em frente a Vasher na cabine. Usava roupas civis, em vez da túnica religiosa. Contudo, talvez inconscientemente, ainda havia escolhido o verde-água e o cobre da sua divindade. Vasher deslizou a adaga de volta para a bainha, disfarçando o som bebendo um gole de modo barulhento.

O sacerdote, Bebid, olhou ao redor nervosamente. Tinha uma aura de Respiração grande o bastante para indicar que havia alcançado a Primeira Elevação. Era onde a maioria das pessoas — dentre as que podiam comprar Respiração — parava. Essa quantidade de Respiração estendia o tempo de vida por uma boa década e dava à pessoa um senso vital ampliado. Também permitia que visse auras de Respiração e distinguisse outros Despertadores, e, em caso de aperto, permitia que essa pessoa realizasse um pequeno Despertar. Uma troca decente por gastar dinheiro suficiente para alimentar uma família de camponeses por cinquenta anos.

— E então? — perguntou Vasher.

Bebid chegou a pular de susto. Vasher suspirou e fechou os olhos. O sacerdote não estava acostumado àquele tipo de encontro clandestino. Nunca teria ido, se Vasher não exercesse certas... pressões sobre ele.

Vasher abriu os olhos e os fixou no sacerdote enquanto o garçom chegava com dois pratos de arroz temperado. Comida *tektees* era a especialidade do restaurante — hallandreanos gostavam de temperos estrangeiros tanto quanto gostavam de cores estranhas. Vasher havia feito o pedido mais cedo, junto com um pagamento que manteria as cabines próximas vazias.

— E então? — repetiu Vasher.

— Eu... — Bebid hesitou. — Eu não sei. Não fui capaz de descobrir muita coisa.

Vasher fitou o homem com severidade.

— Você precisa me dar mais tempo.

— Lembre-se das suas indiscrições, amigo — disse Vasher, então bebeu o resto do chá, sentindo uma pontada de irritação. — Não queremos que notícias sobre elas se espalhem, queremos?

Temos que passar por isso novamente?

Bebid ficou em silêncio por algum tempo. Não tocou na sua refeição.

— Você não sabe o que está pedindo, Vasher — disse ele, se inclinando para perto. — Eu sou um sacerdote de Visionária, a Veraz. Não posso trair meus votos!

— Que bom que eu não estou pedindo que faça isso, então.

— Não devemos liberar informações sobre política da corte.

— Ah! — retrucou Vasher. — Esses Retornados não conseguem nem *olhar* uns para os outros sem que meia cidade fique sabendo uma hora depois.

— Certamente você não está insinuando que... — disse Bebid.

Vasher trincou os dentes, dobrando sua colher com o dedo de tanta irritação.

— *Chega*, Bebid! Nós dois sabemos que seus votos são apenas parte do jogo. — Ele se inclinou para perto. — E eu *realmente* odeio jogos.

Bebid empalideceu. Vasher olhou para sua colher, então a curvou de volta à forma original, se acalmando. Enfiou na boca uma colherada de arroz, ardente devido aos temperos. Ele não era adepto de deixar a comida esperando — nunca sabia quando precisaria sair apressado.

— Há... rumores — disse Bebid finalmente. — Isso vai além da simples política da corte, Vasher... além de jogos entre deuses. É algo muito real, e *muito* discreto. Discreto o bastante para que até mesmo sacerdotes atenciosos só ouçam indícios.

Vasher continuou a comer.

— Há uma facção na corte pressionando para atacar Idris — disse Bebid. — Embora eu não entenda por quê.

— Não seja idiota — retrucou Vasher, desejando ter mais chá para fazer descer o arroz. — Nós dois sabemos que Hallandren tem motivos fortes para abater todo mundo naquelas terras altas.

— Membros da família real — disse Bebid.

Vasher concordou. Eles eram chamados de rebeldes, mas eram a verdadeira família real de Hallandren. Embora fossem meros mortais, sua linhagem sanguínea era um desafio à Corte dos Deuses. Qualquer bom monarca sabia que a primeira coisa a fazer para estabilizar seu trono era executar qualquer pessoa com uma reivindicação ao trono melhor do que a sua. Depois disso, geralmente era uma boa ideia executar todos que *pensavam* ter uma reivindicação ao trono.

— Então — disse Vasher. — Vocês lutam, Hallandren vence. Qual é o problema?

— É uma má ideia, esse é o problema — disse Bebid. — Uma *péssima* ideia. Pelos Fantasmas de Kalad, homem! Idris não vai cair facilmente, não importa o que digam as pessoas na corte. Não vai ser como esmagar aquele idiota do Vahr. Os idrianos têm aliados por todas as montanhas e a simpatia de dezenas de reinos. O que alguns estão chamando de simples repressão de facções rebeldes pode muito bem acabar em outra Multiguerra. Você quer isso? Milhares e milhares de mortos? Reinos arruinados para sempre?

Tudo para que possamos tomar um pedaço de terra congelada que ninguém quer de verdade.

— As rotas comerciais são valiosas — observou Vasher.

Bebid bufou.

— Os idrianos não são tolos o bastante para elevar *demais* as tarifas. A questão não é dinheiro; é medo. As pessoas na corte falam sobre o que *pode* acontecer se os idrianos cortarem as rotas, ou o que *pode* acontecer se os idrianos deixarem inimigos passar para fazer cerco a T'Telir. Se dinheiro fosse a questão, nunca entraríamos em guerra. Hallandren prospera com seu comércio de tinturas e tecidos. Você acha que os negócios cresceriam com a guerra? Teríamos sorte em não sofrer um colapso econômico total.

— E você acha que eu me importo com o bem-estar econômico de Hallandren? — perguntou Vasher.

— Ah, sim — replicou Bebid secamente. — Esqueci com quem estava falando. O *que* você quer, então? Diga-me, para que possamos acabar logo com isso.

— Conte-me sobre os rebeldes — disse Vasher, mastigando seu arroz.

— Os idrianos? Como eu disse...

— Eles, não — cortou Vasher. — Os rebeldes na cidade.

— Eles são insignificantes, agora que Vahr está morto — disse o sacerdote, acenando com a mão. — Ninguém sabe quem o matou, aliás. Provavelmente os próprios rebeldes. Acho que não gostaram que ele tenha acabado capturado, não é?

Vasher não disse nada.

— Era só isso que você queria? — perguntou Bebid com impaciência.

— Preciso entrar em contato com as facções que você mencionou — respondeu Vasher. — Que estão pressionando pela guerra contra Idris.

— Não vou ajudá-lo a enraivecer os...

— *Não* ouse me dizer o que fazer, Bebid. Basta me dar a informação que você me prometeu, então poderá ficar livre de tudo isso.

— Vasher — disse Bebid, se inclinando mais para perto. — Eu *não posso* ajudar. Minha senhora não está interessada nesse tipo de política, e convivo com os grupos errados.

Vasher comeu mais algumas colheradas enquanto julgou a sinceridade do homem.

— Tudo bem. Então, quem?

Bebid relaxou e enxugou a testa com seu guardanapo.

— Não sei. Talvez um dos sacerdotes de Estrela-Caridosa? Também pode tentar Dedos-Azuis, imagino.

— Dedos-Azuis? Que nome estranho para um deus.

— Dedos-Azuis não é um deus — disse Bebid com uma risadinha. — Isso é só um apelido. Ele é o administrador do Alto-Palácio, chefe dos escribas. Na prática, é ele que manda na corte; se alguém sabe alguma coisa sobre essa facção, é ele. Naturalmente, ele é tão rígido e certinho que você vai ter dificuldades em dobrá-lo.

— Você ficaria surpreso — respondeu Vasher, enfiando o resto do arroz na boca. — Eu peguei você, não peguei?

— É o que parece.

Vasher se levantou.

— Pague o garçom quando sair — disse ele, então tirou seu manto do gancho e foi embora.

Sentia uma... escuridão à sua direita. Ele caminhou pela rua, então virou em um beco, onde encontrou Sangue-da-Noite — ainda embainhada — cravada no peito do ladrão que a roubara. Outro batedor de carteiras jazia morto no chão do beco.

Vasher puxou a espada, então a enfiou totalmente na bainha — ela só estivera uma fração de centímetro para fora — e prendeu o fecho.

Você realmente perdeu a paciência por um momento, disse Sangue-da-Noite em um tom de censura. *Achei que íamos trabalhar isso.*

Acho que tive uma recaída, pensou Vasher.

Sangue-da-Noite hesitou. *Não me parece que você nem mesmo chegou a descair.*

Essa palavra não existe, replicou Vasher, deixando o beco.

E daí?, disse Sangue-da-Noite. *Você se preocupa demais com palavras. Aquele sacerdote... você gastou todas aquelas palavras com ele, então só o deixou partir. Eu realmente não teria lidado com a situação desse jeito.*

É, eu sei, respondeu Vasher. *O seu jeito teria produzido muito mais cadáveres.*

Bem, eu sou *uma espada*, disse Sangue-da-Noite, bufando mentalmente. *É melhor se dedicar àquilo em que você é bom.*

CANTO-DE-LUZ ESTAVA SENTADO em seu pátio, vendo a carruagem da nova rainha seguir até o palácio.

— Bem, esse foi um dia agradável — comentou ele com seu sumo sacerdote.

Algumas taças de vinho — e algum tempo para se esquecer de crianças privadas de sua Respiração —, e ele estava começando a se sentir mais como de costume.

— O senhor está feliz em ter uma rainha? — indagou Llarimar.

— Estou feliz de ter evitado as petições de hoje graças à chegada dela. O que sabemos sobre ela?

— Não muito, Vossa Graça — disse Llarimar, parado junto da cadeira de Canto-de-Luz, olhando para o palácio do Rei-Deus. — Os idrianos nos surpreenderam ao não enviar a filha mais velha, como planejado. Em vez disso, mandaram a caçula.

— Interessante — comentou Canto-de-Luz, aceitando outra taça de vinho de um dos seus servos.

— Ela só tem 17 anos — disse Llarimar. — Não consigo imaginar casar com o Rei-Deus na idade dela.

— Não consigo imaginar você casando com o Rei-Deus em *qualquer* idade, Afobado — respondeu Canto-de-Luz, então fez uma careta deliberada. — Na verdade, posso imaginar, *sim*, e o vestido lhe cai muito mal. Faça uma anotação de mandar chicotear minha imaginação pela sua insolência de me mostrar essa visão em particular.

— Vou colocá-la na fila, logo depois do seu senso de decoro, Vossa Graça — replicou Llarimar secamente.

— Não seja bobo — disse Canto-de-Luz, então bebeu um pouco de vinho. — Eu não tenho *isso* há anos.

Ele se recostou, tentando decidir o que os idrianos estavam sinalizando ao enviar a princesa errada. Duas palmeiras em vasos balançavam ao vento, e Canto-de-Luz foi distraído pelo cheiro de sal que vinha na brisa do mar. *Pergunto-me se já naveguei pelo mar. Um marinheiro? Foi assim que eu morri? É por isso que sonhei com um navio?*

Só se lembrava vagamente do sonho agora. Um mar vermelho...

Fogo. Morte, matança e batalha. Ele ficou chocado de subitamente se lembrar do sonho em detalhes mais nítidos e vívidos. O mar estava vermelho porque refletia a magnífica cidade de T'Telir envolta em chamas. Quase podia ouvir pessoas gritando de dor, assim como... o quê? Soldados marchando e lutando nas ruas?

Canto-de-Luz sacudiu a cabeça, tentando se livrar das memórias espectrais. O navio que vira no sonho também estava queimando, ele agora recordava. Isso não significava nada; todo mundo tinha pesadelos. Mas causava-lhe desconforto saber que *seus* pesadelos eram vistos como profecias.

Llarimar ainda estava parado, contemplando o palácio do Rei-Deus.

— Ora, sente-se logo e pare de ficar pairando assim sobre mim — disse Canto-de-Luz. — Você vai causar ciúme aos abutres.

Llarimar levantou uma sobrancelha.

— E que abutres seriam esses, Vossa Graça?

— Aqueles que ficam pressionando para nos levar à guerra — respondeu Canto-de-Luz, acenando com a mão.

O sacerdote se sentou em uma das cadeiras reclináveis e relaxou, removendo a mitra volumosa da cabeça e passando os dedos pelos cabelos escuros, que estavam empapados de suor. Durante os primeiros anos, Llarimar havia permanecido rígido e formal todo o tempo, mas Canto-de-Luz enfim o vencera pelo cansaço. Afinal de contas, Canto-de-Luz era o deus. Em sua opinião, se ele podia relaxar no trabalho, seus sacerdotes também podiam.

— Eu não sei, Vossa Graça — disse Llarimar lentamente, esfregando o queixo. — Não gosto disso.

— Da chegada da rainha? — perguntou Canto-de-Luz.

Llarimar assentiu.

— Não temos uma rainha na corte há uns trinta anos. Não sei como as facções vão lidar com ela.

Canto-de-Luz esfregou a testa.

— Política, Llarimar? Você sabe que eu não gosto dessas coisas.

Llarimar o olhou de soslaio.

— Vossa Graça, o senhor é naturalmente um político.

— Não me lembre disso, por favor. Eu gostaria muito de sair dessa situação. Você acha que talvez eu possa subornar um dos outros deuses a assumir o controle dos meus Comandos dos Sem-Vida?

— Duvido que isso seja prudente — replicou Llarimar.

— É tudo parte do meu plano de mestre para garantir que eu me torne total e redundantemente inútil para essa cidade até minha hora de morrer. De novo.

Llarimar inclinou a cabeça para o lado.

— Redundantemente inútil?

— Mas é claro. A inutilidade comum não seria suficiente... Eu sou, afinal de contas, um deus.

Ele pegou um punhado de uvas da bandeja de um servo, ainda tentando ignorar as perturbadoras imagens do sonho. Elas não significavam nada. Só sonhos.

Mesmo assim, decidiu que as contaria a Llarimar na manhã seguinte. Talvez Llarimar pudesse usar os sonhos para pressionar pela paz com Idris. Já que o velho Dedelin não havia enviado sua primogênita, isso significaria mais debates na corte. Mais conversas sobre guerra. A chegada da princesa deveria ter resolvido a questão, mas ele sabia que os promotores da guerra entre os deuses não deixariam o assunto morrer.

— Ainda assim — disse Llarimar, como se estivesse falando consigo mesmo. — Eles mandaram *alguém*. É um bom sinal, certamente. Uma recusa direta teria significado guerra com certeza.

— E seja lá quem for Certeza, duvido que seja bom entrar em guerra com ele — comentou Canto-de-Luz despreocupadamente, inspecionando uma uva. — A guerra é, na minha divina opinião, ainda pior do que a política.

— Alguns dizem que são a mesma coisa, Vossa Graça.

— Bobagem. A guerra é muito pior. Pelo menos, enquanto se faz política, geralmente há ótimos aperitivos.

Como de costume, Llarimar ignorou as tentativas de humor de Canto--de-Luz. Ele teria ficado ofendido se não soubesse que havia três sacerdotes inferiores nos fundos do pátio registrando suas palavras, sondando-as em busca de sabedoria e significado.

— O que você acha que os rebeldes idrianos vão fazer agora? — indagou Llarimar.

— Aí é que está, Afobado — disse Canto-de-Luz, inclinando-se de volta e fechando os olhos, sentindo o sol no rosto. — Os idrianos não se consideram rebeldes. Eles não estão sentados nas colinas esperando pelo dia de retornar em triunfo para Hallandren. Aqui não é mais o lar deles.

— Aqueles picos mal formam um reino.

— Formam um reino bom o bastante para controlar os melhores depósitos de minerais da área, quatro rotas vitais para o norte, e a linhagem real da dinastia original de Hallandren. Eles não precisam de nós, meu amigo.

— E os boatos de dissidentes idrianos na cidade, colocando as pessoas contra a Corte dos Deuses?

— São apenas rumores — disse Canto-de-Luz. — Contudo, se provarem que estou errado e as massas desprivilegiadas invadirem meu palácio e me queimarem na estaca, farei questão de informá-las de que você tinha razão o tempo todo. Você vai rir por último. Ou... bem, vai gritar por último, já que provavelmente estará amarrado ao meu lado.

Llarimar suspirou e Canto-de-Luz abriu os olhos e viu o sacerdote fitando-o com uma expressão contemplativa. O sacerdote não o censurou pela sua leviandade, só estendeu a mão e recolocou o adereço de cabeça. Ele era o sacerdote; Canto-de-Luz era o deus. Não haveria questionamentos, repreensões. Se Canto-de-Luz desse uma ordem, eles todos a seguiriam com exatidão.

Às vezes, isso o apavorava.

Mas não naquele dia. Em vez disso, ficou irritado. A chegada da rainha havia, de algum modo, feito com que falasse de política — e o dia estava indo tão bem até então.

— Mais vinho — disse Canto-de-Luz, levantando a taça.

— O senhor não pode se embebedar, Vossa Graça — observou Llarimar. — Seu corpo é imune a todas as toxinas.

— Eu sei — replicou Canto-de-Luz enquanto um servo inferior enchia sua taça. — Mas acredite... eu sou *muito* bom em fingir.

6

SIRI SAIU DA CARRUAGEM. Imediatamente, dezenas de servos em azul e prata a cercaram e a levaram para longe. Siri se virou, alarmada, olhando para seus soldados. Os homens deram um passo à frente, mas Treledees ergueu a mão.

— O Receptáculo deve ir sozinho — declarou o sacerdote.

Siri sentiu uma pontada de medo. Era chegada a hora.

— Retornem para Idris — disse ela aos homens.

— Mas, minha senhora... — protestou o chefe dos soldados.

— Não — replicou Siri. — Vocês não podem fazer mais nada por mim aqui. Por favor, voltem e digam ao meu pai que cheguei em segurança.

O soldado-chefe olhou para seus homens, indeciso. Siri não pôde ver se lhe obedeceram ou não, pois os servos conduziram-na para uma esquina até um longo corredor negro. Siri tentou não demonstrar medo. Viera ao palácio para se casar e estava determinada a passar uma impressão favorável ao Rei-Deus. Mas agora que o momento havia chegado, estava apavorada. Por que não fugira? Por que não escapulira daquela situação de algum modo? Por que todos eles não podiam deixá-la em paz?

Não havia como escapar agora. Enquanto as serviçais a conduziam através de um corredor até o palácio negro, os últimos vestígios de sua antiga vida desapareceram atrás dela.

Estava sozinha.

Lâmpadas de vidro colorido decoravam as paredes. Siri foi conduzida por várias voltas e curvas nas passagens escuras, e por pelo menos cinco lances de escadas. Tentou se lembrar do caminho de retorno, mas logo ficou totalmente perdida.

Cercando-a como uma guarda de honra, o grupo de servos era composto exclusivamente de mulheres, embora de diferentes idades. Cada uma usava um chapéu azul, com os cabelos soltos atrás, e mantinha os olhos baixos. A roupa azul cintilante era folgada, inclusive no busto. Siri corou diante dos decotes profundos. Em Idris, as mulheres mantinham até os pescoços cobertos.

O corredor negro por fim se abriu para uma sala muito maior. Siri hesitou no umbral. Embora as paredes de pedra da sala fossem negras, haviam sido acortinadas com sedas cor de vinho. De fato, *tudo* na sala era cor de vinho, desde o carpete até a mobília e as banheiras — cercadas por ladrilhos que iam até suas bordas — no centro do recinto.

As servas começaram a mexer na roupa de Siri, despindo-a. Ela pulou e deu tapas em algumas mãos, fazendo com que as mulheres hesitassem, surpresas. Então elas a atacaram com vigor renovado, e Siri percebeu que não tinha escolha a não ser trincar os dentes e suportar aquele tratamento. Levantou os braços, deixando que as servas removessem seu vestido e roupas de baixo, e sentiu seu cabelo se tornar rubro enquanto corava. Pelo menos a sala era aquecida.

Teve arrepios mesmo assim. Foi forçada a ficar nua enquanto outras servas se aproximavam, portando fitas de medição. Elas a cutucaram e remexeram, fazendo várias medições, incluindo ao redor da cintura, busto, ombros e quadris. Quando o trabalho acabou, as mulheres recuaram, e a sala ficou quieta. A banheira principal continuava a fumegar no centro da câmara. Várias das servas gesticularam naquela direção.

Acho que tenho permissão de me lavar, pensou Siri com alívio, caminhando até o declive ladrilhado. Ela entrou cuidadosamente na imensa banheira e ficou feliz ao sentir o calor da água. Abaixou-se no líquido, deixando seu corpo relaxar só um pouquinho.

Respingos suaves soaram atrás dela, que girou o corpo. Várias outras criadas — essas, vestidas de marrom — estavam entrando na banheira totalmente vestidas, segurando esponjas e sabão. Siri suspirou e rendeu-se aos cuidados delas quando começaram a esfregar vigorosamente sua pele e cabelo. Ela fechou os olhos, suportando o tratamento com o máximo de dignidade possível.

Isso fez com que tivesse tempo para pensar, o que não foi bom; só deixou que ponderasse exatamente o que estava acontecendo com ela. Sua ansiedade voltou imediatamente.

Os Sem-Vida não foram tão ruins quanto nas histórias, ela pensou, tentando se tranquilizar. *E as cores da cidade foram muito mais agradáveis do que o esperado. Talvez... talvez o Rei-Deus não seja tão terrível quanto todo mundo pensa.*

— Ah, ótimo — falou alguém. — Estamos dentro do horário. Perfeito.

Siri gelou. Era uma voz de *homem*. Ela abriu subitamente os olhos e viu um homem baixo e mais velho, usando uma túnica marrom, parado ao lado da banheira, escrevendo algo em um livro-razão. Ele era calvo e tinha um rosto redondo e agradável. Um rapazinho estava ao lado dele, carregando folhas extras e um pequeno tinteiro para o homem mergulhar sua pena.

Siri deu um gritinho, espantando algumas das criadas enquanto se movia para se cobrir com os braços, respingando água por toda parte.

O homenzinho com o livro-razão hesitou, olhando para baixo.

— Algo errado, Receptáculo?

— Estou *tomando banho* — retrucou ela com rispidez.

— Sim — disse o homem. — Estou vendo.

— Bem, por que você está *olhando*?

O homem inclinou a cabeça.

— Mas eu sou um servo real, muito abaixo da sua posição... — disse ele, então perdeu o fio da meada. — Ah, sim. Costumes idrianos. Eu havia esquecido. Senhoras, por favor, agitem a água, façam mais bolhas na banheira.

As servas obedeceram, formando muita espuma na água cheia de sabão.

— Pronto — disse o homem, voltando sua atenção para o livro. — Não estou vendo nada. Agora, vamos em frente. Não é bom deixar o Rei-Deus esperando no dia de seu casamento!

Siri relutantemente permitiu que o banho continuasse, embora tomasse cuidado para manter certas partes da sua anatomia bem abaixo da água. As mulheres trabalhavam furiosamente, esfregando com tanta força que Siri quase teve medo de que arrancassem sua pele.

— Como pode imaginar — observou o homem —, estamos com um prazo *muito* apertado. Há muito a fazer, e eu gostaria que tudo ocorresse da maneira mais tranquila possível.

Siri franziu a testa.

— E... quem é exatamente você?

O homem a olhou de relance, fazendo com que ela se abaixasse um pouco mais sob a espuma. Seu cabelo nunca estivera com um vermelho tão vivo.

— Meu nome é Havarseth, mas todos me chamam de Dedos-Azuis. — Ele levantou a mão e remexeu os dedos, que estavam todos manchados com a tinta azul da escrita. — Sou o escriba-chefe e administrador de Sua Excelentíssima Graça Susebron, Rei-Deus de Hallandren. Em termos mais simples, eu administro os atendentes do palácio e supervisiono todos os servos na Corte dos Deuses.

Ele fez uma pausa, olhando para ela.

— Também garanto que todos permaneçam dentro da programação e cumpram seus deveres.

Algumas das garotas mais jovens — usando marrom, como as que estavam banhando Siri — começaram a trazer jarras de água para o lado da banheira, e as mulheres as usaram para enxaguar o cabelo de Siri. Ela se virou para deixá-las fazer isso, embora tentasse manter um olho embaçado pela água em Dedos-Azuis e seu criado.

— Agora — continuou Dedos-Azuis. — Os costureiros do palácio estão trabalhando muito rápido no seu vestido. Tínhamos uma boa estimativa do seu tamanho, mas as medidas finais foram necessárias para completar o processo. Devemos ter o traje pronto para a senhora em pouco tempo.

As criadas molharam novamente a cabeça de Siri.

— Há algumas coisas que precisamos discutir — prosseguiu Dedos-Azuis, a voz distorcida pela água nos ouvidos de Siri. — Presumo que tenham lhe ensinado o método apropriado de tratar Sua Imortal Majestade?

Siri olhou para ele, então desviou o olhar. Provavelmente *haviam* lhe ensinado, mas não se recordava — e, de qualquer modo, ela não estava com cabeça para se concentrar.

— Ah — disse Dedos-Azuis, aparentemente lendo seu rosto. — Muito bem, então, isso pode ser... interessante. Permita-me oferecer algumas sugestões.

Siri assentiu.

— Primeiro, por favor, compreenda que a vontade do Rei-Deus é a lei. Ele não precisa de motivo ou justificativa para o que faz. Sua vida, assim como a vida de todos nós, está nas mãos dele. Segundo, por favor, compreenda que o Rei-Deus não fala com pessoas como a senhora ou eu. A senhora não deve falar enquanto estiver em sua presença. Entendeu?

Siri cuspiu um pouco de água com sabão.

— Quer dizer que nem mesmo tenho permissão de *falar* com meu marido?

— Temo que não — confirmou Dedos-Azuis. — Nenhum de nós tem.

— Então, como ele faz julgamentos e decretos? — perguntou ela, limpando os olhos.

— O Conselho dos Deuses cuida das necessidades mais mundanas do reino — explicou Dedos-Azuis. — O Rei-Deus está acima da governança cotidiana. Quando *é* necessário que se comunique, ele passa seus julgamentos aos sacerdotes, que então os revelam ao mundo.

Que ótimo, Siri pensou.

— É irregular que você possa tocá-lo — continuou Dedos-Azuis. — Gerar um filho é uma incumbência necessária para ele. É nosso trabalho apresentá-la da maneira mais agradável possível e evitar a todo custo irritá-lo.

Austre, Deus das Cores, ela pensou. *Que tipo de criatura é essa?*

Dedos-Azuis a olhou de soslaio.

— Sei um pouco do seu temperamento, Receptáculo. Nós, obviamente, pesquisamos os filhos da monarquia idriana. Permita-me ser um pouco mais íntimo, e talvez mais franco, do que gostaria. Se a senhora falar diretamente com o Rei-Deus, ele ordenará que seja executada. Ao contrário do seu pai, ele não é um homem paciente. Esse ponto deve ser bem enfatizado. Entendo que está acostumada a ser uma pessoa muito importante; de fato, ainda *é* muito importante... talvez mais ainda. A senhora está muito acima de mim e dessas servas. Contudo, por mais acima que esteja de nós, o Rei-Deus está ainda *mais acima* da senhora. Sua Imortal Majestade é... especial. As doutrinas ensinam que a própria terra é básica demais para ele. Ele alcançou a transcendência antes mesmo de nascer, mas então Retornou para trazer ao seu povo bênçãos e visões. A senhora está recebendo um encargo especial. Por favor, não o desperdice... e, por favor, *por favor*, não provoque a ira dele. A senhora entendeu?

Siri assentiu lentamente, sentindo seu cabelo desbotar para branco outra vez. Ela tentou se controlar, mas a pouca coragem que conseguiu reunir parecia uma farsa. Não, não seria capaz de tolerar aquela criatura tão facilmente quanto os Sem-Vida ou as cores da cidade. Sua reputação em Idris não era exagerada. Em pouco tempo, ele ia tomar o corpo dela e fazer o que desejasse. Parte dela estava furiosa com isso — mas era a raiva da frustração. A raiva de saber que algo horrível estava se aproximando e de ser incapaz de fazer qualquer coisa a respeito.

As servas se afastaram dela, deixando-a flutuando parcialmente na água espumosa. Uma das criadas olhou para Dedos-Azuis e sinalizou respeitosamente com a cabeça.

— Ah, já acabamos? — perguntou ele. — Excelente. Você e suas damas são sempre eficientes, Jlan. Então, vamos prosseguir.

— Elas não podem falar? — perguntou Siri baixinho.

— Certamente que sim — respondeu Dedos-Azuis. — Mas são servas dedicadas de Sua Imortal Majestade. Durante suas horas de serviço, seu dever é ser tão útil quanto possível sem causar distrações. Agora, se puder continuar...

Siri permaneceu na água, mesmo quando as mulheres silenciosas tentaram puxá-la para fora. Dedos-Azuis suspirou e se virou, dando as costas para ela, depois estendeu a mão e fez com que seu criado se virasse também.

Siri então se permitiu ser conduzida para fora da banheira. As mulheres molhadas a deixaram e foram até uma sala lateral — provavelmente para se trocar — e várias outras conduziram Siri para uma banheira menor, para se enxaguar. Ela entrou na água, que era muito mais gelada do que a da outra banheira, e arquejou. As mulheres sinalizaram para que ela afundasse o corpo, e ela fez uma careta, mas obedeceu, removendo a maior parte do sabão.

Depois disso, houve uma terceira e última banheira. Enquanto Siri se aproximava, tremendo, um forte aroma de flores emanava da água.

— O que é isso? — indagou Siri.

— Um banho perfumado — disse Dedos-Azuis, ainda de costas para ela. — Se preferir, uma das massagistas do palácio pode esfregar perfume no seu corpo em vez disso. Contudo, não aconselho, levando em conta o tempo limitado...

Siri enrubesceu, imaginando qualquer pessoa — homem ou mulher — esfregando seu corpo com perfume.

— Assim está bom — disse ela, entrando na água. Estava morna, e os aromas florais eram tão intensos que ela teve que respirar pela boca.

As mulheres apontaram para baixo e, suspirando, Siri mergulhou na água perfumada. Depois disso, ela saiu, e várias mulheres se aproximaram com toalhas fofas, finalmente. Começaram a enxugar Siri, seu toque tão delicado e macio quanto a esfregação anterior havia sido intensa. Isso removeu parte do forte aroma, o que deixou Siri grata. Outras mulheres trouxeram um roupão de um azul vívido, e ela estendeu os braços, permitindo que a vestissem, depois o amarrou bem.

— Agora você pode se virar — disse ao administrador.

— Excelente — respondeu Dedos-Azuis, obedecendo. Ele andou rápido rumo a uma porta na lateral da sala e acenou para ela. — Rápido. Ainda temos muito que fazer.

Siri e as criadas o seguiram, trocando a sala cor de vinho por outra que estava decorada em amarelo-forte; tinha muito mais mobília, nenhuma banheira e uma grande poltrona aveludada no centro do cômodo.

— Sua Majestade não está associada a um matiz específico — disse Dedos-Azuis, indicando as cores intensas da sala enquanto as mulheres conduziam Siri para a poltrona aveludada. — Ele representa todas as cores e cada um dos Tons Iridescentes. Portanto, cada sala é decorada com um tom diferente.

Siri se sentou e as mulheres começaram a trabalhar nas suas unhas. Outra tentou escovar os cabelos cheios de nós provenientes da vigorosa esfregação. Siri franziu o cenho.

— Só cortem logo — disse ela.

Elas hesitaram.

— Receptáculo... — disse uma delas.

— Cortem o cabelo — ordenou Siri.

Dedos-Azuis deu a elas a permissão, e algumas tesouradas depois o cabelo estava amontoado no chão. Então Siri fechou os olhos e se concentrou.

Ela não sabia ao certo como fazia aquilo. As Madeixas Reais sempre tinham feito parte da sua vida; alterá-las era como mover qualquer outro músculo, ainda que mais difícil. Em poucos momentos, foi capaz de fazer seu cabelo crescer.

Várias mulheres arquejaram baixinho enquanto o cabelo brotava da cabeça de Siri e descia até seus ombros. Fazê-lo crescer deixou-a faminta e cansada, mas era melhor do que permitir que as mulheres lutassem com o emaranhado. Depois de terminar, ela abriu os olhos.

Dedos-Azuis a fitava com uma expressão curiosa, seu livro-razão frouxo nas mãos.

— Isso é... fascinante — disse ele. — As Madeixas Reais. Há tempos que esperávamos que elas voltassem a dar o ar da graça no palácio, Receptáculo. A senhora pode mudar a cor à vontade?

— Sim — disse Siri. *Parte do tempo, pelo menos.* — Está grande demais?

— Cabelos longos são considerados um sinal de beleza em Hallandren, minha senhora — disse Dedos-Azuis. — Eu sei que vocês os mantêm presos em Idris, mas, aqui, cabelos soltos são preferidos por muitas das mulheres... especialmente as deusas.

Parte dela quis manter o cabelo curto só por despeito, mas estava começando a compreender que tal atitude poderia causar sua morte em Hallandren. Em vez disso, ela fechou os olhos e se concentrou novamente. O cabelo estava na altura do ombro, mas ela o estendeu por vários minutos, fazendo com que descesse por suas costas quando ela se levantou.

Siri abriu os olhos.

— Lindo — sussurrou uma das criadas mais novas, então corou e imediatamente voltou ao seu trabalho nas unhas dos pés de Siri.

— Muito bonito — concordou Dedos-Azuis. — Vou deixá-la aqui. Tenho que resolver algumas coisas. Mas voltarei em breve.

Siri assentiu enquanto ele partia, então várias mulheres se aproximaram e começaram a aplicar maquiagem. Siri tolerava, pensativa, enquanto outras continuavam a cuidar das suas unhas e cabelos. Não estava sendo como ela havia imaginado seu dia de casamento. O matrimônio sempre lhe parecera algo distante, que só aconteceria depois que cônjuges fossem escolhidos para seus irmãos. Quando ela era bem novinha, na verdade, sempre dissera que pretendia criar cavalos em vez de se casar.

Esquecera aquela ideia ao crescer, mas parte dela ansiava por aqueles tempos simples. Ela não *queria* se casar. Não ainda. Ainda se sentia uma criança, mesmo que seu corpo fosse o de uma mulher. Queria brincar nas colinas, colher flores e provocar seu pai. Queria tempo para experimentar mais da vida antes de ser forçada às responsabilidades da maternidade.

O destino lhe roubara aquela oportunidade. Agora ela estava diante do prospecto iminente de ir para a cama de um homem. Um homem que não falaria com ela e que não se importava com quem era ou com o que queria. Ela estava ciente dos requisitos físicos envolvidos — podia agradecer a Mab, a cozinheira, por algumas discussões francas sobre o assunto —, mas, emocionalmente, estava petrificada. Ela queria correr, se esconder, fugir para o mais longe que pudesse.

Será que todas as mulheres se sentiam assim, ou só aquelas que estavam sendo lavadas, enfeitadas e enviadas para agradar uma divindade com o poder de destruir nações?

Dedos-Azuis por fim retornou. Atrás dele entrou outra pessoa, um homem idoso nos trajes azul e prata que Siri estava começando a associar àqueles que serviam o Rei-Deus.

Mas... Dedos-Azuis veste marrom, pensou Siri, franzindo a testa. *Por que será?*

— Ah, vejo que cheguei bem na hora — comentou Dedos-Azuis enquanto as mulheres acabavam o serviço. Elas recuaram para os lados da sala, de cabeça baixa.

Dedos-Azuis indicou o velho.

— Receptáculo, este é um dos médicos do palácio. Antes de ser levada perante o Rei-Deus, a senhora precisa ser examinada para determinarmos se é uma donzela e garantirmos que não sofre de certas doenças. É só uma formalidade, mas, infelizmente, preciso insistir nela. Em consideração à sua timidez, não trouxe o jovem médico que havia designado para o trabalho. Imagino que um médico mais velho vá deixá-la mais à vontade.

Siri suspirou, mas concordou. Dedos-Azuis gesticulou para uma mesa acolchoada do outro lado da sala, então ele e seu criado se viraram de costas. Siri desamarrou o roupão e foi até a mesa, deitando-se para dar continuidade ao que estava provando ser o dia mais embaraçoso da sua vida.

Só vai piorar, ela pensava enquanto o médico examinava.

Susebron, o Rei-Deus. Espantoso, terrível, sagrado, majestoso. Ele fora um natimorto, mas havia Retornado. O que isso fazia com um homem? Seria ele humano mesmo, ou algum monstro, terrível de se contemplar? Diziam que era eterno, mas obviamente seu reinado uma hora chegaria ao fim, ou não precisaria de um herdeiro.

Ela se arrepiou, desejando acabar logo com o assunto, mas também grata por qualquer coisa que atrasasse os eventos um pouco mais — mesmo que fosse algo tão humilhante quanto o exame do médico. Contudo, aquilo durou pouco, e Siri rapidamente se levantou e vestiu de novo o roupão.

— Ela é bastante saudável — informou o médico a Dedos-Azuis. — E muito provavelmente ainda é uma donzela. Ela também tem uma Respiração muito forte.

Siri gelou. Como ele podia saber...

Então ela reparou. Precisou olhar com atenção, mas o chão amarelo ao redor do cirurgião parecia um pouco claro demais. Ela empalideceu, embora seu nervosismo já houvesse deixado seu cabelo o mais branco possível.

O médico é um Despertador, pensou. *Há um Despertador aqui, nesta sala. E ele tocou em mim.*

Ela fez uma careta, sua pele formigando. Era errado tomar a Respiração de outra pessoa. Era a arrogância máxima, o completo oposto da filosofia idriana. Outros em Hallandren simplesmente usavam cores vivas para chamar atenção, mas Despertadores... eles roubavam a vida de seres humanos e usavam *aquilo* para se destacar. O uso pervertido da Respiração havia sido um dos principais motivos por que a linhagem real se mudara para as terras altas, em primeiro lugar. A Hallandren moderna se fundamentava na extorsão da Respiração de seu povo.

Siri se sentia mais nua agora do que quando estivera efetivamente despida. O que aquele Despertador conseguia descobrir sobre ela, devido à sua força vital anormal? Estaria ele tentado a roubar o BioCroma de Siri? Ela tentou respirar o mais levemente possível, só por via das dúvidas.

Enfim, Dedos-Azuis e o médico terrível deixaram a sala. As mulheres se aproximaram para remover novamente seu roupão, algumas trazendo roupas de baixo.

Ele será pior, ela percebeu. *O rei. Não apenas ele é um Despertador, como é um Retornado. Ele precisa sugar a Respiração de pessoas para sobreviver.*

Será que ele tomaria a Respiração dela?

Não, isso não vai acontecer, disse ela a si mesma com firmeza. *Ele precisa de mim para dar a ele um herdeiro da linhagem real. Não vai arriscar a segurança da criança; vai me deixar com minha Respiração, mesmo que só até então.*

Mas... o que aconteceria com ela quando não fosse mais necessária?

Sua atenção foi desviada desses pensamentos quando várias criadas se aproximaram com um grande fardo de tecido. Um vestido. Um vestido de festa — lindo, azul e prata. Prestar atenção nele parecia melhor do que pensar no que o Rei-Deus faria com ela depois que Siri lhe desse um filho.

Siri esperava em silêncio enquanto as mulheres a vestiam. O tecido era incrivelmente macio contra sua pele, o veludo suave como pétalas de uma flor das terras altas. Enquanto as mulheres o ajustavam ao seu corpo, ela percebeu — estranhamente —, que o vestido era amarrado na lateral do corpo, em vez de nas costas. O vestido tinha uma cauda extremamente longa e mangas tão compridas que, se ela baixasse os braços, as pontas pendiam cerca de trinta centímetros abaixo de suas mãos. As mulheres levaram vários minutos para amarrar corretamente os nós, posicionar corretamente as dobras e deixar a cauda alinhada atrás dela. *Tudo isso para que possa ser removido novamente em alguns minutos*, pensava Siri, com uma sensação distante de fria ironia, enquanto uma mulher lhe trazia um espelho.

Siri ficou paralisada.

De onde tinham vindo todas aquelas cores? As bochechas delicadamente rosadas, os olhos misteriosamente escuros, o azul nas suas pálpebras superiores? Os admiráveis lábios vermelhos, a pele quase brilhante? O vestido resplandecia em prata sobre azul, volumoso mas belo, em ondas profundas de veludo.

Era diferente de tudo que já vira em Idris. Ainda mais incrível do que as cores que vira nas pessoas da cidade. Mirando-se no espelho, Siri quase foi capaz de esquecer suas preocupações.

— Obrigada — sussurrou ela.

Aquela devia ter sido a resposta certa, pois as criadas sorriram, se entreolhando. Duas tomaram as mãos dela, se movendo de modo muito mais respeitoso do que quando a apressaram para sair da carruagem. Siri as acompanhou, a cauda do vestido farfalhando atrás dela, e as outras mulheres ficaram para trás. Ela se virou e as mulheres fizeram mesuras, uma de cada vez, as cabeças baixas.

As duas últimas, que a conduziam, abriram upara a porta, então gentilmente a empurraram para o corredor mais além. Então elas fecharam a porta, deixando-a à mercê do seu destino.

O corredor era da mais profunda cor negra. Ela quase se esquecera de quão escuras eram as paredes de pedra do palácio. O corredor estava vazio, exceto por Dedos-Azuis, que a esperava com seu livro-razão. Ele sorriu, curvando a cabeça respeitosamente.

— O Rei-Deus ficará satisfeito, Receptáculo. Estamos exatamente na hora. O sol mal se pôs.

Siri desviou o olhar de Dedos-Azuis. Diretamente diante dela estava uma porta grande e imponente totalmente folheada a ouro. Quatro lamparinas na parede brilhavam, sem vidro colorido, e refletiam luz do portal dourado. Ela não tinha dúvida em relação a quem estava além daquela entrada impressionante.

— Essa é a câmara de dormir do Rei-Deus — disse Dedos-Azuis. — Ou melhor, *uma* de suas câmaras de dormir. Agora, minha senhora, preste atenção de novo. Não faça nada para ofender o rei. A senhora está aqui devido à tolerância *dele*, e para cuidar das necessidades *dele*. Não das minhas, não das suas, nem mesmos das do nosso reino.

— Eu compreendo — disse ela baixinho, o coração batendo cada vez mais rápido.

— Obrigado — replicou Dedos-Azuis. — Está na hora de se apresentar. Entre no quarto, então remova seu vestido e roupas de baixo. Curve-se até o chão diante da cama do rei, tocando sua cabeça no piso. Quando ele desejar que a senhora se aproxime, ele vai bater no poste da cama, e aí a senhora poderá levantar os olhos. Então ele acenará para que se aproxime.

Ela balançou a cabeça afirmativamente.

— Só... tente não tocá-lo demais.

Siri franziu a testa, abrindo e fechando as mãos cada vez mais nervosas.

— Como exatamente vou fazer *isso*? Nós vamos fazer sexo, não vamos?

Dedos-Azuis corou.

— Sim, suponho que sim. Isso também é novidade para mim, minha senhora. O Rei-Deus... bem, só um grupo de servos especialmente dedicados deveria tocá-lo. Minha sugestão é que evite beijá-lo, acariciá-lo, ou fazer qualquer outra coisa que possa ofendê-lo. Apenas o deixe fazer com a senhora o que ele quiser, e deve estar segura.

Siri respirou fundo e assentiu.

— Quando vocês terminarem, o rei irá se retirar — disse Dedos-Azuis. — Pegue as roupas de cama e queime-as na lareira. Como o Receptáculo, a senhora é a única pessoa com permissão de manusear essas coisas. Entendeu?

— Sim — respondeu Siri, mais e mais ansiosa.

— Muito bem, então — disse Dedos-Azuis, parecendo quase tão nervoso quanto ela. — Boa sorte.

Depois disso, ele estendeu a mão e abriu a porta.

Ah, Austre, Deus das Cores, ela pensou, o coração batendo forte, as mãos suando, o corpo entorpecido.

Dedos-Azuis a empurrou de leve pelas costas, e ela entrou no quarto.

7

A PORTA SE FECHOU atrás dela.

Um fogo alto crepitava em uma lareira à esquerda, emitindo uma luz laranja bruxuleante sobre o quarto. As paredes negras pareciam atrair e absorver a iluminação, lançando sombras profundas nos limites do cômodo.

Siri ficou parada em silêncio no seu ornamentado vestido de veludo, o coração batendo forte, a testa suando. À direita, podia ver uma cama enorme, com lençóis e cobertas negras para combinar com o resto do quarto. A cama parecia desocupada. Siri espiava entre as trevas enquanto seus olhos se ajustavam.

O fogo estalava, lançando um lampejo de luz sobre uma cadeira semelhante a um trono, ao lado da cama. Ela estava ocupada por uma figura vestida de preto, banhada pela escuridão. Ele a contemplava, os olhos brilhando, sem piscar, sob a luz da lareira.

Siri arquejou e baixou o olhar, seu batimento cardíaco acelerando enquanto se lembrava dos avisos de Dedos-Azuis. *Vivenna deveria estar aqui, em vez de mim*, pensou Siri, desesperada. *Não posso lidar com isso! Meu pai estava errado em me mandar!*

Ela apertou bem os olhos, a respiração se tornando mais rápida. Usou os dedos trêmulos para puxar nervosamente os laços na lateral do vestido. Suas mãos estavam escorregadias de suor. Estaria levando tempo demais para se despir? Isso despertaria a ira dele? Será que morreria antes do fim da primeira noite?

Será que preferia assim?

Não, ela pensou com determinação. *Não. Eu preciso fazer isso. Por Idris. Pelos campos e pelas crianças que pegavam minhas flores. Pelo meu pai e por Mab e por todos os outros no palácio.*

Ela finalmente desamarrou os laços e o vestido caiu com uma facilidade surpreendente — podia ver agora que havia sido feito com aquele objetivo em mente. Ela deixou o vestido cair no chão, então fez uma pausa, olhando para sua combinação. O tecido branco refletia um espectro de cores, como luz alterada por um prisma. Ela fitou aquilo, chocada, se perguntando o que estava causando o estranho fenômeno.

Não importava. Ela estava nervosa demais para pensar no assunto. Trincando os dentes, ela se obrigou a remover a combinação, o que a deixou nua. Rapidamente se ajoelhou no chão de pedra frio e se encolheu, o coração trovejando nos ouvidos enquanto se curvava para tocar a testa no chão.

O quarto ficou em silêncio, exceto pela lareira crepitante. O fogo não era necessário no calor hallandreano, mas ficou feliz por ele, despida como estava.

Esperou, seu cabelo branco puro, a arrogância e a teimosia descartadas, nua em mais de uma maneira. Aquele era o seu fim — todo seu senso de liberdade e independência murchou. Independentemente do que alegasse ou de como se sentia, em última instância precisou se curvar à autoridade. Como todos os outros.

Ela rangeu os dentes, imaginando o Rei-Deus sentado ali, vendo-a subserviente e nua diante dele. Ela mal o vislumbrara, a não ser para notar seu tamanho — ele era pelo menos trinta centímetros mais alto do que a maioria dos outros homens que já vira, e também tinha ombros mais largos e uma constituição mais poderosa. Mais imponente do que homens inferiores.

Ele era um Retornado.

Ser um Retornado não era em si um pecado. Afinal de contas, pessoas também Retornavam em Idris. Mas a maneira como os hallandreanos mantinham os Retornados vivos, alimentando-os com almas de plebeus, arrancando a Respiração de centenas de pessoas por ano...

Não pense nisso, disse Siri a si mesma com vigor. Contudo, enquanto tentava esvaziar os pensamentos, os olhos do Rei-Deus voltavam à sua memória. Aqueles olhos negros pareciam brilhar à luz da lareira. Podia senti-los fitando-a ainda, vigiando-a, tão frios quanto as pedras onde estava ajoelhada.

O fogo crepitava. Dedos-Azuis dissera que o rei bateria na madeira para chamá-la. Será que ela não havia escutado? Não ousava olhar para cima. Já havia fitado os olhos dele uma vez, ainda que por acidente; não podia se arriscar a irritá-lo mais. Então continuou ajoelhada, os cotovelos no chão, as costas começando a doer.

Por que ele não faz alguma coisa?

Será que ela o desagradava? Será que não era tão bonita quanto ele havia desejado, ou ele estava com raiva por Siri ter olhado em seus olhos e depois demorado tanto a se despir? Seria particularmente irônico se ela o ofendesse enquanto se esforçava tanto para não mostrar sua costumeira personalidade impertinente. Ou será que alguma outra coisa estava errada? Haviam prometido a ele a filha mais velha do rei idriano, mas em vez disso ele recebera Siri. Saberia ele da diferença? Será que se importava com isso?

Os minutos passaram, e o quarto gradualmente ficava mais escuro enquanto o fogo consumia a lenha.

Ele está brincando comigo, pensou Siri. *Forçando-me a esperar pelos seus caprichos.* Fazer com que ela se ajoelhasse em uma posição tão desconfortável era provavelmente uma mensagem — mostrava quem estava no poder. Ele a possuiria quando *ele* quisesse, e não antes.

Siri cerrou os dentes enquanto o tempo passava. Há quanto tempo estava ajoelhada? Uma hora, talvez mais. E ainda não havia nenhum indício de som — nenhuma batida, nenhuma tosse, nem um único movimento do Rei-Deus. Talvez fosse um teste para conferir quanto tempo ela conseguiria permanecer como estava. Talvez ela estivesse dando significado demais às coisas. De qualquer modo, obrigou-se a permanecer como estava, se mexendo apenas quando absolutamente necessário.

Vivenna tinha o treinamento. Vivenna tinha a postura e o refinamento. Mas Siri, ela tinha a teimosia. Bastava ver seu histórico de repetidamente ignorar lições e deveres para se dar conta disso. Com o tempo, conseguira até mesmo dobrar seu pai. Ele havia começado a deixar que ela fizesse o que queria, nem que fosse para manter a própria sanidade.

E assim, ela continuava a esperar — nua sob a luz das brasas — enquanto a noite passava.

FOGOS DE ARTIFÍCIO jorravam faíscas em uma fonte de luz. Algumas caíram perto de onde Canto-de-Luz estava sentado, refulgindo com uma luz frenética até morrerem.

Ele estava reclinado em um divã a céu aberto, assistindo à exibição. Servos esperavam ao redor dele, equipados com sombrinhas, um bar portátil, toalhas fumegantes e geladas para esfregar o rosto e as mãos, caso desejasse, e uma série de outros luxos que lhe eram corriqueiros.

Ele assistia aos fogos de artifício com um leve interesse. Os fabricantes estavam aglomerados nervosamente perto dele. Ao lado, havia uma tropa de menestréis que Canto-de-Luz havia chamado, mas que ainda não pedira que tocasse. Embora sempre houvesse artistas na Corte dos Deuses para o entretenimento dos Retornados, aquela noite — a noite do casamento do seu Rei-Deus — era mais extravagante do que o usual.

O próprio Susebron não estava presente, claro. Tais festividades eram indignas dele. Canto-de-Luz olhou de relance para o lado, onde o palácio do rei se erguia sobriamente acima da corte. Por fim, Canto-de-Luz balançou a cabeça e voltou a atenção para o pátio. Os palácios dos deuses formavam um círculo, e cada edifício tinha um pátio abaixo e uma sacada acima, ambos voltados para a área central. Canto-de-Luz estava sentado a uma curta distância do seu pátio, entre a grama exuberante do seu vasto jardim.

Outro jorro de fogo subiu ao ar, jogando sombras pelo jardim. Canto-de-Luz suspirou e aceitou outro suco de frutas de um servo. A noite estava fresca e agradável, digna de um deus. Ou deuses. Canto-de-Luz podia ver outros instalados diante dos próprios palácios. Diferentes grupos de artistas se amontoavam nos limites do pátio, esperando por uma chance de agradar um dos Retornados.

A fonte perdeu a força, e os fabricantes de fogos olharam para ele, com sorrisos esperançosos sob a luz das tochas. Canto-de-Luz balançou a cabeça com sua expressão mais benevolente.

— Mais fogos de artifício — disse ele. — Vocês me agradaram.

Isso fez os três homens sussurrarem empolgados e acenarem para seus assistentes. Enquanto eles se preparavam, uma figura familiar perambulou até o círculo de tochas de Canto-de-Luz. Llarimar usava seus trajes sacerdotais, como sempre. Mesmo quando saía pela cidade — que era onde ele devia ter ido naquela noite —, representava Canto-de-Luz e seu sacerdócio.

— Afobado? — chamou Canto-de-Luz, se aprumando no assento.

— Vossa Graça — disse Llarimar, fazendo uma mesura. — O senhor está apreciando as festividades?

— Certamente. Poderia dizer que estou bastante in*festa*do. Mas o que está fazendo aqui na corte? Deveria estar com sua família.

— Eu só quis me certificar de que tudo estava do seu agrado.

Canto-de-Luz esfregou a testa.

— Você está me dando dor de cabeça, Afobado.

— O senhor não tem dores de cabeça, Vossa Graça.

— Como você adora me lembrar — replicou Canto-de-Luz. — Imagino que as folias fora desta Prisão Sagrada estejam quase tão incríveis quanto as que temos aqui dentro.

Llarimar franziu o cenho diante da referência irreverente de Canto-de-Luz ao complexo divino.

— A celebração na cidade é fantástica, Vossa Graça. T'Telir não vê um festival tão grandioso assim há décadas.

— Então repito que você deveria estar lá fora para apreciá-lo.

— Eu só...

— Afobado — disse Canto-de-Luz, lançando ao homem um olhar severo —, se há *uma* coisa que você pode confiar que eu faça com competência por conta própria é me divertir. Prometo com toda solenidade que vou me divertir além da conta bebendo demais e vendo esses homens simpáticos tacarem fogo nas coisas. Agora vá ficar com sua família.

Llarimar hesitou, então se levantou, se curvou e foi embora.

Esse homem leva seu trabalho a sério demais, pensou Canto-de-Luz, provando seu suco.

O conceito fez Canto-de-Luz achar graça, e ele se recostou, apreciando os fogos de artifício. Contudo, logo foi distraído pela aproximação de outra pessoa. Ou melhor, de uma pessoa bastante importante conduzindo um grupo de outras pessoas muito menos importantes. Canto-de-Luz deu outro gole na bebida.

A recém-chegada era linda; era uma deusa, afinal de contas. Cabelo negro e lustroso, pele clara, um corpo curvilíneo e exuberante. Estava usando muito menos roupas do que Canto-de-Luz, mas isso era típico das deusas da corte. Seu vestido fino de seda verde e prateada era aberto dos dois lados, exibindo quadris e coxas, e o decote era tão acentuado que pouco sobrava para a imaginação.

Faz-Corar, a Bela, deusa da honestidade.

Isso vai ser interessante, pensou Canto-de-Luz, sorrindo.

Ela estava acompanhada por cerca de trinta servos, sem mencionar sua alta-sacerdotisa e seis sacerdotes inferiores. Os fabricantes de fogos se empolgaram ao perceber que agora tinham não apenas um, mas dois observadores divinos. Seus aprendizes correram freneticamente de um lado para outro, preparando outra série de fontes de fogo. Um grupo de servos de Faz-Corar se adiantou carregando um divã ornamentado, que dispuseram no gramado ao lado de Canto-de-Luz.

Faz-Corar se deitou com sua costumeira graça ágil, cruzando pernas perfeitas e se apoiando de lado em uma pose sedutora, mas ainda assim elegante. A posição permitia que ela assistisse aos fogos de artifício, se desejasse, mas sua atenção estava obviamente voltada para Canto-de-Luz.

— Meu querido Canto-de-Luz — disse ela enquanto um servo se aproximava com um cacho de uvas. — Você não vai me cumprimentar?

Lá vamos nós, pensou Canto-de-Luz.

— Minha querida Faz-Corar — disse ele, deixando de lado sua taça e entrelaçando os dedos diante de si. — Por que eu faria algo tão grosseiro assim?

— Grosseiro? — perguntou ela, achando graça.

— Mas é claro. Você obviamente faz um belo esforço para chamar atenção para si mesma... Aliás, os detalhes são magníficos. Isso é maquiagem nas suas coxas?

Ela sorriu, mordendo uma uva.

— É um tipo de pintura. Os desenhos foram traçados por alguns dos artistas mais talentosos do meu sacerdócio.

— Meus cumprimentos a eles — disse Canto-de-Luz. — De qualquer modo, você perguntou por que não a cumprimentei. Digamos que eu houvesse agido como você sugeriu. Na sua chegada, teria apreciado que eu a bajulasse?

— Naturalmente.

— Teria gostado que eu apontasse como está deslumbrante nesse vestido?

— Eu não reclamaria.

— Mencionasse como seus olhos encantadores refulgem nos fogos de artifício como brasas ardentes?

— Teria sido gentil.

— Expusesse como seus lábios são tão perfeitamente vermelhos que poderiam deixar um homem sem fôlego de tão maravilhado, mas ainda assim impeli-lo a compor a mais brilhante das poesias toda vez que recordasse o momento?

— Eu certamente ficaria lisonjeada.

— E você afirma querer tais reações de mim?

— Afirmo.

— Raios, mulher — disse Canto-de-Luz, pegando sua taça. — Se estou deslumbrado, encantado e sem fôlego, então como diabos posso *saudá-la*? Enquanto estou emudecido?

Ela deu uma gargalhada.

— Bem, está evidente que você já recuperou a língua.

— Para minha surpresa, estava na minha boca. Sempre me esqueço de procurar ali.

— Mas não é onde se espera que ela esteja?

— Minha cara, você já não me conhece tempo o bastante para saber que minha língua, de todas as coisas, raramente faz o que é esperado?

Faz-Corar sorriu enquanto os fogos de artifício dispararam outra vez. Dentro da aura de *dois* deuses, as cores das faíscas se tornaram deveras poderosas. Algumas faíscas do lado oposto caíram no chão, longe demais das auras de Respiração, e pareceram descoloradas e fracas em comparação às outras — como se seu fogo fosse tão frio e insignificante que poderia ser pego e guardado.

Faz-Corar desviou os olhos da exibição.

— Então você me acha *mesmo* linda?

— Mas é claro. Ora, minha querida, você está transbordando beleza. É literalmente parte da definição da palavra; está em algum lugar do seu título, se me lembro direito.

— Meu querido Canto-de-Luz, acredito que você está caçoando de mim.

— Eu nunca caçoaria de uma dama, Faz-Corar — disse Canto-de-Luz, pegando sua bebida novamente. — Zombar de uma mulher é como beber vinho demais. Pode ser divertido por algum tempo, mas a ressaca é um inferno.

Faz-Corar hesitou.

— Mas nós não temos ressacas, pois não podemos nos embebedar.

— Não podemos? — perguntou Canto-de-Luz. — Então por que diabos estou bebendo todo esse vinho?

Faz-Corar ergueu uma sobrancelha.

— Às vezes, Canto-de-Luz, não sei ao certo quando você está sendo bobo e quando está falando sério.

— Bem, é fácil ajudá-la com isso — disse ele. — Se você *algum dia* concluir que estou falando sério, então pode ter certeza que tem pensado demais na questão.

— Entendo — disse ela, se virando no divã de modo a ficar de bruços. Ela se apoiou nos cotovelos, com os seios pressionados entre eles, fogos de artifício iluminando suas costas nuas e jogando sombras coloridas entre suas omoplatas arqueadas. — Então, você admite que sou deslumbrante e bela. Gostaria de se retirar das festividades dessa noite? Saborear... outros entretenimentos?

Canto-de-Luz hesitou. A incapacidade de ter filhos não impedia os deuses de procurar intimidade, particularmente com outros Retornados. De fato, pelo que Canto-de-Luz sabia, a impossibilidade de produzir descendentes só aumentava a lassidão da corte nessas questões. Muitos dos deuses escolhiam amantes mortais — Faz-Corar era conhecida por ter alguns entre os próprios sacerdotes. Casos com mortais nunca eram considerados infidelidade para os deuses.

Faz-Corar relaxou sobre seu divã, atraente, convidativa. Canto-de-Luz abriu a boca, mas em sua mente viu... ela. A mulher da sua visão, de um dos seus sonhos, o rosto que ele havia mencionado para Llarimar. Quem era?

Provavelmente nada. Um lampejo da sua vida anterior, ou talvez apenas uma imagem criada pelo seu subconsciente. Talvez até mesmo, como os sacerdotes alegavam, algum tipo de símbolo profético. Aquele rosto não deveria fazê-lo hesitar. Não quando estava diante da perfeição.

— Eu... devo declinar — respondeu por fim. — Preciso assistir aos fogos de artifício.

— Eles estão mais fascinantes do que eu?

— De modo algum. Apenas parece muito menos provável que eles me queimem.

Ela riu ao ouvir isso.

— Bem, por que não esperamos até que eles acabem, e aí nos recolhemos?

— Ai de mim — lamentou Canto-de-Luz. — Ainda assim, devo declinar. Sou preguiçoso demais.

— Preguiçoso demais para sexo? — indagou Faz-Corar, rolando de volta e olhando para ele.

— Na verdade, sou bastante indolente. Um péssimo exemplo de deus, como sempre digo para meu sumo sacerdote. Ninguém parece me escutar, então receio que precise continuar sendo diligente para provar o que digo. Um casinho com você iria, infelizmente, minar toda a base do meu argumento.

Faz-Corar balançou a cabeça.

— Às vezes você me confunde, Canto-de-Luz. Se não fosse pela sua reputação, eu presumiria que é tímido. Como pode ter dormido com Calma-Vidente, mas me ignorar consistentemente?

Calma-Vidente foi a última Retornada honrada que essa cidade conheceu, Canto-de-Luz pensou, tomando um gole de sua bebida. *Ninguém que sobrou tem uma gota da sua decência. Eu inclusive.*

Faz-Corar se calou, assistindo à mais recente exibição dos fabricantes de fogos. O espetáculo havia ficado cada vez mais elaborado, e Canto-de-Luz estava pensando em pedir que parassem, para que não usassem todos os fogos de artifício com ele e ficassem sem nenhum quando outro deus os chamasse.

Faz-Corar não se moveu para voltar ao terreno do próprio palácio, e Canto-de-Luz não disse mais nada. Suspeitava que ela não tivesse vindo apenas pelo duelo verbal, ou mesmo para tentar dormir com ele. Faz-Corar sempre tinha seus planos. Pela experiência de Canto-de-Luz, havia mais profundidade naquela mulher do que sugeria sua superfície chamativa.

Por fim, sua intuição se confirmou. Ela desviou o olhar dos fogos de artifício e mirou o palácio sombrio do Rei-Deus.

— Nós temos uma nova rainha.

— Eu notei — disse Canto-de-Luz. — Mas confesso que só porque me lembraram disso várias vezes.

Eles ficaram em silêncio.

— Você não tem uma opinião sobre o assunto? — perguntou Faz-Corar finalmente.

— Tento evitar ter opiniões. Elas levam a outras opiniões, e, se você não tomar cuidado, essas levam a ações. Ações são cansativas. Isso me foi confirmado por alguém que uma vez leu a respeito em um livro.

Faz-Corar suspirou.

— Você evita opinar, você me evita, você evita esforço... Tem alguma coisa que você *não* evite?

— O desjejum.

Faz-Corar não reagiu à resposta, para decepção dele. Ela estava concentrada demais no palácio do rei. Canto-de-Luz geralmente tentava ignorar o grande edifício negro; não gostava de como aquilo assomava sobre ele.

— Talvez você possa abrir uma exceção e pensar um pouco sobre *essa* situação específica. Essa rainha tem um significado.

Canto-de-Luz ficou virando a taça nos dedos. Ele sabia que os sacerdotes de Faz-Corar estavam entre os que mais insistiam na guerra, na Assembleia da Corte. Ele não havia esquecido seu pesadelo fantasmagórico de mais cedo, a visão de T'Telir pegando fogo. Aquela imagem se recusava a sumir da sua mente. Ele nunca dissera nada contra ou a favor da guerra; só não queria se envolver.

— Nós já tivemos rainhas antes — respondeu finalmente.

— Nunca uma da linhagem real — replicou Faz-Corar. — Pelo menos, não desde os dias de Kalad, o Usurpador.

Kalad. O homem que havia começado a Multiguerra, que usara seu conhecimento da Respiração BioCromática para criar um vasto exército de Sem-Vida e tomar o poder em Hallandren. Ele havia protegido o reino com seus exércitos, mas também o despedaçara ao expulsar os membros da família real para as terras altas.

Agora eles estavam de volta; ou ao menos um deles.

— Hoje é um dia perigoso, Canto-de-Luz — disse Faz-Corar baixinho. — O que acontece se aquela mulher parir uma criança que não é um Retornado?

— Impossível — disse Canto-de-Luz.

— Ah é? Você está tão confiante assim?

Canto-de-Luz assentiu.

— Dos Retornados, só o Rei-Deus pode engendrar crianças, e elas são sempre natimortas.

Faz-Corar sacudiu a cabeça.

— A única palavra que temos quanto a isso vem dos sacerdotes do palácio. Contudo, ouvi falar de... discrepâncias nos registros. Mesmo relevando isso, há muitas outras considerações. Por que precisamos de um membro da família real para "legitimar" nosso trono? Trezentos anos de reinado pela Corte dos Deuses não são suficientes para tornar legítimo nosso reino?

Canto-de-Luz não respondeu.

— Esse casamento dá a entender que ainda aceitamos a autoridade real — continuou Faz-Corar. — O que acontece se o rei nas terras altas decidir tomar suas terras de volta? O que acontece se essa nossa rainha tiver um filho de outro homem? Quem é o herdeiro? Quem reina?

— O Rei-Deus reina. Todo mundo sabe disso.

— Ele não reinava trezentos anos atrás — disse Faz-Corar. — A família real reinava. Então, depois deles, foi Kalad... e, depois dele, Pacificador. A mudança pode ocorrer rapidamente. Ao recebermos essa mulher em nossa cidade, podemos ter iniciado o fim do reino dos Retornados em Hallandren.

Ela ficou em silêncio, pensativa. Canto-de-Luz estudou a linda deusa. Fazia 15 anos desde o Retorno dela — o que a tornava velha para uma Retornada. Velha, sábia e incrivelmente ardilosa.

Faz-Corar o fitou de relance.

— Eu não quero ser pega de surpresa, como a família real foi quando Kalad tomou o trono deles. Alguns de nós estão fazendo planos, Canto-de--Luz. Você pode se juntar a nós, caso queira.

— Política, minha cara. — Ele suspirou. — Você sabe como a abomino.

— Você é o deus da bravura. Sua confiança nos seria útil.

— Neste momento, estou confiante apenas de que não serei útil a vocês.

O rosto dela se enrijeceu tentando não demonstrar sua frustração. Então ela suspirou e se levantou, se esticando, exibindo uma vez mais sua perfeita silhueta.

— Você vai ter que se comprometer com alguma coisa, uma hora dessas, Canto-de-Luz. Você é um deus para essas pessoas.

— Não por escolha, minha cara.

Ela sorriu, então se inclinou e o beijou suavemente.

— Pense no que eu disse. Você é um homem melhor do se considera. Acha por acaso que me ofereço para qualquer um?

Ele hesitou, então franziu a testa.

— Na verdade... sim. Eu acho.

Ela gargalhou, voltando-se enquanto seus servos pegavam o divã.

— Ah, o que é isso! Deve haver pelo menos *três* dos outros deuses que eu nem *pensaria* em deixar que me tocassem. Divirta-se com sua festa e tente imaginar o que nosso rei está fazendo com nosso legado lá em cima, nos seus aposentos, agora mesmo. — Ela olhou de volta para ele. — Ainda mais se esse pensamento o fizer lembrar do que acabou de desperdiçar. — Ela piscou, então se afastou.

Canto-de-Luz se recostou de volta no divã, então dispensou os fabricantes de fogos com palavras elogiosas. Enquanto os menestréis começavam a tocar, ele tentava esvaziar sua mente tanto das palavras agourentas de Faz-Corar quanto das visões de guerra que infestavam seus sonhos.

Falhou nas duas tentativas.

8

IRI GRUNHIU, ROLANDO o corpo.

Suas costas doíam, seus braços doíam, sua cabeça doía. De fato, sentia tanto desconforto que não conseguiu permanecer dormindo, apesar da fadiga. Ela se sentou, segurando a cabeça.

Havia passado a noite inteira no chão do quarto do Rei-Deus, dormindo — mais ou menos. A luz solar entrava pela janela, refletindo no mármore onde o chão não estava coberto de tapetes.

Tapetes negros, ela pensou, sentada em meio ao vestido azul amassado, que usara tanto como cobertor quanto como travesseiro. *Tapetes negros em um chão negro com mobília negra. Esses hallandreanos certamente sabem seguir um tema.*

O Rei-Deus não estava no quarto. Siri olhou para a enorme cadeira de couro negro onde ele passara grande parte da noite. Ela não havia notado sua partida.

Bocejou, então se levantou e puxou a combinação do monte de roupas amarrotadas e a vestiu. Puxou o cabelo para fora e jogou-o para trás. Ia levar algum tempo para se acostumar a tê-lo tão longo. Os fios caíram pelas suas costas, em uma cor loura satisfeita.

De algum modo, ela sobrevivera intocada à noite.

Siri caminhou descalça até a cadeira de couro, então correu os dedos pela superfície lisa. Fora menos que respeitosa. Havia caído no sono. Encolhera-se e puxara o vestido para si. Até olhara para a cadeira algumas vezes. Não por desafio ou por desobediência inata; simplesmente estivera sonolenta demais para se lembrar de que não deveria olhar para o Rei-Deus. E ele não havia ordenado sua execução. Dedos-Azuis a deixara preocupada que o Rei-Deus fosse instável e irritadiço, mas, se fosse esse o caso, ele havia contido seu temperamento com ela. O que mais ele ia fazer? Hallandren havia esperado décadas para conseguir que uma princesa real se casasse com sua linhagem de Reis-Deuses. Ela sorriu. *Eu até que tenho algum poder.* Ele não podia matá-la — não até que tivesse o que desejava.

Não era muito, mas isso deu a ela um pouco mais de confiança. Siri contornou a cadeira, notando seu tamanho. Tudo no quarto havia sido construído para ser um pouco grande demais, o que mudava a perspectiva dela, fazendo com que se sentisse mais baixa do que realmente era. Ela pousou a mão no braço da cadeira e se perguntou por que ele não a possuíra. O que havia de errado com ela? Será que não era desejável?

Tola, disse a si mesma, sacudindo a cabeça, e caminhou até a cama ainda intocada. *Você passou a maior parte da viagem preocupada com o que aconteceria em sua noite de casamento, e, quando nada acontece, reclama disso também?*

Ela sabia que não estava livre. Ele em algum momento a possuiria — esse era o motivo de todo o acordo. Mas não acontecera na noite anterior. Ela sorriu, bocejando, então subiu na cama, se enrolou debaixo das cobertas e caiu no sono.

A VEZ SEGUINTE EM que acordou foi muito mais agradável. Siri se espreguiçou, então notou uma coisa. Seu vestido, que deixara jogado no chão, se fora. Além disso, o fogo da lareira havia sido reaceso — embora não soubesse por que isso era necessário. O dia estava quente, e ela havia chutado para longe as cobertas enquanto dormia, ficando só de combinação.

Eu tenho que queimar a roupa de cama, ela se lembrou. *Foi por isso que alimentaram o fogo.*

Ela se sentou, sozinha no quarto escuro. As servas e os sacerdotes não sabiam que ela havia passado a noite inteira no chão, a menos que o Rei-Deus houvesse contado a alguém. Quão provável seria que um homem com o poder dele falasse com seus sacerdotes sobre detalhes íntimos?

Lentamente, Siri desceu da cama e puxou os lençóis, juntou-os e os jogou na grande lareira. Então contemplou as chamas. Não sabia por que o Rei-Deus a deixara em paz. Até saber, certamente era melhor deixar que todos acreditassem que o casamento havia sido consumado.

Depois que os lençóis acabaram de queimar, Siri vasculhou o cômodo, procurando algo para vestir, sem encontrar nada. Suspirando, ela caminhou até a porta na sua combinação, a abriu e deu um pulinho de susto. Mais de vinte servas de várias idades estavam ajoelhadas do lado de fora.

Deus das Cores!, pensou Siri. *Há quanto tempo elas estão ajoelhadas aí?* Subitamente, não se sentia mais tão indignada por ser forçada a esperar segundo os caprichos do Rei-Deus.

As mulheres se levantaram, cabeças baixas, e entraram no quarto. Siri recuou, inclinando a cabeça ao reparar que várias das mulheres carregavam grandes baús. *Elas estão vestidas em cores diferentes das de ontem*, pensou Siri. O corte era o mesmo — saias divididas como calças folgadas, combinadas com blusas sem mangas e pequenos chapéus, o cabelo solto atrás. Em vez de azul e prata, os trajes eram feitos de amarelo e cobre.

As mulheres abriram os baús e removeram várias camadas de roupas. Todas eram de cores brilhantes e tinham cortes diferentes. As mulheres as espalharam no chão diante de Siri, então se acomodaram de joelhos, esperando.

Siri hesitou. Havia crescido como filha de um rei, então nunca lhe faltara nada. Contudo, a vida em Idris era austera. Ela possuía cinco vestidos, um número quase extravagante. Um deles havia sido branco, e os outros quatro, do mesmo cinza lívido.

Ser confrontada por tantas cores e opções era avassalador. Ela tentou imaginar como cada uma delas ficaria em seu corpo. Muitas roupas tinham decotes perigosamente profundos, ainda mais do que as camisas das mulheres que a serviam, que já eram escandalosas para os padrões idrianos.

Finalmente, de modo hesitante, Siri apontou para um traje. Era composto de duas peças, uma saia vermelha e uma blusa combinando. Assim que ela apontou, as criadas se levantaram, algumas guardando os modelos que não tinham sido escolhidos, outras se aproximando para cuidadosamente remover sua combinação.

Em poucos minutos, Siri estava vestida. Ficou embaraçada ao descobrir que, embora a roupa coubesse perfeitamente nela, a blusa revelava sua barriga. Ainda assim, não era tão decotada quanto as outras, e a saia ia até suas panturrilhas. O tecido vermelho sedoso era muito mais leve do que o linho e a lã espessa que estava acostumada a usar. A saia se abria e se agitava quando ela se virava, e Siri não tinha certeza de que não fosse transparente. Naquele traje, ela se sentia quase tão nua quanto durante a noite.

Isso parece me acontecer o tempo todo neste lugar, pensou secamente enquanto as servas recuavam. Outras se aproximaram com um banco e ela se sentou, esperando as mulheres limparem seu rosto e braços com uma toalha agradavelmente aquecida. Quando isso terminou, elas reaplicaram sua maquiagem, pentearam seu cabelo e depois a borrifaram com um pouco de perfume.

Quando ela abriu os olhos — envolta em uma névoa de perfume —, viu que Dedos-Azuis estava no quarto.

— Ah, excelente — disse ele, seu jovem criado obedientemente ao lado com tinta, pena e papel. — A senhora já está de pé.

Já?, pensou Siri. *Deve ter passado do meio-dia!*

Dedos-Azuis deu uma olhada nela, assentiu consigo mesmo, então olhou para a cama, obviamente se certificando de que os lençóis haviam sido destruídos.

— Acredito que suas servas cuidarão das suas necessidades, Receptáculo.

Então ele fez menção de ir embora com o passo ansioso de um homem que tinha muito a fazer.

— Espere! — disse Siri, se levantando, o que deslocou várias das suas criadas.

Dedos-Azuis hesitou.

— Sim, Receptáculo?

Siri se atrapalhou, sem saber como expressar o que estava sentindo.

— Você sabe... o que eu deveria fazer?

— Como assim, Receptáculo? A senhora quer dizer, em relação ao... — Ele olhou para a cama.

Siri corou.

— Não, não. Quero dizer, com o meu tempo. Quais são meus deveres. O que é esperado de mim?

— Fornecer um herdeiro.

— Além disso.

Dedos-Azuis franziu o cenho.

— Eu... bem, para ser sincero, Receptáculo, realmente não sei. Devo dizer que sua chegada causou certo nível de perturbação na Corte dos Deuses.

Na minha vida também, ela pensou, seu cabelo ficando vermelho.

— Não que seja sua culpa, naturalmente — Dedos-Azuis se apressou a dizer. — Mas... bem, eu certamente gostaria de ter sido avisado mais cedo.

— Mais cedo? Esse casamento foi combinado por um tratado há mais de vinte anos!

— Sim, bem, mas ninguém achava... — Ele se interrompeu. — Hum. Bem, de qualquer modo, faremos o melhor para acomodá-la aqui no palácio do rei.

O que ele disse? Ninguém achava... que o casamento realmente aconteceria? Por que não? Pensaram que Idris não cumpriria sua parte do acordo?

De qualquer modo, ele ainda não havia respondido sua pergunta.

— Sim, mas o que eu devo *fazer*? — disse ela, sentando-se novamente no banco. — Devo ficar sentada aqui no palácio olhando a lareira o dia inteiro?

Dedos-Azuis deu uma risadinha.

— Ah, Cores, não! Minha senhora, essa é a Corte dos Deuses! Há muitas coisas para ocupá-la. Todo dia, artistas têm permissão de adentrar a corte e exibir seus talentos para as divindades. A senhora pode pedir que qualquer um deles seja trazido para lhe fazer um espetáculo privado.

— Ah. Será que posso, talvez, andar a cavalo?

Dedos-Azuis esfregou o queixo.

— Acho que podemos providenciar alguns cavalos para a senhora na corte. Naturalmente, teremos que esperar até o fim da Jubilação Matrimonial.

— Jubilação Matrimonial? — indagou ela.

— A senhora... não sabe, então? Não foi preparada para nada disso?

Siri sentiu o rosto corar novamente.

— Não quis ofendê-la, Receptáculo — disse Dedos-Azuis. — A Jubilação Matrimonial é um período de uma semana durante o qual celebramos o casamento do Rei-Deus. Durante esse período, a senhora não pode deixar este palácio. Quando ele acabar, será apresentada oficialmente à Corte dos Deuses.

— Ah. E depois disso eu posso sair da cidade?

— Sair da cidade! — exclamou Dedos-Azuis. — Receptáculo, a senhora não pode deixar a Corte dos Deuses!

— *O quê?*

— A senhora pode até não ser um deus, mas é a esposa do Rei-Deus. Deixá-la sair seria perigoso demais. Mas não se preocupe... toda e qualquer coisa que solicitar será fornecida à senhora.

Exceto liberdade, ela pensou, sentindo um pouco de náusea.

— Eu lhe garanto, quando a Jubilação Matrimonial chegar ao fim, verá que há pouco do que reclamar. Tudo que possa desejar está aqui: todo tipo de regalia, todo luxo, toda diversão.

Siri balançou a cabeça, atordoada, ainda se sentindo presa.

— Além disso — disse Dedos-Azuis, levantando um dedo manchado de tinta —, se quiser, a Assembleia da Corte se reúne para fornecer decisões ao povo. A assembleia completa só se encontra em ocasiões importantes, embora diariamente haja julgamentos menores a serem feitos. A senhora não pode participar da assembleia em si, mas terá permissão de assistir a ela, quando a Jubilação terminar. Se nada disso a agradar, pode solicitar um artista do sacerdócio do Rei-Deus para servi-la. Seus sacerdotes incluem artistas devotos e hábeis de todos os gêneros: música, pintura, dança, poesia, escultura, marionetes, peças teatrais, pintura com areia, ou qualquer um dos gêneros inferiores.

Siri hesitou. *Deus das Cores! Até mesmo o ócio é assustador aqui.*

— Mas não há nada de que eu seja *obrigada* a participar?

— Não, imagino que não — respondeu Dedos-Azuis. — Receptáculo, a senhora não parece contente.

— Eu...

Como poderia explicar? Por toda sua vida, tinham esperado coisas dela — e durante a maior parte dessa vida, ela havia intencionalmente as evitado. Agora já não tinha mais isso; ela não podia desobedecer, para não ser morta e não envolver Idris em uma guerra. Pela primeira vez na vida, estava disposta a servir, a tentar ser obediente. Mas, ironicamente, não parecia haver qualquer coisa para ela fazer. Exceto ter um filho.

— Muito bem. — Ela suspirou. — Onde estão meus aposentos? Vou para lá, para me situar.

— Seus aposentos, Receptáculo?

— Sim. Imagino que eu não vá residir nesta câmara.

— Não — disse Dedos-Azuis, com uma risadinha. — Na sala de concepção? É claro que não.

— Então, onde?

— Receptáculo, de certa maneira, todo este palácio é seu. Não vejo por que precisaria de aposentos específicos. Peça para comer e suas servas prepararão uma mesa. Caso deseje descansar, elas trarão um divã ou uma cadeira. Se quiser entretenimento, elas chamarão artistas para a senhora.

Subitamente, as estranhas ações das suas servas — trazendo uma gama de cores dentre as quais escolher, então fazendo sua maquiagem e cabelo ali mesmo — passaram a fazer mais sentido.

— Entendo — disse ela, quase consigo mesma. — E os soldados que eu trouxe comigo? Eles fizeram como mandei?

— Sim, Receptáculo. Eles partiram essa manhã. Foi uma decisão sábia; eles não são servos dedicados dos Tons, e não teriam permissão de permanecer aqui na corte. Não poderiam mais servi-la.

Siri concordou.

— Receptáculo, se me dá licença...? — pediu Dedos-Azuis.

Siri assentiu novamente, distraída, e Dedos-Azuis saiu apressado, deixando-a pensando como estava terrivelmente sozinha. *Não posso me concentrar nisso.* Em vez disso, se voltou para uma das criadas — uma jovem aproximadamente da sua idade.

— Bem, isso realmente não esclareceu como devo passar meu tempo, não é?

A criada corou em silêncio, curvando a cabeça.

— Quero dizer, parece que há um bocado de coisas a fazer, se eu quiser — disse Siri. — Talvez coisas demais.

A garota se curvou outra vez.

Isso vai ficar chato bem rápido, pensou Siri, cerrando os dentes. Parte dela queria fazer algo chocante para provocar uma reação na serva, mas sabia que estava sendo tola. De fato, parecia que muitos dos seus impulsos e reações naturais não funcionariam ali em Hallandren. Então, para se impedir de fazer alguma bobagem, Siri se levantou, determinada a examinar seu novo lar. Ela deixou o quarto excessivamente negro, enfiando a cabeça para fora, no corredor. Então se voltou para as servas, que esperavam obedientemente em uma fila atrás dela.

— Tem algum lugar proibido para mim? — perguntou.

A serva a quem estava se dirigindo sacudiu a cabeça.

Então está bem. Espero não acabar topando com o Rei-Deus na banheira. Ela cruzou o corredor, abriu a porta e adentrou a sala amarela onde estivera no dia anterior. A cadeira e o sofá que usara haviam sido removidos, substituídos por um grupo de sofás amarelos. Siri levantou uma sobrancelha, então caminhou até a sala de banho mais além.

A banheira se fora. Ela teve um sobressalto. A sala era como lembrava, com a mesma coloração avermelhada, mas as plataformas inclinadas com suas banheiras embutidas haviam sumido. Toda a geringonça devia ser portátil, levada ali para seu banho, depois removida.

Eles realmente podem transformar qualquer cômodo, pensou, perplexa. *Devem ter câmaras cheias de mobília, banheiras e cortinas, cada uma de uma cor diferente, à espera dos caprichos do seu deus.*

Curiosa, ela deixou a sala sem banheira e seguiu por uma direção aleatória. Cada cômodo parecia ter quatro portas, uma em cada parede. Algumas salas eram maiores do que outras; algumas tinham janelas para o exterior, enquanto outras ficavam no meio do palácio. Cada uma era de uma cor diferente, mas ainda foi difícil diferenciá-las. Salas infinitas, imaculadas, decoradas de acordo com um único tema cromático. Em pouco tempo, Siri estava completamente perdida, mas isso não parecia importar. De certa maneira, cada sala era igual a qualquer outra.

Ela se voltou para suas servas.

— Gostaria de fazer meu desjejum.

Foi muito mais rápido do que Siri imaginaria ser possível. Várias das mulheres saíram apressadas e voltaram com uma cadeira verde acolchoada para combinar com a sala atual. Siri se sentou para esperar enquanto uma mesa e, finalmente, comida surgiam como que do nada. Em menos de 15 minutos, uma refeição quente esperava por ela.

Hesitante, ela pegou um garfo e experimentou um bocado. Até aquele momento, não havia percebido como estava faminta. A refeição era composta principalmente de linguiças e legumes. Os sabores eram muito mais fortes do que estava acostumada; contudo, quanto mais provava a comida picante de Hallandren, mais percebia que gostava dela.

Faminta ou não, era estranho comer em silêncio. Siri estava acostumada a fazer as refeições na cozinha, com os servos, ou à mesa, com seu pai, os generais dele e quaisquer visitantes ou monges que ele houvesse convidado para seu lar naquela noite. Nunca era silencioso, mas ali em Hallandren — terra das cores, sons e ostentação — estava comendo sozinha, em silêncio, em uma sala que parecia sem graça, apesar das decorações chamativas.

Suas servas a observavam. Nenhuma delas falou. Sabia que o silêncio delas devia ser respeitoso, mas Siri só o considerava intimidador. Tentou várias vezes puxar conversa, mas só conseguiu respostas lacônicas.

Mastigou uma alcaparra temperada. *Minha vida vai ser assim de agora em diante? Uma noite me sentindo meio usada, meio ignorada pelo meu marido, então dias cercada por pessoas, mas de algum modo ainda sozinha?*

Siri estremeceu, seu apetite sumindo. Pousou o garfo, e a comida esfriou lentamente na mesa diante dela. Ficou olhando para o prato, parte dela desejava que houvesse permanecido na confortável e enorme cama negra.

9

VIVENNA, PRIMOGÊNITA DO Rei Dedelin de Idris, contemplou a grandiosa cidade de T'Telir. Era o lugar mais feio que já vira.

Pessoas envoltas em cores berrantes abriam caminho pelas ruas apinhadas, gritando, conversando, empurrando, fedendo, tossindo e esbarrando. Com seu cabelo clareado para cinza, ela apertou mais o xale enquanto se esforçava para manter sua imitação — por pior que fosse — de uma mulher idosa. Temera chamar atenção. Não precisava ter se preocupado. Quem chamaria atenção naquela confusão?

Ainda assim, era melhor não se arriscar. Viera — chegando a T'Telir poucas horas atrás — para resgatar sua irmã, não para acabar sequestrada.

Era um plano ousado. Vivenna mal podia acreditar que ela mesma tivera a ideia. Ainda assim, entre as muitas coisas que seus tutores haviam lhe ensinado, uma se destacava em sua mente: um líder era alguém que agia. Ninguém mais ajudaria Siri, então estava nas mãos de Vivenna.

Ela sabia que era inexperiente. Esperava que essa consciência a impedisse de ser imprudente *demais*, mas teve a melhor educação e tutela política que seu reino podia fornecer, e muito do seu treinamento havia sido voltado para a vida em Hallandren. Como uma filha devota de Austre, praticara a vida toda para evitar chamar atenção. Ela poderia se esconder em uma cidade grande e desorganizada como T'Telir.

E era realmente grande; ela havia memorizado mapas, mas eles não a prepararam para as vistas, sons, odores e *cores* da cidade em dia de feira. Até o gado usava fitas coloridas. Vivenna estava no meio da rua, junto de um edifício envolto em flâmulas tremulantes. Diante dela, um pastor conduzia um pequeno rebanho de ovelhas para a praça do mercado. Cada ovelha havia sido tingida de uma cor diferente. *Isso não estraga a lã?*, Vivenna pensou, azeda. As cores nos animais se contrastavam com tanta intensidade que ela teve que desviar o olhar.

Pobre Siri. Presa no meio disso tudo, trancada na Corte dos Deuses, provavelmente tão atordoada que mal consegue pensar. Vivenna havia sido treinada para lidar com os terrores de Hallandren. Embora as cores a deixassem enjoada, ela tinha a força para suportá-las. Como poderia a pequena Siri lidar com aquilo?

Vivenna bateu o pé enquanto esperava ao lado do edifício, na sombra de uma grande estátua de pedra. *Onde está aquele homem?*, pensou. Parlin ainda não havia retornado de sua missão de reconhecimento.

Não havia nada a fazer exceto esperar. Ela olhou para a estátua; uma homenagem ao famoso D'Denir Celabrin. A maioria das estátuas representava guerreiros, em todas as poses imagináveis, por toda a cidade, munidos de armas e frequentemente vestidos em roupas coloridas. De acordo com suas lições, o povo de T'Telir considerava vestir as estátuas um passatempo divertido. As lendas diziam que as primeiras haviam sido encomendadas por Pacificador, o Abençoado, o Retornado que havia assumido o controle de Hallandren no final da Multiguerra. O número de estátuas havia aumentado a cada ano conforme os Retornados comissionavam outras novas — o dinheiro para isso, naturalmente, vinha do povo.

Excesso e desperdício, pensou Vivenna, sacudindo a cabeça.

Enfim viu Parlin voltando pela rua. Ela franziu o cenho quando viu que ele estava usando alguma quinquilharia ridícula na cabeça — parecia um pouco com uma meia, embora fosse muito maior. O chapéu verde-vivo caía para um lado do seu rosto quadrado e destoava muito das roupas de viagem idrianas de um marrom sem graça. Alto, mas não magricela, Parlin era alguns anos mais velho que Vivenna. Ela o conhecia quase da vida inteira; o filho do General Yarda havia praticamente crescido no palácio. Mais recentemente, ele estivera nas florestas, vigiando a fronteira hallandreana ou guardando uma das rotas do norte.

— Parlin? — chamou ela quando ele se aproximou, cuidadosamente ocultando a irritação na sua voz e no cabelo. — O que é isso na sua cabeça?

— Um chapéu — disse ele, sucinto como sempre.

Não era que Parlin fosse grosseiro; ela sabia que ele apenas raramente sentia necessidade de falar muito.

— Posso ver que é um chapéu, Parlin. Onde foi que você o conseguiu?

— O homem no mercado disse que são muito populares.

Vivenna suspirou. Ela havia hesitado em trazer Parlin para a cidade. Ele era um bom homem, um dos mais firmes e confiáveis que já conhecera, mas a vida a que estava acostumado era ficar no mato, guardando postos avançados. A cidade provavelmente era avassaladora para ele.

— O chapéu é ridículo, Parlin — disse Vivenna, controlando o cabelo para impedir que ficasse vermelho. — E ele faz com que você chame atenção.

Parlin removeu o chapéu e o enfiou no bolso sem dizer mais nada, mas se virou para assistir à passagem das multidões, que pareciam deixá-lo tão nervoso quanto a Vivenna. Talvez ainda mais. Contudo, ela estava feliz de ter a companhia dele. O rapaz era uma das poucas pessoas em quem confiava para não entregá-la a seu pai; sabia que Parlin gostava dela. Quando eram mais novos, ele costumava trazer presentes da floresta para ela. Geralmente na forma de algum animal que havia matado.

Na cabeça de Parlin, nada demonstrava tanta afeição quanto um naco de algum bicho morto e sangrento na mesa.

— Esse lugar é estranho — disse ele. — As pessoas aqui se movem em rebanhos.

Os olhos dele seguiram uma bonita garota hallandreana que passava. A assanhada estava — como a maioria das mulheres em T'Telir — vestindo praticamente nada. Blusas bem abertas abaixo do pescoço, saias bem acima dos joelhos... algumas mulheres até usavam calças, como homens.

— O que você descobriu no mercado? — perguntou ela, atraindo a atenção dele de volta.

— Há um bocado de idrianos aqui.

— *O quê?* — disse Vivenna, sendo relapsa e mostrando seu choque.

— Idrianos — disse Parlin. — No mercado. Alguns estavam vendendo produtos; muitos pareciam trabalhadores comuns. Eu os observei.

Vivenna franziu a testa, cruzando os braços.

— E o restaurante? Você fez o reconhecimento da área, como pedi?

Ele assentiu.

— Parece limpo. Acho estranho que pessoas comam comida feitas por estranhos.

— Você viu alguém suspeito por lá?

— O que contaria como suspeito nesta cidade?

— Eu não sei. Foi você quem insistiu em fazer o reconhecimento antes.

— É sempre uma boa ideia durante uma caçada. Torna menos provável espantar os animais.

— Infelizmente, Parlin, pessoas não são como animais.

— Estou ciente disso — respondeu ele. — Os animais fazem sentido.

Vivenna suspirou. Contudo, notou que Parlin estava certo em pelo menos uma coisa. Vislumbrou um grupo de idrianos caminhando por uma rua próxima, um deles puxando um carrinho que provavelmente estivera cheio de produtos agrícolas. Eles eram fáceis de distinguir devido às suas roupas discretas e o ligeiro sotaque. Ficou surpresa de virem tão longe para fazer negócios, mas era preciso admitir que o comércio não estivera robusto em Idris ultimamente.

Relutantemente, ela fechou os olhos e — usando o xale para ocultar a transformação — mudou seu cabelo de cinza para marrom. Se havia outros idrianos na cidade, ela dificilmente chamaria atenção. Tentar agir como uma velha seria mais suspeito.

Ainda parecia errado estar exposta. Em Bevalis, ela teria sido reconhecida instantaneamente. Naturalmente, Bevalis tinha apenas alguns poucos milhares de pessoas. A escala muito maior de T'Telir exigia um ajuste consciente.

Ela gesticulou para Parlin e, trincando os dentes, se juntou à multidão e começou a abrir caminho até a praça do mercado.

O mar interno fazia toda a diferença. T'Telir era um porto importante, e as tinturas que vendia — feitas das Lágrimas de Edgli, uma flor local — faziam dali um centro comercial. Dava para ver as evidências ao redor; sedas e roupas exóticas, comerciantes de pele marrom, de Tedradel, com suas longas barbas negras presas com fios de couro em formas cilíndricas. Alimentos frescos das cidades ao longo da costa. Em Idris, a população se dispersava pelas fazendas e pastagens. Em Hallandren — um país que controlava um bom terço da costa do mar interno —, era diferente. As coisas podiam florescer. Prosperar.

Tornar-se exuberantes.

À distância, ela podia ver o platô que continha a Corte dos Deuses, o lugar mais profano sob os olhos coloridos de Austre. Dentro de suas muralhas, dentro do terrível palácio do Rei-Deus, Siri estava sendo mantida em cativeiro, prisioneira do próprio Susebron. Logicamente, Vivenna compreendia a decisão do seu pai; em termos políticos simples, Vivenna era mais valiosa para Idris. Se a guerra era certa, fazia sentido mandar a filha menos útil como uma tática para ganhar tempo.

Mas era difícil para Vivenna pensar em Siri como menos útil. Ela era caprichosa, mas também era quem sorria quando os outros estavam desanimados. Era quem trazia presentes inesperados. Ela era irritante, mas também inocente. Era a irmãzinha de Vivenna. Alguém precisava tomar conta dela.

O Rei-Deus exigiria um herdeiro. Aquele deveria ter sido o dever de Vivenna — seu sacrifício pelo seu povo. Ela estava preparada e disposta. Parecia *errado* que Siri precisasse fazer algo tão terrível.

Seu pai havia tomado sua decisão, a melhor para Idris. Vivenna também havia decidido. Se haveria guerra, então queria estar pronta para tirar sua irmã da cidade no momento em que a situação se tornasse perigosa. De fato, Vivenna achava que *deveria* haver uma maneira de resgatar Siri antes da guerra chegar — uma maneira de enganar os hallandreanos, de fazer com que pensassem que Siri havia morrido. Algo que salvaria sua irmã, mas sem provocar novas hostilidades.

Seu pai não poderia apoiar aquele tipo de coisa, então ela não contara a ele. Era melhor que ele pudesse negar envolvimento, caso as coisas dessem errado.

Vivenna desceu a rua, os olhos baixos, tomando cuidado para não chamar atenção. Sair de Idris havia sido surpreendentemente fácil. Quem suspeitaria de um movimento tão audacioso de Vivenna, que sempre fora tão perfeita? Ninguém estranhou quando ela pediu comida e suprimentos, explicando que queria fazer alguns kits de emergência. Ninguém questionou quando ela propôs uma expedição aos picos mais altos para coletar raízes importantes, uma desculpa para disfarçar as primeiras semanas do seu desaparecimento.

Parlin havia sido facilmente persuadido. Ele confiava nela, talvez demais, e tinha conhecimento íntimo dos caminhos e trilhas que levavam até Hallandren. Ele chegara perto das muralhas da cidade em uma viagem de reconhecimento, no ano anterior. Com a ajuda dele, ela fora capaz de recrutar alguns dos seus amigos — também lenhadores — para protegê-la e fazer parte da sua suposta expedição. Enviara o resto do grupo de volta naquela manhã. Eles seriam de pouca utilidade na cidade, onde ela já havia arranjado outro aliado para sua proteção. Os amigos de Parlin levariam notícias ao pai dela, que àquela altura já estaria ciente do que ela fizera. Antes de partir, ela havia combinado com sua criada que entregasse uma carta a ele. Contando os dias, percebeu que sua carta seria entregue naquela mesma manhã.

Ela não sabia como seu pai reagiria. Talvez mandasse soldados para buscá-la em segredo. Talvez a deixasse em paz. Deixara avisado que, se visse soldados idrianos procurando por ela, simplesmente iria até a Corte dos Deuses, explicaria que houvera um erro e trocaria a si mesma pela irmã.

Sinceramente esperava que não precisasse fazer isso. O Rei-Deus não era confiável; ele podia capturar Vivenna e manter Siri, adquirindo assim duas princesas para lhe fornecer prazer, em vez de uma.

Não pense nisso, disse Vivenna a si mesma, apertando mais o xale, apesar do calor.

Era melhor descobrir outra maneira. O primeiro passo era encontrar Lemex, o espião-chefe do seu pai em Hallandren. Vivenna se correspondera com ele em várias ocasiões. O pai queria que estivesse familiarizada com seu melhor agente de inteligência em T'Telir, e a precaução do rei agora trabalharia contra ele. Lemex conhecia Vivenna, e tinha sido instruído a obedecer às ordens dela. Mandara ao espião uma carta — enviada através de um mensageiro com múltiplas montarias, para permitir entrega rápida — no dia em que havia deixado Idris. Partindo do princípio de que a mensagem havia chegado em segurança, o espião se encontraria com ela no restaurante combinado.

Seu plano parecia bom. Ela estava preparada. Por que, então, se sentia tão amedrontada ao entrar no mercado?

Ficou parada em silêncio, uma pedra no fluxo de tráfego humano que inundava a rua. Era uma área tão vasta, coberta de tendas, currais, edifícios e pessoas. Não havia pavimentação ali, só areia e terra com tufos de grama aqui e ali, e não parecia haver muita razão ou direção na organização dos edifícios. As ruas arbitrárias haviam simplesmente se formado nos locais aonde as pessoas sentiam vontade de ir. Comerciantes gritavam o que vendiam, estandartes tremulavam ao vento, e os artistas de rua competiam por atenção. Era uma orgia de cor e movimento.

— Uau — disse Parlin baixinho.

Vivenna se virou, se recompondo do estupor.

— Você não acabou de vir aqui?

— Sim — disse Parlin, seus olhos um pouco vidrados. — Uau de novo.

Vivenna sacudiu a cabeça.

— Vamos para o restaurante.

Parlin assentiu.

— Por aqui.

Vivenna o seguiu, incomodada. Estavam em Hallandren — não deveria estar tão espantada. Deveria estar enojada. Mas estava tão atordoada que era difícil sentir alguma coisa além de uma leve sensação de enjoo. Nunca percebera como estava acostumada com a bela simplicidade de Idris.

A presença familiar de Parlin era bem-vinda enquanto a poderosa onda de aromas, sons e visões tentava afogá-la. Em alguns lugares, a multidão era tão grande que eles precisaram forçar caminho para passar. Às vezes, Vivenna sentia que estava à beira do pânico, pressionada pelos corpos sujos e repulsivamente coloridos. Por sorte, o restaurante não ficava muito longe, e eles chegaram bem na hora em que o excesso daquele lugar estava prestes a fazê-la gritar.

Na placa na frente, o restaurante tinha uma imagem de um barco navegando alegremente. Se os odores vindos de dentro servissem de pista, então o navio representava a culinária do restaurante: peixes. Vivenna mal conseguiu evitar a ânsia de vômito. Comera peixe várias vezes para se preparar para a vida em Hallandren. Nunca conseguira desenvolver gosto pelo prato.

Parlin entrou, então logo deu um passo para o lado e se agachou, quase como um lobo, enquanto deixou seus olhos se ajustarem à luz fraca. Vivenna deu ao taverneiro o nome falso que Lemex usaria. O taverneiro olhou de soslaio para Parlin, então deu de ombros e conduziu os dois para uma das mesas no lado oposto do salão. Vivenna se sentou; apesar do seu treinamento, estava um pouco incerta do que fazer em um restaurante. Parecia-lhe significativo que lugares como restaurantes pudessem existir em Hallandren — com a função de alimentar não só viajantes, mas também habitantes locais indispostos para preparar a própria comida e jantar nas próprias casas.

Parlin não se sentou, permaneceu de pé ao lado da cadeira de Vivenna, vigiando o salão. Ele parecia tão tenso quanto ela se sentia.

— Vivenna — disse ele baixinho, se inclinando para baixo. — Seu cabelo.

Ela teve um sobressalto, percebendo que seu cabelo havia clareado devido ao trauma de abrir caminho pela multidão. Não havia embranquecido totalmente — ela era bem treinada demais para isso —, mas clareado, como se coberto de talco.

Sentindo uma pontada de paranoia, Vivenna recolocou o xale na cabeça, desviando o olhar quando o proprietário do restaurante se aproximou para anotar o pedido deles; uma lista curta de refeições estava gravada na mesa. Parlin finalmente se sentou, atraindo a atenção do proprietário para longe de Vivenna.

Você é melhor que isso, disse a si mesma com severidade. *Você estudou Hallandren durante a maior parte da sua vida.* O cabelo escureceu, voltando ao tom castanho usual. A mudança foi sutil o bastante para que qualquer pessoa que visse pensasse que era um truque da luz. Ainda assim, ela manteve o xale na cabeça, envergonhada. Só uma caminhada pelo mercado e ela perdia o controle?

Pense em Siri, disse a si mesma. Isso lhe deu forças. Sua missão era improvisada, até mesmo imprudente, mas importante. Calma mais uma vez, ela baixou o xale e esperou enquanto Parlin escolhia um prato — guisado de frutos do mar — e o taverneiro se afastava.

— E agora? — perguntou Parlin.

— Nós esperamos — disse Vivenna. — Na minha carta, disse a Lemex para verificar o restaurante todo dia ao meio-dia. Vamos ficar sentados aqui até ele chegar.

Parlin assentiu, agitado.

— O que foi? — perguntou Vivenna calmamente.

Ele olhou para a porta.

— Não confio nesse lugar, Vivenna. Não sinto o cheiro de nada além de corpos e temperos, não escuto nada além do burburinho das pessoas. Não há vento, nem árvores, nem rios, só... *pessoas.*

— Eu sei.

— Eu quero voltar lá para fora.

— O quê? Por quê?

— Se você não está familiarizado com um lugar, precisa se familiarizar com ele — disse ele, sem jeito.

Ele não deu mais explicações. Vivenna sentiu uma pontada de medo ao pensar em ser deixada sozinha. Contudo, não era apropriado exigir que Parlin ficasse e cuidasse dela.

— Você promete ficar por perto?

Ele assentiu.

— Então vá.

Ele foi, deixando o salão. Não se movia como um hallandreano — seus movimentos eram muito fluidos, muito parecidos com os de uma fera à espreita. *Talvez eu devesse tê-lo mandado de volta com os outros.* Mas a ideia de ficar completamente sozinha havia sido demais. Ela precisava de *alguém* para ajudá-la a encontrar Lemex. Já achava que provavelmente era arriscado demais entrar na cidade com um único guarda, mesmo um tão hábil quanto Parlin.

Mas estava feito; não adiantava se preocupar agora. Ficou sentada, os braços cruzados sobre a mesa, pensando. Em Idris, seu plano para salvar Siri parecera mais simples. Agora, sua verdadeira natureza estava diante dela. De algum modo, teria que entrar na Corte dos Deuses e escapulir com a irmã. Como poderia realizar algo tão audacioso? Certamente a Corte dos Deuses era bem guardada.

Lemex vai ter alguma ideia. Não precisamos fazer nada ainda. Eu...

Um homem se sentou à mesa. Vestido de modo menos colorido do que a maioria dos hallandreanos, ele usava um traje feito principalmente de couro marrom, embora houvesse um colete de tecido vermelho por cima. Não era Lemex. O espião era um homem mais velho, na casa dos cinquenta anos. Esse estranho tinha um rosto comprido e cabelo bem cortado, e não poderia ter mais que 35.

— Eu detesto ser um mercenário — declarou o homem. — Sabe por quê?

Em choque, Vivenna ficou paralisada, sua boca ligeiramente aberta.

— O preconceito — continuou o homem. — Todo mundo trabalha, pede pagamento e é respeitado por isso. Os mercenários, não. Nós ganhamos uma reputação ruim só por fazermos nosso trabalho. Alguém cospe em menestréis por aceitarem pagamento de quem oferece mais? Quantos padeiros são censurados por vender confeitos para um homem, depois vender mais dos mesmos confeitos para o inimigo daquele homem? — Ele a encarou. — Não. Só o mercenário. É injusto, não acha?

— Quem... quem é você? — Vivenna finalmente conseguiu perguntar.

Ela se sobressaltou quando mais um homem se sentou do seu outro lado. Corpulento, o novo homem tinha um cassetete amarrado às costas. Um pássaro colorido estava sentado na ponta desse cassetete.

— Eu sou Denth — disse o primeiro homem, tomando a mão dela e a apertando. — Esse aqui é Tonk Fah.

— Prazer — disse Tonk Fah, pegando a mão dela depois que Denth a soltou.

— Infelizmente, princesa — disse Denth —, estamos aqui para matá-la.

10

IMEDIATAMENTE, O cabelo de Vivenna desbotou para um branco puro.

Pense!, disse a si mesma. *Você foi treinada em política! Você estudou negociação de reféns. Mas... o que fazer quando você é o refém?*

Subitamente, os homens começaram a rir. O grandão bateu na mesa várias vezes, fazendo seu pássaro grasnar.

— Desculpe, princesa — disse Denth, o homem mais magro, sacudindo a cabeça. — Só um pouco de humor de mercenário.

— Nós matamos, às vezes, mas não assassinamos — acrescentou Tonk Fah. — Isso é trabalho de assassino.

— Assassinos — disse Denth, levantando um dedo. — Agora, *eles* são respeitados. Por que acha que isso acontece? Eles não são nada além de mercenários com nomes mais chiques.

Vivenna hesitou, lutando para controlar seus nervos.

— Vocês não estão aqui para me matar — disse ela, a voz tensa. — Então vão só me sequestrar?

— Deuses, não — disse Denth. — Mau negócio. Como ganhar dinheiro assim? Toda vez que se sequestra alguém digno do resgate, acaba irritando pessoas muito mais poderosas que você.

— Não irrite pessoas importantes — comentou Tonk Fah, bocejando. — A menos que esteja sendo pago por pessoas ainda *mais* importantes.

Denth concordou.

— E isso sem levar em conta ter que cuidar e alimentar os prisioneiros, a troca de cartas de resgate, o arranjo das entregas. É uma dor de cabeça, estou dizendo. Uma maneira péssima de ganhar dinheiro.

A mesa ficou em silêncio. Vivenna colocou as mãos abertas no tampo para impedir que tremessem. *Eles sabem quem eu sou*, pensou ela, se forçando a raciocinar. *Ou me reconheceram, ou...*

— Vocês trabalham para Lemex.

Denth abriu um largo sorriso.

— Viu, Tonk? Ele disse que ela era esperta.

— Acho que é por isso que ela é uma princesa e nós somos apenas mercenários — comentou Tonk Fah.

Vivenna franziu o cenho. *Eles estão zombando de mim ou não?*

— Onde está Lemex? Por que ele não veio pessoalmente?

Denth sorriu de novo, acenando com a cabeça para o proprietário do restaurante enquanto o homem trazia uma grande panela de guisado fumegante para a mesa. A comida cheirava a temperos picantes e parecia ter garras de caranguejo flutuando. O proprietário deixou um conjunto de colheres de madeira na mesa, depois se retirou.

Denth e Tonk Fah não esperaram permissão para comer a refeição dela.

— Seu amigo — disse Denth, agarrando uma colher —, Lemex, nosso empregador, não está muito bem.

— Febres — disse Tonk Fah, sorvendo o guisado.

— Ele nos pediu para levar a senhora até ele — explicou Denth.

O homem entregou a ela uma folha de papel dobrada com a mão esquerda, enquanto partia uma garra entre três dedos da direita. Vivenna fez uma careta enquanto ele sugava o conteúdo.

Princesa, dizia a carta. *Por favor, confie nesses homens. Denth tem me servido há um bom período, e ele é leal — se é que algum mercenário pode ser chamado de leal. Ele e seus homens foram pagos, e estou confiante de que ele permanecerá fiel a nós pela duração do seu contrato. Ofereço prova de autenticidade pela virtude dessa senha: máscara azul.*

O texto estava escrito na letra de Lemex. Mais do que isso, ele havia fornecido a senha correta. Não "máscara azul" — aquilo era um engodo. A verdadeira senha era usar a palavra "período" em vez de "tempo". Ela olhou para Denth, que sorvia o conteúdo de outra garra.

— Ah, agora — disse ele, jogando a casca para o lado. — Essa é a parte complicada; ela precisa tomar uma decisão. Nós estamos dizendo a verdade, ou enganando ela? Nós falsificamos a carta? Ou será que capturamos o velho espião e o torturamos para que escrevesse essas palavras?

— Nós podemos trazer os dedos dele para a senhora como prova da nossa boa-fé — disse Tonk Fah. — Isso ajudaria?

Vivenna ergueu uma sobrancelha.

— Humor de mercenário?

— Por pior que seja. — Denth suspirou. — No geral, não somos um grupo muito esperto. Senão, provavelmente teríamos escolhido uma profissão com uma taxa de mortalidade menor.

— Como a sua profissão, princesa — disse Tonk. — Vida longa, geralmente. Muitas vezes me perguntei se não devia arrumar uma dessas.

Vivenna enrugou a testa enquanto os homens riam. *Lemex não cederia sob tortura*, pensou. *Ele é bem treinado demais. Mesmo que houvesse cedido, ele não teria incluído a senha verdadeira e a senha falsa.*

— Vamos — disse ela, se levantando.

— Espere — disse Tonk Fah, a colher a caminho da boca —, vamos abandonar o resto da refeição?

Vivenna olhou para a sopa avermelhada e seus membros de crustáceos boiando.

— Com certeza.

LEMEX TOSSIU BAIXINHO. Seu rosto envelhecido estava marcado pelo suor, sua pele, pegajosa e pálida, e ele ocasionalmente sussurrava frases incoerentes delirantes.

Vivenna estava sentada em um banco ao lado da cama dele, com as mãos no colo. Os dois mercenários esperavam com Parlin no fundo do cômodo. A única outra pessoa presente era uma solene enfermeira — a mesma mulher que havia informado Vivenna, em voz baixa, que não havia mais nada a ser feito.

Lemex estava morrendo. Era improvável que durasse até o fim do dia.

Era a primeira vez que Vivenna via o rosto de Lemex, mas se correspondera com ele com frequência. O rosto do homem parecia... errado. Ela sabia que Lemex não era jovem; isso fazia dele um espião melhor, pois poucos procuravam espiões entre os idosos. Mas ele não devia ser aquele graveto frágil em forma de homem, tossindo e tremendo. Devia ser um cavalheiro maduro, alerta e esperto. Era assim que ela o imaginara.

Sentia como se estivesse perdendo um dos seus amigos mais queridos, embora nunca houvesse realmente o conhecido. Com ele, partia seu refúgio em Hallandren, sua vantagem secreta. Ele era a pessoa que Vivenna esperava que fizesse esse seu plano maluco funcionar. O mentor hábil e astuto que contava ter ao seu lado.

Ele tossiu de novo. A enfermeira olhou de relance para Vivenna.

— A lucidez dele vai e vem, minha senhora. Essa manhã mesmo ele falou da senhora, mas agora está cada vez pior...

— Obrigada — disse Vivenna em voz baixa. — Está dispensada.

A mulher se curvou e saiu.

Agora é hora de ser uma princesa, pensou Vivenna, se levantando e se inclinando sobre o leito de Lemex.

— Lemex — disse ela. — Preciso que me passe seu conhecimento. Como eu entro em contato com suas redes de espiões? Onde estão os outros agentes idrianos na cidade? Quais são as senhas que farão com que eles me escutem?

Ele tossiu, olhando fixamente, sem ver, e sussurrou alguma coisa. Ela se inclinou para mais perto.

— ... nunca direi. Você pode me torturar o quanto quiser. Não vou ceder.

Vivenna se sentou novamente. A rede de espionagem idriana em Hallandren possuía uma organização deliberadamente indefinida. Seu pai conhecia todos os agentes, mas Vivenna só havia se comunicado com Lemex, o líder e coordenador da rede. Ela cerrou os dentes, se inclinando para a frente outra vez. Sentiu-se como um ladrão de túmulos ao sacudir Lemex gentilmente.

— Lemex, olhe para mim. Não estou aqui para torturá-lo. Eu sou a princesa. Você recebeu uma carta minha. Agora eu vim até você.

— Não vai me enganar — sussurrou o velho. — Sua tortura não é nada. Não vou me entregar. Não para você.

Vivenna suspirou, desviando o olhar.

Subitamente, Lemex tremeu, e uma onda de cor varreu a cama, varreu Vivenna, e pulsou ao longo do chão antes de sumir. Por instinto, Vivenna recuou, chocada.

Outro pulso veio. Não era cor em si; era uma onda de cores *aprimoradas* — uma ondulação que fazia com que os matizes na sala se destacassem à sua passagem. O piso, os lençóis, até o vestido dela — tudo se iluminou de modo vívido e vibrante por um segundo, então se apagou até os matizes originais.

— Em nome de Austre, o que foi isso? — perguntou Vivenna.

— Respiração BioCromática, princesa — disse Denth, recostado contra a moldura da porta. — O velho Lemex tem um bocado delas. Umas duzentas Respirações, imagino.

— Impossível — disse Vivenna. — Ele é idriano. Jamais aceitaria outra Respiração.

Denth olhou para Tonk Fah, que estava coçando o pescoço de sua ave. O corpulento soldado apenas deu de ombros.

Outra onda de cor veio de Lemex.

— Ele está morrendo, princesa — disse Denth. — Sua Respiração está ficando instável.

Vivenna olhou com raiva para Denth.

— Ele não tem...

Alguma coisa agarrou seu braço. Ela deu um pulo e olhou para Lemex, que conseguira estender a mão e segurá-la. Ele estava concentrado no seu rosto.

— Princesa Vivenna — disse ele, seus olhos finalmente mostrando lucidez.

— Lemex. Seus contatos. Você precisa me passá-los!

— Eu fiz uma coisa ruim, princesa.

Ela gelou.

— Respiração, princesa. Eu a herdei do meu predecessor, e comprei mais. Muito mais...

Deus das Cores... Vivenna ficou nauseada.

— Eu sabia que era errado — sussurrou Lemex. — Mas... eu me senti tão poderoso. Podia fazer o próprio pó da terra obedecer ao meu Comando. Foi pelo bem de Idris! Homens com Respiração são respeitados aqui em Hallandren. Eu podia entrar em eventos de onde normalmente teria sido excluído. Eu podia ir à Corte dos Deuses quando desejava, e ouvir a Assembleia da Corte. A Respiração estendeu minha vida, me tornou ágil, apesar da idade. Eu...

Ele piscou, seus olhos perdendo o foco.

— Ah, Austre — sussurrou ele. — Eu condenei a mim mesmo. Ganhei notoriedade abusando das almas dos outros. E agora estou morrendo.

— Lemex! — insistiu Vivenna. — Não pense nisso agora. Nomes! Eu preciso de nomes e senhas. Não me deixe sozinha!

— Condenado — murmurou ele. — Alguém fique com ela. Por favor, tire isso de mim!

Vivenna tentou se soltar, mas ele ainda segurava seu braço. Ela tremeu, pensando na Respiração que Lemex continha.

— Sabe, princesa — disse Denth, atrás dela. — Ninguém nunca conta nada para nós, mercenários. É uma desvantagem infeliz, mas muito realista, da nossa profissão. Nunca confiam em nós. Nunca querem nosso conselho.

Ela olhou de volta para ele, que estava apoiado na porta, com Tonk Fah a uma curta distância. Parlin também estava ali, segurando aquele ridículo chapéu verde.

— Agora, se alguém *pedisse* minha opinião — continuou Denth —, eu comentaria o quanto valem essas Respirações. Se vendê-las, terá dinheiro o bastante para comprar sua *própria* rede de espiões... ou praticamente qualquer outra coisa que desejar.

Vivenna olhou de volta para o moribundo, que murmurava consigo mesmo.

— Se ele morrer, a Respiração morre com ele. Todas elas — disse Denth.

— Uma pena — comentou Tonk Fah.

Vivenna empalideceu.

— Não vou traficar almas de homens! Não me importa o quanto elas valem.

— Fique à vontade — disse Denth. — Só espero que ninguém sofra quando sua missão fracassar.

Siri...

— Não — disse Vivenna, em parte para si mesma. — Eu não poderia aceitá-las.

Era verdade. Até mesmo a ideia de deixar a Respiração de outra pessoa se misturar com a dela — a ideia de inspirar a alma de outra pessoa para o próprio corpo — a deixava enjoada.

Vivenna se voltou para o espião moribundo. Seu BioCroma ardia intensamente agora, e os lençóis praticamente brilhavam. Era melhor deixar aquela Respiração morrer com ele.

Contudo, sem Lemex, ela não teria ajuda na cidade, ninguém para guiá-la e lhe fornecer refúgio. Mal havia trazido dinheiro suficiente para cobrir hospedagem e refeições, quanto mais subornos ou suprimentos. Ela disse a si mesma que aceitar a Respiração seria como usar os bens encontrados na caverna de um bandido. Era o caso de jogá-los fora porque haviam sido originalmente obtidos através de crimes? Seu treinamento sussurrou que ela precisava desesperadamente de recursos, e que o dano já estava feito...

Não!, pensou novamente. *Isso não é direito! Não posso ficar com ela. Não conseguiria.*

Naturalmente, talvez fosse sábio deixar que alguma *outra* pessoa contivesse as Respirações por um período. Então poderia pensar no que fazer com ela no seu próprio tempo. Talvez... talvez até mesmo encontrar as pessoas de quem haviam sido tomadas e devolvê-las. Ela se virou para olhar novamente para Denth e Tonk Fah.

— Não me olhe desse jeito, princesa. — Denth deu uma risadinha. — Estou vendo o brilho nos seus olhos. Eu não vou guardar aquela Respiração para a senhora. Ter tanto BioCroma assim torna um homem importante demais.

Tonk Fah concordou.

— É como passear pela cidade com uma bolsa de ouro nas costas.

— Eu gosto da minha Respiração do jeito que está — disse Denth. — Só preciso de uma, e ela funciona direitinho. Me mantém vivo, não chama atenção e fica quietinha esperando para ser vendida, se eu precisar.

Vivenna olhou para Parlin. Mas... não, não poderia forçá-lo a aceitar a Respiração. Concentrou-se novamente em Denth.

— Que serviços estão inclusos no seu acordo com Lemex?

Denth olhou para Tonk Fah, então de volta para ela. Esse olhar bastou; ele era pago para obedecer. Aceitaria a Respiração, se ela ordenasse.

— Venha cá — disse ela, indicando um banco ao seu lado.

Denth se aproximou, relutante.

— Sabe, princesa — disse ele, se sentando —, se a senhora me entregar aquela Respiração, posso simplesmente fugir com ela. Eu seria um homem rico. Não quer deixar esse tipo de tentação nas mãos de um mercenário inescrupuloso, quer?

Ela hesitou.

Se ele fugir com ela, então o que eu perco? Isso resolveria muitos dos seus problemas.

— Tome-a — ordenou Vivenna.

Ele balançou a cabeça.

— Não é assim que funciona. Nosso amigo aqui tem que entregá-la a mim.

Vivenna olhou para o velho.

— Eu...

Ela fez menção de ordenar que Lemex fizesse exatamente aquilo, mas então hesitou. Austre não gostaria que ela tomasse a Respiração, não importam as circunstâncias — um homem que tomava a Respiração dos outros era pior que um escravagista.

— Não — declarou ela. — Não, mudei de ideia. Não vamos pegar a Respiração.

Naquele momento, Lemex parou de balbuciar. Ele ergueu o olhar, encontrando os olhos de Vivenna.

A mão dele ainda estava no seu braço.

— Minha vida para a sua — disse ele em uma voz insolitamente clara, segurando o braço dela com força enquanto Vivenna tentou recuar. — *Minha Respiração se torna sua!*

Uma nuvem vibrante de ar iridescente e cambiante saiu da boca de Lemex, em uma explosão, se movendo em direção a ela. Vivenna fechou a boca, olhos arregalados, os cabelos brancos. Livrou seu braço da pegada de Lemex enquanto o rosto dele perdia a vitalidade, seus olhos perdiam o brilho, as cores ao redor dele se desbotavam.

A Respiração disparou na direção dela. A boca fechada não teve efeito; a Respiração a atingiu, acertando-a como uma força física, e envolveu seu corpo. Ela arquejou e caiu de joelhos, o corpo tremendo com um prazer perverso. De repente, podia *sentir* as outras pessoas na sala; podia senti-las olhando para ela. E, como se uma luz houvesse sido acesa, tudo ao redor pareceu se tornar mais vibrante, mais real, mais vivo.

Arfou, tremendo de espanto. Vagamente, ouviu Parlin correndo até ela, falando seu nome. Mas, de modo estranho, a única coisa em que conseguia pensar era na qualidade melodiosa da sua voz. Era capaz de distinguir cada tom em cada palavra que ele dizia; reconhecia-os instintivamente.

Austre, Deus das Cores!, pensava, se apoiando com a mão contra o piso de madeira enquanto os tremores diminuíam. *O que foi que eu fiz?*

11

SEM DÚVIDAS PODEMOS dobrar as regras um pouquinho — disse Siri, caminhando depressa ao lado de Treledees.

Treledees a olhou de soslaio. O sumo sacerdote do Rei-Deus era alto mesmo sem a mitra elaborada na cabeça. Com o acessório, parecia ser bem mais alto que Siri, quase como um dos Retornados. Bem, um Retornado magro, irritante e desdenhoso.

— Uma exceção? — perguntou ele com seu lento sotaque hallandreano. — Não, eu não acredito que será possível, Receptáculo.

— Não vejo por que não — disse Siri enquanto um servo abria a porta diante deles, permitindo que deixassem uma sala verde e passassem para outra azul.

Treledees respeitosamente deixou que Siri passasse primeiro, embora ela pudesse sentir que isso o desagradava.

Ela cerrou os dentes, tentando pensar em outro ângulo de ataque. *Vivenna agiria com calma e lógica. Explicaria por que deveria ter permissão de deixar o palácio de uma maneira que satisfaria as sensibilidades do sacerdote.*

Siri respirou fundo, tentando tirar o vermelho do seu cabelo e a frustração da sua postura.

— Veja bem. Eu não poderia, talvez, sair em *uma* viagem lá para fora? Talvez pela própria corte?

— Impossível — respondeu Treledees. — Se carece de entretenimento, por que não faz com que suas servas chamem menestréis ou malabaristas? Tenho certeza de que eles a manterão ocupada.

E fora do meu caminho, seu tom de voz parecia dar a entender.

Será que ele não entendia? Não era a falta de coisas para fazer que a frustrava; era o fato de não poder ver o céu. Não poder fugir das paredes, trancas e regras. Se isso não fosse possível, ela teria ficado feliz em ter alguém com quem conversar.

— Pelo menos me deixe conhecer um dos deuses. Quero dizer, de verdade... O que se ganha em me manter trancada aqui desse jeito?

— A senhora não está trancada, Receptáculo — respondeu Treledees. — Está respeitando um período de isolamento que pode dedicar a contemplar seu novo lugar na vida. É uma prática antiga e honrada, que mostra respeito ao Rei-Deus e à sua divina monarquia.

— Sim, mas estamos em Hallandren — insistiu Siri. — A terra da negligência e da frivolidade! Certamente pode encontrar sua maneira de abrir uma exceção.

Treledees parou bruscamente.

— Nós *não* abrimos exceções em questões religiosas, Receptáculo. Só posso crer que esteja me testando de alguma maneira, pois acho difícil acreditar que qualquer pessoa digna de tocar nosso Rei-Deus pudesse contemplar tais pensamentos vulgares.

Siri se retraiu. *Menos de uma semana na cidade e já comecei a deixar que minha língua me arrume problemas.* Siri não desgostava de pessoas — adorava falar com elas, passar tempo com elas, rir com elas. Contudo, não conseguia levá-las a fazer o que desejava, não da maneira como um político deveria ser capaz de fazer. Essa era outra coisa que deveria ter aprendido com Vivenna.

Ela e Treledees continuaram caminhando. Siri usava uma longa saia que cobria seus pés e tinha uma cauda que se arrastava atrás dela. O sacerdote usava tons de ouro e vinho — combinando com os dos servos. Ainda se impressionava com a quantidade de roupas que todos no palácio tinham, mesmo que fossem idênticas, a não ser pela cor.

Siri sabia que não devia se permitir ficar irritada com os sacerdotes. Eles já pareciam não gostar dela, e ser ríspida não ajudaria. Só que os últimos dias haviam sido tão *tediosos*. Aprisionada no palácio, incapaz de partir, incapaz de encontrar alguém com quem falar, ela se sentia prestes a enlouquecer.

Mas não podia haver exceções. Aparentemente.

— Isso é tudo, Receptáculo? — indagou Treledees, parando ao lado de uma porta. Era quase como se considerasse um grande esforço ser educado com ela.

Siri suspirou, mas assentiu. O sacerdote se curvou, então abriu a porta e rapidamente foi embora. Siri o viu partir e bateu o pé, os braços cruzados. Suas servas estavam enfileiradas atrás dela, como sempre. Pensou em ir atrás de Dedos-Azuis, mas... não. Ele sempre tinha tanto a fazer, e ela se sentia mal ao distraí-lo.

Suspirando novamente, ela acenou para que as criadas preparassem a refeição noturna. Duas pegaram uma cadeira da sala ao lado. Siri se sentou para descansar enquanto a comida era trazida. A cadeira era macia, mas era difícil se sentar de uma maneira que não piorasse suas dores ou câimbras. Durante cada uma das últimas seis noites, havia sido forçada a ficar de joelhos, nua, até que finalmente ficava com tanto sono que acabava dormindo. Dormir na pedra dura lhe causava uma dor fraca e persistente nas costas e no pescoço.

A cada manhã, quando o Rei-Deus tinha partido, ela passava para a cama. Quando despertava pela segunda vez, queimava os lençóis. Depois disso, escolhia suas roupas. Havia uma nova leva a cada dia, sem trajes repetidos. Ela não sabia ao certo como as servas conseguiam um suprimento constante de roupas do tamanho de Siri, mas isso fazia com que hesitasse ao escolher seus trajes diários. Sabia que provavelmente nunca veria qualquer uma das outras opções novamente.

Depois de se vestir, ela estava livre para fazer o que quisesse, contanto que não deixasse o palácio. Quando a noite chegava, era banhada, então podia escolher entre uma seleção de roupas luxuosas para usar no quarto. Por uma questão de conforto, ela começou a solicitar vestidos cada vez mais ornamentados, com mais tecido para usar ao dormir. Frequentemente se perguntava o que as costureiras pensariam se soubessem que aqueles vestidos eram usados apenas por breves momentos antes de serem descartados no chão, depois usados como cobertores.

Ela não possuía nada, mas podia ter o que quisesse. Comidas exóticas, mobília, artistas, livros, arte... só precisava pedir. Mas, quando ela acabava de usar, tudo era removido. Ela tinha tudo e nada ao mesmo tempo.

Bocejou. Seu sono interrompido a deixava sonolenta e cansada. Os dias completamente vazios também não ajudavam. *Se ao menos houvesse alguém com quem conversar.* Mas servos, sacerdotes e escribas estavam todos presos a seus papéis formais. E Siri só interagia com essas pessoas.

Bem, a não ser por *ele.*

Podia realmente chamar aquilo de interação? O Rei-Deus parecia gostar de olhar para o corpo dela, mas nunca dera indicação alguma de que queria mais. Só a deixava ajoelhada, aqueles olhos a fitando e dissecando. A isso se resumia seu casamento.

As criadas terminaram de servir o jantar, então se enfileiraram junto à parede. Estava ficando tarde — era quase hora do seu banho noturno. *Terei que comer rápido,* ela pensou, indo para a mesa. *Afinal de contas, não quero me atrasar para a sessão de olhares fixos desta noite.*

ALGUMAS HORAS DEPOIS, Siri estava de banho tomado, perfumada e vestida diante da enorme porta dourada que conduzia ao quarto do Rei-Deus. Ela respirou fundo para se acalmar, para amenizar a ansiedade que havia alterado seu cabelo para um castanho-claro. Ainda não havia se acostumado com aquela parte.

Era tolice. Sabia o que ia acontecer. Mas a antecipação — o medo — ainda estava presente. As ações do Rei-Deus provavam o poder que ele tinha sobre ela. Algum dia ele *iria* possuí-la, e isso poderia acontecer a qualquer momento. Parte dela desejava que ele só fizesse aquilo de uma vez. O medo prolongado era ainda pior do que aquela primeira noite de terror.

Ela tremeu. Dedos-Azuis a olhou de soslaio. Talvez uma hora ele começasse a confiar que ela chegaria ao quarto na hora marcada. Todas as noites até então ele viera para escoltá-la.

Pelo menos ele não aparece mais enquanto estou tomando banho. A água quente e os perfumes agradáveis deveriam tê-la relaxado, mas infelizmente Siri tendia a passar cada banho se preocupando com a visita iminente ao Rei-Deus ou que algum servo entrasse no cômodo de repente.

Ela olhou para Dedos-Azuis.

— Mais alguns minutos, Receptáculo — disse ele.

Como ele sabe?, pensou. O homenzinho parecia ter um senso sobrenatural de tempo. Ela nunca vira nenhum tipo de relógio no palácio — nem relógio solar, relógio de vela ou de água. Em Hallandren, aparentemente, deuses e rainhas não precisavam se preocupar com tais coisas. Eles tinham servos para recordá-los dos compromissos.

Dedos-Azuis olhou para a porta, então para ela. Quando viu que Siri o encarava, imediatamente se virou e começou a se remexer.

Por que ele está nervoso?, ela pensou com irritação, se voltando para fitar os intricados desenhos em ouro da porta. *Não é ele que tem que passar por isso toda noite.*

— As... coisas estão indo bem com o Rei-Deus, então? — perguntou Dedos-Azuis subitamente.

Siri franziu a testa.

— Posso ver que a senhora está cansada grande parte do tempo — disse Dedos-Azuis. — Imagino... que isso signifique... noites bem ativas.

— Isso é bom, certo? Todo mundo quer um herdeiro assim que possível.

— Sim, naturalmente — disse Dedos-Azuis, retorcendo as mãos. — É que... — Ele deixou a frase morrer, então a fitou nos olhos. — Precisa ser cuidadosa, Receptáculo. Fique bem atenta. Tente permanecer alerta.

O cabelo dela desbotou até ficar totalmente branco.

— Você fala como se eu estivesse em perigo — disse ela baixinho.

— O quê? Perigo? — disse Dedos-Azuis, olhando para o lado. — Bobagem. O que a senhora teria a temer? Estou apenas sugerindo que permaneça alerta, caso o Rei-Deus tenha necessidades que a senhora precise satisfazer. Ah, veja só, já está na hora. Aprecie sua noite, Receptáculo.

Com isso, ele abriu a porta, colocou uma das mãos em suas costas e a guiou para o quarto. No último momento, ele aproximou a cabeça da dela.

— Tome cuidado, menina — sussurrou ele. — Nem tudo aqui no palácio é o que parece.

Siri franziu a testa, se virando, mas Dedos-Azuis meteu no rosto um sorriso falso e fechou a porta.

Em nome de Austre, o que foi isso?, pensou, parando talvez por tempo demais, encarando a porta. Finalmente, ela suspirou e se virou. O fogo costumeiro ardia na lareira, mas estava menor do que o da noite anterior.

Ele estava ali. Siri não precisava olhar para saber disso. Enquanto seus olhos se acostumavam à escuridão, podia ver que as cores do fogo — azul, laranja, até mesmo negro — eram exatas demais, *vibrantes* demais. Seu vestido, um cetim dourado e brilhante, parecia vibrar com a própria luz interior. Qualquer coisa que fosse branca — algumas das fitas no seu vestido, por exemplo — se torcia ligeiramente, emanando um arco-íris de cores, como se estivesse brilhando através de um prisma. Parte dela desejava uma sala bem iluminada onde pudesse experimentar a beleza plena do BioCroma.

Mas, obviamente, aquilo não seria correto. A respiração do Rei-Deus era uma perversão. Ele se alimentava das almas do seu povo, e as cores que evocava vinham às custas delas.

Tremendo, Siri abriu a lateral do vestido, então deixou o traje cair em partes ao redor dela — as longas mangas se soltaram, o corpete caiu para a frente, as saias farfalharam ao descerem ao chão. Ela completou o ritual, deixando as alças da combinação escorregarem dos ombros, então a peça de roupa caiu no chão ao lado do vestido. Afastou-se das roupas, então se curvou na sua posição costumeira.

Suas costas reclamaram, e ela contemplou tristemente mais uma noite desconfortável. *O mínimo que podiam fazer era garantir que o fogo estivesse forte o bastante.* As noites no grande palácio de pedra eram geladas, apesar do clima tropical de Hallandren. Particularmente para uma pessoa nua.

Concentre-se em Dedos-Azuis, ela pensou, tentando se distrair. *O que ele quis dizer? As coisas no palácio não são o que parecem?*

Estaria ele se referindo ao Rei-Deus e sua habilidade de mandar matá-la? Ela estava bem ciente do poder do Rei-Deus. Como poderia esquecer, com ele sentado a menos de cinco metros de distância, vigiando das sombras? Não, não era isso. Ele achara melhor oferecer aquele aviso em voz baixa, sem que os outros escutassem. *Tome cuidado...*

Cheirava a política. Ela cerrou os dentes. Caso houvesse prestado mais atenção a seus tutores, teria sido capaz de captar um significado mais sutil no alerta de Dedos-Azuis?

Como se eu precisasse de mais alguma coisa para me confundir, pensou. Se Dedos-Azuis tinha algo a dizer, por que não dizia logo? Enquanto os minutos passavam, as palavras dele ficavam se revirando na mente de Siri como alguém se remexendo em um sono inquieto, mas ela estava desconfortável e com frio demais para chegar a quaisquer conclusões. O que a fez se sentir ainda *mais* irritada.

Vivenna teria descoberto. Vivenna provavelmente saberia instintivamente por que o Rei-Deus havia escolhido não dormir com ela. Teria resolvido a questão na primeira noite.

Mas Siri era incompetente. Havia tentado *tanto* fazer o que Vivenna teria feito — ser a melhor esposa possível, para servir a Idris. Ser a mulher que todos esperavam que ela fosse.

Mas não era. Ela *não podia* simplesmente continuar fazendo aquilo ali. Sentia-se aprisionada no palácio. Não conseguia convencer os sacerdotes a fazer mais do que revirar os olhos para ela. Nem mesmo conseguia tentar o Rei-Deus a dormir com ela. Além disso, podia muito bem estar em perigo, e não conseguia entender como ou por quê.

Em termos mais simples, estava frustrada.

Grunhindo devido aos membros coloridos, Siri se sentou na sala escura e olhou para a silhueta sombreada no canto.

— Você quer fazer o favor de só *acabar* com isso logo? — disse de uma vez.

Silêncio.

Siri sentiu o cabelo desbotar até um terrível branco-osso ao compreender o que havia feito. Enrijeceu, baixando os olhos, o cansaço fugindo diante da súbita ansiedade.

O que estava *pensando*? O Rei-Deus podia chamar servos para executá-la. De fato, ele nem mesmo precisava chamar ninguém. Poderia dar vida ao vestido dela, Despertando-o para estrangulá-la. Ele podia fazer o tapete se levantar e sufocá-la. Provavelmente poderia fazer o teto cair sobre ela, tudo isso sem sair da sua cadeira.

Siri esperou, com a respiração superficial e nervosa, antecipando a fúria e a punição. Mas... nada aconteceu. Minutos se passaram.

Finalmente, Siri ergueu os olhos. O Rei-Deus havia se movido, sentando-se com a coluna mais ereta enquanto a fitava da sua cadeira escurecida ao lado da cama. Não dava para vislumbrar muito do rosto dele, mas não *parecia* zangado. Só frio e distante.

Ela quase baixou os olhos novamente, mas hesitou. Se falar bruscamente com ele não havia provocado uma reação, então olhá-lo provavelmente também não provocaria. Então ela levantou o queixo e o encarou, sabendo muito bem que estava sendo tola. Vivenna nunca teria provocado aquele homem. Teria permanecido calada e humilde, resolvendo o problema ou — caso não houvesse solução — se ajoelhando toda noite até que sua paciência impressionasse até mesmo o Rei-Deus de Hallandren.

Mas Siri não era Vivenna. Teria que aceitar aquele fato.

O Rei-Deus continuou olhando para ela, e Siri se pegou enrubescendo. Havia passado seis noites seguidas ajoelhada nua diante dele, mas *encará-lo* despida era mais embaraçoso. Ainda assim, não recuou. Continuou ajoelhada, encarando-o, se forçando a permanecer desperta.

Foi difícil. Estava cansada, e aquela posição era notavelmente menos confortável do que ficar curvada. Ela o fitou mesmo assim, esperando, as horas passando.

Por fim — mais ou menos na mesma hora em que ele deixava o quarto toda noite —, o Rei-Deus se levantou. Siri enrijeceu, tornando-se alerta com a surpresa. Contudo, ele simplesmente caminhou até a porta, bateu levemente, e a passagem se abriu para ele, com servos esperando do outro lado. Ele saiu e a porta se fechou.

Siri esperou, tensa. Nenhum soldado veio prendê-la; nenhum sacerdote veio censurá-la. Enfim, ela caminhou até a cama e se enterrou nas cobertas, deleitando-se no seu calor.

A ira do Rei-Deus é decididamente menos irada do que *me foi relatado*, pensou de modo sonolento.

Com isso, caiu no sono.

12

M DETERMINADO MOmento, Canto-de-Luz teve que ouvir as petições.

Era irritante, já que a Jubilação Matrimonial ainda estava em andamento. Contudo, as pessoas precisavam dos seus deuses. Ele sabia que não devia ficar tão irritado; tivera folga durante a maior parte da semana, por causa da festa de casamento — conspicuamente sem a presença da noiva e do noivo —, e aquilo era o suficiente. Tudo que precisava fazer era passar algumas horas por dia olhando para arte e ouvindo as mazelas do povo. Não era muito. Mesmo que isso desgastasse sua sanidade.

Ele suspirou, recostando-se no trono em sua sala de petições. Usava um barrete bordado, que combinava com a túnica folgada em dourado e vermelho. O traje envolvia seus ombros e dava voltas pelo corpo, e era decorado com borlas douradas. Como grande parte do seu vestuário, era *mais* complicado de vestir do que parecia.

Se meus servos subitamente me deixassem, eu seria totalmente incapaz de me vestir, pensou ele, achando graça.

Ele apoiou a cabeça em um punho, o cotovelo pousado no braço do trono. Aquela sala do seu palácio se abria diretamente para o gramado — tempo ruim era raro em Hallandren, e uma brisa fresca soprava do mar, cheirando a salmoura. Ele fechou os olhos, inspirando.

Sonhara outra vez com a guerra na noite anterior. Llarimar havia considerado aquilo particularmente significativo. Canto-de-Luz não conseguia deixar de ficar perturbado. Todo mundo dizia que, se a guerra estourasse, Hallandren ganharia facilmente. Mas, se era esse o caso, então por que ele sempre sonhava com *T'Telir* queimando? Não alguma distante cidade idriana, mas seu próprio lar.

Isso não significa nada, disse a si mesmo. *Só uma manifestação das minhas preocupações.*

— Próxima petição, Vossa Graça — sussurrou Llarimar à sua direita.

Canto-de-Luz suspirou, abrindo os olhos. Os dois lados da sala estavam cheios com sacerdotes em seus barretes e túnicas. Onde ele havia arrumado tantos? Será que qualquer deus precisava de tanta atenção assim?

Via uma fila de pessoas se estendendo até o gramado lá fora. Elas eram um grupo triste e de ar miserável, várias tossiam devido a algum tipo de doença. *Tanta gente*, pensou, enquanto uma mulher era conduzida para dentro da sala. Estava atendendo suplicantes há mais de uma hora. *Acho que deveria ter esperado por isso. Faz quase uma semana.*

— Afobado — disse ele, voltando-se para seu sacerdote. — Vá dizer às pessoas à espera que podem se sentar na grama. Não há motivo para ficarem de pé desse jeito. Isso aqui pode levar algum tempo.

Llarimar hesitou. Ficar de pé, naturalmente, era um sinal de respeito. Mas ele assentiu e acenou para que um sacerdote inferior transmitisse a mensagem.

Uma multidão dessas esperando para me ver, pensou Canto-de-Luz. *O que será preciso para convencer as pessoas de que sou inútil?* O que seria necessário para fazer com que elas parassem de procurá-lo? Depois de cinco anos de petições, ele honestamente não sabia ao certo se poderia aguentar mais cinco.

A mais recente suplicante se aproximou do seu trono, carregando uma criança nos braços.

Uma criança, não..., pensou Canto-de-Luz, se encolhendo por dentro.

— Ó Grandioso — disse a mulher, caindo de joelhos no carpete. — Deus da Bravura.

Canto-de-Luz nada disse.

— Esse é meu filho, Halan — disse a mulher, mostrando o bebê.

Quando chegou perto o bastante da aura de Canto-de-Luz, o cobertor explodiu com um nítido azul, a dois degraus e meio da pureza. Era fácil notar que a criança estava sofrendo de uma terrível doença e havia perdido tanto peso que sua pele estava enrugada. A Respiração do bebê estava tão fraca que bruxuleava feito uma vela cujo pavio estava acabando. Estaria morto em um dia. Talvez em uma hora.

— Os médicos dizem que ele tem a febre-da-morte — disse a mulher. — Eu sei que ele vai morrer.

O bebê emitiu um ruído — um som meio de tosse, talvez o mais perto que conseguia chegar de um choro.

— Por favor, ó Grandioso — implorou a mulher. Ela fungou, depois curvou a cabeça. — Ah, por favor. Ele foi corajoso, como o senhor. Minha Respiração... seria sua. As Respirações da minha família inteira. Serviço por cem anos, qualquer coisa. Por favor, apenas o cure.

Canto-de-Luz fechou os olhos.

— Por favor — sussurrou a mulher.

— Eu não posso — disse Canto-de-Luz.

Silêncio.

— Eu *não posso* — repetiu.

— Obrigada, meu senhor — murmurou a mulher finalmente.

Canto-de-Luz abriu os olhos e viu a mulher sendo levada embora, chorando baixinho, a criança apertada ao seu peito. As pessoas na fila a contemplaram enquanto partia, parecendo infelizes, mas esperançosas ao mesmo tempo. Mais um suplicante havia falhado. Isso significava que eles teriam uma chance.

Uma chance de implorar a Canto-de-Luz para que ele se matasse.

Canto-de-Luz se levantou subitamente, removendo o barrete da cabeça e jogando-o ao chão. Saiu às pressas e abriu uma porta nos fundos da sala, que bateu contra a parede depois que ele passou, cambaleando.

Os servos e sacerdotes imediatamente o seguiram. Ele se virou para eles.

— Saiam! — disse, acenando para que fossem embora. Muitos deles pareceram surpresos, desacostumados com qualquer tipo de emoção intensa da parte do seu mestre. — Deixem-me em *paz*! — gritou ele, assomando sobre os outros.

As cores na sala brilharam mais forte em resposta à sua emoção, e os servos recuaram, confusos, tropeçando de volta para a sala de petição e fechando a porta.

Canto-de-Luz ficou sozinho. Ele colocou uma das mãos contra a parede, tentando controlar a respiração, a outra mão na testa. Por que estava suando tanto? Havia passado por milhares de petições, e muitas delas haviam sido piores do que aquela que acabara de ver. Ele mandara mulheres grávidas para a morte, condenara filhos e pais, consignara os inocentes e os fiéis à miséria.

Não havia motivo para aquela reação exagerada. Ele podia aguentar. Era só um detalhe, de verdade. Como sorver a Respiração de uma pessoa nova toda semana. Um pequeno preço a pagar...

A porta se abriu e alguém entrou.

Canto-de-Luz não se voltou.

— O que eles querem de mim, Llarimar? Realmente acham que vou fazer isso? Canto-de-Luz, o Egoísta? Eles realmente acham que eu daria minha vida por um deles?

Llarimar ficou em silêncio por alguns segundos.

— O senhor oferece esperança, Vossa Graça — disse ele finalmente. — Uma última esperança improvável. A esperança faz parte da fé... parte do conhecimento de que algum dia *um* dos seus seguidores vai receber um milagre.

— E se eles estiverem errados? — perguntou Canto-de-Luz. — Eu não tenho vontade de morrer. Sou um homem ocioso, que gosta de luxo. Pessoas como eu não abrem mão de suas vidas, mesmo que por acaso sejam deuses.

Llarimar não respondeu.

— Os bons já estão mortos, Afobado — continuou Canto-de-Luz. — Calma-Vidente, Viva-Matiz: esses eram os deuses que teriam se doado. O resto de nós é egoísta. Nenhuma petição é concedida há o quê, três anos?

— Aproximadamente, Vossa Graça — confirmou Llarimar em voz baixa.

— E por que seria diferente? — disse Canto-de-Luz, rindo um pouco. — Quero dizer, nós temos que *morrer* para curar um deles. Isso não lhe parece ridículo? Que tipo de religião encoraja seus membros a ir pedir a vida do seu deus? — Canto-de-Luz sacudiu a cabeça. — Que ironia. Somos deuses para eles apenas até que nos matem. E acho que sei por que os deuses acabam cedendo. São essas petições, ser forçado a ficar sentado, dia após dia, sabendo que *poderia* salvar um deles... que provavelmente deveria, já que sua vida não vale muito mesmo. Isso é bastante para enlouquecer uma pessoa. É bastante para levá-la a se matar!

Ele sorriu, olhando para seu sumo sacerdote.

— Suicídio por manifestação divina. Muito dramático.

— Devo cancelar o resto das petições, Vossa Graça?

Llarimar não deu sinal de estar irritado com a explosão.

— Claro, por que não? — disse Canto-de-Luz, acenando com a mão. — Eles realmente precisam de uma lição de teologia. *Já* deveriam saber que deus inútil eu sou. Mande-os embora, diga para voltarem amanhã... partindo do princípio de que serão tolos o bastante para fazer isso.

— Sim, Vossa Graça — respondeu Llarimar, com uma mesura.

Esse homem nunca se irrita comigo?, pensou Canto-de-Luz. *Ele, mais do que ninguém, deveria saber que não se pode contar comigo!*

Canto-de-Luz se virou e foi embora enquanto Llarimar voltava para a sala de petições. Nenhum servo tentou segui-lo. Passou pelas portas de uma sala vermelha para outra sala vermelha, abrindo caminho até uma escadaria e indo para o segundo andar. Aquele piso era em plano aberto; na verdade, nada mais era do que um grande pátio coberto. Ele caminhou até o outro lado — oposto à fila de pessoas.

A brisa era forte ali. Ele a sentiu movendo sua túnica, trazendo consigo odores que haviam viajado centenas de quilômetros, cruzado o oceano, contornado palmeiras e por fim adentrado a Corte dos Deuses. Ficou ali por muito tempo, olhando além da cidade rumo ao mar. Apesar do que dizia às vezes, ele não desejava deixar seu lar confortável na corte. Não era homem de selvas; era homem de festas.

Mas às vezes desejava poder ao menos *querer* ser alguma outra coisa. As palavras de Faz-Corar ainda pesavam sobre ele. *Você vai ter que se comprometer com alguma coisa, uma hora dessas, Canto-de-Luz. Você é um deus para essas pessoas...*

Ele era. Quer desejasse ou não. Essa era a parte frustrante. Tentava ao máximo ser inútil e fútil. E, ainda assim, elas continuavam vindo.

Sua confiança nos seria útil. Você é um homem melhor do que se considera.

Por que parecia que, quanto mais demonstrava sua idiotice, mais as pessoas se convenciam de que ele tinha algum tipo de profundidade oculta? Consequentemente, o chamavam de mentiroso ao mesmo tempo que o elogiavam por sua suposta virtude interior. Será que ninguém compreendia que um homem podia ser tanto simpático *quanto* inútil? Nem todo tolo espertinho era um herói disfarçado.

Seu senso vital o alertou do retorno de Llarimar muito antes dos passos do homem. O sacerdote foi se juntar a Canto-de-Luz junto da parede e pousou os braços no parapeito — que, tendo sido construído para um deus, era cerca de trinta centímetros alto demais para ele.

— Todos se foram — informou Llarimar.

— Ah, muito bom — disse Canto-de-Luz. — Acredito que o dia de hoje foi produtivo. Eu fugi das minhas responsabilidades, gritei com meus servos e fiquei sentado fazendo beicinho. Sem dúvida isso vai convencer a todos de que sou ainda *mais* nobre e honrado do que já pensavam. Amanhã haverá o dobro de petições, e seguirei na minha marcha inexorável rumo à loucura absoluta.

— O senhor não pode enlouquecer — disse Llarimar em voz baixa. — É impossível.

— É claro que posso — disse Canto-de-Luz. — Só preciso me concentrar tempo o suficiente. Sabe, a melhor coisa da loucura é que ela está toda na sua mente.

Llarimar balançou a cabeça.

— Vejo que seu humor voltou ao normal.

— Afobado, assim você me magoa. Meu humor nunca é normal.

Eles ficaram em silêncio por mais alguns minutos, sem que Llarimar oferecesse censura ou comentário sobre as ações do seu deus. Como um bom sacerdotezinho. Isso fez Canto-de-Luz pensar em uma coisa.

— Afobado, você é meu sumo sacerdote.

— Sim, Vossa Graça.

Canto-de-Luz suspirou.

— Você realmente precisa prestar atenção nas deixas que eu te dou, Afobado. Deveria ter respondido com algo sarcástico.

— Peço desculpas, Vossa Graça.

— Procure se esforçar mais da próxima vez. De qualquer modo, você entende de teologia e coisas do tipo, correto?

— Estudei o meu quinhão, Vossa Graça.

— Pois então, qual é o sentido... religiosamente... de ter deuses que só podem curar uma pessoa, e depois morrer? Me parece contraproducente. Uma maneira fácil de despovoar seu panteão.

Llarimar se inclinou para a frente, olhando para a cidade.

— É complicado, Vossa Graça. Retornados não são apenas deuses... são homens que morreram, mas que decidiram voltar e oferecer bênçãos e conhecimento. Afinal, só quem morreu pode ter algo útil a dizer sobre o outro lado.

— Suponho que seja verdade.

— A questão, Vossa Graça, é que os Retornados não foram feitos para ficar. Nós estendemos suas vidas, dando a eles tempo extra para nos abençoar. Mas eles só deveriam permanecer vivos o tempo necessário para fazer o que precisam fazer.

— O que precisam fazer? — questionou Canto-de-Luz. — Soa meio vago.

Llarimar deu de ombros.

— Retornados têm... metas. Objetivos próprios. O senhor sabia o seu objetivo antes de decidir voltar, mas o processo de saltar através da Onda Iridescente fragmenta a memória. Se permanecer aqui tempo o bastante, vai se lembrar do que veio fazer. As petições... são uma maneira de ajudá-lo a lembrar.

— Então eu voltei para salvar a vida de uma pessoa? — disse Canto-de-Luz, franzindo a testa, mas sentindo-se constrangido. Nos seus cinco anos, passara pouco tempo estudando a própria teologia. Mas, bem, era para esse tipo de coisa que serviam os sacerdotes.

— Não necessariamente, Vossa Graça — disse Llarimar. — O senhor pode ter voltado para salvar uma pessoa, mas é mais provável que haja informações sobre o futuro ou sobre o pós-vida que o senhor achou que precisava compartilhar. Ou talvez algum grande evento de que sentiu que precisava participar. Lembre-se, foi a maneira heroica como morreu que lhe concedeu o poder de Retornar, para começo de conversa. A sua tarefa pode estar relacionada a isso, de algum modo.

Llarimar se calou aos poucos, seus olhos perdendo o foco.

— O senhor viu alguma coisa, Canto-de-Luz. No outro lado, o futuro é visível, como um pergaminho que se estende até a harmonia eterna da cosmere. Algo que o senhor viu... algo em relação ao futuro... o preocupou. Em vez de permanecer em paz, aproveitou a oportunidade fornecida pela sua morte corajosa e Retornou ao mundo. Determinado a resolver um problema, compartilhar informações ou ajudar de outro modo aqueles que continuavam a viver.

"Algum dia, quando sentir que realizou sua tarefa, vai poder usar as petições para encontrar alguém que mereça sua Respiração. Então vai poder continuar sua jornada pela Onda Iridescente. Nosso trabalho, como seus seguidores, é fornecer Respiração para o senhor e mantê-lo vivo até que possa realizar sua meta, seja ela qual for. Enquanto isso, nós rezamos por augúrios e bênçãos, que podem ser vislumbradas apenas por alguém que tocou o futuro, como o senhor."

Canto-de-Luz não respondeu de imediato.

— E se eu não acreditar?

— Em quê, Vossa Graça?

— Em nada disso — respondeu Canto-de-Luz. — Que os Retornados são deuses, que essas visões são qualquer coisa além de invenções aleatórias da minha cabeça. E se eu não acreditar que tinha qualquer propósito ou plano ao Retornar?

— Então talvez seja isso que o senhor voltou para descobrir.

— Então... espere. Você está dizendo que do outro lado, onde eu obviamente *acreditava* no outro lado, eu percebi que, se Retornasse, eu não acreditaria no outro lado, então voltei com o propósito de descobrir minha fé no outro lado, que só perdi porque Retornei, para começo de conversa?

Llarimar fez uma pausa, então sorriu.

— Essa última parte não se sustenta bem diante da lógica, não é?

— É, não muito — disse Canto-de-Luz, sorrindo de volta. Ele se virou, seus olhos pousando no palácio do Rei-Deus, que assomava como um monumento acima das outras estruturas da corte. — O que você pensa dela?

— Da nova rainha? — disse Llarimar. — Eu não a conheci, Vossa Graça. Ela não será apresentada até amanhã.

— Não da pessoa. Das implicações.

Llarimar olhou de relance para ele.

— Vossa Graça. Isso cheira a um interesse em política!

— Blá, blá, sim, eu sei. Canto-de-Luz é um hipócrita. Farei penitência depois. Agora responda à maldita pergunta.

Llarimar sorriu.

— Eu não sei o que pensar dela, Vossa Graça. A corte de vinte anos atrás achou que trazer uma filha da família real para cá era uma boa ideia.

Sim, pensou Canto-de-Luz. *Mas aquela corte se foi.* Os deuses haviam pensado que unir a antiga linha real à atual dinastia de Hallandren seria uma boa ideia. Mas aqueles deuses — os que haviam acreditado que sabiam como lidar com a chegada da garota idriana — agora estavam mortos. Eles haviam deixado substitutos inferiores.

Se o que Llarimar estava dizendo fosse verdade, então havia algo importante nas coisas que Canto-de-Luz via. Nas visões de guerra e na terrível sensação de mau agouro. Por motivos que não podia explicar, parecia que seu povo estava despencando de cabeça montanha abaixo, totalmente ignorante do abismo sem fundo escondido nas terras diante deles.

— Toda a Assembleia da Corte vai se reunir para julgamento amanhã, não vai? — disse Canto-de-Luz, ainda olhando para o palácio negro.

— Sim, Vossa Graça.

— Entre em contato com Faz-Corar. Veja se posso dividir uma cabine com ela durante os julgamentos. Talvez ela me distraia. Você sabe que política me dá dor de cabeça.

— O senhor não pode ter dores de cabeça, Vossa Graça.

À distância, Canto-de-Luz podia ver os suplicantes rejeitados saindo pelos portões, voltando à cidade e deixando seus deuses para trás.

— Não é o que parece — respondeu ele baixinho.

SIRI ESTAVA NO quarto negro, usando sua combinação, olhando pela janela. O andar do palácio do Rei-Deus onde passara todo seu tempo até agora ficava na ampla seção da torre que se erguia mais alto do que a muralha ao redor, e o quarto era voltado para o leste, com vista para o mar. Ela contemplou as ondas distantes e sentiu o calor do sol da tarde. Embora estivesse usando a combinação fina, o calor até que era agradável, temperado por uma brisa fresca vinda do oceano. O vento acariciava seu longo cabelo e fazia farfalhar o tecido da combinação.

Deveria estar morta. Falara diretamente com o Rei-Deus, se sentara e fizera uma exigência a ele. Passara a manhã esperando pela punição. Não houve nenhuma.

Ela se apoiou no peitoril, braços cruzados sobre a pedra, e fechou os olhos para sentir a brisa matinal. Parte dela ainda estava horrorizada com a maneira como havia agido. Essa parte estava ficando cada vez menor. *Estou fazendo as coisas do modo errado. Fui levada pelos meus medos e preocupações.*

Ela geralmente não perdia tempo se incomodando com medos e preocupações; só fazia o que parecia certo. Estava começando a achar que devia ter se imposto diante do Rei-Deus dias atrás. Talvez não estivesse sendo cautelosa o bastante; talvez a punição ainda estivesse por vir. Contudo, no momento, sentia que havia feito um avanço.

Ela sorriu, abrindo os olhos, e permitiu que seu cabelo mudasse para um amarelo-dourado determinado.

Estava na hora de deixar de ter medo.

13

EU VOU DOÁ-LA — DISse Vivenna com firmeza.

Estava reunida com os mercenários na casa de Lemex. Era o dia seguinte àquele em que fora forçada a receber as Respirações, e ela passara uma noite inquieta, deixando que os mercenários e a enfermeira tratassem de despachar o corpo de Lemex. Ela não se lembrava de cair no sono, devido à exaustão e ao estresse do dia, mas recordava ter deitado para descansar por um tempo no quarto do segundo andar. Quando despertou, ficou surpresa ao descobrir que os mercenários ainda estavam lá. Aparentemente, eles e Parlin dormiram no térreo.

O passar da noite não havia ajudado muito com os problemas dela. Ainda estava com toda aquela Respiração indigna, e ainda não tinha ideia do que faria em Hallandren sem Lemex. Pelo menos sabia o que fazer com a Respiração. Ela podia ser doada.

Estavam na sala de estar de Lemex. Como a maioria dos lugares em Hallandren, a sala transbordava de cores; as paredes eram feitas de tábuas finas de madeira de junco, manchadas com amarelos e verdes vivos. Vivenna não pôde deixar de notar que agora via cada cor de um modo mais vibrante. Ela tinha um senso de cor estranhamente preciso — podia dividi-la em tons e matizes, compreendendo instintivamente quão perto cada cor estava do ideal. Era como um ouvido absoluto para os olhos.

Era muito, *muito* difícil não ver beleza nas cores.

Denth estava encostado contra a parede mais distante. Tonk Fah relaxava em um sofá, bocejando de vez em quando, seu pássaro colorido pousado no seu pé. Parlin havia saído para vigiar do lado de fora.

— Doar, princesa? — perguntou Denth.

— A Respiração — disse Vivenna. Ela estava sentada em um banco de cozinha, em vez de nas cadeiras ou sofás excessivamente macios. — Vamos sair e encontrar pessoas desafortunadas que foram violentadas pela sua cultura, que tiveram sua Respiração roubada, e darei a cada uma delas uma Respiração.

Denth deu uma olhada para Tonk Fah, que simplesmente bocejou.

— Princesa — disse Denth —, não se pode entregar uma Respiração de cada vez. A senhora tem que entregar tudo de uma vez só.

— Incluindo sua própria Respiração — acrescentou Tonk Fah.

Denth concordou.

— Isso faria de você uma Descorada.

O estômago de Vivenna se revoltou ao ouvir isso. A ideia de não apenas perder a nova beleza e cor, mas também a própria Respiração, a alma... bem, era quase o bastante para deixar seu cabelo branco.

— Não — disse ela. — Então essa não é uma opção.

A sala ficou em silêncio.

— Ela poderia Despertar coisas — sugeriu Tonk Fah, remexendo o pé, fazendo seu pássaro grasnar. — Enfiar a Respiração em um par de calças ou alguma coisa assim.

— Essa é uma boa ideia — disse Denth.

— O que... isso acarreta? — perguntou Vivenna.

— A senhora dá vida a alguma coisa, princesa — explicou Denth. — Um objeto inanimado. Isso vai extrair parte da sua Respiração e deixar o objeto meio que vivo. A maioria dos Despertadores faz isso de modo temporário, mas não vejo por que não poderia deixar a Respiração no objeto.

Despertar. Tomar a alma de homens e usá-las para criar monstruosidades sem vida. Vivenna de algum modo sentia que Austre consideraria aquilo um pecado ainda pior do que apenas possuir a Respiração. Ela suspirou, sacudindo a cabeça. O problema com a Respiração era que, de certo modo, era apenas uma distração — que ela temia estar usando para não pensar na falta de Lemex. O que ela faria?

Denth estava sentado em uma cadeira ao seu lado, os pés pousados na mesa de centro. Ele se mantinha mais arrumado do que Tonk Fah, seu cabelo negro preso em um rabo de cavalo bem penteado, seu rosto barbeado.

— Eu odeio ser um mercenário — disse ele. — Sabe por quê?

Ela levantou uma sobrancelha.

— Não há estabilidade no emprego — respondeu Denth, se recostando na cadeira. — As coisas que fazemos... tendem a ser perigosas e imprevisíveis. Nossos empregadores têm um hábito de morrer antes da gente.

— Embora geralmente não de febre — comentou Tonk Fah. — Espadas costumam ser o meio preferencial.

— Veja nossa situação atual — prosseguiu Denth. — Não temos mais um empregador. Isso nos deixa sem nenhum direcionamento de verdade.

Vivenna gelou. *Isso significa que o contrato deles acabou? Eles sabem que sou uma princesa de Idris. O que vão fazer com essa informação? É por isso que permaneceram aqui noite passada, em vez de partirem? Será que estão planejando me chantagear?*

Denth olhou-a de soslaio.

— Viu isso? — perguntou ele, se voltando para Tonk Fah.

— Vi — respondeu Tonk Fah. — Ela está pensando aquilo.

Denth se inclinou mais para trás na cadeira.

— É *exatamente* disso que estou falando. Por que todo mundo acha que, quando o contrato de um mercenário acaba, ele vai traí-los? A senhora acha que saímos por aí apunhalando pessoas por diversão? Acha que um cirurgião tem esse problema? As pessoas se preocupam que, depois do pagamento, o cirurgião vá soltar uma risada maligna e cortar os dedos dos pés delas?

— *Eu* gosto de cortar dedos dos pés — observou Tonk Fah.

— É diferente — retrucou Denth. — Você não faria isso só porque seu contrato acabou, faria?

— Que nada — disse Tonk Fah. — Dedos são dedos.

Vivenna revirou os olhos.

— Essa conversa vai chegar a algum lugar?

— O ponto, princesa, é que a senhora estava pensando que a gente vai te trair — disse Denth. — Talvez te roubar ou te vender como escrava, ou algo assim.

— Bobagem — disse Vivenna. — Eu não estava pensando em nada do gênero.

— É lógico que não — replicou Denth. — O trabalho de mercenário é muito respeitável... Legalizado em quase todos os reinos que eu conheço. Somos tão parte da comunidade quanto o padeiro ou o peixeiro.

— Não que a gente pague aos coletores de impostos — acrescentou Tonk Fah. — Nós tendemos a apunhalá-los por diversão.

Vivenna balançou a cabeça.

Denth se inclinou para a frente e falou em um tom mais sério.

— O que estou tentando dizer, princesa, é que não somos criminosos. Somos funcionários. Seu amigo Lemex era nosso chefe. Agora ele está morto. Acho que nosso contrato é transferido para a senhora agora, se assim desejar.

Vivenna sentiu um leve vislumbre de esperança. Mas será que podia confiar neles? Apesar do discurso de Denth, ela achava difícil acreditar nos motivos e no altruísmo de uma dupla que lutava por dinheiro. Contudo, eles não haviam tirado vantagem da doença de Lemex e ficaram quando podiam ter assaltado o local e partido enquanto ela dormia.

— Tudo bem. Quanto sobrou no contrato de vocês?

— Não tenho ideia — disse Denth. — Joias cuida desse tipo de coisa.

— Joias? — perguntou Vivenna.

— O terceiro membro do grupo — disse Tonk Fah. — Ela saiu para fazer as coisas dela.

Vivenna franziu a testa.

— Vocês são quantos?

— Só três — disse Denth.

— A menos que conte animais de estimação — acrescentou Tonk Fah, equilibrando seu pássaro no pé.

— Ela vai voltar daqui a pouco — explicou Denth. — Esteve aqui na noite passada, mas a senhora estava dormindo. De qualquer modo, eu sei que temos pelo menos alguns meses restantes no nosso contrato, e metade já foi paga adiantado. Mesmo que decida não nos pagar o resto, provavelmente devemos à senhora mais algumas semanas.

Tonk Fah assentiu.

— Então, se a senhora quiser alguém morto, a hora é agora.

Vivenna olhou fixamente para eles, e Tonk Fah deu uma risadinha.

— Você vai ter que se acostumar com nosso senso de humor horrível, princesa — comentou Denth. — Partindo do princípio, claro, de que vai nos manter por perto.

— Já dei a entender que vou manter vocês — respondeu Vivenna.

— Muito bem — replicou Denth. — Mas o que vai fazer conosco? Por que veio para a cidade, afinal de contas?

Vivenna não respondeu de imediato. *Não adianta esconder. Eles já conhecem o segredo mais perigoso — minha identidade.*

— Estou aqui para resgatar minha irmã — disse ela. — Para tirá-la escondido do palácio do Rei-Deus e levá-la de volta a Idris, sã e salva.

Os mercenários se calaram. Finalmente, Tonk Fah assoviou.

— Ambiciosa — comentou ele enquanto seu papagaio imitava o assovio.

— Ela é uma princesa — replicou Denth. — Elas tendem a ser ambiciosas.

— Siri não está pronta para lidar com Hallandren — disse Vivenna, se inclinando para a frente. — Meu pai a mandou em meu lugar, mas não suporto pensar que ela esteja servindo como a esposa do Rei-Deus. Infelizmente, se apenas a pegarmos e fugirmos, é provável que Hallandren ataque minha terra natal. Precisamos fazê-la desaparecer de um jeito que meu povo não consiga encontrá-la. Se necessário, podemos substituir minha irmã por mim.

Denth coçou a cabeça.

— E então? — perguntou Vivenna.

— Está um pouco fora da nossa área de especialização — disse Denth.

— Geralmente batemos em coisas — acrescentou Tonk Fah.

Denth concordou.

— Ou ao menos impedimos que outra pessoa bata em coisas. Lemex nos empregava parcialmente como guarda-costas.

— Por que ele não mandou chamar um par de soldados idrianos para protegê-lo?

Denth e Tonk Fah se entreolharam.

— Como posso dizer isso de modo delicado? — disse Denth. — Princesa, seu Lemex estava desviando dinheiro do rei e gastando em Respiração.

— Lemex era um patriota! — protestou Vivenna imediatamente.

— Pode ser que fosse esse o caso, mas mesmo um bom sacerdote às vezes pega umas moedinhas do cofre, por assim dizer. Acho que seu Lemex percebeu que era melhor ter capangas por fora, em vez de leais idrianos, para protegê-lo.

Vivenna ficou em silêncio. Era difícil imaginar o homem cuidadoso, inteligente e passional representado nas cartas de Lemex como um ladrão. Contudo, também era difícil imaginar Lemex possuindo a quantidade de Respiração que ele obviamente possuía.

Mas desfalque? Roubar de Idris?

— Você aprende coisas como mercenário — disse Denth, se recostando com as mãos atrás da cabeça. — Quando lutamos com muitas pessoas, começamos a entendê-las. Você se mantém vivo ao antecipar as ações dela. O negócio é que as pessoas não são simples. Nem mesmo os idrianos.

— Chatos, sim — acrescentou Tonk Fah. — Mas simples, não.

— O seu Lemex estava envolvido em alguns grandes planos — continuou Denth. — Eu acho mesmo que ele *era* um patriota. Há muitas intrigas acontecendo nesta cidade, princesa... alguns dos projetos em que Lemex nos botou para trabalhar eram de grande escala e pelo bem de Idris, até onde eu sei. Acho que ele simplesmente pensou que devia ser compensado um pouquinho pelo seu patriotismo.

— Na verdade, ele era um sujeito bastante amigável — disse Tonk Fah. — Não queria incomodar o seu pai. Então ele mesmo fez as contas, deu a si próprio um aumento e indicou nos relatórios que seus custos eram muito maiores do que de fato eram.

Vivenna ficou em silêncio, se permitindo digerir aquelas palavras. Como alguém que roubava dinheiro de Idris também podia ser um patriota? Como uma pessoa fiel a Austre havia acabado com centenas de Respirações BioCromáticas?

Ela sacudiu a cabeça com ironia. *Eu vi homens que se colocaram acima dos outros, e vi quando foram derrubados*, recitou para si mesma. Era uma das Cinco Visões. Não julgaria Lemex, ainda mais agora que ele estava morto.

— Espere — disse ela, fitando os mercenários. — Vocês disseram que eram guarda-costas. Então o que estavam fazendo ajudando Lemex com "projetos"?

Os dois homens se entreolharam.

— Eu disse que ela era esperta — comentou Tonk Fah. — É porque não é uma mercenária.

— Nós *somos* guarda-costas, princesa — explicou Denth. — Mas também temos certas... habilidades. Podemos fazer coisas acontecerem.

— Coisas? — indagou Vivenna.

Denth deu de ombros.

— Conhecemos umas pessoas. Essa é a parte que nos torna úteis. Me deixe pensar sobre essa questão da sua irmã. Talvez eu consiga bolar algumas ideias. É um pouco parecido com sequestro...

— Algo de que não gostamos muito — disse Tonk Fah. — Já mencionamos isso?

— Sim — respondeu Vivenna. — Mau negócio. Não dá dinheiro. Qual eram esses projetos em que Lemex estava trabalhando?

— Não sei direito — admitiu Denth. — Só vimos partes... executando tarefas, combinando encontros, intimidando pessoas. Tinha algo a ver com um trabalho para o seu pai. Podemos descobrir para a senhora, se quiser.

Vivenna assentiu.

— Quero, sim.

Denth se levantou.

— Tudo bem — disse ele, então passou pelo sofá de Tonk Fah e bateu na perna do homem maior, fazendo o pássaro grasnar. — Tonks. Vamos. Hora de revistar a casa.

Tonk Fah bocejou e se sentou.

— Espere! — disse Vivenna. — Revistar a casa?

— Claro — disse Denth, subindo as escadas. — Arrombar quaisquer cofres escondidos. Procurar papéis e arquivos. Descobrir o que o velho Lemex estava tramando.

— Ele não vai se importar muito — disse Tonk Fah, ficando de pé. — Já que está morto e coisa e tal.

Vivenna estremeceu. Ainda desejava ter podido fornecer a Lemex um sepultamento idriano apropriado, em vez de mandá-lo para a casa funerária de T'Telir. Deixar uma dupla de bandidos vasculhar seus pertences parecia errado.

Denth devia ter notado seu desconforto.

— Não precisamos fazer isso, se não quiser.

— Claro — disse Tonk Fah. — Mas nunca vamos saber o que Lemex estava tramando.

— Continuem — disse Vivenna. — Mas vou supervisionar.

— Na verdade, duvido disso — replicou Denth.

— Por quê?

— Porque sim — continuou Denth. — Ora, eu sei que ninguém pede a opinião de mercenários, sabe...

— Ora, diga logo — falou Vivenna, irritada, embora tenha imediatamente se censurado pelo mau humor.

O que havia de errado com ela? Os últimos dias deviam estar lhe pesando.

Denth sorriu, como se considerasse sua explosão incrivelmente divertida.

— Hoje é o dia em que os Retornados realizam sua Assembleia da Corte, princesa.

— E daí? — perguntou Vivenna com uma calma forçada.

— E daí que é também o dia em que sua irmã será apresentada aos deuses. Suspeito que a senhora vá querer dar uma boa olhada nela, para ver como ela está passando. Se vai fazer isso, é melhor se mexer. A Assembleia da Corte começa em breve.

Vivenna cruzou os braços, sem se mover.

— Fui treinada nesses assuntos, Denth. Pessoas comuns não podem simplesmente entrar na Corte dos Deuses. Se quiser assistir aos julgamentos na Assembleia da Corte, precisa ser favorecida por um dos deuses ou ser extremamente influente, ou então jogar e ganhar na loteria.

— É verdade — admitiu Denth, se apoiando no corrimão. — Se ao menos conhecêssemos uma pessoa com Respirações BioCromáticas suficientes para ser considerada importante e, portanto, pudesse entrar na corte sem ser questionada...

— Ah, Denth — disse Tonk Fah. — Uma pessoa precisa ter pelo menos cinquenta Respirações para ser considerada digna! É um número altíssimo.

Vivenna hesitou.

— E... quantas Respirações eu tenho?

— Ah, cerca de quinhentas ou algo assim — disse Denth. — Pelo menos, era isso que Lemex alegava. Estou inclinado a acreditar nele. A senhora está, afinal de contas, fazendo o tapete brilhar.

Ela olhou para baixo, notando pela primeira vez que estava criando uma área de cores aprimoradas ao seu redor. Não era muito distinto, mas *era* perceptível.

— É melhor partir, princesa — disse Denth, continuando a subir ruidosamente as escadas. — A senhora vai se atrasar.

SIRI ESTAVA SENTADA, nervosa, loura de empolgação, tentando se conter enquanto as servas preparavam seu cabelo. Sua Jubilação Matrimonial — um nome que considerava bastante impróprio — havia enfim terminado, e era hora da sua apresentação formal perante os deuses hallandreanos.

Talvez estivesse empolgada demais. Não fazia tanto tempo assim. Contudo, a perspectiva de finalmente sair — mesmo que apenas para frequentar a corte — a deixava quase tonta. Finalmente poderia interagir com alguém além dos sacerdotes, escribas e servos. Finalmente poderia conhecer alguns dos deuses de quem tanto ouvira falar.

Além disso, *ele* estaria na apresentação. As únicas vezes em que pudera ver o Rei-Deus havia sido nas suas competições de olhares noturnos, quando ele estava envolto em sombras. Naquele dia, poderia vê-lo na luz.

Ela sorriu, inspecionando sua imagem em um grande espelho. As criadas arrumaram seu cabelo em um estilo incrivelmente intricado, parte dele trançado, o resto com permissão de fluir livremente. Haviam amarrado várias fitas nas tranças e também na parte solta dos cabelos. As fitas tremeluziam quando ela virava a cabeça. Sua família teria ficado constrangida com aquelas cores ostentosas. Siri sorriu de modo atrevido, fazendo com que seu cabelo assumisse um tom mais vivo de louro-dourado para melhor contrastar com as fitas. As criadas sorriram, aprovando, algumas deixando escapar *ooohs* em voz baixa diante da transformação.

Siri se sentou, as mãos no colo, enquanto inspecionava suas opções de roupa para a aparição na corte. Os trajes eram ornamentados — não tão complexos quanto aqueles que usava na câmara nupcial, mas muito mais formais do que suas escolhas cotidianas.

Vermelho era o tema do dia para as servas e sacerdotes. Isso fez com que Siri quisesse escolher outra coisa. Por fim, decidiu que queria dourado, e apontou para os dois vestidos dessa cor, fazendo com que as mulheres os trouxessem para que ela pudesse vê-los mais de perto. Infelizmente, enquanto fazia isso, as mulheres pegaram mais três vestidos dourados de um guarda-roupa móvel no corredor.

Siri suspirou. Era como se estivessem determinadas a impedir que ela tivesse uma escolha razoavelmente simples. Detestava ver tantas opções desaparecerem a cada dia. Se pudesse...

Ela fez uma pausa.

— Posso experimentar *todos* eles?

As criadas se entreolharam, um pouco confusas. Elas assentiram, suas expressões transmitindo uma mensagem simples. É claro que pode. Siri se sentiu tola, mas em Idris nunca tivera escolhas. Ela sorriu, se levantando e deixando que as mulheres tirassem seu roupão e então colocassem o primeiro dos vestidos, com cuidado para não desarrumar seu cabelo. Siri inspecionou a si mesma, notando que o decote era bastante acentuado. Estava disposta a abusar das cores, mas a quantidade de pele que as hallandreanas exibiam ainda parecia escandalosa.

Ela assentiu e deixou que lhe tirassem o vestido. Então elas a vestiram com o seguinte — um traje de duas peças com um corpete separado. Quando terminaram, Siri olhou para aquele novo traje no espelho. Gostou, mas também queria experimentar os outros. Então, depois de girar um pouco e inspecionar as costas, ela assentiu e seguiu adiante.

Era uma frivolidade, mas por que estava tão preocupada em ser frívola? Seu pai não estava ali para fitá-la com aquele seu rosto grave e reprovador. Vivenna estava a um reino inteiro de distância. Siri era a rainha do povo hallandreano. Não devia tentar aprender seus costumes? Ela sorriu da justificativa ridícula, mas experimentou o vestido seguinte assim mesmo.

14

— ESTÁ CHOVENDO — OBservou Canto-de-Luz.

— Muito perspicaz, Vossa Graça — observou Llarimar, caminhando ao lado do seu deus.

— Eu não gosto de chuva.

— Como já deu a entender frequentemente, Vossa Graça.

— Eu sou um deus — disse Canto-de-Luz. — Não deveria ter poder sobre o clima? Como pode chover, se eu não quero que chova?

— Atualmente há 25 deuses na corte, Vossa Graça. Talvez o número daqueles que desejam chuva seja superior ao dos que não desejam.

A túnica dourada e vermelha de Canto-de-Luz farfalhava enquanto ele caminhava. A grama era fresca e úmida debaixo dos seus pés calçados com sandálias, mas um grupo de servos carregava um largo toldo acima dele. A chuva caía suavemente no pano. Em T'Telir, chuvas eram comuns, mas nunca muito fortes.

Canto-de-Luz teria apreciado ver uma autêntica tempestade, como as pessoas diziam que ocorria na selva.

— Então quero uma pesquisa — decidiu Canto-de-Luz. — Com os outros deuses. Veja quantos deles queriam que chovesse hoje.

— Se assim deseja, Vossa Graça. Não vai provar muita coisa.

— Vai provar de quem é a culpa. E... se descobrirmos que a maioria de nós queria que parasse de chover, talvez inicie uma crise teológica.

Llarimar, como de costume, não pareceu abalado pelo conceito de um deus tentando minar a própria religião.

— Vossa Graça, nossa doutrina é *bastante* sólida, eu garanto.

— E se os deuses não quiserem que chova, mas chove mesmo assim?

— O senhor gostaria que fizesse sol o tempo todo, Vossa Graça?

Canto-de-Luz deu de ombros.

— Claro.

— E os fazendeiros? — disse Llarimar. — Suas colheitas morreriam sem chuva.

— Pode chover nas colheitas, mas não na cidade. Alguns padrões climáticos seletivos não deveriam estar além da capacidade de um deus.

— As pessoas precisam de água para beber, Vossa Graça. As ruas precisam ser lavadas. E as plantas na cidade? As belas árvores e até essa grama onde o senhor gosta de caminhar morreriam se a chuva não caísse.

— Bem, eu poderia simplesmente *desejar* que elas continuassem vivendo — insistiu Canto-de-Luz.

— E é isso que o senhor faz, Vossa Graça. Sua alma sabe que a chuva é melhor para a cidade, portanto chove. Apesar do que sua consciência pensa.

Canto-de-Luz franziu o cenho.

— Com esse argumento, você poderia alegar que *qualquer um* é um deus, Llarimar.

— Não é *qualquer um* que volta dos mortos, Vossa Graça. Tampouco tem o poder de curar os doentes ou a sua habilidade de prever o futuro.

Bons argumentos, pensou Canto-de-Luz ao se aproximarem da arena. A grande estrutura circular ficava na parte de trás da Corte dos Deuses, fora do círculo de palácios que cercava o pátio. O séquito de Canto-de-Luz entrou — o toldo vermelho ainda elevado acima dele — e deu no pátio coberto de areia da arena. Então eles subiram uma rampa até os assentos.

A arena tinha quatro fileiras de assentos para pessoas comuns — bancos de pedra acomodando os cidadãos de T'Telir que eram favorecidos, sortudos ou ricos o suficiente para participar de uma sessão de assembleia. As áreas mais altas da arena ficavam reservadas para os Retornados. Ali — perto o bastante para ouvir o que era dito no chão da arena, mas longe o bastante para permanecerem majestosas — ficavam as cabines. Entalhadas em pedra, de maneira ornamentada, eram bem grandes para comportar todo o séquito de um deus.

Canto-de-Luz podia ver que vários dos seus colegas haviam chegado, marcados pelos toldos coloridos acima de suas cabines. Benze-Vida estava lá, assim como Estrela-Caridosa. Passaram pela cabine vazia, que geralmente era reservada para Canto-de-Luz, e avançaram pelo círculo, se aproximando de uma cabine encimada por um pavilhão verde. Faz-Corar estava relaxando lá dentro. Seu vestido verde e prata era extravagante e indecente, como sempre. Apesar dos ricos detalhes e bordados, era pouco mais do que uma longa faixa de pano com um buraco no centro para sua cabeça e alguns laços. Isso o deixava completamente aberto dos dois lados, do ombro à panturrilha, e as coxas de Faz-Corar escapavam de maneira voluptuosa. Ela se sentou, sorrindo.

Canto-de-Luz respirou fundo. Faz-Corar sempre o tratava com gentileza, e certamente tinha uma opinião positiva dele, mas, quando estava perto dela, ele sentia que precisava ficar alerta o tempo todo. Um homem podia ser dominado por uma mulher como aquela.

Dominado, e nunca mais libertado.

— Canto-de-Luz, querido — disse ela, abrindo mais o sorriso enquanto os servos dele se apressaram em dispor sua cadeira, um descanso para os pés e uma mesa de quitutes.

— Faz-Corar — replicou Canto-de-Luz. — Meu sumo sacerdote me disse que você é a culpada por esse tempo lamentável.

Faz-Corar ergueu uma sobrancelha, e ao lado, parado com os outros sacerdotes, Llarimar enrubesceu.

— Eu gosto de chuva — comentou Faz-Corar finalmente, se recostando de volta no seu divã. — É... diferente. Gosto de coisas diferentes.

— Então você deve estar totalmente entediada comigo, minha querida — disse Canto-de-Luz, se sentando e pegando um punhado de uvas, já descascadas, da tigela na sua mesa de quitutes.

— Entediada? — perguntou Faz-Corar.

— Não ambiciono nada além da mediocridade, e a mediocridade *não é nada* diferente. Na verdade, eu poderia dizer que está bem na moda na corte, atualmente.

— Você não deveria dizer essas coisas. As pessoas podem acreditar.

— Você não me entendeu. É por isso que eu digo. Na minha opinião, se não posso realizar milagres apropriadamente divinos, como controlar o clima, então tenho mais que me conformar com o milagre indigno de ser aquele que diz a verdade.

— Hum — replicou ela, se esticando para trás, as pontas dos dedos se remexendo enquanto ela suspirava de contentamento. — Nossos sacerdotes dizem que o propósito dos deuses não é brincar com o clima ou prevenir desastres, mas fornecer visões e serviço para o povo. Talvez essa sua atitude não seja a melhor maneira de cuidar dos interesses do povo.

— Você tem razão, naturalmente. Eu acabei de ter uma revelação. A mediocridade *não é* a melhor maneira de servir nosso povo.

— Qual é, então?

— Mal-passado, em uma cama de batata-doce — disse ele, jogando uma uva na boca. — Com uma humilde guarnição de alho e molho de vinho branco suave.

— Você não tem jeito — disse ela, relaxando depois de se espreguiçar.

— Eu sou como o universo me fez, minha cara.

— Então você se curva diante dos caprichos do universo?

— O que mais eu poderia fazer?

— Lutar contra ele — replicou Faz-Corar, e estreitou os olhos, estendendo a mão distraidamente para pegar uma das uvas da mão de Canto-de-Luz. — Lutar contra tudo, forçar o universo a se curvar diante de você, em vez disso.

— Que conceito atraente, Faz-Corar. Mas acredito que o universo e eu estamos em categorias de peso ligeiramente diferentes.

— Acho que você está enganado.

— Está me chamando de gordo?

Ela lançou a ele um olhar sério.

— Estou dizendo que você não precisa ser tão humilde, Canto-de-Luz. Você é um *deus*.

— Um deus que nem mesmo pode fazer a chuva parar.

— *Eu* quero trovões e tempestades. Talvez essa chuvinha seja um meio--termo entre nós.

Canto-de-Luz enfiou outra uva na boca e espremeu-a entre os dentes, sentindo o sumo doce tomar seu palato. Pensou por um momento, mastigando.

— Faz-Corar, minha cara — disse ele finalmente. — Há alguma mensagem subliminar na nossa conversa atual? Porque, como deve saber, sou absolutamente *péssimo* com mensagens subliminares. Me dão dor de cabeça.

— Você não tem dores de cabeça — disse Faz-Corar.

— Bem, também não tenho sutileza. Não entendo mensagens subliminares. Exige esforço, e fazer esforço, infelizmente, é contra minha religião.

Faz-Corar levantou uma sobrancelha.

— Uma nova doutrina para aqueles que o veneram?

— Ah, não essa religião — disse Canto-de-Luz. — Sou secretamente um adorador de Austre. Ele tem uma teologia deliciosamente rude. Preto, branco, sem se preocupar com complicações. Fé sem ponderações irritantes.

Faz-Corar roubou outra uva.

— Você apenas não conhece o Austrismo bem o bastante. É bem complexo. Se está procurando algo *realmente* simples, deveria tentar a fé de Pahn Kahl.

Canto-de-Luz franziu o cenho.

— Eles não veneram os Retornados, como o resto de nós?

— Não. Eles têm a própria religião.

— Mas todo mundo sabe que o povo de Pahn Kahl é praticamente hallandreano.

Faz-Corar deu de ombros, observando o estádio abaixo.

— E como exatamente chegamos a essa tangente, afinal? — disse Canto-de-Luz. — Eu juro, minha querida, às vezes nossas conversas parecem um palanquim de ouro sem carregadores.

Ela levantou uma sobrancelha.

— Brilhantes, mas não chegam a lugar nenhum.

Faz-Corar bufou baixinho.

— Foi você quem pediu esse encontro comigo, Canto-de-Luz.

— Sim, mas nós dois sabemos que você queria que eu pedisse. O que está planejando, Faz-Corar?

Ela rolou sua uva entre os dedos.

— Espere — disse.

Canto-de-Luz suspirou e acenou para que um servo lhe trouxesse algumas nozes. Um colocou uma tigela na mesa, então outro se adiantou e começou a quebrá-las para ele.

— Primeiro, você dá a entender que eu deveria me juntar a você, agora não vai me dizer o que quer que eu faça? Eu juro, mulher, algum dia sua ridícula teatralidade vai causar problemas cataclísmicos... tais como tédio nos seus companheiros.

— Não é teatro. É respeito.

Ela indicou o outro lado da arena, onde a cabine do Rei-Deus ainda estava vazia, seu trono dourado em um pedestal acima da cabine.

— Ah. Estamos patrióticos hoje, é?

— É mais curiosidade.

— Em relação a quê?

— A ela.

— A rainha?

Faz-Corar lançou-lhe um olhar direto.

— É óbvio. De quem mais estaria falando?

Canto-de-Luz contou os dias. Fazia uma semana.

— Hum — disse ele consigo mesmo. — O período de isolamento dela acabou, então?

— Você realmente deveria prestar mais atenção, Canto-de-Luz.

Ele deu de ombros.

— O tempo tende a passar mais rápido quando não se presta atenção nele, minha cara. Nisso, é bastante similar à maioria das mulheres que conheço.

Dito isso, aceitou um punhado de nozes, então se recostou para esperar.

APARENTEMENTE, O POVO de T'Telir não gostava de carruagens — nem mesmo para carregar deuses. Siri ficou sentada, um tanto perplexa, enquanto um grupo de servas carregava sua cadeira pela grama até uma grande estrutura circular nos fundos da Corte dos Deuses. Estava chovendo. Ela não se importava. Ficara trancada tempo demais.

Ela se virou, torcendo o corpo na cadeira para olhar para um grupo de servas que carregava a longa cauda dourada do seu vestido, mantendo-a longe da grama molhada. Ao redor delas caminhavam mais mulheres, que seguravam um grande toldo para proteger Siri da chuva.

— Vocês podem... mover isso para o lado? — pediu Siri. — Deixar que a chuva caia em mim?

As servas se entreolharam.

— Só um pouquinho — disse Siri. — Eu prometo.

As mulheres franziram a testa, mas diminuíram o passo, permitindo que as carregadoras de Siri fossem à frente e a expusessem à chuva. Ela olhou para cima, sorrindo enquanto a garoa caía em seu rosto. *Sete dias é tempo* demais *para passar a portas fechadas*, decidiu. Deleitou-se por um longo momento, apreciando a umidade fresca na sua pele e nas roupas. A grama parecia convidativa. Ela olhou para trás de novo.

— Eu podia caminhar, vocês sabem.

Sentir meus dedos naquelas folhas verdes...

As criadas pareceram muito desconfortáveis com essa ideia.

— Ou não — disse Siri, virando-se enquanto as mulheres aceleravam, novamente cobrindo o céu com seu toldo.

Caminhar era uma má ideia, levando em conta a longa cauda do vestido. Ela por fim escolhera um vestido muito mais ousado do que jamais usara antes. O decote era um pouco acentuado, e não possuía mangas. Também tinha um curioso estilo, que cobria a frente das suas pernas com uma saia curta, mas atrás ia até o chão. Ela o escolhera em parte pela novidade, embora corasse toda vez que pensava no quanto ele exibia de suas pernas.

Elas logo chegaram à arena e suas carregadoras a levaram para dentro. Siri ficou interessada ao ver que não tinha teto, e o chão era coberto de areia. Logo acima, um variado grupo de pessoas se reunia nas arquibancadas. Embora algumas carregassem guarda-chuvas, a maioria ignorava a garoa, conversando amistosamente entre si. Siri sorriu para a multidão; uma centena de cores diferentes e um número igual de estilos de vestimenta estavam à mostra. Era bom ver alguma variedade de novo, mesmo que fosse um tanto exagerada.

Suas carregadoras a levaram até uma grande fenda de pedra embutida na lateral do edifício. Ali, as mulheres enfiaram as hastes do toldo em buracos na pedra, permitindo que ele cobrisse a cabine inteira. Servas se moveram apressadamente, preparando as coisas, e as carregadoras baixaram sua cadeira. Siri se levantou, franzindo a testa. Estava enfim livre do palácio, mas parecia que ainda teria que se sentar acima de todos os outros. Até mesmo os outros deuses — que ela imaginava estarem dentro das outras cabines com toldos — estavam bem longe e separados dela por paredes.

Como é que eles conseguem fazer com que eu me sinta sozinha, mesmo cercada por centenas de pessoas? Ela se virou para uma das criadas.

— O Rei-Deus. Onde ele está?

A mulher gesticulou para as outras cabines semelhantes à de Siri.

— Ele está em uma delas? — indagou Siri.

— Não, Receptáculo — disse a mulher, os olhos baixos. — Ele não chegará até que todos os deuses estejam aqui.

Ah, pensou Siri. *Acho que faz sentido.*

Ela se sentou na sua cadeira enquanto várias servas preparavam comida. De um lado, um menestrel começou a tocar flauta, como que para afogar os sons das pessoas abaixo. Ela teria preferido ouvir o povo. Ainda assim, decidiu não se permitir ficar de mau humor. Pelo menos estava do lado de fora e podia *ver* outras pessoas, mesmo que não pudesse interagir com elas. Sorria consigo mesma, se inclinando para a frente, os cotovelos apoiados nos joelhos, enquanto estudava as cores exóticas abaixo.

Como podia entender as pessoas de T'Telir? Elas eram tão diferentes umas das outras. Algumas tinham pele escura, o que significava que eram das fronteiras do reino hallandreano. Outras tinham cabelo amarelo, ou até mesmo estranhas cores capilares — azul e verde —, que vinham, Siri deduziu, de tinturas.

Todos usavam roupas brilhantes, como se não houvesse outra opção. Chapéus ornamentados eram populares, tanto para homens quanto para mulheres. As roupas variavam de coletes e calças curtas até longas túnicas e vestidos. *Quanto tempo eles devem passar comprando roupas!* Já era difícil o bastante para ela escolher o que vestir, e só tinha cerca de uma dúzia de escolhas por dia — e nenhum chapéu. Depois que recusara os primeiros, as servas pararam de oferecê-los.

Um séquito depois do outro foi chegando, cada qual com um conjunto diferente de cores — um matiz e uma cor metálica, geralmente. Ela contou as cabines. Havia espaço para cerca de cinquenta deuses, mas a corte só possuía umas duas dúzias. Vinte cinco, não era isso? Em cada procissão, ela via uma figura mais alta que os outros. Alguns — na maioria dos casos, as mulheres — eram carregados em cadeiras ou divãs. De modo geral, os homens caminhavam, alguns vestindo túnicas intrincadas, outros nada além de sandálias e um saiote. Siri se inclinou para a frente, estudando um deus enquanto ele passava na frente da sua cabine. Seu peito nu a fez corar, mas permitiu que ela visse seu corpo musculoso e pele tonificada.

Ele a olhou de relance, então baixou levemente a cabeça em sinal de respeito. Seus servos e sacerdotes se curvaram quase até o chão. O deus seguiu em frente, sem dizer nada.

Ela se recostou na cadeira, sacudindo a cabeça quando uma das servas lhe ofereceu comida. Ainda havia quatro ou cinco deuses para chegar. Aparentemente, as deidades hallandreanas não eram tão pontuais quanto a programação de Dedos-Azuis a levara a pensar.

VIVENNA PASSOU PELOS portões, entrando na Corte dos Deuses hallandreanos, que era dominada por um grupo de grandes palácios. Ela hesitou, e pequenos grupos de pessoas passaram pelos dois lados dela, embora não houvesse uma multidão.

Denth estava certo; fora fácil para ela entrar na corte. Os sacerdotes no portão acenaram para que Vivenna passasse sem sequer perguntar sua identidade. Eles também haviam permitido que Parlin passasse, talvez imaginando que ele fosse seu assistente. Ela se virou para trás e deu uma olhada nos sacerdotes de túnicas azuis. Podia ver bolhas de cor ao redor deles, indicações do seu intenso BioCroma.

Ela havia sido instruída sobre aquilo. Os sacerdotes guardando os portões tinham Respiração o bastante para alcançar Primeira Elevação, o estado no qual uma pessoa adquiria a habilidade de distinguir níveis de Respiração nos outros. Vivenna também tinha isso. Não era que as auras ou cores parecessem diferentes para ela; de fato, a habilidade de sentir Respirações era similar ao ouvido absoluto que ganhara. Outras pessoas escutavam os mesmos sons que ela; ela só tinha a capacidade de distingui-los.

Via quão perto uma pessoa precisava se aproximar de um dos sacerdotes antes que as cores se intensificassem, e via exatamente quão mais coloridos esses tons se tornavam. Essa informação permitia que ela soubesse instintivamente que cada um dos sacerdotes era da Primeira Elevação. Parlin tinha uma Respiração, assim como os cidadãos comuns que precisavam apresentar papéis para ganhar entrada. Ela podia dizer quão forte era aquela Respiração e se a pessoa estava doente ou não.

Os sacerdotes tinham cada um exatamente cinquenta Respirações, assim como a maioria dos indivíduos mais ricos que entravam pelos portões. Um grande número de pessoas possuía pelo menos duzentas Respirações, o bastante para a Segunda Elevação e o ouvido absoluto que ela fornecia. Só uns dois tinham mais Respirações do que Vivenna, que havia alcançado a Terceira Elevação e a percepção de cor perfeita que ela concedia.

Ela se desviou do seu estudo da multidão. Havia sido instruída sobre as Elevações, mas nunca esperara experimentá-las em primeira mão. Sentia-se suja. Perversa. Particularmente porque as cores eram tão *belas.*

Seus tutores haviam lhe explicado como a corte era composta de um amplo círculo de palácios, mas não mencionaram como cada palácio era tão harmoniosamente equilibrado em suas cores. Cada um deles era uma obra de arte, utilizando sutis matizes de cor que pessoas normais simplesmente não seriam capazes de apreciar. Estavam assentados em um gramado perfeito e uniformemente verde, aparado com todo o cuidado, e imaculado por estradas ou calçadas. Vivenna pisou nele, com Parlin ao seu lado, e sentiu vontade de chutar para longe os sapatos e caminhar descalça na grama umedecida pelo orvalho. Isso não seria nada apropriado, e ela abafou o impulso.

A chuva fina enfim estava começando a amainar, e Parlin baixou o guarda-chuva que comprara para que os dois se mantivessem secos.

— Bem, aqui está — disse ele, sacudindo o guarda-chuva. — A Corte dos Deuses.

Vivenna assentiu.

— Um bom lugar para ovelhas pastarem.

— Duvido muito — disse ela em voz baixa.

Parlin franziu a testa.

— Bodes, então?

Vivenna suspirou, e os dois se juntaram à pequena procissão que caminhava através da grama até uma grande estrutura fora do círculo dos palácios. Ficara preocupada em chamar atenção — afinal de contas, ainda estava usando seu simples vestido idriano, com o colarinho alto, tecido prático e cores discretas, mas já estava começando a entender que *não havia* uma maneira de se destacar em T'Telir.

As pessoas ao redor usavam uma variedade tão impressionante de trajes que ela se perguntava quem tivera a imaginação de criar todos eles. Alguns eram tão modestos quanto o de Vivenna, e outros tinham cores ainda mais discretas — embora esses geralmente fossem realçados por chapéus ou cachecóis chamativos. A modéstia tanto no corte quanto na cor claramente não estava na moda, mas não era inexistente.

É tudo para *chamar atenção*, ela compreendeu. *Os brancos e as cores desbotadas são uma reação às cores vivas. Mas, como todo mundo se esforça tanto para ter uma aparência de destaque, ninguém se destaca!*

Sentindo-se um pouco mais segura, ela olhou de relance para Parlin, que parecia mais tranquilo agora que estavam longe das multidões maiores na cidade abaixo.

— Edifícios interessantes — disse ele. — As pessoas usam tantas cores, mas aquele palácio só tem uma. Fico imaginando por que será.

— Não é uma cor só. São muitos tons da mesma cor.

Parlin deu de ombros.

— Vermelho é vermelho.

Como ela poderia explicar? Cada vermelho era diferente, como notas em uma escala musical. As paredes eram de um vermelho puro. As telhas, as colunas laterais e outras ornamentações eram de tons ligeiramente diferentes, cada um distinto e intencional. As colunas, por exemplo, formavam um degradê, harmonizando com a tinta básica das paredes.

Era uma sinfonia de matizes. O edifício havia obviamente sido construído para alguém que alcançara a Terceira Elevação, já que apenas uma pessoa assim poderia perceber a ressonância ideal. Para os outros... bem, era só um bocado de vermelho.

Eles passaram pelo palácio vermelho, se aproximando da arena. O entretenimento era o centro da vida dos deuses hallandreanos. Afinal de contas, não se podia esperar que os deuses fizessem algo útil com seu tempo. Frequentemente eles eram entretidos nos seus palácios ou na grama do pátio, mas, para eventos particularmente grandes, havia a arena — que também

servia como local para os debates legislativos de Hallandren. Naquele dia, os sacerdotes discutiriam para a diversão das suas divindades.

Vivenna e Parlin esperavam sua vez enquanto as pessoas se aglomeravam ao redor da entrada da arena. Vivenna olhou na direção de outro portal, se perguntando por que ninguém o usava. A resposta ficou clara quando uma figura se aproximou. Ele estava cercado por servos, alguns carregando um toldo. Todos estavam vestidos em azul e prata, combinando com seu líder, que era pelo menos uma cabeça mais alto que os outros e emitia uma aura BioCromática como Vivenna jamais vira — embora ela fosse capaz de vê-las fazia apenas algumas horas. Sua bolha de cor aprimorada era enorme, se estendendo por quase dez metros. Para seus sentidos da Primeira Elevação, a Respiração daquele deus era registrada como infinita. Imensurável. Pela primeira vez, Vivenna pôde ver que *havia* algo diferente nos Retornados. Eles não eram apenas Despertadores com mais poder; era como se possuíssem apenas uma Respiração, mas aquela Respiração era tão poderosa que os impulsionava sozinha às Elevações superiores.

O deus adentrou a arena através do portão aberto. Ao observá-lo, o fascínio de Vivenna se dissipou. Havia uma arrogância na postura daquele homem, um desdém na maneira como entrava livremente enquanto os outros esperavam sua vez em uma entrada abarrotada.

Para se manter vivo, ele precisa absorver a Respiração de uma pessoa a cada semana, pensou.

Ela havia se permitido relaxar demais, mas agora sentiu sua repulsa retornar. A cor e a beleza não podiam cobrir tamanha arrogância, nem ocultar o pecado de ser um parasita vivendo das pessoas comuns.

O deus desapareceu na arena. Vivenna esperou, pensando por algum tempo no seu próprio BioCroma e no que ele significava. Ficou completamente chocada quando um homem ao seu lado subitamente se ergueu do chão.

O homem se elevou no ar, impulsionado pelo seu manto incomumente longo. O pano enrijeceu, parecendo-se um pouco com uma mão enquanto mantinha o homem no alto, para que ele pudesse ver acima da multidão. *Como ele faz isso?* Sabia que a Respiração podia dar vida a objetos, mas o que significava "vida"? Era como se as fibras no manto estivessem retesadas como músculos, mas como o pano levantava algo tão mais pesado do que ele era?

O homem desceu ao chão e murmurou algo que Vivenna não pôde ouvir, e sua aura BioCromática se tornou mais forte quando ele recuperou a Respiração do manto.

— Devemos avançar de novo em breve — disse o homem aos seus amigos. — A multidão está afinando mais à frente.

De fato, a multidão logo começou a avançar. Não demorou para que Vivenna e Parlin entrassem na arena em si. Eles se moveram pelos bancos de pedra, escolhendo um lugar que não estava apinhado demais, e Vivenna vasculhou urgentemente as cabines dispostas acima. O edifício era ornamentado, mas não muito grande, então não levou muito tempo para localizar Siri.

Quando isso aconteceu, seu coração afundou. *Minha... irmã*, pensou Vivenna com um arrepio. *Minha pobre irmã.*

Siri estava usando um escandaloso vestido dourado que nem mesmo chegava aos seus joelhos. Também tinha um decote profundo. O cabelo de Siri, que ela deveria ser capaz de manter castanho-escuro, estava, em vez disso, no amarelo-dourado da alegria, e havia fitas de um vermelho-profundo trançadas nele. Ela estava acompanhada por dezenas de servas.

— Veja só o que fizeram com ela — comentou Vivenna. — Ela deve estar apavorada, forçada a vestir uma coisa daquelas, a manter seu cabelo de uma cor que combina com a roupa...

Forçada a ser uma escrava do Rei-Deus.

O rosto de queixo quadrado de Parlin endureceu. Ele não costumava ficar zangado, mas Vivenna podia ver a raiva nele agora. Ela concordava. Siri estava sendo explorada; eles a carregavam por aí e a exibiam como se fosse algum tipo de troféu. Parecia uma declaração para Vivenna. Eles estavam dizendo que podiam tomar uma casta e inocente mulher idriana e fazer com ela o que quisessem.

Estou agindo certo, pensou Vivenna com uma determinação crescente. *Vir para Hallandren* era *a melhor coisa a fazer. Lemex pode estar morto, mas tenho que continuar avançando. Tenho que encontrar uma maneira.*

Preciso salvar minha irmã.

— Vivenna? — chamou Parlin.

— Hum? — perguntou ela, distraída.

— Por que todo mundo está começando a se curvar?

SIRI BRINCAVA DISTRAIDAMENTE com uma das borlas do seu vestido. O último deus estava se sentando em sua cabine. *Com esse, dá 25*, ela pensou. *Já chegaram todos.*

Subitamente, na audiência, as pessoas começaram a se levantar, então a se ajoelhar. Siri ficou de pé, procurando ansiosamente. O que estava perdendo? O Rei-Deus havia chegado, ou seria alguma outra coisa? Até mesmo os deuses estavam de joelhos, embora não se prostrassem como os mortais. Todos pareciam estar se curvando na direção de Siri. *Algum tipo de saudação ritual para sua nova rainha?*

Então ela viu. Seu vestido explodiu em cores, a pedra aos seus pés ganhou brilho, e sua própria pele se tornou mais vibrante. Diante dela, uma tigela branca começou a brilhar; então ela pareceu se estender, a brancura se dividindo nas cores do arco-íris.

Uma criada ajoelhada ao lado puxou a manga de Siri.

— Receptáculo — sussurrou a mulher —, atrás da senhora!

15

SIRI SE VIROU, PRENDENdo a respiração. E deu de cara com ele, embora não tivesse ideia de como ele havia chegado. Não havia entrada ali atrás, só a parede de pedra. Ele estava vestido de branco. Siri não havia esperado isso. Alguma coisa no seu BioCroma fazia o branco puro se dividir, como ela havia visto antes, sofrendo refração como luz passando por um prisma. Agora, à luz do dia, ela finalmente pôde vê-lo direito. Sua roupa parecia se esticar, formando um arco-íris em forma de túnica em uma aura colorida ao seu redor.

E ele era jovem. Muito mais jovem do que os encontros na sombra haviam sugerido. Ele supostamente reinava em Hallandren há décadas, mas o homem atrás dela não parecia ter mais de vinte anos. Siri o encarou, espantada, sua boca se abrindo ligeiramente, e quaisquer palavras que houvesse planejado dizer fugiram da sua mente. Aquele homem *era* um deus. O próprio ar se distorcia ao redor dele. Como ela podia não ter percebido? Como pudera tratá-lo como o tratara? Ela se sentia uma tola.

Ele a observou, sua expressão vazia e inescrutável, seu rosto tão controlado que Siri se lembrou de Vivenna.

Vivenna. Ela não teria sido tão beligerante; teria sido digna do casamento com uma criatura tão majestosa.

A criada sibilou baixinho, puxando novamente o vestido de Siri. Tardiamente, Siri caiu de joelhos sobre a pedra, a longa cauda do vestido tremulando levemente no vento atrás dela.

FAZ-CORAR SE AJOELHOU obedientemente em sua almofada. Canto-de-Luz, contudo, permaneceu de pé, olhando através do estádio para um homem que mal podia ver. O Rei-Deus vestia-se de branco, como costumava fazer, por efeito dramático. Como o único ser a ter alcançado a Décima Elevação, o Rei-Deus possuía uma aura tão forte que ele podia extrair cor até de algo que parecia incolor.

Faz-Corar olhou para Canto-de-Luz.

— Por que nos ajoelhamos? — indagou Canto-de-Luz.

— É o nosso rei! — sibilou Faz-Corar. — Caia de joelhos, seu tolo.

— O que vai acontecer se eu não o fizer? — retrucou Canto-de-Luz. — Eles não podem me executar. Eu sou um deus.

— Você pode prejudicar nossa causa!

"Nossa causa"?, pensou Canto-de-Luz. *Um encontro e já faço parte dos planos dela?*

Contudo, ele não era tolo a ponto de invocar desnecessariamente a ira do Rei-Deus. Por que arriscar sua vida perfeita, cheia de pessoas que carregavam sua cadeira na chuva e descascavam suas nozes? Ele se ajoelhou na própria almofada. A superioridade do Rei-Deus era arbitrária, assim como a divindade de Canto-de-Luz — ambas eram parte de um grandioso jogo de faz de conta.

Mas ele havia descoberto que coisas imaginárias frequentemente eram as únicas substanciais na vida das pessoas.

SIRI RESPIRAVA RÁPIDO, ajoelhada na pedra diante do marido. Toda a arena estava em silêncio e parada. De olhos baixos, ela ainda podia ver os pés de Susebron, envoltos em calçados brancos, diante dela. Até eles emitiam uma aura de cor, as tiras brancas das sandálias formando fitas coloridas.

Dois rolos de corda vermelha atingiram o chão dos dois lados do Rei-Deus. Siri assistiu às cordas se torcerem com vida própria, envolvendo cuidadosamente Susebron e levantando-o no ar. Seus trajes brancos esvoaçaram enquanto ele subia pelo espaço entre o toldo e a parede traseira. Siri levantou a cabeça, vendo as cordas deixarem seu marido em uma protuberância acima, onde ele se sentou em um trono dourado. Ao lado dele, um par de sacerdotes Despertadores Comandaram suas cordas vivas a se enrolarem ao redor dos seus braços e ombros.

O Rei-Deus estendeu a mão. O povo se levantou — seu burburinho recomeçando — e voltou a se sentar. *Então... ele não vai se sentar comigo*, ela pensou, levantando-se. Parte de Siri ficou aliviada, embora outra parte estivesse igualmente frustrada. Vinha superando seu espanto com Hallandren e com estar casada com um deus. Agora, ele a impressionara novamente. Perturbada, ela se sentou e olhou para a multidão, mal notando um grupo de sacerdotes que entrou na arena abaixo.

O que ela devia pensar de Susebron? Ele não podia ser um deus. Não de verdade. Ou podia?

Austre era o verdadeiro Deus dos homens, aquele que *enviava* os Retornados. Os hallandreanos também o adoravam, antes da Multiguerra e do exílio da família real. Só depois daquilo eles caíram em desgraça, se tornando pagãos, adorando os Tons Iridescentes: Respiração BioCromática, os Retornados e as artes em geral.

Ainda assim, Siri nunca vira Austre. Recebera ensinamentos sobre ele, mas o que pensar de uma criatura como o Rei-Deus? Aquele halo divino de cores não era algo que pudesse ignorar. Estava começando a compreender como o povo de Hallandren — depois de quase ser destruído pelos seus inimigos, então salvo pelas habilidades diplomáticas de Pacificador, o Abençoado — procurava orientação divina nos Retornados.

Ela suspirou e olhou para a direita enquanto uma figura baixinha subia os degraus até sua cabine. Era Dedos-Azuis — as mãos manchadas de tinta, tipicamente escrevendo em um livro-razão enquanto adentrava seu pavilhão. Ele ergueu os olhos na direção do Rei-Deus, balançou a cabeça positivamente, então fez outra anotação no seu livro.

— Estou vendo que Sua Imortal Majestade já está a postos e que a senhora está apropriadamente em exibição, Receptáculo.

— Em exibição?

— Naturalmente — disse Dedos-Azuis. — Esse é o propósito principal da sua visita aqui. Os Retornados não tiveram muita chance de contemplá-la quando a senhora chegou.

Siri sentiu um arrepio, tentando manter uma postura melhor.

— Eles não deveriam prestar atenção nos sacerdotes lá embaixo? Em vez de ficarem me contemplando, quero dizer.

— Provavelmente — admitiu Dedos-Azuis, sem erguer os olhos. — Na minha experiência, eles raramente fazem o que deveriam.

Ele não parecia particularmente reverente em relação aos deuses.

Siri deixou a conversa morrer, pensando. Dedos-Azuis nunca explicara o estranho aviso da outra noite. *As coisas não são o que parecem.*

— Dedos-Azuis... Sobre o que você me falou na outra noite. O...

Ele imediatamente lhe lançou um olhar — olhos arregalados e insistentes — para interrompê-la, e se voltou novamente para seu livro. A mensagem era óbvia. *Agora,* não.

Siri suspirou, resistindo ao impulso de deixar os ombros caírem. Abaixo, sacerdotes de várias cores estavam em pequenas plataformas, debatendo, apesar da chuva fina. Ela podia ouvi-los muito bem, apesar de pouco entender do que falavam — o debate atual parecia ser sobre a maneira como o lixo e os detritos eram tratados na cidade.

— Dedos-Azuis, eles são mesmo deuses?

O escriba hesitou, então levantou os olhos do seu livro.

— Como assim, Receptáculo?

— Os Retornados. Você realmente acha que eles são divinos? Que podem ver o futuro?

— Eu... não acho que seja a pessoa certa para responder, Receptáculo. Deixe-me chamar um dos sacerdotes. Ele poderá responder suas perguntas. Dê-me só um...

— Não — disse Siri, fazendo com que ele parasse. — Não quero a opinião de um sacerdote... quero a opinião de uma pessoa comum, como você. Um típico seguidor.

Dedos-Azuis franziu o cenho.

— Mil desculpas, Receptáculo, mas eu *não* sou um seguidor dos Retornados.

— Mas você trabalha no palácio.

— E a *senhora* vive lá, Receptáculo. Mas nenhum de nós venera os Tons Iridescentes. A senhora é de Idris. Eu sou de Pahn Kahl.

— Pahn Kahl é só outra parte de Hallandren.

Dedos-Azuis levantou uma sobrancelha, estreitando os lábios.

— Na verdade, Receptáculo, é bem distinta.

— Mas vocês são governados pelo Rei-Deus.

— Nós podemos aceitá-lo como rei sem adorá-lo como nosso deus — disse Dedos-Azuis. — Esse é um dos motivos de eu ser um administrador no palácio, em vez de um sacerdote.

A túnica dele, pensou Siri. *Talvez seja por isso que ele sempre usa marrom.* Ela se voltou e olhou para baixo, para os sacerdotes nos seus pedestais na areia. Cada um usava um conjunto diferente de cores, que ela deduzia que representasse um Retornado diferente.

— Então, o que você acha deles?

— Boas pessoas — respondeu Dedos-Azuis —, mas equivocadas. Um pouco como vejo a senhora, Receptáculo.

Ela o encarou, mas ele já havia voltado ao seu livro-razão. Não era a pessoa mais fácil para se ter uma conversa.

— Mas como você explica a radiância do Rei-Deus?

— BioCroma — respondeu Dedos-Azuis, ainda escrevendo, sem parecer incomodado com todas as perguntas. Era evidente que estava acostumado a lidar com interrupções.

— O resto dos Retornados não faz o branco se refratar em cores como ele, faz?

— Não, de fato, eles não fazem. Contudo, também não possuem a riqueza de Respiração que ele possui.

— Então ele é diferente — disse Siri. — Por que ele nasceu com mais?

— Não nasceu, Receptáculo. O poder do Rei-Deus não deriva do BioCroma intrínseco de um Retornado... Nisso, ele é idêntico aos outros. Contudo, ele possui outra coisa. É chamada de Luz da Paz. Um termo requintado para um verdadeiro tesouro de Respiração, que chega a um número nas dezenas de milhares.

Dezenas de milhares?

— Tanto assim?

Dedos-Azuis assentiu distraidamente.

— Dizem que os Reis-Deuses são os únicos a alcançar a Décima Elevação. É isso que faz com que haja refração de luz ao redor dele, além de lhe conceder outras habilidades. A habilidade de quebrar Comandos de Sem-Vida, por exemplo, ou a habilidade de Despertar objetos sem tocá-los, usando apenas o som da sua voz. Esses poderes são menos em função da divindade, e mais uma questão de comportar tanta Respiração.

— Mas onde ele a conseguiu?

— A maior parte originalmente foi coletada por Pacificador, o Abençoado — disse Dedos-Azuis. — Ele coletou milhares de Respirações durante os dias da Multiguerra, e passou-as para o primeiro Rei-Deus de Hallandren. Essa herança foi transferida de pai para filho durante séculos... e ampliada, já que cada Rei-Deus recebe duas Respirações por semana, em vez de uma, como os outros Retornados.

— Ah — disse Siri, sentando-se.

Ela percebeu que estava estranhamente desapontada com a notícia de que Susebron não era um deus, apenas um homem com muito mais BioCroma que o normal.

Mas... e quanto aos próprios Retornados? Siri cruzou os braços novamente, ainda perturbada. Nunca havia sido obrigada a considerar objetivamente as suas crenças. Austre era simplesmente... bem, Deus. Não se questionavam as pessoas quando elas falavam sobre Deus. Os Retornados eram usurpadores que haviam expulsado os seguidores de Austre de Hallandren, não divindades verdadeiras.

Contudo, eles eram tão majestosos. *Por que* a família real havia sido expulsa de Hallandren? Ela conhecia a história oficial ensinada em Idris — que os membros da família real não apoiaram os conflitos que levaram à Multiguerra. Por conta disso, o povo havia se revoltado contra eles. Aquela revolta havia sido liderada por Kalad, o Usurpador.

Kalad. Muito embora Siri houvesse evitado a maior parte das sessões de tutoria, até mesmo ela conhecia as histórias sobre aquele homem. Fora ele quem conduzira o povo de Hallandren à heresia de desenvolver um novo tipo de Sem-Vida. Ele havia criado um exército poderoso de criaturas, diferente de tudo que já fora visto naquela terra. As histórias diziam que os Sem-Vida de Kalad eram mais perigosos e distintos; terríveis e destrutivos. Ele enfim havia sido derrotado pelo Pacificador, que então terminou a Multiguerra através da diplomacia.

As histórias diziam que os exércitos de Kalad ainda estavam por aí em algum lugar. Esperando para sobrepujar e destruir novamente. Ela sabia que a história era apenas uma lenda contada ao redor da lareira, mas pensar nisso ainda lhe causava arrepios.

De qualquer modo, Pacificador havia assumido o controle e acabado com a Multiguerra. Contudo, não devolvera Hallandren para seus governantes de direito. As histórias de Idris alegavam traição e deslealdade. Os monges falavam de heresias que estavam demasiadamente arraigadas em Hallandren.

Certamente o povo hallandreano tinha a própria versão da história. Ver os Retornados em suas cabines fez Siri ponderar. Um fato era óbvio: as coisas em Hallandren eram muito menos terríveis do que haviam lhe ensinado.

VIVENNA SE ARREPIOU, se encolhendo enquanto pessoas em trajes coloridos se apinhavam ao redor dela.

As coisas aqui são ainda piores do que meus tutores disseram, ela decidiu, se contorcendo no banco. Parlin parecia haver perdido muito do seu nervosismo em relação a estar no meio de tamanha multidão. Ele estava concentrado nos sacerdotes que debatiam no piso da arena.

Ela ainda não sabia se achava que a Respiração que possuía era horrível ou maravilhosa. Aos poucos, estava passando a entender que ela era horrível *devido* ao modo como parecia maravilhosa. Quanto mais as pessoas a cercavam, mais atordoada ela ficava com sua percepção ampliada pela Respiração. Certamente, se Parlin pudesse sentir o puro escopo de todas aquelas cores, ele não olharia tão ingenuamente para as roupas das pessoas. Certamente, se ele pudesse *sentir* as pessoas, ia ficar tão encurralado quanto ela, incapaz de respirar.

É isso, ela pensou. *Eu vi Siri, e sei o que fizeram com ela. Está na hora de partir.* Ela se levantou e se virou. E congelou.

Um homem duas fileiras atrás deles estava olhando diretamente para Vivenna. Ela normalmente não teria prestado atenção nele; estava usando roupas marrons esfarrapadas, rasgadas em alguns lugares, suas calças folgadas amarradas na cintura por uma simples corda. Seus pelos faciais estavam a meio caminho entre uma barba e simples desleixo, e o cabelo despenteado lhe chegava aos ombros.

E ele criava uma bolha de cor ao seu redor tão viva que devia ser da Quinta Elevação. Ele a encarava, fitando-a nos olhos, e Vivenna teve uma horrível sensação de pânico de que ele sabia exatamente quem ela era.

Cambaleou para trás. O desconhecido não tirou os olhos dela. Ele moveu o corpo, empurrando para o lado seu manto e exibindo uma grande espada de bainha negra no cinto. Poucas pessoas em Hallandren usavam armas. Aquele homem não parecia se importar. Como ele havia trazido aquela coisa para a corte? As pessoas ao redor dele mantinham uma boa distância, e Vivenna podia jurar que ela sentia *alguma* coisa em relação àquela espada. Ela parecia escurecer cores. Aprofundá-las. Tornava castanhos em marrom, vermelhos em bordô, azuis em marinho. Era como se tivesse seu próprio BioCroma...

— Parlin — disse ela, de modo mais brusco do que pretendia. — Vamos embora.

— Mas...

— *Agora* — disse Vivenna, virando-se e se afastando apressadamente.

Seus novos sentidos BioCromáticos a informaram de que os olhos do homem ainda estavam voltados para ela. Agora que havia percebido isso, entendeu que foram os olhos dele que a tinham deixado desconfortável, em primeiro lugar.

Os tutores falaram sobre isso, pensava enquanto ela e Parlin chegavam a uma das saídas de pedra. *Senso vital, a capacidade de dizer quando há pessoas por perto e saber quando elas estão olhando para você. Todo mundo tem isso, em certa medida. O BioCroma aprimora essa sensação.*

Assim que eles alcançaram a passagem, aquela sensação de ser vigiada desapareceu, e Vivenna deixou escapar um suspiro de alívio.

— Não entendi por que você quis partir — disse Parlin.

— Vimos o que precisávamos ver.

— Acho que sim. Mas pensei que você fosse querer escutar o que os sacerdotes estavam dizendo sobre Idris.

Vivenna parou.

— O quê?

Parlin franziu o cenho, parecendo angustiado.

— Acho que eles podem estar declarando guerra. Nós não temos um tratado?

Senhor Deus das Cores!, pensou Vivenna, se virando e retornando apressadamente para a arena aberta.

16

— **EU AINDA DIGO QUE NÃO** é *possível* justificar uma ação militar contra Idris! — gritou um sacerdote de azul e dourado.

Era o sumo sacerdote de Quieta-Marca — Canto-de-Luz não conseguia se lembrar do nome dele. Nanrovah?

O argumento era esperado. Canto-de-Luz se inclinou para a frente. Nanrovah e Quieta-Marca eram ambos firmemente tradicionalistas. Tendiam a discordar de praticamente qualquer proposta, mas eram bem respeitados. Quieta-Marca era quase tão velho quanto Faz-Corar, e era considerado sábio.

Canto-de-Luz esfregou o queixo. Em oposição a Nanrovah estava a própria suma sacerdotisa de Faz-Corar, Inhanna.

— Ora, o que é isso? — disse ela da areia lá de baixo. — Precisamos mesmo ter *essa* discussão de novo? Idris não é nada além de um enclave rebelde dentro das fronteiras do nosso próprio reino!

— Eles ficam no canto deles — replicou Nanrovah. — Na posse de terras que não queremos, de qualquer modo.

— Terras que não queremos? — replicou a sacerdotisa de Faz-Corar, quase gaguejando. — Eles controlam todas as rotas para os reinos do norte! Cada mina de cobre operacional! Eles têm guarnições militares a uma distância que permite atacar T'Telir! E *ainda* alegam ser governados pelos reis de direito de Hallandren!

Nanrovah não respondeu, mas houve um murmúrio de concordância surpreendentemente grande dos sacerdotes presentes. Canto-de-Luz olhou-os de soslaio.

— Você semeou o grupo com pessoas simpáticas à sua causa?

— Claro que sim — confirmou Faz-Corar. — Assim como os outros. Só fui mais eficiente do que eles.

O debate continuou, diferentes sacerdotes se apresentando para argumentar contra e a favor a um ataque a Idris. Os sacerdotes falavam das preocupações da população; parte do dever deles era escutar o povo e estudar questões de importância nacional, depois discuti-las ali para que os deuses — que não tinham a oportunidade de estar entre o povo — pudessem ser informados. Se uma questão chegasse ao ponto crítico, os deuses fariam seus julgamentos. Eles estavam divididos em subgrupos, cada um tendo responsabilidade sobre uma certa área. Alguns deuses estavam encarregados de questões cívicas; outros cuidavam de acordos e tratados.

Idris não era um tópico novo para a assembleia, mas Canto-de-Luz nunca havia visto a discussão se tornar tão explícita e extrema. Sanções estavam sendo discutidas. Bloqueios. Até mesmo certa pressão militar. Mas guerra? Ninguém havia mencionado a palavra ainda, mas todos sabiam o que os sacerdotes estavam discutindo.

Ele não conseguia dispersar as imagens dos seus sonhos — visões de dor e morte. Não as aceitava como proféticas, mas reconhecia que deviam ter algo a ver com preocupações do seu subconsciente. Ele temia as consequências da guerra. Talvez fosse só um covarde. De fato parecia que suprimir Idris resolveria muitos problemas.

— Você está por trás desse debate, não está? — disse ele, voltando-se para Faz-Corar.

— Por trás? — respondeu Faz-Corar docemente. — Querido Canto-de-Luz, os sacerdotes decidem as questões a serem discutidas. Deuses não se importam com tais detalhes mundanos.

— Mas é claro — disse ele, se reclinando. — Você quer meus Comandos de Sem-Vida.

— Eu não diria isso. Quero apenas que você esteja informado, para o caso...

Ela parou de falar quando Canto-de-Luz lhe lançou um olhar seco.

— Ah, Cores. É *claro* que preciso dos seus Comandos, Canto-de-Luz. Por que outro motivo eu me daria a todo esse trabalho de trazê-lo até aqui? Você é uma pessoa muito difícil de manipular, sabia?

— Bobagem — disse ele. — Você só precisa me prometer que não terei que fazer coisa alguma, e então farei qualquer coisa que desejar.

— Qualquer coisa?

— Qualquer coisa que não exija que eu faça coisa alguma.

— Nada, então.

— É mesmo?

— Sim.

— Bem, isso é alguma coisa!

Faz-Corar revirou os olhos.

Canto-de-Luz estava mais perturbado do que demonstrava. Os argumentos para o ataque nunca haviam sido tão fortes. Havia provas de um reforço militar em Idris, e o povo das terras altas estivera particularmente avarento em relação às rotas para o norte ultimamente. Além disso, havia uma crença cada vez maior de que os Retornados estavam mais fracos do que nas gerações anteriores. Não menos poderosos no BioCroma, mas menos... divinos. Menos benevolentes, menos sábios. Algo com que Canto-de-Luz concordava.

Fazia três anos desde que um Retornado ou Retornada havia oferecido a própria vida para curar alguém. As pessoas estavam ficando impacientes com seus deuses.

— Tem mais coisa, não tem? — disse ele, olhando de lado para Faz--Corar, que ainda estava recostada, comendo cerejas delicadamente. — O que eles não estão dizendo?

— Canto-de-Luz, querido, você tinha razão. Bastou trazê-lo para atividades governamentais e você foi absolutamente corrompido.

— É que eu não suporto segredos. Me dão comichão no cérebro, me mantêm acordado à noite. Se meter com política é como arrancar um curativo... é melhor acabar rápido com a dor.

Faz-Corar apertou os lábios.

— Uma comparação forçada, querido.

— É o melhor que posso fazer no momento, infelizmente. Nada entorpece a inteligência mais rápido do que a política. Agora, como você dizia...

Ela bufou.

— Eu já disse. O foco de tudo isso é aquela mulher.

— A rainha — disse ele, olhando para a cabine do Rei-Deus.

— Eles mandaram a filha errada. A mais jovem em vez da mais velha.

— Eu sei — respondeu Canto-de-Luz. — Muito astuto da parte deles.

— Astuto? É verdadeiramente brilhante. Você sabe a fortuna que gastamos nesses últimos anos para espionar, estudar e aprender sobre a filha mais velha? Os mais cuidadosos entre nós chegaram até a estudar a segunda filha, a que virou monja. Mas a mais jovem? Ninguém deu a mínima para ela.

E assim os idrianos mandaram um elemento aleatório para a corte, pensou Canto-de-Luz. *Um elemento que frustra planos e intrigas em que nossos políticos têm trabalhado há décadas.*

Isso *era* brilhante.

— Ninguém sabe *nada* sobre ela — disse Faz-Corar, franzindo profundamente o cenho. Obviamente, ela não gostava de ser pega de surpresa. — Meus espiões em Idris insistem que a garota é desimportante... O que me deixa preocupada que ela seja mais perigosa do que eu temia.

Canto-de-Luz levantou uma sobrancelha.

— Você não acha que está exagerando um pouco?

— Ah, é? E me diga, o que *você* faria, se quisesse inserir um agente na corte? Será que não armaria uma distração a ser exibida para desviar a atenção da *verdadeira* agente, que foi treinada em segredo com planos clandestinos?

Canto-de-Luz esfregou o queixo. *Ela tem razão.* Talvez. Viver entre tantos conspiradores fazia com que se visse complôs em toda parte. Contudo, o complô que Faz-Corar sugeria tinha uma chance real de ser perigoso. Que melhor maneira de aproximar um assassino do Rei-Deus do que mandar alguém para se casar com ele?

Não, não seria esse o caso. Matar o Rei-Deus despertaria a fúria de Hallandren. Mas se eles mandassem uma mulher hábil na arte da manipulação... uma mulher que pudesse envenenar secretamente a mente do Rei-Deus...

— Precisamos estar prontos para agir — disse Faz-Corar. — Não vou ficar sentada e deixar que meu reino seja tomado... Não serei expulsa sem resistir, como fez a família real. Você controla um quarto dos nossos Sem--Vida. São dez mil soldados que não precisam comer, que podem marchar de modo incansável. Se convencermos os outros três com Comandos a se juntarem a nós...

Canto-de-Luz pensou por um momento, então assentiu e se pôs de pé.

— O que está fazendo? — perguntou Faz-Corar, se empertigando.

— Acho que vou dar uma caminhada.

— Para onde?

Canto-de-Luz olhou na direção da rainha.

— Ah, Cores abençoadas. — Faz-Corar suspirou. — Canto-de-Luz, *não* estrague tudo. Estamos caminhando em uma corda bastante bamba.

— Farei o melhor que puder.

— Imagino que não possa convencê-lo a não interagir com ela?

— Minha cara — disse Canto-de-Luz, olhando para trás —, preciso ao menos ter uma conversinha com ela. Nada seria mais intolerável do que ser deposto por uma pessoa com quem nunca tive sequer uma boa conversa.

DEDOS-AZUIS SE AFASTOU em algum momento durante as atividades da corte. Siri não notou — estava ocupada demais assistindo ao debate dos sacerdotes.

Ela devia estar entendendo errado. Certamente eles não estavam pensando em atacar Idris. Qual seria o motivo? O que Hallandren ganharia com isso? Enquanto os sacerdotes terminavam suas discussões sobre aquele assunto, Siri voltou-se para uma das suas criadas.

— Do que eles estavam falando?

A mulher baixou os olhos, sem responder.

— Parecia que eles estavam discutindo guerra — insistiu Siri. — Eles não invadiriam de verdade, não é?

A mulher se remexeu desconfortavelmente, então olhou de relance para uma das suas companheiras, que saiu às pressas. Alguns momentos depois, a serva voltou com Treledees. Siri franziu um pouco a testa. Ela *não* gostava de falar com aquele homem.

— Sim, Receptáculo? — disse o homem alto, fitando-a com seu costumeiro ar de desdém.

Ela engoliu em seco, se recusando a ser intimidada.

— Os sacerdotes. O que eles estavam discutindo?

— Sua terra natal, Idris, Receptáculo.

— Isso eu sei. O que eles querem com Idris?

— A mim parece, Receptáculo, que estavam discutindo se deviam ou não atacar a província rebelde e trazê-la de volta ao devido controle real.

— Província rebelde?

— Sim, Receptáculo. Seu povo está em um estado de rebelião contra o resto do reino.

— Mas foram vocês que se rebelaram contra nós!

Treledees ergueu uma sobrancelha.

Diferentes pontos de vista sobre a história, de fato, Siri pensou.

— Entendo o raciocínio de vocês — disse ela. — Mas... não pretendem realmente nos atacar, pretendem? Nós enviamos a vocês uma rainha, exatamente como exigiram. Por conta disso, o próximo Rei-Deus terá sangue real.

Contanto que o Rei-Deus atual decida algum dia consumar nosso casamento...

Treledees deu de ombros.

— Provavelmente não é nada, Receptáculo. Os deuses precisam apenas ficar a par do clima político atual de T'Telir.

As palavras dele não trouxeram muito conforto a Siri. Ela sentiu um arrepio. Deveria fazer alguma coisa? Tentar fazer política em defesa de Idris?

— Receptáculo — chamou Treledees.

Ela olhou para ele. Seu chapéu pontudo era tão alto que tocava o topo do toldo. Em uma cidade tão cheia de cores e beleza, por algum motivo o rosto comprido de Treledees parecia mais sombrio devido ao contraste.

— Sim?

— Há uma questão um tanto delicada que receio que preciso discutir com a senhora.

— Do que se trata?

— A senhora está familiarizada com monarquias. De fato, é a filha de um rei. Imagino que saiba como é importante para um governo ter um plano seguro e estável para a sucessão.

— Imagino que sim.

— Consequentemente, a senhora entende que não é de pequena valia que um herdeiro seja providenciado o mais *rápido* possível.

Siri enrubesceu.

— Estamos trabalhando nisso.

— Com todo respeito, Receptáculo, há certo grau de discordância quanto a essa questão.

Siri corou ainda mais, seu cabelo ficando vermelho enquanto ela desviava o rosto daqueles olhos impiedosos.

— Tais conversas, naturalmente, estão limitadas àqueles dentro do palácio — acrescentou Treledees. — Pode confiar na discrição da nossa equipe e dos sacerdotes.

— Como sabem disso? — perguntou Siri, erguendo o olhar. — Quero dizer, sobre nós. Talvez *estejamos*... trabalhando nisso. Talvez vocês tenham seu herdeiro antes do que imaginam.

Treledees piscou uma vez, lentamente, fitando-a como se ela fosse um livro-razão a ser somado e contabilizado.

— Receptáculo, a senhora honestamente acha que aceitaríamos uma mulher estrangeira desconhecida e a colocaríamos tão próxima do mais sagrado dos nossos deuses sem vigiá-los?

Siri perdeu o fôlego, horrorizada por um momento. *Mas é óbvio! É óbvio que estavam observando. Para garantir que eu não machucasse o Rei-Deus, para fazer certas coisas ocorrerem de acordo com o plano.*

Ficar nua diante do seu marido já era ruim o bastante; ficar tão exposta diante de homens como Treledees — homens que a viam não como uma mulher, mas como um incômodo — parecia pior, de algum modo. Ela percebeu que seus ombros haviam caído, os braços envolvendo seu peito e o decote revelador do vestido.

— Agora — disse Treledees, se inclinando para ela —, nós entendemos que o Rei-Deus pode não ser o que a senhora esperava. Ele pode até ser... difícil de lidar. Contudo, a senhora é uma mulher, deveria saber como usar seus encantos para motivá-lo.

— Como posso "motivá-lo", se não posso falar com ele nem olhar para ele? — retrucou ela.

— Tenho certeza de que vai encontrar uma maneira. A senhora tem apenas uma tarefa nesse palácio. Quer ter certeza de que Idris está protegida?

Bem, dê ao sacerdócio do Rei-Deus o que desejamos, e seus rebeldes ganharão nossa apreciação. Meus colegas e eu temos uma influência razoável na corte e podemos fazer muito para proteger sua terra natal. Tudo que pedimos é que realize esse único dever. Dê-nos um herdeiro. Conceda estabilidade ao reino. Nem tudo em Hallandren é tão... coeso quanto parece à primeira vista.

Siri permaneceu com os ombros caídos, sem olhar para Treledees.

— Estou vendo que entendeu — disse ele. — Acho que... — ele parou de falar, voltando-se para o lado.

Uma procissão estava se aproximando da cabine de Siri. Seus membros usavam vermelho e dourado, e uma figura alta na frente fazia com que brilhassem com cores vibrantes.

Treledees franziu o cenho, então deu uma olhadela na direção de Siri.

— Conversaremos depois, se for necessário. Faça seu dever, Receptáculo. Ou haverá consequências.

Tendo dito isso, o sacerdote se retirou.

ELA NÃO PARECIA perigosa. Isso, mais do que qualquer outra coisa, deixou Canto-de-Luz inclinado a acreditar nas preocupações de Faz-Corar. *Estou na corte há tempo demais,* ele pensou enquanto abria um sorriso simpático para a rainha. *A vida toda, na verdade.*

Ela era uma coisinha pequena, muito mais jovem do que esperava. Mal era uma mulher. Pareceu intimidada quando ele assentiu para ela, esperando enquanto seus sacerdotes arrumavam sua mobília. Então ele se sentou e aceitou algumas uvas das serviçais da rainha, embora não estivesse com fome.

— Vossa Majestade — disse ele. — Com certeza é um prazer conhecê-la.

A garota hesitou.

— Com certeza?

— Jeito de falar, minha cara — explicou Canto-de-Luz. — Um tanto redundante... o que é apropriado, já que *eu* sou uma pessoa bem redundante.

A garota inclinou a cabeça. *Cores,* pensou Canto-de-Luz, lembrando-se de que ela mal havia terminado seu período de isolamento. *Eu provavelmente sou o único Retornado que ela conheceu, além do Rei-Deus. Que péssima primeira impressão.* Ainda assim, não havia nada a fazer quanto a isso. Canto-de-Luz era quem era. Fosse lá o que fosse.

— Estou feliz em conhecê-lo, Vossa Graça — disse a rainha lentamente. Ela se virou quando uma criada lhe sussurrou o nome dele. — Canto--de-Luz, O Ousado, Deus da Bravura — disse ela, sorrindo para ele.

Havia um ar de hesitação nela. Ou não havia sido treinada para situações formais — o que Canto-de-Luz achava difícil de acreditar, já que ela havia sido criada em um palácio — ou era uma ótima atriz. Ele franziu o cenho por dentro.

A chegada da mulher devia ter posto um fim às discussões sobre a guerra, mas em vez disso só as exacerbara. Ele manteve os olhos abertos, pois temia as imagens de destruição que veria se sequer piscasse. As cenas ficavam à espreita, como os Fantasmas de Kalad, pairando logo além da sua visão.

Ele não podia aceitar aqueles sonhos como previsões. Se o fizesse, significaria que ele *era* um deus. E, se fosse esse o caso, então tinha muito medo por todos eles.

Por fora, apenas deu à rainha seu terceiro sorriso mais charmoso e jogou uma uva na boca.

— Não precisa ser tão formal, Vossa Majestade. Logo vai perceber que, entre os Retornados, sou de longe o menos importante. Se vacas pudessem Retornar, elas sem dúvida estariam acima de mim.

Ela hesitou outra vez, obviamente sem saber como lidar com ele. Era uma reação comum.

— Posso perguntar qual é a natureza da sua visita? — indagou ela.

Formal demais. Não estava relaxada. Desconfortável perto de gente do alto escalão. Seria possível que ela *fosse* genuína? Não. Provavelmente era uma atuação para pegá-lo desprevenido. Para que ele a subestimasse. Ou estaria pensando demais?

Cores a levem, Faz-Corar! Eu realmente não quero fazer parte disso.

Ele quase recuou. Mas isso não seria muito simpático de sua parte — e, contrariando algumas coisas que ele dizia, Canto-de-Luz *gostava* de ser simpático. *É melhor ser gentil,* ele pensou, sorrindo despreocupado para si mesmo. *Desse modo, se algum dia ela assumir o controle do reino, talvez mande cortar minha cabeça por último.*

— Quer saber a natureza da minha visita? Acredito que ela não tem natureza, Vossa Majestade, além de parecer natural... No que eu já falhei ao fitá-la por tempo demais enquanto pensava sobre seu lugar nessa confusão.

A rainha franziu a testa novamente.

Canto-de-Luz levou uma uva à boca.

— Coisinhas maravilhosas — disse ele, segurando outra. — Deliciosamente doces, envoltas nas próprias embalagens. Na verdade, são enganadoras. Rígidas e secas por fora, mas tão aprazíveis por dentro. Não acha?

— Nós... não temos muitas uvas em Idris, Vossa Graça.

— Eu sou exatamente o oposto, sabe? Fofo e bonito por fora, sem nada de grande importância por dentro. Mas acho que isso não vem ao caso. Você, minha cara, é uma visão muito bem-vinda. Muito mais do que uma uva.

— Eu... Como assim, Vossa Graça?

— Não temos uma rainha há muito tempo — disse Canto-de-Luz. — Desde antes do meu Retorno, na verdade. E o velho Susebron lá em cima *realmente* andava tristinho pelo palácio nos últimos tempos. Com um ar abandonado. É bom que haja uma mulher na vida dele.

— Obrigada pelo cumprimento, Vossa Graça — disse a rainha.

— De nada. Posso inventar mais alguns, se desejar.

Ela ficou em silêncio.

Bem, então é isso, ele pensou, suspirando. *Faz-Corar estava certa. Eu provavelmente não deveria ter vindo.*

— Muito bem — disse a rainha, o cabelo subitamente ficando vermelho enquanto ela jogava as mãos para o ar. — *O que* está acontecendo aqui?

Ele hesitou.

— Como assim, Vossa Majestade?

— Você está zombando de mim?

— Provavelmente.

— Mas você deveria ser um deus! — disse ela, se inclinando para trás, olhando para o alto do toldo. — Justamente quando pensei que as coisas nessa cidade estavam começando a fazer sentido, os sacerdotes começam a gritar comigo, então você aparece! O que eu deveria fazer a seu respeito? Parece mais um garotinho do que um deus!

Canto-de-Luz hesitou, então se recostou no seu assento, sorrindo.

— Você me pegou — disse ele, abrindo as mãos. — Eu matei o deus de verdade e tomei seu lugar. Vim pedir o resgate dele em doces.

— Aí está — disse a rainha, apontando para ele. — Você não deveria ser... Eu não sei, distinto ou algo assim?

Ele ergueu as mãos.

— Minha cara, aqui em Hallandren, isso é considerado distinto.

Ela não pareceu convencida.

— Estou, é claro, mentindo descaradamente — continuou ele, comendo mais uma uva. — Não baseie sua opinião sobre os outros no que achar de mim. Eles são muito mais divinos do que eu.

A rainha se recostou na cadeira.

— Pensei que você fosse o deus da bravura.

— Tecnicamente.

— Você me parece mais o deus dos bufões.

— Eu me candidatei à posição, mas fui recusado. Devia ver a pessoa que escolheram para o trabalho. Sem graça como uma pedra, e duas vezes mais feio.

A rainha hesitou.

— Eu não estava mentindo dessa vez — observou Canto-de-Luz. — Pai--do-Riso, deus das gargalhadas. Se já houve um deus menos apropriado para sua posição do que eu, é ele.

— Eu não entendo você — disse ela. — Parece que há *muita coisa* que eu não entendo nesta cidade.

Essa mulher não é falsa, pensou Canto-de-Luz, fitando seus olhos jovens e confusos. *Ou, se é, então é a melhor atriz que já vi.*

Isso significava alguma coisa; algo importante. Era possível que houvesse motivos mundanos para que aquela garota tivesse sido mandada no lugar da sua irmã. Talvez uma doença na filha mais velha. Mas Canto-de-Luz não acreditava nisso. Ela fazia parte de alguma coisa. Um complô, ou talvez vários. E, não importava quais fossem esses complôs, *ela* nada sabia sobre isso.

Fantasmas de Kalad!, praguejou Canto-de-Luz mentalmente. *Essa criança vai ser despedaçada e dada de comer aos lobos!*

Mas o que poderia fazer em relação a isso? Ele suspirou e se levantou, fazendo com que seus sacerdotes começassem a embalar suas coisas. A garota observou, confusa, quando ele assentiu para ela, oferecendo um débil sorriso de despedida. Ela se levantou e fez uma pequena mesura, embora provavelmente não precisasse. Ela era sua rainha, mesmo que não fosse uma Retornada.

Canto-de-Luz virou-se para partir, então parou, recordando seus primeiros meses na corte e a confusão que sentira. Ele estendeu o braço e pousou uma das mãos no ombro dela, com gentileza.

— Não se deixe abalar por eles, menina — sussurrou.

Tendo dito isso, se retirou.

17

VIVENNA CAMINHAVA RUMO À casa de Lemex, dissecando a discussão que ouvira na Corte dos Deuses. Seus tutores a instruíram que as discussões na Assembleia da Corte nem sempre levavam à ação; só porque falavam de guerra, não significava que fosse acontecer.

O debate, contudo, parecia mais significativo para Vivenna. Era passional demais, com um número demasiado de vozes para um lado. Isso era um sinal de que seu pai estava certo. A guerra era inevitável.

Ela caminhava com a cabeça baixa, ao longo de uma rua quase deserta. Estava começando a aprender que podia evitar as grandes massas caminhando pelas áreas mais residenciais da cidade. Ao que parecia, o povo de T'Telir gostava de estar onde todo mundo estava.

A rua ficava em uma vizinhança rica e possuía uma calçada de ardósia, que permitia uma caminhada agradável. Parlin andava atrás dela, às vezes fazendo uma pausa para estudar samambaias ou palmeiras. Os hallandreanos gostavam de plantas; a maioria dos lares era sombreada por árvores, vinhas e arbustos exóticos. Em Idris, cada uma das casas grandes ao longo daquela rua teria sido considerada uma mansão, mas ali eram apenas de tamanho médio — provavelmente casas de comerciantes.

Preciso permanecer concentrada. Hallandren vai atacar em breve? Ou esse é apenas um prelúdio de algo ainda a meses, talvez anos, de distância?

A ação verdadeira não ocorreria até que os deuses votassem, e Vivenna não sabia ao certo o que seria necessário para levá-los até aquele ponto. Ela sacudiu a cabeça. Só um dia em T'Telir, e já sabia que seu treinamento e seus professores não a tinham preparado tão bem quanto imaginara.

Ela se sentia uma ignorante. E isso fazia com se sentisse muito perdida. Não era a mulher confiante e competente que pensara ser. A verdade assustadora era que, se ela houvesse sido enviada para se tornar a esposa do Rei-Deus, seria quase tão ineficaz e estaria quase tão confusa quanto indubitavelmente era o caso da pobre Siri.

Viraram a esquina, Vivenna confiando no incrível senso de direção de Parlin para levá-los de volta à casa de Lemex, e passaram sob o olhar de uma das silenciosas estátuas de um D'Denir. O orgulhoso guerreiro estava com a espada erguida acima da cabeça de pedra, sua armadura — esculpida na estátua — ornamentada por um cachecol vermelho tremulando ao redor do seu pescoço. Ele parecia dramático, como se estivesse indo gloriosamente para a guerra. Não demorou muito até que se aproximassem dos degraus da casa de Lemex. Mas Vivenna gelou quando viu que a porta estava pendendo de uma dobradiça. A parte inferior estava rachada, como se alguém houvesse lhe dado um chute forte.

Parlin a alcançou, então sibilou e levantou a mão esquerda para que ela ficasse em silêncio. Sua mão direita foi até a longa faca de caça no cinto, e ele olhou ao redor. Vivenna deu um passo para trás, seus nervos formigando de vontade de fugir. Mas para onde iria? Os mercenários eram sua única conexão na cidade. Denth e Tonk Fah seriam capazes de lidar com um ataque, certo?

Seus sentidos BioCromáticos a alertaram de que alguém estava se aproximando do outro lado da porta. Ela pousou uma das mãos no braço de Parlin e se preparou para sair correndo.

Denth abriu a porta quebrada e enfiou a cabeça para fora.

— Ah. São vocês.

— O que aconteceu? — perguntou ela. — Vocês foram atacados?

Denth olhou para a porta e deu uma risadinha.

— Que nada — disse ele, escancarando a porta e acenando para que ela entrasse.

Através da porta quebrada, ela pôde ver que a mobília estava despedaçada, que havia buracos nas paredes, e os quadros estavam cortados e quebrados. Denth entrou de volta, chutando o estofamento de uma almofada, e foi até as escadas. Vários dos degraus haviam sido quebrados.

Ele olhou de volta para ela, notando sua confusão.

— Bem, nós *dissemos* que íamos revistar a casa, princesa. Achamos melhor fazer um bom trabalho.

VIVENNA SE SENTOU com todo o cuidado, quase esperando que a cadeira desabasse sob ela. Tonk Fah e Denth foram *muito* minuciosos na busca — parecia que haviam quebrado cada pedaço de madeira na casa, incluindo as pernas das cadeiras. Felizmente, a cadeira atual parecia estar firme, e suportou seu peso.

A mesa diante dela — a de Lemex — estava quebrada. As gavetas haviam sido removidas para revelar um fundo falso, o compartimento esvaziado. Uma pilha de papéis e várias bolsas estavam sobre o tampo.

— Isso é tudo — declarou Denth, apoiado na entrada do cômodo.

Tonk Fah descansava em um sofá quebrado, seu estofamento vazando.

— Vocês precisavam quebrar tanta coisa? — perguntou Vivenna.

— Tínhamos que garantir. — Denth deu de ombros. — A senhora ficaria surpresa onde as pessoas escondem coisas.

— Dentro da porta da frente? — perguntou Vivenna friamente.

— A *senhora* teria pensado em olhar ali?

— É claro que não.

— Então me parece um ótimo lugar para esconder algo. Nós batemos e achamos que tinha um espaço oco. Acabou que era uma seção de madeira diferente, mas era importante conferir.

— As pessoas são muito inventivas na hora de esconder coisas importantes — disse Tonk Fah com um bocejo.

— Sabe o que mais detesto no trabalho de mercenário? — perguntou Denth, levantando a mão.

Vivenna ergueu uma sobrancelha.

— Farpas — disse ele, sacudindo vários dedos vermelhos.

— Não há pagamento de insalubridade para isso — acrescentou Tonk Fah.

— Ah, agora vocês estão só sendo bobos — disse Vivenna, vasculhando os itens na mesa.

Uma das bolsas tilintou sugestivamente. Vivenna desfez o nó do cordão e a abriu. Ouro cintilava lá dentro. Uma grande quantidade.

— Tem um pouco mais de cinco mil marcos aí — disse Denth preguiçosamente. — Lemex escondia dinheiro por toda a casa. Encontrei uma barra de ouro na perna dessa sua cadeira.

— Ficou mais fácil quando achamos o papel que ele usou para se lembrar de onde havia escondido tudo — observou Tonk Fah.

— *Cinco mil marcos?* — disse Vivenna, sentindo o cabelo clarear um pouco com o choque.

— Parece que o velho Lemex estava fazendo um pé-de-meia e tanto — comentou Denth, com uma risadinha. — Isso, junto com a quantidade de Respiração que ele tinha... Ele deve ter extorquido ainda mais de Idris do que eu havia imaginado.

Vivenna olhou fixamente para a bolsa. Então se voltou para Denth.

— Você... a entregou para mim. Podia ter pegado e gastado tudo!

— Na verdade, gastamos — disse Denth. — Pegamos cerca de dez moedinhas para o almoço. Deve chegar a qualquer momento.

Vivenna o olhou nos olhos.

— É disso que eu estava falando, hein, Tonks? — disse Denth, dando uma olhada para o homem maior. — Se eu fosse, digamos, um mordomo, ela estaria olhando para mim desse jeito? Só porque eu não peguei o dinheiro e fugi? Por que todo mundo espera que um mercenário vá roubá-los?

Tonk Fah grunhiu e se esticou de novo.

— Dê uma olhada nesses papéis, princesa — disse Denth, chutando o sofá de Tonk Fah, e então indicou a porta. — Vamos esperar pela senhora lá embaixo.

Vivenna viu-os se retirar, Tonk Fah resmungando ao se levantar, pedaços de estofamento grudados nas suas roupas. Eles desceram pesadamente pelas escadas, e logo ela ouviu barulho de pratos. Eles provavelmente tinham pedido uma refeição a um dos garotos de rua que passavam de vez em quando gritando que entregavam comida para um restaurante local.

Vivenna não se moveu. Estava cada vez mais incerta do seu propósito na cidade. Mas ainda tinha Denth e Tonk Fah, e, para sua surpresa, percebeu que estava se apegando a eles. Quantos soldados do exército do seu pai — bons homens, todos eles — teriam sido capazes de resistir à ideia de fugir com cinco mil marcos? Aqueles mercenários eram mais profundos do que demonstravam.

Ela voltou sua atenção para os livros, cartas e papéis na mesa.

VÁRIAS HORAS DEPOIS, Vivenna ainda estava sentada sozinha, uma vela solitária ardendo e pingando cera sobre o canto da mesa quebrada. Havia parado de ler há muito tempo. Um prato de comida intocado estava junto da porta, trazido mais cedo por Parlin.

Cartas jaziam espalhadas sobre a mesa diante dela. Havia levado tempo para colocá-las em ordem. A maioria fora escrita na letra familiar de seu pai. Não a letra do escriba do rei; a letra do seu *próprio* pai. Isso havia sido sua primeira pista. Ele só escrevia por conta própria suas comunicações mais pessoais ou mais secretas.

Vivenna manteve o cabelo sob controle. Ela deliberadamente inspirou e expirou. Não olhou, através da janela escurecida, para as luzes de uma cidade que já deveria estar dormindo. Apenas ficou ali sentada.

Entorpecida.

A carta final — a última antes da morte de Lemex — estava no topo da pilha. Fora escrita há poucas semanas.

Meu amigo,

Nossas conversas me preocuparam mais do que gostaria de admitir. Conversei bastante com Yarda. Não vemos outra solução.

A guerra está chegando. Todos sabemos disso agora. As discussões contínuas e cada vez mais vigorosas na Corte dos Deuses mostram uma tendência perturbadora. O dinheiro que enviamos a você para que compresse Respiração suficiente para participar dessas reuniões foi um dos meus melhores investimentos.

Todos os sinais apontam para a inevitabilidade da invasão dos Sem-Vida de Hallandren às nossas montanhas. Portanto, concedo-lhe a permissão de fazer o que discutimos. Quaisquer perturbações que possa causar na cidade — quaisquer atrasos que possa conquistar para nós — serão de grande valia. Os fundos adicionais que solicitou já devem ter chegado a essa altura.

Meu amigo, devo admitir uma fraqueza minha. Jamais serei capaz de enviar Vivenna para ser uma refém nesse ninho de dragões que é essa cidade. Enviá-la seria o mesmo que matá-la, e não posso fazer isso. Ainda que saiba que seria o melhor para Idris.

Ainda não sei ao certo o que farei. Não vou enviá-la, pois a amo demais. Contudo, romper o tratado lançaria a fúria de Hallandren contra meu povo ainda mais rápido. Temo que terei que fazer uma escolha muito difícil nos próximos dias.

Mas essa é a essência do dever de um rei.

Até nossa próxima correspondência,

Dedelin, seu soberano e amigo.

Vivenna desviou o olhar da carta. O cômodo estava silencioso demais. Ela queria gritar com a carta e com seu pai, que agora estava tão distante. Mas não podia. Havia sido treinada para reagir melhor. Chiliques eram exibições inúteis de arrogância.

Não chamar atenção para si. Não se colocar acima dos outros. Quem se elevar será derrubado. Mas e o homem que assassinava uma das filhas para salvar a outra? O homem que alegava — na sua cara — que a troca fora por outros motivos? Que fora pelo bem de Idris? Que não tinha nada a ver com favoritismo?

E o rei que havia traído os principais dogmas da sua religião ao comprar Respiração para um dos seus espiões?

Vivenna deixou cair uma lágrima, então cerrou os dentes, com raiva de si mesma e do mundo. Seu pai supostamente era um bom homem. O rei perfeito. Sábio e inteligente, sempre seguro de si, e sempre com razão.

O homem que ela vira naquelas cartas era muito mais humano. Por que deveria ficar tão chocada ao descobrir isso?

Não importa, ela disse a si mesma. *Nada disso importa.* Facções no governo hallandreano estavam mobilizando a nação para a guerra. Lendo as palavras sinceras do seu pai, ela finalmente acreditou por completo nele. As tropas de Hallandren provavelmente marchariam contra sua terra natal antes do fim do ano. E então os hallandreanos — tão coloridos mas tão enganadores — manteriam Siri refém e ameaçariam matá-la, a menos que Dedelin se rendesse.

O pai dela não abdicaria do seu reino. Siri seria executada.

E é isso *que estou aqui para impedir*, pensou Vivenna. Suas mãos se fecharam, agarrando as bordas da mesa, seu queixo firme. Ela limpou a lágrima traidora. Seus tutores a treinaram para ser forte, mesmo quando cercada por uma cidade desconhecida e seu povo. Ela tinha trabalho a fazer.

Levantou-se, deixando as cartas na mesa com a bolsa de ouro e o diário de Lemex. Desceu as escadas, evitando os degraus quebrados, até a sala onde os mercenários ensinavam a Parlin um jogo que usava cartas de madeira. Os três homens levantaram os olhos quando Vivenna se aproximou. Ela se acomodou com cuidado no chão, sentando-se com as pernas sob o corpo em uma postura recatada.

Ela olhou-os nos olhos ao falar.

— Eu sei de onde veio parte do dinheiro de Lemex. Idris e Hallandren logo entrarão em guerra. Devido a essa ameaça, meu pai deu recursos muito maiores para Lemex do que eu havia pensado. Ele mandou dinheiro suficiente para que Lemex comprasse cinquenta Respirações, para permitir que ele adentrasse a corte e relatasse sobre seus atos. Obviamente, meu pai não sabia que Lemex já *possuía* uma quantidade considerável de Respiração.

Os três homens se calaram. Tonk Fah olhou para Denth, que se recostou, apoiando-se em uma cadeira quebrada e virada.

— Acredito que Lemex ainda fosse leal a Idris — disse ela. — Seus escritos pessoais deixam isso relativamente claro. Ele não era um traidor; era apenas ganancioso. Ele queria o máximo de Respiração possível porque ouviu falar que isso estendia a vida de uma pessoa. Lemex e meu pai haviam planejado atrapalhar as preparações internas de Hallandren para a guerra. Lemex prometeu que encontraria uma maneira de sabotar os exércitos dos

Sem-Vida, danificar os suprimentos da cidade e minar de modo geral a capacidade deles de partirem para a guerra. Para que pudesse realizar isso, meu pai lhe enviou uma grande soma de dinheiro.

— Cerca de cinco mil marcos? — indagou Denth, esfregando o queixo.

— Menos que isso — disse Vivenna. — Mas uma boa soma mesmo assim. Acredito que você tinha razão sobre Lemex, Denth... Ele estava roubando da Coroa há algum tempo.

Parlin pareceu confuso, o que não era incomum. Os mercenários, contudo, não pareciam surpresos.

— Eu não sei se Lemex pretendia fazer o que meu pai pediu — continuou Vivenna, mantendo a voz equilibrada. — A maneira como ele escondeu o dinheiro, algumas das coisas que escreveu... Bem, talvez ele estivesse finalmente planejando virar um traidor e fugir. Não podemos saber o que ele teria decidido, mas temos uma lista vaga de coisas que ele planejava realizar. Esses planos foram convincentes o bastante para persuadir meu pai, e a urgência das cartas dele também me persuadiu. Vamos continuar o trabalho de Lemex e minar a capacidade de Hallandren de ir para a guerra.

A sala ficou em silêncio.

— E... sua irmã? — perguntou Parlin por fim.

— Nós vamos resgatá-la — disse Vivenna com firmeza. — O salvamento e a segurança dela são nossa prioridade.

— Isso tudo é mais fácil de falar do que de fazer, princesa — disse Denth.

— Eu sei.

Os mercenários se entreolharam.

— Muito bem, então — disse Denth, se levantando. — Melhor voltar ao trabalho. — Ele acenou com a cabeça para Tonk Fah, que suspirou e resmungou enquanto ficava de pé. — Imaginei que, quando visse aqueles papéis, você fosse querer prosseguir — comentou Denth, se espreguiçando. — Agora que sei o que ele estava tramando, posso deduzir por que nos mandou fazer algumas coisas. Uma delas foi entrar em contato e apoiar algumas facções rebeldes aqui na cidade, incluindo uma que foi esmagada algumas semanas atrás. Um culto de insatisfação centrado em um sujeito chamado Vahr.

— Sempre me perguntei por que Lemex dava apoio a ele — disse Tonk Fah.

— Aquela facção está morta — disse Denth —, assim como o próprio Vahr. Mas muitos dos seus seguidores ainda estão por aí. Esperando uma oportunidade de causar problemas. Podemos entrar em contato com eles. Há algumas outras pistas que podemos investigar, coisas que Lemex não explicou completamente, mas que acho que posso descobrir.

— E... vocês conseguem lidar com algo assim? — perguntou Vivenna. — Acabou de dizer que não seria fácil.

Denth deu de ombros.

— Não vai ser. Mas, se ainda não percebeu, foi para esse tipo de coisa que Lemex nos contratou. Uma equipe de três mercenários especialistas, de alto preço, não é exatamente o tipo de coisa que se mantém por perto para servir o chá.

— A menos que se queira que o chá seja enfiado em algum lugar desconfortável — acrescentou Tonk Fah.

Três mercenários?, pensou Vivenna. *É mesmo, há um terceiro. Uma mulher.*

— Onde está o terceiro membro da sua equipe?

— Joias? — perguntou Denth. — Vai conhecê-la em breve.

— Infelizmente — comentou Tonk Fah entredentes.

Denth deu uma cotovelada no amigo.

— Por enquanto, vamos sair de novo e ver como andam os nossos projetos. Junte o que quiser dessa casa. Vamos nos mudar amanhã.

— Vamos nos mudar? — repetiu Vivenna.

— A menos que queira dormir em um colchão que Tonk Fah rasgou em cinco pedaços — observou Denth. — Ele tem alguma coisa contra colchões.

— E cadeiras — disse Tonk Fah alegremente. — E mesas, e portas, e paredes, na verdade. Ah, e pessoas.

— De qualquer modo, princesa — disse Denth —, esse edifício era bem conhecido pelas pessoas que trabalhavam com Lemex. Como você descobriu, ele não era exatamente o sujeito mais honesto do mundo. Duvido que queira lidar com as consequências de ser associada a ele.

— É melhor se mudar para outra casa — concordou Tonk Fah.

— Vamos tentar não quebrar tanta coisa na próxima — disse Denth.

— Mas não prometo nada. — Tonk Fah deu uma piscadela.

E então os dois saíram.

18

SIRI ESTAVA DIANTE DA porta do quarto do marido, se remexendo nervosamente. Como de costume, Dedos-Azuis estava ao lado dela, e era a única outra pessoa no corredor. Ele escrevia no seu bloco, sem fornecer nenhuma indicação de como sempre sabia quando era hora de entrar.

Daquela vez, ela não se incomodou com o atraso, por mais ansiosa que estivesse. Isso lhe deu mais tempo para pensar sobre o que ia fazer. Os eventos do dia ainda ressoavam em sua cabeça: Treledees dizendo a ela que precisava fornecer um herdeiro. Canto-de-Luz, o Ousado, dando voltas, então partindo com o que pareceu ser um adeus sincero. Seu rei e marido sentado na sua torre lá no alto, alterando a luz ao seu redor. Os sacerdotes abaixo discutindo se deveriam ou não invadir sua terra natal.

Um bocado de gente queria empurrá-la em diferentes direções, mas ninguém estava disposto a dizer a ela como fazer o que eles queriam — e alguns não se davam ao trabalho nem de dizer *o que* queriam. A única coisa que estavam conseguindo era irritá-la. Siri não era uma sedutora; não fazia ideia de como levar o Rei-Deus a desejá-la — sobretudo porque morria de medo de que ele de fato a desejasse.

O sumo sacerdote Treledees dera-lhe uma ordem. Sendo assim, ela pretendia mostrar para ele como respondia a ordens, particularmente quando estavam associadas a ameaças. Naquela noite, iria para o quarto do rei, se sentaria no chão e se recusaria a se despir. Ela confrontaria o Rei-Deus. Ele não a desejava. Bem, estava cansada de ter sua pele exposta ao olhar dele toda noite.

Pretendia explicar tudo isso para ele em termos bem claros: se desejasse vê-la nua novamente, teria que ordenar que os servos a despissem. Ela duvidava que ele fizesse isso. Não esboçara movimento algum na direção dela, e, quando presidira os debates da arena, não fizera mais do que se sentar e assistir. Ela estava captando uma nova impressão daquele Rei-Deus. Ele era um homem com tanto poder que havia se tornado preguiçoso. Era um homem que possuía tudo, e, assim, não se incomodava com nada; um homem que esperava que os outros fizessem tudo por ele. Pessoas como ele a irritavam. Lembrou-se de um capitão da guarda em Idris que insistia em fazer seus homens trabalharem duro enquanto passava as tardes jogando cartas.

Era hora de desafiar o Rei-Deus. Mais que isso, era hora de seus sacerdotes aprenderem que não podiam intimidá-la. Estava cansada de ser usada; naquela noite, ela reagiria. Essa era sua decisão. E, por todas as Cores, como isso a deixava nervosa.

Ela olhou para Dedos-Azuis. Por fim, conseguiu chamar sua atenção.

— Eles realmente me espiam toda noite? — perguntou ela, se inclinando para perto e sussurrando.

Ele fez uma pausa, empalidecendo um pouco. Olhou para os dois lados, então sacudiu a cabeça negativamente.

Ela franziu a testa. *Mas Treledees sabia que eu não tinha dormido com o Rei-Deus.*

Dedos-Azuis se aproximou mais.

— Eles nunca espiariam, Receptáculo — disse o homenzinho. — Lembre-se, o Rei-Deus é a mais sagrada das divindades. Vê-lo nu com sua esposa... não, eles não ousariam. Contudo, não se importariam de *escutar.*

Ela assentiu.

— Eles estão muito preocupados com um herdeiro.

Dedos-Azuis olhou para os lados nervosamente.

— Estou mesmo em perigo por causa deles? — perguntou ela.

Ele a encarou, então assentiu em um movimento brusco.

— Mais perigo do que imagina, Receptáculo.

Então ele recuou e gesticulou para a porta.

Você precisa me ajudar!, disse Siri para ele, só com o mover dos lábios.

Ele balançou a cabeça, levantando as mãos. *Não posso. Não agora.* Então abriu a porta, se curvou e partiu às pressas, olhando apreensivo sobre o ombro.

Siri olhou feio para ele. Em breve precisaria encurralá-lo e descobrir o que ele sabia. Até então, tinha outras pessoas para irritar. Ela se virou e olhou para dentro do quarto escuro. Seu nervosismo voltou.

Isso é prudente? Nunca se incomodara antes em ser beligerante. Ainda assim... sua vida não era como antes. O medo de Dedos-Azuis a deixara ainda mais tensa.

Rebeldia. Essa sempre fora sua maneira de conseguir atenção. Não havia sido obstinada por despeito; só era incapaz de se equiparar a Vivenna, então havia feito o oposto do que era esperado dela. Sua rebeldia havia funcionado no passado. Ou não? Seu pai vivera perpetuamente furioso com ela, e Vivenna sempre a tratara como uma criança. O povo da cidade a amava, mas de modo condescendente.

Não, pensou Siri de repente. *Não, não posso voltar a fazer isso. As pessoas neste palácio, nesta corte, não são do tipo que se pode desafiar só por irritação.* Caso desprezasse os sacerdotes do palácio, eles não iriam reclamar com ela, como seu pai fazia. Mostrariam o que de fato significava estar sob o poder deles.

Mas o que fazer, então? Ela não podia continuar tirando a roupa e se ajoelhando nua no chão, podia?

Sentindo-se confusa e um pouco zangada consigo mesma, adentrou o quarto escuro e fechou a porta. O Rei-Deus aguardava no seu canto, oculto pelas sombras, como sempre. Siri olhou para ele, fitando seu rosto calmo demais. Ela sabia que devia se despir e se ajoelhar, mas não fez isso.

Não por rebeldia. Não por irritação ou petulância. Mas porque estava cansada de ficar especulando. Quem era aquele homem que podia governar deuses e dobrar a luz com a força do seu BioCroma? Ele realmente não era nada além de um homem mimado e indolente?

Ele devolveu o seu olhar. Como antes, não ficou zangado com sua insolência. Encarando-o, Siri puxou os cordões do seu vestido, deixando o traje volumoso cair no chão. Ela levou as mãos aos ombros da sua combinação, mas hesitou.

Não, pensou. *Isso também não está certo.*

Ela baixou os olhos para a combinação; as bordas da peça branca se tornaram difusas, o branco sofrendo refração em várias cores. Ela fitou o rosto impassível do Rei-Deus.

Então, cerrando os dentes contra o nervosismo, Siri deu um passo à frente.

Ele ficou tenso. Ela podia perceber no canto de seus olhos e ao redor dos lábios. Ela deu outro passo adiante, o branco da combinação se dividindo em ainda mais cores prismáticas. O Rei-Deus não fez nada. Apenas a observava enquanto ela se aproximava cada vez mais.

Siri parou bem diante dele, então se virou e subiu na cama, sentindo a profunda maciez abaixo dela enquanto se arrastava até o meio do colchão. Sentou-se de joelhos e contemplou a parede de mármore negro com seu brilho de obsidiana. Os sacerdotes do Rei-Deus esperavam além das paredes, prestando atenção cuidadosamente para ouvir coisas que não eram da conta deles.

Isso vai ser excepcionalmente embaraçoso, pensou ela, respirando fundo. Mas havia sido forçada a se prostrar, nua, diante do Rei-Deus por mais de uma semana. Agora seria realmente a hora de começar a sentir timidez?

Ela começou a quicar na cama, fazendo as molas rangerem. Então, com uma careta de vergonha, começou a gemer.

Esperava que fosse convincente; não sabia realmente como deveria soar. E quanto tempo geralmente durava? Ela tentou fazer com que seus gemidos ficassem cada vez mais altos, seus pulos mais furiosos, durante o que imaginou ser uma quantidade apropriada de tempo. Então parou subitamente, soltou um gemido final e caiu de volta na cama.

Tudo ficou quieto. Ela levantou os olhos, fitando o Rei-Deus. Parte da sua máscara emocional havia suavizado, e ele exibia um ar bastante humano de confusão. Ela quase riu ao ver quão perplexo ele parecia, e meramente olhou-o nos olhos e sacudiu a cabeça. Então, com o coração batendo forte e a pele um pouco suada, deitou-se na cama para descansar.

Exausta dos eventos e intrigas do dia, não demorou para se pegar aconchegada no luxuoso cobertor, relaxando. O Rei-Deus a deixou em paz. De fato, a aproximação dela o deixara tenso, quase preocupado. Ou até mesmo com medo.

Não podia ser isso. Ele era o Deus e o Rei de Hallandren, e ela era apenas uma garota boba nadando em águas em que não chegava perto de dar pé. Não, ele não estava assustado. A própria ideia era suficiente para que ela tivesse vontade de gargalhar. Ela se conteve, mantendo a ilusão para os sacerdotes que escutavam enquanto ela caía no sono no conforto luxuoso da cama.

NA MANHÃ SEGUINTE, Canto-de-Luz não se levantou da cama. Seus servos estavam ao redor do perímetro do quarto, como um bando de pássaros esperando pelo alpiste. Assim que o meio-dia se aproximou, eles começaram a se remexer desconfortavelmente, se entreolhando.

Ele continuou na cama, olhando para o dossel vermelho e ornamentado dela. Alguns servos se aproximaram hesitantemente e colocaram uma bandeja de comida em cima da pequena mesa de cabeceira. Canto-de-Luz não estendeu a mão para ela.

Havia sonhado novamente com a guerra.

Finalmente, uma figura caminhou até a cama. De cintura larga e envolto na sua túnica sacerdotal, Llarimar olhou para seu deus, sem deixar transparecer nem uma gota da irritação que Canto-de-Luz tinha certeza de que ele estava sentindo.

— Deixem-nos a sós, por favor — solicitou Llarimar aos servos.

Eles hesitaram, inseguros. Quando um deus ficava sem seus servos?

— Por favor — repetiu Llarimar, embora seu tom indicasse que não era um pedido.

Lentamente, os servos saíram em fila do quarto. Llarimar deslocou a bandeja de comida, então se sentou na beirada da mesa baixa. Ele estudou Canto-de-Luz com uma expressão pensativa.

O que fiz para merecer um sacerdote como ele? Conhecia muitos dos sumos sacerdotes dos outros Retornados, e a maioria era insuportável em vários níveis. Alguns se zangavam facilmente, outros eram rápidos em apontar defeitos, e ainda outros eram tão eloquentemente efusivos para com seus deuses que chegava a ser enlouquecedor. Treledees, o sumo sacerdote do próprio Rei-Deus, era tão arrogante que fazia com que até mesmo *deuses* se sentissem inferiores.

E então havia Llarimar. Paciente, compreensivo. Ele merecia um deus melhor.

— Muito bem, Vossa Graça — falou Llarimar. — O que foi dessa vez?

— Estou doente — disse Canto-de-Luz.

— O senhor não fica doente, Vossa Graça.

Canto-de-Luz tossiu fracamente algumas vezes, fazendo Llarimar revirar os olhos.

— Ora, vamos lá, Afobado — disse Canto-de-Luz. — Não pode entrar um pouco na brincadeira?

— Entrar na brincadeira de que está doente? — perguntou Llarimar, parecendo achar um pouco de graça. — Vossa Graça, isso seria fingir que o senhor não é um deus. E não acredito que seja um bom precedente a ser estabelecido pelo seu sumo sacerdote.

— É a verdade — sussurrou Canto-de-Luz. — Eu não sou um deus.

Novamente, não houve sinal de irritação ou raiva de Llarimar. Ele se inclinou.

— Por favor, não diga tais coisas, Vossa Graça. Mesmo que o senhor não acredite, não deveria dizer isso.

— Por que não?

— Pelo bem dos muitos que *acreditam*.

— E eu deveria continuar a enganá-los?

Llarimar sacudiu a cabeça.

— Não é uma enganação. Não é tão incomum que outros tenham mais fé em uma pessoa do que essa pessoa tem em si mesma.

— E isso não lhe parece meio estranho, no meu caso?

Llarimar sorriu.

— Conhecendo seu temperamento, não, não parece. Agora, o que causou isso?

Canto-de-Luz se virou e olhou novamente para o teto.

— Faz-Corar quer meus Comandos para os Sem-Vida.

— Sim.

— Ela vai destruir aquela nossa nova rainha — continuou Canto-de-Luz. — Faz-Corar está preocupada que a família real idriana esteja tentando tomar o trono hallandreano.

— O senhor discorda?

Canto-de-Luz fez que não.

— Não. Provavelmente estão mesmo. Mas a questão é que não acho que a garota... a rainha... saiba que ela faz parte de algum esquema. Estou preocupado que Faz-Corar acabe com a menina só por medo, que ela seja agressiva demais e nos meta a todos em uma guerra, quando não sei se é a coisa certa a fazer.

— Parece que já tem uma boa compreensão do que está acontecendo, Vossa Graça — comentou Llarimar.

— Não quero fazer parte disso, Afobado. Estou me sentindo forçado a me envolver.

— Faz parte do seu dever estar envolvido, para que possa liderar seu reino. Não tem como evitar a política.

— Tenho, sim, se não sair da cama.

Llarimar levantou uma sobrancelha.

— O senhor não acredita nisso, acredita, Vossa Graça?

Canto-de-Luz suspirou.

— Você não vai me passar um sermão sobre como até mesmo minha inação tem efeitos políticos, vai?

Llarimar hesitou.

— Talvez. Goste ou não, o senhor faz parte do funcionamento desse reino... e produz efeitos, mesmo ficando na cama. Se não fizer nada, então os problemas serão tanto sua culpa como se os houvesse instigado.

— Não. Não, acho que está errado. Se eu não fizer nada, pelo menos não posso estragar tudo. Claro, posso *deixar* que tudo seja arruinado, mas não é a mesma coisa. Não é mesmo, independentemente do que digam.

— E se, ao agir, o senhor pudesse melhorar as coisas?

Canto-de-Luz sacudiu a cabeça.

— Não vai acontecer. Você me conhece, sabe disso.

— Conheço, Vossa Graça — replicou Llarimar. — Eu talvez o conheça melhor do que pensa. O senhor sempre foi um dos melhores homens que já conheci.

Canto-de-Luz revirou os olhos, mas parou, notando a expressão de Llarimar.

Um dos melhores homens que já conheci...

Canto-de-Luz se sentou.

— Você me conhecia! Foi por *isso* que escolheu ser meu sacerdote. Você me *conhecia* antes! Antes de eu morrer!

Llarimar nada disse.

— Quem eu era? — indagou Canto-de-Luz. — Um homem bom, diz você. O que fazia de mim um bom homem?

— Não posso dizer nada, Vossa Graça.

— Você já disse alguma coisa — retrucou Canto-de-Luz, levantando um dedo. — Pode muito bem continuar. Sem voltar atrás.

— Eu já falei demais.

— Vamos lá — pediu Canto-de-Luz. — Só um pouquinho. Eu era de T'Telir, então? Como foi que eu morri?

Quem é ela, a mulher que vejo em meus sonhos?

Llarimar não disse mais nada.

— Eu poderia ordená-lo a falar...

— Não, não poderia — disse Llarimar, sorrindo enquanto se levantava. — É como a chuva, Vossa Graça. O senhor pode *dizer* que quer ordenar o clima a mudar, mas, no fundo, não acredita nisso. O clima não lhe obedece, e tampouco eu lhe obedeceria.

Uma teologia bem conveniente, essa, pensou Canto-de-Luz. *Ainda mais se você quer esconder coisas dos seus deuses.*

Llarimar se virou para partir.

— O senhor tem Oferendas esperando para serem julgadas, Vossa Graça. Sugiro que permita que seus servos o banhem e o vistam para que possa dar início ao trabalho do dia.

Canto-de-Luz suspirou, se espreguiçando. *Como exatamente ele fez isso comigo?* Llarimar não havia realmente revelado coisa alguma, mas Canto-de-Luz superara seu ataque de melancolia. Ele olhou Llarimar de soslaio enquanto o sacerdote chegava à porta e acenava para que os servos voltassem. Talvez lidar com divindades emburradas fosse parte da descrição do trabalho dele.

Mas... ele me conhecia antes, pensou Canto-de-Luz. *E agora é meu sacerdote. Como isso aconteceu?*

— Afobado — chamou Canto-de-Luz, atraindo a atenção do sacerdote. Llarimar se voltou, desconfiado, obviamente esperando que Canto-de-Luz tentasse investigar mais sobre seu passado.

— O que eu devo fazer? Em relação a Faz-Corar e a rainha?

— Não posso dizer, Vossa Graça. Sabe, é com o *senhor* que aprendemos. Se eu o guiasse, então não ganharíamos nada.

— Exceto talvez a vida de uma moça que está sendo usada como um peão.

Llarimar hesitou.

— Faça o seu melhor, Vossa Graça. Isso é tudo que posso sugerir.

Que ótimo, pensou Canto-de-Luz, levantando-se.

Ele não sabia o que era seu melhor.

A verdade era que nunca se dera ao trabalho de descobrir.

19

ISSO É ÓTIMO — DISSE Denth, dando uma olhada na casa. — Painéis fortes de madeira. Vão quebrar bem direitinho.

— É — concordou Tonk Fah, espiando em um armário. — E tem bastante espaço para armazenamento. Aposto que poderíamos esconder uma boa meia dúzia de corpos só aqui.

Vivenna olhou para os dois mercenários, e eles riram. A casa não era tão boa quanto a de Lemex; ela não queria ser ostentosa. Era uma entre muitas que haviam sido construídas em uma fileira ao longo de uma rua bem cuidada. Mais comprida do que larga, a construção era cercada dos dois lados por grandes palmeiras que obscureceriam a vista de alguém que tentasse espiar dos prédios vizinhos.

Estava satisfeita. Parte dela hesitava em viver em uma casa que era — apesar de modesta, segundo os padrões de Hallandren — quase tão grande quanto o palácio do rei em Idris. Contudo, ela e Parlin haviam conferido e rejeitado as áreas mais pobres da cidade. Ela não queria viver em um lugar onde sentisse medo de sair à noite, especialmente porque estava preocupada que sua Respiração a tornasse um alvo.

Desceu pela escadaria, seguida pelos mercenários. A casa tinha três andares — um pequeno andar superior com quartos de dormir, o piso principal, com cozinha e sala de estar, e um porão para armazenamento. Tinha pouca mobília, e Parlin fora ao mercado para comprar mais. Ela não queria gastar o dinheiro, mas Denth argumentou que eles deviam pelo menos *tentar* manter as aparências, para não chamar mais atenção.

— A casa do velho Lemex vai ter fim em breve — disse Denth. — Nós deixamos algumas dicas no submundo, mencionando que o velho estava morto. Tudo que não saqueamos, alguma gangue de gatunos vai pegar esta noite. Amanhã, a guarda da cidade vai chegar lá e botará a culpa de tudo nos ladrões. Nós pagamos a enfermeira, e ela nunca soube mesmo a verdadeira identidade de Lemex. Quando ninguém aparecer para pagar pelos serviços funerários, as autoridades vão se apossar da casa e cremarão o corpo junto com os de outros devedores.

Vivenna parou no fim das escadas, empalidecendo.

— Isso não parece muito respeitoso.

Denth deu de ombros.

— O que a senhora quer fazer? Ir até o necrotério para reconhecê-lo? Dar a ele um enterro idriano?

— Boa maneira de conseguir que as pessoas façam perguntas — disse Tonk Fah.

— É melhor deixar que outros lidem com isso — sugeriu Denth.

— Suponho que sim — disse Vivenna, se afastando das escadas e caminhando até a sala de estar. — É que isso me incomoda, deixar o corpo aos cuidados de...

— De quê? — disse Denth, achando graça. — Pagãos?

Vivenna não olhou para ele.

— O velho não parecia se importar muito com os modos pagãos — observou Tonk Fah. — Não com o número de Respirações que ele possuía. Mas também, não foi o seu papai que deu a ele o dinheiro para comprá-las?

Vivenna fechou os olhos.

Você possui essas mesmas Respirações, disse a si mesma. *Não está inocente em tudo isso.*

Ela não tivera escolha. Só podia torcer para que seu pai achasse que estava em uma posição similar — sem opção, a não ser fazer o que parecia errado.

Sem uma cadeira para se sentar, Vivenna arranjou o vestido e se ajoelhou no chão de madeira, com as mãos no colo. Denth e Tonk Fah se sentaram de costas para a parede, parecendo tão confortáveis no piso de madeira dura quanto em cadeiras macias.

— Tudo bem, princesa — disse Denth, desdobrando um papel do bolso. — Temos alguns planos para a senhora.

— Então continue, por favor.

— Primeiro, nós podemos arranjar uma reunião com alguns dos aliados de Vahr.

— Quem foi exatamente esse homem? — perguntou Vivenna, franzindo a testa. Não gostava da ideia de trabalhar com revolucionários.

— Vahr era um trabalhador nos campos de tinturas — explicou Denth. — As coisas podem ficar bem ruins nesses campos... horas longas de trabalho, pouco mais do que comida como pagamento. Cerca de cinco anos atrás, Vahr teve a brilhante ideia de que, se pudesse convencer um número suficiente de trabalhadores a lhe entregarem sua Respiração, poderia ser capaz de usar o poder para começar uma revolta contra os capatazes. Ele se tornou um herói para as pessoas nas plantações de flores das fronteiras, a ponto de chamar a atenção da Corte dos Deuses.

— Ele nunca teve a chance de começar uma rebelião de verdade — disse Tonk Fah.

— Então, de que os homens dele nos adiantam? — perguntou Vivenna. — Se eles nunca tiveram chance de vencer.

— Bem — disse Denth —, a senhora não falou sobre uma rebelião ou algo do gênero. Só quer dificultar que Hallandren vá para a guerra.

— Revoltas nos campos seriam um problema durante a guerra — sugeriu Tonk Fah.

Vivenna assentiu.

— Tudo bem. Vamos nos encontrar com eles.

— Mas para a sua informação, princesa, eles não são... sujeitos particularmente sofisticados — advertiu Denth.

— Eu não me ofendo com a pobreza ou com pessoas de poucos recursos. Austre vê a todos como iguais.

— Eu não quis dizer isso — replicou Denth, esfregando o queixo. — Não é que eles sejam camponeses, é que... Bem, quando a pequena insurreição de Vahr deu errado, essas foram as pessoas inteligentes o bastante para meterem o pé. Isso significa que não estavam tão comprometidas com ele, em primeiro lugar.

— Em outras palavras — disse Tonk Fah —, eles eram na verdade um bando de bandidos e chefes do crime que achavam que Vahr poderia ser a fonte de alguma influência ou dinheiro fáceis.

Que ótimo, pensou Vivenna.

— E nós queremos nos associar a pessoas como essas?

Denth deu de ombros.

— Temos que começar por algum lugar.

— As outras coisas na lista são um pouco mais divertidas — disse Tonk Fah.

— E o que seriam? — indagou Vivenna.

— Atacar o armazém onde ficam os Sem-Vida, por exemplo — disse Denth com um sorriso. — Não seremos capazes de matar as criaturas... não sem atrair o resto deles para cima de nós. Mas podemos estragar a maneira como aquelas coisas funcionam.

— Isso parece perigoso — comentou Vivenna.

Denth olhou para Tonk Fah, que abriu os olhos. Eles compartilharam um sorriso.

— O que foi? — quis saber Vivenna.

— Taxa de insalubridade — disse Tonk Fah. — Podemos não roubar o seu dinheiro, mas não temos nada contra cobrar bem caro por façanhas extremamente perigosas!

Vivenna revirou os olhos.

— Além disso — acrescentou Denth —, até onde eu sei, Lemex queria minar o suprimento de comida da cidade. Não é uma má ideia. Os Sem-Vida não precisam comer, mas os humanos que formam a estrutura de suporte do exército, sim. Se interrompermos o suprimento, talvez as pessoas daqui comecem a se preocupar se podem bancar uma guerra de longo prazo.

— Isso parece mais razoável — disse Vivenna. — O que vocês planejaram?

— Atacar caravanas de comerciantes — respondeu Denth. — Queimar as coisas, fazer com que percam dinheiro. Vai parecer que foram bandidos, ou talvez o resto dos apoiadores de Vahr. Isso deve confundir as pessoas em T'Telir, e talvez dificultar a ida dos sacerdotes para a guerra.

— Os sacerdotes têm muitos negócios na cidade — acrescentou Tonk Fah. — Eles têm todo o dinheiro, então tendem a possuir os suprimentos. Se queimarmos as coisas que eles pretendiam usar na guerra, estarão menos confiantes para atacar. Isso vai dar mais tempo para seu povo.

Vivenna engoliu em seco.

— Seus planos são um pouco mais... violentos do que eu havia previsto.

Os mercenários se entreolharam.

— Sabe — disse Denth —, é nesse tipo de coisa que ganhamos nossa má reputação. As pessoas nos contratam para fazer coisas difíceis... como minar a capacidade de um país de guerrear... então reclamam que somos violentos demais.

— Muito injusto — concordou Tonk Fah.

— Talvez ela prefira que a gente compre filhotinhos de cachorro para todos os inimigos dela, depois mande os bichinhos com simpáticos bilhetes de desculpas, pedindo que eles parem de ser tão malvados.

— E então, quando eles *não* pararem, podemos matar os filhotinhos! — sugeriu Tonk Fah.

— Tudo bem — disse Vivenna. — Compreendo que temos que ser firmes, mas... de verdade, não quero que os hallandreanos passem fome devido ao que fizermos.

— Princesa — disse Denth, em um tom mais sério. — Essas pessoas querem atacar sua terra natal. Veem sua família como a maior ameaça existente ao poder delas... e pretendem garantir que ninguém com sangue real sobreviva para desafiá-los.

— Eles vão ficar com o filho da sua irmã, para ser o próximo Rei-Deus — disse Tonk Fah. — Então vão matar todas as outras pessoas com sangue real. Nunca mais terão que se preocupar com vocês.

Denth concordou.

— Seu pai e Lemex estavam certos. Os hallandreanos têm *tudo* a perder ao não atacarem vocês. E, pelo que posso ver, seu povo vai precisar de toda ajuda que você puder dar. Isso significa fazer tudo que pudermos para ajudar... assustar os sacerdotes, quebrar suas reservas de suprimentos, enfraquecer seus exércitos.

— Não podemos impedir a guerra — acrescentou Tonk Fah. — Tudo que podemos fazer é tornar a luta um pouco mais justa.

Vivenna respirou fundo, então concordou.

— Tudo bem, então vamos...

Naquele momento, a porta do edifício se abriu subitamente, batendo contra a parede. Vivenna levantou os olhos. Uma figura estava na porta — um homem alto e corpulento, com músculos avantajados e traços inexpressivos. Ela levou um instante para registrar a outra coisa esquisita sobre ele.

A pele era cinza. Os olhos também. Não havia cor nele, e as Elevações da princesa a informaram de que ele não tinha nenhuma Respiração. Um soldado Sem-Vida.

Vivenna se levantou depressa, mal contendo um grito de medo. Ela se afastou do soldado enorme. Ele só ficou ali, imóvel, sem ao menos respirar. Os olhos dele a seguiram — não olhavam fixamente à frente, como os de um homem morto.

Por algum motivo, ela achou isso a coisa mais enervante.

— Denth! — chamou Vivenna. — O que estão fazendo? Ataquem!

Os mercenários permaneceram onde estavam, relaxados no chão. Tonk Fah mal abriu os olhos.

— Ah, bom — disse Denth. — Parece que fomos descobertos pela guarda da cidade.

— Que pena — respondeu Tonk Fah. — Esse trabalho estava ficando divertido.

— Agora só nos resta a execução — concluiu Denth.

— Ataquem! — gritou Vivenna. — Vocês são meus guarda-costas, vocês são... — Ela deixou a frase morrer, notando que os dois homens haviam começado a rir.

Ai, Cores, de novo não.

— O quê? É algum tipo de piada? Vocês pintaram aquele homem de cinza? O que está acontecendo?

— Sai da frente, sua rocha ambulante — disse uma voz de trás do Sem-Vida.

A criatura adentrou a sala, carregando um par de bolsas de lona nos ombros. Ao entrar, revelou uma mulher mais baixa atrás. De coxas grossas e busto grande, ela tinha um cabelo castanho-claro que chegava aos ombros. A mulher parou com as mãos nos quadris, parecendo perturbada.

— Denth — disse ela bruscamente —, ele está aqui. Na cidade.

— Ótimo — disse Denth, se recostando. — Eu devo àquele homem uma espada na barriga.

A mulher bufou.

— Ele matou Arsteel. O que faz você pensar que pode vencê-lo?

— Eu sempre fui o melhor espadachim — replicou Denth calmamente.

— Arsteel também era bom. Agora está morto. Quem é a mulher?

— A nova empregadora.

— Espero que viva mais do que o último — resmungou a mulher. — Tijolo, coloque essas aí no chão e vá pegar a outra bolsa.

O Sem-Vida respondeu, pousando as bolsas e caminhando de volta para fora. Vivenna assistiu, tendo agora compreendido que a mulher baixa devia ser Joias, o terceiro membro da equipe de Denth. O que ela estava fazendo com um Sem-Vida? E como havia encontrado a nova casa? Denth devia ter lhe mandado uma mensagem.

— O que há de errado com você? — disse Joias, olhando para Vivenna. — Algum Despertador passou por aqui e roubou suas cores?

Vivenna fez uma pausa.

— O quê?

— Ela quer dizer: por que você parece tão surpresa? — explicou Denth.

— Isso, e o cabelo dela é branco — comentou Joias, caminhando até as bolsas de lona.

Vivenna corou, percebendo que o choque a fizera perder o controle. Ela restaurou seu cabelo à cor escura apropriada. O Sem-Vida estava voltando, carregando outra bolsa.

— De onde veio aquela criatura? — perguntou Vivenna.

— O quê? — disse Joias. — Tijolo? Eu o fiz a partir de um cadáver, obviamente. Não pessoalmente... paguei dinheiro para alguém fazer.

— Dinheiro demais — acrescentou Tonk Fah.

A criatura marchou pesadamente de volta à sala. Ela não era incomumente alta — não como um Retornado. Poderia ser um homem normal, ainda que bem musculoso. Só a cor da sua pele junto com seu rosto sem emoção mostravam a diferença.

— Ela o comprou? — indagou Vivenna. — Quando? Agora?

— Que nada — disse Tonk Fah. — Nós temos Tijolo há meses.

— É útil ter um Sem-Vida por perto — acrescentou Denth.

— E vocês não me disseram nada sobre isso? — perguntou Vivenna, tentando não expressar sua histeria.

Primeiro, teve que lidar com a cidade e todas as suas cores e pessoas. Então recebeu um tesouro em Respiração indesejada. Agora estava diante da mais profana das abominações.

— O tópico não veio à tona — disse Denth, dando de ombros. — Eles são bem comuns em T'Telir.

— Nós estávamos falando agora mesmo sobre como derrotar essas coisas. Não adotá-las!

— Nós falamos sobre derrotar *algumas* delas — corrigiu Denth. — Princesa, os Sem-Vida são como espadas. São ferramentas. Não podemos destruir *todos* na cidade, nem queremos fazer isso. Só os que estão sendo usados pelos seus inimigos.

Vivenna deslizou até o chão, sentando-se no piso de madeira. O Sem--Vida pousou a última bolsa, então Joias apontou para o canto. Ele foi até lá e ficou parado, aguardando pacientemente novas instruções.

— Aqui — disse Joias aos outros dois, abrindo a última bolsa grande. — Vocês queriam isso.

Ela virou a bolsa, expondo o metal brilhante no interior. Denth sorriu, se levantando, despertou Tonk Fah com um chute — o homenzarrão tinha a insólita capacidade de cair no sono em um instante — e caminhou até a bolsa. Ele tirou de lá várias espadas, brilhantes e parecendo novas, com lâminas longas e finas. Denth praticou algumas investidas enquanto Tonk Fah se aproximava e retirava algumas adagas de ar perigoso, umas espadas mais curtas e alguns gibões de couro.

Vivenna se recostou à parede, usando a respiração para se acalmar. Tentou não se sentir ameaçada pelo Sem-Vida no canto. Como eles podiam simplesmente ignorar algo assim? Era tão antinatural que a deixava formigando e se contorcendo por dentro. Por fim, Denth reparou nela, mandou Tonk Fah passar óleo nas espadas, então se aproximou e sentou-se diante de Vivenna, se inclinando para trás apoiado nas mãos espalmadas no piso.

— Aquele Sem-Vida vai ser um problema, princesa?

— Sim — disse ela secamente.

— Então vamos ter que resolver — disse ele, encarando-a. — Minha equipe não pode funcionar de mãos atadas. Joias investiu um bocado de esforço para aprender os Comandos certos para usar um Sem-Vida, sem mencionar a manutenção dessa coisa.

— Não precisamos dela.

— Sim. *Precisamos*, sim. Princesa, a senhora trouxe um monte de preconceitos para essa cidade. Não cabe a mim dizer o que fazer com eles; sou só seu empregado. Mas posso lhe dizer que não sabe metade das coisas que acha que sabe.

— Não tem a ver com o que eu acho que sei, Denth. É o que eu *acredito*. O corpo de uma pessoa não deve ser profanado ganhando vida novamente e servindo você.

— Por que não? Sua própria teologia diz que a alma vai embora quando o corpo morre. O cadáver não é mais do que terra reciclada. Por que não usá-lo?

— É errado — declarou Vivenna.

— A família do morto foi bem paga pelo cadáver.

— Não importa — insistiu Vivenna.

Denth se inclinou para a frente.

— Ora, tudo bem, então. Mas, se mandar Joias embora, vai estar mandando todos nós. Eu devolvo seu dinheiro, e então contratamos outra equipe de guarda-costas para a senhora usar no nosso lugar.

— Eu pensei que você fosse meu empregado — disse Vivenna com aspereza.

— Eu sou — retrucou Denth. — Mas posso me demitir quando quiser.

Ela ficou sentada em silêncio, com o estômago embrulhado.

— Seu pai estava disposto a usar meios com os quais não concordava — disse Denth. — Julgue-o, se quiser, mas me diga o seguinte: se usar um Sem-Vida pode salvar seu reino, quem é você para ignorar a oportunidade?

— Por que você se importa? — perguntou Vivenna.

— Eu só não gosto de deixar coisas inacabadas.

Vivenna desviou o olhar.

— Veja dessa maneira, princesa: a senhora pode trabalhar conosco... o que lhe dará chances de explicar seus pontos de vista, talvez de mudar nossa opinião sobre coisas como os Sem-Vida e BioCroma... Ou pode nos dispensar. Mas, se nos rejeitar devido aos nossos pecados, não estará sendo ostentosa? As Cinco Visões não dizem algo sobre isso?

Vivenna franziu o cenho. *Como ele sabe tanto sobre Austrismo?*

— Vou pensar — disse ela. — Por que Joias trouxe todas essas espadas?

— Nós vamos precisar de armas — respondeu Denth. — Sabe, tem a ver com o negócio da violência que mencionamos mais cedo.

— Vocês já não têm armas?

Denth deu de ombros.

— Tonks geralmente carrega um cassetete ou faca, mas uma espada de verdade chama atenção em T'Telir. Às vezes, é melhor não se destacar. O seu povo tem algumas ideias interessantes sobre isso.

— Mas agora...

— Agora não temos escolha. Se levarmos adiante os planos de Lemex, as coisas vão ficar perigosas. — Ele olhou para ela. — Isso me lembra de que tem mais uma coisa para a senhora pensar.

— O que é?

— Essas Respirações que está contendo — disse Denth. — São uma ferramenta, como os Sem-Vida. Ora, eu sei que não concorda com a maneira como foram obtidas. Mas o fato é que a senhora as possui. Se uma dúzia de escravos morrem para forjar uma espada, adianta alguma coisa derreter a espada e se recusar a usá-la? Ou é melhor usar aquela espada para tentar deter os homens que fizeram esse mal, em primeiro lugar?

— O que está dizendo? — perguntou Vivenna, temendo que já soubesse.

— A senhora deveria aprender a usar as Respirações. Tonks e eu certamente acharíamos útil o apoio de um Despertador.

Vivenna fechou os olhos. Ele precisava jogar aquilo no seu colo agora, logo depois de mexer com suas preocupações em relação aos Sem-Vida? Esperara encontrar incertezas e obstáculos em T'Telir, mas não imaginara enfrentar tantas decisões difíceis. E certamente não esperara que elas colocassem sua alma em risco.

— Eu não vou me tornar uma Despertadora, Denth — disse Vivenna em voz baixa. — Posso deixar passar esse Sem-Vida, por enquanto, mas *não vou* Despertar. Espero levar essas Respirações ao meu túmulo, para que ninguém mais possa se beneficiar de acumulá-las. Não importa o que diga, se você compra a espada forjada por escravos sobrecarregados, então está apenas encorajando os comerciantes malvados.

Denth se calou. Então ele assentiu e se levantou.

— A senhora é quem manda, e é o seu reino. Se falharmos, a única coisa que *eu* perco é uma empregadora.

— Denth — chamou Joias, se aproximando, mal olhando para Vivenna. — Não gosto disso. Não gosto do fato de *ele* ter chegado aqui primeiro. Ele tem Respiração... os relatos dizem que parece ter alcançado pelo menos a Quarta Elevação. Talvez a Quinta. Aposto que a conseguiu com aquele rebelde, Vahr.

— Como você sabe que é ele? — perguntou Denth.

Joias bufou.

— Rumores por toda parte. Pessoas abatidas em becos, as feridas corrompidas e negras. Relatos de um novo e poderoso Despertador percorrendo a cidade, carregando uma espada de cabo negro em uma bainha prateada. Com certeza é Tax. Usando um nome diferente agora.

Denth assentiu.

— Vasher. Ele já o usa há algum tempo. É uma piada dele.

Vivenna franziu o cenho. *Espada de cabo negro. Bainha prateada. O homem na arena?*

— De quem estamos falando?

Joias lhe lançou um olhar irritado, mas Denth só deu de ombros.

— Um velho... amigo nosso.

— Ele é encrenca — disse Tonk Fah, se aproximando. — Tax costuma deixar um bocado de cadáveres por onde passa. Ele tem motivações estranhas... não pensa como as outras pessoas.

— Por algum motivo, ele está interessado na guerra, Denth — disse Joias.

— Deixem-no em paz — respondeu Denth asperamente. — Isso só vai fazer com que ele cruze meu caminho mais cedo.

Ele deu as costas, acenando a mão de modo indiferente. Vivenna o viu se afastar, notando a frustração nos seus passos, a brusquidão dos seus movimentos.

— O que há de errado com ele? — perguntou a Tonk Fah.

— Tax... ou Vasher, pelo visto... — disse Tonk Fah. — Ele matou um bom amigo nosso em Yarn Dred, há uns dois meses. Denth costumava ter quatro pessoas nessa equipe.

— Não devia ter acontecido — disse Joias. — Arsteel era um duelista brilhante... quase tão bom quanto Denth. Vasher nunca teria sido capaz de vencer nenhum dos dois.

— Ele usou aquela... espada dele — resmungou Tonk Fah.

— Não havia negrume ao redor da ferida — comentou Joias.

— Então ele cortou fora o negrume — retrucou Tonk Fah, vendo Denth prender uma bainha na cintura. — Não tem como Vasher ter vencido Arsteel em um duelo justo. *Não tem como.*

— Esse Vasher... — Vivenna se pegou dizendo. — Eu o vi.

Joias e Tonk Fah se voltaram subitamente.

— Ele estava na corte, ontem — explicou Vivenna. — Um homem alto, carregando uma espada, quando ninguém mais tinha uma. O punho dela era negro e tinha uma bainha prateada, como você disse. Ele parecia esfarrapado. Cabelo desgrenhado, barba malfeita, roupas rasgadas em alguns lugares. Uma corda em vez de um cinto. Ele estava olhando para mim, de trás. Parecia... perigoso.

Tonk Fah praguejou baixinho.

— É ele — disse Joias. — Denth!

— O que foi? — perguntou Denth.

Joias gesticulou na direção de Vivenna.

— Ele está um passo à nossa frente. Andou seguindo sua princesa. Ela o viu de olho nela, na corte.

— Cores! — praguejou Denth, enfiando uma lâmina de duelo na bainha em sua cintura. — Cores, Cores, *Cores*!

— O quê? — indagou Vivenna, pálida. — Talvez tenha sido coincidência. Ele podia estar lá apenas para assistir à corte.

Denth sacudiu a cabeça.

— Não *existem* coincidências no que diz respeito a esse homem, princesa. Se ele estava te vigiando, então pode apostar nas Cores que ele sabe exatamente quem a senhora é e de onde veio. — Ele a olhou nos olhos. — E provavelmente planeja matá-la.

O fôlego de Vivenna ficou preso na garganta.

Tonk Fah pousou uma das mãos no seu ombro.

— Ah, não se preocupe, Vivenna. Ele quer nos matar também. Pelo menos está em boa companhia.

20

SIRI FICOU DIANTE DA porta do Rei-Deus e, pela primeira vez em suas semanas no palácio, não sentiu preocupação nem cansaço.

Dedos-Azuis, estranhamente, não estava escrevendo no seu caderno de capa dura. Ele a vigiava em silêncio, com uma expressão inescrutável.

Siri quase sorriu, mas não demonstrou. Haviam acabado os dias em que se ajoelhava desajeitadamente no chão enquanto suas costas reclamavam. Acabado as noites de dormir no mármore, tendo apenas seu vestido descartado como conforto. Desde que fora ousada o bastante para subir na cama, na semana anterior, ela havia dormido bem a cada noite, confortável e aquecida. E não havia sido tocada pelo Rei-Deus nem uma única vez.

Era um belo arranjo. Os sacerdotes — ao que parecia satisfeitos porque ela estava cumprindo seu dever matrimonial — a deixaram em paz. Ela não precisava ficar nua na frente de ninguém e estava começando a aprender a dinâmica social do palácio. Também havia assistido a mais algumas sessões da Assembleia da Corte, embora não houvesse socializado com os Retornados.

— Receptáculo — disse Dedos-Azuis em voz baixa.

Ela se virou para ele, levantando uma sobrancelha.

Ele se mexeu, desconfortável.

— A senhora... encontrou uma maneira de fazer o rei reagir aos seus encantos, então?

— Ficaram sabendo, foi? — perguntou ela, olhando de volta para a porta. Ela sorriu ainda mais por dentro.

— De fato, Receptáculo — disse Dedos-Azuis, batendo o dedo no caderno, por baixo. — Só as pessoas do palácio sabem sobre isso, naturalmente.

Ótimo, pensou Siri, e olhou para ele de relance.

Dedos-Azuis não parecia satisfeito.

— O que foi? Estou fora de perigo. Os sacerdotes podem parar de se preocupar com um herdeiro.

Por alguns meses, pelo menos. Uma hora, eles vão desconfiar.

— Receptáculo — sussurrou Dedos-Azuis com severidade. — Realizar seu dever como Receptáculo *era* o perigo!

Ela franziu a testa para Dedos-Azuis, que batia no caderno.

— Ah, deuses, ah, deuses, ah, deuses... — sussurrou ele consigo mesmo.

— O que foi? — perguntou ela.

— Eu não deveria dizer.

— Então, de que adianta abordar o assunto, para começo de conversa?! Sinceramente, Dedos-Azuis, está ficando frustrante. Se me deixar confusa demais, posso começar a fazer perguntas...

— Não! — disse Dedos-Azuis às pressas, então imediatamente olhou para trás, se encolhendo um pouco. — Receptáculo, a senhora não deve mencionar meus medos a outras pessoas. É tolice, na verdade, não vale a pena incomodar ninguém. Só...

— O quê?

— A senhora *não deve* ter um filho com ele — disse Dedos-Azuis. — Esse é o perigo, tanto para a senhora quanto para o próprio Rei-Deus. Tudo isso... Tudo que acontece aqui no palácio... não é o que parece.

— É isso que todo mundo diz — retrucou ela. — Se não é o que parece, então diga o que é.

— Não há necessidade — disse Dedos-Azuis. — E não falarei sobre isso novamente. Depois desta noite, não a conduzirei mais à sua câmara nupcial... A senhora claramente já entendeu a rotina. Basta esperar cem batimentos cardíacos depois que as mulheres a deixarem na sala de vestimentas antes de entrar.

— Você precisa me dizer alguma coisa! — pediu Siri.

— Receptáculo — respondeu Dedos-Azuis, chegando mais perto. — Eu a aconselho a baixar a voz. A senhora não sabe quantas facções mudam e se alternam no palácio. Sou membro de muitas delas, e uma palavra descuidada da sua parte poderia ser... não, *seria*... a causa da minha morte. Compreende isso? *Pode* compreender isso?

Ela hesitou.

— Eu *não* deveria arriscar minha vida por sua causa — disse ele. — Mas há coisas nessa situação com que não concordo. Sendo assim, vou avisá-la: evite dar um filho ao Rei-Deus. Se quiser saber mais do que isso, leia suas histórias. Para ser honesto, esperava que houvesse vindo para cá um pouco mais preparada.

Dito isso, o homenzinho foi embora.

Siri sacudiu a cabeça, então suspirou e abriu a porta para entrar na câmara do Rei-Deus. Ela fechou a porta, então olhou de soslaio o Rei-Deus — que a vigiava, como sempre — e removeu seu vestido, mantendo a combinação. Ela foi até a cama e se sentou, esperando alguns minutos antes de ficar de joelhos para iniciar sua atuação com pulos e gemidos. Ela a variava ocasionalmente, fazendo vários ritmos diferentes, de modo bem criativo.

Quando terminou, se aconchegou nos cobertores e deitou nos travesseiros para pensar. *Seria possível Dedos-Azuis ter sido mais obscuro?*, pensou, frustrada. O pouco que Siri sabia de intrigas políticas lhe dizia que as pessoas preferiam ser sutis — até mesmo vagas — para se proteger de implicações.

Leia suas histórias...

Parecia uma sugestão estranha. Se os segredos eram tão visíveis, então por que seriam perigosos?

Ainda assim, enquanto ela pensava, sentia gratidão por Dedos-Azuis. Não podia culpá-lo por sua hesitação. Provavelmente já havia se arriscado mais do que deveria. Sem ele, ela nunca teria sabido que estava em perigo.

De certa maneira, ele era seu único amigo na cidade — uma pessoa como ela, vinda de outro país. Um país que existia à sombra da bela e ousada Hallandren. Um homem que...

Ela perdeu o fio dos pensamentos; algo parecia estranho. Abriu os olhos.

Alguém assomava sobre ela na escuridão.

Siri soltou um grito de surpresa, sem querer. O Rei-Deus saltou para trás, tropeçando. Com o coração batendo forte, Siri recuou na cama, puxando as cobertas até cobrir o peito — embora, naturalmente, ele já a houvesse visto sem roupa tantas vezes que foi um gesto ridículo.

O Rei-Deus estava no seu traje negro como piche, parecendo hesitante sob a luz oscilante da lareira. Ela nunca havia perguntado às servas por que ele usava negro. Teria esperado que ele preferisse branco, já que podia afetar a cor tão dramaticamente com seu BioCroma.

Por alguns momentos, Siri se sentou, agarrando os cobertores diante dela, então se obrigou a relaxar. *Pare de ser tão boba*, ordenou a si mesma. *Ele jamais sequer chegou a ameaçá-la.*

— Está tudo bem — disse ela baixinho. — Você só me surpreendeu.

Ele olhou para ela. E, com um sobressalto, Siri percebeu que era a primeira vez que falava com ele desde sua explosão na semana anterior. Agora que ele estava de pé, ela podia ver ainda melhor como ele parecia... heroico. Alto, de ombros largos, como uma estátua. Humano, mas com proporções mais dramáticas. Cuidadosamente, mostrando mais incerteza do que ela teria esperado de um homem com o título de Rei-Deus, ele voltou à cama. E se sentou na beirada.

Então pegou a barra da camisa, puxando-a para cima.

Ah, Austre, pensou ela com um choque súbito. *Ah, Deus, Senhor das Cores! Chegou a hora! Ele finalmente veio atrás de mim!*

Ela não conseguiu evitar a tremedeira. Havia se convencido de que estava segura, confortável. Não deveria ter que passar por aquilo. Não de novo!

Não posso fazer isso! Não posso! Eu...

O Rei-Deus puxou algo de debaixo da camisa, então deixou a roupa descer novamente. Siri ficou sentada, a respiração ofegante, e lentamente entendeu que ele não estava fazendo mais nenhum movimento na sua direção. Ela se acalmou, forçando a cor de volta ao cabelo. O Rei-Deus pousou o objeto na cama, e a luz do fogo revelou que era... um livro. Siri imediatamente pensou nas histórias que Dedos-Azuis havia mencionado, mas logo descartou a ideia. Aquele livro, a julgar pelo título na lombada, era uma coleção de histórias para crianças.

O Rei-Deus pousou os dedos no livro, então o abriu delicadamente na primeira página. O pergaminho branco refratou sob a força do seu BioCroma, emitindo cores prismáticas. Isso não distorceu o texto, e Siri cuidadosamente se aproximou, olhando para as palavras.

Ela se voltou para o Rei-Deus, cujo rosto parecia menos rígido que o usual. Ele indicou a página com a cabeça, então apontou para a primeira palavra.

— Você quer que eu leia isso? — perguntou Siri em um sussurro, pensando nos sacerdotes que poderiam estar escutando.

O Rei-Deus assentiu.

— Aqui diz "Histórias para crianças" — disse Siri, confusa.

Ele virou o livro, encarando-o, e esfregou o queixo, pensativo.

O que está acontecendo?, ela pensou. Não parecia que ele ia se deitar com ela. Será que esperava que ela lesse uma história para ele? Siri não conseguia imaginar que ele fosse pedir algo tão infantil. Ela o fitou novamente. Ele virou o livro e apontou para a primeira palavra, então acenou a cabeça na direção do objeto.

— Histórias? — perguntou Siri.

Ele apontou para a palavra. Ela olhou de perto, tentando discernir algum significado oculto ou texto misterioso. Suspirou e ergueu os olhos.

— Por que você não me conta?

Ele fez uma pausa, inclinando a cabeça. Então abriu a boca. Sob a luz fraca do fogo da lareira, Siri viu algo chocante.

O Rei-Deus de Hallandren não tinha língua.

Havia uma cicatriz. Podia vê-la com dificuldade, se estreitasse bem os olhos. Alguma coisa havia acontecido com ele; algum acidente terrível a arrancara. Ou... teria sido cortada de propósito? Por que alguém removeria a língua do rei em pessoa?

A resposta lhe ocorreu quase imediatamente.

Respiração BioCromática, ela compreendeu, pensando em uma lição quase esquecida da infância. *Para Despertar objetos, uma pessoa deve dar um*

Comando. Palavras ditas em uma voz firme e clara. Sem balbuciar ou falar enrolado, ou a Respiração não funciona.

O Rei-Deus desviou os olhos subitamente, parecendo envergonhado. Ele pegou o livro, segurando-o contra o peito, e começou a se levantar.

— Não, por favor — disse Siri, se aproximando com cuidado, então estendendo a mão e tocando o braço dele.

O Rei-Deus parou de repente. Ela retirou a mão no mesmo instante.

— Eu não quis parecer tão enojada — disse Siri com um sussurro. — Não foi por causa da... da sua boca. Foi porque eu entendi por que devem ter feito isso com você.

O Rei-Deus fitou-a de modo atento, então se sentou de novo, devagar. Ele se manteve longe o bastante para que não se tocassem, e ela não estendeu a mão de novo na direção dele. Contudo, ele cuidadosamente — quase reverente — colocou o livro de volta na cama, abriu a primeira página mais uma vez, então se voltou para ela, implorando com os olhos.

— Você não sabe ler, sabe? — perguntou Siri.

Ele fez que não com a cabeça.

— Esse é o segredo — sussurrou ela. — É isso que assusta tanto Dedos-Azuis. Você não é rei, é um fantoche! Uma *figura.* Exibido por aí pelos seus sacerdotes, dotado de uma aura BioCromática tão forte que faz com que as pessoas caiam de joelhos, maravilhadas. Mas eles tiraram sua língua para que nunca pudesse usá-la, e nunca o ensinaram a ler, para que não aprendesse demais ou se comunicasse com os outros.

Ele deixou cair os ombros e desviou o olhar.

— Tudo isso para que pudessem controlar você.

Não surpreende que Dedos-Azuis tenha tanto medo. Se fizeram isso com seu próprio rei... então o resto de nós é o mesmo que nada para eles.

Fazia sentido agora por que insistiram tanto que ela não falasse com ele, ou mesmo beijasse o rei. Fazia sentido por que a detestavam tanto. Estavam preocupados com alguém passando tempo sozinho com o Rei-Deus. Alguém que poderia descobrir a verdade.

— Eu sinto muito — sussurrou ela.

Ele balançou a cabeça, então a olhou nos olhos. Havia uma força neles que Siri não teria esperado de um homem que havia sido protegido e isolado como ele devia ter sido. Finalmente, ele olhou para baixo e apontou de volta para as palavras na página. A primeira palavra. A primeira letra, na verdade.

— Essa é a letra "shash" — disse Siri, sorrindo. — Posso ensinar todas a você, se quiser.

Os sacerdotes tinham razão em se preocupar.

21

VASHER ESTAVA NO TOPO DO palácio do Rei-Deus, vendo o sol descer sobre a floresta tropical a oeste. O crepúsculo pintava nuvens com cores flamejantes, belos vermelhos e laranjas cobrindo as árvores. Então o sol desapareceu e as cores se apagaram.

Alguns diziam que, antes de um homem morrer, sua aura BioCromática fulgurava com um brilho súbito. Como um coração batendo pela última vez, como o ápice final de uma onda antes de a maré recuar. Vasher havia visto acontecer, mas não com toda morte. O evento era raro, como um crepúsculo perfeito.

Dramático, observou Sangue-da-Noite.

O crepúsculo?, perguntou Vasher.

Sim.

Você não pode vê-lo, disse ele para a espada.

Mas posso sentir você *vendo. Carmesim, como sangue no ar.*

Vasher não respondeu. Embora a espada não pudesse ver, seu BioCroma poderoso e distorcido concedia-lhe a capacidade de sentir vida e pessoas. Ambas eram coisas que a espada havia sido criada para proteger. Era estranho como proteção podia, tão fácil e rapidamente, causar destruição. Às vezes, Vasher se perguntava se as duas não eram na verdade a mesma coisa. Proteger uma flor destrói as pragas que querem se alimentar dela. Proteger um edifício destrói as plantas que poderiam ter crescido no solo.

Proteger um homem era viver com a destruição que ele criava.

Embora estivesse escuro, o senso vital de Vasher era forte. Ele podia sentir vagamente a grama crescendo abaixo e sabia quão distante ela estava. Com mais Respiração, poderia ter sido capaz de sentir o líquen crescendo nas pedras do palácio. Ele se ajoelhou, pousando uma das mãos na perna da sua calça e a outra na pedra do palácio.

— Me dê forças — Comandou ele, Respirando.

As pernas da calça enrijeceram, e uma área de cor sumiu da pedra negra ao lado dele. Negro era uma cor. Ele nunca pensara nisso antes de se tornar um Despertador. As borlas que pendiam dos punhos da sua camisa se enrijeceram e envolveram seu tornozelo. Ajoelhado como estava, elas também puderam rodear as solas dos seus pés.

Vasher colocou a mão direita no ombro da sua camisa e tocou outra seção de mármore com a mão esquerda enquanto formava uma imagem na mente.

— Quando ordenado, se torne meus dedos e minha pegada — Comandou ele.

A camisa tremeu e um grupo de borlas se enrolou ao redor da sua mão direita. Cinco, como dedos.

Era um Comando difícil. Exigia muito mais Respiração para Despertar do que ele teria preferido — sua Respiração restante mal lhe permitia a Segunda Elevação — e a visualização do Comando exigira prática para ser aperfeiçoada. Os dedos de borla valiam o esforço; já haviam se provado muito úteis, e ele detestaria se envolver nas atividades daquela noite sem eles.

Pôs-se de pé, com as costas bem retas, notando a cicatriz de mármore cinza na superfície perfeitamente negra do palácio. Ele sorriu ao pensar na indignação que os sacerdotes sentiriam ao descobri-la.

Ele testou a força das suas pernas, agarrou Sangue-da-Noite, então deu um passo cuidadoso para fora da borda da enorme torre de pedra que formava a seção superior do palácio. Caiu mais de dez metros e pousou pesadamente na camada superior dos grandes blocos de três metros que formavam a base piramidal do palácio, mas sua roupa Despertada absorveu a maior parte do choque, agindo como um exoesqueleto secundário. Ele se levantou, assentindo consigo mesmo, então saltou pelos outros degraus da pirâmide.

Por fim, pousou na grama macia a norte do palácio, perto da muralha que cercava todo o platô, e se agachou, olhando ao redor em silêncio.

Se esgueirando, Vasher?, perguntou Sangue-da-Noite. *Você é péssimo nisso.*

Vasher não respondeu.

Você deveria atacar, sugeriu Sangue-da-Noite. *Você é bom nisso.*

Você só quer provar como é forte, replicou Vasher mentalmente.

Bem, sim, concordou a espada. *Mas você tem que admitir que é péssimo em se esgueirar.*

Vasher ignorou a espada. Um homem solitário em roupas esfarrapadas carregando uma espada pelo terreno chamaria atenção. Então ele vasculhou a área. Escolheu uma noite em que os deuses não haviam planejado nenhuma grandiosa celebração no pátio, mas ainda havia pequenos grupos de sacerdotes, menestréis e servos se movendo entre os palácios.

Você tem certeza quanto a essa informação que recebeu?, disse Sangue-da-Noite. *Porque, para ser sincero, não confio em sacerdotes.*

Ele não é um sacerdote, pensou Vasher. Então moveu-se cuidadosamente, se esgueirando pela sombra da marquise, iluminada pelas estrelas. Seu contato o avisara para permanecer longe dos palácios de deuses influentes, como Faz-Corar e Quieta-Marca. Mas ele também dissera que o palácio de um deus menor — como Farol-das-Dádivas ou Anseio-de-Paz — não serviria para o propósito de Vasher. Em vez disso, Vasher procurou o lar de Estrela-Caridosa, a Retornada que era conhecida pelo seu envolvimento na política, mas que não era tão influente.

O palácio dela estava relativamente escuro naquela noite, mas ainda haveria guardas. Todos os Retornados de Hallandren possuíam servos de sobra. E, de fato, Vasher localizou dois homens vigiando a porta que ele queria. Eles usavam os trajes extravagantes dos servos da corte, laranja e dourado, segundo o padrão da sua senhora.

Os homens não estavam armados. Quem atacaria o lar de um Retornado? Só estavam ali para impedir que alguém perambulasse até lá ou incomodasse a mestra deles enquanto ela dormia. Estavam parados, com suas lanternas, alertas e atentos, porém mais pelas aparências do que qualquer outra coisa.

Vasher escondeu Sangue-da-Noite sob o manto, então caminhou pela escuridão, olhando de um lado para o outro ansiosamente e murmurando consigo mesmo. Ele curvou o corpo para ajudar a esconder a enorme espada.

Ah, por favor, disse Sangue-da-Noite secamente. *O disfarce de maluco? Você é mais inteligente do que isso.*

Vai funcionar, pensou Vasher. *Estamos na Corte dos Deuses. Nada atrai mais os desequilibrados do que a possibilidade de conhecer deuses.*

Os dois guardas levantaram os olhos quando o viram se aproximando, mas não pareceram surpresos. Eles provavelmente lidavam com pessoas meio malucas todos os dias de suas carreiras. Vasher vira os tipos que acabavam nas filas de petições para Retornados.

— Ei, você — disse um dos homens enquanto Vasher se aproximava. — Como foi que chegou aqui?

Vasher foi até eles, murmurando consigo mesmo sobre conversar com a deusa. O segundo homem colocou a mão em seu ombro.

— Venha, amigo. Vamos levá-lo de volta aos portões e ver se há um abrigo que ainda esteja aceitando pessoas para a noite.

Vasher hesitou. Bondade. Não havia esperado aquilo, por algum motivo. A emoção fez com que se sentisse um pouquinho culpado pelo que tinha que fazer em seguida.

Ele moveu bruscamente o braço para o lado e torceu o polegar duas vezes para fazer os longos dedos de borlas na manga da sua camisa começarem a imitar os movimentos dos seus dedos reais. Ele formou um punho. As borlas se moveram para a frente e se enrolaram ao redor do pescoço do primeiro guarda.

O homem abafou um som de surpresa. Antes que o segundo guarda pudesse reagir, Vasher levantou Sangue-da-Noite e enfiou o cabo no estômago dele. O homem tropeçou, e Vasher deu-lhe uma rasteira. A bota veio em seguida, pressionando devagar mas com firmeza o pescoço do homem. Ele se contorceu, mas as pernas de Vasher tinham força Despertada.

Vasher ficou ali por um momento, os dois homens se esforçando, nenhum deles conseguindo escapar do estrangulamento. Pouco depois, soltou o pescoço do segundo guarda, então baixou o primeiro guarda na grama e torceu o polegar duas vezes para liberar os dedos de borlas.

Você não me usou muito, disse Sangue-da-Noite, com mágoa. *Podia ter me usado. Eu sou melhor do que uma camisa. Eu sou uma espada.*

Vasher ignorou os comentários, vasculhando a escuridão para saber se havia sido avistado.

Eu realmente sou melhor do que uma camisa. Eu poderia tê-los matado. Veja só, eles ainda estão respirando. Camisa idiota.

Era essa a ideia, pensou Vasher. *Cadáveres causam mais problemas do que homens nocauteados.*

Eu poderia nocautear pessoas, respondeu Sangue-da-Noite imediatamente.

Vasher sacudiu a cabeça, entrando no edifício. Os palácios dos Retornados — inclusive aquele ali — geralmente eram coleções de salas abertas com cortinas coloridas cobrindo as entradas. O clima era tão ameno em Hallandren que o edifício podia ficar aberto o tempo todo.

Ele não passou pelas salas centrais, em vez disso permaneceu no corredor periférico dos servos. Se o informante de Vasher houvesse dito a verdade, então o que ele queria se encontrava no lado nordeste do edifício. Enquanto caminhava, ele desenrolava a corda da sua cintura.

Cintos também são idiotas, disse Sangue-da-Noite. *Eles...*

Naquele momento, um grupo de quatro servos virou a esquina diretamente à frente de Vasher. Ele levantou os olhos, sobressaltado, mas não surpreso.

O choque dos servos durou um segundo a mais do que o dele. Em um instante, Vasher estalou a corda adiante.

— Segure coisas — Comandou ele, dando a maior parte da sua Respiração restante.

A corda envolveu o braço de um dos homens, embora Vasher estivesse mirando seu pescoço. Praguejou, puxando-o para a frente. O homem gritou quando Vasher fez com que ele se chocasse contra o ângulo da esquina. Os outros se viraram para correr.

Vasher brandiu Sangue-da-Noite com a outra mão.

Isso!, pensou a espada.

Ele não a desembainhou; apenas a jogou para a frente. A lâmina derrapou contra o chão, então parou diante dos três homens. Um deles parou, olhando para a espada como se estivesse hipnotizado, e estendeu a mão hesitantemente, com um olhar reverente.

Os outros dois saíram correndo, gritando sobre um invasor.

Droga!, pensou Vasher. Ele puxou a corda, derrubando novamente o servo enrolado. Enquanto o servo tentava se levantar, Vasher avançou correndo e enrolou a corda nas mãos e no corpo do homem. Junto dele, o servo restante ignorava tanto Vasher quanto o amigo. Esse homem pegou Sangue-da-Noite, os olhos acesos. Ele abriu o fecho na bainha e começou a puxar a espada para fora.

Quando mal havia exposto um fino feixe da lâmina, uma fumaça escura e líquida começou a fluir dela, pingando em parte no chão; outros filetes serpentearam e se envolveram no braço do homem, roubando a cor da sua pele.

Vasher o chutou com uma perna Despertada e o derrubou, forçando-o a soltar Sangue-da-Noite. Deixou o primeiro homem se contorcendo, amarrado, então pegou o homem que havia segurado a espada e bateu com um punho na sua cabeça, nocauteando-o.

Ofegante, Vasher agarrou Sangue-da-Noite, fechou a bainha e prendeu o fecho. Então ele estendeu a mão e tocou a corda que amarrara o servo atordoado.

— Sua Respiração para a minha — disse ele, recuperando a Respiração da corda e deixando o homem preso.

Você não me deixou matá-lo, falou Sangue-da-Noite com irritação.

Não, disse Vasher. *Cadáveres, lembra?*

E... dois fugiram de mim. Isso não está certo.

Você não pode tentar um coração puro, Sangue-da-Noite.

Não importa o quanto explicasse aquele conceito, parecia estar além da capacidade da compreensão da espada.

Vasher disparou pelo corredor. Só precisava ir um pouco mais adiante, mas já havia gritos de alarme e pedidos de socorro, e não desejava lutar com um exército de servos e soldados. Ele parou, hesitante, no corredor sem adornos, notando pelo canto do olho que seu Despertar da corda havia roubado sem querer a cor das suas botas e de seu manto — as suas únicas peças de vestuário que não estavam Despertas.

O pano cinza imediatamente denunciaria o que ele era, mas o pensamento de recuar o fez se retrair. Cerrou os dentes, frustrado, socando a parede. Aquilo deveria ter se desenrolado de um jeito muito mais fácil.

Eu disse que você não era sorrateiro, comentou Sangue-da-Noite.

Cale a boca, pensou Vasher, determinado a não fugir. Ele meteu a mão em uma bolsa no cinto e puxou um objeto lá de dentro: um esquilo morto.

Eca, disse Sangue-da-Noite, fungando.

Vasher se ajoelhou e colocou a mão direita sobre a criatura.

— Desperte para minha Respiração — Comandou ele. — Sirva às minhas necessidades, viva ao meu Comando e à minha palavra. Corda caída.

Essas últimas palavras, "corda caída", formavam a frase de segurança. Vasher poderia ter escolhido qualquer coisa, mas usou a primeira que lhe veio à cabeça.

Uma Respiração foi sugada do seu corpo, indo para o cadáver do pequeno roedor. A coisa começou a tremelicar. Aquela era uma Respiração que Vasher jamais poderia recuperar, já que criar um Sem-Vida era um ato permanente. O esquilo perdeu toda a cor, que se escoou até só sobrar o cinza, o Despertar se alimentando das cores do próprio corpo para ajudar na transformação. O esquilo já era inicialmente cinza, de modo que era difícil perceber a diferença. Era por isso que Vasher gostava de usá-los.

— Corda caída — disse para a criatura, cujos olhos cinzentos se voltaram para ele.

Com a frase de segurança pronunciada, Vasher agora podia gravar uma ordem na criatura, como fazia ao realizar um Despertar-padrão.

— Faça barulho. Corra por aí. Morda as pessoas que não são eu. Corda caída.

O segundo uso das palavras fechava a gravação, de modo que o bicho não podia mais ser Comandado.

O esquilo se ergueu em um pulo, então partiu pelo corredor, rumo à porta aberta por onde os servos em fuga haviam desaparecido. Vasher ficou de pé e voltou a correr, esperando que a distração lhe fizesse ganhar tempo. De fato, alguns momentos depois ele ouviu gritos vindos da porta. Ruídos e berros vieram em seguida. Os Sem-Vida podiam ser difíceis de deter, especialmente um ainda fresco com ordens de morder.

Vasher sorriu.

Nós poderíamos tê-los vencido, reclamou Sangue-da-Noite.

Vasher correu até o lugar que sua informação apontava. O local estava marcado por uma placa rachada na parede; um desgaste ostensivamente normal do edifício. Vasher se agachou, torcendo para que seu informante não houvesse mentido. Procurou no piso, então parou quando encontrou o fecho escondido.

Ele o abriu, revelando um alçapão. Palácios de Retornados supostamente só deveriam ter um andar. Ele sorriu.

E se esse túnel não possuir outra saída?, indagou Sangue-da-Noite enquanto Vasher pulava no buraco, confiando que sua roupa Despertada absorveria o impacto.

Então você provavelmente vai ter a chance de matar um bocado de gente, pensou Vasher. Contudo, sua informação havia sido precisa até então. Ele suspeitava que o resto estaria igualmente correto.

Ao que parecia, os sacerdotes dos Tons Iridescentes estavam escondendo coisas do resto do reino. E dos seus deuses.

22

TEMPO-BOM, DEUS DAS tempestades, pegou uma das esferas de madeira da prateleira, então avaliou seu peso na mão. Ela havia sido feita para caber na palma de um deus, e era preenchida com chumbo. Talhada com círculos na superfície, pintada em um azul profundo.

— Uma esfera de duplicação? — perguntou Benze-Vida. — Um movimento ousado.

Tempo-Bom fitou o pequeno grupo de deuses atrás dele. Canto-de-Luz estava entre eles, provando uma bebida alaranjada e doce de frutas, com algum acréscimo de álcool. Fazia um mês que havia permitido a Llarimar convencê-lo a sair da cama, mas ainda não havia chegado a uma conclusão sobre como prosseguir.

— Um movimento ousado, de fato — disse Tempo-Bom, jogando a esfera no ar, então a pegando de novo. — Diga-me, Canto-de-Luz, o Ousado. Você abençoa esse lançamento?

Os outros deuses riram. Eram quatro jogando. Como de costume, Tempo-Bom usava uma túnica verde e dourada que pendia de um ombro, com um saiote que lhe chegava ao meio das coxas. O traje — seguindo o estilo de vestimenta dos Retornados visto em pinturas de séculos atrás — revelava seus músculos esculpidos e silhueta divina. Ele estava na beira da sacada, já que era sua vez de jogar.

Sentados atrás dele havia três outros. Canto-de-Luz à esquerda e Benze--Vida — deus da cura — no meio. Chamado-da-Verdade, deus da natureza, estava sentado à direita, usando seu manto ornamentado e uniforme cor de vinho e prata.

Os três deuses eram todos parecidos. Se Canto-de-Luz não os conhecesse bem, teria dificuldades em diferenciá-los. Cada um tinha quase exatamente 2,10 metros de altura, com músculos avantajados que causariam inveja em qualquer mortal. Era verdade que os cabelos de Benze-Vida eram castanhos, enquanto Tempo-Bom era louro e Chamado-da-Verdade tinha cabelos negros. Mas todos os três tinham o mesmo tipo de rosto com queixo quadrado, penteado perfeito e graça inata e fluida que os distinguia como divindades Retornadas. Só seus trajes ofereciam alguma variedade.

Canto-de-Luz provou sua bebida.

— Se eu abençoo sua jogada, Tempo-Bom? Não estamos competindo um contra o outro?

— É verdade — disse o deus, jogando e pegando a bola de madeira.

— Então, por que eu abençoaria você?

Tempo-Bom deu um sorrisinho irônico, então recuou o braço e lançou a esfera, que quicou, então rolou pela grama, por fim parando. Aquela área do pátio havia sido dividida em um enorme tabuleiro de jogo com cordas e estacas. Sacerdotes e servos corriam de um lado para outro, fazendo anotações e registrando o placar, para que os deuses não precisassem fazê-lo. Tarachin era um jogo complexo, jogado apenas pelos ricos. Canto-de-Luz nunca havia se preocupado em aprender as regras.

Ele achava muito mais divertido jogar quando não tinha ideia do que estava fazendo.

Era sua vez de arremessar em seguida. Ele se levantou e selecionou uma das esferas de madeira da prateleira, baseando sua escolha na cor da sua bebida. Ele jogou a esfera laranja para cima e para baixo; então, sem prestar atenção no local do seu lançamento, a arremessou no campo. A esfera voou muito mais longe do que deveria, já que ele tinha a força de um corpo perfeito. Esse era o motivo do campo ser tão vasto; ele havia sido construído segundo a escala dos deuses, portanto, quando jogavam, precisavam da perspectiva elevada de uma sacada para ver o jogo.

Tarachin em teoria era um dos jogos mais difíceis do mundo. Exigia força para jogar as esferas corretamente, astúcia para compreender onde posicioná-las, coordenação para fazer isso com a precisão necessária, e um bom domínio de estratégia para escolher a esfera apropriada e dominar o campo do jogo.

— Foram 413 pontos — anunciou um servo, depois de receber o número dos escribas trabalhando lá embaixo.

— Outra jogada magnífica — disse Chamado-da-Verdade, se endireitando na sua cadeira reclinável de madeira. — Como você faz isso? Eu *nunca* teria pensado em usar uma esfera de inversão para aquele lançamento.

É assim que as laranjas são chamadas?, pensou Canto-de-Luz, voltando à sua cadeira.

— Você precisa compreender o campo do jogo — disse ele. — E aprender a entrar na mente da esfera. Pensar como ela, raciocinar como ela.

— Raciocinar como uma esfera? — estranhou Benze-Vida, se levantando. Usava uma túnica leve nas suas cores, azul e prata. Ele selecionou uma esfera verde na prateleira, então olhou para ela. — Que tipo de raciocínio tem uma esfera de madeira?

— O tipo circular, imagino — replicou Canto-de-Luz despreocupadamente. — E por coincidência, esse também é meu tipo favorito de raciocínio. Talvez por isso eu seja tão bom nesse jogo.

Benze-Vida franziu a testa, então abriu a boca para responder. Por fim, a fechou, parecendo confuso com o comentário de Canto-de-Luz. Tornar-se um deus, infelizmente, não aumentava a capacidade mental junto com os atributos físicos. Canto-de-Luz não se importava. Para ele, a verdadeira diversão de um jogo de Tarachin nunca envolvia o lugar onde as esferas pousavam.

Benze-Vida fez sua jogada, então se sentou.

— Devo confessar, Canto-de-Luz — disse ele, sorrindo. — Digo isso como um elogio, mas ter você por perto suga minha energia!

— Sim — disse Canto-de-Luz, tomando um gole da bebida. — Nisso sou muito parecido com um mosquito. Chamado-da-Verdade, não é sua vez?

— Na verdade, é a sua novamente — observou Tempo-Bom. — Você alcançou o pareamento da coroa durante a última jogada, lembra-se?

— Ah, sim, como pude esquecer? — disse Canto-de-Luz, se levantando. Ele pegou outra esfera e jogou-a sobre o ombro para o gramado, então se sentou.

— Foram 507 pontos — anunciou o sacerdote.

— Agora você só está se exibindo — reclamou Chamado-da-Verdade.

Canto-de-Luz não respondeu. Em sua opinião, estava evidente que era uma falha intrínseca do jogo que aquele que menos sabia das regras costumasse ter mais sucesso. Contudo, duvidava que os outros fossem concordar. Todos os três eram extremamente dedicados ao esporte, e jogavam toda semana. Não havia muito mais com que pudessem passar o tempo.

Canto-de-Luz suspeitava que continuavam a convidá-lo apenas porque queriam finalmente provar que podiam derrotá-lo. Se ele compreendesse as regras, teria tentado perder de propósito, para que não insistissem mais em convidá-lo. Ainda assim, gostava da maneira como suas vitórias os irritavam — embora, naturalmente, eles nunca demonstrassem nada além do mais perfeito decoro. De qualquer modo, naquelas circunstâncias, ele suspeitava que não seria capaz de perder nem se quisesse. Era difícil entregar um jogo quando não se fazia ideia de como vencer, para começo de conversa.

Chamado-da-Verdade finalmente se adiantou para jogar. Ele sempre usava roupas em um estilo marcial, e as cores vinho e prata lhe caíam muito bem. Canto-de-Luz suspeitava que o deus sentia inveja, pois, em vez de ter recebido Comandos dos Sem-Vida como seu dever na corte, recebera um voto sobre questões de comércio com outros reinos.

— Ouvi dizer que você falou com a rainha, Canto-de-Luz — disse Chamado-da-Verdade durante sua jogada.

— Sim, de fato — admitiu Canto-de-Luz, dando um gole em seu drinque. — Ela foi extraordinariamente agradável, devo dizer.

Tempo-Bom riu baixinho, obviamente considerando o comentário sarcástico — o que era um tanto irritante, já que Canto-de-Luz estava sendo sincero.

— Toda a corte está em polvorosa — comentou Chamado-da-Verdade, virando-se e jogando para trás sua capa, então se inclinando novamente contra o parapeito da sacada enquanto esperava que os pontos da sua jogada fossem calculados. — Poderia-se dizer que os idrianos traíram o acordo.

— A princesa errada — concordou Tempo-Bom. — Isso nos dá uma abertura.

— Sim — concordou Chamado-da-Verdade com um ar pensativo —, mas uma abertura para quê?

— Para atacar! — respondeu Benze-Vida, da sua maneira obtusa de costume. Os outros dois o encararam com uma careta.

— Há muito mais que isso a ganhar, Benze-Vida.

— Sim — disse Tempo-Bom, girando ociosamente o restinho de vinho na sua taça. — Meus planos já estão em movimento, é claro.

— E que planos seriam esses, divino irmão? — perguntou Chamado-da-Verdade.

Tempo-Bom sorriu.

— Eu não ia querer estragar a surpresa, não é?

— Depende — disse Chamado-da-Verdade com secura. — Isso vai me impedir de exigir aos idrianos mais acesso às rotas comerciais? Poderia apostar que daria para pressionar a nova rainha a apoiar nossa proposta. Dizem que ela é bastante ingênua.

Canto-de-Luz sentia uma ligeira náusea enquanto eles falavam. Sabia como conspiravam, sempre tramando. Eles jogavam seu jogo com esferas, mas outro motivo para se encontrarem naqueles torneios era fazer pose e celebrar acordos.

— A ignorância dela deve ser fingida — disse Benze-Vida em um raro momento de raciocínio mais profundo. — Eles não a teriam enviado, se fosse de fato inexperiente.

— Ela é idriana — desdenhou Chamado-da-Verdade. — A cidade mais importante deles tem menos gente do que um bairro pequeno de T'Telir. Eles mal entendem o conceito de política, eu garanto. Estão mais acostumados a falar com ovelhas do que com humanos.

Tempo-Bom assentiu.

— Mesmo que ela seja bem treinada, para os padrões deles, será fácil manipulá-la aqui. O verdadeiro truque é garantir que os outros não a abordem primeiro. Canto-de-Luz, qual foi a sua impressão? Ela seguirá de prontidão as ordens dos deuses?

— Eu realmente não faço ideia — disse ele, acenando para pedir mais suco. — Como bem sabe, não me interesso muito por jogos políticos.

Tempo-Bom e Chamado-da-Verdade compartilharam sorrisinhos; como a maioria dos membros da corte, consideravam Canto-de-Luz totalmente sem jeito para questões práticas. E, pela definição deles, "questões práticas" significava "tirar vantagem dos outros".

— Canto-de-Luz — disse Benze-Vida com sua voz honesta e insensível. — Você realmente deveria se interessar mais pela política. Pode ser uma ótima distração. Ora, se você soubesse do acesso que eu tenho a muita informação privada!

— Meu caro Benze-Vida — replicou Canto-de-Luz —, por favor, acredite quando digo que *não* desejo saber de nenhuma informação envolvendo você e uma privada.

Benze-Vida franziu o cenho, claramente tentando decifrar aquela tirada.

Os outros dois voltaram a falar da rainha enquanto os sacerdotes relataram o placar da última jogada. Estranhamente, Canto-de-Luz se pegou cada vez mais perturbado. Enquanto Benze-Vida se levantava para fazer sua próxima jogada, Canto-de-Luz acabou se levantando também.

— Meus divinos irmãos, sinto-me subitamente bem cansado. Talvez tenha sido algo que ingeri.

— Não algo que eu servi, espero — disse Chamado-da-Verdade. Estavam no palácio dele.

— Comida, não — respondeu Canto-de-Luz. — As outras coisas que está servindo hoje, talvez. Eu realmente preciso partir.

— Mas você está na liderança! — protestou Chamado-da-Verdade. — Se partir agora, teremos que jogar novamente semana que vem!

— Suas ameaças não me abalam, meu divino irmão — replicou Canto-de-Luz, acenando respeitosamente com a cabeça para cada um deles. — Despeço-me até a hora em que me arrastarem de novo até aqui para jogar seu trágico jogo.

Eles riram. Canto-de-Luz não sabia se devia achar graça ou se ofender que confundissem com tanta frequência suas piadas com frases sérias e vice-versa.

Reencontrou seus sacerdotes — inclusive Llarimar — na sala adjacente à sacada, mas não sentiu vontade de falar com nenhum deles. Enquanto seguia pelo palácio prata e vinho, a conversa ainda o perturbava. Os homens da sacada eram completos amadores em comparação com os *verdadeiros* mestres da política, como Faz-Corar. Eram muito obtusos e óbvios com seus planos.

Porém, até homens obtusos e óbvios podiam ser perigosos. Em especial para uma mulher como a rainha, que obviamente não tinha experiência com tais coisas.

Eu já decidi que não posso ajudá-la, pensou Canto-de-Luz, deixando o palácio e adentrando o gramado do lado de fora. À direita, uma rede complexa de quadrados e padrões marcados por cordas delimitavam o campo de Tarachin. Uma esfera quicou na grama com uma pancada distante. Canto-de-Luz caminhou na outra direção pela grama macia, sem esperar que seus sacerdotes erigissem um toldo para protegê-lo do sol da tarde.

Ainda estava preocupado com a possibilidade de tentar ajudar e simplesmente piorar as coisas. Por outro lado, havia os sonhos. Guerra e violência. Repetidas vezes ele viu a queda de T'Telir, a destruição da sua terra natal. Não podia continuar a ignorar os sonhos, embora não os aceitasse como proféticos.

Faz-Corar achava que a guerra era importante. Ou pelo menos achava que era importante se preparar para ela. Ele confiava mais nela do que em qualquer outro deus ou deusa, mas também se preocupava com sua agressividade. Faz-Corar o procurara, pedindo que fizesse parte dos seus planos. Será que havia feito isso porque sabia que ele seria mais moderado do que ela? Estaria intencionalmente buscando uma contrapartida?

Ele ouviu petições, embora não pretendesse nunca entregar sua Respiração e morrer. Interpretou pinturas, embora não achasse que via nada de profético nelas. Será que não poderia ajudar a garantir poder na corte, para estarem preparados, apesar de não acreditar que suas visões tinham qualquer significado? Ainda mais se essas preparações ajudassem a proteger uma jovem que indubitavelmente não tinha outros aliados?

Llarimar dissera para ele fazer seu melhor. Parecia uma trabalheira horrível. Infelizmente, fazer nada estava começando a parecer ainda *mais trabalhoso*. Às vezes, quando se pisava em algo sujo, a única coisa a fazer era parar de caminhar e tentar limpar a sandália.

Ele suspirou, balançando a cabeça.

— Eu provavelmente vou me arrepender disso — murmurou consigo mesmo.

Então foi procurar Faz-Corar.

O HOMEM ERA FRANZINO, quase esquelético, e cada marisco que ele devorava fazia Vivenna se encolher por dois motivos. Não só ela tinha dificuldades em acreditar que qualquer pessoa pudesse apreciar uma comida tão sebosa e molenga, como os mexilhões também eram de um tipo muito raro e caro.

E ela ia pagar a conta.

O restaurante ficava movimentado à tarde — as pessoas comiam rotineiramente fora ao meio-dia, quando fazia mais sentido comprar comida do que voltar para casa para uma refeição. Todo o conceito de restaurantes ainda parecia estranho para ela. Aqueles homens não tinham esposas ou servos para cozinhar suas refeições? Não se incomodavam em comer em um lugar tão público? Era tão... impessoal.

Denth e Tonk Fah estavam sentados junto dela, um de cada lado. E, naturalmente, também se serviram do prato de mexilhões. Vivenna não tinha certeza — decidira não perguntar —, mas achava que os mariscos estavam crus.

O homem magro diante dela engoliu mais um. Ele não parecia estar se divertindo, apesar do ambiente caro e da comida gratuita. Tinha uma expressão de desprezo nos lábios e, embora não parecesse nervoso, ela notou que estava de olho na porta.

— Então — disse Denth, colocando outra concha vazia na mesa e limpando os dedos na toalha, o que era uma prática comum em T'Telir. — Pode nos ajudar ou não?

O homenzinho, que se chamava Fob, deu de ombros.

— Você está contando uma história maluca, mercenário.

— Você me conhece, Fob. Quando que já menti para você?

— Sempre que você foi pago para isso — respondeu Fob, bufando. — Só que eu nunca fui capaz de te pegar no flagra.

Tonk Fah deu uma risada, pegando outro mexilhão, que escorregou da concha enquanto ele o levava aos lábios; Vivenna teve que controlar a ânsia de vômito diante do som repulsivo que o mexilhão fez quando atingiu a mesa.

— Mas você não discorda que a guerra está chegando — disse Denth.

— É claro que não — devolveu Fob. — Mas ela está chegando há décadas. O que faz você pensar que vai finalmente acontecer esse ano?

— Você pode se dar ao luxo de ignorar essa possibilidade? — indagou Denth.

Fob se agitou um pouco, então voltou aos mexilhões. Tonk Fah começou a empilhar as conchas, para ver quantas conseguia equilibrar uma em cima da outra. Vivenna nada disse. Seu papel secundário naqueles encontros não a incomodava. Ela assistia, aprendia e pensava.

Fob era um proprietário de terras. Ele derrubava florestas, depois alugava as terras para fazendeiros. Muitas vezes contava com Sem-Vida para ajudá-lo na derrubada — trabalhadores emprestados pelo governo. Só havia uma estipulação: caso uma guerra eclodisse, toda a comida produzida nas suas terras durante o tempo de conflito imediatamente se tornaria propriedade dos Retornados.

Era um bom acordo. O governo provavelmente tomaria suas terras durante uma guerra, de qualquer modo, então ele não perdia realmente nada, a não ser seu direito de reclamar.

Ele comeu outro mexilhão. *Como ele aguenta isso tudo?*, ela pensou. Fob havia conseguido devorar quase o dobro da quantidade das criaturinhas nojentas que Tonk Fah havia comido.

— Você não vai ficar com a colheita, Fob — disse Denth. — Você vai perder um bocado esse ano, caso a gente tenha razão.

— Mas — continuou Tonk Fah, acrescentando outra concha à sua pilha —, se fizer a colheita cedo e vender os estoques, pode ter vantagem sobre seus competidores.

— E o que vocês ganham com isso? — perguntou Fob. — Como eu vou saber se esses mesmos competidores não contratam vocês para me convencer de que uma guerra está chegando?

A mesa ficou em silêncio, tornando perceptível o ruído das outras pessoas com suas próprias refeições. Denth finalmente se virou, olhando para Vivenna, e acenou com a cabeça.

Ela colocou seu xale — não o xale de matrona que trouxera de Idris, mas um de gaze sedoso que Denth lhe arrumara. Ela olhou Fob nos olhos, então mudou seu cabelo para um vermelho intenso. Com o xale na cabeça, só os que estavam na mesa e olhando de perto podiam ver a mudança.

Ele gelou.

— Faça de novo — disse Fob.

Ela ficou loira.

Fob se recostou, deixando seu mexilhão cair da concha e se espatifar na mesa perto daquele que Tonk Fah havia deixado cair.

— A *rainha*? — perguntou ele, chocado.

— Não — disse Vivenna. — A irmã dela.

— O que está acontecendo aqui? — questionou Fob.

Denth sorriu.

— Ela está aqui para organizar uma resistência contra os deuses Retornados e fazer preparativos para os interesses idrianos aqui em T'Telir, para a guerra vindoura.

— Você acha que aquele velho rei nas terras altas mandaria a filha para cá por nada? — disse Tonk Fah. — Guerra. É a única coisa que exigiria um ato de tanto desespero.

— Sua irmã — disse Fob, olhando para Vivenna. — Eles mandaram a caçula para a corte. Por quê?

— O rei não compartilha seus planos, Fob — replicou Denth.

Fob pareceu pensativo. Finalmente, jogou o mexilhão caído no prato de conchas e pegou um fresco.

— Eu *sabia* que a chegada daquela garota não era simples acaso.

— Então você fará a colheita? — perguntou Denth.

— Vou pensar no assunto — disse Fob.

Denth assentiu.

— Acho que basta.

Ele inclinou a cabeça na direção de Vivenna e Tonk Fah, e os três deixaram Fob comendo seus mariscos. Vivenna pagou a conta — que foi ainda mais alta do que temera — e então se juntaram a Parlin, Joias e Tijolo, o Sem-Vida, que esperavam do lado de fora. O grupo se afastou do restaurante, abrindo caminho facilmente através da multidão, graças ao enorme Sem-Vida que seguia diante deles.

— Para onde vamos agora? — indagou Vivenna.

Denth olhou-a de lado.

— Não está nem um pouquinho cansada?

Vivenna não prestava atenção em seus pés doloridos ou sua sonolência.

— Estamos trabalhando pelo bem do meu povo, Denth. Um pouco de cansaço é um preço pequeno.

Denth lançou um olhar na direção de Tonk Fah, mas o pesado mercenário havia se metido na multidão e se encaminhado até a barraca de um mercador, seguido por Parlin — que, Vivenna notou, havia voltado a usar seu ridículo chapéu verde, apesar da desaprovação dela. O que havia de errado com aquele homem? Era verdade que não era terrivelmente inteligente, mas sempre fora ponderado.

— Joias — chamou Denth mais à frente. — Leve-nos ao tal lugar de Raymar.

Joias assentiu, então deu instruções para Tijolo, que Vivenna não escutou. O grupo tomou outra direção em meio à multidão.

— A criatura só responde a ela? — perguntou Vivenna.

Denth deu de ombros.

— Ele tem instruções básicas para fazer o que Tonks e eu mandarmos, e eu tenho uma frase de segurança que posso usar, se precisar de mais controle.

Vivenna franziu a testa.

— Frase de segurança?

Denth olhou-a de soslaio.

— Estamos entrando em um assunto bem herege... Tem certeza de que quer continuar?

Vivenna ignorou o seu tom de gracejo.

— Ainda *não* gosto da ideia daquela coisa estar conosco, ainda mais se não tenho uma maneira de controlá-la.

— Todos os Despertares funcionam por meio de um Comando, princesa — disse Denth. — Você Investe algo de vida, então dá uma ordem a essa coisa. Os Sem-Vida são valiosos porque é possível dar Comandos a eles *depois* de criá-los, ao contrário de outros objetos Despertados, que só se pode Comandar uma vez, com antecedência. Além disso, os Sem-Vida conseguem se lembrar de uma longa lista de ordens complexas e geralmente não costumam entender errado. Eles mantêm parte da sua humanidade, eu acho.

Vivenna se arrepiou; eles soavam conscientes demais para seu gosto.

— Contudo, isso significa que praticamente qualquer um pode controlar um Sem-Vida — prosseguiu Denth. — Não só a pessoa que os criou. Então damos a eles frases de segurança. Umas palavras que permitem gravar novos Comandos na criatura.

— Então, qual é a frase de segurança de Tijolo?

— Terei que perguntar a Joias se a senhora pode saber.

Vivenna abriu a boca para reclamar, mas então pensou melhor. Denth obviamente não gostava de se meter com Joias ou com seu trabalho. Vivenna simplesmente voltaria ao assunto depois, quando estivessem em um lugar mais privado. Em vez disso, olhou para Tijolo. Ele usava uma roupa simples. Calças cinzentas e camisa cinzenta, com um gibão de couro que havia sido drenado de cor. Levava uma espada grande na cintura. Não uma espada de duelo — uma arma mais brutal, de lâmina larga.

Todo de cinza, pensou Vivenna. *É porque eles querem que todos reconheçam Tijolo como um Sem-Vida?* Apesar do que Denth dissera sobre os Sem-Vida serem comuns, muitas pessoas mantinham distância da criatura. *Cobras podem ser comuns na selva, mas isso não significa que as pessoas gostam de vê-las.*

Joias conversava baixinho com o Sem-Vida, embora ele nunca respondesse, apenas caminhasse com o rosto para a frente, o ritmo constante e inumano dos seus passos.

— Ela sempre... fala com ele assim? — indagou Vivenna, estremecendo.

— Fala — confirmou Denth.

— Não parece saudável.

Denth pareceu perturbado, mas não disse nada. Alguns momentos depois, Tonk Fah e Parlin voltaram. Tonk Fah, para o desagrado de Vivenna, estava com um macaquinho no ombro. O bicho guinchou um pouco, então correu por trás do pescoço de Tonk Fah, passando para o outro ombro.

— Outro bicho de estimação? — perguntou Vivenna. — O que aconteceu com aquele seu papagaio, afinal?

Tonk Fah pareceu envergonhado e Denth sacudiu a cabeça.

— Tonks não é muito bom com animais.

— O papagaio era chato, de qualquer maneira — disse Tonk Fah. — Macacos são *muito* mais interessantes.

Vivenna ergueu uma sobrancelha e continuou caminhando. Não demorou muito até chegarem ao restaurante seguinte, muito menos elegante que o anterior. Joias, Parlin e o Sem-Vida se posicionaram do lado de fora, como de costume, e Vivenna e os outros dois mercenários entraram.

As reuniões estavam se tornando rotineiras. Durante as últimas duas semanas, haviam se encontrado com pelo menos uma dúzia de pessoas de variadas utilidades. Alguns eram chefes do submundo, que Denth considerava capazes de criar tumultos. Outros eram comerciantes, como Fob. De modo geral, Vivenna estava impressionada com a variedade de maneiras secretas que Denth criara para sabotar as coisas em T'Telir.

A maioria dos planos exigia uma exibição das Madeixas Reais de Vivenna como argumento final. Quase todo mundo instantaneamente captava a importância de uma filha da realeza estar na cidade, e ela ficava pensando como exatamente Lemex pretendera alcançar resultados sem tal prova convincente.

Denth os conduziu até uma mesa no canto, e Vivenna franziu a testa ao ver quão sujo era o restaurante. A única luz vinha através de finas janelas de ripas no teto, que deixavam passar raios de sol, mas isso era o bastante para exibir a sujeira. Apesar da fome, ela rapidamente decidiu que não comeria nada *naquele* estabelecimento.

— Por que ficamos trocando de restaurantes, afinal de contas? — perguntou ela, se sentando depois de limpar o banco com seu lenço.

— É mais difícil nos espionarem desse jeito — disse Denth. — Vou avisá-la de novo, princesa. Isso tudo é mais perigoso do que parece. Não deixe que reuniões simples, em meio a refeições, a enganem. Em qualquer outra cidade, nós estaríamos nos reunindo em porões, lugares de jogatina ou becos. É melhor ficar em movimento.

Eles se acomodaram e Denth e Tonk Fah pediram comida, como se não tivessem acabado de vir do segundo almoço do dia. Vivenna ficou quieta em sua cadeira, preparando-se para a reunião. O Banquete dos Deuses era um dia santo em Hallandren — embora, pelo que vira, o povo daquela cidade pagã não soubesse realmente o que deveria ser um dia santo. Em vez de ajudar os monges nos campos ou cuidar dos necessitados, as pessoas tiravam folga à noite e se fartavam de comida — como se os deuses quisessem que eles fossem extravagantes.

E talvez quisessem mesmo. Pelo que escutara, os Retornados eram seres devassos. Fazia sentido que seus seguidores passassem o dia "santo" sendo ociosos e gulosos.

O contato deles chegou antes da comida. Ele entrou com dois guarda--costas e usando roupas finas — o que em T'Telir significava cores vivas —, mas sua barba estava crescida e sebosa, e aparentemente lhe faltavam vários dentes na boca. Ele apontou, e seus guarda-costas puxaram uma segunda mesa para junto da de Vivenna, então colocaram três cadeiras ao redor. O homem se sentou, tomando cuidado para manter distância de Denth e Tonk Fah.

— Um pouco paranoico, não? — disse Denth.

O homem levantou as mãos.

— Cautela nunca fez mal a ninguém.

— Mais comida para nós, então — disse Tonk Fah quando o prato chegou.

Estava cheio de pedaços de... alguma coisa que havia sido amassada e frita. O macaco imediatamente desceu pelo braço de Tonk Fah e agarrou alguns pedaços.

— Então, você é o infame Denth — disse o homem.

— Sou. Imagino que você seja Grable?

O homem assentiu.

Um dos chefes de ladrões menos respeitáveis da cidade, pensou Vivenna. *Um forte aliado da rebelião de Vahr.* Esperavam há semanas para marcar aquele encontro.

— Ótimo — disse Denth. — Temos algum interesse em fazer com que certas carroças de suprimentos desapareçam no caminho para a cidade — falou ele, de modo tão direto que Vivenna olhou ao redor para ter certeza de que não havia outras mesas próximas.

— Grable é o dono desse restaurante, princesa — sussurrou Tonk Fah. — Metade dos homens neste salão provavelmente são guarda-costas dele.

Que maravilha, pensou ela, irritada de não terem lhe contado aquilo antes de entrarem. Ela olhou de novo ao redor, se sentindo muito mais tensa.

— É mesmo? — perguntou Grable, trazendo a atenção de Vivenna de volta para a conversa. — Quer fazer coisas desaparecerem? Caravanas de comida?

— É um trabalho difícil que estamos pedindo — disse Denth com um ar sério. — Não são caravanas de longa distância. A maioria vem para a cidade das fazendas dos arredores.

Ele sinalizou para Vivenna, que pegou uma pequena bolsa de moedas e entregou a ele, que a jogou em uma mesa próxima.

Um dos guarda-costas a investigou.

— Pela sua gentileza de nos receber — disse Denth.

Vivenna sentiu um aperto no estômago ao ver o dinheiro partir. Parecia *errado* usar fundos reais para subornar homens como Grable. O que acabara de entregar não era nem mesmo um suborno de verdade, era apenas "molhar a mão", como dizia Denth.

— Agora — continuou Denth —, as carroças de que falávamos...

— Espere — interrompeu Grable. — Deixe-me ver o cabelo primeiro.

Vivenna suspirou, movendo-se para colocar o xale.

— Sem xale — disse Grable. — Sem truques. Os homens nessa sala são leais.

Vivenna olhou de lado para Denth, e ele assentiu. Então ela mudou as cores umas duas vezes. Grable observou atentamente, coçando a barba.

— Excelente — disse ele por fim. — Excelente mesmo. Onde foi que você achou ela?

Denth franziu o cenho.

— O quê?

— Uma pessoa com sangue real o suficiente para imitar uma das princesas.

— Ela não é uma impostora — disse Denth enquanto Tonk Fah continuava concentrado no prato de frituras.

— Ora, vamos lá — disse Grable, abrindo um sorriso largo e irregular. — Pode me contar.

— É verdade — respondeu Vivenna. — Ser da realeza é mais do que mero sangue. Tem a ver com linhagem e a vocação sagrada de Austre. Meus filhos não terão as Madeixas Reais a menos que eu me torne rainha de Idris. Só herdeiros em potencial têm a habilidade de mudar a cor do cabelo.

— Isso é superstição idiota — disse Grable, e se inclinou para a frente, ignorando-a para se concentrar em Denth. — Não me importo com suas remessas de comida, Denth. Eu quero comprar a garota de você. Quanto quer?

Denth se manteve calado.

— Boatos sobre ela estão se espalhando pela cidade — disse Grable. — Entendo o que está fazendo. Dá para movimentar muita gente, fazer muito barulho com uma pessoa que parece ser da família real. Não sei onde você a encontrou, ou como a treinou tão bem, mas eu a quero para mim.

Denth se levantou lentamente.

— Vamos embora — declarou ele.

Os guarda-costas de Grable também se levantaram. Denth se moveu.

Houve lampejos — reflexos de luz solar, e corpos se movendo rápido demais para a mente chocada de Vivenna acompanhar. Então o movimento parou. Grable permanecia em sua cadeira. Denth havia assumido uma postura de ataque, sua lâmina de duelo atravessando o pescoço de um dos guarda-costas.

O guarda-costas parecia surpreso, a mão ainda na própria espada. Vivenna nem sequer vira Denth sacar a arma. O outro guarda-costas tropeçou, sangue manchando a frente do gibão, que Denth, incrivelmente, parecia ter conseguido transpassar também.

Ele escorregou até o chão, batendo na mesa de Grable em seus tremores finais.

Senhor das Cores..., pensou Vivenna. *Tão rápido!*

— Então, você é *mesmo* tão bom quanto dizem — observou Grable, ainda parecendo despreocupado.

Por toda a sala, outros homens haviam se levantado. Cerca de vinte. Tonk Fah agarrou outro punhado de frituras, então cutucou Vivenna.

— Acho melhor a gente se levantar — sussurrou ele.

Denth removeu sua espada do pescoço do guarda-costas, que se juntou ao amigo sangrando e morrendo no chão, então enfiou a arma com força na bainha sem limpá-la, nunca desviando o olhar de Grable.

— As pessoas comentam de você — afirmou Grable. — Dizem que apareceu do nada, uma década atrás. Reuniu um grupo com os melhores... roubando-os de homens importantes. Ou de prisões importantes. Ninguém sabe muito sobre você, além do fato de ser rápido. Alguns dizem que sua rapidez é inumana.

Denth indicou a saída com a cabeça. Vivenna se levantou nervosamente, então deixou Tonk Fah puxá-la pelo salão. Os guardas estavam com as mãos nas espadas, mas ninguém atacou.

— É uma pena que a gente não tenha conseguido colaborar. — Grable suspirou. — Espero que se lembre de mim para futuros negócios.

Denth finalmente se virou, juntando-se a Vivenna e Tonk Fah na saída do restaurante para a rua ensolarada. Parlin e Joias se apressaram a alcançá-los.

— Ele vai nos deixar partir? — indagou Vivenna, com o coração batendo forte.

— Ele só queria ver minha lâmina — disse Denth, ainda parecendo tenso. — Às vezes acontece.

— Tirando isso, ele queria arrumar uma princesa para si — acrescentou Tonk Fah. — Ou ele ia conseguir dar uma avaliada na habilidade de Denth, ou ficar com você.

— Mas... vocês podiam tê-lo matado! — disse Vivenna.

Tonk Fah bufou.

— E atrair a fúria de metade dos ladrões, assassinos e gatunos da cidade? Não, Grable sabia que não corria perigo conosco.

Denth olhou de volta para ela.

— Sinto muito por desperdiçar seu tempo... pensei que ele seria mais útil.

Ela franziu o cenho, notando pela primeira vez a cuidadosa máscara que Denth usava para ocultar suas emoções. Sempre o considerara despreocupado como Tonk Fah, mas agora percebia indícios de outra coisa. Controle. Controle que, pela primeira vez desde que se conheceram, parecia prestes a falhar.

— Bem, não houve dano algum — disse ela.

— Exceto para aqueles canalhas que Denth espetou — acrescentou Tonk Fah, alegremente alimentando seu macaco com outro bocado. — Nós precisamos...

— Princesa? — chamou uma voz da multidão.

Denth e Tonk Fah giraram ao mesmo tempo. Mais uma vez, a espada de Denth estava empunhada antes que Vivenna pudesse ver. Dessa vez, contudo, ele não atacou. O homem atrás deles não parecia ameaçador. Usava roupas marrons esfarrapadas e tinha um rosto queimado e endurecido pelo sol. Parecia um fazendeiro.

— Ah, princesa — disse o homem, correndo até ela, ignorando as lâminas. — É *mesmo* a senhorita. Ouvi rumores, mas... ah, a senhorita está aqui!

Denth olhou para Tonk Fah, e o mercenário maior estendeu o braço, colocando a mão na frente do recém-chegado antes que ele se aproximasse demais de Vivenna. Ela teria achado a precaução desnecessária se não houvesse acabado de ser incapaz de acompanhar Denth matando dois homens em um piscar de olhos. O perigo de que Denth sempre falava estava lentamente sendo assimilado pela sua mente. Se aquele homem possuísse uma arma escondida e certa habilidade, poderia matá-la antes que ela soubesse o que estava acontecendo.

Era uma compreensão assustadora.

— Princesa — disse o homem, caindo de joelhos. — Sou seu servo.

— Por favor — pediu ela. — Não me coloque acima de ninguém.

— Ah — disse o homem, erguendo os olhos. — Sinto muito. Faz tanto tempo desde que deixei Idris! Mas é a senhorita!

— Como sabia que eu estava aqui?

— Os idrianos em T'Telir — disse o homem. — Dizem que a senhorita veio retomar o trono. Nós estamos sendo oprimidos aqui por tanto tempo que achei que as pessoas estavam inventando histórias. Mas é verdade! A senhorita está aqui!

Denth olhou para ela, então para o restaurante de Grable, que ainda estava a pouca distância. Ele acenou para Tonk Fah.

— Pegue esse sujeito, reviste-o, e vamos conversar em outro lugar.

O **"OUTRO LUGAR" ACABOU** se revelando um edifício acabado em uma área pobre da cidade, a 15 minutos do restaurante.

Vivenna achava as favelas de T'Telir muito interessantes, pelo menos em termos intelectuais. Mesmo ali havia cor; as pessoas usavam roupas desbotadas. Tiras brilhantes de pano pendiam de janelas, esticadas sobre os beirais e repousando em montinhos na rua. Cores, apagadas ou sujas. Como um parque de diversões atingido por um deslizamento de lama.

Vivenna estava do lado de fora do barraco, com Joias, Parlin e o idriano, esperando enquanto Denth e Tonk Fah garantiam que o edifício não escondia nenhuma ameaça. Ela abraçou o próprio corpo, com uma estranha sensação de desespero. As cores desbotadas no beco pareciam erradas. Eram coisas mortas. Como um belo pássaro que havia caído imóvel no chão, sua forma intacta, mas desprovido da magia.

Vermelhos arruinados, amarelos manchados, verdes quebrados. Em T'Telir, até mesmo coisas simples, como pernas de cadeiras e sacos de armazenamento, eram tingidas com cores vivas. Quanto as pessoas da cidade gastavam em tinturas e tintas? Se não fosse pelas Lágrimas de Edgli, as flores vibrantes que só cresciam no clima de T'Telir, isso teria sido impossível. Hallandren havia criado uma economia inteira a partir do cultivo, da colheita e da produção de tinturas daquelas flores especiais.

Vivenna franziu o nariz devido ao cheiro de lixo. Os odores agora também lhe eram mais intensos, assim como as cores. Não que seu olfato estivesse melhor; os cheiros só lhe pareciam mais complexos. Ela estremeceu. Mesmo agora, semanas depois da infusão da Respiração, não se sentia normal. Podia *sentir* a população fervilhante da cidade, sentir Parlin ao lado dela, vigiando desconfiado os becos próximos. Podia sentir Denth e Tonk Fah lá dentro — um deles parecia estar inspecionando o porão.

Ela podia...

Gelou. Ela *não podia* sentir Joias. Olhou para o lado, mas a mulher mais baixa estava ali, as mãos nos quadris, resmungando baixinho por ter sido deixada com as "crianças". Sua abominação Sem-Vida estava ao lado dela; Vivenna não havia esperado ser capaz de senti-la. Por que não podia sentir Joias? Teve um momento de pânico agudo, pensando que Joias talvez fosse algum tipo bizarro de Sem-Vida. Mas então entendeu que havia uma explicação simples.

Joias não tinha Respiração. Ela era uma Descorada.

Depois dessa compreensão, o fato ficou óbvio. Mesmo sem sua riqueza de Respirações, Vivenna achava que seria capaz de perceber. Havia menos brilho de vida nos olhos de Joias. Ela parecia mais rabugenta, menos agradável; parecia deixar os outros nervosos.

Além disso, Joias nunca percebia quando Vivenna estava olhando para ela. Fosse qual fosse o instinto que fazia com que as pessoas olhassem ao redor quando alguém os vigiava por tempo demais, Joias não o possuía. Vivenna desviou o olhar e se pegou corando. Ver uma pessoa sem Respiração... era como espiar alguém trocando de roupa. Alguém exposto.

Pobre mulher, ela pensou. *Como será que isso aconteceu?* Será que ela mesma a vendera? Ou havia sido tomada dela? Subitamente, Vivenna sentiu vergonha. *Por que eu deveria ter tanto, quando ela não tem nada?* Era o pior tipo de ostentação.

Ela sentiu Denth se aproximar antes que ele abrisse a porta, que parecia prestes a cair das dobradiças.

— É seguro — disse ele, então olhou para Vivenna. — Não precisa se envolver nisso, se não quiser desperdiçar seu tempo, princesa. Joias pode te levar de volta para casa. Vamos interrogar o homem e depois te informamos.

Ela balançou a cabeça.

— Não. Quero ouvir o que ele tem a dizer.

— Foi o que imaginei — replicou Denth. — Mas é melhor cancelar nosso próximo compromisso. Joias, você...

— Eu faço isso — disse Parlin.

Denth hesitou, voltando-se para Vivenna.

— Olhe só, posso não compreender tudo que está acontecendo nessa cidade — disse Parlin —, mas posso entregar uma simples mensagem. Não sou um idiota.

— Deixe que ele vá — disse Vivenna. — Eu confio nele.

Denth deu de ombros.

— Tudo bem. Vá direto por esse beco até encontrar a praça com a estátua quebrada de um cavaleiro, então vire para leste e siga por todas as curvas da avenida. Isso vai tirá-lo da favela. O próximo compromisso era num restaurante chamado o Caminho do Armeiro; você vai encontrá-lo no mercado, no lado oeste.

Parlin assentiu e foi embora. Denth acenou para que Vivenna e os outros entrassem no edifício. O nervoso idriano — Thame — entrou primeiro. Vivenna o seguiu e ficou surpresa ao perceber que o interior do edifício parecia muito mais firme do que o exterior sugeria. Tonk Fah encontrou um banco e colocou-o no centro do cômodo.

— Sente-se, amigo — disse Denth, apontando para o banco.

Thame nervosamente se acomodou no assento.

— Agora — disse Denth —, por que não nos conta como descobriu que a princesa ia visitar hoje aquele restaurante específico?

Thame olhou de um lado para outro.

— Eu só estava andando por ali e...

Tonk Fah estalou as juntas dos dedos. Vivenna olhou para ele, subitamente notando que Tonk Fah parecia mais... perigoso. Aquele homem pesado e ocioso que gostava de tirar sonecas havia desaparecido. No seu lugar surgiu um capanga com as mangas arregaçadas, exibindo músculos enormes.

Thame estava suando. Ao lado, Tijolo, o Sem-Vida, entrou na sala, seus olhos inumanos escondidos pela sombra, seu rosto parecendo feito de cera. Um simulacro de um humano.

— Eu... faço trabalhos para um dos chefes da cidade — disse Thame. — Coisas pequenas. Nada grande. Quando se é um de nós, tem que se aceitar qualquer trabalho que apareça.

— Um de nós? — perguntou Denth, pousando a mão no cabo da espada.

— Idriano.

— Já vi idrianos em boas posições na cidade, amigo — disse Denth. — Comerciantes. Agiotas.

— Os sortudos, senhor — respondeu Thame, engolindo em seco. — Eles têm o próprio dinheiro. As pessoas aceitam trabalhar com qualquer pessoa que tenha dinheiro. Se você é só um homem comum, as coisas são diferentes. As pessoas olham para sua roupa, escutam seu sotaque, e encontram outros para fazer o trabalho. Dizem que não somos confiáveis. Ou que somos tediosos. Ou que roubamos.

— E você rouba? — perguntou Vivenna, quase sem querer.

Thame olhou para ela, depois para o chão sujo do edifício.

— Às vezes. Mas não de início. Agora eu só faço isso quando meu chefe me pede.

— Isso ainda não explica como sabia onde nos encontrar, amigo — disse Denth em voz baixa.

A maneira como falou "amigo", com Tonk Fah de um lado e o Sem-Vida do outro, fez Vivenna se arrepiar.

— Meu chefe fala demais — contou Thame. — Ele sabia o que ia acontecer no restaurante... vendeu a informação para uma ou duas pessoas. Eu ouvi de graça.

Denth olhou para Tonk Fah.

— Todo mundo sabe que ela está na cidade — disse Thame rapidamente. — Todos nós ouvimos os rumores. Não é coincidência. As coisas estão ruins para nós. Pior do que jamais estiveram. A princesa veio ajudar, certo?

— Amigo — disse Denth. — Acho melhor você esquecer esse encontro. Entendo que pode haver a tentação de vender informações, mas eu prometo que podemos encontrá-lo, se fizer isso. E podemos...

— Denth, já chega — disse Vivenna. — Pare de assustar o homem.

O mercenário olhou para ela, fazendo com que Thame desse um pulo.

— Ah, pelo amor das Cores — reclamou ela, se aproximando e se agachando ao lado do banco de Thame. — Não faremos nada com você, Thame. Você fez bem em me procurar, e confio que não contará sobre nossa reunião. Mas me diga: se as coisas estão tão ruins em T'Telir, por que não volta para Idris?

— Viajar custa dinheiro, Vossa Alteza. Não posso pagar... a maioria de nós não pode.

— Existem muitos de vocês aqui? — perguntou Vivenna.

— Sim, Vossa Alteza.

Vivenna acenou com a cabeça.

— Eu quero conhecer os outros.

— Princesa... — disse Denth, mas ela o silenciou com um olhar.

— Posso reunir alguns — afirmou Thame, assentindo com entusiasmo. — Eu prometo. Sou conhecido por muitos dos idrianos.

— Ótimo — disse Vivenna. — Porque eu *vim* para ajudar. Como vamos entrar em contato com você?

— Pergunte por Rira — disse ele. — É o meu chefe.

Vivenna se levantou e gesticulou na direção da porta. Thame fugiu sem precisar de mais encorajamento. Joias, que estava guardando a entrada, relutantemente abriu caminho e deixou que o homem saísse correndo.

O recinto ficou em silêncio por um instante.

— Joias — disse Denth. — Siga-o.

Ela assentiu e sumiu.

Vivenna olhou de volta para os mercenários, esperando que ficassem zangados com ela.

— Aaah, precisava liberar ele tão rápido? — disse Tonk Fah, se sentando no chão com um ar deprimido.

O que quer que houvesse feito para parecer perigoso sumira, se evaporando mais rápido do que água sobre metal no sol.

— Ora, pronto — reclamou Denth. — Ele vai ficar emburrado pelo resto do dia.

— Eu *nunca* tenho a oportunidade de ser o malvado — lamentou Tonk Fah, caindo para trás e olhando o teto. Seu macaco foi até ele e se sentou na sua grande barriga.

— Você vai superar — disse Vivenna, revirando os olhos. — Por que vocês foram tão duros com ele, afinal?

Denth deu de ombros.

— Sabe qual é minha parte menos favorita em ser um mercenário?

— Suspeito que vai me contar — replicou Vivenna, cruzando os braços.

— As pessoas estão sempre tentando te enganar — disse ele, sentando-se no chão ao lado de Tonk Fah. — Todas pensam que, como você é um capanga contratado, é um idiota.

Ele fez uma pausa, como se estivesse esperando que Tonk Fah oferecesse seu contraponto costumeiro. Em vez disso, o corpulento mercenário continuou a olhar fixamente para o teto.

— Arsteel *sempre* bancava o malvado — reclamou ele.

Denth suspirou, lançando para Vivenna um olhar que dizia "isso é culpa sua".

— De qualquer modo — continuou ele —, eu não teria tanta certeza de que aquele nosso amigo não era um espião mandado por Grable. Ele podia ter fingido ser um súdito leal, se aproximado das nossas defesas, então enfiado uma faca nas suas costas. É melhor tomar cuidado.

Ela se sentou no banco e sentiu a tentação de dizer que ele estava exagerando, mas... Bem, ela acabara de vê-lo matar dois homens para protegê-la. *Eu estou pagando a eles. Provavelmente é melhor deixar que façam seu trabalho.*

— Tonk Fah — disse ela. — Você pode ser o malvado da próxima vez.

Ele a encarou.

— Promete?

— Prometo.

— Posso gritar com o sujeito que estivermos interrogando?

— Claro — disse ela.

— Posso rosnar para ele?

— Imagino que sim.

— Posso quebrar os dedos dele?

Ela franziu o cenho.

— Não!

— Nem mesmo os sem importância? — pediu Tonk Fah. — Quero dizer, as pessoas têm *cinco*, afinal de contas. Os mindinhos nem fazem tanta coisa.

Vivenna hesitou, então Tonk Fah e Denth começaram a rir.

— Ah, sinceramente — disse ela, dando-lhes as costas. — Nunca sei quando vocês vão passar do sério para o ridículo.

— É isso que faz com que seja tão engraçado — respondeu Tonk Fah, ainda rindo.

— Então, vamos embora? — disse Vivenna, começando a se levantar.

— Que nada — disse Denth. — Vamos esperar um pouco. Ainda não sei ao certo se Grable não está procurando por nós. É melhor ficar na moita por algumas horas.

Ela franziu a testa, olhando para Denth. Incrivelmente, Tonk Fah já estava roncando baixinho.

— Você não disse que Grable nos deixaria ir? Que ele só estava nos testando... que queria ver quão hábil você era?

— É provável — replicou Denth. — Mas posso estar errado. Ele pode ter nos deixado sair porque estava preocupado com minha espada tão perto dele. Pode mudar de ideia. Vamos dar algumas horas, então retornar e perguntar aos meus olheiros se alguém ficou xeretando ao redor da casa.

— Olheiros? — perguntou Vivenna. — Você deixa pessoas vigiando nossa casa?

— Mas é claro. Crianças trabalham por preços baixos na cidade. Vale a pena o gasto, mesmo quando não se está protegendo uma princesa de um reino rival.

Ela se levantou e cruzou os braços. Não estava a fim de ficar sentada, então começou a andar de um lado para outro.

— Eu não me preocuparia tanto com Grable — disse Denth, de olhos fechados enquanto se recostava contra a parede. — Isso é só uma precaução.

Ela balançou a cabeça.

— Faz sentido que ele queira vingança, Denth. Você matou dois dos seus homens.

— Homens também são baratos nessa cidade, princesa.

— Você disse que ele o estava testando — comentou Vivenna. — Mas de que adiantaria isso? Provocá-lo à ação, só para deixá-lo partir?

— Para ver até que ponto sou uma ameaça. — Denth deu de ombros, os olhos ainda fechados. — Ou, mais provavelmente, para ver se valho o preço que costumo exigir. De novo, eu não me preocuparia tanto.

Ela suspirou, então caminhou até a janela para poder ver a rua.

— Acho que é melhor ficar longe da janela — recomendou Denth. — Só por via das dúvidas.

Primeiro ele me diz para não me preocupar, então para eu evitar ser vista, ela pensou com frustração no caminho de volta para o cômodo, indo rumo à porta que levava ao porão.

— Eu também não faria isso — comentou Denth. — As escadas estão quebradas em alguns pontos. De qualquer modo, não há muito a se ver. Chão sujo. Paredes sujas. Teto sujo.

Ela suspirou novamente, dando as costas para a porta.

— O que você tem hoje? — perguntou ele, ainda sem abrir os olhos. — Não costuma ficar tão nervosa.

— Não sei. Ficar presa aqui está me deixando ansiosa.

— Eu achava que as princesas aprendiam a ser pacientes — observou Denth.

Ele tem razão, ela percebeu. *Isso soou como algo que Siri diria. O que há de errado comigo ultimamente?* Ela se obrigou a se sentar no banco, então juntou as mãos sobre o colo, reassumindo o controle do seu cabelo, que, rebelde, havia começado a clarear até o castanho.

— Por favor — disse ela, forçando-se a soar paciente —, me conte sobre esse lugar. Por que escolheu este edifício?

Denth abriu uma pálpebra.

— Nós alugamos esse prédio — disse ele finalmente. — É bom ter esconderijos pela cidade. Como não costumamos usá-los com frequência, encontramos os mais baratos que podemos.

Eu notei, pensou Vivenna, mas se calou, reconhecendo como sua tentativa de conversa parecia desajeitada. Ficou quieta, olhando para as próprias mãos, tentando descobrir exatamente o que a deixara tensa.

Era mais que a luta. A verdade era que estava preocupada com o tempo que as coisas estavam levando em T'Telir. Seu pai devia ter recebido sua carta duas semanas antes, e já devia saber que *duas* das suas filhas estavam em Hallandren. Ela só podia esperar que a lógica da sua carta junto com suas ameaças o impedissem de fazer alguma tolice.

Ficara feliz quando Denth a fizera abandonar a casa de Lemex. Se seu pai enviasse agentes para buscá-la, eles naturalmente tentariam encontrar Lemex primeiro, como ela fizera. Contudo, uma parte covarde dela desejava que Denth não tivesse mostrado tamanha previdência. Se ainda estivessem vivendo na casa de Lemex, ela poderia já ter sido descoberta e estar no caminho de volta para Idris.

Ela fingia estar tão determinada. De fato, às vezes se *sentia* determinada. Eram os momentos quando pensava em Siri ou nas necessidades do seu reino. Contudo, esses momentos — os momentos de realeza — eram raros. O resto do tempo, tinha dúvidas.

O que estava fazendo? Sabia tão pouco de subterfúgios ou de batalhas. Era Denth quem estava no controle de tudo que ela estava fazendo para ajudar Idris. O que ela havia suspeitado naquele primeiro dia se provara verdade. Sua preparação e estudo de pouco valiam. Ela não sabia como proceder para salvar Siri; não sabia o que fazer em relação à Respiração que continha. Nem mesmo sabia de verdade se queria permanecer naquela cidade insana, superpovoada, super*colorida*.

Em suma, ela era inútil. Essa era a única coisa, acima de tudo, que seu treinamento nunca a preparara para enfrentar.

— A senhora realmente quer se encontrar com os idrianos? — indagou Denth.

Vivenna levantou os olhos. Do lado de fora, estava ficando mais escuro à medida que a noite se aproximava.

Será que quero? Se meu pai tem agentes na cidade, podem estar em meio a eles. Mas se houver alguma coisa que eu possa fazer por essa gente...

— Quero — disse ela.

Ele ficou em silêncio.

— Você não gosta disso.

Ele fez que não.

— Será difícil de combinar e difícil de esconder, e vai tornar mais complicado protegê-la. Essas reuniões que estamos tendo... todas foram em ambientes controlados. Caso se encontre com pessoas comuns, isso não será possível.

Ela concordou.

— Quero fazer isso de qualquer maneira. Preciso fazer alguma coisa, Denth. Algo útil. Ser exibida para esses seus contatos está ajudando, mas preciso fazer mais. Se a guerra está chegando, precisamos preparar essa gente, ajudá-la de algum modo.

Ela ergueu os olhos para as janelas. Tijolo, o Sem-Vida, estava no canto onde Joias o deixara. Vivenna sentiu um arrepio e desviou o olhar.

— Eu quero ajudar minha irmã. E quero ser útil para meu povo. Mas parece que não estou fazendo muito por Idris ao permanecer na cidade.

— É melhor do que partir — replicou Denth.

— Por quê?

— Porque, se você partir, não haverá ninguém para me pagar.

Ela revirou os olhos.

— Eu não estava brincando — observou Denth. — Eu gosto de ser pago. Contudo, há motivos melhores para permanecer.

— Quais?

Ele deu de ombros.

— Acho que depende. Veja bem, princesa, não sou do tipo que oferece conselhos brilhantes ou profundos. Sou um mercenário. Você me paga, aponta para onde quer que eu vá, e eu espeto coisas. Mas acho que, se pensar no assunto, vai descobrir que correr de volta para Idris é provavelmente a coisa *menos* útil que pode fazer. De lá, não vai poder fazer nada, a não ser ficar sentada costurando toalhinhas de crochê. Seu pai tem outros herdeiros. Aqui, você pode até ser em parte inútil... mas lá será completamente redundante.

Ele se calou, se espreguiçando e se recostando um pouco mais. *Às vezes é difícil conversar com esse homem*, pensou Vivenna, sacudindo a cabeça. Ainda assim, achou suas palavras reconfortantes. Ela sorriu, se virando.

E viu Tijolo de pé bem ao lado do seu banco.

Ela soltou um gritinho, meio pulando, meio caindo para trás. Denth ficou de pé em um segundo, a espada desembainhada, e Tonk Fah não estava muito atrás.

Vivenna se levantou, cambaleando, tropeçando nas saias, e colocou a mão no peito, como que para deter seu batimento cardíaco. O Sem-Vida estava parado olhando para ela.

— Ele faz isso às vezes — disse Denth com uma risadinha, embora tenha soado forçada para Vivenna. — Só chega perto das pessoas.

— Como se estivesse curioso em relação a elas — disse Tonk Fah.

— Eles *não podem* ficar curiosos — contestou Denth. — Não têm emoção alguma. Tijolo. Vá para seu canto.

O Sem-Vida se virou e começou a andar.

— Não — disse Vivenna, tremendo. — Coloque ele no porão.

— Mas as escadas... — protestou Denth.

— *Agora!* — gritou Vivenna, seu cabelo ficando vermelho nas pontas.

Denth suspirou.

— Tijolo, para o porão.

O Sem-Vida se virou e caminhou até a porta nos fundos. Enquanto ele descia os degraus, Vivenna ouviu um deles estalar levemente, mas a criatura chegou em segurança, a julgar pelos sons de seus passos. Ela voltou a se sentar, tentando acalmar a respiração.

— Desculpe por isso — disse Denth.

— Eu não consigo senti-lo — comentou Vivenna. — É aflitivo. Eu esqueço que ele está ali e não percebo quando se aproxima.

Denth concordou.

— Eu sei.

— Joias também — disse ela, encarando-o. — Ela é uma Descorada.

— É, sim — confirmou Denth, sentando-se também. — Ela é assim desde criança. Seus pais venderam sua Respiração para um dos deuses.

— Cada um deles precisa de uma Respiração por semana para sobreviver — acrescentou Tonk Fah.

— Que coisa horrível — disse Vivenna.

Eu realmente preciso ser mais gentil com ela.

— Na verdade, não é tão ruim — replicou Denth. — Eu mesmo já fiquei sem Respiração.

— É mesmo?

Ele assentiu.

— Todo mundo passa por momentos em que falta dinheiro. A coisa boa da Respiração é que você sempre pode comprar outra de alguém.

— Sempre tem alguém vendendo — disse Tonk Fah.

Vivenna balançou a cabeça, estremecendo.

— Mas você tem que viver sem ela por um tempo. Sem alma.

Denth soltou uma gargalhada — e dessa vez foi definitivamente genuína.

— Ah, isso é só uma superstição, princesa. A falta da Respiração não muda tanto uma pessoa.

— Você fica menos gentil — afirmou Vivenna. — Mais irritável. Como...

— Joias? — perguntou Denth, achando graça. — Que nada, ela seria assim de qualquer modo. Tenho certeza. No meu caso, quando vendi minha Respiração, não senti muita diferença. É preciso prestar muita atenção para chegar a notar sua ausência.

Vivenna se virou. Não esperava que ele compreendesse. Era fácil chamar as crenças dela de superstição, mas podia facilmente voltar aquelas palavras contra Denth. As pessoas viam o que queriam ver. Se ele acreditava que se sentira o mesmo sem Respiração, era apenas uma maneira conveniente de racionalizar o fato de tê-la vendido — e depois comprado outra Respiração de uma pessoa inocente. Além disso, por que se incomodar em comprar uma de volta, se não fazia diferença?

A conversa morreu até que Joias voltou. Ela entrou e, novamente, Vivenna mal notou. *Estou começando a confiar demais nesse senso vital*, pensou com irritação, se levantando enquanto Joias acenava positivamente para Denth.

— Ele é quem disse que é — falou Joias. — Perguntei por aí, e consegui confirmar com três pessoas em que mais ou menos confio.

— Tudo bem, então — disse Denth, se espreguiçando e ficando de pé. Ele despertou Tonk Fah com um chute. — Vamos voltar *cuidadosamente* para casa.

23

FAZ-CORAR ESTAVA NA área coberta de grama atrás do seu palácio quando Canto-de-Luz a encontrou. Ela estava apreciando a arte de um dos mestres jardineiros da cidade.

Canto-de-Luz andou calmamente pelo gramado, acompanhado pelo seu séquito, que segurava uma enorme sombrinha para protegê-lo do sol e cuidava de modo geral para que ele fosse adequadamente paparicado. Ele passou por centenas de canteiros, vasos e potes ocupados por diversos tipos de vegetais desabrochando, todos arrumados em elaborados padrões formais e fileiras.

Canteiros de flores temporários. Os deuses eram divinos demais para deixar a corte e visitar os jardins da cidade, então os jardins precisavam ser levados até eles. Tamanho empreendimento exigia dezenas de trabalhadores e carrinhos cheios de plantas. Nada era bom demais para os deuses.

Exceto, naturalmente, a liberdade.

Faz-Corar estava admirando um dos padrões de vasos. Ela notou Canto-de-Luz se aproximando, seu BioCroma em movimento fazendo as flores brilharem cada vez com mais vigor na luz da tarde. A deusa usava um vestido surpreendentemente recatado; não tinha mangas e parecia ser feito de uma única faixa de seda verde, mas cobria as partes essenciais e mais um bocado.

— Canto-de-Luz, querido — disse ela com um sorriso. — Visitando uma dama em seu lar? Que atrevimento encantador. Bem, chega de conversa. Vamos nos recolher ao quarto.

Ele sorriu, oferecendo uma folha de papel ao alcançá-la.

Faz-Corar a aceitou. A frente estava coberta com pontos coloridos — a escrita dos artesãos.

— O que é isso?

— Adivinhei como começaria nossa conversa — explicou ele. — Assim, para nos poupar do trabalho de passar por ela, eu a escrevi de antemão.

Faz-Corar ergueu uma sobrancelha, então leu.

— "Para começar, Faz-Corar diz algo ligeiramente sugestivo". — Ela olhou para ele. — Ligeiramente? Eu o convidei para ir ao meu quarto. Eu diria que foi bem explícito.

— Eu a subestimei — admitiu Canto-de-Luz. — Por favor, continue.

— "Então Canto-de-Luz diz algo para desviar a atenção dela" — leu Faz-Corar. — "É tão incrivelmente encantador e espirituoso que ela fica atordoada pelo seu brilhantismo e perde a fala por vários minutos..." Ah, faça-me o favor, Canto-de-Luz. Eu tenho mesmo que ler isso?

— É uma obra-prima. Meu melhor trabalho. Por favor, a parte seguinte é importante.

Ela suspirou.

— "Faz-Corar diz alguma coisa sobre política, que é terrivelmente tediosa, e compensa isso balançando os peitos. Depois disso, Canto-de-Luz pede desculpas por ter andado tão distante. Ele explica que precisava tomar algumas decisões". — Ela fez uma pausa, olhando-o de soslaio. — Isso significa que você está finalmente pronto para se juntar aos meus planos?

Ele assentiu. Um grupo de jardineiros removeu as flores próximas, depois voltaram em ondas, construindo um padrão de pequenas árvores florescentes em potes grandes ao redor de Faz-Corar e de Canto-de-Luz, um caleidoscópio vivo com os dois deuses Retornados no centro.

— Eu não acho que a rainha esteja envolvida em um plano para assumir o trono — declarou Canto-de-Luz. — Embora minha conversa com ela tenha sido breve, estou convencido.

— Então por que concordou em se juntar a mim?

Ele ficou em silêncio por um momento, apreciando as flores.

— Porque pretendo cuidar para que você não a destrua. Ou ao resto de nós.

— Meu caro Canto-de-Luz — disse Faz-Corar, franzindo os lábios rubros —, eu lhe garanto que sou inofensiva.

Ele arqueou uma sobrancelha.

— Duvido muito.

— Ora, ora, nunca se deve apontar quando uma dama se desvia da verdade estrita. De qualquer modo, estou feliz que tenha vindo. Temos trabalho a fazer.

— Trabalho? Isso parece... trabalhoso.

— Naturalmente, querido — disse ela, se afastando.

Os jardineiros imediatamente se adiantaram, removendo as pequenas árvores para abrir caminho para eles. O próprio mestre jardineiro estava a postos, dirigindo a composição cambiante como o condutor de uma orquestra botânica.

Canto-de-Luz apertou o passo e a alcançou.

— Trabalho. Você sabe qual é minha filosofia em relação a essa palavra?

— Eu captei de algum modo a sutil impressão de que você não a aprova — observou Faz-Corar.

— Ah, eu não diria isso. Trabalho, minha cara Faz-Corar, é como fertilizante.

— Porque fede?

Ele sorriu.

— Porque estou feliz que exista, mas não quero ficar atolado nele.

— Que infortúnio — disse Faz-Corar. — Porque foi exatamente isso que concordou em fazer.

Ele suspirou.

— Bem que senti um cheiro diferente no ar.

— Não seja chato — censurou ela, sorrindo para alguns jardineiros enquanto eles enfileiravam vasos de flores junto ao seu caminho. — Vai ser divertido. — Ela se voltou para ele, os olhos brilhando. — Estrela-Caridosa foi atacada na noite passada.

— **AH, MINHA QUERIDA** Faz-Corar. Foi muitíssimo *trágico*.

Canto-de-Luz ergueu uma sobrancelha. Estrela-Caridosa era uma mulher belamente voluptuosa, que oferecia um contraste notável em relação a Faz-Corar. Ambas eram, como se poderia esperar, perfeitos exemplos da beleza feminina. Faz-Corar era simplesmente do tipo esguio, mas de busto grande, enquanto Estrela-Caridosa era do tipo curvilíneo, mas de busto grande. Estrela-Caridosa estava reclinada sobre um sofá acolchoado, sendo abanada com grandes folhas de palmeira por vários dos seus servos.

Ela não tinha o senso sutil de estilo de Faz-Corar. Era preciso ser hábil para escolher vestes de cores vivas que não se tornassem vulgares. Canto-de-Luz não possuía essa habilidade, mas tinha servos que a possuíam. Estrela-Caridosa, aparentemente, nem sabia que tal habilidade existia.

Embora eu precise admitir que laranja e dourado não são exatamente as cores mais fáceis de usar de modo elegante.

— Estrela-Caridosa, querida — disse Faz-Corar calorosamente. Um dos servos providenciou um banco acolchoado, deslizando-o sob Faz-Corar para que ela se sentasse ao lado de Estrela-Caridosa. — Imagino como você deve estar se sentindo.

— Imagina? — indagou Estrela-Caridosa. — Imagina mesmo? É terrível demais. Algum... algum *malfeitor* se infiltrou no meu palácio, atacou meus servos! O próprio lar de uma deusa! Quem faria tal coisa?

— De fato, deve ter sido um demente — concordou Faz-Corar de modo tranquilizador.

Canto-de-Luz estava ao lado dela, sorrindo com uma expressão compassiva, as mãos às costas. Uma brisa fresca vespertina soprava pelo pátio até o pavilhão. Alguns dos jardineiros de Faz-Corar haviam trazido flores e árvores para cercar o toldo do pavilhão, enchendo o ar com sua mistura de perfumes.

— Não consigo entender — disse Estrela-Caridosa. — Os guardas nos portões deveriam impedir esse tipo de coisa! Por que temos muralhas, se as pessoas podem entrar e violar nossos lares? Eu simplesmente não me sinto mais segura.

— Estou certa de que os guardas serão mais diligentes no futuro — disse Faz-Corar.

Canto-de-Luz franziu o cenho, voltando-se para o palácio de Estrela--Caridosa, onde os servos passavam agitados como abelhas em uma colmeia perturbada.

— O que acham que o intruso queria? — disse ele, quase para si mesmo. — Obras de arte, talvez? Certamente seria muito mais fácil de roubar alguns comerciantes.

— Podemos não saber o que ele queria — observou Faz-Corar sem hesitação —, mas pelo menos sabemos *algo* sobre ele.

— Sabemos? — disse Estrela-Caridosa, se empertigando.

— Sim, querida. Só alguém sem respeito pela tradição, decoro ou religião ousaria violar a casa de um deus. Alguém baixo. Desrespeitoso. Descrente...

— Um idriano? — indagou Estrela-Caridosa.

— Você já se perguntou, querida, por que eles mandaram a filha *caçula* para o Rei-Deus, em vez da primogênita?

Estrela-Caridosa franziu a testa.

— Eles mandaram?

— Sim, meu bem — confirmou Faz-Corar.

— Isso é bastante suspeito, não é mesmo?

— Alguma coisa está acontecendo na Corte dos Deuses, Estrela-Caridosa — disse Faz-Corar, se inclinando mais para perto. — Podem ser tempos perigosos para a Coroa.

— Faz-Corar — disse Canto-de-Luz. — Uma palavrinha, por favor?

Os olhos dela demonstraram seu aborrecimento. Ele a encarou com firmeza, o que enfim a fez suspirar. Ela deu um tapinha consolador na mão de Estrela-Caridosa e então se retirou do pavilhão com Canto-de-Luz, seguidos pelos seus servos e sacerdotes.

— O que você está fazendo? — questionou Canto-de-Luz assim que se distanciaram o bastante para Estrela-Caridosa não os ouvir.

— Recrutando — disse Faz-Corar, os olhos brilhando. — Vamos precisar dos Comandos dos Sem-Vida dela.

— Ainda não estou convencido de que vamos precisar deles — replicou Canto-de-Luz. — A guerra pode não ser necessária.

— Como eu disse, precisamos ser cuidadosos. Só estou me preparando.

— Muito bem — disse ele. Era uma decisão sábia. — Mas não sabemos se foi um idriano que invadiu o palácio de Estrela-Caridosa. Por que está insinuando que foi?

— E você acha que é uma coincidência? Alguém se esgueirar para dentro de nossos palácios *agora*, com a guerra se aproximando?

— Sim, uma coincidência.

— E o intruso *casualmente* escolheu um dos quatro Retornados que possuem Comandos de acesso aos Sem-Vida? Se eu fosse entrar em guerra com Hallandren, a primeira coisa que faria seria tentar encontrar esses Comandos. Talvez verificar se estão escritos em algum lugar, ou talvez tentar matar os deuses que os possuem.

Canto-de-Luz olhou de volta para o palácio. Os argumentos de Faz-Corar tinham certo mérito, mas não eram suficientes. Ele teve um estranho impulso de investigar mais o assunto. Contudo, aquilo soava como trabalho. Não podia se dar ao luxo de fazer uma exceção aos seus hábitos usuais, muito menos sem primeiro reclamar muito. Isso estabeleceria um péssimo precedente. Então ele assentiu, e Faz-Corar os conduziu de volta ao pavilhão.

— Querida — disse ela, rapidamente se sentando de volta ao lado de Estrela-Caridosa e parecendo um pouco mais ansiosa. Chegou mais perto. — Nós conversamos e decidimos confiar em você.

Estrela-Caridosa se aprumou.

— Confiar em mim? Sobre o quê?

— Informação — sussurrou Faz-Corar. — Alguns entre nós temem que os idrianos não estejam satisfeitos com suas montanhas e estejam determinados a controlar as terras baixas também.

— Mas estaremos unidos pelo sangue — disse Estrela-Caridosa. — Haverá um Rei-Deus hallandreano com sangue real no nosso trono.

— Ah, é? — disse Faz-Corar. — E isso também não poderia ser interpretado como um rei *idriano* com sangue hallandreano no trono?

Estrela-Caridosa vacilou. Então, estranhamente, olhou para Canto-de-Luz.

— Você acredita nisso?

Por que as pessoas procuravam sua opinião? Ele fazia de tudo para desencorajar tal comportamento, mas elas ainda tendiam a agir como se ele fosse algum tipo de autoridade moral.

— Eu acho que alguma... preparação seria prudente — respondeu ele. — Embora, é óbvio, o mesmo possa ser dito em relação ao jantar.

Faz-Corar lançou-lhe um olhar de irritação, embora ao se voltar novamente para Estrela-Caridosa já tivesse retomado a expressão consoladora.

— Nós compreendemos que teve um dia difícil — disse ela. — Mas, por favor, leve nossa oferta em consideração. Gostaríamos que se juntasse a nós e às nossas precauções.

— De que tipo de precaução estamos falando? — indagou Estrela-Caridosa.

— São bem simples — disse Faz-Corar rapidamente. — Pensar, conversar, planejar. Por fim, quando acharmos que temos evidências suficientes, vamos levar o que sabemos ao Rei-Deus.

Isso pareceu tranquilizar a mente de Estrela-Caridosa. Ela assentiu.

— Sim, é compreensível. Preparação. Isso *seria* sábio.

— Descanse agora, minha cara — recomendou Faz-Corar, então se levantou e conduziu Canto-de-Luz para fora do pavilhão.

Eles caminharam tranquilamente pelo gramado perfeito, na direção do palácio de Faz-Corar. Contudo, ele estava relutante em partir. Alguma coisa naquela reunião deixara-o incomodado.

— Ela é uma querida. — Faz-Corar sorriu.

— Você só diz isso porque ela é fácil de manipular.

— Mas é claro. Eu *adoro* muitíssimo pessoas que fazem o que deveriam fazer. Ou seja, que fazem o que eu acho melhor que façam.

— Pelo menos você é sincera em relação a isso — comentou Canto-de-Luz.

— Para você, meu caro, sou um livro aberto.

Ele bufou.

— Talvez um que ainda não tenha sido traduzido para hallandreano.

— Você só diz isso porque nunca tentou me ler *de verdade* — disse ela, sorrindo. — Embora eu deva confessar que tem uma coisa na querida Estrela-Caridosa que me irrita muitíssimo.

— E o que seria?

— Os exércitos dela — disse Faz-Corar, cruzando os braços. — Por que *ela*, deusa da generosidade, obteve o comando de dez mil Sem-Vida? Está claro que foi um terrível erro de julgamento. Particularmente porque eu não tenho comando de tropa *alguma*.

— Faz-Corar — disse ele, achando graça —, você é a deusa da honestidade, da comunicação e das relações interpessoais. Por que, afinal de contas, *você* deveria estar no comando de exércitos?

— Há muitas relações interpessoais associadas a exércitos — argumentou ela. — Afinal de contas, como descrever um homem atingindo outro com uma espada? Isso é interpessoal.

— Realmente — admitiu Canto-de-Luz, olhando de volta para o pavilhão de Estrela-Caridosa.

— Ora, acho que você deveria apreciar meus argumentos, já que relacionamentos são, de fato, uma guerra. Como está claro no *nosso* relacionamento, querido Canto-de-Luz. Nós... — Ela parou de falar, então o cutucou no ombro. — Canto-de-Luz? Preste atenção em mim!

— Sim?

Ela cruzou os braços de modo petulante.

— Devo dizer que seus gracejos estão decididamente fracos hoje. Talvez eu tenha que encontrar outra pessoa com quem brincar.

— Hum, sim — disse ele, estudando o palácio de Estrela-Caridosa. — Que trágico. Agora, a invasão da casa de Estrela-Caridosa. Foi uma pessoa só?

— Supostamente — respondeu Faz-Corar. — Isso não é importante.

— Alguém se feriu?

— Uns dois servos — disse Faz-Corar com um gesto de descaso. — Um foi encontrado morto, acredito. Você devia estar prestando atenção em *mim*, não em...

Canto-de-Luz parou subitamente.

— Alguém foi *morto*?

Ela deu de ombros.

— É o que dizem.

Ele deu meia-volta.

— Vou voltar e conversar mais um pouco com ela.

— Ótimo — retrucou Faz-Corar. — Mas vai fazer isso sem mim. Tenho jardins a apreciar.

— Tudo bem — respondeu Canto-de-Luz, já lhe dando as costas. — Depois nos falamos.

Faz-Corar bufou de indignação, as mãos nos quadris, e o viu partir. Canto-de-Luz ignorou a irritação dela, mais concentrado em...

Em quê? Então alguns servos haviam sido feridos. Não era papel dele se envolver em distúrbios criminosos. Mesmo assim, caminhou direto para o pavilhão de Estrela-Caridosa novamente, seus servos e sacerdotes seguindo-o como sempre.

Ela ainda estava reclinada no seu sofá.

— Canto-de-Luz? — perguntou ela, franzindo a testa.

— Eu voltei porque acabei de ouvir que um dos seus servos foi morto no ataque.

— Ah, sim. Pobre homem. Que acontecimento terrível. Tenho certeza de que ele encontrou suas bênçãos no céu.

— É engraçado como elas sempre estão no último lugar em que você pensa em procurar — comentou Canto-de-Luz. — Diga-me, como o assassinato aconteceu?

— Na verdade, foi bem esquisito. Os dois guardas na porta foram nocauteados. O intruso foi descoberto por quatro dos meus servos, que estavam andando pelo corredor de serviço. O estranho lutou com eles, derrubou um, matou outro, e dois escaparam.

— Como o homem foi morto?

Estrela-Caridosa suspirou.

— Eu realmente não sei — disse ela, acenando com a mão. — Meus sacerdotes podem lhe contar. Receio que estava traumatizada demais para assimilar os detalhes.

— Tudo bem se eu falar com eles?

— Se acha necessário — respondeu Estrela-Caridosa. — Já mencionei como estou indisposta? Seria de se pensar que você preferiria ficar aqui e me consolar.

— Minha cara Estrela-Caridosa, se me conhece mesmo que um pouco, entenderá que deixá-la sozinha é o melhor consolo que posso lhe oferecer.

Ela franziu a testa, erguendo os olhos.

— Foi uma piada, minha cara — disse ele. — Infelizmente, sou péssimo piadista. Afobado, você vem?

Llarimar, que, como sempre, estava junto dos outros sacerdotes, olhou para ele.

— Vossa Graça?

— Não precisamos perturbar mais os outros — disse Canto-de-Luz. — Acho que você e eu sozinhos bastaremos para esse exercício.

— Às suas ordens, Vossa Graça — respondeu Llarimar.

Novamente, os servos de Canto-de-Luz se viram separados do seu deus. Eles se aglomeraram, incertos, na grama, como um grupo de crianças abandonadas pelos pais.

— Do que se trata tudo isso, Vossa Graça? — indagou Llarimar em voz baixa ao caminharem até o palácio.

— Sinceramente, não faço ideia — respondeu Canto-de-Luz. — Só tenho a impressão de que alguma coisa esquisita está acontecendo aqui. A invasão. A morte daquele homem. Tem algo errado.

Llarimar olhou para ele, uma expressão estranha no rosto.

— O que foi?

— Não é nada, Vossa Graça — disse Llarimar por fim. — É que isso não é nada típico da sua parte.

— Eu sei — respondeu Canto-de-Luz, ainda assim confiante quanto à decisão. — Honestamente, não sei o que me levou a isso. Curiosidade, imagino.

— Uma curiosidade mais forte do que seu desejo de evitar fazer... bem, qualquer coisa?

Canto-de-Luz deu de ombros. Sentia-se energizado enquanto adentrava o palácio. Sua letargia de costume havia recuado; em vez disso, sentia animação. Era algo quase familiar. Encontrou um grupo de sacerdotes conversando no corredor dos servos. Canto-de-Luz foi direto até eles, que o encararam com um ar chocado.

— Ah, ótimo — disse Canto-de-Luz. — Suponho que possam me contar mais sobre a invasão...

— Vossa Graça — falou um deles enquanto todos os três curvaram a cabeça. — Eu garanto que está tudo sob controle. Não há perigo para o senhor ou sua gente.

— Claro, claro — replicou Canto-de-Luz, vasculhando o corredor. — Foi aqui que o homem foi morto, então?

Eles se entreolharam.

— Mais adiante — respondeu um deles com relutância, apontando para uma esquina no corredor.

— Maravilha. Me acompanhem, por obséquio.

Canto-de-Luz foi até a seção indicada. Um grupo de trabalhadores estava removendo as tábuas do assoalho, provavelmente para substituí-las. Tábuas manchadas de sangue, ainda que fossem limpas com cuidado, não serviriam para o lar de uma deusa.

— Hum — disse Canto-de-Luz. — Parece bem feio. Como aconteceu?

— Não sabemos ao certo, Vossa Graça — disse um dos sacerdotes. — O intruso deixou inconscientes os homens na entrada, mas não os feriu além disso.

— Sim, Estrela-Caridosa mencionou esse fato. Mas então ele lutou com quatro dos servos?

— Bem, "lutar" não é a palavra correta. — O sacerdote suspirou.

Embora Canto-de-Luz não fosse o deus deles, era *um* deus. Eles eram obrigados por seus juramentos a responder às perguntas dele.

— O invasor imobilizou um deles com uma corda Despertada — continuou o sacerdote. — Então, enquanto um ficou para trás a fim de retardar o intruso, os outros dois correram em busca de socorro. O intruso logo nocauteou o homem restante. Até esse momento, o servo que havia sido amarrado ainda estava vivo.

O sacerdote olhou para seus colegas.

— Quando a ajuda finalmente chegou... atrasada por um animal Sem-Vida que estava causando confusão... encontraram o segundo homem inconsciente. O primeiro, que ainda estava amarrado, havia morrido. Apunhalado no coração com uma lâmina de duelo.

Canto-de-Luz assentiu e se ajoelhou ao lado das tábuas quebradas. Os servos que estavam trabalhando ali curvaram a cabeça e recuaram. Ele não sabia ao certo o que esperava encontrar. O chão havia sido esfregado, depois removido. Contudo, havia um pedaço estranho a uma curta distância. Ele foi até aquele ponto e se ajoelhou, inspecionando mais de perto. *Completamente desprovido de cor*, observou. Ergueu os olhos, voltando-se para os sacerdotes.

— Um Despertador, vocês disseram?

— Sem dúvida, Vossa Graça.

Ele olhou de volta para o pedaço cinzento. *Não há chance de um idriano ter feito isso*, compreendeu. *Não se ele usou Despertar.*

— O que era essa criatura Sem-Vida que vocês mencionaram?

— Um esquilo Sem-Vida, Vossa Graça — respondeu um dos homens. — O intruso o usou como uma distração.

— Era bem feito?

Eles assentiram.

— Usando palavras modernas de Comando, a julgar pelas suas ações — disse um deles. — Até mesmo tinha álcool-icor, em vez de sangue. Levamos a maior parte da noite para capturar a coisa!

— Entendo — disse Canto-de-Luz, se levantando. — Mas o intruso escapou?

— Sim, Vossa Graça — respondeu um deles.

— O que vocês acham que ele estava procurando?

Os sacerdotes hesitaram.

— Não sabemos ao certo, Vossa Graça. Nós o espantamos antes que ele pudesse alcançar sua meta... um dos nossos homens o viu fugindo por onde veio. Talvez a resistência tenha sido demais para ele.

— Achamos que pode ter sido um gatuno comum, Vossa Graça — acrescentou o outro. — Que queria entrar na galeria e roubar a arte.

— Me parece bem provável — disse Canto-de-Luz, se levantando. — Bom trabalho com isso, e tudo mais.

Ele se virou e começou a caminhar de volta pelo corredor rumo à entrada. Tinha uma sensação estranhamente surreal.

Os sacerdotes estavam mentindo para ele.

Não sabia como podia perceber, mas percebia — sabia bem no fundo, com algum instinto que nem notara que possuía. Em vez de isso perturbá-lo, por algum motivo as mentiras o empolgaram.

— Vossa Graça — disse Llarimar, se apressando para alcançá-lo. — Conseguiu o que queria?

— O invasor não era idriano — segredou Canto-de-Luz ao caminharem rumo à luz do sol.

Llarimar ergueu uma sobrancelha.

— Já houve casos de idrianos virem até Hallandren e comprarem Respiração para si, Vossa Graça.

— E já ouviu falar de um deles usar um Sem-Vida?

Llarimar se calou.

— Não, Vossa Graça — admitiu ele por fim.

— Os idrianos odeiam os Sem-Vida. Acham que são abominações, ou alguma bobagem do gênero. De qualquer modo, não faria sentido um idriano tentar entrar desse jeito. De que adiantaria? Matar um único dos Retornados? Esse Retornado apenas seria substituído, e os protocolos estabelecidos garantem que os exércitos Sem-Vida não ficariam muito tempo sem um dirigente. A possibilidade de retaliação é muito maior do que o benefício.

— Então acredita que foi um ladrão?

— Claro que não — disse Canto-de-Luz. — Um "gatuno comum" com dinheiro ou Respiração suficiente para poder *desperdiçar* um Sem-Vida, só pela diversão? Seja lá quem tenha invadido, já era rico. Além disso, por que se esgueirar pelo corredor dos servos? Não há nada valioso ali. O *interior* do palácio possui muito mais riqueza.

Llarimar ficou em silêncio novamente e olhou para Canto-de-Luz com a mesma expressão curiosa de antes.

— É um raciocínio bastante sólido, Vossa Graça.

— Eu sei — concordou Canto-de-Luz. — Sinto-me muitíssimo diferente de mim mesmo. Talvez eu precise me embebedar.

— O senhor não pode se embebedar.

— Ah, mas certamente vou gostar de tentar.

Eles caminharam de volta ao palácio do deus, se juntando aos seus servos no caminho. Llarimar parecia perturbado. Canto-de-Luz, contudo, estava apenas empolgado. *Assassinato na Corte dos Deuses*, ele pensou. *É verdade que foi apenas um servo... mas eu supostamente sou um deus para todos, não apenas para as pessoas importantes. Quanto tempo faz desde que alguém foi morto na corte? Certamente nunca aconteceu durante a minha vida.*

Os sacerdotes de Estrela-Caridosa estavam escondendo alguma coisa. Por que o intruso havia causado uma distração — particularmente uma tão cara —, se ia simplesmente fugir? Os servos dos Retornados não eram formidáveis como soldados ou guerreiros. Então, por que ele havia desistido tão fácil?

Essas eram todas boas perguntas. Boas perguntas em que ele, logo ele, não deveria ficar pensando. Mas ficou.

Por todo o caminho até o palácio, durante uma bela refeição, e até noite adentro.

24

ENQUANTO SIRI CHEGAva à sala caótica, seus servos se aglomeravam ao seu redor com um olhar hesitante. Quando entrou, escribas e sacerdotes levantaram os olhos, chocados; alguns imediatamente se levantaram e se curvaram. Outros apenas olhavam fixamente enquanto ela passava, suas criadas fazendo o melhor que podiam para segurar a cauda de dez metros do seu vestido azul e branco com dignidade.

Determinada, Siri avançou pela câmara, que mais parecia um corredor do que uma sala de verdade. Longas mesas abarrotadas de papel estavam enfileiradas junto às paredes, e escribas — homens de Pahn Kahl vestindo roupas marrons, homens de Hallandren nas cores do dia — trabalhavam nos papéis. As paredes eram negras. As salas coloridas só eram encontradas no centro do palácio, onde o Rei-Deus e Siri passavam a maior parte do tempo. Separadamente, é claro.

Embora as coisas estejam um pouco diferentes à noite, ela pensou, sorrindo. Alfabetizá-lo parecia algo muito conspiratório. Ela tinha um segredo que estava escondendo do resto do reino, um segredo que envolvia um dos homens mais poderosos do mundo. Isso a deixava empolgada. Imaginava que deveria estar mais preocupada. De fato, nos seus momentos mais ponderados, a realidade por trás dos avisos de Dedos-Azuis sem dúvida a preocupava. Isso a levou à área dos escribas.

Por que será que a câmara nupcial fica por aqui?, ela pensou. *Fora do corpo principal do palácio, na parte negra.*

De qualquer modo, a área dos servos — excluindo o quarto do Rei-Deus — era o último lugar onde os escribas esperavam ser perturbados pela sua rainha. Siri notou que algumas das suas servas pareciam estar pedindo desculpas silenciosamente para os homens na sala, enquanto Siri chegava às portas do outro lado. Um servo as abriu para ela, que entrou na sala seguinte.

Um grupo tranquilo de sacerdotes estava folheando livros na câmara de tamanho médio. Eles a olharam; um deixou cair seu livro no chão, chocado.

— Eu quero alguns livros! — proclamou Siri.

Os sacerdotes a olharam fixamente. Então um deles perguntou:

— Livros?

— Sim — confirmou Siri, as mãos nos quadris. — Essa é a biblioteca do palácio, não é?

— Bem, sim, Receptáculo — disse o sacerdote, olhando para seus companheiros. Todos usavam os trajes do ofício, e as cores do dia eram roxo e prata.

— Muito bem, então — disse Siri. — Eu gostaria de pegar emprestados alguns livros. Estou cansada do entretenimento comum e quero ler sozinha no meu tempo vago.

— Certamente não quer ler *esses* livros, Receptáculo — disse outro sacerdote. — Eles tratam de assuntos tediosos, como religião ou as finanças da cidade. Imagino que um livro de histórias seria mais apropriado.

Siri ergueu uma sobrancelha.

— E onde posso encontrar um livro "mais apropriado"?

— Podemos pedir que um leitor traga o livro da coleção da cidade — sugeriu o sacerdote, dando um passo à frente. — Ele chegaria em pouco tempo.

Siri hesitou.

— Não. Não gosto dessa opção. Levarei alguns dos livros daqui.

— Não, não levará — disse uma voz vinda de trás.

Siri se virou. Treledees, sumo sacerdote do Rei-Deus, estava atrás dela, os dedos entrelaçados, sua mitra na cabeça, o cenho franzido.

— Você não pode me refutar — disse Siri. — Sou sua rainha.

— Eu posso e *vou*, Receptáculo. Sabe, esses livros são muito valiosos, e caso algo aconteça com eles, o reino sofreria grave consequências. Nem mesmo nossos sacerdotes têm permissão de tirá-los da sala.

— O que poderia acontecer com eles no *palácio*?

— É pelo princípio da coisa, Receptáculo. Eles são propriedade de um deus. Susebron deixou claro que deseja que esses livros permaneçam aqui.

Ah, foi mesmo? Para Treledees e os sacerdotes, ter um deus sem língua era muito conveniente. Os sacerdotes podiam alegar que ele ordenara qualquer coisa que servisse aos propósitos do momento, e Susebron jamais poderia corrigi-los.

— Se precisa mesmo ler esses volumes, pode lê-los aqui — disse Treledees.

Ela olhou ao redor da sala e pensou nos sacerdotes tensos aglomerados ao redor dela, prestando atenção enquanto ela enunciava as palavras feito uma tola. Se alguma coisa naqueles volumes fosse importante, eles provavelmente encontrariam uma maneira de distraí-la e de impedir que descobrisse.

— Não — disse Siri, se retirando da sala apinhada. — Talvez em outra ocasião.

EU DISSE QUE eles não te darião os livros, escreveu o Rei-Deus.

Siri revirou os olhos e deixou-se cair de volta na cama. Ainda estava usando seu pesado vestido de noite. Por algum motivo, ser capaz de se comunicar com o Rei-Deus a deixara ainda mais tímida. Ela só removia os vestidos imediatamente antes de ir dormir, o que ultimamente acontecia cada vez mais tarde. Susebron estava sentado no seu lugar de costume — não no colchão, como havia feito na primeira noite. Em vez disso, ele havia aproximado sua cadeira para ficar ao lado da cama. Ainda parecia muito grande e imponente. Pelo menos até que olhasse para ela com aquela expressão honesta e aberta. Ele gesticulou para que ela se aproximasse de onde ele estava sentado com uma lousa, escrevendo com um pedaço de carvão que Siri lhe trouxera escondido.

Você nam devia irritar os sacerdotis assim, ele escreveu. Sua ortografia, como era de esperar, era horrível.

Sacerdotes. Ela havia surrupiado um copo, e então o escondera no quarto. Se o segurasse contra a parede e prestasse atenção, às vezes podia ouvir o som tênue de pessoas falando do outro lado. Depois dos seus gemidos e pulos noturnos, ela geralmente ouvia cadeiras se movendo e uma porta se fechando. Depois disso, havia silêncio na outra sala.

Ou os sacerdotes partiam toda noite, depois da certeza do ato consumado, ou estavam desconfiados e tentavam enganá-la para que pensasse que haviam se retirado. O instinto dela acreditava na primeira opção, embora ela tomasse cuidado em sussurrar quando falava com o Rei-Deus, só por via das dúvidas.

Siri?, ele escreveu. **No que está pensando?**

— Seus sacerdotes — sussurrou ela. — Eles me deixam frustrada! Fazem coisas para me irritar de propósito.

Eles são homens bons, escreveu Susebron. **Trabalham muinto duro para manter meu reino.**

— Eles cortaram sua língua.

O Rei-Deus ficou em silêncio por alguns instantes. **Foi nessessário,** escreveu. **Eu tenho poder demais.**

Ela chegou mais perto. Como de costume, ele recuou quando ela se aproximou, tirando o braço do caminho. Não havia arrogância nessa reação; ela havia começado a achar que ele simplesmente tinha pouca experiência com toques.

— Susebron — sussurrou ela. — Esses homens *não* estão cuidando dos seus interesses. Eles fizeram mais do que cortar sua língua. Eles falam em seu nome, fazendo o que bem entendem.

Eles nam são meus inimigos, ele escreveu teimosamente. **São homens bons.**

— Ah, é? Então por que você escondeu deles o fato de que está aprendendo a ler?

Ele fez outra pausa, baixando os olhos.

Tanta humildade para alguém que reina sobre Hallandren há cinquenta anos, ela pensou. *De muitas maneiras, ele é como uma criança.*

Eu nam quero que eles saibam, escreveu ele finalmente. **Nam quero chatear eles.**

— Claro — disse Siri secamente.

Ele fez uma pausa. **Claro? Isso quer diser que acredita em mim?**

— Não — contestou Siri. — Foi sarcasmo, Susebron.

Ele franziu o cenho. **Nam conheço isso. Sarcazmo.**

— Sarcasmo — disse ela, então soletrou. — É... — Siri hesitou. — É quando você diz uma coisa, mas na verdade quer dizer o oposto.

Ele a encarou com a testa enrugada, então apagou depressa sua lousa e recomeçou a escrever. **Isso nam faz sentido. Por que nam dizer o que quer dizer?**

— Porque não. É como... Ora, eu não sei. É uma maneira de zombar das pessoas de um jeito esperto.

Zombar das pessoas?, escreveu ele.

Deus das Cores!, pensou Siri, tentando encontrar uma maneira de explicar. Parecia ridículo que ele não soubesse nada sobre zombaria. Mas também, ele passara a vida toda como um deus e monarca reverenciado.

— Zombar de alguém é quando você diz coisas para provocar — explicou Siri. — Coisas que podem magoar, se ditas com raiva, mas você as fala de uma maneira afetuosa ou brincalhona. Ou às vezes as diz *mesmo* para ser malvado. Sarcasmo é uma das maneiras de zombar... dizemos o oposto, mas de uma maneira exagerada.

Como você sabe se a pessoa está sendo afetuoza, brincalona ou malvada?

— Não sei — replicou Siri. — É pela maneira como ela fala, imagino.

O Rei-Deus ficou em silêncio, parecendo confuso, mas pensativo. **Você é muito normal**, escreveu ele finalmente.

Siri franziu a esta.

— Hã. Obrigada?

Esse foi um bom sarcasmo? Porque na verdade você é muito estranha.

Ela sorriu.

— Eu faço o melhor que posso.

Ele ergueu os olhos.

— Foi sarcasmo de novo — explicou ela. — Eu não *tento* ser estranha. Só acontece.

Ele a encarou. Como pudera ter medo daquele homem? Como entendera tudo errado? A expressão nos olhos dele não era de arrogância ou indiferença; era o olhar de um homem que estava se esforçando muito para compreender o mundo ao seu redor. Era inocência. Honestidade.

Contudo, ele não era simplório. A velocidade com que havia aprendido a escrever provara isso. Era verdade que ele já entendia a versão falada da linguagem — e memorizara todas as letras no livro anos antes de conhecer Siri. Ela só havia precisado explicar as regras de ortografia e fonética para que ele fizesse o salto final.

Siri ainda achava impressionante a rapidez com que ele entendia as coisas. Ela sorriu, e ele hesitantemente sorriu de volta.

— Por que você diz que eu sou estranha? — perguntou.

Você nam faz coisas como as outras pessoas, ele escreveu. **Todos os outros se curvam diante de mim o tempo todo. Ninguém fala comigo. Até os sacerdotis só me dão instrussões de vez em quando, e nam fazem isso há anos.**

— Você se ofende por eu não me curvar e falar com você como uma amiga?

Ele apagou sua lousa. **Me ofemder? Por que eu me ofemderia? Você faz isso em sarcasmo?**

— Não — respondeu ela às pressas. — Realmente gosto de conversar com você.

Então eu nam compreendo.

— Todo mundo tem medo de você — disse Siri. — Devido a todo o seu poder.

Mas tiraram minha língua para que eu fosse seguro.

— Não é sua Respiração que os assusta — replicou Siri. — É seu poder sobre exércitos e o povo. Você é o Rei-Deus. Você pode mandar matar qualquer um no reino.

Mas por que eu faria isso? Eu nam mataria uma boa pessoa. Eles devem saber disso.

Siri se recostou, apoiada na cama macia, o fogo crepitando na lareira atrás deles.

— Eu sei disso agora, mas ninguém mais sabe. Eles não te conhecem... só sabem como você é poderoso. Então, têm medo. Por isso te prestam tanto respeito.

Ele fez uma pausa. **Então você nam me respeita?**

— É claro que respeito. — Ela suspirou. — Só que nunca fui muito boa em seguir as regras. Na verdade, se alguém me diz o que fazer, geralmente quero fazer o oposto.

Isso é muinto estranho, ele escreveu. **Pensei que todo mundo obedecesse a ordens.**

— Acho que você vai descobrir que a maioria não obedece — disse ela, sorrindo.

Assim você se mete em encrencas.

— Foi isso que os sacerdotes lhe ensinaram?

Ele balançou a cabeça, então estendeu a mão e pegou seu livro. O livro de histórias para crianças. Susebron o levava consigo sempre, e ela podia ver, pelo modo reverente como o tocava, que ele o valorizava muito.

Essa é provavelmente sua única posse verdadeira, ela pensou. *Tudo mais é tirado dele todos os dias, então substituído na manhã seguinte.*

Esse livro, ele escreveu. **Minha mãe lia as histórias para mim quando eu era criança. Memorizei todas, antes que ela fosse levada embora. Fala de muintas crianças que nam obedeceram. Elas geralmente são devoradas por monstros.**

— Ah, é mesmo? — disse Siri, sorrindo.

Nam tenha medo, ele escreveu. **Minha mãe me ensinou que os monstros nam são reais. Mas eu me lembro das lições que as histórias ensinavam. Obediência é bom. Você deve tratar bem as pessoas. Nam vá na selva sozinho. Nam minta. Nam machuque os outros.**

O sorriso de Siri se alargou. Tudo que ele aprendeu na vida foi por meio de contos folclóricos moralistas ou de sacerdotes que o estavam ensinando a ser um fantoche. Quando ela percebeu isso, o homem simples e honesto em que ele havia se tornado não foi tão difícil de entender.

Contudo, o que o levara a desafiar aquele ensinamento e pedir a ela que o ensinasse? Por que ele estava disposto a ocultar seu aprendizado dos homens que o ensinaram a vida toda a obedecer e confiar? Ele não era tão inocente quanto parecia.

— Essas histórias... Seu desejo de tratar bem as pessoas. Foi isso que o impediu de... me possuir em qualquer uma daquelas noites, quando comecei a vir para o quarto?

De possuir você? Nam compreendo.

Siri corou, o cabelo ficando vermelho para combinar.

— Quero dizer, por que só ficou ali sentado?

Porque eu nam sabia o que mais devia fazer, ele escreveu. **Eu sabia que a gente precisava ter um filho. Então me sentei e esperei acontecer. A gente deve estar fazendo algo errado, já que nam veio uma criança.**

Siri hesitou. Não era possível que ele...

— Você não sabe como ter filhos?

Nas histórias, um homem e uma mulher passam a noite juntos. Então vem um filho. Nós passamos muitas noites juntos, e nam teve filhos.

— E ninguém... nenhum dos seus sacerdotes... explicou o processo para você?

Nam. De que processo está falando?

Ela ficou quieta por um momento. *Não,* pensou, sentindo o rosto ficar ainda mais rubro. *Eu* não *vou ter essa conversa com ele.*

— Acho que vamos falar sobre isso outra hora.

Foi uma experiênsia muito estranha quando você entrou no quarto naquela primeira noite, ele escreveu. **Devo admitir, fiquei com muinto medo de você.**

Siri sorriu enquanto se lembrou do próprio terror. Não havia ocorrido a ela que ele estaria assustado. Como poderia? Ele era o Rei-Deus.

— Então você nunca foi levado a outras mulheres? — disse ela, batendo na colcha com um dedo.

Nam, ele escreveu. **Eu achei muinto interessante ver você nua.**

Ela corou novamente, embora seu cabelo aparentemente houvesse decidido simplesmente permanecer vermelho.

— Não é disso que estamos falando agora. Eu quero saber sobre outras mulheres. Nenhuma amante? Nenhuma concubina?

Nam.

— Eles realmente temem que você tenha um filho.

Por que diz isso? Eles mandaram você para mim.

— Só depois de cinquenta anos de reinado. E só sob circunstâncias muito controladas, com a linhagem apropriada para produzir uma criança com o sangue certo. Dedos-Azuis acha que essa criança pode ser um perigo para todos nós.

Eu nam entendo o motivo, ele escreveu. **É isso que todo mundo quer. Precisa ter um herdeiro.**

— Por quê? Você ainda mal parece ter vinte anos. Seu envelhecimento é retardado pelo seu BioCroma.

Sem um herdeiro, o reino está em perigo. Se eu morrer, nam vai ter ninguém para reinar.

— E isso não foi um perigo pelos últimos cinquenta anos?

Ele fez uma pausa, franzindo a testa, então apagou a lousa devagar.

— Eles devem achar que você está em perigo agora — disse ela lentamente. — Mas não devido a doenças... Até eu sei que os Retornados não sofrem de doenças. Na verdade, eles envelhecem?

Acho que nam, escreveu o Rei-Deus.

— Como foi que os Reis-Deuses anteriores morreram?

Tiveram apenas quatro, ele escreveu. **Eu nam sei como eles morreram.**

— Só quatro reis em vários séculos, todos mortos em circunstâncias misteriosas...

Meu pai morreu antes que eu tivesse idade o bastante para me lembrar dele, Susebron escreveu. **Me contaram que ele deu sua vida pelo reino... que ele liberou sua Respiração BioCromática, como todos os Retornados podem fazer, para curar uma doença terrível. Os outros Retornados podem curar apenas uma pessoa. Um Rei-Deus, contudo, pode curar muintas. Foi o que me contaram.**

— Então deve haver um registro disso. Em algum lugar naqueles livros que os sacerdotes guardam tão cuidadosamente.

Sinto muinto que eles nam deixaram você pegar os livros, ele escreveu.

Ela fez um gesto de indiferença com a mão.

— Não havia muita chance de isso funcionar. Vou precisar encontrar outra maneira de conseguir essas histórias.

Ter um filho é o perigo, ela pensou. *Foi isso que Dedos-Azuis disse. Então, seja qual for a ameaça para minha vida, só virá depois que houver um herdeiro. Dedos-Azuis também mencionou uma ameaça ao Rei-Deus. Quase faz parecer que o perigo vem dos próprios sacerdotes. Por que eles desejariam fazer mal ao seu próprio deus?*

Ela olhou para Susebron, que estava folheando seu livro de histórias com atenção. Ela sorriu ao ver o rosto concentrado dele, decifrando o texto.

Bem, considerando o que ele sabe sobre sexo, eu diria que não temos que nos preocupar muito em ter um filho no futuro próximo.

Naturalmente, ela também se preocupava que a falta de um filho fosse tão perigosa quanto a presença de um.

25

VIVENNA ANDAVA ENTRE O povo de T'Telir, e não conseguia evitar a sensação de que todos a reconheciam. Ela abafou aquele sentimento. Na verdade, era incrível que Thame — da sua própria cidade natal — houvesse sido capaz de identificá-la. As pessoas ao redor não tinham como conectar Vivenna aos rumores que poderiam ter ouvido, especialmente levando em conta as roupas dela.

Vermelhos e amarelos indecorosos se sobrepunham no vestido dela. O traje foi o único que Parlin e Tonk Fah conseguiram encontrar que satisfizesse suas exigências rigorosas de recato. O vestido em forma de tubo tinha um corte estrangeiro, de Tedradel, do outro lado do Mar Interno. Chegava quase até seus tornozelos e, muito embora o tecido apertado realçasse seu busto, pelo menos ela estava coberta quase até o pescoço e tinha mangas compridas.

De maneira rebelde, ela se pegou lançando olhares discretos para as outras mulheres em saias curtas e camisas sem mangas. Tanta pele exposta era um escândalo, mas, com o sol ardente e a maldita umidade costeira, entendia os motivos delas.

Depois de um mês na cidade, Vivenna também estava começando a pegar o jeito de se mover com o fluxo do tráfego. Ainda não tinha certeza se queria estar na rua, mas Denth fora convincente.

— Sabe qual é a pior coisa que pode acontecer a um guarda-costas? — perguntara ele. — Deixar que seu cliente seja morto quando você não está presente. Somos uma equipe pequena, princesa. Ou nos dividimos e deixamos você para trás com um guarda, ou pode vir conosco. Pessoalmente, prefiro que esteja junto de nós, onde posso ficar de olho em você.

Por isso, ela saíra, usando um dos seus novos vestidos, seu cabelo em um loiro desconfortável — mas não idriano —, e solto ao vento. Ela caminhava pela praça ajardinada, como se estivesse passeando, mantendo-se em movimento para não parecer nervosa. As pessoas de T'Telir gostavam de jardins — havia uma grande variedade deles pela cidade. Na verdade, pelo que Vivenna pudera ver, a maior parte da cidade praticamente *era* um jardim. Palmeiras e samambaias cresciam em todas as ruas, e flores exóticas floresciam durante todo o ano.

Quatro ruas cruzavam a praça, com quatro lotes de terreno cultivado formando um padrão quadriculado. Cada um tinha uma dúzia de palmeiras diferentes. Os edifícios que cercavam os jardins eram mais ricos do que os prédios no mercado mais acima. E embora houvesse muito tráfego a pé, as pessoas se mantinham nas calçadas de ardósia, pois carruagens eram comuns. Aquele era um rico distrito de compras. Sem tendas. Menos artistas. Lojas de melhor qualidade — e mais caras.

Vivenna contornava o bloco nordeste do jardim, com grama e samambaias à direita. Lojas curiosas, ricas e, claro, coloridas estavam dispostas pela rua à esquerda. Tonk Fah e Parlin relaxavam entre duas dessas lojas. Parlin estava com o macaco no ombro e pegara o hábito de vestir um colorido colete vermelho, além do chapéu verde. Ela não podia deixar de pensar que o lenhador ficava mais deslocado em T'Telir do que ela, mas ele não parecia atrair atenção alguma.

Vivenna continuou caminhando. Joias a seguia em algum lugar da multidão. A mulher era boa — apenas raramente Vivenna conseguia vislumbrá-la, e só porque sabia onde procurar. Nunca via Denth. Ele estava por ali em algum lugar, sorrateiro demais para que pudesse identificá-lo. Quando chegou ao fim da rua e se virou para caminhar de volta, enxergou Tijolo. O Sem-Vida estava tão parado quanto uma das estátuas D'Denir dispostas no perímetro dos jardins, assistindo de modo impassível às multidões em movimento. A maioria das pessoas o ignorava.

Denth tinha razão. Não havia muitos Sem-Vida, mas também não eram incomuns. Vários caminhavam pelo mercado carregando pacotes para seus proprietários. Nenhum era tão musculoso ou alto quanto Tijolo — os Sem--Vida tinham tantas formas e tamanhos quanto as pessoas. Eles trabalhavam guardando lojas, vendendo mercadorias, varrendo calçadas. Estavam por todo lado.

Continuou a caminhar e vislumbrou Joias na multidão. *Como ela consegue parecer tão relaxada?*, pensou Vivenna. Cada um dos mercenários parecia tão calmo como se estivesse em um piquenique.

Não pense no perigo, disse Vivenna a si mesma, cerrando os punhos. Concentrou-se nos jardins. A verdade era que sentia um pouco de inveja dos T'Telireanos. As pessoas passavam o tempo sentadas na grama, deitadas à sombra das árvores, seus filhos brincando e rindo. Estátuas D'Denir estavam dispostas em uma fileira solene, com os braços erguidos, armas a postos, como se fossem defender o povo. As árvores subiam até o céu, espalhando galhos de onde brotavam estranhos cachos semelhantes a flores.

Flores de pétalas largas desabrochavam em canteiros; algumas de fato eram Lágrimas de Edgli. Austre havia colocado as flores onde queria que ficassem. Colhê-las para adornar uma sala ou casa era ostentação. Mas seria ostentoso plantá-las no meio da cidade, onde todos pudessem apreciá-las?

Ela se virou. Seu BioCroma continuou a sentir a beleza. A densidade de vida em uma área causava um tipo de zumbido no seu peito.

Não admira que eles gostem de viver tão perto uns dos outros, ela pensou, notando como um grupo de flores formava uma escala de cores, se abrindo rumo ao interior do canteiro. *E, se é para viver de modo tão compacto, a única maneira de ver a natureza seria trazê-la para dentro.*

— Socorro! Fogo!

Vivenna girou, assim como a maioria das pessoas na rua. O edifício perto de onde Tonk Fah e Parlin aguardavam estava em chamas. Vivenna não ficou só olhando; em vez disso, se voltou para o centro dos jardins. A maioria das pessoas ali parecia perplexa, olhando para a fumaça que subia pelo ar.

Distração número um.

As pessoas correram para ajudar, cruzando a rua, fazendo com que carruagens parassem abruptamente. Naquele momento, Tijolo se adiantou — avançando com a multidão — e bateu com um porrete na pata de um cavalo. Vivenna não pôde ouvir a pata quebrar, mas viu o animal gritar e cair, desequilibrando a carruagem que estivera puxando. Um baú caiu do topo do veículo para a rua.

A carruagem pertencia a Nanrovah, sumo sacerdote do deus Quieta--Marca. Os informantes de Denth disseram que a carruagem estaria levando itens valiosos. Mesmo que não estivesse, um sumo sacerdote em perigo atrairia muita atenção. O baú caiu na rua e, em um golpe de sorte, se espatifou, fazendo moedas de ouro rolarem para todos os lados.

Distração número dois.

Vivenna vislumbrou Joias do outro lado da carruagem. Ela olhou para Vivenna e acenou com a cabeça. Hora de ir. Enquanto as pessoas corriam para o ouro ou para o incêndio, Vivenna se afastou. Ali perto, Denth estaria invadindo uma das lojas com uma gangue de ladrões. Os ladrões ficariam com os produtos. Vivenna só queria ter certeza de que aqueles itens desapareceriam.

Juntou-se a Joias e Parlin e saíram, então ela se surpreendeu ao sentir como seu coração batia rápido. Quase nada havia acontecido. Nenhum perigo real. Nenhuma ameaça para si. Só alguns "acidentes".

Mas também era essa a ideia.

HORAS DEPOIS, DENTH e Tonk Fah ainda não haviam voltado para a casa. Vivenna estava sentada em silêncio na sua nova mobília, com as mãos no colo. A mobília era verde. Aparentemente, marrom não era uma opção em T'Telir.

— Que horas são? — perguntou Vivenna em voz baixa.

— Não sei — rosnou Joias, de pé junto à janela e olhando para a rua.

Paciência, disse Vivenna a si mesma. *Não é culpa dela que seja tão agressiva. Ela teve sua Respiração roubada.*

— Eles já deviam ter voltado? — perguntou Vivenna calmamente.

Joias deu de ombros.

— Talvez. Depende se decidiram ir para um esconderijo para deixar as coisas esfriarem um pouco ou não.

— Entendo. Quanto tempo acha que devemos esperar?

— O tempo que for necessário — retrucou Joias. — Olhe só, será que você pode não falar comigo? Eu agradeço.

Ela se virou para olhar novamente pela janela.

Vivenna se empertigou ao ouvir o insulto. *Paciência!*, disse a si mesma. *Compreenda a situação dela. É isso que as Cinco Visões ensinam.*

Vivenna se levantou, então caminhou em silêncio até Joias. De modo hesitante, pousou uma das mãos no ombro da mulher. Joias deu um pulo — sem Respiração, era obviamente mais difícil para ela notar quando as pessoas se aproximavam.

— Está tudo bem — disse Vivenna. — Eu entendo.

— Entende? Entende o quê?

— Tomaram sua Respiração. Não tinham direito de fazer algo tão terrível.

Vivenna sorriu, então recuou, indo rumo às escadas.

Joias começou a gargalhar. Vivenna parou e olhou para trás.

— Você acha que me *entende*? — perguntou Joias. — O quê? Você sente pena porque eu sou uma Descorada?

— Seus pais não deveriam ter feito o que fizeram.

— Meus pais serviam nosso Rei-Deus — disse Joias. — Minha Respiração foi dada diretamente a ele. É uma honra maior do que você poderia compreender.

Vivenna ficou parada por um momento, absorvendo aquele comentário.

— Você *acredita* nos Tons Iridescentes?

— É claro que acredito — disse Joias. — Sou hallandreana, não sou?

— Mas os outros...

— Tonk Fah é de Pahn Kahl — disse Joias. — E eu não sei de que Cores veio *Denth*. Mas eu sou de T'Telir.

— Mas você certamente não pode continuar adorando esses supostos deuses — protestou Vivenna. — Não depois do que fizeram com você.

— O que foi feito comigo? Fique sabendo que entreguei minha Respiração voluntariamente.

— Você era uma criança!

— Eu tinha 11 anos e meus pais me deixaram decidir, e eu fiz a escolha certa. Meu pai estava na indústria de tinturas, mas havia escorregado e caído. A lesão nas suas costas não o deixava trabalhar, e eu tinha cinco irmãos e irmãs. Você sabe como é ver seus irmãos e irmãs passarem fome? Anos antes, meus pais já haviam vendido as próprias Respirações para conseguir dinheiro o bastante para começar o negócio. Mas, ao vender a minha, nós conseguimos dinheiro o bastante para viver por quase um ano!

— Nenhum preço vale uma alma — disse Vivenna. — Você...

— Pare de me julgar! — disse Joias com raiva. — Que os Fantasmas de Kalad a carreguem, mulher! Tive *orgulho* de vender minha Respiração! Ainda tenho. Parte de mim vive dentro do Rei-Deus. Por minha causa, ele continua a viver. Eu sou *parte* desse reino de um jeito que poucos são.

Joias balançou a cabeça, dando-lhe as costas.

— É por isso que nos irritamos com vocês, idrianos. Tão arrogantes, com tanta certeza de que só fazem o *certo*. Se seu deus pedisse a você que entregasse sua Respiração... ou a Respiração do seu filho... você não entregaria? Vocês mandam seus filhos para se tornarem monges, forçando-os a uma vida de servidão, não é? Isso é visto como um sinal de fé. Mas, quando fazemos algo para servir *nossos* deuses, vocês fazem cara de nojo e nos chamam de blasfemadores.

Vivenna abriu a boca, mas não conseguiu pensar em uma resposta. Enviar crianças para se tornarem monges era diferente.

— Nós nos sacrificamos pelos nossos deuses — disse Joias, ainda olhando pela janela. — Mas isso não significa que somos explorados. Minha família foi abençoada pelo que fizemos. Não só havia dinheiro o bastante para comprar comida, como meu pai se recuperou e, alguns anos depois, foi capaz de reabrir a tinturaria. Meus irmãos ainda tocam o negócio. Você não precisa acreditar nos meus milagres. Pode chamá-los de acidentes ou de coincidências, se quiser. Mas não tenha pena de mim pela minha fé. E não se ache melhor só porque acredita em algo diferente.

Vivenna fechou a boca. Estava claro que não adiantava discutir. Joias não queria receber sua compaixão. Vivenna recuou até as escadas.

ALGUMAS HORAS DEPOIS, começou a escurecer. Vivenna estava na sacada do segundo andar, mirando a cidade. A maior parte dos edifícios na rua possuía sacadas como aquela na frente. Ostentosas ou não, daquele ponto na colina, forneciam uma boa vista de T'Telir.

A cidade brilhava com várias luzes. Nas ruas maiores, lâmpadas montadas em postes ladeavam as calçadas, acesas toda noite por trabalhadores da cidade. Muitos dos edifícios também estavam iluminados. Tal gasto de óleo e velas ainda a impressionava. Porém, com o Mar Interno tão perto, o óleo era muito mais barato do que nas terras altas.

Ela ainda não sabia o que pensar da explosão de Joias. Como alguém podia ter *orgulho* de sua Respiração ter sido roubada e então dada para um Retornado cobiçoso? O tom da mulher soou sincero; ela claramente já havia pensado sobre o assunto. Obviamente, havia racionalizado suas experiências para suportá-las.

Vivenna estava encurralada. As Cinco Visões lhe ensinaram que devia tentar compreender os outros. Diziam para não se colocar acima dos outros. Contudo, o Austrismo ensinava que o que Joias havia feito era uma abominação.

As duas coisas pareciam contraditórias. Acreditar que Joias estava errada era se colocar acima da mulher. Mas aceitar o que Joias dizia era negar o Austrismo. Alguns poderiam ter achado graça da sua agitação, mas Vivenna sempre se esforçara muito para ser devota. Havia compreendido que precisava de uma devoção estrita para sobreviver na Hallandren pagã.

Pagã. Ela não se colocava acima de Hallandren ao chamá-la desse jeito? Mas eles *eram* pagãos. Não podia aceitar os Retornados como verdadeiros deuses. Parecia que acreditar em qualquer fé era se tornar arrogante.

Talvez ela merecesse as coisas que Joias lhe dissera.

Alguém se aproximou. Vivenna se virava enquanto Denth abria a porta de madeira e adentrava a sacada.

— Voltamos — anunciou ele.

— Eu sei — disse ela, olhando para a cidade e seus pontinhos de luz. — Senti vocês entrarem no edifício pouco tempo atrás.

Ele deu uma risadinha e se juntou a ela.

— Eu esqueço que tem tanta Respiração, princesa, já que nunca a usa.

Exceto para sentir quando as pessoas estão por perto, ela pensou. *Mas não posso evitar isso, posso?*

— Reconheço esse ar de frustração — observou Denth. — Ainda preocupada por achar que o plano não está avançando rápido o bastante?

Ela balançou a cabeça.

— Estou pensando em coisas totalmente diferentes, Denth.

— Eu provavelmente não devia ter deixado você sozinha por tanto tempo com Joias. Espero que ela não tenha arrancado pedaços *demais* de você.

Vivenna não respondeu. Finalmente, ela suspirou, então se voltou para ele.

— Como foi o trabalho?

— Tudo perfeito — disse Denth. — Quando chegamos à loja, *ninguém* estava de olho. Considerando a quantidade de guardas que eles usam toda noite, devem estar se sentindo uns idiotas por terem sido roubados em plena luz do dia.

— Eu ainda não entendo de que isso vai adiantar. A loja de um comerciante de temperos?

— Não foi a loja dele — corrigiu Denth. — Foram os estoques. Nós arruinamos ou roubamos todos os barris de sal naquele porão. Ele é um dos únicos três homens que armazenam grandes quantidades de sal; a maioria dos outros comerciantes de temperos compra dele.

— Sim, mas sal... De que adianta isso?

— Fez muito calor hoje? — indagou Denth.

Vivenna deu de ombros.

— Calor demais.

— O que acontece com a carne quando faz calor?

— Ela estraga — disse Vivenna. — Mas eles não precisam usar sal para preservar carne. Podem usar...

— Gelo? — Denth deu uma risada. — Não, não aqui embaixo, princesa. Se quiser preservar carne, terá que salgá-la. E se quiser que um exército leve peixe do Mar Interno para atacar um lugar tão distante quanto Idris...

Vivenna sorriu.

— Os ladrões com que trabalhamos vão enviar o sal para longe — explicou Denth. — Contrabandeá-lo para os reinos distantes, onde ele pode ser vendido abertamente. Quando essa guerra chegar, a Coroa terá muitas dificuldades em prover carne para seus homens. É apenas mais um ataque pequeno, mas eles terão um efeito acumulativo.

— Obrigada — disse Vivenna.

— Não nos agradeça. Só nos pague.

Vivenna assentiu. Eles ficaram em silêncio por algum tempo, olhando para a cidade. Então Vivenna perguntou:

— Joias realmente acredita nos Tons Iridescentes?

— Tão passionalmente quanto Tonk Fah gosta de sonecas — disse Denth, e a olhou de soslaio. — Você não a confrontou, né?

— Mais ou menos.

Denth assoviou.

— E ainda está de pé? Terei que agradecer a ela pelo autocontrole.

— Como ela pode acreditar? — quis saber Vivenna.

Denth deu de ombros.

— Me parece uma religião bem tranquila. Quero dizer, você pode ir e *ver* os deuses dela. Conversar com eles, vê-los brilhar. Não é tão difícil de entender.

— Mas ela está trabalhando para uma idriana — disse Vivenna. — Trabalhando para minar a capacidade de guerra dos seus próprios deuses. A carruagem que nós derrubamos hoje era de um *sacerdote*.

— E um bem importante, na verdade — disse Denth com uma risada. — Ah, princesa. É um pouco difícil de entender. É o modo de pensar de um mercenário. Nós somos pagos para fazer coisas... mas *não somos nós* que as fazemos. É *você* que faz essas coisas. Somos apenas suas ferramentas.

— Ferramentas que trabalham contra os deuses hallandreanos.

— Não é motivo para deixar de acreditar — disse Denth. — Somos muito bons em nos distanciarmos das coisas que precisamos fazer. Talvez seja por isso que as pessoas nos odeiam tanto. Elas não enxergam que, se matamos um amigo no campo de batalha, isso não significa que somos impiedosos ou indignos de confiança. Fazemos o que somos pagos para fazer. Como todo mundo.

— É diferente — disse Vivenna.

Denth deu de ombros.

— Acha que o metalúrgico fica pensando se o ferro que ele purifica pode acabar em uma espada que mata um amigo dele?

Vivenna olhou para as luzes da cidade e todas as pessoas que elas representavam, cada uma com suas crenças, maneiras de pensar, contradições. Talvez ela não fosse a única tentando acreditar em duas coisas aparentemente conflitantes.

— E você, Denth? Você é hallandreano?

— Deuses, não.

— Então, em que você acredita?

— Eu não acredito em muita coisa — disse ele. — Já faz um bom tempo.

— E a sua família? — perguntou Vivenna. — Em que eles acreditam?

— Minha família toda já morreu. Eles acreditavam em fés que a maioria das pessoas já esqueceu. Eu nunca me juntei a eles.

Vivenna franziu a testa.

— Você tem que acreditar em alguma coisa. Se não em uma religião, então em alguém. Em um modo de vida.

— Já acreditei.

— Você sempre tem que responder de maneira tão vaga?

Ele lançou um olhar a ela.

— Sim. Exceto talvez essa pergunta.

Vivenna revirou os olhos.

Ele se apoiou no parapeito.

— As coisas em que eu acreditava... não sei se elas fariam sentido, ou se você me ouviria, se eu lhe contasse sobre elas.

— Você diz que quer dinheiro, mas não é verdade. Eu vi as contas de Lemex. Ele não estava te pagando tanto assim; não tanto quanto eu pensava, nem de longe. E, se quisesse, você poderia ter assaltado a carruagem daquele sacerdote e levado o dinheiro. Seria duas vezes mais fácil roubá-la do que o sal.

Ele não respondeu.

— Não me parece que você sirva a qualquer reino ou rei — continuou ela. — Você é um espadachim melhor do que qualquer simples guarda-costas... suspeito que seja melhor do que praticamente qualquer um, se sua habilidade impressiona tão facilmente um chefe do crime. Você poderia ter fama, pupilos e prêmios, se decidisse se tornar um duelista esportivo. Você alega obedecer a seu empregador, mas dá ordens com mais frequência do que as recebe... Além disso, como não se importa com dinheiro, a coisa toda de ser um funcionário provavelmente é um disfarce.

Ela fez uma pausa.

— De fato, a única coisa que já fez você expressar mesmo que uma faísca de emoção na minha frente foi aquele homem, Vasher. Aquele da espada.

Quando ela disse o nome, Denth ficou mais tenso.

— Quem é você? — perguntou ela.

Denth se virou para ela com um olhar duro, mostrando, mais uma vez, que o homem jovial que ele apresentava ao mundo era uma máscara. Uma suavidade para cobrir um interior de pedra.

— Eu sou um mercenário — disse ele.

— Tudo bem, então quem *era* você?

— Você não quer saber essa resposta.

Então ele saiu, pisando duro através da porta e deixando-a sozinha na obscura sacada de madeira.

26

ASSIM QUE DESPERTOU, Canto-de-Luz logo saiu da cama. Ao se levantar, se espreguiçou e sorriu.

— Lindo dia — disse ele.

Seus servos estavam nos limites do quarto, fitando-o com um ar hesitante.

— O que foi? — Canto-de-Luz estendeu os braços. — Venham, vamos nos vestir.

Eles avançaram depressa. Llarimar entrou pouco depois. Canto-de-Luz muitas vezes se perguntava quão cedo seu sumo sacerdote despertava, já que a cada manhã, quando Canto-de-Luz se levantava, Llarimar estava sempre ali.

Llarimar o contemplou com uma sobrancelha levantada.

— O senhor está animado esta manhã, Vossa Graça.

Canto-de-Luz deu de ombros.

— Só me pareceu que era hora de me levantar.

— Uma hora mais cedo do que de costume.

Canto-de-Luz inclinava a cabeça para o lado enquanto seus servos davam os laços na sua túnica.

— É mesmo?

— Sim, Vossa Graça.

— Veja só — disse Canto-de-Luz.

Ele acenou a cabeça para seus servos quando deram um passo para trás, deixando-o vestido.

— Podemos registrar seus sonhos, então? — indagou Llarimar.

Canto-de-Luz hesitou, uma imagem surgindo na sua cabeça. Chuva. Tempestade. Tormentas. E uma pantera vermelha brilhante.

— Não — respondeu, caminhando para a saída.

— Vossa Graça...

— Vamos falar sobre os sonhos outra hora, Afobado — afirmou Canto-de-Luz. — Temos um trabalho mais importante.

— Trabalho mais importante?

Canto-de-Luz chegou à porta e sorriu, se virando para ele.

— Quero visitar o palácio de Estrela-Caridosa novamente.

— Por que motivo?

— Não sei — disse Canto-de-Luz alegremente.

Llarimar suspirou.

— Muito bem, Vossa Graça. Mas podemos pelo menos olhar algumas artes primeiro? Há pessoas que pagaram um bom dinheiro para obter sua opinião, e algumas estão esperando muito ansiosamente para ouvir o que o senhor pensa de suas obras.

— Tudo bem — replicou Canto-de-Luz. — Mas vamos ser rápidos.

CANTO-DE-LUZ ENCARAVA A pintura.

Vermelho sobre vermelho, tons tão sutis que o pintor devia ser no mínimo da Terceira Elevação. Vermelhos violentos e terríveis se digladiavam como ondas — ondas que só vagamente pareciam homens, mas que expressavam muito melhor a ideia de exércitos lutando do que quaisquer representações realistas.

Caos. Feridas ensanguentadas sobre uniformes ensanguentados sobre peles ensanguentadas. Havia tanta violência no vermelho. A cor dele próprio. Quase se sentiu *na* pintura — sentiu seu frenesi o abalando, desorientando e *atraindo*.

As ondas de homens apontavam para uma figura no centro. Uma mulher, representada vagamente por um par de pinceladas curvas. E, ainda assim, era óbvio. Ela estava em um ponto alto, como se no topo de uma onda crescente de soldados se enfrentando, capturada em movimento, sua cabeça jogada para trás, seu braço levantado.

Brandindo uma espada negra como piche, que escurecia o céu vermelho ao seu redor.

— A Batalha das Cataratas do Crepúsculo — disse Llarimar em voz baixa, ao lado dele no corredor branco. — O último conflito da Multiguerra.

Canto-de-Luz assentiu. De algum modo, sabia disso. Os rostos de muitos dos soldados tinham um tom cinza. Eram Sem-Vida. A Multiguerra havia sido a primeira vez que foram usados em grande número no campo de batalha.

— Eu sei que não gosta muito de cenas de guerra — disse Llarimar. — Mas...

— Eu gostei — disse Canto-de-Luz, interrompendo o sacerdote. — Gostei muito.

Llarimar se calou.

Canto-de-Luz olhou fixamente para a pintura com seus vermelhos fluidos, pintada de modo tão sutil que passava uma *sensação* de guerra, em vez de apenas uma imagem.

— Talvez seja a melhor pintura que já passou pelo meu salão.

Os sacerdotes do outro lado da sala começaram a escrever furiosamente. Llarimar apenas o observou, perturbado.

— O que foi? — indagou Canto-de-Luz.

— Não foi nada.

— Afobado... — disse Canto-de-Luz, olhando-o de lado.

O sacerdote suspirou.

— Não posso falar, Vossa Graça. Não posso macular sua impressão das pinturas.

— Muitos deuses andam avaliando pinturas de guerra de maneira favorável, não é? — disse Canto-de-Luz, olhando de volta para a obra de arte.

Llarimar não respondeu.

— Provavelmente não é nada. Apenas nossa reação a essas discussões na corte, imagino.

— Provavelmente — concordou Llarimar.

Canto-de-Luz ficou em silêncio. Sabia que, para Llarimar, não era nada. Para ele, Canto-de-Luz não estava apenas oferecendo sua opinião sobre a arte — estava prevendo o futuro. Seu gosto por uma representação da guerra com cores tão vibrantes e brutais passava qual presságio? Era uma reação aos seus sonhos? Mas na noite anterior ele não havia sonhado com uma guerra. Finalmente. Havia sonhado com uma tempestade, verdade, mas não era a mesma coisa.

Eu não devia ter falado nada, pensou. Por outro lado, reagir à arte parecia ser a única coisa verdadeiramente importante que ele fazia.

Fitou as faixas ousadas de tinta, cada figura não mais do que um par de pinceladas triangulares. Era linda. Poderia a guerra ser linda? Como encontrar beleza naqueles rostos cinzentos confrontando carne, os Sem-Vida matando homens? Aquela batalha não havia significado nada. Não havia decidido o resultado da guerra, ainda que o líder da Unidade Pahn — os reinos unidos contra Hallandren — houvesse sido morto na ocasião. No final, foi a diplomacia que terminou com a Multiguerra, não o derramamento de sangue.

Estamos pensando em recomeçar com isso?, pensou Canto-de-Luz, ainda hipnotizado pela beleza. *O que estou fazendo vai levar à guerra?*

Não, pensou consigo mesmo. *Não, estou apenas sendo cuidadoso. Ajudando Faz-Corar a garantir uma facção política. É melhor do que deixar as coisas me passarem despercebidas. A Multiguerra começou porque a família real não foi cuidadosa.*

A pintura continuava a chamar sua atenção.

— O que é aquela espada? — perguntou Canto-de-Luz.

— Que espada?

— A preta — disse Canto-de-Luz. — Na mão da mulher.

— Eu... não vejo uma espada, Vossa Graça — respondeu Llarimar. — Para falar a verdade, também não vejo uma mulher. Para mim, são apenas pinceladas caóticas.

— Você a chamou de Batalha das Cataratas do Crepúsculo.

— O título da obra, Vossa Graça — replicou Llarimar. — Imaginei que estivesse tão confuso quanto eu, então o informei do nome que o artista deu à pintura.

Os dois se calaram. Então, Canto-de-Luz se virou e se afastou da pintura.

— Chega de avaliar arte por hoje. — Ele hesitou. — Não queime essa pintura. Guarde-a para minha coleção.

Llarimar fez que sim com a cabeça. Enquanto saía do palácio, o deus tentou recuperar parte do seu entusiasmo, e conseguiu — embora a lembrança da bela e terrível cena não houvesse sumido. Misturando-se às suas memórias do sonho da noite anterior, com sua tempestade de ventos furiosos.

Nem mesmo aquilo conseguiu estragar seu humor. Algo diferente estava acontecendo. Algo que o empolgava. Houvera um assassinato na Corte dos Deuses.

Ele não sabia por que achava aquilo tão intrigante; o certo seria pensar que era trágico ou perturbador. Mas por toda a vida, tudo lhe fora dado de bandeja. Respostas para suas perguntas, entretenimento para saciar seus caprichos. Quase por acidente, ele havia se tornado um glutão. Só duas coisas lhe haviam sido negadas: conhecimento do seu passado e liberdade para deixar a corte.

Nenhuma dessas restrições ia mudar tão cedo. Mas ali, dentro da corte, naquele lugar com excessiva segurança e conforto, algo havia dado errado. Uma coisa pequena. Uma coisa que a maioria dos Retornados ignoraria. Ninguém se importava; ninguém queria se importar. Portanto, quem levantaria objeções às perguntas de Canto-de-Luz?

— Vossa Graça está agindo de modo muito estranho — comentou Llarimar, alcançando-o enquanto cruzavam o gramado, seguidos pelo aglomerado caótico de servos que tentava abrir uma grande sombrinha vermelha.

— Eu sei. Contudo, acho que podemos concordar que eu *sempre* fui muito estranho para um deus.

— Devo admitir que isso é verdade.

— Então estou agindo de forma perfeitamente normal — disse Canto-de-Luz. — E está tudo certo no universo.

— Estamos mesmo voltando ao palácio de Estrela-Caridosa?

— Estamos, sim. Você acha que ela vai se irritar conosco? Isso pode ser interessante.

Llarimar suspirou.

— O senhor já está pronto para falar sobre seus sonhos?

Canto-de-Luz não respondeu de imediato. Os servos finalmente levantaram a sombrinha e a seguraram acima dele.

— Eu sonhei com uma tempestade — disse Canto-de-Luz, por fim. — Eu estava no meio dela, sem nada em que me segurar. Estava chovendo e ventando muito, me empurrando para trás. De fato, o vento era tão forte que o chão abaixo de mim parecia ondular.

Llarimar pareceu perturbado. *Mais sinais de guerra*, pensou Canto-de-Luz. *Ou pelo menos é como ele vê.*

— Mais alguma coisa?

— Sim. Uma pantera vermelha. Ela parecia brilhar, refletindo luz, como se fosse feita de vidro ou algo parecido. Estava esperando na tempestade.

Llarimar o olhou de relance.

— O senhor está inventando coisas, Vossa Graça?

— O quê? Não! Foi realmente isso que eu sonhei.

Llarimar suspirou, mas acenou para um sacerdote inferior, que se apressou em anotar suas palavras.

Não demorou até chegarem ao palácio laranja e dourado de Estrela-Caridosa. Canto-de-Luz parou diante do edifício, percebendo que nunca havia visitado o palácio de outro deus sem primeiro enviar um mensageiro.

— Quer que eu mande alguém para anunciá-lo, Vossa Graça? — perguntou Llarimar.

Canto-de-Luz hesitou.

— Não — disse ele, notando um par de guardas junto da entrada principal.

Os dois homens pareciam muito mais musculosos do que a média dos outros servos e carregavam espadas. Lâminas de duelo, Canto-de-Luz deduziu — embora nunca houvesse visto uma.

Ele se aproximou dos homens.

— A senhora de vocês está?

— Infelizmente, não, Vossa Graça — respondeu um deles. — Ela foi passar a tarde com Mãe-de-Todos.

Mãe-de-Todos, pensou Canto-de-Luz. *Outra com Comandos de Sem-Vida. Isso é coisa de Faz-Corar?* Talvez ele devesse passar lá depois, sentia falta de conversar com Mãe-de-Todos. Ela, infelizmente, o odiava com toda a força.

— Ah — disse Canto-de-Luz para o guarda. — Bem, de qualquer modo, preciso inspecionar o corredor aqui, onde aconteceu o ataque na outra noite.

Os guardas se entreolharam.

— Eu... não sei se podemos deixar que faça isso, Vossa Graça.

— Afobado! — chamou Canto-de-Luz. — Eles podem me proibir?

— Só se receberem um comando direto da parte de Estrela-Caridosa.

Canto-de-Luz olhou de volta para os homens. Relutantemente, eles abriram caminho.

— Está tudo bem — tranquilizou-os. — Ela me pediu que cuidasse das coisas. Mais ou menos. Você vem, Afobado?

Llarimar o seguiu até os corredores. Mais uma vez, Canto-de-Luz sentiu uma estranha satisfação. Instintos que ele não sabia que tinha o levaram a procurar o lugar onde o servo havia morrido.

A madeira havia sido substituída — seus olhos Elevados podiam facilmente perceber a diferença entre a madeira nova e a velha. Avançou um pouco mais. O trecho onde a madeira havia ficado cinzenta também não estava mais lá, substituído cuidadosamente por material novo.

Interessante, mas não inesperado. Será que... há algum outro pedaço assim? Depois de caminhar mais um pouco, ele foi recompensado por outro trecho de madeira nova, que formava um quadrado exato.

— Vossa Graça? — chamou uma nova voz.

Canto-de-Luz levantou os olhos e viu o jovem sacerdote ríspido com quem havia falado no dia anterior. Canto-de-Luz sorriu.

— Ah, ótimo. Estava esperando que você aparecesse.

— Isso é muito irregular, Vossa Graça — disse o homem.

— Ouvi dizer que comer muitos figos pode curar esse problema — replicou Canto-de-Luz. — Agora, preciso falar com os guardas que viram o intruso na outra noite.

— Mas por quê, Vossa Graça?

— Porque sou excêntrico. Mande chamá-los. Preciso falar com *todos* os servos ou guardas que viram o homem que cometeu o assassinato.

— Vossa Graça — disse o sacerdote, desconfortável. — As autoridades da cidade já lidaram com esse assunto. Determinaram que o intruso era um ladrão atrás da arte de Estrela-Caridosa, e estão se esforçando para...

— Afobado — disse Canto-de-Luz, se voltando para ele —, esse homem pode ignorar minha exigência?

— Só se a alma dele correr grave perigo, Vossa Graça — disse Llarimar.

O sacerdote olhou para os dois com raiva, então mandou um servo cumprir o pedido de Canto-de-Luz. O deus se ajoelhou, fazendo vários servos sussurrarem, alarmados. Evidentemente, eles pensavam que era inapropriado que um deus se abaixasse daquele jeito.

Canto-de-Luz os ignorou, olhando o quadrado de madeira nova. Era maior que os outros dois que haviam sido arrancados, e as cores combinavam muito melhor. Era apenas um pedaço de madeira quadrado com uma cor *ligeiramente* diferente dos pedaços vizinhos. Sem Respiração — sem um bocado de Respiração —, ele não teria notado.

Um alçapão, pensou com um choque súbito. O sacerdote o estava vigiando de perto. *Esse trecho não é tão novo quanto os outros lá atrás. Só é novo em relação às placas ao redor.*

Canto-de-Luz se arrastou pelo chão, deliberadamente ignorando o alçapão. Mais uma vez, instintos inesperados o avisaram para não revelar o que havia descoberto. Por que estava tão desconfiado de repente? Seria a influência dos sonhos violentos e das imagens da pintura? Ou algo mais? Ele se sentia dragando fundo dentro de si mesmo, puxando para fora uma consciência que nunca possuíra.

De qualquer modo, distanciou-se daquele trecho, fingindo não ter notado o alçapão, como se estivesse procurando fios que pudessem ter ficado presos na madeira. Ele pegou um que obviamente viera da túnica de um servo e o segurou.

O sacerdote pareceu relaxar um pouco.

Então ele sabe sobre o alçapão, pensou Canto-de-Luz. *E... talvez o intruso também soubesse?*

Canto-de-Luz se arrastou mais um pouco, causando desconforto aos homens cuja presença ele havia solicitado. Então se levantou — deixando que um par de seus servos espanasse suas roupas — e caminhou na direção dos recém-chegados. O corredor havia ficado bem apinhado, então ele fez gestos para que saíssem para o sol.

Do lado de fora, considerou o grupo de seis homens.

— Identifiquem-se. Você à esquerda, como se chama?

— Meu nome é Gagaril — respondeu o homem.

— Lamento por isso — disse Canto-de-Luz.

O homem enrubesceu.

— Era o nome do meu pai, Vossa Graça.

— Não é mais? Ele se livrou do nome passando-o para você? Bom, de qualquer modo, como se envolveu nessa confusão?

— Eu era um dos guardas na porta quando o intruso invadiu.

— Você estava sozinho? — perguntou Canto-de-Luz.

— Não — respondeu outro dos homens. — Eu estava com ele.

— Ótimo. Vocês dois, vão para algum lugar naquele lado. — Ele indicou o gramado com a mão. Os homens se entreolharam, então caminharam para longe, como indicado. — Longe o bastante para que não possam nos ouvir! — gritou Canto-de-Luz para eles.

Os homens assentiram e avançaram mais.

— Muito bem — disse Canto-de-Luz, olhando de volta para os outros. — Quem são vocês quatro?

— Nós fomos atacados pelo homem no corredor — informou um dos servos, e apontou para dois dos outros. — Nós três. E... um outro. O homem que foi morto.

— Isso foi uma infelicidade — disse Canto-de-Luz, apontando para outra seção do gramado. — Vão para lá. Caminhem até não poderem mais me ouvir, então esperem.

Os três homens se afastaram.

— E agora, você — disse Canto-de-Luz, as mãos nos quadris, fitando o último homem. — Um baixo sacerdote.

— Eu vi o intruso fugir, Vossa Graça. Estava olhando por uma janela.

— Muito oportuno da sua parte — disse Canto-de-Luz, apontando para um terceiro ponto na grama, longe o bastante dos outros para ficar isolado.

O homem caminhou até lá.

Canto-de-Luz se virou para o sacerdote que estava obviamente no comando.

— Você disse que o intruso soltou um animal Sem-Vida?

— Um esquilo, Vossa Graça — disse o sacerdote. — Nós o capturamos.

— Vá pegá-lo para mim.

— Vossa Graça, ele é bastante selvagem e... — Ele parou ao reparar no olhar do deus, então acenou para um servo.

— Não — ordenou Canto-de-Luz. — Não mande um servo. Vá pegá-lo pessoalmente.

O sacerdote fez uma expressão incrédula.

— Sim, sim — disse Canto-de-Luz, dispensando-o com um gesto. — Eu sei. É uma ofensa à sua dignidade. Talvez devesse pensar em se converter ao Austrismo. Por enquanto, vá logo.

O sacerdote partiu, resmungando.

— O resto de vocês... — disse Canto-de-Luz, voltando-se para os próprios servos e sacerdotes. — Esperem aqui.

Eles pareceram resignados. Talvez estivessem acostumados a serem dispensados por ele.

— Venha, Afobado — disse Canto-de-Luz, caminhando para o primeiro grupo que havia mandado para o gramado; os dois guardas.

Llarimar se apressou para acompanhá-lo enquanto o deus seguiu a passos largos até os dois homens.

— Agora, me contem o que viram — disse Canto-de-Luz para os dois, onde os outros não podiam ouvir.

— Ele se aproximou de nós fingindo ser um louco, Vossa Graça — disse o guarda à esquerda. — Surgiu das sombras, murmurando baixinho. Mas só estava atuando e, quando se aproximou o bastante, nocauteou nós dois.

— Como? — questionou Canto-de-Luz.

— Ele me agarrou pelo pescoço com borlas do seu casaco Despertado — explicou o guarda, e indicou seu companheiro. — E bateu no estômago dele com o cabo de uma espada.

O segundo guarda levantou a camisa e mostrou um grande hematoma no abdômen, então inclinou a cabeça para o lado, mostrando outro no pescoço.

— Ele nos estrangulou — disse o primeiro guarda. — A mim, com essas borlas; e a Fran, com uma bota no pescoço. Foi a última coisa que vimos. Quando acordamos, ele já havia partido.

— Ele estrangulou vocês, mas não os matou. Só fez o suficiente para que perdessem os sentidos?

— Isso mesmo, Vossa Graça — confirmou o guarda.

— Por favor, descreva esse homem — solicitou Canto-de-Luz.

— Ele era grande. Tinha uma barba desleixada. Não era muito comprida, mas também não era aparada.

— Ele não estava fedendo ou sujo — disse o outro. — Só parecia não se importar muito com a aparência. Seu cabelo era comprido, chegava ao pescoço, e parecia não ver uma escova há muito tempo.

— Usava roupas esfarrapadas — acrescentou o primeiro. — Remendadas em alguns lugares, nada vivo, mas nada realmente escuro tampouco. Só meio... sem graça. Pouco hallandreanas, pensando bem.

— E ele estava armado? — perguntou Canto-de-Luz.

— Com a espada que me acertou — disse o segundo guarda. — Uma coisa enorme. Não era uma lâmina de duelo, parecia mais uma espada oriental, reta e muito longa. Estava escondida sob o manto, e teríamos visto se ele não tivesse disfarçado caminhando daquele jeito tão esquisito.

Canto-de-Luz assentiu.

— Obrigado. Fiquem aqui.

Com isso, ele se voltou e caminhou rumo ao segundo grupo.

— Isso é muito interessante, Vossa Graça — comentou Llarimar. — Mas realmente não entendo o objetivo.

— Só estou curioso.

— Perdoe-me, Vossa Graça, mas o senhor não faz muito o tipo curioso.

Canto-de-Luz continuou caminhando. As coisas que estava fazendo, fazia praticamente sem pensar. Pareciam naturais. Ele se aproximou do grupo seguinte.

— Foram vocês que viram o intruso no corredor, certo? — disse Canto-de-Luz para os três servos.

Os homens concordaram. Um olhou para o palácio de Estrela-Caridosa. A grama diante dele agora estava apinhada com uma colorida aglomeração de sacerdotes e servos, tanto de Estrela-Caridosa quanto de Canto-de-Luz.

— Digam-me o que aconteceu — pediu o deus.

— Nós estávamos caminhando pelo corredor dos servos — respondeu um deles. — Tínhamos sido liberados pelo resto da noite, e íamos a uma taverna próxima na cidade.

— Então vimos alguém no corredor — disse outro. — Que não deveria estar ali.

— Descreva-o — ordenou Canto-de-Luz.

— Homem grande — disse o primeiro. Os outros concordaram. — Usava roupas rasgadas e tinha barba. Com um ar meio sujo.

— Não — contestou o segundo. — A roupa era velha, mas o homem não estava sujo. Só desleixado.

Canto-de-Luz assentiu.

— Continuem.

— Bem, não há muito que falar — disse o primeiro servo. — Ele nos atacou. Jogou uma corda Despertada no pobre Taff, que ficou preso na mesma hora. Rariv e eu saímos correndo para buscar socorro. Lolan ficou para trás.

Canto-de-Luz olhou para o terceiro homem.

— Você ficou? Por quê?

— Para ajudar Taff, é claro — respondeu o homem.

Está mentindo, pensou Canto-de-Luz. *Ele parece nervoso demais.*

— É mesmo? — disse ele, se aproximando.

O homem baixou os olhos.

— Bem, eu queria ajudar. Mas sabe, também havia a espada...

— Ah, é verdade — disse o segundo homem. — Ele jogou uma espada na gente. Foi esquisito.

— Ele não a desembainhou? — indagou Canto-de-Luz. — Ele a *jogou*?

Os homens confirmaram.

— Ele a jogou contra nós, com bainha e tudo. Lolan a pegou.

— Eu pensei em lutar com ele — disse Lolan.

— Interessante — replicou Canto-de-Luz. — Então vocês dois fugiram?

— Sim — disse o primeiro homem. — Quando voltamos com ajuda, depois de conseguirmos passar por aquele maldito esquilo, encontramos Lolan inconsciente e o pobre Taff... bem, ele ainda estava amarrado, embora a corda não estivesse mais Despertada. Mas ele tinha sido apunhalado.

— Vocês o viram morrer?

— Não — disse Lolan, levantando as mãos em negação. Canto-de-Luz notou que ele usava um curativo na mão. — O intruso me deixou desacordado com um soco na cabeça.

— Mas você estava com a espada.

— Ela era grande demais para usar — disse o homem, olhando para o chão.

— Então ele jogou a espada em cima de vocês, então veio correndo e *socou* você? — disse Canto-de-Luz.

O homem assentiu.

— E a sua mão?

O homem hesitou, inconscientemente retraindo a mão.

— Eu a torci. Nada de mais.

— E você precisa de um curativo para um pulso torcido? — disse Canto-de-Luz, levantando uma sobrancelha. — Mostre-me.

O homem hesitou.

— Mostre-me, ou perca sua alma, meu filho — declarou Canto-de-Luz no que esperava ser uma voz devidamente divina.

O homem estendeu a mão devagar. Llarimar se adiantou e removeu a atadura.

A mão estava completamente cinza, drenada de cor.

Impossível, pensou Canto-de-Luz, chocado. *O Despertar não faz isso com carne viva. Ele não pode extrair cor de algo vivo, só de objetos. Tábuas do piso, roupas, mobília.*

O homem recolheu a mão.

— O que é isso? — questionou Canto-de-Luz.

— Eu não sei. Eu acordei, e já estava assim.

— É mesmo? — retrucou o deus secamente. — E devo acreditar que você não teve mais nada a ver com isso? Que não estava trabalhando com o intruso?

O homem subitamente caiu de joelhos, começando a chorar.

— Por favor, meu senhor! Não leve minha alma. Eu não sou o melhor dos homens. Frequento bordéis. Trapaceio quando apostamos.

Os outros dois pareceram perplexos.

— Mas não sei nada sobre esse intruso — continuou Lolan. — Por favor, precisa acreditar em mim. Eu só queria aquela espada. Aquela linda espada negra! Eu queria sacá-la, brandi-la, atacar o homem com ela. Eu a peguei e, enquanto estava distraído, ele me atacou. Mas eu não o vi matar Taff! Eu juro, nunca vi aquele intruso antes! Precisa acreditar em mim!

Canto-de-Luz fez uma pausa.

— Eu acredito — respondeu ele finalmente. — Que isso sirva de aviso. Seja bom. Pare de trapacear.

— Sim, meu senhor.

Canto-de-Luz assentiu para os homens, então ele e Llarimar os deixaram para trás.

— Estou até me sentindo meio que um deus — comentou Canto-de--Luz. — Viu só como fiz aquele homem se arrepender dos pecados?

— Impressionante, Vossa Graça — disse Llarimar.

— Então, o que acha dos testemunhos deles? — perguntou Canto-de--Luz. — Algo estranho *está* acontecendo, não está?

— Ainda estou me perguntando por que o senhor acha que deve investigar o assunto, Vossa Graça.

— Não é como se eu tivesse alguma outra coisa para fazer.

— Além de ser um deus.

— Que não é tudo isso — replicou Canto-de-Luz, caminhando até o último homem. — Os benefícios são ótimos, mas a jornada de trabalho é horrível.

Llarimar bufou baixinho enquanto Canto-de-Luz se voltou para falar com a última testemunha, o baixo sacerdote em sua túnica laranja e dourada. Ele era claramente mais jovem do que o outro. *Será que ele foi escolhido para mentir para mim na esperança de que parecesse inocente?*, especulou Canto-de-Luz distraidamente. *Ou só estou inventando coisa?*

— Qual é a sua história? — perguntou Canto-de-Luz.

O jovem sacerdote curvou a cabeça.

— Eu estava cumprindo meus deveres, carregando para o santuário de registro várias profecias que havíamos escrito da boca de nossa Senhora. Ouvi uma confusão distante no edifício. Olhei pela janela na direção do som, mas não vi nada.

— Onde você estava? — indagou Canto-de-Luz.

O rapaz apontou para uma janela.

— Ali, Vossa Graça.

Canto-de-Luz franziu a testa. O sacerdote estivera do lado oposto do palácio onde o assassinato havia ocorrido. Mas aquele *era* o lado por onde o intruso havia entrado.

— Dava para ver a entrada do palácio onde o intruso incapacitou os dois guardas?

— Sim, Vossa Graça. Embora eu não os tenha visto de início. Quase deixei a janela para procurar a fonte do barulho, mas naquele momento eu *vi* algo estranho sob a luz da lanterna da entrada: uma figura se movendo. Foi então que notei os guardas no chão. Pensei que estivessem mortos, e fiquei assustado com a figura sombria se movendo entre eles. Eu gritei e corri atrás de ajuda. Quando alguém enfim me deu ouvidos, a figura havia sumido.

— Você desceu para procurá-lo? — indagou Canto-de-Luz.

O homem assentiu.

— E quanto tempo você levou?

— Vários minutos, Vossa Graça.

Canto-de-Luz assentiu lentamente.

— Muito bem, então. Obrigado.

O jovem sacerdote começou a caminhar rumo ao grupo principal dos seus colegas.

— Ah, espere — chamou Canto-de-Luz. — Você por acaso conseguiu ver com clareza o intruso?

— Não muito, Vossa Graça. Ele estava usando roupas escuras, meio discretas. Ele estava longe demais para que pudesse vê-lo direito.

Canto-de-Luz dispensou o homem com um gesto, esfregou o queixo, pensativo, então olhou para Llarimar.

— E então?

O sacerdote arqueou uma sobrancelha.

— E então o quê, Vossa Graça?

— O que você acha?

Llarimar balançou a cabeça.

— Eu... honestamente não sei, Vossa Graça. Porém, está claro que a questão é importante.

Canto-de-Luz hesitou.

— É mesmo?

Llarimar assentiu.

— Sim, Vossa Graça. Devido ao que aquele homem disse... o que teve a mão ferida. Ele mencionou uma espada negra. O senhor a previu, lembra? Na pintura desta manhã.

— Não foi uma previsão — contestou Canto-de-Luz. — Era realmente o que estava na pintura.

— É assim que profecias funcionam, Vossa Graça. Não está vendo? O senhor olha para uma pintura e uma imagem completa aparece diante dos seus olhos. Tudo que vejo são pinceladas vermelhas aleatórias. A cena que o senhor descreve... as coisas que vê... são proféticas. O senhor é um deus.

— Mas eu vi exatamente o que a pintura deveria representar! — protestou Canto-de-Luz. — Antes mesmo que me dissesse qual era o título!

Llarimar assentiu com um ar sagaz, como se isso provasse seu argumento.

— Ah, deixe para lá. Sacerdotes! São todos fanáticos insuportáveis. De qualquer modo, você concorda comigo que há algo estranho acontecendo aqui.

— Com certeza, Vossa Graça.

— Ótimo. Então faça a fineza de parar de reclamar enquanto estou investigando.

— Na verdade, Vossa Graça, é ainda *mais* imperativo que não se envolva. O senhor previu que isso ocorreria, mas é um oráculo. Não deve interagir com o tema das suas previsões. Se o fizer, pode desequilibrar muitas coisas.

— Eu gosto de ficar desequilibrado. Além disso, estou me divertindo *demais*.

Como de costume, Llarimar não reagiu ao fato de ter seu conselho ignorado. No caminho de volta para o grupo principal, contudo, o sacerdote fez uma pergunta.

— Vossa Graça. Só para saciar minha curiosidade, o que o *senhor* pensa do assassinato?

— É óbvio — respondeu Canto-de-Luz despreocupadamente. — Havia dois intrusos. O primeiro é o homem grande com a espada... ele derrubou os guardas, atacou aqueles servos, soltou o Sem-Vida, depois desapareceu. O segundo homem, que o jovem sacerdote viu, chegou depois do primeiro intruso. Esse segundo homem é o assassino.

Llarimar franziu o cenho.

— Por que o senhor acha isso?

— O primeiro homem tomou cuidado para não matar — disse Canto-de-Luz. — Deixou os guardas vivos, apesar do risco para si, já que eles poderiam ter recuperado a consciência a qualquer momento e soado o alarme. Ele não sacou a espada contra os servos, apenas tentou subjugá-los. Não havia motivo para ele matar um cativo amarrado... ainda mais se já tinha deixado testemunhas para trás. O servo que foi morto era o único que estava consciente quando esse novo intruso chegou. Foi o único que o segundo intruso soube que o *viu*.

— Então Vossa Graça acha que outra pessoa seguiu o homem com a espada, matou a única testemunha, e então...

— Os dois desapareceram — disse Canto-de-Luz. — Eu encontrei um alçapão. Acho que deve haver mais passagens sob o palácio. Tudo me parece bastante óbvio. Uma coisa, contudo, *não* está óbvia.

Ele olhou de relance para Llarimar, desacelerando o passo antes de alcançarem o grupo principal de sacerdotes e servos.

— E o que seria, Vossa Graça? — indagou Llarimar.

— Como, em nome das Cores, descobri tudo isso!

— Eu mesmo estou com dificuldade para entender, Vossa Graça.

Canto-de-Luz sacudiu a cabeça.

— Isso veio de antes, Afobado. Tudo que estou fazendo parece *natural*. Quem eu era antes de morrer?

— Eu não sei do que está falando, Vossa Graça. — Llarimar desviou o olhar.

— Ah, vamos lá, Afobado. Passei a maior parte da minha vida de Retornado sem fazer nada além de descansar, mas, no *momento* em que alguém é morto, eu salto da cama e não consigo resistir a ser um enxerido. Isso não lhe parece suspeito?

Llarimar nem olhou para ele.

— Cores! — praguejou Canto-de-Luz. — Eu era alguém útil? Estava começando a me convencer de que havia morrido de uma maneira sensata... como caindo de um toco de árvore enquanto estava bêbado.

— O senhor sabe que morreu de maneira corajosa, Vossa Graça.

— Pode ter sido um toco bem alto.

Llarimar balançou a cabeça.

— De qualquer modo, Vossa Graça, o senhor sabe que não posso dizer nada sobre quem era antes.

— Bem, esses instintos vieram de algum lugar — replicou Canto-de-Luz enquanto caminhavam até o grupo de sacerdotes e servos à espera.

O sacerdote-chefe havia retornado com uma pequena caixa de madeira, que emitia ruídos de arranhões furiosos.

— Obrigado — disse bruscamente Canto-de-Luz, agarrando a caixa ao passar, sem perder um passo. — Estou dizendo, Afobado, eu *não* estou satisfeito.

— O senhor parecia bastante feliz esta manhã, Vossa Graça — observou Llarimar ao se afastarem do palácio de Estrela-Caridosa.

O sacerdote da deusa ficou para trás, uma reclamação morrendo nos lábios, o séquito de Canto-de-Luz seguindo seu deus.

— Eu estava feliz porque não sabia o que estava acontecendo. Como poderei ser devidamente indolente se continuar com esse impulso de investigar coisas? Sinceramente, esse assassinato vai destruir a reputação que conquistei com tanto esforço.

— Sinto muito, Vossa Graça, que tenha sido incomodado por algo semelhante a uma motivação.

— Pois é. — Canto-de-Luz suspirou, então entregou a caixa com o furioso roedor Sem-Vida. — Aqui. Você acha que meus Despertadores podem decifrar a frase de segurança?

— Com tempo — disse Llarimar. — Mas é um animal, Vossa Graça. Ele não será capaz de nos dizer nada diretamente.

— Mande-os tentar, de qualquer modo. Enquanto isso, preciso pensar mais sobre esse caso.

Caminharam de volta ao palácio dele. Contudo, o que chamou a atenção de Canto-de-Luz foi o fato de ter usado a palavra "caso" em referência ao assassinato. Era uma palavra que nunca ouvira naquele contexto específico, mas ele sabia que era adequada de modo instintivo e automático.

Eu não precisei reaprender a falar quando Retornei. Não tive que reaprender a caminhar, ou a ler, ou qualquer coisa do gênero. Só minha memória pessoal foi perdida.

Mas não toda, ao que parece.

E isso o levou a se perguntar o que mais conseguiria fazer, se tentasse.

27

ALGO ACONTECEU COM aqueles Reis-Deuses anteriores, pensou Siri, caminhando pelas intermináveis salas do palácio do Rei-Deus, seguida por suas servas apressadas. *Alguma coisa que Dedos-Azuis teme que aconteça com Susebron. Será perigoso para o Rei-Deus e para mim.*

Ela continuou a caminhar, arrastando uma cauda feita de incontáveis borlas de seda verde translúcida. O vestido do dia era quase tão fino quanto gaze — ela o escolhera, então pedira às servas que lhe trouxessem uma combinação opaca. Era engraçado ver quão rápido havia deixado de se preocupar com o que era ou não era ostentoso.

Havia muitos outros problemas mais importantes com que se preocupar.

Os sacerdotes realmente *temem que algo vá acontecer com Susebron*, ela pensou com firmeza. *Estão muito ansiosos para que eu produza um herdeiro. Alegam que tem a ver com a sucessão, mas passaram cinquenta anos sem se importar com isso. Estavam dispostos a esperar vinte anos para conseguir sua noiva de Idris. Seja qual for o perigo, não é urgente.*

Ainda assim, os sacerdotes agem como se fosse.

Talvez eles quisessem tanto uma noiva da linhagem real que estivessem dispostos a correr o risco. Porém, certamente não precisavam ter esperado por vinte anos. Vivenna já era capaz de gerar filhos há algum tempo.

Talvez o tratado especificasse uma data e não uma idade. Talvez simplesmente dissesse que o rei de Idris tinha vinte anos para fornecer uma noiva para o Rei-Deus. Isso explicaria por que seu pai pudera enviar Siri. Ela se xingou por ignorar as lições sobre o tratado. Não sabia de verdade *o que* estava escrito. Talvez o perigo estivesse mencionado claramente no próprio documento.

Precisava de mais informações. Infelizmente, os sacerdotes a atrapalhavam, as servas nada diziam, e Dedos-Azuis, bem...

Ela finalmente o avistou passando por uma das salas, escrevendo no seu livro-razão. Siri se apressou, sua cauda farfalhando. Ele se virou, avistando-a. Seus olhos se arregalaram e ele aumentou a velocidade, passando às pressas por uma porta aberta para outra sala. Siri o chamou, se movendo o mais rápido que o vestido permitia, mas, quando chegou à sala, estava vazia.

— Cores! — praguejou ela, sentindo o cabelo se avermelhar de irritação. — Você ainda acha que ele não está me evitando? — interpelou, voltando-se para a mais graduada das suas servas.

A mulher baixou os olhos.

— Seria inadequado que um servo do palácio evitasse sua rainha, Receptáculo. Ele não deve ter visto a senhora.

Certo, como em todas as outras vezes. Quando ela mandava chamá-lo, ele sempre aparecia logo depois que ela havia desistido e partido. Quando Siri mandou que escrevessem uma carta para ele, Dedos-Azuis respondeu de modo tão vago que só a deixou mais frustrada.

Ela não podia tirar livros da biblioteca do palácio, e os sacerdotes a distraíam e interrompiam se tentava ler lá. Ela havia solicitado livros da cidade, mas os sacerdotes insistiram que fossem trazidos por um sacerdote, então lidos para ela, para não "cansar seus olhos". Siri tinha certeza de que, se houvesse alguma coisa no livro que os sacerdotes não quisessem que ela soubesse, o leitor apenas pularia a devida parte.

Ela dependia tanto dos sacerdotes e escribas para tudo, inclusive para obter informações.

Só que..., pensou, ainda na sala vermelha. *Havia* outra fonte de informação. Ela se voltou para sua serva principal.

— Que atividades estão acontecendo hoje no pátio?

— Muitas, Receptáculo — respondeu a mulher. — Alguns artistas vieram e estão fazendo pinturas e desenhos. Há domadores de animais exibindo criaturas exóticas do Sul... creio que haja elefantes e zebras. Também há vários comerciantes de tinturas mostrando suas mais recentes combinações de cores. E, naturalmente, há menestréis.

— E naquele edifício onde estivemos antes?

— A arena, Receptáculo? Acredito que haverá jogos lá mais tarde. Torneios de habilidade física.

Siri assentiu.

— Prepare uma cabine. Eu quero assistir.

NA SUA TERRA natal, Siri assistira vez ou outra a competições de corrida. Elas costumavam ser espontâneas, já que os monges não aprovavam que homens se exibissem. Austre dera talentos a todos; evidenciá-los era visto como arrogância.

Meninos não eram contidos com tanta facilidade. Ela os vira correr, até mesmo os encorajara. Contudo, essas competições não eram *nada* parecidas com o torneio de que os homens hallandreanos estavam participando naquele momento.

Havia meia dúzia de eventos acontecendo ao mesmo tempo. Alguns homens atiravam grandes pedras, competindo pela distância. Outros corriam em um amplo círculo ao redor da arena, deixando rastros de areia, suando intensamente no calor úmido de Hallandren. Outros lançavam dardos, disparavam flechas ou participavam de competições de saltos.

Siri assistia com um rubor cada vez mais profundo — que chegava até as pontas dos seus cabelos. Os homens estavam usando apenas tangas. Durante suas semanas naquela grandiosa cidade, nunca vira algo tão... interessante.

Uma dama não deve ficar olhando para rapazes, sua mãe havia lhe ensinado. *É indecoroso.*

Mas para que aquilo tudo, se não fosse olhar? Siri não conseguia se conter, e não era só por causa da pele nua. Aqueles eram homens que haviam treinado intensamente — que haviam dominado suas habilidades físicas até um nível maravilhoso. Siri percebeu que pouco valor era dado aos vencedores de cada evento em particular. Os torneios não enfatizavam a vitória, mas sim a habilidade necessária para competir.

Nesse sentido, os torneios estavam quase alinhados com a sensibilidade idriana — mas, ao mesmo tempo, eram intrinsicamente opostos a ela.

A beleza dos jogos a deixou distraída por muito mais tempo do que pretendia, seu cabelo permanentemente bordô, mesmo depois de se acostumar à ideia de homens competindo com tão pouca roupa. Por fim, ela se obrigou a se levantar e dar as costas à competição. Tinha trabalho a fazer.

Suas servas ficaram atentas; haviam trazido todo tipo de luxo: sofás e almofadas, frutas e vinhos, até mesmo alguns homens com leques para refrescá-la. Depois de apenas algumas semanas no palácio, tal conforto estava começando a lhe parecer comum.

— Um deus que veio falar comigo, da outra vez — disse Siri, vasculhando o anfiteatro, onde muitas das cabines de pedra estavam decoradas com toldos coloridos. — Qual foi?

— Canto-de-Luz, o Ousado, Receptáculo — respondeu uma das mulheres. — Deus da bravura.

Siri concordou.

— E quais são as cores dele?

— Dourado e vermelho, Receptáculo.

Siri sorriu. Seu toldo mostrava que ele estava ali. Canto-de-Luz não havia sido o único deus a se apresentar a Siri durante aquelas semanas no palácio, mas *fora* o único que passara algum tempo conversando com ela. Ele a deixara confusa, mas pelo menos estava disposto a falar.

Ela deixou sua cabine, o lindo vestido se arrastando sobre a pedra. Havia se forçado a parar de sentir culpa por estragá-los, já que aparentemente cada vestido era queimado depois que ela o usava.

Suas servas começaram a se mover freneticamente, recolhendo a mobília e os alimentos e seguindo atrás de Siri. Como antes, havia pessoas nos bancos abaixo — comerciantes ricos o bastante para comprar a entrada para a corte, ou camponeses que haviam ganhado uma loteria especial. Muitos se viravam e olhavam para cima enquanto ela passava, sussurrando entre si.

É a única maneira que eles têm de me ver. A rainha deles.

Essa era uma questão com que Idris certamente lidava melhor do que Hallandren. Os idrianos tinham acesso fácil ao seu rei e seu governo, enquanto em Hallandren os líderes eram mantidos distantes — e, assim, se tornavam alheios, até mesmo misteriosos.

Ela se aproximou do pavilhão vermelho e dourado. O deus que encontrara antes estava recostado lá dentro, relaxado em um divã, bebericando de um grande copo de vidro lindamente gravado, cheio de um líquido vermelho gelado. Sua aparência era a mesma — traços másculos e esculpidos que ela já associava com a divindade, cabelo negro penteado com perfeição, pele bronzeada e um ar de tédio.

Também nisso Idris tem razão. Meu povo pode ser severo demais, mas também não é bom se tornar tão mimado quanto alguns desses Retornados.

O deus, Canto-de-Luz, olhou na direção dela e baixou a cabeça de uma forma respeitosa.

— Minha rainha.

— Canto-de-Luz, o Ousado — disse ela enquanto uma de suas servas lhe trazia uma cadeira. — Espero que seu dia tenha sido agradável.

— Até agora, descobri vários elementos perturbadores que redefiniram minha alma e que estão lentamente reestruturando a própria natureza da minha existência. — Ele provou sua bebida. — Tirando isso, nada demais. E a senhora?

— Menos revelações — disse Siri, sentando-se. — Mais confusão. Ainda sou inexperiente em relação à maneira como as coisas funcionam aqui. Estava esperando que pudesse responder a algumas das minhas perguntas, talvez me fornecer algumas informações...

— Infelizmente, não — replicou Canto-de-Luz.

Siri fez uma pausa, então corou, constrangida.

— Sinto muito. Fiz algo errado? Eu...

— Não, nada errado, criança — respondeu Canto-de-Luz, e abriu um largo sorriso. — O motivo por que não posso ajudá-la é que eu, infelizmente, não sei de nada. Sou inútil. Não ouviu falar?

— Hum... Infelizmente, não.

— Devia ter prestado mais atenção — disse ele, levantando o copo na direção dela. — Erro seu — disse ele, sorrindo.

Siri franziu a testa, ficando ainda mais constrangida. O sumo sacerdote de Canto-de-Luz — que se distinguia pelo seu chapéu grande demais — os observava com um ar desaprovador, e isso a deixou ainda mais tímida. *Por que eu deveria ficar constrangida?*, pensou, começando a se irritar. *Canto-de--Luz é que está me insultando de forma velada — e a si mesmo explicitamente! É como se ele* gostasse *de fazer pouco de si mesmo.*

— Na verdade — disse Siri, olhando para ele de queixo erguido —, eu *ouvi* falar da sua reputação, Canto-de-Luz, o Ousado. Mas "inútil" não foi a palavra que usaram.

— Ah, não?

— Não. Disseram-me que você era inofensivo, embora eu possa ver que não é verdade... pois, ao conversar com você, minha racionalidade certamente foi prejudicada. Sem mencionar minha cabeça, que está começando a doer.

— Ambos são sintomas comuns de lidar comigo, infelizmente — disse ele, com um suspiro exagerado.

— Fácil de resolver. Talvez ajude se você não falar na presença de outras pessoas. Acho que eu o consideraria bastante amigável nessas circunstâncias.

Canto-de-Luz riu. Não uma risada profunda, como a do seu pai ou de alguns dos homens de Idris, mas um riso mais refinado. Ainda assim, pareceu genuíno.

— Eu *sabia* que gostava de você, garota.

— Não sei ao certo se devo considerar isso um elogio ou não.

— Depende de quão a sério você se leva — disse Canto-de-Luz. — Venha, abandone essa cadeira boba e se acomode em um desses divãs. Aprecie a tarde.

— Não sei se isso seria apropriado — disse Siri.

— Eu sou um deus — disse Canto-de-Luz, acenando. — Eu defino o que é apropriado.

— Acho que mesmo assim vou ficar sentada aqui.

Siri sorriu, mas se levantou e pediu que suas servas movessem a cadeira mais para baixo do toldo, para que, assim, não precisasse falar tão alto. Ela também tentou não prestar atenção demais nos torneios, para não se distrair novamente.

Canto-de-Luz sorriu. Parecia gostar de deixar os outros desconfortáveis. Por outro lado, também parecia não se preocupar com a própria imagem.

— Eu estava falando sério, Canto-de-Luz. Preciso de informações.

— E eu, minha cara, também fui bastante honesto. Eu *sou* inútil, de modo geral. Contudo, tentarei responder da melhor maneira possível às suas perguntas... partindo do princípio, é claro, que você responderá às minhas.

— E se eu não souber as respostas para suas perguntas?

— Então invente alguma coisa. Nunca saberei a diferença. Prefiro desconhecer minha ignorância do que ser sabidamente estúpido.

— Vou tentar me lembrar disso.

— Assim a coisa perde o propósito. Agora, suas perguntas.

— O que aconteceu com os Reis-Deuses anteriores?

— Morreram — disse Canto-de-Luz. — Ah, não pareça tão surpresa. Acontece com as pessoas, às vezes, até mesmo com deuses. Nós somos, se ainda não notou, imortais ridículos. Estamos sempre esquecendo a parte de "viver para sempre" e, em vez disso, acabamos inesperadamente mortos. E pela *segunda vez*, ainda por cima. Poderia-se dizer que somos duas vezes piores em continuar vivos do que pessoas normais.

— Como os Reis-Deuses morrem?

— Eles entregam sua Respiração — respondeu Canto-de-Luz. — Não é isso, Afobado?

O sumo sacerdote de Canto-de-Luz concordou.

— É isso mesmo, Vossa Graça. Sua Divina Majestade Susebron Quarto morreu para curar a praga de distrentia que assolou T'Telir há cinquenta anos.

— Espere aí — disse Canto-de-Luz. — Distrentia não é uma doença dos intestinos?

— De fato — confirmou o sumo sacerdote.

Canto-de-Luz franziu o cenho.

— Você está me dizendo que nosso Rei-Deus... o mais santo e divino personagem no nosso panteão... morreu para curar dores de barriga?

— Eu não colocaria as coisas exatamente desse jeito, Vossa Graça.

Canto-de-Luz se inclinou para Siri.

— Esperam que eu faça isso algum dia, sabe? Cometer suicídio para que alguma velha senhora possa deixar de se sujar em público. Não admira que eu seja um deus tão vergonhoso. Deve ter a ver com questões de amor-próprio.

O sumo sacerdote olhou para Siri como se pedisse desculpas. Pela primeira vez, ela percebeu que a desaprovação do sacerdote gordo não estava direcionada a ela, mas ao seu deus. Para ela, ele sorria.

Talvez eles não sejam todos como Treledees, ela pensou, sorrindo de volta.

— O sacrifício do Rei-Deus não foi um gesto vazio, Receptáculo — disse o sacerdote. — É verdade que a diarreia geralmente não é um grande perigo para a maioria, mas para os idosos e as crianças pequenas, pode ser mortal. Além disso, as condições epidêmicas estavam espalhando outras doenças, e o comércio da cidade... e, portanto, do reino... havia diminuído muito. As pessoas nas vilas próximas passavam meses sem os suprimentos necessários.

— Como será que os curados se sentiram? — especulou Canto-de-Luz. — Despertando para a notícia do seu Rei-Deus morto.

— Imagino que honrados, Vossa Graça.

— Eu imagino que chateados. O rei veio de tão longe, e eles estavam doentes demais para notar. De todo modo, minha rainha, aí está. Foram informações genuinamente úteis. Agora estou preocupado de ter quebrado a promessa de ser inútil.

— Se é algum consolo, você não ajudou tanto assim. Seu sacerdote que parece útil.

— Sim, eu sei. Faz anos que tento corrompê-lo. Nunca parece funcionar. Nem mesmo consigo fazer com que ele reconheça o paradoxo teológico causado quando procuro tentá-lo a fazer o mal.

Siri hesitou, então se pegou sorrindo ainda mais.

— O que foi? — questionou Canto-de-Luz, então terminou sua bebida, que foi imediatamente substituída por outra, agora azul.

— Falar com você é como nadar em um rio. Fico sendo arrastada pela correnteza e nunca sei quando vou conseguir respirar de novo.

— Cuidado com as pedras, Receptáculo — observou o sumo sacerdote. — Podem parecer insignificantes, mas têm arestas afiadas sob a superfície.

— Bah — fez Canto-de-Luz. — É com os *crocodilos* que se deve ter cuidado. Eles mordem. E... do que estávamos falando mesmo, afinal?

— Os Reis-Deuses — disse Siri. — Quando o último morreu, já havia sido produzido um herdeiro?

— Decerto — disse o sumo sacerdote. — Na verdade, ele tinha se casado apenas um ano antes. A criança nasceu meras semanas antes da morte dele.

Siri se recostou novamente na cadeira, pensativa.

— E o Rei-Deus antes dele?

— Morreu para curar as crianças de uma vila que havia sido atacada por bandidos — contou Canto-de-Luz. — Os plebeus adoram essa história. O rei ficou tão comovido com seu sofrimento que se sacrificou pela gente simples.

— E ele havia se casado no ano anterior?

— Não, Receptáculo — respondeu o sumo sacerdote. — Foi vários anos depois do seu casamento. Embora ele *tenha* morrido apenas um mês depois do nascimento de seu segundo filho.

Siri ergueu os olhos.

— Nasceu primeiro uma filha?

— Sim — confirmou o sacerdote. — Uma mulher sem poderes divinos. Como sabia?

Cores!, pensou Siri. *Nas duas vezes, logo depois que um herdeiro nasceu.* Será que ter um filho de algum modo fazia com que os Reis-Deuses desejassem entregar suas vidas? Ou era algo mais sinistro? Uma praga eliminada ou um vilarejo curado eram coisas que, com um pouco de propaganda criativa, podiam ser inventadas para encobrir alguma outra causa de morte.

— Infelizmente, não sou nenhum especialista nessas coisas, Receptáculo — continuou o sumo sacerdote. — E receio que Sua Graça também não seja. Se pressioná-lo, ele *pode* muito bem começar a inventar coisas.

— Afobado! — indignou-se Canto-de-Luz. — Isso é uma calúnia. Ah, e falando nisso, seu chapéu está pegando fogo.

— Obrigada — disse Siri. — A vocês dois. Até que foi bastante útil.

— Se posso dar uma sugestão... — disse o sumo sacerdote.

— Por favor.

— Procure um contador de histórias profissional, Receptáculo — falou o sacerdote. — A senhora pode mandar chamar um da cidade, que pode recitar histórias e contos da imaginação. Eles fornecerão informações muito melhores do que as nossas.

Siri assentiu. *Por que os sacerdotes no nosso palácio não podem ser úteis assim?* Claro, se estavam *realmente* encobrindo o verdadeiro motivo por que seus Reis-Deuses morriam, eles tinham boa razão para não ajudá-la. Na verdade, se ela pedisse um contador de histórias, provavelmente só forneceriam um que diria a ela o que *eles* queriam que ouvisse.

Siri franziu a testa.

— Poderia... fazer isso por mim, Canto-de-Luz?

— O quê?

— Mandar chamar um contador de histórias. Eu gostaria que estivesse presente, caso eu tenha alguma pergunta.

Canto-de-Luz deu de ombros.

— Creio que sim. Não ouço um contador de histórias faz algum tempo. Basta me dizer quando.

Não era um plano perfeito. As servas dela estavam ouvindo e poderiam relatar para os sacerdotes. Contudo, se o contador de histórias fosse ao palácio de Canto-de-Luz, haveria pelo menos alguma chance de Siri ouvir a verdade.

— Obrigada — disse ela, se levantando.

— Ei, ei, ei! Não tão rápido — disse Canto-de-Luz, levantando um dedo.

Ela parou.

Ele bebeu da sua taça.

— E então? — perguntou ela finalmente.

O deus levantou o dedo outra vez enquanto continuou a beber, inclinando a cabeça para trás e pegando os últimos pedaços de gelo do fundo do copo, então o deixou de lado, sua boca azul.

— Que refrescante. Idris... um lugar maravilhoso. Cheio de gelo. É bem caro trazê-lo para cá, pelo que ouvi dizer. Que bom que não tenho que pagar nada, hein?

Siri ergueu uma sobrancelha.

— E eu estou aqui esperando de pé porque...

— A senhora prometeu responder a algumas das *minhas* perguntas.

— Ah. — Ela voltou a se sentar. — É claro.

— Então... A senhora conhecia algum guarda da cidade, na sua terra natal?

Ela inclinou a cabeça.

— Guarda da cidade?

— Os sujeitos que mantêm a lei e a ordem, sabe? Polícia. Xerifes. Os homens que capturam bandidos e guardam os calabouços. Esse tipo de gente.

— Eu conheci um ou dois, eu acho — disse ela. — Minha cidade natal não era muito grande, mas era a capital. Atraía pessoas meio difíceis, às vezes.

— Ah, ótimo — disse Canto-de-Luz. — Por gentileza, descreva-os para mim. Não as pessoas difíceis. A guarda da cidade.

Siri deu de ombros.

— Não sei. Eles tendiam a ser cuidadosos. Entrevistavam recém-chegados à cidade, caminhavam pelas ruas de olho em crimes, esse tipo de coisa.

— A senhora os chamaria de tipos inquisitivos?

— Sim — concordou Siri. — Acho que sim. Quero dizer, tanto quanto qualquer pessoa. Talvez mais.

— Houve algum assassinato na sua cidade?

— Uns poucos. — Siri baixou os olhos. — Não deveria haver... meu pai sempre dizia que coisas assim não deveriam acontecer em Idris. Que assassinato era uma coisa de... bem, de Hallandren.

Canto-de-Luz deu uma risada.

— Sim, nós fazemos isso o tempo todo. É bom para animar festas. Agora, esses policiais investigavam os assassinatos?

— É claro.

— Sem que ninguém precisasse pedir?

Siri assentiu.

— Como eles faziam isso?

— Não sei. Eles faziam perguntas, conversavam com testemunhas, procuravam pistas. Eu não me envolvia com isso.

— Não, não — disse Canto-de-Luz. — Certamente que não. Ora, acaso fosse uma assassina, eles teriam feito alguma coisa terrível com a senhora, certo? Como exilá-la para outro país?

Siri sentiu o rosto empalidecer, seu cabelo ficando mais claro.

Canto-de-Luz deu uma gargalhada.

— Não me leve tão a sério, Vossa Majestade. Para ser sincero, já faz *dias* que parei de me perguntar se a senhora era uma assassina. Agora, se suas servas e os meus ficarem para trás por um segundo, acho que tenho algo importante a lhe dizer.

Siri se sobressaltou quando Canto-de-Luz se levantou. Ele começou a se afastar do pavilhão, e seus servos permaneceram onde estavam. Confusa mas empolgada, Siri se levantou da cadeira e seguiu-o apressadamente. Ela o alcançou a uma curta distância ao longo do corredor de pedra que se estendia entre as várias cabines na arena. Mais abaixo, os atletas continuavam com sua exibição.

Canto-de-Luz olhou para ela, sorrindo.

Esses deuses são mesmo altos, ela pensou, curvando um pouco a cabeça para trás. Trinta centímetros de altura a mais faziam muita diferença. Ao lado de um homem como Canto-de-Luz — e não sendo ela mesma alta —, sentia-se minúscula. *Talvez ele me diga o que estou procurando*, pensou Siri. *O segredo!*

— A senhora está jogando um jogo perigoso, minha rainha — disse Canto-de-Luz, se apoiando no parapeito de pedra.

O parapeito fora construído para as proporções de um Retornado, então era alto demais para que ela pudesse se apoiar confortavelmente nele.

— Jogo?

— Política — respondeu ele, contemplando os atletas.

— Eu não quero mexer com política.

— Se não mexer com ela, ela vai mexer com a senhora, infelizmente. Eu sempre acabo caindo nela, não importa o que faça. Reclamar não adianta... embora sirva para irritar as pessoas, o que já é satisfatório por si só.

Siri franziu a testa.

— Então me chamou no canto para me dar um aviso?

— Pelas Cores, não. — Canto-de-Luz deu uma risada. — Se ainda não descobriu que a situação é perigosa, então é obtusa demais para apreciar um aviso. Só queria lhe dar alguns conselhos. O primeiro é sobre sua persona.

— Minha persona?

— Sim. Precisa trabalhar mais nela. Escolher a persona de uma recém-chegada inocente foi um bom instinto. Combina com você. Mas precisa refiná-la, se empenhar mais.

— Não é uma persona — disse ela com sinceridade. — Eu *estou* confusa e tudo isso é novo para mim.

Canto-de-Luz levantou o dedo.

— Esse é o truque da política, criança. Às vezes, embora você não possa disfarçar quem é e como de fato se sente, *pode* usar essas coisas. As pessoas desconfiam do que não podem entender e prever. Enquanto você parecer um elemento imprevisível na corte, será vista como uma ameaça. Se puder habilmente... e honestamente... se comportar como alguém que eles compreendem, então vai começar a se encaixar.

Siri franziu a testa.

— Veja o meu exemplo — continuou Canto-de-Luz. — Eu sou um tolo inútil. Sempre fui, até onde posso me lembrar... o que não é tanto tempo assim. De qualquer modo, eu sei como as pessoas me veem. E aumento a imagem, jogo com isso.

— Então é uma mentira?

— Certamente que não. Eu sou assim. Contudo, garanto que as pessoas nunca esqueçam isso. Você não pode controlar tudo. Mas se puder controlar como os outros a veem, então poderá encontrar um lugar nessa confusão. E, depois de isso feito, poderá começar a influenciar as facções. Se assim desejar. Eu raramente o faço, porque é uma chateação.

Siri inclinou a cabeça para o lado. Então sorriu.

— Você é um bom homem, Canto-de-Luz. Eu soube disso mesmo quando estava me insultando. Você não quer fazer mal. Isso é parte da sua persona?

— Mas é claro. — Ele sorriu. — Mas não sei ao certo *o que* faz com que as pessoas confiem em mim. Eu me livraria disso, se pudesse. Só serve para que as pessoas tenham expectativas demais. Apenas pratique um pouco o que eu disse. A melhor coisa de estar trancada nesta linda prisão é que você *pode* fazer algum bem... você *pode* mudar as coisas. Já vi outros fazerem isso. Pessoas que eu respeitava. Mesmo que não haja muitas dessas na corte nos últimos tempos.

— Tudo bem. Pode deixar.

— A senhora está procurando alguma coisa... posso sentir. E tem a ver com os sacerdotes. Não chame atenção demais até estar pronta para atacar. De modo súbito e surpreendente, é assim que deve ser. Não pareça inofensiva *demais*... as pessoas sempre suspeitam dos inocentes. O truque é parecer *mediana*. Não mais astucioso do que qualquer outra pessoa. Desse modo, todos vão acreditar que podem vencê-la apenas com uma pequena vantagem.

Siri concordou.

— Esse é um tipo de filosofia idriana.

— Vocês vieram de nós — disse Canto-de-Luz. — Ou talvez nós tenhamos vindo de vocês. De qualquer modo, somos mais similares do que nossos adornos indicam. O que é a filosofia idriana de extrema simplicidade, se não um meio de contrastar com Hallandren? Todo esse branco que seu povo usa... faz com que se destaquem em uma escala nacional. Vocês agem como nós, nós agimos como vocês; só fazemos as mesmas coisas de maneiras opostas.

Ela assentiu lentamente.

Ele sorriu.

— Ah, e mais uma coisa. Por favor, *por favor*, não conte demais comigo. Estou falando sério. Não serei muito útil. Se seus planos chegarem a um ponto crítico... se as coisas derem errado no último momento e a senhora estiver em perigo ou apuros... não pense em mim. Eu a decepcionarei. *Isso* eu prometo de coração, com a mais absoluta sinceridade.

— Você é um homem muito estranho.

— Um produto da minha sociedade. E já que na maior parte do tempo minha sociedade consiste basicamente de mim apenas, eu culpo Deus. Bom dia, minha rainha.

Dito isso, ele voltou à sua cabine e acenou para que as servas dela — que estavam assistindo com um ar preocupado — se juntassem novamente a Siri.

28

A REUNIÃO ESTÁ MARCADA, minha senhora — disse Thame. — Os homens estão entusiasmados. Seu trabalho em T'Telir está ganhando cada vez mais notoriedade.

Vivenna não sabia ao certo o que pensava disso. Deu um gole em seu suco. O líquido morno tinha um gosto viciante, embora ela desejasse um pouco de gelo idriano.

Thame a encarava, nervoso. O idriano baixo era, de acordo com as investigações de Denth, suficientemente confiável. Sua história sobre ter sido forçado a uma vida de crime era um pouco exagerada. Ele preenchia um nicho da sociedade de Hallandren — agia como um intermediário entre os trabalhadores idrianos e os vários elementos criminosos.

Ele também era, aparentemente, um patriota convicto. Apesar do fato de tender a explorar o próprio povo, particularmente os recém-chegados à cidade.

— Quantos vão estar na reunião? — indagou Vivenna, observando o tráfego na rua além dos portões do pátio do restaurante.

— Mais de cem, minha senhora — disse Thame. — Leais ao nosso rei, eu juro. E eles são homens influentes, todos eles... para idrianos em T'Telir, quero dizer.

O que, de acordo com Denth, significava que tinham poder na cidade porque podiam fornecer trabalhadores idrianos baratos e influenciar a opinião das massas idrianas desfavorecidas. Eram homens que, como Thame, prosperavam devido aos expatriados idrianos. Uma estranha dualidade. Eles tinham status entre uma minoria oprimida e, sem a opressão, perderiam seu poder.

Como Lemex, que servia meu pai, que até mesmo parecia respeitá-lo e amá-lo, enquanto roubava cada moeda de ouro em que conseguia pôr as mãos.

Ela se recostou, usando um vestido branco com uma longa saia plissada que ondulava e se movia ao vento. Bateu no lado do seu copo, o que fez um criado surgir para lhe servir mais suco. Thame sorriu, aceitando mais suco também, embora ele parecesse deslocado no restaurante fino.

— Há quantos de vocês aqui? Idrianos na cidade, quero dizer.

— Talvez até dez mil.

— Tantos assim?

— Problemas com as fazendas nas terras mais baixas. — Thame deu de ombros. — É difícil, às vezes, viver naquelas montanhas. As colheitas morrem, e então o que você tem? O rei é o dono da sua terra, então você não pode vendê-la. Você precisa pagar seus impostos...

— Sim, mas é possível fazer uma petição no caso de desastre — disse Vivenna.

— Ah, minha senhora, mas o lar da maioria dessas pessoas fica a muitas semanas de viagem do rei. Eles devem deixar suas famílias para fazer uma petição, quando temem que seus entes queridos passem fome durante as semanas necessárias para trazer comida do armazém do rei, caso tenham sucesso? Ou viajam a distância muito mais curta para T'Telir? Arrumam trabalho aqui, carregando peso nas docas ou colhendo flores nas plantações da selva? É trabalho duro, mas estável.

E, ao fazer isso, eles traem seu próprio povo.

Mas quem era ela para julgar? A Quinta Visão definiria isso como soberba. Ali estava ela, sentada à sombra de um toldo, apreciando uma brisa agradável e um suco caro enquanto outros homens se matavam de trabalhar por suas famílias. Ela não tinha direito de fazer pouco das motivações deles.

Idrianos não deveriam ter que procurar trabalho em Hallandren. Ela não gostava de admitir defeitos no pai, mas o reino dele não era burocraticamente eficiente; consistia em dúzias de vilas espalhadas, com estradas ruins que muitas vezes ficavam bloqueadas pela neve ou por avalanches. Além disso, ele era forçado a gastar muitos recursos para manter o exército forte, no caso de um ataque de Hallandren.

Ele tinha um trabalho difícil. Seria essa uma desculpa boa o bastante para a pobreza do povo, que havia sido forçado a fugir da sua terra natal? Quanto mais ela escutava e aprendia, mais percebia que muitos idrianos nunca haviam conhecido nada próximo à vida idílica que ela tivera no seu adorável vale montanhoso.

— A reunião será daqui a três dias, minha senhora — disse Thame. — Alguns desses homens estão hesitantes depois de Vahr e seu fracasso, mas vão ouvi-la.

— Estarei lá.

— Obrigado.

Thame se levantou, fez uma mesura, apesar de Vivenna ter pedido que ele não chamasse atenção para ela, e se retirou. Ela continuou sentada, bebendo seu suco. Sentiu Denth antes de ele chegar.

— Sabe o que me interessa? — perguntou ele, ocupando a cadeira que Thame havia usado.

— O quê?

— Pessoas — respondeu Denth, batendo em um copo vazio e chamando a atenção do atendente. — Pessoas me interessam. Particularmente as pessoas que não agem como deveriam. Pessoas que me surpreendem.

— Espero que não esteja falando de Thame — disse Vivenna, levantando uma sobrancelha.

Denth balançou a cabeça.

— Estou falando de você, princesa. Não faz tanto tempo que não importava o que ou quem a senhora visse, tinha sempre um ar de desagrado silencioso nos olhos. Já perdeu isso. Está começando a se encaixar.

— Então isso é um problema, Denth. Eu não quero me encaixar. Odeio Hallandren.

— A senhora parece gostar bastante desse suco.

Vivenna o deixou de lado.

— Você tem razão, claro. Eu não deveria bebê-lo.

— Se você diz. — Denth deu de ombros. — Agora, se fosse perguntar ao mercenário... o que, naturalmente, ninguém faz... ele poderia mencionar que é *bom* você começar a agir como uma hallandreana. Quanto menos se destacar, menos provável será que as pessoas a associem àquela princesa idriana escondida na cidade. Veja só seu amigo Parlin.

— Ele parece um tolo vestindo essas cores chamativas — disse ela, olhando para o outro lado da rua, onde ele e Joias estavam conversando enquanto vigiavam a rota de fuga.

— Parece? — disse Denth. — Ou só parece um hallandreano? Você hesitaria se estivesse na selva e o visse vestir a pele de uma fera, ou talvez se ocultar em um manto da cor de folhas?

Ela olhou mais uma vez. Parlin estava encostado em um edifício na mesma postura em que ela já vira vários bandoleiros da idade dele fazendo, em outras partes da cidade.

— Vocês dois estão mais adaptados do que antes — concluiu Denth. — Estão aprendendo.

Vivenna baixou os olhos. Algumas coisas na sua nova vida estavam começando a parecer naturais. Os ataques, por exemplo, estavam se tornando surpreendentemente fáceis. Ela também estava se acostumando a andar na multidão e a ser parte de um elemento do submundo. Dois meses antes, teria se oposto de modo indignado a lidar com um homem como Denth, simplesmente devido à profissão dele.

Achava muito difícil aceitar algumas dessas mudanças. Estava ficando cada vez mais complicado compreender a si mesma e decidir no que acreditava.

— No entanto — disse Denth, olhando para o vestido de Vivenna —, você poderia considerar passar a usar calças.

Vivenna franziu a testa, levantando os olhos.

— Só uma sugestão — disse Denth, então bebeu um pouco de suco. — Você não gosta das saias curtas de Hallandren, mas as únicas roupas decentes e "recatadas" que podemos comprar são estrangeiras... e isso as torna caras. Isso significa que precisamos ficar em restaurantes caros, para

não chamarmos atenção; e isso significa que você vai ter que lidar com toda essa terrível exuberância. Calças, contudo, são recatadas *e* baratas.

— Calças *não* são recatadas.

— Elas não mostram os joelhos — disse ele.

— Isso não importa.

Denth deu de ombros.

— Só estou oferecendo minha opinião.

Vivenna desviou o olhar, então suspirou baixinho.

— Eu aprecio o conselho, Denth. De verdade. É só que... estou confusa com um bocado de coisas na minha vida ultimamente.

— O mundo é um lugar confuso — replicou Denth. — É isso que o torna divertido.

— Os homens com que estamos trabalhando... Eles lideram os idrianos na cidade, mas os exploram ao mesmo tempo. Lemex roubava do meu pai, mas ainda assim trabalhava pelos interesses do meu país. E aqui estou eu, usando um vestido de luxo e bebendo suco caro enquanto minha irmã sofre abusos de um horrendo ditador e esta cidade maravilhosa e terrível se prepara para entrar em guerra com minha terra natal.

Denth se reclinou na sua cadeira e olhou por cima do parapeito baixo para a rua, vendo as multidões com suas cores belas e terríveis.

— As motivações dos homens. Nunca fazem sentido. E sempre fazem sentido.

— Nesse momento, *você* não está fazendo sentido.

Denth sorriu.

— O que estou tentando dizer é que não dá para entender um homem até entender o que o leva a fazer o que faz. Cada homem é um herói da própria história, princesa. Assassinos não se consideram culpados pelo que fazem. Ladrões acham que merecem o dinheiro que roubam. Ditadores pensam que têm o direito, pela segurança do seu povo e pelo bem da nação, de fazer o que quiserem.

Ele olhou para longe, balançando a cabeça.

— Eu acho que até Vasher se vê como um herói. A verdade é que a maioria das pessoas faz o que a senhora chamaria de "errado" pelo que consideram motivos "certos". Só os mercenários fazem sentido. Nós fazemos o que somos pagos para fazer, e pronto. Talvez seja por isso que as pessoas nos desprezam. Nós somos os únicos que não fingimos que temos motivos nobres.

Ele fez uma pausa, então a encarou.

— De certo modo, nós somos as pessoas mais honestas que você vai conhecer.

Os dois se calaram; a multidão de passantes era um rio de cores vivas a uma curta distância. Outra figura se aproximou da mesa.

— Está certo — comentou Tonk Fah —, mas você se esqueceu de mencionar que, além de sermos honestos, também somos espertos. E bonitos.

— Essas coisas são óbvias — respondeu Denth.

Vivenna se virou. Tonk Fah estivera vigiando ali de perto, pronto para fornecer apoio. Eles estavam deixando que ela começasse a liderar algumas das reuniões.

— Honestos, talvez — disse Vivenna —, mas realmente espero que vocês não sejam os homens mais bonitos que vou conhecer. Estão prontos para ir?

— Se já terminou seu suco — respondeu Denth, com um sorriso irônico.

Vivenna olhou para o copo. Era *muito* bom. Sentindo-se culpada, ela bebeu o suco todo. *Seria um pecado desperdiçá-lo*, pensou. Então ela se levantou e saiu do edifício, deixando Denth — que agora cuidava da maior parte do dinheiro — pagar a conta. Na rua, Tijolo, que recebera ordens de socorrê-la se ela gritasse por ajuda, se juntou a eles.

Vivenna se virou, olhando para Tonk Fah e Denth.

— Tonks, onde está seu macaco?

Ele suspirou.

— Macacos são chatos mesmo.

Ela revirou os olhos.

— Você perdeu *outro*?

Denth deu uma risada.

— É melhor se acostumar, princesa. De todos os milagres felizes no universo, um dos maiores é que Tonks nunca tenha gerado um filho. Ele provavelmente o perderia antes do fim da semana.

Ela balançou a cabeça.

— Acho que tem razão. Próximo compromisso. Jardim dos D'Denir, certo?

Denth concordou.

— Vamos — disse ela, caminhando pela rua.

Os outros a seguiram, com Parlin e Joias se juntando a eles no caminho. Vivenna não esperou que Tijolo abrisse um caminho pela multidão. Quanto menos dependesse daquele Sem-Vida, melhor. Navegar as ruas não era assim tão difícil. Havia uma arte naquilo — era preciso se mover com a multidão, em vez de tentar nadar contra seu fluxo. Não demorou para que o grupo, com Vivenna na frente, se desviasse para o amplo campo gramado que era o Jardim dos D'Denir. Como a praça das encruzilhadas, aquele lugar era um espaço aberto de natureza entre os edifícios e cores. No entanto, ali não havia flores ou árvores para quebrar a paisagem, nem pessoas passando apressadas. Era um lugar mais reverente.

E cheio de estátuas. Centenas. Elas pareciam muito com os outros D'Denir na cidade — com seus corpos enormes e poses heroicas, muitas envoltas em panos ou peças de roupas coloridas. Eram algumas das estátuas mais antigas que ela já havia visto, suas pedras erodidas devido aos anos passados sob as chuvas frequentes de T'Telir. Aquele grupo foi o presente final de Pacificador, o Abençoado. As estátuas haviam sido feitas como um memorial para aqueles que morreram na Multiguerra. Um monumento e um aviso, segundo as lendas. Vivenna não podia deixar de pensar que, se as pessoas de fato honrassem aqueles que haviam morrido, não vestiriam as estátuas em trajes tão ridículos.

Ainda assim, o lugar era muito mais sereno do que a maioria dos locais de T'Telir, e ela apreciava o fato. Desceu os degraus até o gramado e perambulou entre as figuras de pedra silenciosas.

Denth se pôs ao lado dela.

— Lembra-se de quem vamos encontrar?

Ela assentiu.

— Falsificadores.

Denth a olhou de soslaio.

— E você está de acordo?

— Denth, durante nossos meses juntos, me encontrei com chefes de ladrões, assassinos e... os mais assustadores de todos... mercenários. Acho que posso lidar com um par de escribas franzinos.

Denth balançou a cabeça.

— Vamos ver os homens que *vendem* os documentos, não os escribas que fazem o trabalho. Não existem homens mais perigosos do que falsificadores. Dentro da burocracia hallandreana, eles podem fazer qualquer coisa parecer legal colocando os documentos certos nos lugares certos.

Vivenna assentiu lentamente.

— Lembra o que vamos pedir que eles façam? — perguntou Denth.

— É claro que sim. Esse plano em particular foi ideia *minha*, lembra?

— Só estou conferindo — disse ele.

— Você está preocupado que eu acabe estragando as coisas, não está?

Ele deu de ombros.

— Você é a líder nessa pequena dança, princesa. Eu sou apenas o sujeito que esfrega o chão depois. — Ele a olhou de relance. — Odeio esfregar sangue.

— Ora, por favor — disse ela, revirando os olhos e caminhando mais rápido, deixando-o para trás.

Enquanto avançava, pôde ouvi-lo conversando com Tonk Fah.

— Metáfora ruim? — perguntou Denth.

— Que nada — disse Tonk Fah. — Tinha sangue. Isso faz dela uma boa metáfora.

— Acho que carecia de estilo poético.

— Então ache alguma coisa que rime com "sangue" — sugeriu Tonk Fah. Ele fez uma pausa. — Exangue? Zangue? Hã... mangue?

Eles são bem literatos para um bando de capangas, pensou Vivenna.

Ela não precisou ir muito longe para identificar os homens. Eles aguardavam ao lado do local combinado — um D'Denir grande com um machado erodido. O grupo estava fazendo um piquenique e conversando; uma imagem inocente e inofensiva, como outras tantas pessoas espalhadas pelo jardim.

Vivenna desacelerou o passo.

— São eles — sussurrou Denth. — Vamos nos sentar do outro lado do D'Denir.

Joias, Tijolo e Parlin ficaram para trás enquanto Tonk Fah dava uma volta calmamente, para vigiar o perímetro. Vivenna e Denth se aproximaram da estátua perto dos falsificadores. Denth estendeu uma manta no chão para ela, então parou ao seu lado, como se fosse um criado.

Um dos homens ao lado da outra estátua olhou enquanto Vivenna se sentava, então assentiu. Os outros continuaram a comer. A tendência do submundo de Hallandren de trabalhar à luz do dia ainda deixava Vivenna nervosa, mas imaginava que era melhor do que se esgueirar de noite.

— Você quer encomendar algum trabalho? — perguntou o falsificador mais próximo dela, apenas alto o suficiente para que Vivenna pudesse ouvi-lo. Quase soou como parte da conversa dele com seus amigos.

— Quero.

— É caro.

— Eu posso pagar.

— Você é a princesa de quem todo mundo está falando?

Ela fez uma pausa, notando a mão de Denth pousando casualmente no punho da espada.

— Sou.

— Ótimo — disse o falsificador. — A realeza sempre parece saber como se comportar. O que a senhorita deseja?

— Cartas — disse Vivenna. — Quero que pareçam ser uma correspondência entre certos membros do sacerdócio hallandreano e o rei de Idris. Elas vão precisar de selos oficiais e de assinaturas convincentes.

— Difícil — comentou o homem.

Vivenna puxou algo do bolso do vestido.

— Tenho uma carta escrita com a letra do rei Dedelin. Ela tem o selo em cera, sua assinatura no final.

O homem pareceu intrigado, embora ela só pudesse ver um lado do rosto dele.

— Isso torna a tarefa possível. Ainda difícil. O que a senhora quer que esses documentos provem?

— Que esses sacerdotes específicos são corruptos — disse Vivenna. — Tenho uma lista nessa folha. Quero que você faça parecer que eles estão extorquindo Idris há anos, forçando nosso rei a pagar somas ultrajantes e a fazer promessas extremas para impedir a guerra. Quero que você mostre que Idris não quer a guerra e que os sacerdotes são hipócritas.

O homem assentiu.

— Só isso?

— Sim.

— Dá para fazer. Vamos entrar em contato. As instruções e explicações estão no verso do papel?

— Como solicitado — confirmou Vivenna.

O grupo de homens se levantou, um servo se adiantando para embalar o almoço deles e, durante o gesto, deixando um guardanapo voar ao vento. Então ele correu para pegar o guardanapo e aproveitou para pegar também o papel de Vivenna. Logo todos haviam partido.

— E então? — indagou Vivenna, levantando os olhos.

— Muito bom — disse Denth, com um ar satisfeito. — Está se tornando uma especialista.

Vivenna sorriu, se ajeitando na manta para esperar. O próximo compromisso consistia em um grupo de ladrões que havia roubado — a pedido de Vivenna e de Denth — vários arquivos das secretarias de guerra no edifício burocrático hallandreano. Os documentos eram relativamente desimportantes, mas sua ausência causaria confusão e frustração.

Aquele compromisso só ocorreria dali a algumas horas, o que significava que ela podia relaxar algum tempo na grama, longe das cores obscenas da cidade. Denth pareceu perceber sua inclinação e se sentou, recostado no pedestal da estátua. Enquanto Vivenna esperava, viu que Parlin estava conversando com Joias novamente. Denth tinha razão; embora as roupas dele parecessem ridículas a ela, era só porque *sabia* que ele era idriano. Olhando-o de modo mais objetivo, ela viu que Parlin se encaixava de modo notável com outros jovens na cidade.

Bom para ele, pensou Vivenna com irritação, desviando o olhar. *Ele pode se vestir como quiser — não tem que se preocupar com o decote ou com a barra da saia.*

Joias deu uma gargalhada. Foi quase uma bufada de escárnio, mas havia *algum* humor no som. Vivenna olhou para trás imediatamente e viu Joias revirar os olhos para Parlin, que tinha um sorrisinho constrangido. Ele sabia que havia dito algo errado; não sabia o quê. Vivenna o conhecia bem o bastante para ler a expressão e saber que ele simplesmente sorriria e seguiria em frente.

Joias olhou para a cara dele e deu outra gargalhada.

Vivenna trincou os dentes.

— Eu deveria mandá-lo de volta para Idris.

Denth se virou para encará-la.

— Hein?

— Parlin. Mandei meus outros guias de volta. Deveria tê-lo mandado também. Ele não tem função alguma aqui.

— Ele se adapta rapidamente às situações — disse Denth. — E é confiável. Isso já é motivo suficiente para mantê-lo por perto.

— Ele é um tolo — replicou Vivenna. — Tem dificuldade em entender metade do que acontece ao seu redor.

— Ele não tem a inteligência de um erudito, é verdade, mas parece saber como se misturar. Além disso, não podemos todos ser gênios como você.

Ela olhou para Denth.

— O que isso significa?

— Significa que não deveria deixar seu cabelo mudar de cor em público, princesa.

Vivenna se sobressaltou, notando que seu cabelo havia passado de um preto calmo para o vermelho da frustração. *Senhor das Cores! Eu costumava ser tão boa em controlar isso. O que está acontecendo comigo?*

— Não se preocupe — disse Denth, se recostando. — Joias *não* está interessada no seu amigo, prometo.

Vivenna bufou.

— Parlin? Por que eu deveria me importar?

— Ah, não sei — disse Denth. — Talvez por que você e ele estão praticamente noivos desde que eram crianças?

— Não há uma gota de verdade nisso. Estive comprometida com o Rei-Deus desde antes do meu nascimento!

— E seu pai sempre desejou que, em vez disso, você se casasse com o filho do melhor amigo dele — replicou Denth. — Pelo menos foi isso que Parlin disse.

Ele a olhou com um sorriso zombeteiro.

— Esse garoto fala demais.

— Na verdade, ele costuma ser bem quieto — observou Denth. — É preciso insistir para que ele fale sobre si mesmo. De todo modo, Joias está comprometida. Então pare de se preocupar.

— Não estou preocupada. E *não* estou interessada em Parlin.

— É claro que não.

Vivenna abriu a boca para protestar, mas notou que Tonk Fah estava se aproximando, e não queria que ele também tomasse parte na discussão. Ela fechou a boca quando o corpulento mercenário chegou.

— Gangue — disse Tonk Fah.

— Hein? — disse Denth.

— Rima com sangue — explicou Tonk Fah. — Agora você pode ser poético. Gangue de sangue. É uma bela imagem. Bem melhor do que mangue.

— Ah, entendi — disse Denth secamente. — Tonk Fah?

— Oi?

— Você é um idiota.

— Obrigado.

Vivenna se levantou e começou a caminhar entre as estátuas, estudando-as — mesmo que apenas para não precisar ver Parlin e Joias. Tonk Fah e Denth a seguiam a uma distância confortável, mantendo a guarda.

Havia beleza nas estátuas. Elas não eram como os outros tipos de arte em T'Telir — pinturas espalhafatosas, edifícios coloridos, roupas exageradas. Os D'Denir eram blocos sólidos que haviam envelhecido com dignidade. Os hallandreanos faziam o máximo para destruir isso com aqueles cachecóis, chapéus e outros panos coloridos que amarravam nos memoriais de pedra. Felizmente, havia estátuas demais naquele jardim para que todas fossem decoradas.

Elas pareciam estar de guarda, de algum modo mais sólidas do que a maior parte da cidade. A maioria fitava o céu ou olhava à frente. Eram todas diferentes, cada pose distinta, cada rosto único. *Deve ter levado décadas para criar todas. Talvez tenha sido daí que os hallandreanos obtiveram sua inclinação para a arte.*

Hallandren era um lugar de contradições. Guerreiros para representar a paz. Idrianos que se exploravam e se protegiam ao mesmo tempo. Mercenários que pareciam estar entre os melhores homens que ela já conhecera. Cores vivas que criavam um tipo de uniformidade.

E, acima de tudo isso, a Respiração BioCromática. Era uma exploração, mas pessoas como Joias consideravam entregar sua Respiração um privilégio. Contradições. A questão era: será que Vivenna podia se dar ao luxo de tornar-se outra contradição? Uma pessoa que flexionava suas crenças para poder preservá-las?

As Respirações *eram* maravilhosas. Não se tratava apenas da beleza ou da habilidade de ouvir mudanças em sons e de sentir intrinsecamente os matizes de cor. Não se tratava apenas da habilidade de sentir a vida ao redor; dos sons do vento e dos tons das pessoas falando, ou da capacidade de caminhar através de uma multidão e se mover facilmente com ela.

Era uma Conexão. O mundo ao redor dela parecia *próximo*. Até coisas inanimadas, como suas roupas ou galhos caídos, pareciam próximas. Estavam mortas, mas pareciam desejar voltar a viver.

Vivenna podia conceder esse desejo. Elas se lembravam da vida, e ela podia Despertar aquelas memórias. Mas, caso se perdesse, não ajudaria seu povo em nada.

Denth não parece perdido, ela pensou. *Ele e os outros mercenários conseguem separar o que acreditam do que são forçados a fazer.*

Na opinião dela, era por isso que as pessoas julgavam tanto os mercenários. Quando se separavam as crenças das ações, então se adentrava em terreno perigoso.

Não. Eu não vou Despertar.

As Respirações permaneceriam intocadas. Se a tentassem demais, Vivenna daria tudo para alguém que não tinha nenhuma.

E se tornaria uma Descorada.

29

ALE-ME SOBRE AS MONtanhas, escreveu Susebron.

Siri sorriu.

— Montanhas?

Por favor, ele escreveu, sentado na sua cadeira ao lado da cama. Siri estava na cama; seu vestido volumoso era quente demais para a noite, então ela estava apenas de combinação e coberta com um lençol, apoiada em um cotovelo para ver o que ele havia escrito. O fogo crepitava.

— Eu não sei o que posso contar. Quero dizer, as montanhas não são tão incríveis quanto as maravilhas que vocês têm em T'Telir. São tantas cores, tanta variedade.

Acho que rochas brotando do chão e chegando a milhares de metros de altura contam como uma maravilha, ele escreveu.

— Acho que sim. Eu gostava de Idris... não queria conhecer nenhum outro lugar. Mas, para alguém como você, provavelmente seria tedioso.

Mais tedioso do que ficar sentado no mesmo palácio todo dia, sem permissão de sair, sem permissão de falar, sendo vestido e paparicado?

— Ok, você venceu.

Conte-me sobre elas, por favor. Sua letra estava ficando muito boa. Além disso, quanto mais ele escrevia, mais parecia entender. Siri queria muito poder encontrar livros para ele ler — suspeitava que Susebron os absorveria rapidamente, tornando-se tão culto quanto qualquer um dos eruditos que haviam tentado ensiná-la.

Porém, tudo que ele tinha era Siri. Parecia apreciar o que ela lhe dava... mas provavelmente só porque não sabia como ela era ignorante. *Suspeito que meus tutores teriam um acesso de riso se soubessem o quanto me arrependi de ignorá-los.*

— As montanhas são vastas — disse ela. — Não há como entender isso de verdade aqui nas terras baixas. Só quando as vemos é que sabemos quão insignificantes as pessoas são. Quero dizer, não importa quanto tempo a gente passe trabalhando e construindo, nunca conseguiremos empilhar *nada* tão alto quanto uma montanha. Elas são pedras, como você disse, mas não são mortas. São verdes... tão verdes quanto as suas selvas. Mas é um verde diferente. Já ouvi alguns dos comerciantes itinerantes reclamarem que as montanhas bloqueiam a visão deles, mas acho que elas dão *mais* para ver. Permitem ver a superfície da terra se erguendo rumo aos domínios de Austre no céu.

Ele hesitou. **Austre?**

Siri enrubesceu, seu cabelo foi ficando vermelho também.

— Sinto muito. Acho que não devia mencionar outros deuses diante de você.

Outros deuses? Como os da corte?

— Não. Austre é o deus idriano.

Entendo, escreveu Susebron. **Ele é muito bonito?**

Siri deu uma gargalhada.

— Não, você não entende. Ele não é um Retornado, como você ou Canto-de-Luz. Ele é... bem, eu não sei. Os seus sacerdotes não mencionaram outras religiões?

Outras religiões?, ele escreveu.

— Claro. Quero dizer, nem todos veneram os Retornados. Os idrianos, como eu, veneram Austre, e o povo de Pahn Kahl... como Dedos-Azuis... Bem, eu não sei exatamente o que eles adoram, mas não é você.

Isso é muito estranho de pensar. Se os seus deuses não são Retornados, o que eles são, então?

— Não são eles — corrigiu Siri. — Só um. Nós o chamamos de Austre. Os hallandreanos costumavam venerá-lo também, antes... — Ela quase disse *antes de se tornarem hereges.* — Antes do Pacificador chegar e eles decidirem adorar os Retornados, em vez disso.

Mas quem é esse Austre?

— Ele não é uma pessoa — explicou Siri. — É mais uma força. Sabe, a coisa que vigia todas as pessoas, que pune aquelas que não fazem o certo e que abençoa as que são dignas.

Você já encontrou essa criatura?

Siri riu.

— É claro que não. Não se pode ver Austre.

Susebron franziu a testa, olhando para ela.

— Eu sei. Deve parecer bobagem para você. Mas, bom, nós sabemos que ele existe. Quando eu vejo algo belo na natureza... quando olho para as montanhas, com suas flores silvestres crescendo em padrões que são de algum modo mais *perfeitos* do que um homem poderia ter plantado... eu sei. A beleza é real. É isso que me faz lembrar de Austre. Além disso, temos os Retornados... incluindo o Primeiro Retornado, Vo. Ele teve as Cinco Visões antes de morrer, e elas *precisam* ter vindo de algum lugar.

Mas você não acredita no culto aos Retornados?

Siri deu de ombros.

— Ainda não me decidi. Meu povo tem um ensinamento forte contra isso. Não gostam da maneira como os hallandreanos compreendem a religião.

Ele ficou sentado em silêncio por um longo momento.

Então... você não gosta daqueles como eu?

— O quê? É claro que gosto de você! Você é um doce!

Ele franziu o cenho, escrevendo.

Não acho que Reis-Deuses devam ser "doces".

— Tudo bem, então — disse ela, revirando os olhos. — Você é terrível e poderoso. Espantoso e divino. E doce.

Muito melhor, ele escreveu, sorrindo. **Eu gostaria muito de conhecer esse Austre.**

— Qualquer dia eu te apresento a alguns monges — disse Siri. — Eles devem conseguir ajudar você com isso.

Agora você está zombando de mim.

Siri sorriu diante do olhar dele. Não havia mágoa ali. Susebron não parecia se incomodar com a zombaria; na verdade, parecia achar interessante. Ele gostava especialmente de tentar perceber a diferença entre quando ela estava falando sério ou não.

Ele baixou os olhos de novo. **Mais do que encontrar esse deus, contudo, eu gostaria de ver as montanhas. Você parece amá-las muito.**

— Amo mesmo — admitiu Siri.

Fazia muito tempo desde a última vez em que pensara em Idris. Mas com aquela menção, lembrou-se da sensação fria e aberta dos bosques onde havia corrido não fazia tanto tempo. O refrescante ar gelado... algo que suspeitava que nunca encontraria em Hallandren.

As plantas na Corte dos Deuses eram perfeitamente aparadas, cultivadas e arranjadas. Eram lindas, mas os campos selvagens da sua terra natal tinham sua própria atmosfera especial.

Susebron estava escrevendo novamente. **Suspeito que as montanhas sejam tão belas quanto você descreveu. Mas acredito que a coisa mais bela que havia nelas já tenha vindo até mim.**

Siri teve um sobressalto, então corou. Ele parecia tão sincero, nem um pouco embaraçado ou tímido em relação ao elogio ousado.

— Susebron! Você tem o coração de um conquistador.

Conquistador? Eu só posso falar o que vejo. Não há nada tão maravilhoso quanto você, nem mesmo na minha corte inteira. As montanhas devem ser realmente especiais para produzir tamanha beleza.

— Está vendo? Agora você exagerou. Eu já *vi* as deusas da sua corte. Elas são muito mais bonitas do que eu.

A beleza não é só a aparência, Susebron escreveu. **Minha mãe me ensinou isso. Os viajantes no meu livro de histórias não devem julgar feia uma senhora, pois ela pode ser uma linda deusa por dentro.**

— Isso aqui não é uma história, Susebron.

É, sim, ele escreveu. **Todas aquelas histórias são apenas contos narrados por pessoas que viveram antes de nós. O que dizem sobre a humanidade é verdade. Eu prestei atenção e vi como as pessoas agem.** Ele apagou, então continuou.

É estranho interpretar essas coisas, porque eu não vejo como as pessoas normais. Eu sou o Rei-Deus. Aos meus olhos, tudo tem a mesma beleza.

Siri franziu a testa.

— Eu não compreendo.

Tenho milhares de Respirações, escreveu ele. **É difícil ver como as outras pessoas veem... Só através das histórias da minha mãe eu compreendo suas ações. Todas as cores são beleza aos meus olhos. Quando os outros olham para algo — para uma pessoa —, uma coisa às vezes pode parecer mais bela do que outra.**

Não é assim comigo. Vejo apenas a cor. As cores ricas e maravilhosas que compõem todas as coisas e lhes dão vida. Não posso me concentrar apenas no rosto, como tantos fazem. Eu vejo o brilho dos olhos, o rubor nas bochechas, os tons da pele... mesmo cada mancha tem um padrão distinto. Todas as pessoas são maravilhosas.

Ele apagou o texto. **Por isso, quando falo de beleza, devo falar de coisas diferentes dessas cores. E você é diferente. Eu não sei como descrever.**

Ele levantou os olhos, e de repente Siri tomou ciência de quão perto os dois estavam. Ela, só de combinação, com o lençol fino a cobri-la. Ele, alto e de ombros largos, brilhando com uma alma que fazia com que as cores dos lençóis se refratassem como luz através de um prisma. Ele sorriu sob a luz da fogueira.

Ah, céus..., ela pensou. *Isso é perigoso.*

Ela pigarreou e se empertigou, corando novamente.

— Bem. Hã, sim. Muito bom. Obrigada.

Ele baixou os olhos de novo. **Eu queria poder deixar você ir para casa, para ver suas montanhas novamente. Talvez eu possa explicar isso para os sacerdotes.**

Ela empalideceu.

— Não acho que seja uma boa ideia deixar que eles saibam que você sabe ler.

Eu posso usar a escrita dos artesãos. É muito difícil de escrever, mas eles me ensinaram, para que eu pudesse me comunicar com eles, se necessário.

— Ainda assim. Dizer a eles que você quer me enviar para casa poderia indicar que nós andamos conversando.

Ele parou de escrever por alguns momentos.

Talvez isso fosse bom, ele escreveu.

— Susebron, eles estão planejando *matar* você.

Você não tem provas disso.

— Bem, é no mínimo suspeito — disse ela. — Os últimos dois Reis-Deuses morreram meses depois de produzir um herdeiro.

Você é desconfiada demais, escreveu Susebron. **Eu já disse que meus sacerdotes são boas pessoas.**

Ela o encarou, séria.

Exceto pela remoção da minha língua, ele admitiu.

— E por manterem você trancado, e por não explicarem nada. Olha, mesmo que não estejam planejando matá-lo, eles sabem de coisas que não lhe contam. Talvez tenha algo a ver com BioCroma... algo que faz com que você morra quando seu herdeiro chega.

Ela franziu o cenho, se reclinando. *Será que é isso?*, perguntou-se de repente.

— Susebron, como você passa adiante suas Respirações?

Ele hesitou. **Não sei**, escreveu. **Eu... não sei muito sobre isso.**

— Nem eu. Será que podem tomá-las de você? Dá-las ao seu filho? E se isso matasse você?

Eles não fariam isso, ele escreveu.

— Mas talvez seja possível. E talvez seja isso que aconteça. É por isso que ter um filho é tão perigoso! Eles precisam fazer um novo Rei-Deus, e esse processo te mata.

Ele ficou sentado com a lousa no colo, então sacudiu a cabeça e escreveu. **Eu sou um deus. Eu não recebo Respirações, eu nasci com elas.**

— Não. Dedos-Azuis me disse que vocês coletam as Respirações há séculos. Que cada Rei-Deus recebe duas Respirações por semana, em vez de uma, acumulando suas reservas.

Na verdade, em algumas semanas eu recebo três ou quatro.

— Mas você só precisa de uma por semana para sobreviver.

Sim.

— E eles não podem deixar essa riqueza morrer com você! Têm medo demais para deixarem você usá-la, mas também não podem se permitir perdê-la. Então, quando nasce uma nova criança, eles tomam a Respiração do antigo rei, matando-o, e a entregam ao novo.

Mas os Retornados não podem usar sua Respiração para Despertar, ele escreveu. **Então, meu tesouro de Respirações é inútil.**

Isso fez com que ela hesitasse. Siri *havia* ouvido falar disso.

— Isso vale apenas para a Respiração com que você nasceu, ou inclui as Respirações extras que foram acrescentadas a ela?

Eu não sei, ele escreveu.

— Aposto que você poderia usar essas Respirações extras, se quisesse — disse ela. — Se não, por que remover sua língua? Você pode não conseguir acessar e usar a Respiração que fez de você um Retornado, mas tem milhares e milhares de Respirações além dessa.

Susebron ficou quieto por alguns momentos, então se levantou e caminhou até a janela. Ficou olhando para a escuridão lá fora. Siri franziu a testa, então pegou a lousa dele, saiu da cama e se aproximou timidamente, consciente que estava só de combinação.

— Susebron?

Ele continuou a olhar pela janela. Siri se juntou a ele, tomando cuidado para não tocá-lo, e olhou para fora. Luzes coloridas cintilavam em meio a cidade do outro lado da muralha que cercava a Corte dos Deuses. Mais além, havia a escuridão, o mar silencioso.

— Por favor — pediu ela, botando a lousa nas mãos dele. — O que foi?

Ele hesitou, então a pegou. **Sinto muito**, ele escreveu. **Não quero parecer petulante.**

— É porque fico questionando seus sacerdotes?

Não. Você tem teorias interessantes, mas acho que são só especulações. Você não sabe se os sacerdotes planejam o que está alegando. Isso não me incomoda.

— O que é, então?

Ele hesitou, então apagou com a manga do seu roupão. **Você não acha que os Retornados sejam divinos.**

— Achei que já tínhamos conversado sobre isso.

Nós conversamos. Porém, compreendi agora que é por isso que você me trata desse jeito. Você é diferente porque não acredita na minha divindade. É só por isso que eu acho você interessante?

E se você não acredita, isso me deixa triste. Porque eu sou um deus, é isso que eu sou, e você não acreditar nisso me faz pensar que você não me entende.

Ele fez uma pausa.

Sim. Isso soa petulante. Sinto muito.

Ela sorriu, então, hesitantemente, tocou no seu braço. Ele gelou, olhando para baixo, mas não recuou como antes. Então ela se aproximou e se apoiou contra o braço dele.

— Eu não preciso acreditar em você para compreendê-lo. Eu diria que são as pessoas que o veneram que não o entendem. Elas não podem se aproximar de você, ver quem realmente é. Estão concentradas demais na aura e na divindade.

Ele não respondeu.

— E eu não sou diferente *só* porque não acredito em você. Há muita gente no palácio que não acredita. Dedos-Azuis, algumas das criadas que vestem marrom, outros escribas. Eles o servem de modo tão reverente quanto os sacerdotes. Eu sou apenas... bem, eu sou do tipo irreverente. Eu também não dava muita atenção ao meu pai ou aos monges lá na minha terra natal. Talvez seja disso que você precisa: alguém disposto a olhar além da sua divindade e apenas conhecê-lo.

Ele assentiu lentamente. **Isso é reconfortante**, ele escreveu. **Embora seja muito estranho ser um deus cuja esposa não acredita nele.**

Esposa, ela pensou. Às vezes era difícil se lembrar daquilo.

— Bem, acho que seria bom para qualquer homem ter uma esposa que não o trata com tanta reverência quanto todo mundo. Alguém precisa manter você humilde.

A humildade, acredito, é um tanto oposta à divindade.

— Como a doçura? — perguntou ela.

Ele deu uma risada. **Sim, exatamente.**

Susebron pousou a lousa. Então, hesitante, talvez um pouco assustado, passou o braço ao redor dos ombros dela e a puxou para mais perto enquanto olhavam pela janela, para as luzes de uma cidade que permanecia colorida mesmo à noite.

CORPOS. QUATRO. TODOS jaziam mortos no chão, o sangue de uma cor curiosamente escura contra a grama.

Um dia depois da visita de Vivenna ao jardim dos D'Denir para se reunir com os falsificadores, ela estava de volta. O sol estava quente sobre sua cabeça e pescoço, enquanto ela espiava junto com a multidão de curiosos. Os silenciosos D'Denir esperavam enfileirados atrás dela, soldados de pedra que nunca marchariam. Só eles haviam visto os quatro homens morrerem.

As pessoas conversavam em voz baixa, esperando que a guarda da cidade encerrasse sua inspeção. Denth levara Vivenna rapidamente até ali, antes que os corpos fossem removidos. Fora um pedido dela. Agora, gostaria de nunca ter solicitado isso.

Aos seus olhos aprimorados, as cores do sangue sobre a grama haviam se tornado intensamente distintas. Vermelho e verde. Quase formavam um violeta, em combinação. Ela olhou para os cadáveres, sentindo um estranho senso de desconexão. Cor. Era tão estranho ver as cores de uma pele tão empalidecidas. Ela via a diferença — a diferença intrínseca — entre pele viva e pele morta.

Pele morta era dez tons mais pálida do que pele viva. Isso ocorria por causa do sangue drenado das veias. Parecia quase... que o sangue *era* a cor, drenada de seus recipientes. A tinta de uma vida humana que havia sido derramada sem cuidado, deixando a tela em branco.

Ela desviou o olhar.

— Viu? — disse Denth, ao seu lado.

Ela assentiu silenciosamente.

— Você perguntou sobre ele. Bem, é isso que ele faz. É por *isso* que estamos tão preocupados. Olhe só para essas feridas.

Ela se virou para olhar novamente. Na luz crescente da manhã, pôde ver algo que havia deixado passar. A pele bem ao redor das feridas da espada estava totalmente drenada de cor. As feridas em si tinham um tom negro. Como se estivessem infectadas com uma doença horrível.

Ela se virou novamente para Denth.

— Vamos embora — disse ele, conduzindo-a para longe da multidão enquanto os guardas da cidade finalmente começavam a mandar as pessoas recuarem, irritados com o número de curiosos.

— Quem eram eles? — perguntou ela em um sussurro.

Denth olhava direto à frente.

— Uma gangue de ladrões. Nós trabalhávamos com eles.

— Acha que ele pode vir atrás de nós?

— Não tenho certeza — respondeu Denth. — Ele provavelmente conseguiria nos encontrar se quisesse. Eu não sei.

Tonk Fah se aproximou pelo gramado enquanto eles passaram pelas estátuas D'Denir.

— Joias e Tijolo estão de sobreaviso — informou Tonk Fah. — Nenhum de nós *viu ele* em lugar nenhum.

— O que aconteceu com a pele daqueles homens? — indagou Vivenna.

— É aquela espada dele — rosnou Denth. — Nós *temos* que encontrar uma maneira de lidar com ela, Tonks. Vamos acabar cruzando com ele uma hora ou outra. Posso sentir.

— Mas o que é essa espada? — questionou Vivenna. — E como ela drenou a cor da pele deles?

— Vamos ter que roubar aquela coisa, Denth — disse Tonk Fah, esfregando o queixo enquanto Joias e Tijolo se posicionavam ao redor deles, fazendo um padrão protetor enquanto adentravam o rio humano na rua.

— Roubar a espada? — perguntou Denth. — Eu não vou tocar naquela coisa! Não, temos que fazer com que ele a use. Ele tem que desembainhá-la. Não vai conseguir mantê-la exposta por muito tempo. Depois disso, conseguimos cuidar dele facilmente. Eu mesmo vou matá-lo.

— Ele derrotou Arsteel — disse Joias, baixinho.

Denth parou bruscamente.

— Ele *não* derrotou Arsteel! Não em um duelo, pelo menos.

— Vasher não usou a espada — afirmou Joias. — Não havia negrume nas feridas de Arsteel.

— Então Vasher usou um truque! — retrucou Denth. — Uma cilada. Cúmplices. Alguma coisa. Vasher não é um duelista.

Vivenna se deixou levar, pensando naqueles cadáveres. Denth e os outros haviam falado sobre as mortes que o tal Vasher estava causando. Ela quisera ver as provas por si mesma. Bem, agora havia visto. E isso a deixara perturbada. Incomodada. E...

Ela franziu o cenho, sentindo uma leve comichão.

Alguém com muita Respiração estava olhando para ela.

EI!, DISSE SANGUE-DA-NOITE. *É VaraTreledees! Devíamos conversar com ele. Ele vai ficar feliz em me ver.*

Vasher estava posicionado abertamente no topo do edifício. Não se importava muito de que alguém o visse; raramente se importava. Um fluxo sem fim de pessoas passava pela rua colorida. VaraTreledees — Denth, como ele se chamava agora — caminhava entre elas com sua equipe. A mulher, Joias. Tonk Fah, como sempre. A ingênua princesa. E a abominação.

Shashara está aqui?, perguntou Sangue-da-Noite, sua voz nebulosa animada. *Precisamos vê-la! Ela deve estar preocupada com o que aconteceu comigo.*

— Nós matamos Shashara muito tempo atrás, Sangue-da-Noite — disse Vasher. — Assim como matamos Arsteel.

Assim como uma hora vamos matar Denth.

Como de costume, Sangue-da-Noite se recusou a reconhecer a morte de Shashara. *Ela me fez, você sabe. Ela me fez para destruir coisas más. Eu faço isso muito bem. Acho que ela sentiria orgulho de mim. Temos que falar com ela; mostrar como faço bem o meu trabalho.*

— Você faz muito bem — sussurrou Vasher. — Bem demais.

Sangue-da-Noite começou a cantarolar baixinho, contente pelo que percebera como um elogio. Vasher, contudo, se concentrou na princesa, que caminhava com seu vestido obviamente exótico, se destacando como um floco de neve no calor tropical. Ele teria que fazer alguma coisa em relação a ela. Por causa dela, muitas coisas estavam ruindo; planos desmoronando como caixas mal empilhadas, fazendo muito barulho ao cair. Ele não sabia onde Denth a encontrara, ou como a controlava. Vasher, porém, estava seriamente tentado a saltar para o chão e permitir que Sangue-da-Noite a abatesse.

As mortes da noite anterior já haviam chamado atenção demais. Sangue-da-Noite tinha razão. Vasher não era bom em se esgueirar. Os rumores sobre ele haviam se espalhado pela cidade. Isso tinha um lado bom e um lado ruim.

Depois, ele pensou virando-se de costas para aquela garota tola e seu séquito de mercenários. *Depois.*

30

EM NOME DOS TONS IRIdescentes, Canto-de-Luz! — disse Faz-Corar, com as mãos nos quadris. — O que está fazendo?

Canto-de-Luz a ignorou, pondo as mãos no monte de argila mole na sua frente. Seus servos e sacerdotes estavam parados em um grande círculo, parecendo quase tão confusos quanto Faz-Corar, que chegara ao pavilhão dele alguns momentos antes.

O torno de cerâmica girava. Ele segurou a argila, tentando fazê-la permanecer no lugar. A luz do sol brilhava através das laterais do pavilhão, e a grama cuidadosamente aparada sob sua mesa estava salpicada de manchas marrons. Enquanto a roda do torno girava, a argila rodopiava, arremessando pedaços e punhados. As mãos de Canto-de-Luz estavam empapadas de lama, e não levou muito tempo para que toda aquela bagunça escorregasse para fora da roda e se emplastrasse no chão.

— Hum — disse ele, contemplando-a.

— Você perdeu o juízo? — interpelou Faz-Corar.

Ela estava com um dos seus vestidos de sempre — o que significava nada nas laterais, muito pouco em cima e só um pouco mais na frente e nas costas. Seu cabelo estava arrumado em um padrão intricado de tranças e fitas. Provavelmente a obra de algum mestre estilista que havia sido convidado à corte para trabalhar para um dos deuses.

Canto-de-Luz se levantou de um salto e estendeu as mãos enquanto servos acudiam para lavá-las. Outros vieram e limparam os pedaços de argila dos seus finos trajes. Ele ficou parado, pensativo, enquanto outros servos removiam o torno de cerâmica.

— E então? — perguntou Faz-Corar. — *O que* foi isso?

— Acabei de descobrir que não sou bom ceramista — disse Canto-de-Luz. — Na verdade, é pior do que não ser bom; sou péssimo. Absurdamente ruim. Nem mesmo consigo fazer com que a maldita argila permaneça na placa.

— Bem, o que esperava?

— Não sei ao certo — respondeu Canto-de-Luz, caminhando pelo pavilhão rumo a uma longa mesa.

Faz-Corar, obviamente irritada por ser conduzida, o seguiu. Canto-de--Luz subitamente pegou cinco limões da mesa e jogou-os no ar, então começou a fazer malabarismo com eles.

Faz-Corar assistiu e, por um momento, pareceu sinceramente preocupada.

— Canto-de-Luz? Querido. Está... tudo bem?

— Eu nunca pratiquei malabarismo — disse ele, mantendo os olhos nos limões. — Agora, por favor, pegue aquela goiaba.

Ela hesitou, então pegou a goiaba com cautela.

— Jogue-a — pediu Canto-de-Luz.

A deusa a jogou para ele, que habilmente agarrou-a no ar, então a incluiu no padrão com os limões.

— Eu não sabia que conseguia fazer isso — comentou ele. — Não antes de hoje. O que acha?

— Eu...

Ela inclinou a cabeça. Ele deu uma gargalhada.

— Acho que nunca vi você sem palavras, minha cara.

— Eu não sei se já vi um deus jogando frutas no ar.

— É mais do que isso — disse Canto-de-Luz, se abaixando ao quase perder um dos limões. — Hoje descobri que conheço um número surpreendente de termos náuticos, que sou fantástico em matemática e que tenho um bom olho para o desenho. Por outro lado, nada sei sobre a indústria de tinturaria, cavalos ou jardinagem. Não tenho talento para escultura, não falo nenhuma língua estrangeira e, como pôde ver, sou péssimo em cerâmica.

Faz-Corar o contemplou por um segundo.

Ele a encarou, deixando os limões caírem, mas apanhando a goiaba no ar e jogando-a para um servo, que começou a descascá-la para ele.

— Minha vida anterior, Faz-Corar. Essas são habilidades que eu, Canto--de-Luz, não tenho direito de possuir. Não sei quem eu fui antes de morrer, mas *ele* sabia fazer malabarismos. Ele sabia navegar. E sabia desenhar.

— Não devemos nos preocupar com as pessoas que fomos antes — disse Faz-Corar.

— Eu sou um deus — respondeu Canto-de-Luz enquanto aceitava um prato contendo a goiaba descascada e fatiada, então ofereceu um pedaço a Faz-Corar. — E, pelos Fantasmas de Kalad, vou me preocupar com o que eu quiser.

Ela hesitou, então sorriu e pegou um pedaço de fruta.

— Bem quando eu achava que já havia decifrado você...

— Você não me decifrou — disse ele despreocupadamente. — Nem eu. Essa é a questão. Vamos?

Ela concordou e se juntou a ele para cruzarem o gramado, os servos trazendo sombrinhas para protegê-los do sol.

— Não me diga que nunca pensou sobre isso — disse Canto-de-Luz.

— Meu querido — replicou ela, mordendo um pedaço de goiaba —, eu era *tediosa* antes.

— Como você sabe?

— Porque eu era uma pessoa comum! Eu devo ter sido... Bem, você já *viu* mulheres normais?

— Sei que as proporções delas não chegam aos seus padrões, mas muitas são bastante atraentes.

Faz-Corar estremeceu.

— Faça-me o favor. Por que você gostaria de saber sobre sua vida normal? E se você foi um assassino ou estuprador? Ou pior, e se você tinha um péssimo gosto em roupas?

Ele bufou diante do brilho nos olhos dela.

— Você finge ser superficial, mas posso ver sua curiosidade. Deveria tentar algumas dessas coisas, deixar que elas lhe contem um pouco sobre quem você foi. Devia haver algo especial em relação a você para ter Retornado.

— Hum — disse ela, sorrindo e tomando a sua frente. Ele parou quando Faz-Corar correu o dedo por seu peito. — Bem, se está experimentando coisas novas hoje, talvez haja algo mais em que devesse pensar...

— Não tente mudar de assunto.

— Não estou fazendo isso. Como você vai saber quem era, se não tentar? Seria um... experimento.

Canto-de-Luz deu uma gargalhada e afastou a mão dela.

— Minha cara, temo que você me acharia insatisfatório.

— Acho que você está me superestimando.

— Isso é impossível.

Ela hesitou, corando um pouco.

— Há... — disse Canto-de-Luz. — Hum. Eu não estava falando exatamente de...

— Ah, droga — disse ela. — Agora você estragou o momento. Eu estava prestes a dizer algo muito espirituoso, tenho certeza.

Ele sorriu.

— Nós dois ficando sem palavras na mesma tarde. Acho mesmo que estamos perdendo o jeito.

— *Meu* jeito vai muito bem, o que você descobriria, se me deixasse lhe mostrar.

Ele revirou os olhos e continuou a caminhar.

— Você é incorrigível.

— Quando todo o resto falhar, use insinuações sexuais — disse ela alegremente, se juntando a ele. — Isso sempre traz o foco de volta para o lugar certo. Eu.

— Incorrigível — repetiu ele. — Mas acho que não temos tempo para eu continuar a censurá-la. Chegamos.

De fato, o palácio de Descobridor-da-Esperança estava diante deles. Violeta e prata, com um pavilhão montado na frente, onde havia comida em três pequenas mesas. Naturalmente, Faz-Corar e Canto-de-Luz haviam marcado o encontro antecipadamente.

Descobridor-da-Esperança, o Justo, deus da inocência e da beleza, se levantou quando eles se aproximaram. Ele parecia ter cerca de 13 anos de idade. Pela idade física que aparentava, era o mais jovem dos deuses na corte, mas eles não deveriam reparar em tais discrepâncias. Afinal, ele havia Retornado quando seu corpo tinha apenas dois anos de idade, o que fazia dele — em tempo como deus — seis anos mais velho do que Canto-de-Luz. Em um lugar onde a maioria dos deuses não durava vinte anos, e a idade média era provavelmente mais próxima a dez, seis anos de diferença era muito significativo.

— Canto-de-Luz, Faz-Corar — disse Descobridor-da-Esperança, de modo rígido e formal. — Sejam bem-vindos.

— Obrigado, querido — respondeu Faz-Corar, sorrindo para ele.

Descobridor-da-Esperança assentiu, então indicou três mesas separadas, mas próximas o bastante para que a refeição permanecesse íntima enquanto cada deus tinha o próprio espaço.

— Como tem estado, Descobridor-da-Esperança? — perguntou Canto--de-Luz, sentando-se.

— Muito bem — respondeu ele. Sua voz sempre soava um pouco madura demais para seu corpo. Como um menino tentando imitar o pai. — Houve um caso particularmente difícil durante as petições desta manhã. Uma mãe com uma criança morrendo de febre. Ela já havia perdido as outras três, além do marido. Tudo isso no espaço de um ano. Trágico.

— Meu caro — disse Faz-Corar, a voz permeada de preocupação. — Não está realmente pensando em... passar adiante sua Respiração, está?

O deus se sentou.

— Eu não sei, Faz-Corar. Eu sou velho. Eu me *sinto* velho. Talvez seja tempo de partir. Eu sou o quinto mais idoso, você sabe.

— Sim, mas estes tempos estão se tornando tão empolgantes!

— Empolgantes? Ora, eles estão se acalmando. A nova rainha chegou, e minhas fontes no palácio dizem que ela está cumprindo com grande vigor seus deveres para produzir um herdeiro. Logo teremos estabilidade.

— Estabilidade? — disse Faz-Corar enquanto os servos traziam sopas geladas para cada um deles. — Acho difícil acreditar que você esteja *tão* desinformado assim.

— Você acha que os idrianos planejam usar a nova rainha para tomar o trono — disse ele. — Sei o que anda fazendo, Faz-Corar. Eu discordo.

— E os rumores? Os agentes idrianos que estão causando tanto tumulto? Essa suposta segunda princesa na cidade?

Canto-de-Luz hesitou com a colher na metade do caminho até a boca. *O que ela disse?*

— Os idrianos da cidade estão *sempre* criando uma crise ou outra — disse Descobridor-da-Esperança, acenando com desdém. — O que foi aquele distúrbio, seis meses atrás, do rebelde nas plantações de tinturas? Ele morreu na prisão, que eu me lembre. Trabalhadores estrangeiros raramente formam uma subclasse social estável, mas eu não tenho medo deles.

— Nunca tinham alegado ter um agente real trabalhando com eles — argumentou Faz-Corar. — As coisas podem sair de controle *muito* rápido.

— Meus interesses na cidade estão bem seguros — respondeu o deus, entrelaçando os dedos diante de si. Os servos levaram sua sopa embora; ele só havia tomado três colheradas. — E os seus?

— É exatamente esse o motivo dessa reunião — disse Faz-Corar.

— Com licença — disse Canto-de-Luz, levantando um dedo. — Mas de que *Cores* estamos falando?

— Agitação na cidade, Canto-de-Luz — explicou o outro deus. — Alguns dos cidadãos estão nervosos com a possibilidade de guerra.

— Eles podem muito facilmente se tornar perigosos — disse Faz-Corar, mexendo a sopa com um movimento preguiçoso. — Acho que deveríamos nos preparar.

— Eu estou preparado — replicou Descobridor-da-Esperança, olhando para a deusa com seu rosto demasiadamente jovem.

Como todos os Retornados mais jovens, incluindo o Rei-Deus, Descobridor-da-Esperança continuaria a envelhecer até que seu corpo alcançasse a maturidade. Então pararia — à beira da flor da idade — até entregar sua Respiração.

De muitas maneiras, ele se comportava como um adulto. Canto-de-Luz não havia interagido com muitas crianças, mas alguns dos seus assistentes eram treinados ainda rapazinhos. Descobridor não era como eles. Todos os relatos diziam que o deus, como os outros jovens Retornados, havia amadurecido muito rapidamente durante seu primeiro ano de vida, vindo a pensar e falar como um adulto enquanto seu corpo ainda era o de uma criança pequena.

Descobridor-da-Esperança e Faz-Corar continuaram a falar sobre a estabilidade da cidade, mencionando vários atos de vandalismo que haviam ocorrido. Planos de guerra roubados, estações de suprimentos envenenadas. Canto-de-Luz deixou-os falar. *Ele não parece achar a beleza de Faz-Corar uma distração*, pensou enquanto assistia. Ela se voltou para a bandeja de frutas, agindo de modo caracteristicamente lascivo enquanto chupava pedaços de abacaxi. Descobridor-da-Esperança não se importou, ou não notou, quando ela se inclinou para a frente, exibindo um decote impressionante.

Há algo diferente nele, observou Canto-de-Luz. *Ele Retornou quando era criança e agiu como uma por um período muito curto. Agora é um adulto, de algumas maneiras, mas uma criança, de outras.*

A transformação havia tornado Descobridor-da-Esperança mais maduro. Ele também era mais alto e mais fisicamente impressionante do que os meninos comuns da sua idade, mesmo que não possuísse os traços esculpidos e majestosos de um deus totalmente crescido.

Mas também diferentes deuses têm diferentes tipos de corpo, pensou Canto-de-Luz, comendo um pedaço de abacaxi. *Faz-Corar é bem-dotada de maneira inumana, ainda mais levando em conta como é magra. Mas Estrela-Caridosa é toda rechonchuda e curvilínea. Outros, como Mãe-de-Todos, têm aparência idosa.*

Canto-de-Luz sabia que ele não merecia seu físico impressionante. Assim como com a habilidade de malabarismo, ele compreendia que uma pessoa geralmente precisava se esforçar muito em trabalhos manuais para ter um corpo tão musculoso. Viver relaxado, comendo e bebendo, devia tê-lo deixado gordo e flácido.

Mas já houve deuses gordos, ele pensou, se lembrando de algumas das imagens que havia visto dos Retornados que viveram antes dele. *Houve uma época na história da nossa cultura quando isso era visto como o ideal.* Será que as aparências dos Retornados tinham a ver com a maneira como a sociedade os via? Talvez com a opinião geral de beleza ideal? Isso certamente explicaria Faz-Corar.

Algumas coisas sobreviviam à transformação. Linguagem. Habilidades. E, agora que pensava no assunto, competência social. Considerando que os deuses passavam a vida trancados no topo de um platô, provavelmente deveriam ser muito mais desajustados do que eram. No mínimo, deveriam ser ignorantes e ingênuos. Contudo, a maioria era de manipuladores consumados, indivíduos sofisticados com uma noção surpreendente do que acontecia no mundo exterior.

A memória em si não sobrevivia. Por quê? Por que Canto-de-Luz podia fazer malabarismo e compreender o significado da palavra "gurupés", mas ao mesmo tempo ser incapaz de se lembrar dos seus pais? E quem era aquele rosto que via em seus sonhos? Por que as tempestades e tormentas dominavam seus pesadelos ultimamente? O que era a pantera vermelha que havia aparecido novamente nos seus sonhos, na noite anterior?

— Faz-Corar — disse Descobridor-da-Esperança, levantando a mão. — Chega. Antes de continuarmos, devo observar que suas óbvias tentativas de me seduzir não vão funcionar.

Faz-Corar desviou o olhar, parecendo constrangida.

Canto-de-Luz se obrigou a parar com suas contemplações.

— Meu caro Descobridor, ela *não* está tentando seduzi-lo. Precisa compreender que a aura de atração de Faz-Corar é apenas parte de seu jeito; é parte do que a torna tão encantadora.

— De qualquer modo, não serei demovido por essa aura ou pelos medos e argumentos paranoicos dela.

— Meus contatos não acham que essas coisas sejam apenas paranoia — disse Faz-Corar enquanto os pratos de frutas eram removidos.

Um pequeno filé de peixe frio chegou em seguida.

— Contatos? — perguntou Descobridor-da-Esperança. — E exatamente quem são esses contatos que você menciona?

— Pessoas dentro do palácio do próprio Rei-Deus.

— Todos nós temos pessoas no palácio do Rei-Deus — disse Descobridor.

— Eu não tenho — comentou Canto-de-Luz. — Me dá uma das suas?

Faz-Corar revirou os olhos.

— Meu contato é *muito* importante. Ele escuta coisas, sabe de coisas. A guerra *está* chegando.

— Eu não acredito em você — disse ele, brincando com a comida —, mas isso não importa agora, não é mesmo? Você não veio aqui para me fazer acreditar; você só quer meu exército.

— Seus códigos — disse Faz-Corar. — As frases de segurança dos Sem-Vida. O que vai nos custar para obtê-los?

Descobridor-da-Esperança brincou um pouco mais com seu peixe.

— Sabe, Faz-Corar, por que considero minha existência tão tediosa?

Ela balançou a cabeça.

— Honestamente, *ainda* acho que está blefando quanto a isso.

— Não estou. Onze anos. Onze anos de paz. Onze anos para chegar a sinceramente abominar esse nosso sistema de governo. Todos nós participamos da Assembleia da Corte para julgamento. Escutamos os argumentos. Mas a maioria de nós não faz diferença. Em qualquer votação, só os deuses com influência naquele campo determinado têm algo real a dizer sobre qualquer assunto. Durante os tempos de guerra, aqueles de nós com Comandos de Sem-Vida são importantes. No resto do tempo, nossa opinião raramente importa. Você quer meus Sem-Vida? Pode ficar com eles! Não tive oportunidade de usá-los em 11 anos, e suponho que mais 11 se passarão sem incidentes. Darei a você esses Comandos, Faz-Corar... mas apenas em troca do *seu* voto. Você faz parte do conselho de males sociais. Participa de votações importantes praticamente toda semana. Em troca das minhas frases de segurança, precisa prometer votar em questões sociais segundo minhas orientações daqui em diante, até que um de nós morra.

O pavilhão ficou em silêncio.

— Ah, então agora você está reconsiderando — disse Descobridor-da-Esperança, sorrindo. — Eu já ouvi você reclamar dos seus deveres na corte... que considera as votações triviais. Bem, não é tão fácil assim se desfazer delas, não é? O seu voto é toda a influência que possui. Não é chamativo, mas é potente. Ele...

— Feito — disse Faz-Corar bruscamente.

Descobridor parou subitamente de falar.

— Meu voto é seu — declarou Faz-Corar, fitando-o nos olhos. — Os termos são aceitáveis. Eu juro perante seus sacerdotes e os meus, até mesmo perante outro deus.

Pelas Cores, pensou Canto-de-Luz. *Ela* realmente *está falando sério.* Parte dele pensara todo aquele tempo que a encenação dela sobre a guerra era apenas mais um jogo. Mas a mulher que olhava Descobridor-da-Esperança nos olhos não estava brincando. Ela sinceramente acreditava que Hallandren estava em perigo e queria certificar-se de que os exércitos estariam unificados e preparados. Ela se importava.

E isso o deixou preocupado. Em que havia se metido? E se houvesse realmente uma guerra? Enquanto ele assistia à interação dos dois deuses, seu sangue gelou ao ver quão rápida e facilmente eles lidavam com o destino do povo hallandreano. Para Descobridor-da-Esperança, seu controle de um quarto dos exércitos hallandreanos deveria ser uma obrigação sagrada, mas ele estava pronto a jogá-lo fora apenas porque estava entediado.

Quem sou eu para censurar a falta de fé de outra pessoa?, pensou Canto-de-Luz. *Eu, que nem mesmo acredito na minha própria divindade.*

Ainda assim... naquele momento, enquanto Descobridor se preparava para ceder seus Comandos a Faz-Corar, Canto-de-Luz pensou ver alguma coisa. Como um fragmento de memória recordado. Um sonho que talvez nunca houvesse sonhado.

Uma sala brilhante, resplandecente, refletindo luz. Uma sala de aço.

Uma prisão.

— Servos e sacerdotes, recuem — comandou Descobridor-da-Esperança.

Eles recuaram, deixando os três deuses sozinhos com suas refeições por terminar, a seda do pavilhão farfalhando levemente ao vento.

— A frase de segurança — disse o deus, olhando para Faz-Corar — é "Uma vela para enxergar".

Esse era o título de um poema famoso; até mesmo Canto-de-Luz o conhecia. Faz-Corar sorriu. Enunciar essas palavras diante de qualquer um dos dez mil Sem-Vida de Descobridor-da-Esperança nas casernas permitiria que ela passasse por cima de suas ordens atuais e assumisse controle completo deles. Canto-de-Luz suspeitava que até o fim do dia ela teria visitado as casernas — que ficavam na base da corte, e eram consideradas parte dela — e começado a gravar nos soldados de Descobridor-da-Esperança uma nova frase de segurança conhecida apenas por ela e talvez uns poucos dos seus sacerdotes mais confiáveis.

— E agora eu me retiro — declarou Descobridor-da-Esperança, se levantando. — Há uma votação esta tarde na corte. Você vai participar, Faz-Corar, e votará em favor dos argumentos reformistas.

Dito isso, ele partiu.

— Por que tenho a sensação de que acabamos de ser manipulados? — perguntou Canto-de-Luz.

— Nós só fomos manipulados, meu querido, se *não houver* guerra. Se houver, então talvez tenhamos acabado de nos preparar para salvar a corte inteira... talvez o reino inteiro.

— Quanto altruísmo da nossa parte — comentou Canto-de-Luz.

— Nós somos assim — disse Faz-Corar enquanto os servos retornavam. — Tão altruístas que às vezes chega a doer. Em todo caso, agora controlamos os Sem-Vida de dois deuses.

— Os meus e os de Descobridor-da-Esperança?

— Na verdade, eu estava falando dos Sem-Vida de Descobridor-da-Esperança e de Estrela-Caridosa. Ela me confiou os dela ontem, enquanto não parava de falar sobre como era reconfortante que você houvesse se interessado pessoalmente pelo incidente no palácio dela. Parabéns por isso, aliás.

Ela parecia estar jogando uma isca. Canto-de-Luz sorriu.

— Não, eu não sabia que isso ia encorajá-la a ceder os Comandos dela para você. Só estava curioso.

— Curioso em relação a um servo assassinado?

— Na verdade, sim — confirmou Canto-de-Luz. — Considero a morte de um servo dos Retornados bem desconcertante, ainda mais devido à sua proximidade aos nossos próprios palácios.

Faz-Corar ergueu uma sobrancelha.

— Por acaso eu mentiria para você? — questionou Canto-de-Luz.

— Só toda vez que alega não querer dormir comigo. Mentiras, mentiras descaradas.

— Mais uma insinuação, minha cara?

— Claro que não. Isso foi bem explícito. De qualquer modo, sei que você está mentindo sobre a investigação. Qual era o seu *verdadeiro* propósito?

Canto-de-Luz hesitou, então suspirou, balançando a cabeça, e acenou para que um servo trouxesse as frutas de volta — ele gostava mais de frutas.

— Eu não sei, Faz-Corar. Com toda sinceridade, estou começando a me perguntar se fui algum tipo de oficial da lei na minha vida anterior.

Ela franziu o cenho.

— Parte da guarda da cidade ou algo assim. Eu fui *extremamente* hábil ao interrogar aqueles servos. Pelo menos, essa é minha humilde opinião.

— Que nós já estabelecemos que é bastante altruísta.

— Bastante — concordou ele. — Acho que isso explica como eu acabei morrendo de uma maneira "ousada" e conseguindo o meu nome.

Faz-Corar arqueou a sobrancelha.

— Sempre imaginei que você tivesse sido encontrado na cama com uma mulher muito mais jovem, e que o pai dela o matou. Parece muito mais ousado do que morrer de uma punhalada enquanto tentava capturar algum ladrãozinho.

— Suas zombarias não abalam minha humildade altruísta.

— Ah, deveras.

— De qualquer modo — disse Canto-de-Luz, comendo outra fatia de abacaxi —, eu fui um xerife ou algum tipo de investigador. Aposto que se pegasse uma espada, provaria que era um dos melhores duelistas que essa cidade já viu.

Ela o encarou por um momento.

— Você está falando sério.

— Muito sério. Sério como um esquilo morto.

Ela hesitou, parecendo perplexa.

— Piada particular. — Ele suspirou. — Mas, sim, eu acredito nisso. Embora haja algo que não consigo entender.

— E o que seria?

— Como fazer malabarismo com limões se encaixa nisso tudo.

31

EU SINTO QUE DEVO perguntar mais uma vez — disse Denth. — *Temos* mesmo que fazer isso?

Vivenna caminhava com ele, Tonk Fah, Joias e Tijolo. Parlin havia ficado para trás, seguindo a sugestão de Denth. Ele estava preocupado com os perigos da reunião e não queria mais uma pessoa para tomar conta.

— Sim, temos mesmo que fazer isso — respondeu Vivenna. — Eles são a minha gente, Denth.

— E daí? Princesa, mercenários são a *minha* gente, e a senhora não me vê passando muito tempo com eles. São um grupo fedorento e irritante.

— Além de grosseiro — acrescentou Tonk Fah.

Vivenna revirou os olhos.

— Denth, eu sou a *princesa* deles. Além disso, você mesmo disse que eles eram influentes.

— Os líderes, sim. E eles concordariam com toda a boa vontade em encontrar com você em território neutro. Ir para as favelas não é necessário... o povo comum não é tão importante assim.

Ela o olhou de soslaio.

— Essa é a diferença entre os hallandreanos e os idrianos. Nós damos atenção à nossa gente.

Atrás dele, Joias bufou de um jeito sarcástico.

— Eu não sou de Hallandren — observou Denth, mas ele deixou o assunto morrer enquanto se aproximavam das favelas.

Vivenna teve que admitir, conforme avançavam, que ficou um pouco mais apreensiva.

Aquela favela parecia diferente das outras. Mais sombria, de algum modo. Ia além das lojas decrépitas e das ruas esburacadas. Pequenos grupos de homens estavam nas esquinas, vigiando-a com olhos suspeitos. De vez em quando, Vivenna via um edifício com mulheres em roupas muito reveladoras — mesmo para os padrões de Hallandren — se exibindo na calçada. Algumas delas assoviaram para Denth e Tonk Fah.

Era um lugar estranho. Em todos os outros locais de T'Telir, ela parecera não se encaixar. Ali, sentia que não era bem-vinda. Que inspirava desconfiança, ou mesmo ódio.

Ela reuniu forças. Em algum lugar daquela área havia um grupo de idrianos cansados, desgastados pelo trabalho e assustados. A atmosfera ameaçadora a fazia sentir mais pena da sua gente. Não sabia se eles ajudariam muito em sabotar o esforço de guerra hallandreano, mas sabia de uma coisa: pretendia ajudá-los. Se o seu povo escorregara entre os dedos da monarquia, era seu dever tentar pegá-los de volta.

— Essa sua expressão... — disse Denth. — O que foi?

— Estou preocupada com meu povo — disse ela, se arrepiando enquanto passavam por um grande grupo de bandidos vestidos de preto com braçadeiras vermelhas, seus rostos manchados e sujos. — Nós passamos por essa favela quando estávamos procurando um novo lar. Eu não quis entrar, embora você tenha dito que os aluguéis eram baratos. Não acredito que meu povo seja tão oprimido que tenha que viver aqui, cercado por tudo *isso*.

Denth franziu a testa.

— Cercado?

Vivenna assentiu.

— Vivendo entre prostitutas e gangues, tendo que passar por essas coisas todos os dias...

Denth começou a rir, surpreendendo-a.

— Princesa, seu povo não vive *entre* as prostitutas e gangues. Seu povo *são* as prostitutas e gangues.

Vivenna parou no meio da rua.

— O quê?

Denth a olhou de relance.

— Este é o distrito idriano. Essas favelas são chamadas de Terras Altas, pelo amor das Cores.

— Impossível — rebateu ela.

— É possível, sim. Já vi coisas assim em cidades no mundo todo. Imigrantes se reúnem, formam um pequeno enclave. Esse enclave é convenientemente ignorado pelo resto da cidade. Quando estradas ganham reparos, outros lugares são priorizados. Quando os guardas são enviados para patrulhar, evitam as seções estrangeiras.

— A favela se torna seu próprio mundinho — disse Tonk Fah, caminhando ao lado dela.

— Toda pessoa por quem você passou aqui é idriana — disse Denth, acenando para que ela continuasse caminhando. — Há um motivo para a sua raça ter uma reputação ruim no resto da cidade.

Vivenna sentiu o sangue gelar. *Não. Não, não é possível.*

Infelizmente, ela começou a ver sinais. Símbolos de Austre — intencionalmente discretos — nos cantos de parapeitos ou nos degraus das portas. Pessoas vestidas de cinza e branco. Detalhes das terras altas na forma de chapéus de pastor ou mantos de lã. Mas se aquelas pessoas eram de Idris, então tinham sido completamente corrompidas. Cores desfiguravam seus trajes, sem falar no ar de perigo e hostilidade que emanavam. E como alguma idriana poderia sequer *pensar* em se tornar uma prostituta?

— Eu não compreendo, Denth. Somos um povo pacífico. Uma gente das vilas montanhosas. Somos abertos. Amigáveis.

— Esse tipo não dura muito em uma favela — comentou ele, caminhando com ela. — Eles mudam ou levam uma surra.

Vivenna estremeceu, sentindo uma pontada de raiva contra Hallandren. *Eu poderia perdoar os hallandreanos pela pobreza do meu povo. Mas isso? Eles transformaram nossos cuidadosos pastores e fazendeiros em bandidos e ladrões. Transformaram nossas mulheres em prostitutas e nossas crianças em pivetes.*

Ela sabia que não deveria se permitir sentir raiva. Contudo, teve que cerrar os dentes e se esforçar muito, muito *mesmo,* para impedir que seu cabelo se transformasse em um vermelho ardente. As imagens despertaram algo dentro dela, algo em que havia consistentemente evitado pensar.

Hallandren arruinou essas pessoas. Assim como me arruinou ao dominar minha infância, me forçando a honrar a obrigação de ser levada e estuprada em nome de proteger meu país.

Eu odeio esta cidade.

Eram pensamentos indecorosos. Ela não podia se dar ao luxo de odiar Hallandren. Havia escutado isso em muitas ocasiões; nos últimos tempos, andava sendo difícil se lembrar do motivo.

Mas ela conseguiu manter sob controle seu ódio e seu cabelo. Logo depois, Thame se juntou a eles e os conduziu pelo resto do caminho. Haviam dito a ela que o encontro seria em um grande parque, mas Vivenna logo viu que o termo "parque" havia sido usado de maneira generosa. Era um terreno baldio, cheio de lixo e cercado por edifícios de todos os lados.

O grupo parou nos limites daquele parque lúgubre e esperou enquanto Thame ia à frente. As pessoas haviam se reunido como o homem prometera. A maioria era do mesmo tipo que ela vira antes. Homens usando cores escuras e sinistras e exibindo expressões cínicas. Bandidinhos arrogantes. Mulheres com roupas de prostitutas. Algumas pessoas idosas de aparência desgastada.

Vivenna forçou um sorriso, mas lhe parecia falso. Por eles, mudou a cor do seu cabelo para amarelo. A cor da felicidade e empolgação. As pessoas murmuraram entre si.

Thame logo voltou e acenou para que ela avançasse.

— Espere — disse Vivenna. — Quero falar com o povo antes de me encontrar com os líderes.

Thame deu de ombros.

— Se é o que deseja...

Vivenna deu um passo à frente.

— Povo de Idris — disse ela. — Vim oferecer conforto e esperança.

As pessoas continuaram a falar entre si. Muito poucas pareciam prestar alguma atenção nela. Vivenna engoliu em seco.

— Eu sei que suas vidas foram difíceis, mas quero prometer que o rei se *importa* com vocês e quer apoiá-los. Vou descobrir uma maneira de levá-los de volta para casa.

— Para casa? — disse um dos homens. — De volta para as terras altas?

Vivenna assentiu.

Várias pessoas bufaram de modo zombeteiro ao ouvir o comentário, e umas poucas foram embora. Vivenna as viu partir com preocupação.

— Esperem. Vocês não querem me ouvir? Trago notícias do seu rei.

As pessoas a ignoraram.

— A maioria só queria confirmar os rumores sobre quem Vossa Alteza é — disse Thame em voz baixa.

Vivenna novamente se virou para os grupos que ainda cochichavam no parque.

— Suas vidas podem melhorar — prometeu ela. — Vou garantir que sejam cuidados.

— Nossas vidas já melhoraram — respondeu um dos homens. — Não há nada para nós nas terras altas. Aqui, eu ganho duas vezes o que eu ganhava lá.

Outros balançaram a cabeça, concordando.

— Então por que vieram me ver? — sussurrou ela.

— Eu disse, princesa — disse Thame. — Eles são patriotas... têm apego pela sua natureza idriana. Idriana da cidade. Nós nos mantemos unidos, de verdade. Vossa Alteza estar aqui é importante para eles, não se preocupe. Eles podem parecer indiferentes, mas farão *qualquer coisa* para se vingar dos hallandreanos.

Austre, Senhor das Cores, ela pensou, ficando ainda mais perturbada. *Essas pessoas não são mais idrianas.* Thame os chamara de patriotas, mas tudo que ela via era um grupo que se mantinha coeso pelas eternas pressões do desprezo de Hallandren.

Ela se virou, desistindo do seu discurso. As pessoas não estavam interessadas em esperança ou conforto. Só queriam vingança. Talvez isso fosse útil, mas sentia-se suja só de pensar no assunto. Thame conduziu a princesa e os outros por um caminho batido no feio campo de ervas daninhas e lixo. Perto do outro lado do suposto parque, encontraram uma ampla estrutura que era em parte um galpão de armazenamento, em parte um pavilhão de madeira. Ela pôde ver os líderes esperando do lado de fora.

Havia três, cada um com o próprio destacamento de guarda-costas. Ela havia sido informada sobre eles antecipadamente. Os líderes usavam ricas e vibrantes cores de T'Telir. Chefes das favelas. Vivenna sentiu o estômago contrair. Todos os três tinham pelo menos a Primeira Elevação. Um deles havia alcançado a Terceira.

Joias e Tijolo se posicionaram fora do edifício, guardando a rota de fuga de Vivenna, que entrou e se sentou na última cadeira vazia. Denth e Tonk Fah assumiram posições de proteção atrás dela.

Vivenna olhou para os chefes. Eram bem parecidos. O da esquerda parecia mais à vontade nas suas roupas caras; devia ser Paxen — o "cavalheiro idriano", como era chamado. Ele ganhara seu dinheiro administrando bordéis. O da direita precisava de um corte de cabelo para combinar com o traje fino; devia ser Ashu, conhecido por administrar e financiar ligas de lutas ilegais onde homens podiam assistir a idrianos se socarem até perderem a consciência. O do centro parecia ser do tipo autoindulgente. Era desleixado, mas de uma maneira relaxada e proposital, talvez porque isso combinasse com seu rosto bonito e jovem. Rira, o empregador de Thame.

Ela lembrou a si mesma de não confiar demais em qualquer interpretação fácil das aparências deles. Eram homens perigosos.

A sala ficou em silêncio.

— Não sei bem o que dizer a vocês — falou Vivenna finalmente. — Eu vim encontrar algo que não existe. Esperava que as pessoas ainda se importassem com nossa herança.

Rira se inclinou para a frente, as roupas desleixadas destoando dos trajes dos outros no cômodo.

— A senhora é nossa princesa. Filha do nosso rei. Nós nos importamos com isso.

— Mais ou menos — disse Paxen.

— De verdade, princesa — disse Rira —, estamos honrados em conhecê-la. E curiosos para saber quais são suas intenções na cidade. Está causando muita agitação.

Vivenna fitou-os com uma expressão séria. Por fim, ela suspirou.

— Vocês todos sabem que a guerra está chegando.

Rira assentiu. Ashu, contudo, sacudiu a cabeça.

— Não estou convencido de que haverá guerra. Ainda não.

— *Vai* acontecer — insistiu Vivenna de modo incisivo. — Isso eu prometo. Minhas intenções na cidade, portanto, são garantir que a guerra favoreça Idris o máximo possível.

— E o que isso acarretaria? — indagou Ashu. — Um membro da família real no trono de Hallandren?

Era isso que ela queria?

— Só quero que nosso povo sobreviva.

— Um meio-termo fraco — disse Paxen, polindo o topo da sua bela bengala. — Guerras são travadas para serem vencidas, Vossa Alteza. Os hallandreanos têm Sem-Vida. Se esses forem vencidos, eles fabricarão mais. Acho que uma presença militar idriana na cidade seria uma absoluta *necessidade*, se deseja libertar nossa terra natal.

Vivenna franziu a testa.

— Acha que pode derrubar a cidade? — perguntou Ashu. — Se derrubar, o que ganhamos com isso?

— Espere aí — disse Paxen. — Derrubar a cidade? Tem certeza de que queremos nos envolver *nesse* tipo de coisa outra vez? E o fracasso de Vahr? Nós perdemos um bocado de dinheiro naquele empreendimento.

— Vahr era de Pahn Kahl — disse Ashu. — Não era um de nós. Estou disposto a correr o risco novamente se há membros da família real de verdade envolvidos dessa vez.

— Eu não disse nada sobre derrubar a cidade — replicou Vivenna. — Só quero trazer alguma esperança para as pessoas.

Ou pelo menos queria...

— Esperança? — perguntou Paxen. — Quem liga para esperança? Eu quero compromissos. Ganharemos títulos? Quem fica com os contratos comerciais, se Idris vencer?

— Vossa Alteza tem uma irmã — disse Rira. — Uma terceira, solteira. A mão dela é negociável? Sangue real conquistaria *meu* apoio para sua guerra.

O estômago de Vivenna se revirou.

— Cavalheiros — disse ela na sua voz de diplomata —, não estamos fazendo isso por ganho pessoal, e sim por patriotismo.

— Claro, claro — concordou Rira. — Mas até mesmo patriotas devem ganhar recompensas. Certo?

Todos os três olharam para ela, na expectativa.

Vivenna se levantou.

— Vou me retirar.

Denth, parecendo surpreso, pousou uma das mãos no ombro dela.

— Tem certeza? Deu muito trabalho marcar essa reunião.

— Eu estava disposta a trabalhar com bandidos e ladrões, Denth — disse ela em voz baixa. — Mas vê-los e saber que são meu próprio povo é difícil demais.

— Está nos julgando rápido demais, princesa — disse Rira atrás dela, dando uma risada. — Não me diga que não esperava por isso.

— Esperar é diferente de ver em primeira mão, Rira. Eu esperava vocês três. Não esperava ver o que aconteceu com nosso povo.

— E as Cinco Visões? — indagou Rira. — Você aparece do nada, nos julga inferiores, então vai embora? Isso não é muito idriano da sua parte.

Ela se virou para os homens. Ashu, o homem de cabelos compridos, já havia se levantado e estava recolhendo seus guarda-costas para partir, resmungando do desperdício de tempo.

— O que você sabe sobre ser idriano? — respondeu ela bruscamente. — Onde está sua obediência a Austre?

Rira enfiou a mão sob a camisa e puxou um pequeno disco branco inscrito com os nomes dos seus pais. Um talismã austrino de obediência.

— Meu pai me *carregou* até aqui das terras altas, princesa. Ele morreu trabalhando nos campos de Edgli. Eu subi na vida com minhas próprias mãos machucadas e ensanguentadas. Trabalhei arduamente para melhorar a situação do seu povo. Quando Vahr falou sobre revolução, dei a ele moedas para alimentar seus apoiadores.

— Você compra Respiração — disse ela. — E transforma donas de casa em prostitutas.

— Eu vivo — retrucou ele. — E garanto que todos tenham comida o bastante. *Você* cuidará melhor deles?

Vivenna franziu o cenho.

— Eu...

Ela se calou quando ouviu os gritos.

Seu senso vital a sacudiu, avisando que grandes grupos de pessoas estavam se aproximando. Ela girou enquanto os chefes da favela praguejavam, se levantando. Do lado de fora, através do parque, ela viu algo horrível. Uniformes roxos e amarelos em homens enormes de rostos cinzentos.

Soldados Sem-Vida. A guarda da cidade.

O povo se dispersou, gritando, enquanto os Sem-Vida avançavam sobre o parque baldio, guiados por diversos guardas da cidade vivos e uniformizados. Denth praguejou e empurrou Vivenna para o lado.

— Fuja! — disse ele, desembainhando a espada.

— Mas...

Tonk Fah agarrou seu braço e a arrastou para fora do edifício enquanto Denth atacava os guardas. Os chefes da favela e seu pessoal fugiram desordenadamente, e os guardas da cidade foram rápidos em bloquear as saídas.

Tonk Fah praguejou, puxando Vivenna para um pequeno beco fora do parque.

— O que está havendo? — perguntou ela, o coração batendo forte.

— Uma batida — disse Tonk Fah. — Não deve ser nada muito perigoso, a não ser que...

Lâminas retiniram, metal se chocando contra metal, e os gritos se tornaram mais desesperados. Vivenna olhou para trás. Os homens dos chefes da favela, encurralados, haviam atacado os Sem-Vida. Vivenna ficou horrorizada ao ver os terríveis homens de rosto cinzento passarem entre espadas e adagas, ignorando as feridas. As criaturas sacaram suas armas e atacaram. Homens gritavam e berravam, caindo ensanguentados.

Denth partiu para defender a entrada do beco de Vivenna. Ela não sabia para onde Joias havia ido.

— Fantasmas de Kalad! — praguejou Tonk Fah, empurrando-a à frente enquanto eles recuavam. — Esses idiotas decidiram resistir. Agora estamos encrencados.

— Mas como eles nos encontraram?!

— Não sei. Nem ligo. Eles podem estar apenas atrás desses chefes da favela. Espero nunca descobrir. *Não pare!*

Vivenna obedeceu, seguindo apressada pelo beco escuro e tentando não tropeçar no seu longo vestido. Era muito difícil correr com ele, e Tonk Fah ficava gritando para que ela avançasse, olhando nervosamente para trás.

Ela ouviu grunhidos e gritos ecoando enquanto Denth lutava com alguma coisa na boca do beco.

Vivenna e Tonk Fah saíram do beco às pressas. Ali, esperando na rua, havia um grupo de cinco Sem-Vida. Vivenna parou subitamente. Tonk Fah praguejou.

Os Sem-Vida pareciam feitos de pedra, com expressões sinistras e severas sob a luz minguante. Tonk Fah olhou para trás, obviamente concluiu que Denth não ia chegar tão cedo, então resignadamente levantou as mãos e deixou cair a espada.

— Eu não consigo enfrentar cinco sozinho, princesa — sussurrou ele. — Não os Sem-Vida. Vamos ter que deixá-los nos prender.

Vivenna lentamente levantou as mãos também.

Os Sem-Vida sacaram suas espadas.

— Hã... — disse Tonk Fah. — Nós nos rendemos?

As criaturas avançaram.

— Corra! — gritou ele, estendendo a mão e pegando a espada de volta.

Vivenna tropeçou para a esquerda enquanto vários dos Sem-Vida atacavam Tonk Fah. Ela correu o mais rápido que pôde. Tonk Fah tentou segui-la, mas teve que parar para se defender. Ela desacelerou e olhou para trás a tempo de vê-lo varar o pescoço de um Sem-Vida com sua espada de duelo.

Algo que não era sangue jorrou da criatura. Três outras cercaram Tonk Fah, embora ele tenha conseguido dar um golpe lateral com a espada e acertar uma delas na parte de trás da perna, fazendo-a cair no pavimento.

Dois Sem-Vida correram na direção da princesa.

Vivenna os observou se aproximar, a mente entorpecida. Deveria ficar? Tentar ajudar...

Ajudar como?, gritou algo dentro dela, visceral e primordial. *Corra!*

Ela correu. Disparou para longe, tomada pelo terror, e virou na primeira esquina que viu, enfiando-se em um beco. Ela correu para a outra saída, mas na pressa tropeçou na própria saia.

Atingiu os paralelepípedos com força e gritou. Passos soaram atrás dela, e Vivenna pediu socorro, ignorando seu cotovelo machucado e rapidamente arrancando a saia, ficando apenas com as calçolas de baixo. Ela se levantou desajeitadamente e gritou de novo.

Alguma coisa sombreou a outra ponta do beco. Uma figura corpulenta com pele cinza. Vivenna parou, então girou. Os outros dois entraram no beco atrás dela. Ela recuou contra a parede, subitamente sentindo frio. Em estado de choque.

Austre, Deus das Cores, pensou, tremendo. *Por favor...*

Os três Sem-Vida avançaram contra ela, as armas desembainhadas. Ela olhou para baixo. Um pedaço de corda, puído mas ainda utilizável, jazia no lixo ao lado da sua saia verde descartada.

Como todas as outras coisas, a corda a chamava. Como se *soubesse* que podia reviver. Vivenna não sentia os Sem-Vida se aproximando, mas, estranhamente, sentia a corda. Podia imaginá-la se retorcendo ao redor de pernas, amarrando as criaturas.

Essas Respirações que está contendo são uma ferramenta, Denth havia dito. *Praticamente sem preço. Certamente poderosa...*

Ela olhou de volta para os Sem-Vida, com aqueles olhos desumanamente humanos. Sentia o coração bater com tanta força que parecia que alguém estava socando seu peito. Ela os viu se aproximar.

E viu a morte dela refletida nos olhos impiedosos deles.

Com lágrimas no rosto, ela caiu de joelhos, tremendo enquanto agarrava a corda. Sabia o básico. Seus tutores a haviam treinado. Ela precisava tocar a saia caída para drenar sua cor.

— Ganhe vida — implorou ela para a corda.

Nada aconteceu.

Saber o básico obviamente não era suficiente. Ela chorou, os olhos embaçados.

— Por favor. Por favor. Me salve.

O primeiro Sem-Vida a alcançou — aquele que havia bloqueado sua saída no fim do beco. Ela se encolheu de medo na rua suja.

A criatura saltou sobre ela.

Vivenna ergueu os olhos, chocada, enquanto a criatura batia a espada contra a arma de um dos outros Sem-Vida que se aproximara. Vivenna piscou para clarear os olhos, e só então reconheceu o recém-chegado.

Não era Denth; não era Tonk Fah. Era uma criatura com pele tão cinzenta quanto a daqueles que a atacavam, o que fez com que ela não a reconhecesse de início.

Tijolo.

Ele habilmente cortou a cabeça do seu primeiro oponente, brandindo a espada de lâmina grossa. Um líquido claro jorrou do pescoço da criatura decapitada enquanto ela caía para trás, desabando no chão. Morta — aparentemente —, como qualquer homem teria morrido.

Tijolo bloqueou um ataque do guarda Sem-Vida restante. Atrás, na entrada do beco, surgiram mais dois, que atacaram enquanto Tijolo recuava, plantando um pé de cada lado de Vivenna com firmeza, a espada em riste diante de si, pingando líquido claro.

O Sem-Vida restante esperou que os outros dois se aproximassem. Vivenna tremia, cansada demais — entorpecida demais — para fugir. Ela olhou para cima e viu algo quase humano nos olhos de Tijolo enquanto ele erguia a espada contra os três. Era a primeira emoção que via em qualquer Sem-Vida, embora pudesse estar imaginando.

Determinação.

Os três atacaram. Ela havia pensado — na sua ignorância, em Idris — que os Sem-Vida fossem como esqueletos ou cadáveres em decomposição. Imaginara que atacassem em ondas, carecendo de habilidade, mas com um inexorável poder sombrio.

Estivera errada. Aquelas criaturas se moviam com eficiência e coordenação, como um humano. Só que não falavam, nem gritavam ou grunhiam; só silêncio enquanto Tijolo aparava um ataque, então golpeava com o cotovelo a cara de um segundo Sem-Vida. Ele se movia com uma fluidez que ela vira poucas vezes, sua habilidade se equiparava ao breve momento de velocidade estonteante que Denth havia exibido no restaurante.

Tijolo brandiu a espada ao redor de si e acertou o terceiro sem Sem-Vida na perna. Um dos outros, contudo, perfurou seu estômago. Algo transparente jorrou dos dois lados, encharcando Vivenna. Tijolo nem mesmo grunhiu ao girar a espada e cortar uma segunda cabeça.

O guarda Sem-Vida morreu, caindo no chão e deixando sua arma presa no estômago de Tijolo. Um dos outros se afastou aos tropeços, sua perna sangrando um fluido transparente, e então também caiu para trás no chão. Tijolo eficientemente voltou sua atenção para o último Sem-Vida de pé, que não havia recuado, mas assumira uma postura obviamente defensiva.

A postura não funcionou; Tijolo o abateu em questão de segundos, acertando a espada repetidamente contra a do oponente antes de girá-la em um movimento inesperado e cortar a mão armada do inimigo. Isso foi seguido por um golpe no estômago, que derrubou a criatura. Em um movimento final, ele eficientemente enfiou a lâmina no pescoço de outro Sem-Vida caído, impedindo que se arrastasse até Vivenna com uma faca na mão.

O beco ficou em silêncio. Tijolo se voltou para ela, os olhos sem emoção, o queixo quadrado e o rosto retangular dispostos sobre um pescoço grosso e musculoso. Ele começou a tremer. Balançou a cabeça, como se tentasse clarear a visão. Uma grande quantidade de líquido incolor estava jorrando do seu torso. Ele colocou a mão contra a parede, então caiu de joelhos.

Vivenna hesitou, então estendeu uma das mãos para ele. Sua palma tocou o braço dele; a pele era gelada.

Uma sombra se moveu no outro lado do beco. Ela ergueu os olhos, apreensiva, ainda em estado de choque.

— Ah, Cores — praguejou Tonk Fah, correndo até ela, seu traje molhado com o fluido. — Denth! Ela está aqui! — Ele se ajoelhou ao lado de Vivenna. — Você está bem?

Ela assentiu, entorpecida, mal percebendo que ainda estava segurando a saia em uma das mãos. Isso significava que suas pernas — até acima dos joelhos — estavam expostas. Ela não conseguia se importar com isso, nem com seu cabelo totalmente branco. Apenas olhava para Tijolo, ajoelhado diante dela, a cabeça baixa como se estivesse adorando em algum estranho altar. A arma escorregou dos dedos trêmulos dele e fez barulho no pavimento. Seus olhos vidrados estavam voltados para a frente.

Tonk Fah seguiu o olhar dela, vendo Tijolo.

— É — disse ele. — Joias *não* vai ficar feliz. Vamos, precisamos sair daqui.

32

ELE SEMPRE JÁ HAVIA partido quando Siri acordava. Ela estava deitada na cama funda e macia, a luz da manhã fluindo pela janela. A temperatura já estava aumentando, e mesmo o único lençol que usava estava quente demais. Ela o jogou longe, mas permaneceu na cama, olhando para o teto.

Pela luz, podia perceber que já era quase meio-dia. Ela e Susebron tendiam a permanecer acordados até tarde, conversando. Isso provavelmente era bom; alguém poderia notar que ela estava levantando cada vez mais tarde a cada manhã e concluir que isso se devia a outras atividades.

Siri se espreguiçou. De início, havia sido estranho se comunicar com o Rei-Deus. Contudo, com o passar dos dias, parecia-lhe cada vez mais natural. Ela achava a escrita dele, com letras incertas e inexperientes que explicavam pensamentos tão interessantes, cativante. Se ele pudesse falar, ela acreditava que sua voz seria gentil. Ele era tão terno; jamais teria esperado isso.

Ela sorriu e afundou no travesseiro, preguiçosamente desejando que ele estivesse ali quando ela acordasse. Estava feliz. Isso também fora algo que jamais esperara de Hallandren. Sentia falta das terras altas, e sua incapacidade de deixar a Corte dos Deuses a frustrava, particularmente levando em conta a política.

Contudo, havia também outras coisas. Coisas maravilhosas. As cores brilhantes, os artistas, a pura experiência *avassaladora* de T'Telir. E havia a oportunidade de falar com Susebron a cada noite. A impetuosidade dela havia sido uma vergonha e um embaraço para sua família, mas Susebron a achava fascinante, até mesmo atraente.

Ela sorriu novamente, permitindo-se sonhar. Porém, a vida real começou a invadir. Susebron corria perigo. Um perigo sério e verdadeiro. Ele se recusava a acreditar que seus sacerdotes podiam lhe querer mal ou ser algum tipo de ameaça. Aquela mesma inocência que o tornava tão atraente também era uma terrível desvantagem.

Mas o que fazer? Ninguém mais sabia da situação dele. Só havia uma pessoa no mundo que podia ajudá-lo. Infelizmente, essa pessoa não estava à altura da tarefa. Ela havia ignorado suas lições e chegara ao seu destino totalmente despreparada.

E daí?, sussurrou parte da sua mente.

Siri olhou para o teto. Achou difícil invocar a vergonha costumeira de ter ignorado suas lições. Cometera um erro. Quanto tempo ia passar emburrada, irritada consigo mesma por algo que já passara?

Tudo bem, disse a si mesma. *Chega de desculpas. Posso não estar tão bem preparada quanto deveria, mas estou aqui agora e preciso fazer alguma coisa.*

Porque ninguém mais vai fazer.

Ela saiu da cama, passando os dedos pelo cabelo comprido. Susebron gostava dele longo — ele o achava tão fascinante quanto suas servas. Com elas para ajudá-la a cuidar do penteado, o comprimento valia a pena. Siri cruzou os braços e começou a andar de um lado para outro só de combinação. Precisava jogar o jogo deles. Detestava pensar daquela maneira. "Jogo" dava a entender pequenos riscos. Não era um jogo; era a vida do Rei-Deus.

Ela puxou na memória, desencavando tudo que podia das suas aulas. Política tinha a ver com trocas. Era dar o que tinha — ou que dava a entender que tinha — para conseguir mais. Era como ser um comerciante. Começava-se com uma certa quantidade, e até o final do ano esperava-se ter aumentado aquela quantidade. Ou talvez a transformado em algo completamente diferente e melhor.

Não chame atenção demais até estar pronta para atacar, dissera Canto--de-Luz. *Não pareça inofensiva demais, mas também não pareça demasiado inteligente. Seja mediana.*

Ela parou ao lado da cama, então recolheu os lençóis e os arrastou até a lareira ardente para queimá-los, como era sua tarefa diária.

Trocas, pensou, vendo os lençóis pegarem fogo na grande lareira. *O que eu tenho para trocar ou negociar? Não muito.*

Teria que servir.

Ela abriu a porta. Como de costume, um grupo de servas esperava do lado de fora. As criadas costumeiras de Siri se moveram ao redor dela, trazendo roupas. Outro grupo de servas começou a arrumar o quarto. Várias dessas se vestiam de marrom.

Enquanto suas criadas a vestiam, ela ficou olhando para uma das garotas de marrom. Em um momento conveniente, Siri se aproximou e colocou a mão no ombro dela.

— Você é de Pahn Kahl — disse Siri em voz baixa.

A garota confirmou, surpresa.

— Quero que passe uma mensagem a Dedos-Azuis — sussurrou Siri. — Diga-lhe que tenho informações vitais para ele. Eu gostaria de negociar. Diga-lhe que isso pode mudar os planos dele drasticamente.

A garota empalideceu, mas assentiu outra vez, e Siri recuou para continuar se vestindo. Várias das outras criadas haviam escutado a conversa, mas era um dogma sagrado da religião hallandreana que os servos de um deus não deviam repetir o que ouviam confidencialmente. Com sorte, isso se provaria verdade. Se não, bem, ela não havia de fato entregado tanta coisa assim.

Agora só precisava decidir qual "informação vital" possuía, e por que exatamente Dedos-Azuis deveria se importar.

—**MINHA CARA RAINHA!** — exclamou Canto-de-Luz, chegando até a abraçar Siri quando ela entrou na cabine dele na arena.

Siri sorriu enquanto Canto-de-Luz acenava para que ela se sentasse em um dos seus divãs. Acomodou-se cuidadosamente — estava começando a gostar dos elaborados vestidos de Hallandren, mas se mover graciosamente neles exigia bastante habilidade. Quando se instalou, Canto-de-Luz pediu frutas.

— Você é muito gentil comigo — disse Siri.

— Bobagem — retrucou Canto-de-Luz. — Você é minha rainha! Além disso, você me lembra alguém de quem eu gostava muito.

— E quem era?

— Sinceramente, não faço ideia — disse Canto-de-Luz, aceitando um prato de uvas cortadas, que passou para Siri. — Mal me lembro dela. Uvas?

Siri ergueu uma sobrancelha, mas sabia que àquela altura não devia dar muita corda para ele.

— Me diga — pediu ela, usando um pequeno palito de madeira para comer os pedaços de uva. — Por que chamam você de Canto-de-Luz, o Ousado?

— Há uma resposta fácil para isso — disse ele, se recostando. — É porque, de todos os deuses, sou o único ousado o bastante para agir como um completo idiota.

Siri ergueu uma sobrancelha.

— Minha posição exige verdadeira coragem. Sabe, eu *normalmente* sou uma pessoa muito solene e tediosa. À noite, meu maior desejo é me sentar e compor palestras com perífrases intermináveis sobre moralidade, para que meus sacerdotes leiam para meus seguidores. Infelizmente, não posso. Em vez disso, saio a cada noite abandonando a teologia didática em prol de algo que exige verdadeira coragem: passar tempo com os outros deuses.

— Por que *isso* exige coragem?

Ele a encarou.

— Minha senhora. Já *viu* como todos eles são muitíssimo tediosos?

Siri deu uma gargalhada.

— Não, de verdade. De onde veio esse nome?

— É um total equívoco — disse Canto-de-Luz. — Obviamente, você é inteligente o bastante para perceber isso. Nossos nomes e títulos são atribuídos aleatoriamente por um pequeno macaco que bebeu uma quantidade excessiva de gim.

— Agora você só está sendo bobo.

— Agora? — perguntou Canto-de-Luz. — *Agora?* — Ele ergueu uma taça de vinho na direção dela. — Minha cara, eu sou *sempre* bobo. Por favor, faça a fineza de retirar essa frase imediatamente!

Siri balançou a cabeça. Canto-de-Luz, aparentemente, estava com tudo naquele dia. *Que maravilha. Meu marido corre risco de ser assassinado por forças desconhecidas, e meus únicos aliados são um escriba que tem medo de mim e um deus que não fala coisa com coisa.*

— Tem a ver com a morte — disse Canto-de-Luz finalmente enquanto os sacerdotes começavam a preencher a arena abaixo para a rodada de argumentos do dia.

Siri olhou para ele.

— Todos os homens morrem. Alguns, contudo, morrem de maneiras que exemplificam um atributo ou emoção específica. Eles demonstram uma faísca de algo maior do que o resto da humanidade. Dizem que é isso que nos traz de volta.

Ele ficou em silêncio.

— Você morreu mostrando grande bravura, então? — perguntou Siri.

— Aparentemente. Não sei ao certo. Alguma coisa nos meus sonhos sugere que posso ter insultado uma pantera bem grande. Isso parece bem corajoso, não acha?

— Você não sabe como morreu?

Ele balançou a cabeça.

— Nós esquecemos. Despertamos sem memórias. Nem mesmo sei qual era minha profissão.

Siri sorriu.

— Suspeito que você tenha sido um diplomata ou vendedor de algum tipo. Algo que exigisse que falasse um bocado, mas dissesse muito pouco!

— Sim — respondeu ele em voz baixa, soando diferente enquanto olhava para os sacerdotes lá embaixo. — Sim, sem dúvida era exatamente isso...

Ele sacudiu a cabeça novamente, então sorriu para ela.

— De qualquer modo, minha querida rainha, providenciei uma surpresa para a senhora hoje!

Será que quero ser surpreendida por Canto-de-Luz? Ela olhou ao redor nervosamente.

Ele riu.

— Não precisa ter medo. Minhas surpresas raramente causam danos corporais, e nunca em belas rainhas.

Ele acenou e um homem idoso com uma barba branca extraordinariamente longa se aproximou. Siri franziu a testa.

— Esse é Hoid — disse Canto-de-Luz. — Mestre contador de histórias. Acredito que deseje fazer algumas perguntas...

Siri deu uma gargalhada de alívio, só então lembrando seu pedido a Canto-de-Luz. Ela olhou para os sacerdotes lá embaixo.

— Hum, não devíamos estar prestando atenção nos discursos?

Canto-de-Luz acenou com indiferença.

— Prestar atenção? Ridículo! Isso seria responsável demais da nossa parte. Somos deuses, pelo amor das Cores. Ou, bem, eu sou. Você é quase isso; uma deusa por matrimônio, pode-se dizer. De qualquer modo, *você* realmente quer escutar um bando de sacerdotes metidos falando sobre tratamento de esgoto?

Siri fez uma careta.

— Imaginei que não. Além disso, nenhum de nós pode votar nessa questão, então vamos gastar nosso tempo com sabedoria. Nunca sabemos quando vai acabar!

— O tempo? — perguntou Siri. — Mas você é imortal!

— O tempo, não — explicou Canto-de-Luz, levantando seu prato. — As uvas. Eu *detesto* escutar contadores de histórias sem uvas.

Siri revirou os olhos, mas continuou a comer os pedaços de uva. O contador de histórias aguardava pacientemente. Olhando mais de perto, pôde perceber que ele não era tão velho quanto parecia à primeira vista. A barba devia ser uma característica da profissão e, embora não parecesse falsa, ela suspeitava que havia sido descolorida. Ele na verdade era muito mais jovem do que queria aparentar.

Ainda assim, ela duvidava que Canto-de-Luz teria aceitado alguém além do melhor. Acomodou-se na cadeira, notando que havia sido feita para alguém do seu tamanho. *Devo tomar cuidado com as minhas perguntas. Não posso perguntar diretamente sobre as mortes dos antigos Reis-Deuses; isso seria óbvio demais.*

— Contador de histórias, o que sabe sobre a história de Hallandren?

— Muita coisa, minha rainha — disse ele, baixando a cabeça.

— Conte-me dos dias anteriores à divisão entre Idris e Hallandren.

— Ah — disse o homem, enfiando a mão em um bolso. Ele pegou um punhado de areia e começou a esfregá-la entre os dedos, permitindo que um fluxo suave caísse no chão, seus grãos sendo soprados com leveza pelo vento. — Vossa Majestade deseja uma das histórias *profundas*, de antigamente. Uma história antes do início do tempo?

— Gostaria de conhecer as origens dos Reis-Deuses hallandreanos.

— Então começamos na bruma distante — declarou o contador de histórias, levantando outra mão, deixando cair dela uma areia preta e fina que se misturou à areia que caía da primeira mão. Siri viu a areia preta se tornar branca e inclinou a cabeça para o lado, sorrindo diante da exibição.

— O primeiro Rei-Deus de Hallandren é antigo — disse Hoid. — Antigo, sim. Mais velho do que reinos e cidades, mais velho do que monarcas e religiões. Não mais velho do que as montanhas, pois *elas* já estavam ali. Como os nós dos dedos de gigantes adormecidos abaixo do solo, eles formaram este vale, onde tanto panteras quanto flores fizeram seus lares.

"Chamaremos apenas de 'o vale' então, um lugar antes que tivesse nome. O povo de Chedesh ainda dominava o mundo. Eles navegaram pelo Mar Interno, vindo do Leste, e foram os primeiros a descobrir esta terra estranha. Seus textos são poucos, já que seu império há muito desapareceu na poeira, mas a memória permanece. Talvez vocês possam imaginar a surpresa deles ao chegar aqui... um lugar com praias de areia fina e macia, com frutas abundantes e florestas estranhas e alienígenas."

Hoid enfiou as mãos na sua túnica e retirou um punhado de alguma outra coisa, então começou a deixá-la cair diante de si — pequenas folhas verdes das frondes de uma samambaia.

— Paraíso, foi como chamaram — sussurrou Hoid. — Um paraíso escondido entre as montanhas, uma terra com chuvas agradáveis que nunca esfriavam, uma terra onde comida suculenta crescia espontaneamente.

Ele jogou o punhado de folhas no ar e, no centro delas, explodiu uma rajada de poeira colorida, como pequenos fogos de artifício sem chamas. Vermelhos e azuis vívidos se misturaram no ar, soprando ao redor dele.

— Uma terra de cor. Devido às Lágrimas de Edgli, as notáveis flores de tamanho brilho que podiam fornecer tinturas que se fixavam em qualquer tecido.

Siri nunca havia realmente pensado sobre como Hallandren seria aos olhos de pessoas vindas do outro lado do Mar Interno. Escutara histórias dos andarilhos que chegavam a Idris, que contavam de lugares distantes. Em outras terras, havia pradarias e estepes, montanhas e desertos. Mas não selvas. Hallandren era única.

— O Primeiro Retornado nasceu durante esse período — disse Hoid, salpicando um punhado de purpurina prateada no ar diante dele. — A bordo de um navio avançando pela costa. Retornados agora podem ser encontrados em todas as partes do mundo, mas o primeiro... o homem que vocês chamam de Vo, mas que nós chamamos apenas pelo título... nasceu aqui, nas águas desta mesma baía. Ele declarou as Cinco Visões. E morreu uma semana depois.

"Os homens do navio dele fundaram um reino nestas praias, que batizaram de Hanald. Antes da chegada deles, tudo que existia nessas selvas era o povo de Pahn Kahl, mais um conjunto de vilas de pescadores do que um reino de verdade."

A purpurina se esgotou e Hoid começou a deixar cair uma terra marrom bem fina de uma das mãos, enquanto metia a outra em mais um bolso.

— Ora, vocês podem se perguntar por que preciso recuar tanto no tempo. Eu não deveria falar da Multiguerra, dos reinos despedaçados, dos Cinco Eruditos, de Kalad, o Usurpador, e seu exército fantasma, que alguns dizem que ainda está escondido nessas selvas, esperando?

"Esses são os eventos em que nos concentramos, que os homens conhecem melhor. Falar apenas deles, contudo, é ignorar a história de trezentos anos que levou até esse ponto. Teria havido uma Multiguerra caso não se soubesse dos Retornados? Foi um Retornado, afinal de contas, que previu a guerra e levou Sedento-de-Guerra a atacar os reinos além das montanhas."

— Sedento-de-Guerra? — interrompeu Siri.

— Sim, Vossa Majestade — disse Hoid, alternando para um pó preto. — Sedento-de-Guerra. Outro nome de Kalad, o Usurpador.

— Parece o nome de um Retornado.

Hoid concordou.

— De fato. Kalad *era* um Retornado, assim como Pacificador, o homem que o depôs e fundou Hallandren. Nós ainda não chegamos *nessa* parte. Ainda estamos em Hanald, o posto avançado que virou reino, fundado pelos homens da tripulação do Primeiro Retornado. Foram eles que escolheram a esposa do Primeiro Retornado para ser sua rainha, então usaram as Lágrimas de Edgli para criar tinturas fantásticas que eram vendidas por riquezas incontáveis por todo o mundo. Este local logo se tornou um agitado centro comercial.

Ele pegou um punhado de pétalas e começou a deixá-las cair diante de si.

— As Lágrimas de Edgli. A fonte da riqueza de Hallandren. Coisinhas tão pequenas, tão fáceis de plantar aqui. Entretanto, este é o único solo em que elas prosperam. Nas outras partes do mundo, tinturas são muito difíceis de produzir. Caras. Alguns eruditos dizem que a Multiguerra foi travada devido a essas pétalas de flores, que os reinos de Kuth e Huth foram destruídos por pequenas gotas de cor.

As pétalas caíram no chão.

— Mas só *alguns* eruditos dizem isso, contador de histórias? — questionou Canto-de-Luz. Siri se virou, tendo quase esquecido que ele estava ali. — O que o resto diz? Por que a Multiguerra foi travada, na opinião *deles*?

O contador de histórias ficou em silêncio por um momento. Então pegou dois punhados e começou a soltar poeira de várias cores.

— Respiração, Vossa Graça. A maioria concorda que a Multiguerra não teve a ver apenas com pétalas para espremer até a última gota, mas com um prêmio ainda maior. *Pessoas* para espremer até a última gota.

"Sabe, talvez a família real estivesse ficando cada vez mais interessada no processo por meio do qual a Respiração podia ser usada para dar vida a objetos. O Despertar, como foi nomeado naquela época, quando era uma arte nova e mal compreendida. Ainda é, de muitas maneiras. O funcionamento das almas dos homens... seu poder de animar objetos ordinários e trazer os mortos de volta à vida... foi descoberto há pouco mais de quatro séculos. Um período curto, pela contagem dos deuses."

— Ao contrário dos procedimentos da corte — resmungou Canto-de-Luz, olhando para os sacerdotes que ainda estavam falando sobre saneamento. — Que parecem durar uma eternidade, de acordo com a contagem deste deus.

O contador de histórias não perdeu o ritmo com a interrupção.

— Respiração — disse ele. — Os anos anteriores à Multiguerra foram os dias dos Cinco Eruditos e da descoberta de novos Comandos. Para alguns, foi uma época de grande iluminismo e aprendizado. Outros a consideram os dias mais sombrios dos homens, pois foi então que aprendemos melhor a explorar uns aos outros.

Ele começou a deixar cair dois punhados de areia, um amarelo-vivo, o outro negro. Siri assistia, entretida. Ele parecia estar moldando a história para ela, cuidadoso para não ofender sua sensibilidade idriana. O que ela realmente sabia sobre Respiração? Mal vira quaisquer Despertadores na corte. Mesmo quando via, não se importava de verdade. Os monges sempre pregaram contra tais coisas, mas, bem, ela havia prestado tanta atenção neles quanto nos seus tutores.

— Um dos Cinco Eruditos fez uma descoberta — continuou Hoid, deixando cair uma série de fragmentos brancos, pedacinhos de papel rasgado com coisas escritas. — Comandos. Métodos. O meio de criar um Sem-Vida a partir de uma única *Respiração*. Talvez isso pareça uma coisa pequena para vocês, mas devem olhar para o passado deste reino e sua fundação. Hallandren teve início com os servos de um Retornado e foi desenvolvida por um esforço mercantil expansivo. Ela controlava uma região singularmente lucrativa, que, através da descoberta e manutenção das passagens do norte, combinadas a uma navegação cada vez mais hábil, se tornou uma joia ambicionada pelo resto do mundo.

Ele fez uma pausa e sua segunda mão se ergueu, deixando cair pedacinhos de metal sobre a cantaria com um som que parecia chuva.

— E assim veio a guerra. Os Cinco Eruditos se dividiram, unindo-se a facções diferentes. Alguns reinos adquiriram o uso dos Sem-Vida, enquanto outros não. Alguns reinos tinham armas que os outros só podiam invejar.

“Para responder à pergunta do deus, minha história alega outro motivo para a Multiguerra: a capacidade de criar soldados Sem-Vida de modo tão barato. Antes da descoberta do Comando de Respiração única, os Sem-Vida precisavam de cinquenta Respirações para serem criados. Soldados extras, mesmo os Sem-Vida, são de uso limitado se só é possível ganhar um para cada cinquenta homens que já possui. Contudo, ser capaz de criar um Sem-Vida com uma única Respiração... um para cada um... isso duplica suas tropas. E metade desses soldados não vai precisar comer.

O metal parou de cair.

— Os Sem-Vida não são mais fortes do que homens vivos — disse Hoid. — São iguais. Não são mais hábeis do que homens vivos. São iguais. Contudo, não precisar *comer* como homens vivos? Era uma vantagem enorme. Misturada com a habilidade deles de ignorar dor e nunca sentir medo... De repente, se tem um exército que os outros não podiam enfrentar. E Kalad evoluiu ainda mais a situação, segundo dizem, criando um tipo novo e mais poderoso de Sem-Vida, adquirindo uma vantagem ainda mais apavorante.

— Que tipo de novo Sem-Vida? — indagou Siri, curiosa.

— Ninguém lembra, Vossa Majestade — explicou Hoid. — Os registros daquele tempo foram perdidos. Alguns dizem que foram queimados intencionalmente. Fosse qual fosse a verdadeira natureza dos Fantasmas de Kalad, eles eram assustadores e terríveis... a tal ponto que, ainda que os detalhes tenham sido perdidos no tempo, os próprios fantasmas vivem no nosso folclore. E nos nossos praguejamentos.

— Eles ainda existem em algum lugar? — indagou Siri, sentindo um leve arrepio, olhando na direção das selvas fora de vista. — Como as histórias dizem? Um exército oculto esperando que Kalad retorne e os Comande novamente?

— Infelizmente, só posso contar histórias. Como eu disse, muito do que aconteceu naquela época está perdido para nós agora.

— Mas sabemos da família real — disse Siri. — Eles foram embora porque não concordavam com o que Kalad estava fazendo, certo? Viam problemas morais em usar Sem-Vida.

O contador de histórias hesitou.

— Ora, sim — disse ele finalmente, sorrindo por trás da barba. — Isso mesmo, Vossa Majestade.

Ela arqueou uma sobrancelha.

— Psiu — disse Canto-de-Luz, se aproximando dela. — Ele está mentindo para você.

— Vossa Graça — disse o contador de histórias, fazendo uma profunda mesura. — Peço perdão. Há explicações divergentes! Ora, eu sou um contador de histórias... de todas as histórias.

— E o que as outras histórias dizem? — indagou Siri.

— São todas diferentes, Vossa Majestade — explicou Hoid. — Seu povo fala de indignação religiosa e da traição de Kalad, O Usurpador. O povo de Pahn Kahl diz que a família real trabalhou duro para obter poderosos Sem-Vida e Despertadores, então se surpreendeu quando suas ferramentas se voltaram contra ela. Em Hallandren, é dito que a família real se aliou a Kalad, fazendo dele seu general e ignorando a vontade do povo ao buscar guerra com sede de sangue.

Ele ergueu os olhos, então começou a deixar cair aos poucos dois punhados de carvão negro e torrado.

— Mas o tempo queima o que fica para trás, deixando apenas cinzas e memória. Essa memória passa de uma mente para outra, então finalmente chega a meus lábios. Quando tudo é verdade e tudo é mentira, importa se alguns dizem que a família real tentou criar Sem-Vida? A sua crença é sua.

— De qualquer modo, os Retornados assumiram o controle de Hallandren — disse Siri.

— Sim. E deram a ela um novo nome, uma variação do nome antigo. Porém, alguns ainda falam com saudade da família real que partiu, levando o sangue do Primeiro Retornado para as terras altas.

Siri franziu a testa.

— Sangue do Primeiro Retornado?

— Sim, naturalmente. Foi a esposa dele, grávida do seu filho, que se tornou a primeira rainha desta terra. A senhora é sua descendente.

Siri se recostou na cadeira.

Canto-de-Luz se virou, curioso.

— Você não sabia disso? — perguntou ele, em um tom desprovido da frivolidade costumeira.

Ela balançou a cabeça.

— Se esse fato é conhecido pelo meu povo, não falamos a respeito.

Canto-de-Luz pareceu considerar isso interessante. Lá embaixo, os sacerdotes estavam passando para um tópico diferente — algo sobre a segurança na cidade e o aumento de patrulhas nas favelas.

Ela sorriu, pressentindo uma maneira sutil de chegar às perguntas que *realmente* queria perguntar.

— Isso significa que os Reis-Deuses de Hallandren seguiram *sem* o sangue do Primeiro Retornado.

— Sim, Vossa Majestade — disse Hoid, esfarelando argila no ar diante dele.

— E quantos Reis-Deuses já existiram?

— Cinco, Vossa Majestade. Incluindo Sua Imortal Majestade Susebron, o Grandioso, mas sem incluir Pacificador.

— Cinco reis. Em trezentos anos?

— Sim, Vossa Majestade — confirmou Hoid, pegando um punhado de poeira dourada e deixando-a cair diante de si. — A dinastia de Hallandren foi fundada ao final da Multiguerra, tendo o primeiro Rei-Deus adquirido sua Respiração e vida do próprio Pacificador, que era reverenciado por ter dispersado os Fantasmas de Kalad e trazido um final pacífico para a Multiguerra. Desde aquele dia, cada Rei-Deus gerou um filho natimorto, que então Retornou e tomou seu lugar.

Siri inclinou o corpo para a frente.

— Espere. Como Pacificador criou um novo Rei-Deus?

— Ah — disse Hoid, colocando de volta a areia na sua mão esquerda. — Agora, *essa* é uma história perdida no tempo. Como, de fato? A Respiração pode ser passada de um homem para outro, mas a Respiração... por maior que seja a quantidade... não transforma ninguém em um deus. As lendas dizem que Pacificador morreu ao conceder sua Respiração a seu sucessor. Afinal, pode um deus deixar de entregar sua vida para abençoar outra?

— Não é exatamente um sinal de estabilidade mental, na minha opinião — comentou Canto-de-Luz, acenando para pedir mais uvas. — Você não está incentivando confiança nos nossos predecessores, contador de histórias. Além disso, mesmo que um deus conceda sua Respiração, isso não torna o recipiente divino.

— Eu só conto histórias, Vossa Graça — repetiu Hoid. — Elas podem ser verdade ou podem ser ficção. Tudo que sei é que as histórias existem, e que devo contá-las.

Com o máximo de dramaticidade possível, Siri pensou, vendo-o enfiar a mão em mais um bolso e pegar um punhado de pedacinhos de grama e terra, que deixou cair lentamente por entre os dedos.

— Estou falando de fundamentos, Vossa Graça — continuou Hoid. — Pacificador não era um Retornado comum, pois conseguiu impedir que os Sem-Vida continuassem atacando. De fato, ele se livrou dos Fantasmas de Kalad, que formavam a maior parte do exército hallandreano. Ao fazer isso, deixou o próprio povo vulnerável. Ele fez isso na tentativa de trazer a paz. Àquela altura, era tarde demais para Kuth e Huth. Contudo, os outros reinos... Pahn Kahl, Tedradel, Gys, e a própria Hallandren... saíram do conflito.

"Não podemos esperar mais desse deus dos deuses, que foi capaz de realizar tanto? Talvez ele *tenha feito* algo único, como os sacerdotes alegam. Talvez tenha deixado alguma semente dentro dos Reis-Deuses de Hallandren, permitindo que eles passem seu poder e divindade de pai para filho?"

Herança que daria a eles uma reivindicação potente ao trono, Siri pensou, enfiando distraidamente uma uva cortada na boca. *Com um deus tão incrível como progenitor, eles poderiam se tornar Reis-Deuses. E os únicos capazes de ameaçá-los seriam...*

A família real de Idris, que aparentemente pode traçar sua linhagem até o Primeiro Retornado. Outra herança de divindade, um desafio pelo direito ao trono de Hallandren.

Isso não lhe dizia como os Reis-Deuses haviam morrido. Nem contava por que alguns dos deuses — como Vo, o Primeiro Retornado — podiam gerar filhos, enquanto outros não podiam.

— Eles são imortais, correto? — perguntou Siri.

Hoid assentiu, habilmente deixando cair o resto da grama e da terra, e passou para outro tema ao pegar um punhado de pó branco.

— Sim, Vossa Majestade. Como todos os Retornados, os Reis-Deuses não envelhecem. Esse é um dom para todos que alcançam a Quinta Elevação.

— Mas por que houve cinco Reis-Deuses? Por que o primeiro morreu?

— Por que qualquer Retornado faz a passagem, Vossa Majestade?

— Porque são malucos — disse Canto-de-Luz.

O contador de histórias sorriu.

— Porque eles se cansam. Os deuses não são como homens comuns. Eles voltam por *nós*, não por si mesmos, e quando não suportam mais a vida, fazem a passagem. Os Reis-Deuses vivem apenas o tempo necessário para produzir um herdeiro.

Siri se sobressaltou.

— Isso é de conhecimento comum? — perguntou ela, então se encolheu ligeiramente devido ao comentário potencialmente suspeito.

— Certamente, Vossa Majestade. Pelo menos para contadores de histórias e eruditos. Cada Rei-Deus deixou este mundo pouco depois que seu filho e herdeiro nasceu. É natural. Quando o herdeiro chega, o Rei-Deus torna-se inquieto. Todos eles buscaram uma oportunidade para usar sua Respiração para beneficiar o reino. E então...

Ele ergueu a mão e estalou os dedos, lançando um pequeno respingo de água que virou neblina.

— E então eles fazem a passagem. Deixando seu povo abençoado e seu herdeiro para reinar.

O grupo ficou em silêncio, a névoa se evaporando diante de Hoid.

— Não é uma coisa muito agradável de explicar para uma esposa recém-casada, contador de histórias — observou Canto-de-Luz. — Que seu marido vai se cansar da vida assim que ela lhe der um filho.

— Não procuro encantar, Vossa Graça — disse Hoid com uma mesura. Aos seus pés, os vários pós, areias e purpurinas se misturavam na brisa suave. — Apenas conto histórias. Essa é conhecida pela maioria das pessoas. Imaginei que Sua Majestade também gostaria de estar ciente dela.

— Obrigada — disse Siri em voz baixa. — Você fez bem em contá-la. Diga-me: onde aprendeu esse... método tão incomum de narrativa?

Hoid levantou os olhos, sorrindo.

— Eu o aprendi há muitos, muitos anos, com um homem que não sabia quem ele era, Vossa Majestade. Foi em um lugar distante, onde duas terras se encontram e os deuses morreram. Mas isso não é importante.

Siri atribuiu a explicação vaga ao desejo de Hoid de criar um passado romântico e misterioso para si mesmo. Para ela, o que interessava mesmo era o que ele havia dito sobre as mortes dos Reis-Deuses.

Então há uma explicação oficial, ela pensou, seu estômago se contorcendo. *E até que é muito boa. Teologicamente, faz sentido que os Reis-Deuses partam depois de obter um sucessor apropriado.*

Mas isso não explica como o Tesouro do Pacificador — aquela riqueza de Respiração — passa de Rei-Deus para Rei-Deus, quando eles não têm língua. E também não explica por que um homem como Susebron se cansaria da vida quando parece tão empolgado com ela.

A história oficial funcionava bem para aqueles que não conheciam o Rei-Deus. Não era convincente para Siri. Susebron nunca faria algo assim. Não agora.

Contudo... Será que as coisas mudariam se ela lhe desse um filho? Será que Susebron se cansaria dela tão rápido?

— Talvez devêssemos *torcer* para que o velho Susebron faça a passagem, minha rainha — disse Canto-de-Luz, despreocupado, pegando as uvas. — A senhora foi forçada a esse casamento, imagino. Se Susebron morresse, talvez pudesse voltar para casa. Sem prejuízo algum, pessoas curadas, novo herdeiro no trono. Todo mundo ficaria feliz ou morto.

Os sacerdotes continuavam a discutir abaixo. Hoid se curvou, esperando ser dispensado.

Feliz... ou morto. Seu estômago se embrulhou.

— Com licença — disse ela, se levantando. — Gostaria de caminhar um pouco. Obrigada pela contação de histórias, Hoid.

Tendo dito isso — seguida pelo seu séquito — ela rapidamente deixou o pavilhão, querendo evitar que Canto-de-Luz visse suas lágrimas.

33

JOIAS TRABALHAVA SILENCIOsamente, ignorando Vivenna enquanto dava outro ponto. As entranhas de Tijolo — intestinos, estômago e algumas outras coisas que Vivenna não queria identificar — jaziam no chão ao lado dele, cuidadosamente removidas e organizadas para que pudessem ser reparadas. Joias estava trabalhando nos intestinos naquele momento, costurando com uma linha grossa especial e uma agulha curva.

Era macabro. E ainda assim não afetava muito Vivenna, não depois do choque de mais cedo. Estavam no esconderijo. Tonk Fah havia saído para vasculhar a casa deles, ver se Parlin estava bem. Denth estava no porão, pegando alguma coisa.

Vivenna estava sentada no chão. Havia se trocado e agora usava um vestido longo comprado no caminho — sua saia estava suja devido ao tempo na lama —, e tinha as pernas encolhidas junto ao peito.

Joias continuou a ignorá-la, trabalhando em cima de um lençol no chão. Ficava murmurando consigo mesma, ainda zangada.

— Coisa idiota — dizia Joias entredentes. — Não acredito que deixou que te ferissem desse jeito só para proteger *ela.*

Ferido. Isso significava alguma coisa para uma criatura como Tijolo? Ele estava acordado; ela via seus olhos abertos. De que adiantava costurar suas entranhas? Elas se curariam? Ele não precisava comer. Por que se importar com seus intestinos? Vivenna se arrepiou, desviando o olhar. Sentia como se suas *próprias* entranhas houvessem sido arrancadas, expostas ao mundo.

Fechou os olhos. Horas tinham se passado, e ela ainda tremia pelo terror de estar encolhida naquele beco, achando que seria morta em um instante. O que havia descoberto sobre si mesma quando verdadeiramente em perigo? A modéstia não significara nada; arrancara a saia em vez de deixar que ela a fizesse tropeçar novamente. Seu cabelo não significara nada; ela o ignorara assim que o perigo chegou. Sua religião aparentemente não significara nada. Não que ela houvesse conseguido usar a Respiração — nem mesmo fora capaz de cometer uma blasfêmia com sucesso.

— Estou meio tentada a simplesmente ir embora — murmurou Joias. — Você e eu. Ir embora.

Tijolo começou a se mexer e Vivenna abriu os olhos a tempo de vê-lo tentando se levantar, embora suas tripas estivessem pendendo da barriga.

Joias praguejou.

— Deite-se de novo — sibilou ela de modo quase inaudível. — Coisa amaldiçoada pelas Cores. Uivo do sol. Fique inativo. Uivo do sol.

Vivenna viu Tijolo se deitar e então parar de se mexer. *Eles podem obedecer a Comandos, mas não são muito inteligentes. Ele tentou sair andando para obedecer ao aparente comando de Joias de "ir embora".* E o que era aquela frase sem sentido que Joias disse sobre o sol? Seria uma das frases de segurança que Denth havia mencionado?

Vivenna ouviu passos nas escadas subindo do porão, e então a porta se abriu e Denth apareceu. Ele fechou a porta, depois se aproximou e entregou a Joias algo que parecia um grande odre de vinho. A mulher o pegou e imediatamente voltou ao trabalho.

Denth foi até Vivenna e se sentou ao lado dela.

— Dizem que um homem não conhece a si mesmo até encarar a morte pela primeira vez — disse ele, puxando conversa. — Eu não sei se é verdade. Acho que a pessoa que somos quando estamos prestes a morrer não é tão importante quanto a pessoa que somos durante o resto da vida. Por que alguns momentos deveriam importar mais do que uma vida inteira?

Vivenna não respondeu.

— Todo mundo sente medo, princesa. Até homens corajosos às vezes fogem na primeira batalha. É por isso que treinam tanto nos exércitos. Quem mantêm a posição não são os corajosos, são os bem treinados. Temos instintos tanto quanto qualquer outro animal. Às vezes, eles assumem o controle. Está tudo bem.

Vivenna continuou a assistir enquanto Joias cuidadosamente colocava de volta os intestinos na barriga de Tijolo. Ela pegou um pequeno pacote e tirou dele algo que parecia uma tira de carne.

— Na verdade, você se saiu muito bem — comentou Denth. — Não perdeu a cabeça. Não ficou paralisada. Encontrou a saída mais rápida. Já protegi pessoas que só ficavam paradas, esperando morrer, a menos que você as sacudisse e as forçasse a correr.

— Eu quero que você me ensine a Despertar — sussurrou Vivenna.

Ele se sobressaltou, olhando para ela.

— Quer... pensar um pouco primeiro?

— Já pensei — respondeu ela com outro sussurro, os braços ao redor dos joelhos, o queixo pousado contra eles. — Pensei que fosse mais forte do que sou. Pensei que preferiria morrer a usar isso. Era mentira. Naquele momento, eu teria feito *qualquer coisa* para sobreviver.

Denth sorriu.

— Você daria uma boa mercenária.

— É errado — continuou ela, ainda olhando para a frente. — Mas não posso mais alegar que sou pura. É melhor entender logo o que possuo. Usar. Se eu for condenada por isso, que seja. Pelo menos terá me ajudado a sobreviver tempo o bastante para destruir Hallandren.

Denth ergueu uma sobrancelha.

— Quer *destruir* agora, é? Não quer mais apenas sabotar e minar?

Ela balançou a cabeça.

— Eu quero derrubar este reino. Exatamente como os chefes das favelas disseram. Ele é capaz de corromper aquelas pobres pessoas. É capaz até mesmo de me corromper. Eu o odeio.

— Eu...

— Não, Denth — interrompeu Vivenna. Seu cabelo tornou-se vermelho como fogo e, pela primeira vez, ela não se importou. — Eu *realmente* odeio. Sempre detestei Hallandren. Eles roubaram minha infância. Tive que me preparar. Para me tornar sua rainha. Estar pronta para me casar com seu Rei-Deus. Todos me diziam que ele era profano e um herege. Mas *eu* teria que fazer sexo com ele!

"Detesto toda esta cidade, com suas cores e seus deuses! Odeio que ela tenha roubado minha vida, então exigido que eu deixasse para trás tudo que amo! Odeio as ruas agitadas, os jardins relaxantes, o comércio e o clima sufocante.

"E, mais do que tudo, odeio sua arrogância. Por acharem que podiam pressionar meu pai, forçá-lo a assinar aquele tratado, vinte anos atrás. Eles controlaram minha vida, a dominaram, a *arruinaram*. E agora estão com a minha irmã."

Ela respirou fundo através de dentes cerrados.

— A senhora terá sua vingança, princesa — sussurrou Denth.

Ela o encarou.

— Quero que eles sofram, Denth. O ataque hoje não era para subjugar elementos rebeldes. Os hallandreanos mandaram aqueles soldados para matar. Matar os pobres que *eles* criaram. Nós vamos impedir que façam coisas assim. Custe o que custar. Estou cansada de ser boazinha, agradável e ignorar a ostentação. Eu quero *fazer* alguma coisa.

Denth assentiu lentamente.

— Tudo bem. Vamos mudar de curso, começar a tornar nossos ataques um pouco mais dolorosos.

— Ótimo.

Ela fechou bem os olhos, sentindo-se frustrada, desejando ser forte o bastante para afastar todas aquelas emoções. Mas não era; reprimira-as por tempo demais. Era esse o problema.

— Nunca foi por causa da sua irmã, foi? — indagou Denth. — Vir para cá?

Ela balançou a cabeça, os olhos ainda fechados.

— Por quê, então?

— Eu fui treinada por toda minha vida — sussurrou ela. — Era eu quem deveria me sacrificar. Quando Siri partiu no meu lugar, passei a ser nada. Eu precisava vir e retomar meu papel.

— Mas você acabou de dizer que sempre detestou Hallandren — respondeu ele, parecendo confuso.

— Eu disse. E detesto. Foi por isso que tive que vir.

Ele ficou em silêncio por alguns momentos.

— Complicado demais para um mercenário, eu acho.

Ela abriu os olhos. Também não sabia ao certo se compreendia. Sempre mantivera um controle firme sobre seu ódio, só deixando que se manifestasse como desprezo por Hallandren e seu modo de vida. Agora, confrontou aquele ódio, reconheceu sua existência. De algum modo, Hallandren podia ser abominável e atraente ao mesmo tempo. Era como se... ela soubesse que, enquanto não chegasse ao lugar e o visse por conta própria, não fosse ter um foco verdadeiro — uma compreensão real, uma imagem real — daquilo que havia destruído sua vida.

Agora compreendia. Se suas Respirações podiam ajudar, então ela as usaria. Do mesmo modo que Lemex. Do mesmo modo que aqueles chefes das favelas. Não era digna demais para isso; nunca fora.

Ela duvidava que Denth pudesse compreender. Em vez disso, Vivenna indicou Joias com o queixo.

— O que ela está fazendo?

Denth se virou.

— Conectando um músculo novo. Um dos músculos no flanco dele foi cortado, rasgado inteirinho. Músculos não funcionam direito só com um remendo. Ela vai ter que substituir a coisa toda.

— Com parafusos?

— Direto no osso. Até que funciona bem. Não perfeitamente, mas dá para o gasto. Nenhuma ferida pode ser *perfeitamente* consertada num Sem-Vida, embora ele possa se curar um pouco. Basta costurá-lo e enchê-lo de álcool-icor fresco. Se fizer reparos demais, o corpo vai deixando de funcionar direito, aí você tem que gastar outra Respiração para mantê-lo funcionando. Nesse caso, geralmente é melhor comprar outro corpo.

Salva por um monstro. Talvez houvesse sido isso que a deixara tão determinada a usar sua Respiração. Ela deveria estar morta, mas Tijolo a salvara. Um Sem-Vida. Ela devia sua vida a algo que não deveria existir. E pior: se ela olhasse bem no fundo de si mesma, encontraria uma piedade traidora pela criatura. Até mesmo afeição. Levando isso em consideração, achava que já estava amaldiçoada a tal ponto que usar suas Respirações não faria diferença.

— Ele lutou bem — sussurrou ela. — Melhor do que os Sem-Vida que a guarda da cidade estava usando.

Denth olhou para Tijolo.

— Eles não são todos iguais. A maioria dos Sem-Vida é feita de qualquer corpo disponível. Se você pagar bom dinheiro, pode conseguir um que era muito hábil em vida.

Ela sentiu um arrepio, lembrando-se do momento de humanidade que havia visto no rosto de Tijolo quando ele a defendia. Se uma monstruosidade morta-viva podia ser um herói, então uma princesa devota podia blasfemar. Ou será que ainda estava tentando justificar suas ações?

— Habilidades — disse ela em voz baixa. — Eles as mantêm?

Denth assentiu.

— Pelo menos um pouco. Levando em conta o que pagamos por esse aí, ele deve ter sido um soldado e tanto. E é por isso que vale o dinheiro, o tempo e o trabalho de repará-lo em vez de comprar um novo Sem-Vida.

Eles o tratam como uma coisa, pensou Vivenna. Exatamente como ela deveria fazer. Porém, mais e mais ela pensava em Tijolo como um "ele". Ele salvara sua vida. Não Denth, não Tonk Fah. Tijolo. Parecia-lhe que deviam mostrar a ele mais respeito.

Joias terminou com os músculos, então fechou a pele, costurando com um fio grosso.

— Embora ele vá meio que se curar, é melhor usar algo forte nos reparos, para que a ferida não abra de novo — comentou Denth.

Vivenna assentiu.

— E o... suco.

— Álcool-icor. Descoberto pelos Cinco Eruditos. Um líquido maravilhoso. Mantém um Sem-Vida funcionando perfeitamente.

— Foi isso que permitiu a Multiguerra? Terem acertado a mistura?

— Em parte. Isso e a descoberta... novamente por um dos Cinco Eruditos, esqueci qual deles... de alguns novos Comandos. Se a senhora realmente quer ser uma Despertadora, princesa, é isso que precisa aprender. Os Comandos.

Ela assentiu.

— Me ensine.

Ao lado, Joias pegou uma bomba e conectou uma pequena mangueira a uma pequena válvula na base do pescoço de Tijolo, então começou a bombear o álcool-icor, movendo o mecanismo bem devagar, provavelmente para impedir que estourasse os vasos sanguíneos.

— Bem, existem *muitos* Comandos. Se quiser dar vida a uma corda... como tentou no beco... um bom Comando é "segurar coisas". Fale isso com uma voz clara, ordenando que sua Respiração aja. Se fizer isso direito, a corda vai agarrar a coisa mais próxima. "Proteja-me" é outro Comando útil, embora possa ser interpretado de maneiras bem estranhas, se você não imaginar exatamente o que deseja.

— Imaginar? — perguntou Vivenna.

— Sim. Você precisa formar o Comando na cabeça, não apenas dizê-lo. A Respiração que você entrega é parte da sua vida. Sua alma, como vocês idrianos diriam. Quando você Desperta alguma coisa, ela se torna uma parte sua. Se você for bom, e experiente, as coisas que Despertar farão o que espera delas. São parte de você. Elas compreendem, assim como suas mãos compreendem o que você quer delas.

— Vou começar a praticar, então.

Ele assentiu.

— Você deve pegar o jeito bastante rápido. É uma mulher inteligente, e tem um monte de Respirações.

— Isso faz diferença?

Ele assentiu novamente, parecendo um pouco distante. Como se estivesse distraído pelos próprios pensamentos.

— Quanto mais Respirações você possui ao começar, mais fácil é aprender a Despertar. É como se... Eu não sei, como se a Respiração fosse mais parte de você. Ou você fosse mais parte dela.

Ela se recostou, contemplando a ideia.

— Obrigada — disse finalmente.

— O quê? Por explicar o Despertar? Metade das crianças nas ruas poderia ter dito a mesma coisa.

— Não. Embora eu tenha apreciado as instruções, estou agradecendo pelas outras coisas. Por não me achar uma hipócrita. Por estar disposto a alterar os planos e correr riscos. Por ter me protegido hoje.

— Até onde sei, tudo isso são coisas que um bom empregado deveria fazer. Pelo menos, se o empregado é um mercenário.

Ela balançou a cabeça.

— É mais do que isso. Você é um bom homem, Denth.

Ele a encarou, e Vivenna enxergou algo em seus olhos. Uma emoção que não conseguia descrever. Novamente, pensou na máscara que ele usava — a persona de um mercenário risonho e piadista. Aquele homem parecia uma mera fachada quando ela olhava naqueles olhos e via tanto mais.

— Um bom homem — disse ele, desviando o rosto. — Às vezes gostaria que isso ainda fosse verdade, princesa. Eu não sou um bom homem já faz alguns anos.

Ela abriu a boca para responder, mas algo a fez hesitar. Do lado de fora, uma sombra passou pela janela. Tonk Fah entrou alguns momentos depois. Denth se levantou sem olhar para ela.

— E então? — perguntou ele a Tonk Fah.

— Parece seguro — disse Tonk Fah, olhando para Tijolo. — Como está o presunto?

— Já acabei — respondeu Joias.

Ela se inclinou e disse algo bem baixinho para o Sem-Vida. Tijolo voltou a se mover, se sentando e olhando ao redor. Vivenna esperou enquanto os olhos da criatura passavam por ela, mas não parecia haver reconhecimento neles. Tijolo mantinha a mesma expressão embotada.

Claro, pensou Vivenna, se levantando. *Ele é um Sem-Vida, afinal de contas.* Joias havia dito algo para fazer com que ele voltasse a funcionar. Provavelmente a mesma coisa que havia dito para fazer com que ele parasse de se mover, em primeiro lugar.

Aquela frase estranha...

Uivo do sol. Vivenna a arquivou na memória, então seguiu os outros para a saída do edifício.

POUCO DEPOIS, CHEGARAM em casa. Parlin saiu correndo, exclamando como temera pela segurança deles. Foi primeiro até Joias, mas ela o dispensou. Enquanto Vivenna adentrava o edifício, ele foi até ela.

— Vivenna? O que aconteceu?

Ela só sacudiu a cabeça.

— Houve luta — insistiu ele, seguindo-a até as escadas. — Eu fiquei sabendo.

— Houve um ataque na favela que visitamos — respondeu Vivenna em uma voz cansada, chegando ao topo das escadas. — Um esquadrão de Sem-Vida. Começaram a matar pessoas.

— Senhor das Cores! — disse Parlin. — Joias está bem?

Vivenna ruborizou, virando-se e olhando para ele mais abaixo nos degraus.

— Por que pergunta sobre *ela*?

Parlin deu de ombros.

— Eu gosto dela.

— Você deveria dizer essas coisas? — questionou Vivenna, notando sem muita energia que seu cabelo estava avermelhando de novo. — Não está comprometido *comigo*?

Ele franziu o cenho.

— Você estava comprometida com o Rei-Deus, Vivenna.

— Mas você sabe o que nossos pais queriam — disse ela com as mãos nos quadris.

— Eu sabia. Mas, bem, quando deixamos Idris, concluí que nós dois seríamos deserdados. Não há mais nenhum motivo para manter a farsa.

Farsa?

— Quero dizer, sejamos honestos, Vivenna. — Ele sorriu. — Você nunca foi muito gentil comigo. Eu sei que você me acha burro; provavelmente tem razão. Mas se realmente gostasse de mim, acho que não faria com que eu me *sentisse* burro também. Joias resmunga, mas às vezes ri das minhas piadas. Você nunca fez isso.

— Mas... — disse Vivenna, percebendo que não sabia bem o que dizer. — Mas por que você veio comigo para Hallandren?

Ele pareceu confuso.

— Bem, por Siri, é claro. Não foi por isso que viemos? Para resgatá-la? — Ele sorriu carinhosamente, então deu de ombros. — Boa noite, Vivenna.

Ele desceu os degraus, dirigindo-se a Joias para perguntar se ela havia se ferido.

Vivenna ficou olhando.

Ele é uma pessoa muito melhor do que eu, pensou, envergonhada, voltando-se para seu quarto. *Mas estou achando difícil me importar com isso.* Tudo lhe fora tomado. Por que não Parlin também? Seu ódio por Hallandren tornou-se um pouco mais firme enquanto adentrava o quarto.

Só preciso dormir. Talvez depois disso eu possa entender o que, em nome das Cores, estou fazendo nesta cidade.

Uma coisa permanecia certa. Ela ia aprender a Despertar. A Vivenna de antes — aquela que tinha direito de manter a cabeça erguida e chamar a Respiração de profana — não tinha mais lugar em T'Telir. A verdadeira Vivenna não fora a Hallandren para salvar sua irmã; fora porque não podia suportar ser insignificante.

Ela aprenderia. Essa seria sua punição.

Dentro do quarto, fechou a porta e a trancou com o ferrolho. Então foi fechar as cortinas.

Havia uma figura na sacada, recostada calmamente contra o parapeito. Sua barba não era feita há vários dias, e suas roupas escuras eram gastas, quase esfarrapadas. Ele carregava uma espada negra como piche.

Vivenna deu um pulo, olhos arregalados.

— Você está causando um monte de problemas — disse ele em voz zangada.

Ela abriu a boca para gritar, mas as cortinas avançaram subitamente, abafando seu pescoço e boca, e apertaram com força, estrangulando-a, envolvendo seu corpo todo e prendendo os braços dela junto aos flancos.

Não! Sobrevivi ao ataque e aos Sem-Vida só para morrer no meu próprio quarto?

Ela lutou, esperando que alguém pelo menos a ouvisse se debatendo e viesse atrás dela. Mas ninguém veio. Pelo menos, não antes que ela perdesse a consciência.

34

ENQUANTO VIA A JOVEM rainha se afastar apressadamente do seu pavilhão, Canto-de-Luz teve uma estranha sensação de culpa. *Isso não combina nada comigo*, ele pensou, provando o vinho. Depois das uvas, tinha um gosto um pouco amargo.

Talvez o amargor viesse de outra coisa. Ele havia falado a Siri sobre a morte do Rei-Deus da sua maneira descuidada de costume. Na opinião dele, na maior parte dos casos, era melhor que as pessoas ouvissem a verdade sem disfarce — e, se possível, de um modo divertido.

Ele não esperava tal reação da rainha. O que o Rei-Deus significava para ela? Siri havia sido enviada para ser sua esposa, provavelmente a contragosto. Mas parecia encarar a possibilidade da morte dele com tristeza. Ele a avaliou com o olhar enquanto ela fugia.

Era tão pequenina e jovem, toda vestida de dourado e azul. *Jovem? Contudo, está viva há mais tempo do que eu.*

Ele manteve algumas coisas da vida anterior — como sua percepção da própria idade. Não se sentia com cinco anos, e sim bem mais velho. Sua idade deveria ter lhe ensinado a conter a língua ao falar sobre mulheres jovens virando viúvas. Será que a garota sentia mesmo alguma coisa pelo Rei-Deus?

Siri só estava na cidade há poucos meses, e ele sabia — por meio de rumores — como era sua vida. Forçada a realizar seu dever de esposa com um homem com quem não podia falar e a quem não podia conhecer. Um homem que representava tudo que a cultura dela ensinava que era profano. A única coisa que Canto-de-Luz podia supor, então, era que Siri estava preocupada com o que poderia acontecer com ela caso seu marido se matasse. Uma preocupação legítima; a rainha perderia a maior parte de seu status se enviuvasse.

Canto-de-Luz assentiu consigo mesmo e se voltou para olhar os sacerdotes que discutiam. Eles haviam acabado de discutir o saneamento e as patrulhas da guarda e passaram a outros tópicos.

— Nós *precisamos* nos preparar para a guerra — dizia um deles. — Eventos recentes deixaram claro que não podemos coexistir com os idrianos com qualquer garantia de paz ou segurança. Esse conflito acontecerá, queiramos ou não.

Canto-de-Luz ficou ouvindo, batendo um dedo contra o braço da cadeira.

Durante cinco anos, fui irrelevante. Não tinha voto em qualquer um dos conselhos de corte importantes; possuía apenas os códigos para uma divisão dos Sem-Vida. Eu cultivei uma reputação divina de inutilidade.

O tom abaixo era mais hostil do que havia sido durante as reuniões anteriores. Não era isso que o preocupava. O problema era o sacerdote liderando o movimento em prol da guerra. Nanrovah, sumo sacerdote de Quieta-Marca, o Nobre. Normalmente, Canto-de-Luz não teria nem prestado atenção, mas Nanrovah sempre havia sido o que mais falara *contra* a guerra.

O que o fizera mudar de ideia?

Não demorou para que Faz-Corar se dirigisse à cabine dele. Quando ela chegou, Canto-de-Luz já havia retomado o gosto pelo vinho e estava bebericando com um ar pensativo. As vozes contra a guerra vindas do andar inferior eram baixas e infrequentes.

Faz-Corar se sentou ao lado dele, um farfalhar de tecido e uma lufada de perfume. Canto-de-Luz não olhou para ela.

— Como você convenceu Nanrovah? — perguntou ele.

— Não fui eu — respondeu Faz-Corar. — Não sei por que ele mudou de ideia. Gostaria que não tivesse acontecido tão rápido... Parece suspeito e faz as pessoas acharem que eu o manipulei. Mas, de qualquer modo, vou aceitar o apoio.

— Você quer a guerra tanto assim?

— Eu quero que nosso povo esteja ciente da ameaça. Você acha que eu *quero* que isso aconteça? Acha que quero mandar nosso povo para morrer e matar?

Canto-de-Luz olhou para ela, avaliando sua sinceridade. Ela tinha lindos olhos. As pessoas raramente notavam isso, devido à maneira como ela exibia de modo tão descarado seus outros dotes.

— Não. Não acho que você queira uma guerra.

Ela assentiu com um movimento brusco. Seu vestido era fino e elegante como sempre, mas particularmente revelador no topo, onde seus seios estavam apertados e empinados, exigindo atenção. Canto-de-Luz desviou o olhar.

— Você está um tédio hoje — reclamou Faz-Corar.

— Estou distraído.

— Nós deveríamos estar felizes — disse Faz-Corar. — Quase todos os sacerdotes se aliaram a nós. Logo uma convocação para ataque será solicitada à assembleia principal dos deuses.

Canto-de-Luz assentiu. A assembleia principal dos deuses era convocada para deliberar apenas nas situações mais importantes. Nesse caso, todos eles tinham um voto. Se a votação fosse pela guerra, os deuses com os Comandos dos Sem-Vida — deuses como Canto-de-Luz — seriam chamados para administrar e liderar a batalha.

— Você mudou os Comandos dos dez mil Sem-Vida de Descobridor-da-Esperança? — indagou Canto-de-Luz.

Ela assentiu.

— Agora eles são meus, assim como os de Estrela-Caridosa.

Cores. Nós dois agora controlamos três quartos dos exércitos do reino.

Em nome dos Tons Iridescentes, onde fui me meter?

Faz-Corar se recostou no assento, espiando a cadeira menor que Siri havia deixado.

— Mas estou irritada com Mãe-de-Todos.

— Porque ela é mais bonita que você ou porque é mais inteligente?

Faz-Corar não se dignou a lhe dar uma resposta verbal, só lhe lançou um olhar de enfado.

— Só estou tentando ser menos tedioso, minha cara.

— Mãe-de-Todos controla o último grupo dos Sem-Vida — afirmou Faz-Corar.

— Uma escolha estranha, não acha? Quer dizer, *eu* sou uma escolha lógica... contanto que não me conheçam, é claro... já que sou supostamente ousado. Descobridor-da-Esperança representa justiça, o que combina com soldados. Até Estrela-Caridosa, que representa benevolência, faz algum sentido. Mas Mãe-de-Todos? Deusa das matronas e das famílias? Dar a ela dez mil Sem-Vida é o bastante para me fazer mesmo considerar seriamente minha teoria do macaco bêbado.

— Aquele que escolhe os nomes e títulos dos Retornados?

— Isso mesmo. Tenho pensado em expandir a teoria. Agora proponho acreditar que Deus... ou o universo, ou o tempo, ou qualquer coisa que controle tudo isso... não é *nada* além de um macaco bêbado.

Ela se inclinou para a frente, unindo os braços, seriamente ameaçando fazer com que seu busto saltasse do vestido.

— E você ainda acha que *meu* título foi escolhido por acaso? Deusa da honestidade e dos relacionamentos interpessoais. Não diria que parece adequado?

Ele hesitou, então sorriu.

— Minha cara, você acabou de tentar provar a existência de Deus com seu decote?

Ela sorriu de volta.

— Você não imagina o que uma boa balançada de peitos é capaz de conseguir.

— Hum. Eu nunca havia considerado a potência teológica dos seus seios, minha cara. Se houvesse uma Igreja devotada a eles, talvez eu me tornasse um teísta afinal. De qualquer modo, vai me contar o que, especificamente, Mãe-de-Todos fez para irritá-la?

— Ela não quer me entregar seus Comandos dos Sem-Vida.

— Isso não é de espantar — comentou Canto-de-Luz. — *Eu* mal confio em você, e sou seu amigo.

— Nós precisamos das frases de segurança dela, Canto-de-Luz.

— Por quê? Nós temos três das quatro... já dominamos os exércitos.

— Não podemos nos dar ao luxo de ter lutas ou divisões internas — respondeu Faz-Corar. — Se os dez dela se voltarem contra nossos trinta, venceríamos, mas no fim estaríamos muito enfraquecidos.

Ele franziu o cenho.

— Certamente ela não faria isso.

— Certamente preferimos garantir.

Canto-de-Luz suspirou.

— Muito bem, então. Vou falar com ela.

— Talvez não seja uma boa ideia.

Ele ergueu uma sobrancelha.

— Ela não gosta muito de você.

— Sim, eu sei. Ela tem um notável bom gosto. Ao contrário de outras pessoas que conheço.

Faz-Corar olhou feio para ele.

— Preciso balançar meus seios para você novamente?

— Não, por favor. Não sei se suportaria o debate teológico que se seguiria.

— Tudo bem, então — disse ela, voltando a se sentar e olhando para os sacerdotes que ainda estavam discutindo.

Eles estão gastando um bom tempo nisso, pensou. Olhou de relance para o outro lado, onde Siri havia parado para olhar a arena, seus braços pousados no parapeito alto demais para que a pose fosse confortável.

Talvez não tenha sido pensar na morte do marido que a perturbou. Talvez tenha sido o fato da discussão se voltar para a guerra.

Uma guerra que o povo dela não tinha como vencer. Esse era outro bom motivo por que o conflito estava se tornando inevitável. Como Hoid dera a entender, quando um lado possuía uma vantagem invencível, a guerra era o resultado. Hallandren vinha montando seus exércitos de Sem-Vida há séculos, e o tamanho estava ficando assustador. Hallandren tinha cada vez menos a perder em um ataque. Ele devia ter percebido isso mais cedo, em vez de achar que tudo se acalmaria quando a nova rainha chegasse.

Faz-Corar bufava ao lado dele, que notou que *ela* havia percebido a maneira como ele observava Siri. Ela estava fitando a rainha com óbvio desagrado.

Canto-de-Luz imediatamente mudou de assunto.

— Você sabe alguma coisa sobre um complexo de túneis sob a Corte dos Deuses?

Faz-Corar virou-se de volta para ele, dando de ombros.

— Claro. Alguns dos palácios têm túneis subterrâneos, locais para armazenamento e coisas semelhantes.

— Você já esteve em um deles?

— Faça-me o favor. Por que eu me arrastaria pelos túneis de armazenamento? Só sei que existem por causa da minha suma sacerdotisa. Quando ela começou a me servir, me perguntou se eu queria que os meus túneis se conectassem ao complexo principal de túneis. Eu disse que não.

— Porque não queria que outros tivessem acesso ao seu palácio?

— Não — disse ela, se virando para assistir aos sacerdotes abaixo. — Porque não queria o barulho de tanta escavação. Pode me servir um pouco mais de vinho, por favor?

SIRI ASSISTIU AOS procedimentos da corte por bastante tempo. Identificava-se um pouco com como Canto-de-Luz dissera se sentir. Como não tinha influência sob as ações da corte, era frustrante prestar atenção. Ainda assim, queria saber. De certo modo, as discussões dos sacerdotes eram sua única conexão com o mundo externo.

O que ouviu foi desencorajador. O tempo passou, o sol se aproximou do horizonte, servos acenderam tochas enormes ao longo da passarela, e Siri se pegou cada vez mais intimidada. Seu marido provavelmente seria morto ou persuadido a se matar ao longo do próximo ano. Sua terra natal, por sua vez, estava prestes a ser invadida pelo reino do seu marido... mas ele não podia fazer nada para impedir, porque não tinha como se comunicar.

E ainda se sentia culpada por de fato *apreciar* todos os desafios e problemas. Em casa, precisava ser teimosa e desobediente para encontrar qualquer tipo de empolgação. Ali, só precisava ficar quieta e assistir, e as coisas começavam a desabar com alarde. Alarde até *demais* no momento, mas isso não a impedia de se empolgar com seu papel.

Sua tolinha, disse a si mesma. *Tudo que você ama está correndo perigo e você só pensa em como é empolgante?*

Precisava encontrar uma maneira de ajudar Susebron. Assim, talvez pudesse tirá-lo do controle opressivo dos sacerdotes e ele conseguisse fazer algo para ajudar sua terra natal. Enquanto seguia aquela linha de raciocínio, quase perdeu um comentário lá de baixo, feito por um dos sacerdotes mais entusiasticamente favoráveis ao ataque.

— Vocês não ouviram falar do agente idriano que tem causado o caos na cidade? — indagou o sacerdote. — Os idrianos estão se preparando para a guerra! *Eles* sabem que um conflito é inevitável, então começaram a trabalhar contra nós!

Siri ficou atenta. *Agentes idrianos na cidade?*

— Bah — disse outro dos sacerdotes. — O agente de que você fala supostamente é uma princesa da família real. Isso é obviamente uma história para o povão. Por que uma princesa viria escondida a T'Telir? Essas histórias são ridículas e infundadas.

Siri fez uma careta. Isso, pelo menos, era nitidamente verdade. Suas irmãs não eram do tipo que trabalhariam como "agentes idrianos". Ela sorriu, imaginando sua irmã monja de fala mansa, ou até mesmo Vivenna, com seus trajes recatados e atitude pétrea, chegando a T'Telir em segredo. Parte dela tinha certa dificuldade em acreditar que Vivenna havia sido realmente escolhida para ser a esposa de Susebron. Vivenna, a engomadinha? Tendo que lidar com a corte exótica e os trajes extravagantes?

A frieza estoica de Vivenna nunca teria convencido Susebron a abandonar sua máscara imperial. A óbvia reprovação dela a teria afastado de deuses como Canto-de-Luz. Vivenna teria odiado usar os belos vestidos e nunca teria apreciado as cores e a variedade da cidade. Siri podia não ser perfeita para o posto, mas aos poucos se dava conta de que Vivenna também não teria sido uma boa escolha.

Um grupo se aproximou pela passarela. Siri permaneceu onde estava; seus pensamentos a distraindo demais para que prestasse muita atenção.

— Estão falando sobre alguém da sua família? — indagou uma voz.

Siri se assustou, girando. Atrás dela estava uma deusa de cabelo escuro, usando um vestido extravagante e revelador em verde e prata. Como a maioria dos deuses, ela era uns bons trinta centímetros mais alta do que um mero mortal, e olhou de cima para Siri com uma sobrancelha arqueada.

— Vossa... Graça? — respondeu Siri, confusa.

— Eles estão discutindo a famosa princesa escondida — disse a deusa, gesticulando. — Ela deve ser da sua família, se realmente tem as Madeixas Reais.

Siri olhou de volta para os sacerdotes.

— Eles devem estar enganados. Eu sou a única princesa aqui.

— Histórias sobre ela estão se espalhando bastante.

Siri ficou em silêncio.

— Meu Canto-de-Luz parece gostar de você, princesa — disse a deusa, cruzando os braços.

— Ele foi muito gentil comigo — respondeu Siri com cuidado, tentando apresentar a imagem correta: a pessoa que ela era, só que menos ameaçadora e um pouco mais confusa. — Posso perguntar qual deusa é Vossa Graça?

— Eu sou Faz-Corar.

— É um prazer conhecê-la.

— Não, não é — disse Faz-Corar, e se inclinou para perto, estreitando os olhos. — Não gosto do que está fazendo aqui.

— Perdão?

Faz-Corar levantou um dedo.

— Ele é uma pessoa melhor do que todos nós, *princesa*. Não vá estragá-lo e atraí-lo para seus planos.

— Eu não sei do que está falando.

— Você não me engana com essa falsa ingenuidade — retrucou Faz-Corar. — Canto-de-Luz é uma boa pessoa... uma das últimas que nos restaram na corte. Se você o estragar, vou destruí-la. Entendeu bem?

Siri assentiu, muda. Então Faz-Corar se virou e foi embora, resmungando:

— Ache outra cama para se enfiar, sua putinha.

Siri a observou partir, chocada. Quando finalmente recuperou a compostura, corou furiosamente, então fugiu.

QUANDO VOLTOU AO palácio, Siri estava pronta para o banho. Entrou na câmara de banho e deixou que as servas a despissem. Elas recuaram com as roupas, então saíram para preparar o vestido da noite, deixando Siri nas mãos de um grupo de assistentes inferiores, cujo trabalho era segui-la para dentro da enorme banheira e esfregá-la bem.

Siri relaxou e se recostou, deixando as mulheres trabalharem. Outro grupo — totalmente vestido na água funda — esticou seu cabelo e então cortou a maior parte dele, algo que ela havia ordenado que fosse feito toda noite.

Por alguns momentos, Siri flutuou e se permitiu esquecer as ameaças a ela e ao marido. Até esqueceu Faz-Corar e seu equívoco irritado. Apenas apreciou o calor e os odores da água perfumada.

— Queria falar comigo, minha rainha? — indagou uma voz.

Siri se sobressaltou, lançando respingos ao afundar o corpo na água.

— Dedos-Azuis! Não falamos sobre isso no primeiro dia?!

Ele estava parado na borda da banheira, seus dedos azuis; tipicamente nervoso começou a andar de um lado para outro.

— Ah, por favor. Tenho filhas com o dobro da sua idade. Você mandou um recado que queria falar comigo. Bem, é aqui onde vou falar. Longe de ouvidos aleatórios.

Ele acenou a cabeça para várias das criadas, que começaram a mexer mais na água e a conversar baixinho, criando um ruído abafado. Siri corou, seu cabelo curto de um vermelho vívido — embora algumas das madeixas cortadas que flutuavam na água permanecessem louras.

— Ainda não superou sua timidez? — perguntou Dedos-Azuis. — Já está em Hallandren há meses.

Siri olhou-o de soslaio, mas não relaxou a pose de se esconder, embora tenha deixado que as servas continuassem a trabalhar no seu cabelo e esfregar suas costas.

— Não vai parecer suspeito ter servas fazendo tanto barulho? — perguntou ela.

Dedos-Azuis balançou a mão.

— Elas já são consideradas servas de segunda classe pela maioria das pessoas no palácio.

Ela sabia do que ele estava falando; aquelas mulheres, diferente das suas servas regulares, usavam o marrom de Pahn Kahl.

— A senhora me enviou uma mensagem mais cedo. O que quis dizer quando alegou ter informações relacionadas com meus planos?

Siri mordeu o lábio, relembrando as dezenas de ideias que havia considerado e descartando todas. O que ela sabia? Como deixar Dedos-Azuis disposto a negociar?

Ele me ofereceu pistas. Tentou me botar medo de dormir com o rei. Mas não tinha motivo para me ajudar. Mal me conhecia. Deve ter outros motivos para não querer que nasça um herdeiro.

— O que acontece quando um novo Rei-Deus assume o trono? — perguntou ela cuidadosamente.

Ele a olhou de soslaio.

— Então, você já descobriu isso?

Descobri o quê?

— É claro que sim — respondeu ela.

Ele torceu as mãos ansiosamente.

— Claro, claro. Então entende por que estou tão nervoso? Nós trabalhamos duro para que eu chegasse aonde estou. Não é fácil para um homem de Pahn Kahl subir na teocracia de Hallandren. Quando consegui este posto, me esforcei muito para conseguir trabalho para meu povo. As jovens criadas que a lavam têm uma vida muito melhor do que os pahn-kahlenses que trabalham nos campos de tinturas. Tudo isso será perdido. Nós não acreditamos nos deuses deles. Por que seríamos tratados tão bem quanto as pessoas da sua própria fé?

— Ainda não vejo por que tem que ser assim — respondeu Siri, cautelosa.

Ele balançou nervosamente a mão.

— É claro que não *tem* que ser assim, mas tradição é tradição. Os hallandreanos são muito relaxados em todas as áreas, menos na religião. Quando um novo Rei-Deus é escolhido, seus servos são substituídos. Não vão nos matar para que a gente siga para o pós-vida com nosso senhor... esse costume horrível não é executado desde antes da Multiguerra... mas *seremos* dispensados. Um novo Rei-Deus representa um novo começo.

Ele parou de andar de um lado para outro e olhou para ela na água, que se cobria desajeitadamente o melhor que podia.

— Mas suponho que minha permanência no emprego seja o menor dos nossos problemas.

Siri bufou.

— Não me diga que está preocupado com a *minha* segurança acima da sua própria posição no palácio.

— Claro que não — disse ele, se ajoelhando ao lado da banheira, falando baixo. — Mas a vida do Rei-Deus... bem, isso me preocupa.

— Bom, ainda não consegui chegar a uma conclusão. Os Reis-Deuses abrem mão de suas vidas voluntariamente depois de ter um herdeiro, ou são coagidos a isso?

— Não tenho certeza — admitiu Dedos-Azuis. — Meu povo conta histórias da morte do último Rei-Deus. Dizem que a praga que ele curou... bem, ele nem estava na cidade quando a cura aconteceu. Minha suspeita é que, de algum modo, ele foi coagido a entregar suas Respirações ao filho, e que isso o matou.

Ele não sabe. Ele não sabe que Susebron é mudo.

— Quão de perto você já serviu o Rei-Deus?

Ele deu de ombros.

— Tão de perto quanto qualquer servo considerado profano. Não tenho permissão de tocá-lo ou de falar com ele. Mas, princesa, eu o *servi* por toda minha vida. Ele não é meu deus, mas é algo melhor. Acho que esses sacerdotes veem seus deuses como temporários. Não importa para eles quem está na posição. Já eu servi Sua Majestade por toda minha vida. Fui contratado pelo palácio quando era rapaz e me lembro da infância de Susebron. Eu limpava seus aposentos. Ele não é meu deus, mas ele é meu soberano. E agora esses sacerdotes planejam matá-lo.

Ele voltou a andar de um lado para outro, retorcendo as mãos.

— Mas não há nada que possa ser feito.

— Há, sim — contestou ela.

Ele acenou com a mão.

— A senhora ignorou meus avisos. Eu sei que anda cumprindo seus deveres conjugais. Talvez possamos encontrar alguma maneira de garantir que nenhuma gravidez sua chegue a termo.

Siri enrubesceu.

— Eu nunca faria isso! É proibido por Austre.

— Mesmo para salvar a vida do Rei-Deus? Mas... naturalmente. O que ele significa para você? Seu captor e carcereiro. Sim. Talvez meus avisos tenham sido inúteis.

— Eu me importo, sim, Dedos-Azuis. E acho que podemos resolver a situação antes que precisemos nos preocupar com um herdeiro. Andei conversando com o Rei-Deus.

Dedos-Azuis parou subitamente, olhando direto para ela.

— O quê?

— Andei falando com ele — admitiu Siri. — Ele não é tão desalmado quanto pensam. As coisas não precisam terminar com ele morrendo ou com seu povo perdendo seus postos no palácio.

Dedos-Azuis a estudou, fitando-a até fazê-la corar novamente e se encolher mais dentro d'água.

— Percebo que encontrou uma posição de poder — observou ele.

Ou pelo menos uma posição que parece poderosa, pensou ela com tristeza.

— Se as coisas acontecerem como espero, vou me certificar de que sua gente seja bem cuidada.

— E o meu lado da barganha?

— Se as coisas não saírem como espero — disse ela, respirando fundo, o coração batendo forte —, quero que você tire Susebron e eu do palácio.

Silêncio.

— Combinado — disse ele. — Mas vamos garantir que não chegue a esse ponto. O Rei-Deus está ciente do perigo que seus próprios sacerdotes representam?

— Está, sim — mentiu Siri. — Na verdade, ele soube antes de mim. Foi ele quem me mandou entrar em contato com você.

— Foi mesmo? — perguntou Dedos-Azuis, franzindo levemente a testa.

— Sim. Entrarei em contato para discutirmos a melhor resolução para todos. Até lá, apreciaria se me deixasse terminar meu banho.

Dedos-Azuis assentiu, então se retirou da câmara de banho. Siri, entretanto, achou difícil acalmar os nervos. Ainda não sabia ao certo se havia se saído bem naquela troca, mas aparentemente ganhara alguma coisa. Agora só precisava descobrir como usá-la.

35

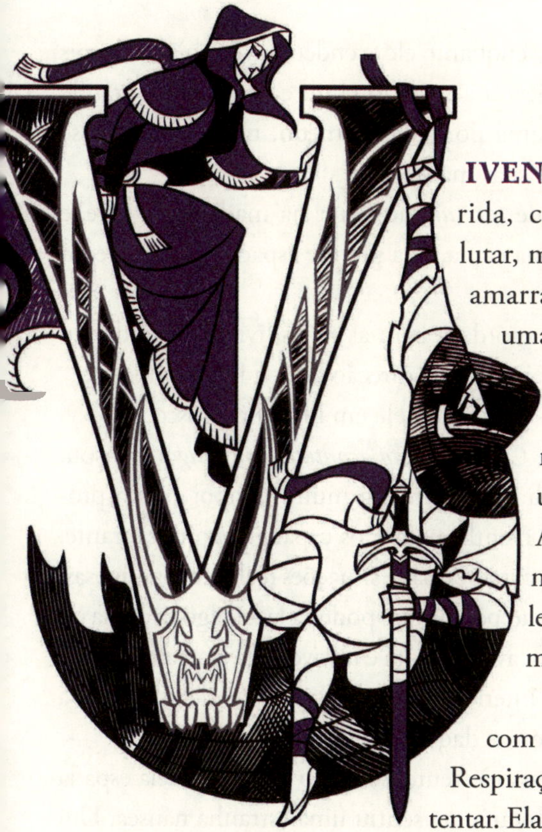

VIVENNA DESPERTOU DOLOrida, cansada e apavorada. Tentou lutar, mas suas mãos e pernas estavam amarradas. Só conseguiu rolar para uma posição mais desconfortável.

Estava em uma sala escura, amordaçada, o rosto pressionado de modo desajeitado contra um chão de madeira rachada. Ainda usava seu vestido, um caro modelo estrangeiro, como aqueles de que Denth reclamara. Suas mãos estavam presas para trás.

Alguém estava no cômodo com ela. Alguém com um bocado de Respiração. Podia senti-la mesmo sem tentar. Ela se contorceu, rolando até deitar de costas em um movimento desajeitado. Via a silhueta de uma figura contra um céu estrelado, parada em uma sacada a pouca distância.

Era ele.

O homem se voltou para ela, seu rosto oculto pelas sombras na sala sem iluminação, e Vivenna começou a se contorcer em pânico. O que aquele homem planejava fazer com ela? Possibilidades horríveis lhe vieram à mente.

Ele caminhou até ela, os passos ecoando no piso, fazendo a madeira tremer, se ajoelhou e a puxou pelo cabelo.

— Ainda estou decidindo se vou matá-la ou não, princesa. Se eu fosse você, evitaria fazer qualquer coisa para me contrariar.

Sua voz era profunda e rouca, e tinha um sotaque que ela não identificou. Gelou no aperto dele, trêmula, o cabelo totalmente branco. Ele parecia estar estudando-a, seus olhos refletindo a luz das estrelas, então largou-a de volta no chão de madeira.

Ela grunhiu através da mordaça enquanto ele acendeu um lampião e depois fechou as portas da sacada. Ele levou a mão ao cinto e pegou uma grande adaga de caça. Vivenna sentiu uma pontada de medo, mas ele apenas se aproximou e cortou as cordas em suas mãos.

Ele jogou de lado a adaga, que fez *tum* ao bater na madeira da parede mais distante, então pegou algo na cama. Sua grande espada de cabo negro na bainha prateada.

Vivenna se afastou e puxou a mordaça com as mãos livres, pretendendo gritar. Ele brandiu a espada embainhada na direção dela, a interrompendo.

— Você vai continuar calada — ordenou ele em um tom brusco.

Vivenna se encolheu no canto. *Como isso está acontecendo comigo?*, pensou. Por que não havia fugido de volta para Idris há muito tempo? Ficara profundamente perturbada quando Denth matara os capangas no restaurante. Soubera então que estava lidando com pessoas e situações realmente perigosas.

Havia sido uma tola arrogante ao pensar que poderia fazer algo naquela cidade. Naquela cidade monstruosa, avassaladora e terrível. Ela era nada, pouco mais do que uma camponesa do interior. Por que estivera tão determinada a se envolver com a política e as tramas daquele povo?

O homem, Vasher, deu um passo à frente, soltou o fecho daquela espada negra como piche, e Vivenna subitamente sentiu uma estranha náusea. Um fino fio de fumaça negra começou a emanar da lâmina.

Vasher se aproximou, iluminado por trás pelo lampião, a ponta embainhada da espada se arrastando pelo chão atrás dele. Então ele deixou a espada cair diante de Vivenna.

— Pegue-a — disse ele.

Ela ficou um pouco menos tensa e ergueu os olhos, embora ainda estivesse encolhida no canto. Sentia lágrimas nas bochechas.

— Pegue a espada, princesa.

Ela não havia sido treinada com armas, mas talvez... Estendeu a mão para a espada, mas sentiu a náusea piorar muito. Grunhiu, a mão tremia enquanto se aproximava da estranha lâmina negra.

Afastou-se.

— *Pegue a espada!* — berrou Vasher.

Ela obedeceu com um grito abafado de desespero, agarrando a arma, e sentiu um enjoo terrível correr em uma onda pelo seu braço até seu estômago. Pegou-se arrancando a mordaça com dedos desesperados.

Olá, disse uma voz em sua cabeça. *Gostaria de destruir algum mal hoje?*

Ela soltou a arma horrível e se pôs de joelhos, vomitando no chão. Não havia muita coisa em seu estômago, mas não pôde se conter. Quando terminou, se arrastou para longe e se encolheu contra a parede novamente, bile escorrendo da boca, sentindo-se nauseada demais para pedir socorro ou até mesmo limpar o rosto.

Estava chorando novamente. Aquela parecia ser a menor das suas humilhações. Com olhos marejados, viu Vasher parado em silêncio. Então ele grunhiu — talvez de surpresa — e pegou a espada. Encaixou o fecho da bainha, escondendo-a novamente, então jogou uma toalha sobre o local onde ela vomitara.

— Estamos em uma das favelas — disse ele. — Você pode gritar, se quiser, mas ninguém vai ligar. A não ser eu. Vou ficar irritado. — Ele lançou um olhar a ela. — Estou avisando. Não sou conhecido pela habilidade de controlar meu temperamento.

Vivenna estremeceu, ainda um pouco nauseada. Aquele homem possuía ainda mais Respiração do que ela. Mas quando ele a raptara, ela não sentira mais ninguém no quarto. Como ele escondera a Respiração?

E o que foi aquela voz?

Parecia bobagem se distrair com essas coisas, levando em conta a situação atual. Mas usou-as para não pensar sobre o que aquele homem poderia fazer com ela. O que...

Ele voltou a se aproximar e pegou a mordaça com uma expressão sombria. Vivenna finalmente gritou, tentando se afastar, e ele praguejou e colocou um pé nas costas dela, pressionando-a contra o chão, então amarrou suas mãos antes de colocar a mordaça à força. Ela chorou, a voz abafada enquanto ele a levantava bruscamente. Vasher ficou de pé, então a jogou no ombro e a carregou para fora do cômodo.

— Favelas amaldiçoadas pelas Cores — resmungou ele. — Todo mundo aqui é pobre demais para ter um porão.

Ele a colocou sentada na soleira de um segundo cômodo muito menor, amarrou novamente suas mãos à maçaneta, deu um passo atrás e a observou, obviamente insatisfeito. Então se ajoelhou ao lado dela, seu rosto não barbeado perto do dela, com um bafo horrível.

— Tenho trabalho a fazer. Trabalho que *você* me forçou a fazer. Você não vai fugir. Se fizer isso, vou encontrá-la e matá-la. Entendeu?

Ela assentiu, sem forças.

Viu-o recuperar sua espada no outro cômodo, então descer as escadas correndo. A porta lá embaixo bateu e foi trancada, deixando-a sozinha e indefesa.

CERCA DE UMA hora depois, as lágrimas de Vivenna haviam se esgotado. Estava sentada sem forças, as mãos amarradas em uma posição desconfortável acima. Parte dela estava esperando que os outros a encontrassem. Denth, Tonk Fah, Joias. Eles eram especialistas. Seriam capazes de salvá-la.

Não houve resgate algum. Por mais tonta, sonolenta e enjoada que estivesse, ela percebeu uma coisa. Aquele homem, o tal de Vasher, era alguém que até mesmo Denth temia. Vasher havia matado um dos seus amigos, alguns meses antes. Era pelo menos tão hábil quanto eles.

Então, como foi que todos eles acabaram aqui?, pensou, seus pulsos em carne viva. *Parece uma coincidência improvável.* Talvez Vasher houvesse seguido Denth até a cidade e estivesse agindo contra ele devido a algum tipo de rivalidade deturpada.

Eles vão me encontrar e me salvar.

Mas ela sabia que não era verdade, não se Vasher era tão perigoso quanto diziam. Ele saberia como se esconder de Denth. Se ela quisesse escapar, teria que fazer isso sozinha. A ideia a apavorava. Estranhamente, contudo, lembrou-se de seus tutores.

Há coisas que pode fazer se for sequestrada, um deles havia ensinado. *Coisas que toda princesa deveria saber.* Durante seu tempo em T'Telir, ela havia começado a considerar suas lições inúteis; agora, se surpreendeu ao recordar sessões diretamente relacionadas com a situação.

O tutor havia ensinado: *Caso alguém a sequestre, a melhor hora de escapar é perto do início, quando ainda está forte. Eles a deixarão com fome e vão surrá-la, de modo que logo estará fraca demais para fugir. Não espere ser resgatada, embora sem dúvidas seus amigos vão estar tentando ajudá-la. Nunca espere ser entregue em troca de um resgate. A maioria dos sequestros termina em morte. A melhor coisa que você pode fazer pelo seu país é tentar escapar. Se não conseguir, então talvez o captor a mate. Isso é melhor do que possíveis torturas no cativeiro. Além disso, se morrer, os sequestradores não terão mais uma refém.*

Foi uma lição dura e sem rodeios, assim como muitas das outras. Melhor morrer do que ser uma prisioneira que poderia ser usada contra Idris. Foi a mesma lição que a preveniu que Hallandren poderia usá-la contra Idris quando estivesse lá como rainha. Em tal caso, lhe disseram que seu pai poderia ser forçado a ordenar seu assassinato.

Aquele era um problema com que não precisava mais se preocupar. O conselho quanto ao sequestro, contudo, parecia útil. Era assustador, e fez com que quisesse se encolher e simplesmente esperar, torcendo para que Vasher encontrasse um motivo para libertá-la. Porém, quanto mais pensava, mais sabia que devia ser forte.

Ele havia sido extremamente duro com ela... até demais. Quisera assustá-la para que não tentasse escapar. Reclamara de não ter um porão, pois teria sido um bom lugar para escondê-la. Quando voltasse, provavelmente a levaria para um lugar mais seguro. Os tutores dela tinham razão; sua única chance de escapar era agora.

Suas mãos estavam amarradas com nós apertados. Ela já havia tentado se soltar várias vezes. Vasher sabia dar nós. Remexeu os pulsos, machucando mais a pele, e se retraiu de dor. Sangue começou a pingar pelo seu pulso, mas a umidade não foi o bastante para soltar suas mãos. Começou a chorar de novo, não de medo, mas de dor e frustração.

Não podia se soltar remexendo os braços. Mas... talvez pudesse fazer com que a corda se desatasse?

Por que não deixei Denth me ensinar antes sobre a Respiração?

Sua arrogância teimosa parecia ainda mais óbvia no momento. Era evidente que era melhor usar a Respiração do que ser morta — ou coisa pior — por Vasher. Pensou que compreendia Lemex e seu desejo de coletar BioCroma o bastante para estender sua vida. Tentou falar alguns Comandos mesmo com a mordaça.

Foi inútil. Até ela sabia que os Comandos precisavam ser ditos com clareza. Começou a remexer o queixo e a empurrar a mordaça com a língua. Ela não parecia estar tão apertada quanto os nós dos seus pulsos. Além disso, estava úmida devido às lágrimas e à saliva. Ela insistiu, movendo os lábios e os dentes. Ficou surpresa quando a mordaça finalmente se soltou abaixo do seu queixo.

Umedeceu os lábios e remexeu a mandíbula dolorida. *E agora?* Sua apreensão aumentou. Agora ela *realmente* precisava se libertar. Se Vasher retornasse e visse que havia conseguido remover a mordaça, jamais permitiria que tivesse outra oportunidade. Ele poderia puni-la por desobedecer-lhe.

— Corda — disse ela. — Desate-se.

Nada aconteceu.

Ela cerrou os dentes, tentando se lembrar dos Comandos que Denth havia lhe ensinado. *Segure coisas* e *Proteja-me*. Nenhum dos dois parecia muito útil na sua situação. Ela certamente não queria que a corda segurasse seus pulsos com ainda mais força. Contudo, ele havia dito mais uma coisa. Algo sobre imaginar a ação desejada. Tentou fazer isso, imaginando a corda se desamarrando.

— Desamarre-se — disse ela claramente.

Novamente, nada aconteceu.

Vivenna deixou a cabeça cair para trás, frustrada. Despertar parecia uma arte muito vaga, o que era estranho, considerando o número de regras e restrições que aparentava ter. Ou talvez só parecesse vaga porque era tão complicada.

Fechou os olhos. *Preciso conseguir. Preciso descobrir como funciona. Se não, serei morta.*

Reabriu os olhos e se concentrou nos nós que a prendiam. Novamente, visualizou-os se desatando, mas de algum modo aquilo parecia errado. Vivenna era como uma criança sentada encarando uma folha, tentando fazer com que se movesse apenas se concentrando nela.

Não era assim que seus sentidos recém-descobertos funcionavam. Eles faziam parte dela. Então, em vez de se concentrar, ela relaxou, permitindo que seu subconsciente fizesse o trabalho. Um pouco como quando mudava a cor do seu cabelo.

— Desamarre — ela Comandou.

A Respiração fluiu dela. Foi como soprar bolhas debaixo d'água, exalando uma parte de si, mas sentindo essa parte fluir para dentro de outra coisa. Essa outra coisa se tornou parte dela — um membro que ela só controlava vagamente. Tinha mais uma *impressão* da corda do que a habilidade de movê-la. Quando a Respiração a deixou, ela sentiu o mundo desbotar, as cores se tornarem um pouco menos vivas, o vento um pouco mais difícil de escutar, a vida da cidade um pouco mais distante. A corda ao redor das suas mãos deu um puxão, fazendo com que seus pulsos ardessem.

Então a corda se desatou e caiu no chão. Seus braços se soltaram, e ela ficou sentada, olhando para os pulsos, chocada.

Austre, Senhor das Cores. Eu consegui. Não sabia ao certo se devia ficar impressionada ou envergonhada.

De qualquer modo, sabia que precisava fugir. Desamarrou seus tornozelos, então se levantou apressadamente, notando que parte da porta de madeira tinha sido completamente drenada de cor em um círculo ao redor das suas mãos. Parou apenas um momento, então agarrou a corda e desceu correndo as escadas. Destrancou a porta e espiou pelo umbral para a rua, mas estava escuro e não conseguiu ver muita coisa.

Respirando fundo, ela correu noite adentro.

PERAMBULOU SEM RUMO por algum tempo, tentando se afastar do covil de Vasher. Sabia que provavelmente deveria encontrar um lugar para se esconder, mas teve medo. Chamava atenção no seu belo vestido e seria lembrada por todos que passavam. Sua única esperança verdadeira era sair das favelas para a cidade em si, onde poderia encontrar Denth e os outros.

Carregava a corda no bolso do vestido, escondida atrás de uma dobra de tecido na lateral. Estava tão acostumada a ter certa quantidade de Respiração que perder uma fração dela, mesmo a pequena quantidade contida na corda, parecia errado. Despertadores podiam recuperar a Respiração que Investiam em objetos; aprendera sobre isso, mas não conhecia os Comandos para fazê-lo. Então levava a corda, esperando que Denth pudesse ajudá-la a recuperar sua Respiração.

Manteve um ritmo rápido, de cabeça baixa, procurando um manto ou pedaço de pano descartado em que pudesse se envolver para esconder o vestido. Felizmente, parecia que estava tarde até para a maioria dos bandidos. Vez ou outra, via formas ocultas pelas sombras nas calçadas e tinha dificuldade em manter o coração calmo ao passar.

Se ao menos o sol estivesse no céu!, ela pensou. O dia estava começando a nascer, mas ainda estava escuro o bastante para que tivesse dificuldade em saber em que direção seguia. As favelas eram intricadas o bastante para que ela se sentisse andando em círculos. Os edifícios altos assomavam ao seu redor, bloqueando o céu. Aquela área outrora fora muito mais rica; as fachadas obscurecidas dos edifícios continham entalhes desgastados e cores desbotadas. A praça no fim da rua à sua esquerda possuía uma antiga estátua quebrada de um homem sobre um cavalo, talvez parte de uma fonte ou...

Vivenna parou. Uma estátua quebrada de um cavaleiro. Por que parecia familiar?

As instruções de Denth. Quando explicou a Parlin como ir do esconderijo até o restaurante. Aquele dia, semanas atrás, lhe parecia tão vago agora. Mas se recordava da conversa; ela havia se preocupado que Parlin se perdesse.

Pela primeira vez em horas, sentiu alguma esperança. As instruções foram bem simples. Será que poderia recordá-las? Esforçou-se, caminhando com hesitação, em parte por instinto. Depois de apenas alguns minutos, percebeu que a rua escura ao seu redor parecia familiar. Não havia lâmpadas nas favelas, mas a luz fraca da alvorada bastava.

Ela virou a esquina e, de fato, ali estava o esconderijo, apertado entre outros dois prédios maiores diante dela. *Abençoado Austre!*, pensou com alívio, rapidamente cruzando a rua e seguindo até o edifício. A sala principal estava vazia, e ela abriu às pressas a porta do porão, procurando um lugar para se esconder.

Tateou ao redor e encontrou um lampião com uma pederneira e aço ao lado da escada. Fechou a porta, descobrindo que era mais sólida do que imaginara. Achou bom, embora não desse para trancá-la daquele lado. Então se abaixou para acender o lampião.

Uma escada com degraus desgastados e quebrados conduzia até o porão. Vivenna hesitou, lembrando que Denth a prevenira sobre as escadas. Desceu cuidadosamente, sentindo-a estalar debaixo dos pés, e entendeu por que ele sempre parecera preocupado. Ainda assim, desceu sem problemas. No fundo, franziu o nariz diante de um cheiro forte. A carcaça de vários pequenos animais de caça pendiam da parede; alguém estivera ali recentemente, o que era um bom sinal.

Ela contornou as escadas. A área principal do porão havia sido construída sob o piso da sala superior. Descansaria ali por algumas horas e, se Denth não aparecesse, arriscaria sair. Então...

Parou subitamente, o lampião balançando na mão. Sua luz instável brilhou sobre uma figura sentada adiante, a cabeça inclinada, o rosto oculto pelas sombras. Seus braços estavam amarrados às costas e seus tornozelos estavam presos às pernas da cadeira.

— Parlin? — disse Vivenna, chocada, correndo até ele.

Pousou rapidamente o lampião, então gelou. Havia sangue no chão.

— Parlin! — chamou mais alto, levantando a cabeça dele com urgência.

Os olhos dele estavam fixos à frente, cegos, seu rosto arranhado e sangrando. Não conseguia percebê-lo com seu senso de vida. Aqueles olhos estavam mortos.

As mãos de Vivenna começaram a tremer. Ela cambaleou para trás, horrorizada.

— Ah, Cores. — Pegou-se balbuciando. — Cores, Cores, Cores...

Uma mão tocou seu ombro. Ela gritou, se virando. Uma figura enorme estava na escuridão atrás dela, meio escondida sob as escadas.

— Olá, princesa — disse Tonk Fah, e sorriu.

Vivenna tropeçou para trás, quase colidindo com o corpo de Parlin. Começou a arquejar, a mão no peito, e só então reparou nos corpos nas paredes.

Não eram animais de caça. O que ela havia confundido com um faisão na luz fraca do seu lampião agora refletia uma cor verde. Um papagaio morto. Um macaco pendia ao lado dele, seu corpo cortado e fatiado. O cadáver mais fresco era de um grande lagarto. Todos haviam sido torturados.

— Ah, Austre — murmurou ela.

Tonk Fah deu um passo à frente, tentando agarrá-la, e Vivenna finalmente se obrigou a agir. Desviou-se para o lado, escapando das mãos dele.

Contornou o homenzarrão e foi na direção das escadas, mas parou quando colidiu com o peito de alguém.

Ergueu os olhos, piscando.

— Sabe o que mais detesto no trabalho de mercenário, princesa? — perguntou Denth em voz baixa, agarrando seu braço. — Cumprir os estereótipos. Todo mundo acha que não se pode confiar em você. O negócio é que de fato não se pode.

— Fazemos o que somos pagos para fazer — disse Tonk, se pondo atrás dela.

— Não é exatamente o trabalho mais desejável — disse Denth, segurando-a com força. — Mas o dinheiro é bom. Eu estava torcendo para a gente não precisar fazer isso. Tudo estava indo tão bem. Por que fugiu? O que foi que te deu a dica?

Ele a fez avançar com cuidado, ainda segurando seu braço, enquanto Joias e Tijolo desciam os degraus atrás dele. As escadas gemeram sob o peso.

— Vocês estavam mentindo para mim todo esse tempo — sussurrou ela, lágrimas quase despercebidas em seu rosto, o coração trovejando enquanto ela tentava compreender as coisas. — Por quê?

— Sequestro é trabalho duro — disse Denth.

— Péssimo negócio — acrescentou Tonk Fah. — É melhor que sua vítima nem mesmo saiba que foi sequestrada.

Eles sempre ficaram de olho em mim. Sempre perto.

— Lemex...

— Não fez o que precisávamos que fizesse — disse Denth. — Veneno foi bom demais para aquele sujeito. Você devia ter percebido, princesa. Com toda a Respiração que ele possuía...

Ele não poderia ter morrido de uma doença, ela compreendeu. *Austre!* Sua mente estava entorpecida. Ela olhou para Parlin. *Ele está morto. Parlin está morto. Eles o mataram.*

— Não olhe para ele — disse Denth, delicadamente voltando a cabeça dela para longe do cadáver. — Aquilo foi um acidente. Preste atenção, princesa. Você vai ficar bem. Não vamos te machucar. Só me diga por que fugiu. Parlin insistiu que não sabia para onde você tinha ido, mas nós sabíamos que vocês tinham conversado no caminho para o quarto antes de você desaparecer. Realmente partiu sem contar para ele? Por quê? O que fez com que suspeitasse de nós? Um dos agentes do seu pai entrou em contato? Pensei que tínhamos encontrado todos os que haviam entrado na cidade.

Ela balançou a cabeça, muda.

— Isso é importante, princesa — falou Denth com calma. — Eu preciso saber. Com quem foi que entrou em contato? O que disse aos chefes de favela sobre mim?

Ele começou a apertar seu braço com força.

— Não queremos ter que quebrar nada — disse Tonk Fah. — Vocês, idrianos, quebram muito fácil.

O que antes parecera apenas um gracejo naquele momento soou terrível e impiedoso. Tonk Fah assomava na luz bruxuleante do lampião à sua direita; Denth era uma forma mais esguia diante dela. Vivenna se lembrou da velocidade dele, da maneira como havia matado aqueles guarda-costas no restaurante.

Lembrou-se de como haviam destruído a casa de Lemex. Da sua frivolidade em relação à morte. Eles haviam escondido tudo aquilo sob o véu do humor. Agora que Denth trouxera outro lampião, ela enxergou um par de grandes sacos enfiados debaixo da escada; um pé pendia de um deles. A bota exibia a insígnia do exército idriano na lateral.

Seu pai *havia* mandado gente para buscá-la. Denth simplesmente os encontrara antes que eles a encontrassem. Quantos ele havia matado? Corpos não podiam ficar muito tempo naquele porão. Aqueles dois cadáveres deviam ser relativamente novos, esperando o descarte em algum outro lugar.

— Por quê? — perguntou ela de novo, quase atordoada demais para falar. — Vocês pareciam ser meus amigos.

— Nós somos — disse Denth. — Eu gosto de você, princesa.

Ele sorriu — um sorriso genuíno, não um esgar perigoso como o de Tonk Fah.

— Se vale de alguma coisa, eu realmente sinto muito. Parlin não deveria ter morrido... foi *mesmo* um acidente. Mas, bem, trabalho é trabalho. Fazemos o que somos pagos para fazer. Eu te expliquei isso várias vezes, como tenho certeza de que se lembra.

— Eu nunca realmente acreditei... — sussurrou ela.

— Ninguém nunca acredita — disse Tonk Fah.

Vivenna hesitou. *Fuja* rápido. Enquanto ainda tem força.

Já havia escapado antes. Não era o bastante? Não merecia um pouco de paz?

Rápido!

Ela torceu o braço, batendo-o contra o manto de Tonk Fah.

— Agarre...

Denth, contudo, era rápido demais. Ele a puxou de volta e tapou sua boca, então agarrou sua outra mão e a segurou com força. Tonk Fah olhou, surpreso, enquanto a manga de Vivenna perdia a cor, ficando cinza, e parte da sua Respiração passava pelos dedos de Denth para o seu manto. Mas, sem um Comando, aquela Respiração não podia fazer nada. Havia sido desperdiçada, e Vivenna sentiu o mundo ao redor dela ficar mais desbotado.

Denth soltou sua boca e deu um tapa na nuca de Tonk Fah.

— Ei — reclamou Tonk Fah, esfregando a cabeça.

— Preste atenção — ralhou Denth, então se voltou para Vivenna, ainda segurando seu braço com força.

Sangue do pulso ferido dela escorria entre os dedos dele. Denth paralisou, obviamente notando seus pulsos ensanguentados pela primeira vez; o porão escuro os ocultara. Ele ergueu o rosto e a olhou nos olhos.

— Ah, inferno. Você não fugiu de nós, não foi?

— Hã? — perguntou Tonk Fah.

Vivenna estava atordoada.

— O que aconteceu? — perguntou Denth. — Foi *ele*?

Ela não respondeu.

Denth fez uma careta, então torceu o braço dela, arrancando-lhe um ganido.

— Tudo bem. Me colocaram em uma situação difícil. Vamos lidar com essa sua Respiração primeiro, então poderemos ter uma conversa amigável sobre o que aconteceu com você.

Tijolo se pôs ao lado de Denth, seus olhos cinzentos voltados para a frente, vazios como sempre. Só que... será que estava vendo algo neles? Será que estava imaginando coisas? Suas emoções andavam tão à flor da pele que não podia confiar em suas percepções. Tijolo pareceu encontrar os olhos dela.

— Agora — disse Denth com uma expressão dura. — Repita depois de mim. Minha vida para a sua. Minha Respiração se torna sua.

Vivenna olhou para ele, encarando-o.

— Uivo do sol — sussurrou ela.

Denth franziu o cenho.

— O quê?

— Ataque Denth. Uivo do sol.

— Eu... — começou Denth.

Bem no momento em que o punho de Tijolo acertou sua cara.

O golpe jogou Denth de lado contra Tonk Fah, que praguejou e tropeçou. Vivenna se soltou, se desviando para passar por Tijolo — quase tropeçando no vestido — e jogando o ombro contra Joias, que estava perplexa.

Joias caiu. Vivenna subiu as escadas correndo.

— Você deixou que ela ouvisse sua frase de segurança? — berrou Denth, sons de luta vindo de onde ele estava enfrentando Tijolo.

Joias se levantou e seguiu Vivenna, mas seu pé afundou através de um degrau. Vivenna saiu tropeçando para a sala acima, então bateu a porta, estendeu a mão e a trancou com o ferrolho.

Isso não vai segurá-los por muito tempo, ela pensou, sentindo-se indefesa. *Eles vão continuar me perseguindo, me caçando. Como Vasher. Deus das Cores. O que vou fazer?*

Correu para a rua, agora iluminada pela aurora que preenchia a cidade, e entrou em um beco. Então simplesmente continuou correndo — dessa vez, tentando escolher os menores, mais sujos e mais escuros becos que encontrava.

36

EU NÃO VOU DEIXÁ-LA, escreveu Susebron, sentado no chão ao lado da cama, as costas apoiadas em travesseiros. **Eu prometo.**

— Como pode ter certeza? — perguntou Siri, na cama. — Talvez, quando tiver um herdeiro, você se canse da vida, então entregue sua Respiração.

Em primeiro lugar, ainda não sei ao certo como conseguir um herdeiro. Você se recusa a me explicar, e tampouco responde minhas perguntas.

— É constrangedor! — disse Siri, sentindo seu cabelo curto ficar vermelho. Ela o mudou de volta para amarelo em um instante.

Em segundo lugar, não tenho como entregar minha Respiração, se o que compreendo sobre o BioCroma é verdade. Você acha que mentiram para mim sobre a maneira como a Respiração funciona?

Ele está ficando muito mais articulado na escrita, pensou Siri enquanto ele apagava a lousa. *É uma pena que o tenham mantido trancado por toda sua vida.*

— Eu realmente não sei muito sobre o assunto. Não estudamos muito sobre BioCroma em Idris. Suspeito que metade das coisas que eu sei são rumores e exageros. Por exemplo, em Idris, acham que vocês fazem sacrifícios humanos nos altares da corte daqui... Ouvi isso uma dezenas de vezes, de pessoas diferentes.

Ele hesitou, então voltou a escrever. **De qualquer modo, estamos discutindo algo absurdo. Eu não vou mudar. Não vou decidir me matar de repente. Você não precisa se preocupar.**

Ela suspirou.

Siri, eu vivi por cinquenta anos sem informações, sem conhecimento, praticamente incapaz de me comunicar. Você realmente acha que me mataria agora? Agora, quando descobri como escrever? Quando encontrei alguém com quem conversar? Quando encontrei você?

Ela sorriu.

— Tudo bem. Acredito em você. Mas ainda acho que temos que nos preocupar com seus sacerdotes.

Ele não respondeu, desviando o olhar.

Por que Susebron é tão malditamente leal a eles?

Finalmente, ele olhou de volta para ela. **Você pode fazer seu cabelo crescer?**

Ela ergueu uma sobrancelha.

— E de que cor devo deixá-lo?

Vermelho, ele escreveu.

— Vocês, hallandreanos, e suas cores vivas — disse ela, balançando a cabeça. — Sabia que meu povo considera o vermelho a mais escandalosa de todas as cores?

Ele hesitou. **Sinto muito. Eu não quis ofendê-la. Eu...**

Ele parou quando ela estendeu a mão e tocou seu braço.

— Não. Veja bem, eu não estava discutindo. Era só um flerte. Sinto muito.

Flerte?, ele escreveu. **Meu livro de histórias não inclui esse termo.**

— Eu sei — disse Siri. — Aquele livro está cheio demais de histórias sobre mulheres sendo devoradas por árvores e coisas assim.

As histórias são metáforas que pretendem ensinar...

— Sim, eu sei — disse ela, interrompendo-o novamente.

Então, o que é um flerte?

— É... — *Cores! Como é que eu me meto nessas situações?* — É quando uma garota age de modo hesitante... ou às vezes de modo bobinho... para fazer com que um homem preste mais atenção nela.

Por que isso chamaria a atenção de um homem?

— Bem, desse jeito. — Ela olhou para ele, se inclinando um pouco para a frente. — Você quer que eu faça meu cabelo crescer?

Sim.

— Quer *mesmo* que eu faça isso?

Claro que sim.

— Muito bem, então, já que é necessário... — disse ela, sacudindo a cabeça e ordenando que seu cabelo se tornasse castanho-avermelhado.

Os fios tomaram cor no meio do movimento, passando de amarelo para vermelho, como tinta vazando em um lago de água límpida. Então ela o fez crescer. A habilidade era mais instintiva do que consciente — como flexionar um músculo. Naquele caso, era um músculo que ela andava usando um bocado, já que preferia cortar o cabelo à noite a gastar o tempo necessário para penteá-lo.

Enquanto o cabelo balançava em frente ao seu rosto, foi ficando mais comprido. Ela balançou a cabeça uma última vez — o cabelo fazendo com que parecesse mais pesada, o pescoço quente devido às madeixas que agora lhe caíam ao redor dos ombros e das costas em cachos suaves.

Susebron a fitava com olhos arregalados. Ela o encarou, então tentou um olhar sedutor. O resultado pareceu-lhe tão ridículo que ela começou a rir. Caiu para trás na cama, seu cabelo recém-crescido se espalhando ao seu redor.

Susebron deu um tapinha na perna dela. Siri olhou para ele, que se levantou, então se sentou na lateral da cama para que ela pudesse ver sua lousa enquanto escrevia.

Você é muito estranha.

Ela sorriu.

— Eu sei. Não fui feita para bancar a sedutora. Não consigo manter a cara séria.

Sedutora, ele escreveu. **Eu conheço essa palavra. Ela é usada em uma história onde a rainha má quer tentar o jovem príncipe com alguma coisa, embora eu não saiba o quê.**

Ela sorriu.

Eu acho que ela devia estar planejando oferecer comida para ele.

— É — disse Siri. — Boa interpretação, Seb. Totalmente certa.

Ele hesitou. **Ela não estava oferecendo comida, estava?**

Siri sorriu novamente.

Ele corou. **Eu me sinto tão idiota. Há tanta coisa que todo mundo compreende intrinsecamente. Contudo, eu só tenho as histórias de um livro infantil para me guiar. Eu as estudei com tanta frequência que muitas vezes é difícil separar a mim — e a maneira como as vejo — da criança que eu era quando ouvi essas histórias pela primeira vez.**

Ele começou a apagar furiosamente. Siri se endireitou, então pousou uma das mãos no seu braço.

Eu sei que estou perdendo coisas, ele escreveu. **Coisas que deixam você constrangida, e tenho alguma ideia do quê. Não sou um tolo. Ainda assim, fico frustrado. Com seu flerte e sarcasmo, dois comportamentos em que você aparentemente age de maneira oposta ao que deseja, temo que nunca vá compreendê-la.**

Ele olhou com insatisfação para sua lousa, com o pano de limpeza na mão esquerda, o carvão na direita. O fogo crepitava baixinho na lareira, jogando ondas de um amarelo excessivamente brilhante contra seu rosto bem barbeado.

— Sinto muito — disse ela, chegando mais perto.

Ela passou os braços pelo cotovelo dele e pousou a cabeça na parte superior do seu braço. Ele já não parecia tão mais alto do que ela, agora que havia se acostumado. Havia muitos homens em Idris que chegavam a 1,90 m, e Susebron era só alguns centímetros mais alto do que isso. Além do mais, como seu corpo era tão perfeitamente proporcionado, ele não parecia muito comprido ou estranho. Ele era normal, só que maior.

Ele a olhou de relance enquanto Siri pousava a cabeça no seu braço e fechava os olhos.

— Acho que você está se saindo melhor do que pensa. A maioria das pessoas na minha terra natal não me entendia nem metade tão bem quanto você.

Ele começou a escrever, e ela abriu os olhos.

Acho difícil acreditar nisso.

— É verdade. Sempre me aconselhavam a ser outra pessoa.

Quem?

— Minha irmã. — Ela suspirou. — A mulher com quem você deveria ter casado. Ela era tudo que a filha de um rei deveria ser. Controlada, calma, obediente, culta.

Ela parece tediosa, ele escreveu, sorrindo.

— Vivenna é uma pessoa maravilhosa — disse Siri. — Sempre foi muito generosa comigo. É só que... bem, acho que até ela achava que eu deveria ser mais reservada.

Não consigo entender isso. Você é maravilhosa. Tão cheia de vida e animação. Os sacerdotes e os servos do palácio usam cores, mas não há cor dentro deles. Apenas seguem seus deveres, de olhos baixos, solenes. Você tem cor por dentro, tanta que explode e colore tudo ao seu redor.

Ela sorriu.

— Parece o BioCroma.

Você é mais honesta do que BioCroma. Minha Respiração deixa as coisas mais vivas, mas não é minha. Ela me foi dada. A sua é sua.

Ela sentiu o cabelo passar do vermelho-profundo para um tom dourado, e suspirou baixinho, contente, se aproximando um pouco mais dele.

Como você faz isso?, ele escreveu.

— Isso o quê?

Mudar o seu cabelo.

— Dessa vez foi inconsciente. Ele fica loiro quando me sinto feliz ou contente.

Você está feliz, então? Comigo?

— Claro.

Mas quando você fala das montanhas, há tanto anseio na sua voz.

— Sinto saudade de lá, mas, se eu fosse embora daqui, também sentiria sua falta. Às vezes, não dá para ter tudo que desejamos, quando os desejos são contraditórios.

Eles ficaram em silêncio por um tempo e Susebron deixou de lado sua lousa, então hesitantemente envolveu-a com o braço e se recostou contra a cabeceira. Um toque de vermelho permeou o cabelo de Siri quando se deu conta de que ainda estavam sentados na cama e ela estava se aconchegando a ele só de combinação.

Mas, bem, nós somos *casados, afinal de contas.*

A única coisa que estragava o momento era o ronco ocasional do seu estômago. Depois de alguns minutos, Susebron estendeu a mão para a lousa.

Você está com fome?

— Não. Meu estômago é um anarquista; ele gosta de roncar quando está cheio.

Ele hesitou. **Sarcasmo?**

— Uma péssima tentativa — disse ela. — Está tudo bem... vou sobreviver.

Você não comeu antes de vir aos meus aposentos?

— Comi. Mas fazer crescer tanto cabelo gasta muita energia. Isso sempre me deixa faminta.

Isso acontece toda noite?, perguntou ele, escrevendo rapidamente. **E você não disse nada?**

Ela deu de ombros.

Vou conseguir comida para você.

— Não, não podemos nos expor.

Expor o quê? Eu sou o Rei-Deus. Como na hora que eu quiser. Já pedi comida à noite antes. Não vai ser estranho. Ele se levantou e caminhou até a porta.

— Espere!

Ele se virou, olhando de volta para ela.

— Você não pode ir até a porta desse jeito, Susebron — disse ela, mantendo a voz baixa para o caso de alguém estar escutando. — Você ainda está totalmente vestido.

Ele olhou para baixo, então franziu a testa.

— Pelo menos bagunce um pouco as roupas — recomendou, escondendo a lousa depressa.

Ele abriu os botões do pescoço, então jogou no chão seu robe de um negro profundo, revelando uma camisola por baixo. Como todas as coisas brancas perto dele, ela emanava um halo de cores do arco-íris. Susebron estendeu a mão e despenteou o cabelo escuro, então se voltou para ela com um ar questionador.

— Assim está bom — disse ela, puxando os lençóis até o pescoço para se cobrir.

Espiou, curiosa, enquanto Susebron batia na porta com os nós dos dedos. Ela se abriu imediatamente. *Ele é importante demais para abrir a própria porta*, pensou Siri.

Ele pediu comida ao colocar uma mão na barriga, depois apontar para longe. Os servos — quase fora da vista de Siri através do umbral da porta — partiram para cumprir a ordem. Ele se virou quando a porta se fechou e caminhou de volta para sentar-se ao lado dela na cama.

Alguns minutos depois, servos chegaram ao quarto com uma mesa de jantar e uma cadeira e colocaram sobre a mesa uma grande quantidade de comida — tudo, desde peixe assado até verduras em conserva e mexilhões cozidos.

Siri olhou espantada. *Eles não podem ter preparado tudo isso tão rapidamente. Apenas tinham esses alimentos a postos nas cozinhas, caso seu deus sentisse fome.*

Era um exagero, uma extravagância, mas também era maravilhoso. Indicava um estilo de vida que seu povo em Idris não poderia nem imaginar, representava um incômodo desequilíbrio no mundo. Algumas pessoas passavam fome; outras eram tão ricas que nem mesmo *viam* a maioria das refeições feitas para elas.

Os servos colocaram apenas uma cadeira à mesa. Siri assistiu enquanto eles traziam prato atrás de prato. Não tinham como saber o que o Rei-Deus queria, então aparentemente trouxeram um pouco de tudo. Encheram a mesa, então recuaram quando Susebron apontou para que fossem embora.

Os aromas foram quase demais para Siri no seu estado esfomeado. Ela esperou, tensa, até que a porta se fechasse. Então jogou longe os lençóis e foi às pressas até a mesa. Pensara que as refeições preparadas para ela fossem extravagantes, mas não eram nada em comparação com aquele banquete. Susebron gesticulou na direção da cadeira.

— Você não vai comer?

Ele deu de ombros.

Ela pegou um dos lençóis da cama, então o estendeu sobre o chão de pedra.

— O que parece bom para você? — perguntou ela, se aproximando da mesa.

Ele apontou para o prato de mexilhões cozidos e vários dos pães. Siri os pegou, junto com um prato que não parecia incluir nenhum peixe — uma tigela de frutas exóticas jogadas em algum tipo de molho cremoso —, e levou-os para o lençol. Então se sentou e começou a comer.

Susebron se acomodou cuidadosamente no chão. Conseguia parecer elegante mesmo apenas de camisola. Siri estendeu a mão e entregou-lhe sua lousa.

Isso é muito estranho, ele escreveu.

— O quê? Comer no chão?

Ele assentiu. **Jantar é um grande evento para mim. Eu como um pouco do que está em um prato, então os servos o removem, limpam meu rosto e me trazem outro. Nunca termino um prato inteiro, mesmo que goste dele.**

Siri bufou.

— Estou surpresa que eles não segurem a colher para você.

Eles faziam isso quando eu era mais novo, escreveu Susebron, enrubescendo. **Por fim, consegui que me deixassem fazer isso por conta própria. É difícil, quando você não pode falar com ninguém.**

— Imagino — disse Siri entre mordidas.

Ela olhou de soslaio para Susebron, que comia com pequenas mordidas tímidas. Sentiu uma leve pontada de vergonha pela rapidez com que estava comendo, então decidiu que não se importava. Deixou de lado o prato de frutas e pegou vários doces da mesa.

Susebron a olhou enquanto ela começava a comer um depois do outro. **Esses são tinkfans de Pahn Kahl**, ele escreveu. **Devem-se comer aos pedacinhos, certificando-se de comer um pedaço de pão entre eles, para limpar o paladar. São uma iguaria e...**

Ele parou de escrever quando Siri pegou um doce inteiro e o enfiou na boca. Ela sorriu para ele, então continuou mastigando.

Depois de parecer perplexo por um momento, ele escreveu na sua lousa novamente. **Você sabe que, nas histórias, as crianças que se empanturravam geralmente terminavam sendo jogadas de penhascos?**

Siri enfiou outro doce na boca junto do primeiro, sujando os dedos e o rosto com açúcar, as bochechas cheias.

Susebron a observou, então estendeu a mão e pegou um para si. Ele o inspecionou, então o enfiou inteiro na boca.

Siri deu uma gargalhada, quase lançando pedaços do quitute no lençol.

— E é assim que estou corrompendo o Rei-Deus — disse ela quando conseguiu falar.

Ele sorriu. **Isso é muito curioso**, ele escreveu, comendo outro docinho. Então outro. E mais outro.

Siri assistiu, levantando uma sobrancelha.

— Seria de imaginar que, como Rei-Deus, você poderia *pelo menos* comer doces sempre que quisesse.

Eu preciso seguir muitas regras que os outros não precisam, ele escreveu ainda mastigando. **As histórias explicam. Muito é exigido de um príncipe ou de um rei. Eu preferia ter nascido camponês.**

Siri arqueou a sobrancelha novamente. Achava que ele se surpreenderia se algum dia experimentasse coisas como fome, pobreza ou mesmo desconforto. Contudo, ela o deixou com suas ilusões. Quem era ela para censurá-lo?

Era você que estava com fome, ele escreveu. **Mas só eu estou comendo!**

— Eles obviamente não alimentam você direito — comentou Siri, provando uma fatia de pão.

Ele deu de ombros, continuando a comer. Ela ficou olhando, se perguntando se comer era diferente para ele, que não tinha língua. Será que isso afetava seu paladar? Ele certamente ainda parecia gostar dos doces. Pensar na língua dele fez com que sua mente se voltasse para tópicos mais sombrios. *Não podemos simplesmente continuar desse jeito. Passar as noites brincando, fingindo que o mundo não continua se movendo sem nós. Seremos esmagados.*

— Susebron. Acho que precisamos descobrir uma maneira de expor o que seus sacerdotes têm feito com você.

Ele levantou os olhos, então escreveu: **Como assim?**

— Quero dizer que acho que você deveria tentar conversar com pessoas comuns. Ou talvez alguns dos outros deuses. Os sacerdotes ganham poder por estarem associados a você. Caso você escolha se comunicar através de mais alguém, isso os destronaria.

Precisamos fazer isso?

— Por um momento, vamos considerar que sim — pediu ela.

Muito bem. Mas como poderei me comunicar com mais alguém? Não posso exatamente me levantar e começar a gritar.

— Eu não sei. Bilhetes, talvez?

Ele sorriu. **Há uma história sobre isso no meu livro. Uma princesa aprisionada em uma torre que joga bilhetes no oceano. O rei dos peixes os encontra.**

— Eu duvido que o rei dos peixes se importe com nosso problema — comentou Siri, sem rodeios.

Tal criatura é só um pouco menos fantasiosa do que a possibilidade dos meus bilhetes serem encontrados e interpretados corretamente. Se eu os jogasse pela janela, ninguém acreditaria que o Rei-Deus os escreveu.

— E se você os passasse para alguns servos?

Ele franziu a testa. **Considerando que você esteja certa, e que meus sacerdotes estejam trabalhando contra mim, então não seria imprudente confiar nos servos que eles empregam?**

— Talvez. Poderíamos tentar um servo de Pahn Kahl.

Nenhum deles me serve, pois eu sou o Rei-Deus, ele escreveu. **Além disso, mesmo que conseguíssemos um servo ou dois do nosso lado, como isso exporia os sacerdotes? Ninguém acreditaria em um servo de Pahn Kahl que contradissesse os sacerdotes.**

Ela balançou a cabeça.

— Imagino que você possa tentar fazer um escândalo, fugindo ou causando uma distração.

Quando estou fora do palácio, sou constantemente acompanhado por uma tropa de centenas. Despertadores, soldados, guardas, sacerdotes e guerreiros Sem-Vida. Você realmente acha que eu poderia fazer qualquer tipo de escândalo sem ser levado embora antes que possa me comunicar com alguém?

— Não — admitiu ela. — Mas temos que fazer alguma coisa! Precisa haver uma saída para essa situação.

Não vejo nenhuma. Precisamos trabalhar com os sacerdotes, não contra eles. Talvez eles saibam mais sobre por que os Reis-Deuses morrem. Podem nos dizer. Eu posso falar com eles usando a escrita dos artesãos.

— Não. Ainda não. Deixe-me pensar primeiro.

Muito bem, escreveu ele, então experimentou outro docinho.

— Susebron... — disse ela finalmente. — Você consideraria fugir comigo? Para Idris?

Ele franziu a testa. **Talvez**, escreveu. **Parece exagero.**

— E se eu provar que os sacerdotes estão tentando matá-lo? E se eu arrumar uma rota de fuga... alguém para nos tirar do palácio escondidos, para sairmos da cidade?

A ideia claramente o incomodava. **Se essa for a única maneira, então vou com você. Mas não acredito que chegaremos a esse ponto.**

— Espero que tenha razão — replicou ela.

Mas, caso contrário, vamos fugir. Vamos nos arriscar a voltar para minha família, com ou sem guerra.

37

VEZ OU OUTRA PARECIA SER noite nas favelas, mesmo em plena luz do dia.

Vivenna perambulava sem rumo, pisando em restos sujos de lixo colorido. Sabia que deveria encontrar um local para se esconder e ficar lá, mas não estava mais pensando direito.

Parlin estava morto. Ele fora seu amigo desde a infância. Ela o convencera a acompanhá-la no que agora parecia a mais estúpida das missões. A morte dele era culpa dela. Denth e sua equipe a traíram. Não. Eles *nunca* haviam trabalhado para ela. Olhando em retrospectiva, via os sinais. A maneira conveniente como a encontraram no restaurante, como a usaram para obter a Respiração de Lemex. Como a manipularam, fazendo-a pensar que estava no controle. Era tudo encenação.

Ela havia sido uma prisioneira sem saber.

A traição parecia muito pior por ter confiado tanto neles, chegando mesmo a vê-los como amigos. Deveria ter reparado nos avisos. A brutalidade bem-humorada de Tonk Fah. As explicações de Denth sobre a falta de compromisso dos mercenários. Ele apontara que Joias podia trabalhar contra os próprios deuses. Comparado a isso, o que era trair uma amiga?

Ela cambaleou por mais um beco, a mão na parede de tijolos de um edifício ao lado. Sujeira e fuligem mancharam seus dedos. Seu cabelo estava todo branco. Ainda não havia se recuperado.

O ataque na favela havia sido assustador. Ser capturada por Vasher fora apavorante. Mas ver Parlin amarrado naquela cadeira, sangue escorrendo do nariz, as bochechas cortadas para revelar o interior da boca...

Nunca conseguiria esquecer. Algo dentro dela parecia quebrado. Sua capacidade de se importar. Estava apenas... entorpecida.

Chegou ao fim do beco, então olhou ao redor, sem energia. Havia uma parede em frente. Um beco sem saída. Ela se virou para voltar.

— Você — disse uma voz.

Vivenna se virou, surpresa com a velocidade da reação. Sua mente permanecia chocada, mas alguma parte animal ainda estava desperta. Capaz de ação defensiva.

Estava em um beco estreito, como os outros por onde havia caminhado o dia todo. Mantivera-se nas favelas, imaginando que Denth esperaria que ela fugisse para a cidade aberta, uma área que ele conhecia melhor do que ela. No seu estado atual, permanecer nas favelas abarrotadas e silenciosas parecia uma ideia muito melhor.

Um homem estava sentado em uma pequena pilha de caixas atrás dela, as pernas balançando nas laterais. Ele era baixo, de cabelos escuros, e usava a roupa típica das favelas — uma mistura de trajes em variados estágios de desgaste.

— Você anda causando muito alvoroço — comentou o homem.

Ela ficou ali parada, entorpecida.

— Mulher maltrapilha perambulando pelas favelas com um lindo vestido estrangeiro com uma manga cinzenta, olhos escuros e cabelos brancos e desgrenhados. Se todos não estivessem tão paranoicos depois do ataque do outro dia, você teria sido avistada horas atrás.

O homem parecia vagamente familiar.

— Você é idriano — sussurrou ela. — Estava na multidão quando visitei os chefes das favelas.

Ele deu de ombros.

— Isso significa que você sabe quem eu sou.

— Eu não sei de nada — retrucou ele. — Principalmente de coisas que poderiam me deixar encrencado.

— Por favor. Você precisa me ajudar.

Ela deu um passo à frente. Ele pulou das caixas, uma faca brilhando na mão.

— Te ajudar? Eu vi a sua cara quando chegou para a reunião. Você nos despreza. Igual aos hallandreanos.

Ela recuou.

— Um monte de gente viu você andando por aí feito uma assombração — disse ele. — Mas ninguém sabe exatamente onde te encontrar. Tem uma busca e tanto em algumas áreas.

Denth. É um milagre que eu tenha permanecido livre por tanto tempo. Preciso fazer alguma coisa. Parar de perambular. Encontrar um lugar para me esconder.

— Imagino que alguém vai te encontrar, uma hora ou outra — disse o homem. — Então vou agir primeiro.

— Por favor — sussurrou ela.

Ele levantou a faca.

— Eu não vou te entregar. Você merece pelo menos isso, e eu não quero chamar atenção. Mas esse vestido. Posso vender ele por um bom preço, mesmo estragado como está. Posso alimentar minha família durante semanas com a venda desse tecido.

Ela hesitou.

— Se você gritar, eu te corto — disse ele em voz baixa. — Não é uma ameaça. É só inevitável. O vestido, princesa. Vai ser melhor para você se livrar dele. É isso que está chamando a atenção de todo mundo.

Ela pensou em usar sua Respiração. Mas e se não desse certo? Não conseguia se concentrar, e tinha a impressão de que não conseguiria fazer com que os Comandos funcionassem. Hesitou, mas a faca tão perto a convenceu. Então, olhando direto à frente e se sentindo alheia, começou a desabotoar o vestido.

— Não deixe cair no chão — recomendou o homem. — Já está sujo o bastante.

Ela tirou o vestido, então tremeu, apenas com as ceroulas e a combinação. Ele pegou o vestido, então abriu o bolso interno, fechou a cara e jogou longe a corda que estava lá dentro.

— Nenhum dinheiro?

Ela balançou a cabeça, sem forças.

— As ceroulas. Elas são de seda, certo?

Sua combinação chegava ao meio das coxas. Ela se abaixou e removeu as ceroulas, então as entregou. Ele as tomou, e ela viu um brilho de cobiça — ou talvez de alguma coisa a mais — em seus olhos.

— A combinação — mandou ele, balançando a faca.

— Não — disse ela em voz baixa.

Ele deu um passo à frente.

Algo dentro dela se rompeu.

— Não! Não, não, NÃO! Pegue sua cidade, suas cores e suas roupas e vá embora! Deixe-me em paz!

Ela caiu de joelhos, chorando, e agarrou punhados de lixo e lama, esfregando-os na combinação.

— Pronto! Se quiser! Tire de mim! Venda como está!

Apesar da ameaça, o homem hesitou. Ele olhou ao redor, então apertou o tecido valioso junto ao peito e saiu correndo.

Vivenna se sentou. De onde havia tirado mais lágrimas? Ela se encolheu, sem ligar para o lixo e a lama, e chorou.

ENQUANTO ELA ESTAVA encolhida na lama, havia começado a chover. Era uma das suaves e preguiçosas garoas de Hallandren. As gotas beijaram sua bochecha; pequenos filetes escorreram pelas paredes do beco.

Ela estava faminta e exausta. Mas, com a chuva que caía, veio um fragmento de lucidez.

Precisava se mexer. O ladrão estava certo — aquele vestido havia sido um obstáculo. Ela se sentia nua só de combinação, especialmente agora que estava molhada, mas já vira mulheres nas favelas em trajes do mesmo nível. Precisava seguir em frente, se tornar mais uma garota abandonada na sarjeta.

Ela se arrastou sobre uma pilha de detritos, notando um pedaço de pano ali no meio. Conseguiu puxar um xale enlameado e fedorento. Ou talvez houvesse sido um tapete. De qualquer modo, ela o enrolou ao redor dos ombros, puxando-o sobre o peito para garantir certa dose de recato. Tentou deixar seu cabelo preto, mas ele se recusou.

Sentou-se, apática demais para sentir frustração. Em vez disso, apenas esfregou lama e sujeira no cabelo, mudando o branco pálido para um marrom doentio.

Ainda está comprido demais, pensou. *Vou precisar fazer alguma coisa em relação a isso. Ele chama atenção. Nenhuma pedinte manteria o cabelo tão longo — seria difícil cuidar dele.*

Começou a se dirigir para fora do beco, então hesitou. O xale parecia mais vivo agora que ela o estava usando. *Respiração. Vou chamar a atenção de qualquer um com a Primeira Elevação. Não posso me esconder nas favelas!*

Ela ainda sentia a perda da Respiração que havia enviado para a corda e da quantidade maior ainda que desperdiçara no manto de Tonks. Contudo, ainda mantinha a maior parte. Ela se encolheu junto da parede, quase perdendo o controle novamente enquanto considerava a situação.

Então percebeu uma coisa.

Tonk Fah se esgueirou atrás de mim naquele porão. Eu não senti sua Respiração. Assim como não senti a de Vasher quando ele me atacou nos meus aposentos.

A resposta parecia tão simples que era ridícula. Ela não podia sentir a Respiração na corda que havia Despertado. Ela a pegou e a amarrou ao redor do tornozelo. Então pegou o xale, segurando-o diante dela. Era um objeto patético, desfiado nas bordas, sua cor vermelha original aparecendo através da sujeira.

— Minha vida para a sua — disse ela, falando as palavras que Denth tentara obrigá-la a dizer. — Minha Respiração se torna sua.

Eram as mesmas palavras que Lemex falara quando lhe concedera sua Respiração.

Também funcionou no xale. Sua Respiração foi inteiramente drenada do corpo e Investida no xale. Não era um Comando — o xale não seria capaz de fazer nada —, mas com sorte sua Respiração estaria segura. Ela não emitiria uma aura.

Nenhuma aura. Ela quase desabou com o choque de perder tudo. Onde antes fora capaz de sentir a cidade ao redor, agora tudo havia parado. Era como se o lugar houvesse sido silenciado; a cidade inteira ficando morta.

Ou talvez Vivenna estivesse morta. Uma Descorada. Ela se levantou lentamente, tremendo na chuva fina, e limpou a água dos olhos. Então apertou o xale — com todas as suas Respirações — em volta do corpo e foi embora.

38

SENTADO NA BEIRA DA CAMA, Canto-de-Luz sentia o suor acumulado na testa enquanto olhava para o chão à frente. Respirava com dificuldade.

Llarimar olhou de lado um escriba inferior, que baixou sua pena. Os servos se aglomeravam nos limites do quarto. A seu pedido, Canto-de-Luz tinha sido despertado em um horário anormalmente cedo.

— Vossa Graça? — chamou Llarimar.

Não é nada, pensou Canto-de-Luz. *Sonho com guerra porque ando pensando nisso. Não por causa de uma profecia. Não porque sou um deus.*

Parecia tão real. No sonho, ele havia sido um homem no campo de batalha, sem arma alguma. Soldados morriam ao seu redor. Amigo depois de amigo. Ele os conhecera, era próximo de todos.

Uma guerra contra Idris não seria assim. Seria travada pelos nossos Sem-Vida.

Era difícil reconhecer que seus amigos durante o sonho não estavam usando cores vivas. Ele não estivera do ponto de vista de um soldado de Hallandren, mas de um idriano. Talvez por isso houvesse sido tamanho massacre.

São os idrianos que estão nos ameaçando. São eles os rebeldes que se separaram, mantendo um segundo trono dentro das fronteiras de Hallandren. Eles precisam ser reprimidos.

Eles merecem.

— O que viu, Vossa Graça? — perguntou Llarimar novamente.

Canto-de-Luz fechou os olhos. Havia outras imagens, as recorrentes: a pantera vermelha brilhante, a tempestade, a face de uma jovem sendo absorvida pelas trevas. Devorada viva.

— Eu vi Faz-Corar — disse ele, falando apenas da última parte dos sonhos. — Seu rosto vermelho e corado. Vi você, dormindo. E vi o Rei-Deus.

— O Rei-Deus? — perguntou Llarimar, parecendo animado.

Canto-de-Luz assentiu.

— Ele estava chorando.

O escriba anotou as imagens. Dessa vez, Llarimar não insistiu. Canto-de-Luz se levantou, se obrigando a tirar as imagens da cabeça. Mas não podia ignorar a sensação de fraqueza no corpo. Era seu dia de banquete, e ele teria que receber uma Respiração ou morreria.

— Vou precisar de algumas urnas — disse Canto-de-Luz. — Vinte e poucas, uma para cada deus, pintadas segundo suas cores.

Llarimar deu a ordem sem sequer perguntar por quê.

— Também vou precisar de pedrinhas — acrescentou Canto-de-Luz enquanto os servos o vestiam. — Muitas.

Llarimar assentiu. Depois que Canto-de-Luz se vestiu, ele se virou para deixar o quarto. Indo mais uma vez se alimentar da alma de uma criança.

CANTO-DE-LUZ JOGOU UMA pedrinha em uma das urnas diante dele, e ela ressoou baixinho.

— Muito bem, Vossa Graça — elogiou Llarimar, parado ao lado da cadeira de Canto-de-Luz.

— Não foi nada — disse Canto-de-Luz, jogando outra pedrinha.

Não alcançou a urna pretendida, e um servo acudiu para tirá-la do chão e depositá-la no vaso apropriado.

— Parece que tenho um talento nato — observou Canto-de-Luz. — Consigo que acabem no buraco todas as vezes.

Estava se sentindo muito melhor depois de receber uma nova Respiração.

— Deveras, Vossa Graça — disse Llarimar. — Acredito que Sua Graça a deusa Faz-Corar esteja se aproximando.

— Ótimo — disse Canto-de-Luz, jogando outra pedrinha. Ele acertou o alvo dessa vez. Obviamente, as urnas estavam a pouco mais de um metro da sua cadeira. — Poderei exibir meu talento de lançamento de pedrinhas.

Ele estava sentado na grama do pátio; uma brisa fresca soprava, e seu pavilhão estava montado bem perto dos portões da corte. Ele podia ver a muralha de bloqueio, aquela que o impedia de olhar para a cidade propriamente dita. Com a muralha no caminho, era uma visão bastante deprimente.

Se vão nos manter trancados aqui, deveriam pelo menos nos conceder a cortesia de uma vista decente lá de fora.

— Em nome dos Tons Iridescentes, o que você está fazendo?

Canto-de-Luz não precisou olhar para saber que Faz-Corar estava ao lado dele com as mãos nos quadris. Ele jogou outra pedra.

— Sabe, sempre achei estranho. Quando nós praguejamos desse jeito, mencionamos as cores. Por que não usar nossos próprios nomes? Supostamente, somos deuses.

— A maioria dos deuses não gosta que seus nomes sejam usados para praguejar — comentou Faz-Corar, sentando-se ao lado dele.

— Então são pomposos demais para o meu gosto — declarou Canto-de-Luz, jogando uma pedrinha. Ele errou, e um servo a depositou. — Pessoalmente, ficaria envaidecido se meu nome fosse usado como praga. Pelo amor de Canto-de-Luz! Ou: meu Canto-de-Luz do céu! Acho que é meio comprido. Talvez se possa encurtar para apenas "meu Canto-de-Luz!".

— Eu juro — disse ela —, você está ficando mais estranho a cada dia.

— Jura por quem? Você poderia ter jurado em seu próprio nome. "Juro por Faz-Corar." Ou, voltando à sua primeira frase: Em nome de Faz-Corar, o que você está fazendo?

Ela resmungou baixinho. Ele a encarou.

— Certamente ainda não mereço isso. Mal comecei. Algo mais deve estar incomodando você.

— Mãe-de-Todos — disse ela.

— Ainda não entregou os Comandos a você?

— Ela se recusa a sequer falar comigo.

Canto-de-Luz jogou uma pedrinha em uma das urnas.

— Ah, se ao menos ela soubesse do cativante senso de frustração que está perdendo ao recusar sua companhia.

— Eu não sou tão frustrante assim! — disse Faz-Corar. — Fui bem encantadora com ela, para falar a verdade.

— Então esse é o problema, eu imagino — disse Canto-de-Luz. — Nós somos deuses, minha cara, e rapidamente nos cansamos das nossas existências imortais. Certamente procuramos demonstrações extremas de emoção... boas ou ruins, não importa. De certa maneira, é o *valor absoluto* da emoção que é importante, em vez da natureza positiva ou negativa dessa emoção.

Faz-Corar hesitou, assim como Canto-de-Luz.

— Canto-de-Luz, querido, o que, em nome de Faz-Corar, isso significa?

— Não sei ao certo. Só meio que saiu. Mas consigo visualizar o significado na minha cabeça. Com números.

— Você está bem? — perguntou ela, parecendo de fato preocupada.

Imagens de guerra surgiram na sua mente. Seu melhor amigo, um homem que ele não conhecia, morrendo com uma espada atravessada no peito.

— Não sei ao certo — disse ele. — As coisas andam muito estranhas ultimamente.

Ela ficou sentada em silêncio por um momento.

— Você quer voltar para meu palácio e brincar? Isso sempre me faz sentir melhor.

Ele jogou uma pedrinha, sorrindo.

— Você, minha querida, é incorrigível.

— Eu sou a deusa da luxúria, pelo amor de Faz-Corar — disse ela. — Tenho que cumprir meu papel.

— Na última vez que verifiquei, você era a deusa da honestidade.

— Honestidade e emoções honestas, meu querido — disse ela com uma voz doce. — E, se me permite dizer, a luxúria é uma das emoções mais honestas. Agora, *o que* você está fazendo com essas pedrinhas tolas?

— Contando.

— Contando suas bobagens?

— Isso — disse Canto-de-Luz, jogando outra pedrinha. — E contando o número de sacerdotes que atravessam os portões usando as cores de cada deus ou deusa.

Faz-Corar franziu a testa. Era meio-dia, e os portões estavam bem agitados com as entradas e saídas de servos e artistas. Contudo, sacerdotes ou sacerdotisas passavam só de vez em quando, já que eles precisavam chegar cedo para cuidar dos seus deuses.

— Cada vez que entra um sacerdote de um deus específico — disse Canto-de-Luz —, eu jogo uma pedrinha na urna representando aquele deus.

Faz-Corar o viu jogar — e errar — outra pedrinha. Como instruídos, os servos pegaram a pedrinha e a colocaram na urna apropriada. Roxo e prata. Passando pelo portão, uma das sacerdotisas de Descobridor-da-Esperança seguiu apressada pela grama rumo ao palácio do seu deus.

— Estou perplexa — disse Faz-Corar finalmente.

— É fácil — disse Canto-de-Luz. — Se você vê alguém vestido de roxo, joga uma pedrinha na urna da mesma cor.

— Sim, querido, mas *por quê*?

— Para saber quantos sacerdotes de cada deus entram na corte, naturalmente — disse Canto-de-Luz. — Agora já são bem poucos chegando. Afobado, você se importa em contar?

Llarimar se curvou, então reuniu vários servos e escribas e ordenou que eles esvaziassem as urnas e contassem o conteúdo de cada uma.

— Meu caro Canto-de-Luz — disse Faz-Corar. — Eu *peço* desculpas se andei o ignorando. Mãe-de-Todos tem sido muito rude se recusando a responder às minhas sugestões. Se a minha falta de atenção fez sua mente frágil entrar em colapso...

— Minha mente está bem descolapsada, muito obrigado — retrucou Canto-de-Luz, levantando o corpo para ver os servos contarem.

— Então você deve estar muito entediado — continuou Faz-Corar. — Talvez possamos encontrar alguma coisa para entretê-lo.

— Estou bastante entretido.

Ele sorriu antes mesmo que os resultados da contagem chegassem. Estrela-Caridosa tinha uma das menores pilhas.

— Canto-de-Luz? — chamou Faz-Corar.

Sua atitude despreocupada havia praticamente sumido.

— Ordenei que meus sacerdotes viessem cedo hoje — disse Canto-de--Luz, olhando para ela. — E montassem acampamento aqui diante dos portões antes de o sol nascer. Estamos contando sacerdotes há cerca de seis horas.

Llarimar se aproximou, entregando a Canto-de-Luz uma lista de deuses e o número de sacerdotes que haviam entrado usando suas cores. Canto--de-Luz a leu rapidamente, assentindo.

— Alguns dos deuses tiveram mais de cem sacerdotes se apresentando ao serviço, mas alguns outros mal têm uma dúzia. Estrela-Caridosa é uma delas.

— E daí? — indagou Faz-Corar.

— E daí que vou mandar meus servos para vigiar e fazer contagens no palácio de Estrela-Caridosa, rastreando o número de sacerdotes que estão lá. Suspeito que já sei o que vão encontrar. Estrela-Caridosa não tem menos sacerdotes que o resto de nós. Eles apenas entram na corte por uma rota diferente.

Faz-Corar o olhou sem entender, mas então inclinou a cabeça.

— Os túneis?

Canto-de-Luz assentiu. Faz-Corar se inclinou para a frente, suspirando.

— Bem, pelo menos você não está louco ou entediado. Só obcecado.

— Alguma coisa está acontecendo nesses túneis, Faz-Corar. E está relacionado com o servo que foi assassinado.

— Canto-de-Luz, nós temos problemas *muito* maiores com que nos preocuparmos! — Faz-Corar sacudiu a cabeça, segurando a testa como se estivesse com uma enxaqueca. — Não acredito que você ainda está perdendo tempo com isso. Sinceramente! O reino está prestes a entrar em guerra... pela primeira vez, sua posição na assembleia é importante... e você está preocupado com a maneira como os sacerdotes entram na corte?

Canto-de-Luz não respondeu imediatamente.

— Aqui — disse ele finalmente —, deixe-me provar meu argumento a você.

Ele estendeu a mão e pegou uma caixinha no chão ao lado do divã, depois a exibiu para Faz-Corar.

— Uma caixa — observou ela secamente. — Mas que argumento convincente.

Ele removeu a tampa da caixa, deixando um pequeno esquilo cinzento pousado na sua mão. Ele estava perfeitamente parado, olhando para a frente, o pelo balançando na brisa.

— Um roedor Sem-Vida — disse Faz-Corar. — Isso é *muito* melhor. Já estou me sentindo quase convencida.

— A pessoa que invadiu o palácio de Estrela-Caridosa usou isso como uma distração — explicou Canto-de-Luz. — Você sabe alguma coisa sobre como render um Sem-Vida, minha cara?

Ela deu de ombros.

— Eu também não sabia — disse Canto-de-Luz. — Não até que mandei meus sacerdotes renderem esse aqui. Ao que parece, leva *semanas* para assumir o controle de um Sem-Vida do qual você não tem as frases de segurança corretas. Não sei ao certo como funciona o processo... tem algo a ver com Respiração e tortura, aparentemente.

— Tortura? Os Sem-Vida não sentem nada.

Canto-de-Luz deu de ombros.

— De qualquer modo, meus servos renderam este aqui para mim. Quanto mais forte e hábil for o Despertador que criou o Sem-Vida, mais difícil se torna rendê-lo.

— É por isso que precisamos dos Comandos de Mãe-de-Todos — disse Faz-Corar. — Se alguma coisa acontecesse com ela, seus dez mil se tornariam inúteis para nós. Levaria anos para render tantos Sem-Vida!

— O Rei-Deus e algumas das sacerdotisas de Mãe-de-Todos também têm os códigos — observou Canto-de-Luz.

— Ah, e você acha que *ele* vai simplesmente entregá-los a nós? Isso partindo do princípio de que tenhamos permissão de falar com ele.

— Só estou apontando que um único assassinato não poderia arruinar nosso exército inteiro — disse Canto-de-Luz, segurando o esquilo. — Não é essa a questão. A questão é que seja quem for que tenha feito este esquilo possuía uma grande quantidade de Respiração e sabia o que estava fazendo. O sangue da criatura foi substituído por álcool-icor. As suturas são perfeitas. Os Comandos que controlavam o roedor eram extremamente fortes. É uma maravilhosa obra de arte BioCromática.

— E daí? — perguntou ela.

— E daí que ele o soltou no palácio de Estrela-Caridosa — disse Canto-de-Luz. — Criando uma distração para que pudesse se esgueirar para dentro daqueles túneis. Alguém mais seguiu o intruso, e essa segunda pessoa matou um homem para impedir que ele revelasse o que havia visto. Seja lá o que houver nesses túneis... para onde quer que eles levem... é importante o bastante para gastar Respiração nisso. Importante o bastante para matar.

Faz-Corar sacudiu a cabeça.

— Ainda não acredito que você está se preocupando com isso.

— Você disse que sabia sobre os túneis — replicou Canto-de-Luz. — Pedi que Llarimar perguntasse por aí, e outros os conheciam também. Eles são usados para armazenamento sob os palácios, como disse. Deuses diferentes ordenaram que fossem construídos em períodos diferentes durante a história da corte.

"Mas — continuou ele, empolgado —, esses túneis também seriam o lugar perfeito para estabelecer uma operação clandestina! A corte está fora da jurisdição da guarda da cidade. Cada palácio é um pouco como um país autônomo! Expanda alguns desses porões para que seus túneis se conectem com outros, cave-os além das muralhas para que se possa ir e vir em segredo..."

— Canto-de-Luz — disse Faz-Corar. — Se algo *tão* secreto estivesse acontecendo, então por que os sacerdotes usariam esses túneis para entrar na corte? Isso não seria um pouco suspeito? Quero dizer, se você notou, quão difícil seria de descobrir?

Canto-de-Luz fez uma pausa, então corou levemente.

— Claro. Fiquei tão envolvido em fingir que sou útil que esqueci! Muitíssimo obrigado por me lembrar de que sou um idiota.

— Canto-de-Luz, eu não quis dizer...

— Não, está tudo bem — ele disse, se levantando. — Não se preocupe. Preciso me lembrar de quem sou. Canto-de-Luz, o deus que se odeia. A pessoa mais inútil que já recebeu a imortalidade. Só me responda uma pergunta.

Faz-Corar hesitou.

— Que pergunta?

— Por quê? — perguntou ele, olhando para ela. — *Por que* eu odeio ser um deus? Por que ajo de modo tão frívolo? Por que mino minha própria autoridade? Por quê?

— Sempre imaginei que fosse porque você achava graça no contraste.

— Não. Faz-Corar, eu fui *desse jeito desde o primeiro dia.* Quando acordei, recusei-me a acreditar que era um deus. Recusei-me a aceitar meu papel neste panteão e nesta corte. Tenho agido assim desde então. E, modéstia à parte, fui fazendo isso de maneira cada vez mais inteligente ao longo dos anos, o que não vem ao caso. O foco... o ponto importante aqui... é *por quê.*

— Eu não sei — confessou ela.

— Nem eu. Não sei quem eu era antes, mas ele está tentando vir à tona. Fica sussurrando para que eu investigue esse mistério, me lembrando de que não sou um deus, me estimulando a lidar com tudo isso de uma maneira frívola. — Ele sacudiu a cabeça. — Eu não sei quem eu era... todo mundo se recusa a me dizer. Mas estou começando a ter suspeitas. Eu era uma pessoa que não conseguia só ficar parado e deixar algo sem explicação sumir na névoa da memória. Eu era um homem que detestava segredos. E mal comecei a compreender a quantidade de segredos que existem nesta corte.

Faz-Corar pareceu chocada.

— Agora — disse ele, se afastando do pavilhão, seus servos se apressando para acompanhá-lo —, se me dá licença, tenho que cuidar de alguns negócios.

— Que negócios? — questionou Faz-Corar, se levantando.

Ele espiou de volta.

— Visitar Mãe-de-Todos. Há alguns Comandos dos Sem-Vida que precisam ser resolvidos.

39

VIVER UMA SEMANA NA SARjeta serviu para mudar drasticamente a perspectiva de vida de Vivenna.

Ela vendeu seu cabelo no segundo dia por uma quantia deprimente de dinheiro. A comida que havia comprado não enchera seu estômago, e ela não tinha forças para fazer seu cabelo crescer novamente. Ele nem mesmo teve a dignidade de ser aparado de modo retilíneo — foi um trabalho porco, e o cabelo restante ainda estaria com um branco pálido, não fosse pelo fato de estar desgrenhado e escurecido por sujeira e fuligem.

Ela havia pensado em vender sua Respiração, mas não sabia onde fazer isso ou como. E também tinha uma forte impressão de que Denth estaria vigiando os lugares onde ela poderia vender a Respiração. Além disso, não fazia ideia de como pegar as Respirações de volta do seu xale, agora que as colocara ali.

Não. Ela precisava permanecer em segredo, sem ser vista. Não podia chamar atenção para si mesma.

Estava sentada numa calçada, estendendo a mão para a multidão de passantes, mantendo os olhos baixos. Não veio nenhuma esmola. Ela não sabia como os outros pedintes conseguiam; seus parcos ganhos pareciam um tesouro incrível. Eles sabiam tanta coisa que ela não sabia — onde se sentar, como implorar. Os passantes aprendiam a evitar pedintes, até mesmo com os olhos. Os pedintes de sucesso, então, eram aqueles que conseguiam chamar atenção.

Vivenna não sabia ao certo se queria a atenção. Embora a dor ácida da fome por fim a houvesse levado às ruas apinhadas, ela ainda tinha medo de que Denth ou Vasher a encontrasse.

Quanto mais faminta ficava, menos as outras preocupações a incomodavam. Comer era um problema para *agora.* Ser morta por Denth ou Vasher era um problema para *depois.*

A enxurrada de pessoas em trajes coloridos continuava a passar. Vivenna assistia sem olhar para os rostos ou corpos. Só para as cores. Como uma roda girando, cada aro de um tom diferente. *Denth* não vai me encontrar aqui. *Ele não vai ver a princesa na pedinte do outro lado da rua.*

Seu estômago roncava. Estava aprendendo a ignorá-lo. Do mesmo modo como as pessoas a ignoravam. Não se sentia uma pedinte de verdade ou filha das ruas, não depois de apenas uma semana. Mas *estava* aprendendo a imitá-las, e sua mente andava confusa ultimamente. Desde que se livrara da sua Respiração.

Ela puxou o xale mais para perto; mantinha-o sempre consigo.

Ainda tinha dificuldade em acreditar no que Denth e os outros haviam feito. Ela tinha memórias tão agradáveis do humor deles. Não conseguia conectar aquilo com o que havia visto no porão. De fato, às vezes chegava a se levantar para procurá-los. Certamente as coisas que vira foram alucinações. Certamente eles não podiam ser homens tão terríveis.

Isso é uma bobagem, ela pensou. *Preciso me concentrar. Por que a minha mente não está mais funcionando direito?*

Mas se concentrar em quê? Não havia muito em que pensar. Não podia ir até Denth. Parlin estava morto. As autoridades da cidade não a ajudariam — ela agora havia escutado os rumores da princesa idriana que estava causando tantos problemas. Seria presa em um piscar de olhos. Se havia mais agentes do seu pai na cidade, não sabia como localizá-los sem se expor a Denth.

Além disso, havia uma boa chance de que Denth houvesse encontrado esses agentes e os assassinado. Ele fora muito astuto em mantê-la cativa, eliminando silenciosamente aqueles que poderiam tê-la levado para um lugar seguro. O que pensava seu pai? Vivenna estava perdida, todos os homens que ele enviara para buscá-la desapareciam misteriosamente, Hallandren se aproximava cada vez mais de declarar guerra.

Essas eram preocupações distantes. Sua barriga roncava. Havia sopas para os pobres na cidade, mas no primeiro lugar onde ela fora, havia visto Tonk Fah encostado em uma porta do outro lado da rua. Ela dera a volta e se afastara, torcendo para não ter sido vista. Pelo mesmo motivo, não ousava deixar a cidade. Denth certamente teria agentes vigiando os portões. Além disso, para onde poderia ir? Ela não tinha os suprimentos para uma viagem de volta a Idris.

Talvez pudesse partir se conseguisse economizar dinheiro o bastante. Isso era difícil, quase impossível. Toda vez que conseguia uma moeda, ela a usava para comprar comida. Não conseguira evitar; nada mais parecia ter importância.

Ela já havia perdido peso. Sua barriga roncou novamente.

Então ficou sentada, suada e suja na parca sombra. Ainda estava usando apenas sua combinação e o xale, embora estivesse suja o bastante para que fosse difícil distinguir onde terminava a roupa e começava a pele. Sua arrogante recusa anterior a usar qualquer coisa que não fossem vestidos elegantes agora lhe parecia ridícula.

Ela balançou a cabeça, tentando clareá-la. Uma semana na rua parecia uma eternidade — contudo, ela sabia que mal começara a experimentar a vida dos pobres. Como eles sobreviviam, dormindo em becos, sendo molhados pela chuva todo dia, pulando de susto a cada som, sentindo tanta fome que eram tentados a catar e comer o lixo podre que encontravam nas sarjetas? Ela havia tentado fazer isso. Até conseguira manter uma parte no estômago.

Foi a única coisa que conseguiu para comer em dois dias.

Alguém parou ao lado dela. Vivenna ergueu os olhos, ansiosa, a mão se estendendo mais, até que viu as cores que ele vestia. Amarelo e azul. Guarda da cidade. Ela agarrou seu xale, puxando-o mais para perto. Era uma tolice, ela sabia — ninguém estava ciente das Respirações que ele continha. O movimento foi um reflexo. O xale era a única coisa que ela possuía, e, por mais parco que fosse, vários pivetes haviam tentado roubá-lo dela enquanto dormia.

O guarda não tentou pegar seu xale. Ele só a cutucou com seu cassetete.

— Ei — disse ele. — Vá embora. Nada de pedir esmola nessa esquina.

Ele não explicou; nunca explicavam. Aparentemente, havia regras sobre onde pedintes podiam ou não se sentar, mas ninguém se incomodava em fornecer os detalhes para os pedintes. Leis eram coisas de lordes e deuses, não da ralé.

Já estou começando a pensar nos lordes como se fossem de outra espécie.

Vivenna se levantou e sentiu náusea e tontura por um instante. Apoiou-se contra o edifício, e o guarda cutucou-a novamente, estimulando-a a partir.

Ela inclinou a cabeça e se moveu com a multidão, embora a maioria das pessoas mantivesse distância dela. Era irônico que lhe dessem espaço agora, quando já não se importava. Ela não queria pensar em como estava cheirando — embora, mais do que o odor, fosse o medo de serem roubados que provavelmente mantinha os outros distantes. Eles não precisavam se preocupar. Ela não era hábil o bastante para cortar bolsas ou bater carteiras, e certamente não podia se dar ao luxo de ser presa tentando.

Vivenna havia deixado de se importar com a moralidade de roubar dias atrás. Mesmo antes de deixar os becos da favela pelas ruas, ela não fora tão ingênua a ponto de acreditar que não roubaria caso lhe negassem comida, embora houvesse imaginado que levaria muito mais tempo para chegar a esse estado.

Ela não foi para outra esquina; em vez disso, se afastou das multidões, voltando para as favelas idrianas. Ali, havia adquirido certa aceitação; ali, pelo menos, era considerada do povo. Ninguém sabia que ela era a princesa — depois daquele primeiro homem, ninguém a reconhecera. Contudo, seu sotaque lhe conquistara um lugar.

Começou a buscar um local para passar a noite. Esse era um dos motivos por que havia decidido não continuar a pedir esmola tarde adentro. Era um período lucrativo, verdade, mas ela estava tão cansada. Queria um bom lugar para dormir. Não teria pensado que faria tanta diferença em qual beco se instalava, mas alguns eram mais quentes do que outros, e alguns ficavam mais protegidos contra a chuva. Alguns eram mais seguros. Ela estava começando a aprender essas coisas, assim como a quem não devia irritar.

No caso dela, esse último grupo incluía basicamente todo mundo — até mesmo os pivetes. Eles estavam acima dela na hierarquia; havia descoberto isso no segundo dia. Tentara manter uma moeda da venda do seu cabelo, pretendendo poupá-la para uma chance de deixar a cidade. Não sabia ao certo como os pivetes descobriram que ela tinha a moeda, mas havia recebido sua primeira surra naquele dia.

Seu beco favorito estava ocupado por um grupo de homens com expressões sombrias, obviamente fazendo algo ilegal. Ela partiu rapidamente, indo para seu segundo favorito. Estava apinhado com uma gangue de pivetes — aqueles que a surraram. Ela também saiu dali bem rápido.

O terceiro beco estava vazio. Ficava ao lado de um edifício com uma padaria. Os fornos ainda não haviam sido abastecidos para o cozimento da noite, mas forneceriam algum calor através das paredes nas primeiras horas da manhã.

Ela se deitou e se encolheu com as costas contra os tijolos, agarrando com força seu xale. Apesar da falta de travesseiro ou cobertor, dormiu em instantes.

40

SIRI ESTAVA APRECIANDO UMA refeição no gramado da corte quando Treledees a encontrou. Ela o ignorou, satisfeita em provar vários dos pratos diante de si.

O mar, ela havia decidido, era bastante estranho. O que mais podia ser dito de um local capaz de gerar criaturas com tentáculos tão sinuosos e corpos invertebrados, e outros com peles tão espinhosas? Ela cutucou alguma coisa que os habitantes locais chamavam de pepino, mas cujo gosto não parecia nada com os pepinos que conhecia. Experimentou cada prato, provando-os com os olhos fechados, se concentrando no sabor. Alguns não eram tão ruins quanto outros, mas não gostara realmente de nenhum. Frutos do mar simplesmente não a atraíam.

Eu teria dificuldade em me tornar uma verdadeira hallandreana, concluiu, provando o suco de fruta.

Felizmente, o suco era delicioso. A variedade e os sabores das numerosas frutas de Hallandren eram quase tão notáveis quanto a estranheza da sua vida marítima.

Treledees pigarreou. O sumo sacerdote do Rei-Deus não era um homem acostumado a esperar.

Siri acenou com a cabeça para suas servas, ordenando-as a preparar outra série de pratos. Susebron andara treinando Siri para comer com etiqueta, e ela queria praticar. Por coincidência, a maneira de ele comer — dando pequenas mordidas, nunca terminando nenhum prato — era uma boa maneira de experimentar novas iguarias. Ela queria se familiarizar com Hallandren, seus costumes, seu povo, seus gostos. Havia forçado suas servas a começarem a falar mais com ela e planejava conhecer outros deuses. Ao longe, viu Canto-de-Luz passar e acenou para ele amistosamente. Ele parecia atipicamente preocupado; acenou de volta, mas não se aproximou.

Que pena. Gostaria de ter uma boa desculpa para manter Treledees esperando ainda mais.

O sumo sacerdote pigarreou novamente, dessa vez de maneira mais exigente. Finalmente, Siri se levantou, gesticulando para que seus servos ficassem para trás.

— Se importa de caminhar um pouco comigo, Vossa Excelência? — perguntou ela despreocupadamente.

Passou por ele, movendo-se languidamente em um lindo vestido rosa com uma cauda de gaze que a seguia pela grama. Ele se apressou em alcançá-la.

— Preciso falar com a senhora sobre um assunto.

— Sim. Deduzi isso pela maneira como me convocou várias vezes hoje.

— A senhora não veio — observou ele.

— Parece-me que a consorte do Rei-Deus não deve criar o hábito de responder a exigências e saltar para atender os outros sempre que solicitada.

Treledees franziu o cenho.

— Contudo — continuou ela —, naturalmente terei tempo para o sumo sacerdote, caso ele venha falar comigo.

Ele a fitou, de cabeça erguida e empertigado, com as cores do dia do Rei-Deus — azul e cobre.

— Vossa Alteza não deveria me antagonizar.

Siri sentiu um breve lampejo de ansiedade, mas controlou seu cabelo antes que desbotasse até ficar branco.

— Não estou fazendo isso. Só estou tentando estabelecer algumas regras que deviam ter sido compreendidas desde o início.

Treledees estava com um levíssimo sorriso no rosto.

O quê?, pensou Siri, surpresa. *Por que essa reação?*

Enquanto caminhavam, ele se empertigou.

— É mesmo? — disse ele, a voz agora em um tom condescendente. — A senhora sabe muito menos do que pensa saber, Vossa Alteza.

Droga! Como foi que essa conversa escapou das minhas mãos tão rápido?

— Poderia dizer o mesmo do senhor, Vossa Excelência.

O enorme templo negro de um palácio assomava sobre eles, blocos cor de ébano empilhados como os brinquedos de uma criança gigantesca.

— Ah, é? — Ele a encarou. — De algum modo, duvido.

Ela teve que reprimir à força outra pontada de ansiedade. Treledees sorriu de novo.

Espere. É como se ele pudesse ler minhas emoções. É como se pudesse ver...

O cabelo dela não havia mudado de cor, pelo menos não de modo perceptível. Ela deu uma olhadela em Treledees, tentando entender o que havia de errado. Então notou algo interessante. Em um círculo ao redor de Treledees, a grama parecia um pouco mais colorida.

Respiração, pensou. *É claro que ele possui Respiração! É um dos homens mais poderosos no reino.*

Pessoas com muita Respiração supostamente eram capazes de ver cada mudança minúscula de cor. Será que ele realmente conseguia lê-la a partir de reações tão tênues em seu cabelo? Será que era por isso que ele sempre fora tão desdenhoso? Podia ver o medo dela?

Siri trincou os dentes. Na juventude, ignorara os exercícios que Vivenna havia feito para garantir que possuísse controle total sobre seu cabelo. Era uma pessoa emotiva, e todo mundo conseguia lê-la independentemente do seu cabelo, então achou que não adiantava nada aprender a manipular as Madeixas Reais.

Não havia imaginado a Corte dos Deuses e pessoas com o poder do BioCroma. Aqueles tutores haviam sido *muito* mais inteligentes do que Siri pensara. Assim como os sacerdotes. Agora que pensava no assunto, era óbvio que Treledees e os outros haviam estudado os significados de todos os tons das mudanças dos cabelos.

Ela precisava reconduzir a conversa de volta ao caminho desejado.

— Não esqueça, Treledees, que foi você quem veio me ver. Claramente eu tenho *algum* poder aqui, se posso forçar o sumo sacerdote a fazer o que eu quero.

Ele a encarou com um olhar frio. Concentrando-se, ela conseguiu manter o cabelo com um tom negro profundo. Negro, para representar confiança. Ela sustentou o olhar e não permitiu nem uma leve mudança de cor dos fios.

Ele finalmente desviou o olhar.

— Ouvi rumores inquietantes.

— Ah, é?

— Sim. Parece que a senhora não está mais cumprindo seus deveres matrimoniais. Está grávida?

— Não. Tive minhas regras alguns dias atrás. Pode perguntar às minhas servas.

— Então, por que parou de tentar?

— O que foi? — perguntou ela despreocupadamente. — Seus espiões estão desapontados com a falta do espetáculo noturno?

Treledees corou levemente. Ele a olhou de soslaio, e Siri seguiu mantendo o cabelo perfeitamente preto. Nem um vislumbre de branco ou vermelho. Ele pareceu mais incerto.

— Vocês, idrianos — cuspiu o sacerdote. — Vivendo no alto de suas montanhas, mal lavados e incultos, mas ainda assim se considerando melhores do que nós. Não me julgue. Você não sabe de nada.

— Eu sei que andam ouvindo o que acontece na câmara do Rei-Deus.

— Não só ouvindo — disse Treledees. — Nas primeiras noites, havia um espião na própria câmara.

Siri não conseguiu disfarçar o rubor. Seu cabelo permaneceu majoritariamente preto, mas se Treledees realmente tinha BioCroma o suficiente para distinguir mudanças sutis, poderia ver um toque de vermelho.

— Estou bem ciente das coisas venenosas que seus monges ensinam — disse Treledees, desviando o rosto. — O ódio no qual foi doutrinada. Acha realmente que permitiríamos que uma mulher de Idris confrontasse o Rei-Deus sozinho, sem vigilância? Precisávamos ter certeza de que não pretendia matá-lo. Ainda não estamos convencidos.

— Você fala com uma franqueza notável — observou ela.

— Meramente para dizer algumas coisas que *eu* deveria ter estabelecido desde o início. — Eles pararam à sombra do enorme palácio. — A senhora não é importante aqui; não em comparação ao nosso Rei-Deus. Ele é tudo, e você não é *nada*. Exatamente como o resto de nós.

Se Susebron é tão importante, pensou Siri, encarando Treledees, *então por que vocês planejam matá-lo?* Ela enfrentou o olhar dele. A mulher que ela era poucos meses atrás teria desviado os olhos. Mas, quando se sentiu fraca, se lembrou de Susebron. Treledees estava orquestrando o plano para subjugar, controlar e por fim matar seu próprio Rei-Deus.

E Siri queria saber por quê.

— Eu parei de fazer sexo com o Rei-Deus de propósito — disse ela, mantendo o cabelo escuro com certo esforço. — Sabia que isso chamaria sua atenção.

Na verdade, ela simplesmente deixara de realizar suas pequenas atuações a cada noite. A reação de Treledees, felizmente, provava que os sacerdotes acreditavam no seu fingimento. Ficava grata por isso; talvez eles ainda não soubessem que ela conseguia se comunicar com Susebron. Tomava muito cuidado para sussurrar à noite e passara a escrever também, de vez em quando, para manter a fachada.

— A senhora precisa produzir um herdeiro — asseverou Treledees.

— Ou o quê? Por que está tão ansioso, Treledees?

— Não é da sua conta — disse ele. — Basta dizer que tenho obrigações que a senhora não compreende. Sou um súdito dos deuses e cumpro a vontade deles, *não* a sua.

— Bem, terá que mudar essa última parte, se deseja seu herdeiro — retrucou Siri.

Treledees obviamente não estava gostando do rumo da conversa. Ele olhou de soslaio para o cabelo dela; e, de algum modo, Siri conseguiu impedir que este mostrasse nem um fio de incerteza. Ele a fitou nos olhos.

— Você não pode me matar, Treledees — disse ela. — Não se deseja um herdeiro real. Não pode me intimidar ou me forçar. Só o Rei-Deus poderia fazer isso. E nós sabemos como *ele* é.

— Eu não sei o que quer dizer com isso — respondeu Treledees secamente.

— Ora, por favor — disse Siri. — Você realmente esperava que eu dormisse com um homem e não descobrisse que ele não tem língua? Que é praticamente uma criança? Duvido até que ele possa ir à privada sem ajuda dos servos.

Treledees ficou vermelho de raiva.

Ele realmente se importa, Siri notou distraidamente. *Ou, no mínimo, insultar seu Rei-Deus é um insulto para ele também. Ele é mais devoto do que eu esperava.*

Então provavelmente não se tratava de uma questão de dinheiro. Não podia ter certeza, mas suspeitava que ele não fosse o tipo de homem que vendia sua religião. Fossem quais fossem os motivos do que estava acontecendo dentro do palácio, provavelmente tinha a ver com uma convicção verdadeira.

Revelar o que ela sabia sobre Susebron era um risco calculado. Deduziu que Treledees adivinharia de qualquer modo, e, portanto, era melhor insinuar que ela considerava Susebron um tolo com a mente de uma criança. Entregar parte de uma informação, mas enganar com outra. Se eles acreditassem que ela considerava Susebron um tolo, não suspeitariam de uma conspiração entre ela e o marido.

Siri não sabia se estava fazendo a coisa certa. Mas precisava aprender, ou Susebron morreria. E a única maneira de aprender era fazer. Não tinha muito, mas tinha *uma* coisa que os sacerdotes queriam: seu útero.

Aparentemente, poderia usá-lo como chantagem de modo eficaz, pois Treledees suprimiu sua raiva e manteve uma aparência de calma. Ele olhou para o palácio.

— A senhora conhece bem a história deste reino? Depois da partida da sua família, naturalmente.

Siri franziu a testa, surpresa com a pergunta. *Mais do que você provavelmente pensa.*

— Não muito — respondeu ela em voz alta.

— O Lorde Pacificador nos deixou um desafio — contou Treledees. — Ele nos entregou o tesouro que nosso Rei-Deus agora possui, uma riqueza de Respiração BioCromática nunca antes vista. Mais de cinquenta mil Respirações. E nos ordenou que as mantivéssemos em segurança. — Treledees se voltou para ela. — E nos avisou para que não as usássemos.

Siri sentiu um leve arrepio.

— Não espero que compreenda o que fizemos — disse Treledees. — Mas foi necessário.

— Foi necessário manter um homem aprisionado? — questionou Siri. — Privá-lo da capacidade de falar, tornar um homem-feito uma eterna criança? Ele não fazia ideia de como devia agir com uma mulher!

— Foi necessário — insistiu Treledees, firmando o queixo. — Vocês, idrianos. Nem mesmo tentam compreender. Lidei com seu pai durante anos e senti o mesmo preconceito ignorante nele.

Ele está me provocando, pensou Siri, mantendo as emoções sob controle. Foi mais difícil do que havia esperado.

— Acreditar em Austre em vez de nos seus deuses vivos não é ignorância. Afinal de contas, foram vocês que abandonaram nossa fé e seguiram um caminho mais fácil.

— Nós seguimos o deus que veio nos proteger quando seu Austre... uma coisa invisível e desconhecida... nos abandonou nas mãos do destruidor Kalad. Pacificador voltou à vida com um propósito específico: deter o conflito entre homens, trazer paz novamente a Hallandren.

Ele olhou-a de relance.

— O nome dele é sagrado. Foi *ele* que nos deu vida, Receptáculo. E pediu apenas uma coisa a nós: que cuidássemos do seu poder. Ele morreu para entregá-lo a nós, mas exigiu que fosse guardado, caso Retornasse e precisasse dele novamente. Não poderíamos deixar que fosse usado. Não poderíamos deixar que fosse profanado. Nem mesmo pelo nosso Rei-Deus.

Ele ficou em silêncio.

Então, como vocês tiram esse tesouro dele para passá-lo adiante? Sentiu-se tentada a perguntar. Será que isso seria revelar demais?

Finalmente, Treledees continuou.

— Agora vejo por que seu pai mandou a senhora em vez da outra. Deveríamos ter estudado todas as filhas, não só a primeira. A senhora é muito mais capacitada do que fomos levados a acreditar. — Aquela declaração a surpreendeu, mas ela manteve o cabelo sob controle. Treledees suspirou, desviando o olhar. — Quais são suas exigências? O que será necessário para que volte aos seus... deveres noturnos?

— Minhas servas — disse ela. — Quero substituir minhas criadas principais por mulheres de Pahn Kahl.

— A senhora está insatisfeita com suas servas?

— Não especificamente. Apenas sinto que tenho mais em comum com as mulheres de Pahn Kahl. Elas, como eu, estão vivendo exiladas da sua própria gente. Além disso, aprovo os tons de marrom que usam.

— Naturalmente — disse Treledees, obviamente pensando que os preconceitos idrianos dele estavam por trás do pedido.

— As garotas de Hallandren podem continuar a me servir nas funções que as mulheres de Pahn Kahl exerciam — continuou Siri. — Elas não precisam deixar completamente meu serviço... Na verdade, ainda quero conversar com algumas delas. Contudo, as mulheres principais que estão sempre comigo devem ser de Pahn Kahl.

— Como eu disse — replicou Treledees. — Assim será. A senhora vai retornar aos seus esforços, então?

— Por enquanto — disse Siri. — Com isso você ganha mais algumas semanas.

Treledees franziu o cenho, mas o que podia fazer de fato? Siri sorriu para ele, então se virou e foi embora. Contudo, percebeu que estava insatisfeita com o rumo que a conversa tomara. Havia obtido uma vitória — mas ao custo de antagonizar Treledees ainda mais.

Duvido que ele fosse começar a gostar de mim independentemente do meu esforço, ela decidiu, sentando-se sob seu pavilhão. *Provavelmente é melhor assim.*

Ela ainda não sabia o que ia acontecer com Susebron, mas pelo menos tinha confirmado que era possível manipular os sacerdotes. Já era alguma coisa, embora ela soubesse que estava pisando em um terreno perigoso. Retomou a refeição, pronta para experimentar outra rodada de frutos do mar. Fazia o melhor que podia para aprender sobre Hallandren, mas se a vida de Susebron corresse risco, ela o levaria embora. Torcia para que o fato de dar aos Pahn Kahl de Dedos-Azuis um papel mais proeminente no seu serviço ajudasse a facilitar aquela fuga. Torcia.

Com um suspiro, ela levou o primeiro bocado de comida aos lábios e continuou a provar.

41

VIVENNA ESTENDEU SUA moeda.

— Uma? — indagou Cads. — Só isso? *Uma* moeda?

Ele estava entre os homens mais sujos que já conhecera, até mesmo nas ruas. Contudo, gostava de roupas finas. Esse era seu estilo: roupas gastas e sujas da última moda. Ele parecia achar aquilo engraçado. Uma zombaria da alta sociedade.

Ele virou a moeda nos dedos ensebados.

— Uma moeda — repetiu ele.

— Por favor — sussurrou Vivenna.

Estavam na boca de um beco nos fundos de dois restaurantes. Dentro daquele beco, pivetes fuçavam o lixo. Lixo fresco de *dois* restaurantes. Ela salivou.

— Acho difícil de acreditar, dona mocinha, que *isso* foi tudo que conseguiu hoje.

— Por favor, Cads — repetiu ela. — Você sabe... não sei pedir esmola direito.

Estava começando a chover. De novo.

— Você tem que se sair melhor. Até as crianças conseguem me trazer pelo menos duas.

Atrás dele, os felizardos que o satisfizeram continuavam a se banquetear. Cheirava tão bem. Ou talvez o aroma viesse dos restaurantes.

— Eu não como há dias — sussurrou ela, piscando sob a chuva.

— Então faça melhor amanhã — disse ele, gesticulando para que fosse embora.

— Minha moeda...

Cads imediatamente acenou para seus capangas quando ela estendeu a mão para ele. Vivenna recuou por reflexo, tropeçando.

— Duas, amanhã — disse Cads, entrando no beco. — Tenho que pagar aos proprietários dos restaurantes, sabe? Não posso te deixar comer de graça.

Vivenna ficou parada, olhando para ele. Não porque pensasse que poderia convencê-lo a mudar de ideia, mas porque estava tendo dificuldade em fazer sua mente compreender a situação. Aquela era sua última chance de conseguir comida naquele dia. Uma moeda não compraria nada além de um bocado em qualquer outro lugar, mas ali — na última vez — havia permitido que comesse até estar de barriga cheia.

Aquilo havia sido há uma semana. Há quanto tempo estava nas ruas agora? Ela não sabia. Virou-se, desanimada, e puxou o xale mais para perto. Estava anoitecendo. Ela deveria esmolar mais um pouco.

Não conseguiu. Não depois de perder aquela moeda. Estava abalada, como se sua posse mais valiosa houvesse sido roubada.

Não. *Não.* Ela ainda tinha sua posse mais valiosa. Puxou o xale mais para perto.

Por que ele era importante? Estava com dificuldades para lembrar.

Ela arrastou os pés de volta para as Terras Altas. Seu lar. Parte dela entendeu que não deveria se sentir tão distante da pessoa que havia sido. Ela era uma princesa, não era? Mas ultimamente sentia-se tão doente, doente a ponto de nem mesmo sentir mais a fome. Estava tudo tão errado. Tão, tão errado.

Ela adentrou as favelas discretamente, tomando cuidado para manter a cabeça baixa, as costas curvadas, para não ofender ninguém. Hesitou quando caminhava, ao passar por uma rua à direita. Era ali que as prostitutas aguardavam, protegidas da garoa por um toldo.

Vivenna olhou para elas, paradas ali nas suas roupas reveladoras. Estavam próximas à entrada da favela, um lugar que não era muito ameaçador para pessoas de fora. Todos sabiam que não deviam roubar um homem a caminho de visitar as prostitutas. Os chefes das favelas não gostavam quando seus clientes ficavam com medo de aparecer. Era ruim para os negócios, como diria Denth.

Vivenna ficou ali por um longo momento. As prostitutas pareciam bem alimentadas. Não estavam sujas. Várias estavam rindo. Poderia se juntar a elas. Um pivete havia falado sobre isso no outro dia, mencionado que ela ainda era jovem. Ele pedira que Vivenna fosse com ele ver o chefe da favela, esperando conseguir alguma moeda por recrutar uma garota disposta.

Era tão tentador. Comida. Calor. Uma cama seca.

Abençoado Austre, ela pensou, se recompondo. *O que estou pensando? O que há de errado com minha mente?* Era tão difícil se concentrar. Como se estivesse em um transe o tempo todo.

Ela se forçou a continuar em movimento, cambaleando para longe das mulheres.

Não faria aquilo. Ainda não.

Ainda não.

Ah, Senhor das Cores, ela pensou, horrorizada. *Preciso sair desta cidade. É melhor que eu morra de fome na estrada de volta para Idris — melhor ser levada por Denth e torturada — do que terminar em um bordel.*

Contudo, assim como a moralidade de roubar, a moralidade de usar seu corpo lhe parecia muito mais vaga agora, quando a fome era uma necessidade tão constante. Ela seguiu até seu último beco. Já havia sido expulsa dos outros. Mas aquele ali era bom; reservado, mas frequentemente ocupado por pivetes menores. A companhia deles fazia com que se sentisse melhor, embora soubesse que eles a revistavam à noite atrás de moedas.

O cansaço que estou sentindo é inacreditável..., ela pensou, a cabeça girando, e apoiou a mão na parede. Respirou fundo algumas vezes. Os ataques de tontura aconteciam com frequência ultimamente.

Voltou a avançar. O beco estava vazio, todos os outros ainda na rua tentando obter umas moedas extras. Ela pegou o melhor lugar — um pequeno monte de terra que conseguira fazer brotar um tufo de grama.

Tinha até poucos calombos na terra, embora estivesse úmida devido à chuva fina. Ela não se importava com isso.

Sombras escureceram o beco atrás dela.

Sua reação foi imediata. Ela começou a correr. Viver nas ruas lhe ensinara lições rápidas. Mesmo fraca como estava, seu pânico lhe rendeu uma explosão de velocidade. Então outra sombra surgiu do outro lado do beco à frente dela. Ela parou, então se virou e viu um grupo de bandidos se movendo atrás dela.

Na traseira do grupo estava o homem que a roubara algumas semanas atrás, o que havia levado seu vestido. Ele parecia envergonhado.

— Desculpe, princesa — disse ele. — A recompensa ficou alta demais. Mas me levou um tempo dos infernos pra te encontrar. Você se escondeu bem.

Vivenna hesitou. Então simplesmente deixou-se cair no chão.

Não aguento mais, pensou, envolvendo o próprio corpo com os braços.

Estava exausta. Completamente. Física, mental, emocionalmente. De certo modo, estava feliz que houvesse acabado. Não sabia o que os homens fariam com ela, mas sabia que era o fim. Não importava para quem fossem vendê-la, a pessoa não seria descuidada a ponto de deixá-la escapar novamente.

Os bandidos se aglomeraram ao redor dela. Ouviu um deles falar em levá-la para Denth. Mãos rudes agarraram seu braço, arrastando-a para que ficasse de pé. Vivenna seguiu com a cabeça baixa. Eles a conduziram rumo à rua principal. Estava escurecendo, mas nenhum pivete ou pedinte se dirigiu ao beco.

Eu devia ter percebido. Estava deserto demais.

Finalmente, tudo a soterrou. Não conseguia encontrar a energia para se importar em fugir, não de novo. Parte dela, bem no fundo, compreendeu que seus tutores estavam certos. Quando se está fraca e faminta, é difícil invocar a energia para se importar com qualquer coisa, até mesmo com escapar.

Naquele momento era difícil se lembrar desses tutores. Era difícil se lembrar de como era não estar faminta.

Os capangas pararam de andar. Vivenna ergueu os olhos, piscando para afastar a tontura. Havia alguma coisa na rua escura e úmida diante deles. Uma espada de cabo negro. A arma, com bainha prateada e tudo, havia sido enfiada na terra.

A rua ficou em silêncio. Um dos capangas deu um passo à frente e puxou a espada do chão e abriu o fecho da bainha. Vivenna sentiu uma súbita náusea, mais uma memória do que uma sensação verdadeira. Ela cambaleou para trás, horrorizada.

Os outros capangas, como que hipnotizados, se reuniram ao redor do amigo. Um deles estendeu a mão para o cabo.

O homem carregando a espada atacou, brandindo a arma, com bainha e tudo, no rosto do seu amigo. Uma fumaça negra começou a emanar da espada, se elevando do minúsculo pedaço de lâmina negra visível.

Os homens gritaram, todos tentando agarrar a espada. O homem que a segurava continuou brandindo a lâmina, a arma atingindo com muito mais força e dano do que deveria. Ossos quebraram; sangue começou a correr nos paralelepípedos. O homem continuou a atacar, se movendo com uma velocidade impressionante. Vivenna, ainda cambaleando para trás, podia ver seus olhos.

Estavam apavorados.

Ele matou seu último amigo — aquele que a roubara em um dia que agora parecia tão distante — ao bater a espada embainhada nas costas do homem. Ossos racharam. Àquela altura, a manga no braço do portador da espada havia se desintegrado, e um negrume — como vinhas crescendo em uma parede — havia envolvido o seu ombro. Veias negras e pulsantes intumescidas sob a pele. O homem soltou um grito desesperado e lancinante.

Então ele girou a espada e fez com que ela varasse, com bainha e tudo, o seu peito. Ela cortou pele, carne e osso, embora a bainha não parecesse afiada. O homem caiu de joelhos, então pendeu para trás, em um espasmo, olhos voltados para o ar enquanto as veias negras em seu braço começavam a se evaporar. Ele morreu assim, ajoelhado, o corpo apoiado pela espada que saía por suas costas e servia de suporte por trás.

Vivenna ficou sozinha em uma rua coberta de cadáveres. Uma figura desceu de um telhado, baixada por dois pedaços retorcidos de corda animada. Ele pousou silenciosamente, as cordas ficando imóveis. Passou por Vivenna, ignorando-a, e agarrou a espada. Hesitou por um momento, então trancou o fecho e puxou a arma — com bainha e tudo — para soltá-la do cadáver.

O homem morto finalmente caiu no chão.

Vivenna olhava adiante, paralisada. Então, entorpecida, sentou-se na rua. Nem se encolheu quando Vasher a pegou e a jogou sobre o ombro.

42

SUA GRAÇA NÃO ESTÁ INTERESSADA em vê-lo — disse a sacerdotisa, mantendo uma postura reverente.

— Bem, não estou interessado no desinteresse dela — retrucou Canto-de-Luz. — Talvez você devesse perguntar de novo, só para ter certeza.

A sacerdotisa curvou a cabeça.

— Perdão, Vossa Graça, mas já perguntei 14 vezes. A deusa Mãe-de-Todos está ficando impaciente com seus pedidos e me instruiu a não responder mais a eles.

— Ela deu o mesmo comando às outras sacerdotisas?

A sacerdotisa hesitou.

— Bem, não, Vossa Graça.

— Maravilha — respondeu Canto-de-Luz. — Mande chamar uma delas. Então mande que *ela* pergunte a Mãe-de-Todos se ela pode me receber.

A sacerdotisa suspirou de modo audível. Canto-de-Luz considerou isso uma vitória, de certo modo. As sacerdotisas de Mãe-de-Todos eram consideradas as mais pias — e mais humildes — da corte. Se ele conseguia irritá-las, conseguia irritar qualquer um.

Esperou, as mãos nos quadris, enquanto a sacerdotisa foi realizar seu pedido. Mãe-de-Todos podia dar a elas ordens e comandos, mas não podia mandar que ignorassem completamente Canto-de-Luz. Afinal de contas, ele também era um deus. Contanto que pedisse algo que Mãe-de-Todos não houvesse proibido explicitamente, precisavam obedecer a ele.

Mesmo que isso irritasse a deusa delas.

— Estou desenvolvendo uma nova habilidade — disse Canto-de-Luz. — Irritação por procuração!

Llarimar suspirou.

— E o seu discurso para a deusa Faz-Corar alguns dias atrás, Vossa Graça? Pareceu dar a entender que *não* pretendia mais irritar muito as pessoas.

— Não disse nada do gênero — contestou Canto-de-Luz. — Apenas falei que estava reconhecendo dentro de mim um pouco mais da pessoa que eu costumava ser. Isso não significa que vou descartar todo o progresso que fiz nos últimos anos.

— Seu senso de autoconsciência é notável, Vossa Graça.

— Eu sei! Agora, calado. A sacerdotisa está voltando.

De fato, a mulher se aproximou e fez uma mesura diante de Canto-de--Luz na grama.

— Minhas desculpas, Vossa Graça. Contudo, nossa deusa agora solicitou que *nenhuma* sacerdotisa tenha permissão de perguntar a ela se o senhor pode vê-la.

— Ela disse que também não podiam perguntar se ela pode vir até aqui?

— Sim, Vossa Graça — respondeu a sacerdotisa. — E todas as outras frases que possam implicar pedir que ela se aproxime de Vossa Graça, ou se comunique com o senhor por carta, ou transmita mensagens do senhor de qualquer forma.

— Hum — disse ele, batendo com o dedo no queixo. — Ela está melhorando. Bem, então acho que não há nada a fazer.

A sacerdotisa relaxou.

— Afobado, monte meu pavilhão aqui, diante do palácio dela — ordenou Canto-de-Luz. — Vou dormir aqui esta noite.

A sacerdotisa levantou os olhos.

— O senhor vai fazer o *quê*? — perguntou Llarimar.

Canto-de-Luz deu de ombros.

— Não vou sair daqui até me reunir com ela. Isso significa permanecer até que ela reconheça minha presença. Já faz quase uma semana! Se ela quer ser teimosa, então vai descobrir que posso ser *igualmente* teimoso. — Ele olhou para a sacerdotisa. — Tenho muita prática nisso, sabe? Vem de ser um bufão insuportável e tudo o mais. Imagino que ela não tenha proibido você de deixar que esquilos entrem no palácio?

— Esquilos, Vossa Graça?

— Excelente — disse Canto-de-Luz, sentando-se enquanto seus servos erigiam o pavilhão. Ele tirou o esquilo Sem-Vida da sua caixa e o segurou na mão. — Grama de amêndoa — sussurrou, fornecendo a nova frase de segurança que ordenara seu pessoal a gravar no Sem-Vida. Então falou mais alto, para que a sacerdotisa pudesse ouvir: — Entre no palácio, procure a Retornada que vive nele e corra em círculos ao redor dela, guinchando o mais alto que puder. Não deixe ninguém pegar você. Ah, e destrua a maior quantidade de mobília que conseguir. — Então, mais baixo, ele repetiu: — Grama de amêndoa.

O esquilo imediatamente saltou da sua mão e disparou rumo ao palácio. A sacerdotisa virou o pescoço para segui-lo, horrorizada. O esquilo começou a guinchar com um som que parecia incrivelmente *inesquilesco*. Ele desapareceu no edifício, escapulindo entre as pernas de um guarda perplexo.

— Essa tarde está se mostrando muito agradável — comentou Canto-de--Luz, estendendo a mão para um punhado de uvas enquanto a sacerdotisa corria atrás do esquilo.

— Ele não será capaz de seguir todas essas instruções, Vossa Graça — disse Llarimar. — Tem a mente de um esquilo, apesar do poder que a Respiração lhe concede para obedecer a Comandos.

Canto-de-Luz deu de ombros.

— Veremos.

Ele começou a ouvir gritos de irritação vindos do palácio. Sorriu.

Levou mais tempo do que esperava. Mãe-de-Todos era teimosa, como comprovado pela incapacidade total de Faz-Corar em manipulá-la. Enquanto ele esperava sentado — ouvindo despreocupadamente um grupo de músicos —, uma sacerdotisa vez ou outra aparecia para espiá-lo. Várias horas se passaram. Ele não bebeu nem comeu muito, para que não precisasse ir ao banheiro.

Ordenou que seus músicos tocassem mais alto. Havia escolhido um grupo com muita percussão.

Finalmente, uma sacerdotisa com um ar exausto saiu do palácio.

— Sua Graça vai recebê-lo — disse a mulher, se curvando diante de Canto-de-Luz.

— Hum? Ah, é. Preciso ir agora? Não dá para acabar de ouvir essa canção?

A sacerdotisa ergueu os olhos.

— Eu...

— Ah, tudo bem, então — disse Canto-de-Luz, se levantando.

MÃE-DE-TODOS AINDA ESTAVA na câmara de audiências. Canto-de-Luz hesitou na entrada — que, como em todos os palácios, havia sido projetada em uma escala divina. Ele franziu o cenho.

As pessoas ainda esperavam em uma fila e Mãe-de-Todos estava sentada em um trono à frente da câmara. Ela era atarracada para uma deusa, e ele sempre considerara seu cabelo branco e rosto cheio de rugas uma estranheza dentro do panteão. Em idade corporal, ela era a mais velha dos deuses.

Fazia tempo desde que ele a visitara. Na verdade... *A última vez que estive aqui foi na noite antes de Calma-Vidente entregar sua Respiração*, ele percebeu. *Naquela noite, anos atrás, quando compartilhamos o que seria a sua última refeição.*

Ele nunca havia voltado. De que adiantaria? Eles só se reuniam por conta de Calma-Vidente. Na maioria das vezes, Mãe-de-Todos havia sido bem explícita sobre o que pensava de Canto-de-Luz. Pelo menos ela era honesta.

Isso era mais do que ele podia dizer de si mesmo.

Ela não o saudou. Continuou sentada, um pouco curvada, escutando um homem que apresentava sua petição. Ele era de meia-idade e estava de pé com dificuldade, apoiado em uma bengala.

— ... meus filhos estão passando fome agora — disse ele. — Não tenho dinheiro para comida. Imaginei que, se minha perna funcionasse, poderia voltar às docas. — Ele baixou os olhos.

— Sua fé é louvável — disse Mãe-de-Todos. — Diga-me, como perdeu o uso da sua perna?

— Um acidente de pesca, Vossa Graça. Eu vim das terras altas alguns anos atrás, quando geadas fora de época destruíram minhas colheitas. Arrumei emprego em uma das vanguardas de tempestade... as embarcações que saem durante as tempestades de primavera, para pescar enquanto outros permanecem no porto. O acidente esmagou um barril contra minha perna. Ninguém mais me leva para trabalhar nos barcos, não com uma perna aleijada.

Mãe-de-Todos assentiu.

— Eu não queria ter que vir até a senhora... Mas com minha esposa doente e minha filha chorando de tanta fome...

Mãe-de-Todos estendeu uma mão e pousou-a no ombro do homem.

— Eu compreendo suas dificuldades, mas seus problemas não são tão severos quanto pensa. Vá e fale com minha suma sacerdotisa. Tem um homem nas docas que me deve lealdade. Você tem duas boas mãos; vai ser colocado para costurar redes.

O homem ergueu o rosto com um brilho de esperança nos olhos.

— Você vai sair daqui com comida o bastante para cuidar da sua família até que aprenda seu novo serviço — disse Mãe-de-Todos. — Vá com minha bênção.

O homem se levantou, então caiu de joelhos e começou a chorar.

— Obrigado — sussurrou ele. — Obrigado.

Sacerdotes se adiantaram e conduziram o homem para fora. A sala ficou em silêncio, e Mãe-de-Todos se voltou para encarar Canto-de-Luz. Ela sinalizou com a cabeça para o lado, de onde uma sacerdotisa se aproximou, segurando um pequeno pacote peludo muito bem amarrado.

— Me disseram que isso é seu — disse Mãe-de-Todos.

— Ah, sim — replicou Canto-de-Luz, corando levemente. — Mil perdões. Ele meio que fugiu de mim.

— Com um Comando acidental de me encontrar? — indagou Mãe-de-Todos. — Depois correr em círculos gritando?

— Isso de fato funcionou? — disse Canto-de-Luz. — Interessante. Meu sumo sacerdote não achava que o cérebro do esquilo seria capaz de seguir Comandos tão complicados.

Mãe-de-Todos o fitou com um ar severo.

— Ah — disse Canto-de-Luz. — Eu quis dizer: "Ops, ele me entendeu de modo totalmente errado. Esquilo idiota." Minhas mais profundas desculpas, honorável irmã.

Mãe-de-Todos suspirou, então gesticulou na direção de uma passagem na lateral da sala. Canto-de-Luz caminhou naquela direção e ela o seguiu, acompanhada de uns poucos servos. Mãe-de-Todos se movia com a rigidez da idade. *Sou eu, ou ela parece mais velha do que antes?* Naturalmente, isso era impossível. Retornados não envelheciam. Pelo menos, não aqueles que já tinham chegado à maturidade.

Quando ficaram fora do alcance e da vista dos suplicantes, Mãe-de-Todos agarrou seu braço.

— O que, em nome das Cores, você acha que está fazendo? — ladrou ela.

Canto-de-Luz se virou, levantando uma sobrancelha.

— Bem, você não queria me ver e...

— Você pretende destruir o pouco de autoridade que ainda possuímos, seu idiota? — indagou Mãe-de-Todos. — As pessoas na cidade já estão dizendo que os Retornados estão enfraquecendo, que os melhores de nós morreram anos atrás.

— Talvez eles estejam certos.

Mãe-de-Todos fechou a cara.

— Se gente o suficiente acreditar nisso, perderemos o acesso às Respirações. Você já pensou nisso? Já considerou o que sua falta de decoro, sua leviandade, poderia custar a todos nós?

— Então esse é o motivo para o espetáculo? — perguntou ele, olhando de volta através da porta.

— Outrora, os Retornados não ouviam as petições e diziam apenas sim ou não — observou Mãe-de-Todos. — Eles tomavam o tempo necessário para ouvir cada pessoa que ia até eles, então procuravam ajudá-las da melhor maneira possível.

— Parece extremamente trabalhoso.

— Nós somos seus *deuses.* Um pouco de trabalho deveria nos deter? — Ela o encarou. — Ora, mas é claro. Não deveríamos permitir que algo tão simples quanto as dores do nosso povo interfira com nosso tempo de lazer. Por que perco meu tempo falando com você?

Ela se voltou para deixar a sala.

— Eu vim para entregar a você meus Comandos dos Sem-Vida — declarou Canto-de-Luz.

Mãe-de-Todos parou subitamente.

— Faz-Corar controla dois grupos dos Comandos — disse Canto-de-Luz. — O que dá a ela controle sobre metade dos nossos exércitos. Isso me preocupa. Quero dizer, confio nela tanto quanto em qualquer outro Retornado. Mas, se houver guerra, então ela rapidamente se tornará a segunda pessoa mais poderosa no reino. Só o Rei-Deus teria mais autoridade.

Mãe-de-Todos o fitava com uma expressão indecifrável.

— Imagino que a melhor maneira de balancear a situação seja fazer com que outra pessoa tenha dois grupos de Comandos — prosseguiu Canto-de-Luz. — Talvez isso faça com que ela pare para pensar e não acabe tomando decisões imprudentes.

Houve silêncio na sala.

— Calma-Vidente confiava em você — disse Mãe-de-Todos finalmente.

— Seu único defeito, é verdade. Até mesmo as deusas os possuem, ou assim parece. Achei que fosse cavalheiresco nunca apontar tais coisas.

— Ela era a melhor de nós — continuou Mãe-de-Todos, olhando na direção de seus suplicantes. — Recebia pessoas o dia todo. Eles a amavam.

— Linha final azul — disse Canto-de-Luz. — Essa é minha frase de segurança central. Por favor, aceite-a. Vou dizer a Faz-Corar que você me forçou a entregá-la. Ela vai ficar furiosa comigo, naturalmente, mas não será a primeira vez.

— Não — respondeu Mãe-de-Todos finalmente. — Não, não vou deixá-lo sair dessa tão facilmente, Canto-de-Luz.

— Como assim? — perguntou ele, sobressaltado.

— Você não sente? Alguma coisa está acontecendo na cidade. Essa confusão com os idrianos e suas favelas, as discussões cada vez mais ferozes entre os sacerdotes. — Ela balançou a cabeça. — Não vou deixar que fuja do seu papel. Você foi escolhido para essa posição. É um deus, como o resto de nós, mesmo que se esforce ao máximo para fingir que não.

— Você já tem minha frase de Comando, Mãe-de-Todos. — Ele deu de ombros e avançou para um corredor rumo à saída. — Faça o que quiser com ela.

— Sinos verdejantes — disse Mãe-de-Todos. — Essa é a minha.

Canto-de-Luz parou no meio de um passo.

— Agora nós dois conhecemos as duas. Se o que você disse mais cedo é verdade, então é melhor que nossos Comandos sejam distribuídos.

Ele girou.

— Você acabou de me chamar de tolo! Agora me confia o comando dos seus soldados? Eu preciso perguntar, Mãe-de-Todos, e por favor não considere grosseria. Mas qual, em nome das *Cores*, é o seu problema?

— Eu sonhei que você viria — disse ela, encarando o olhar dele. — Vi isso nas pinturas, uma semana atrás. A semana toda, vi padrões de círculos nas pinturas, todos vermelhos e dourados. Suas cores.

— Coincidência.

Ela bufou baixinho.

— Algum dia você vai ter que deixar de lado seu egoísmo estúpido, Canto-de-Luz. Isso não envolve apenas a nós. Decidi começar a prestar serviços melhores. Talvez você precise dar uma olhada em quem você é e no que está fazendo.

— Ah, minha cara Mãe-de-Todos. Sabe, o problema desse desafio é o pressuposto de que eu não *tentei* ser algo além do que sou. Toda vez que faço isso, o resultado é desastroso.

— De qualquer forma, agora você tem meus Comandos. Para o bem ou para o mal. — A deusa idosa se virou, caminhando para sua sala de suplicantes. — Estou curiosa para ver como vai lidar com eles.

43

VIVENNA DESPERTOU DOENte, cansada, sedenta, faminta.

Mas viva.

Abriu os olhos com uma sensação estranha. Conforto. Estava em uma cama confortável e macia. Levantou o corpo imediatamente; sua cabeça girou.

— Eu tomaria cuidado — disse uma voz. — Seu corpo está fraco.

Ela piscou os olhos, a visão turva, tentando se concentrar na figura sentada à mesa ali perto, de costas para ela. Ele parecia estar comendo.

Uma espada negra em uma bainha prateada estava apoiada contra a mesa.

— Você — sussurrou ela.

— Eu — disse Vasher entre mordidas.

Ela olhou para o próprio corpo. Não estava mais vestindo sua combinação, e sim um conjunto de roupas de dormir de algodão macio. Seu corpo estava limpo. Ela levou a mão ao cabelo, sentindo que os nós e emaranhados haviam sumido. Ainda estava branco.

Era muito estranho estar limpa.

— Você me estuprou? — perguntou ela em um fio de voz.

Ele bufou.

— Uma mulher que esteve na cama de Denth não é uma tentação para mim.

— Eu nunca dormi com ele — disse ela, embora não soubesse por que se importara em contar isso.

Vasher se virou, seu rosto emoldurado por aquela barba irregular e desgrenhada. Sua roupa era muito menos fina do que a dela. Ele estudou os seus olhos.

— Ele enganou você, não foi?

Ela concordou.

— Idiota.

Ela concordou novamente.

Ele voltou para sua refeição.

— A mulher que cuida desse edifício... eu a paguei para dar banho em você, a vestir e trocar seu penico. Não encostei em você.

Ela franziu a testa.

— O que... aconteceu?

— Você se lembra da briga na rua?

— Com sua espada?

Ele assentiu.

— Vagamente. Você me salvou.

— Eu mantive uma ferramenta longe das mãos de Denth — replicou ele. — É isso que importa.

— Mesmo assim, obrigada.

Ele ficou em silêncio por alguns momentos.

— De nada — respondeu ele, por fim.

— Por que eu me sinto tão mal?

— Tramaria. É uma doença que não tem lá nas terras altas. É espalhada por picadas de insetos. Você provavelmente pegou umas duas semanas antes de eu te encontrar. Se você está fraco, ela não passa.

Ela levou a mão à cabeça.

— Imagino que tenha passado por maus bocados — observou Vasher. — Com a tonteira, a demência e a fome.

— Sim.

— Você mereceu.

Ele continuou a comer. Vivenna não se moveu por um longo momento. A comida tinha um cheiro delicioso, mas ela aparentemente havia sido alimentada durante as febres, porque não estava tão faminta quanto teria esperado. Só com um pouco de fome.

— Você devia dormir mais um pouco.

— O que vai fazer comigo?

Ele não respondeu.

— As Respirações BioCromáticas que você possuía... Você as entregou a Denth?

Ela fez uma pausa, pensando.

— Sim.

Vasher a encarou, arqueando a sobrancelha.

— Não — admitiu, desviando o olhar. — Eu as coloquei no xale que estava usando.

Ele se levantou e deixou o cômodo. Vivenna pensou em fugir. Em vez disso, saiu da cama e começou a comer a comida dele — um peixe frito inteiro. Já não se incomodava mais com frutos do mar.

Ele voltou, então parou na entrada, vendo-a atacar as espinhas do peixe. Não a expulsou de sua cadeira, apenas ocupou a outra. Por fim, ele ergueu o xale vermelho, lavado e limpo.

— Esse? — perguntou ele.

Ela gelou com um pedaço de peixe na boca.

Vasher deixou o xale na mesa ao lado dela.

— Está me devolvendo?

Ele deu de ombros.

— Se tiver mesmo Respiração armazenada nele, não tenho como acessá-la. Só você pode.

Ela pegou o xale.

— Eu não conheço o Comando.

Ele ergueu uma sobrancelha.

— Você escapou da minha corda sem Despertá-la?

Ela balançou a cabeça.

— Eu adivinhei o Comando para isso.

— Eu devia ter te amordaçado melhor. Como assim você "adivinhou"?

— Foi a primeira vez que eu usei a Respiração.

— Ah, certo. Você é da linhagem real.

— O que quer dizer com isso?

Ele balançou a cabeça e apontou para o xale.

— Sua Respiração para a minha. É esse o Comando que você quer.

Ela imediatamente pôs a mão no xale e disse as palavras. Na mesma hora tudo mudou.

Sua tontura desapareceu. Seu embotamento para o mundo sumiu. Ela arquejou, tremendo com o prazer da Respiração restaurada. Foi tão intenso que ela chegou a cair da cadeira, tremendo como alguém tendo um ataque, tomada pela maravilhosa sensação. Era incrível. Ela podia sentir vida. Podia sentir Vasher formando um bolsão de cor belo e brilhante ao redor dele. Estava *viva* novamente.

Ela se deleitou na sensação por um longo momento.

— É chocante quando a recebemos pela primeira vez — comentou Vasher. — Geralmente, não é tão ruim se você recupera a Respiração em cerca de uma hora. Mas se passam semanas, ou mesmo alguns dias, é como recebê-la pela primeira vez.

Sorrindo, sentindo-se incrível, ela voltou à cadeira e limpou o peixe do rosto.

— Minha doença se foi!

— Mas é claro. Você tem Respiração suficiente para pelo menos a Terceira Elevação, se estou lendo corretamente. Nunca ficará doente, quase nem envelhecerá. Isto é, se você conseguir manter a Respiração.

Ela o encarou, em pânico.

— Não. Não vou te forçar a me entregar sua Respiração. Muito embora provavelmente devesse. Você dá muito mais trabalho do que vale, princesa.

Ela se voltou para a comida, se sentindo mais confiante. Agora parecia que as últimas semanas haviam sido um pesadelo. Uma bolha, surreal e desconectada de sua vida. Fora mesmo ela quem ficara sentada na rua pedindo esmola? Teria mesmo dormido na chuva, vivido na lama? Será que pensara mesmo em recorrer à prostituição?

Sim. Não podia esquecer só porque agora tinha Respiração novamente. Mas será que se tornar uma Descorada influenciara suas ações? Será que a doença também tivera uma parte nisso? De qualquer modo, o fator principal fora o puro desespero.

— Muito bem — disse ele, se levantando e pegando a espada negra. — Hora de ir.

— Ir para onde? — perguntou ela, desconfiada.

Na última vez que encontrara aquele homem, ele a amarrara, a forçara a tocar na sua espada e a deixara amordaçada. Vasher ignorou sua preocupação, jogando uma pilha de roupas sobre a mesa.

— Vista isso.

Vivenna deu uma olhada nas roupas. Calças grossas, uma túnica para ser enfiada no cós, um colete para botar por cima. Tudo em vários tons de azul. As roupas de baixo eram de uma cor menos viva.

— São roupas de homem — disse ela.

— São utilitárias — respondeu Vasher, caminhando até a porta. — Não vou gastar dinheiro comprando roupas finas, princesa. Vai ter que se acostumar com essas aí.

Ela abriu a boca, mas então a fechou, desistindo de reclamar. Havia passado... não sabia quanto tempo correndo por aí em uma combinação fina, quase translúcida, que só a cobrira até o meio das coxas. Ela pegou as calças e a camisa com gratidão.

— Por favor — disse ela, voltando-se para ele. — Agradeço pelas roupas. Mas posso pelo menos saber o que você pretende fazer comigo?

Vasher hesitou no batente.

— Tenho trabalho para você.

Ela estremeceu, pensando nos corpos que Denth lhe mostrara e nos homens que Vasher havia matado.

— Você vai matar de novo, não vai?

Ele se voltou para encará-la, franzindo o cenho.

— Denth está aprontando alguma coisa. Vou impedi-lo.

— Denth estava trabalhando para mim. Ou pelo menos fingia trabalhar. Todas as coisas que ele fez foram sob meu comando. Ele estava apenas concordando para me manter complacente.

Vasher soltou uma gargalhada feroz, e Vivenna enrubesceu. Seu cabelo — reagindo ao seu humor pela primeira vez desde seu choque ao ver Parlin morto — ficou vermelho.

Era tão surreal. Duas semanas nas ruas? Pareceu muito mais tempo. Mas agora, subitamente, estava limpa e alimentada, e de algum modo sentia-se a mulher de sempre. Parte do motivo era a Respiração. A bela e maravilhosa Respiração. Nunca mais queria ficar sem ela.

Não, não era a mulher de sempre. Então, quem era ela? Será que isso importava?

— Você está rindo de mim — disse ela, voltando-se para Vasher. — Mas eu só estava fazendo o melhor que podia. Queria ajudar meu povo na guerra vindoura. Lutar contra Hallandren.

— Hallandren não é sua inimiga.

— É, sim — disse ela com firmeza. — E planeja marchar contra meu povo.

— Os sacerdotes têm bons motivos para agir desse jeito.

Vivenna bufou.

— Denth disse que todo homem acha que está fazendo a coisa certa.

— Denth é esperto demais para seu próprio bem. Ele estava manipulando você, princesa.

— Como assim?

— Você nunca considerou a situação? — perguntou Vasher. — Atacar caravanas de suprimentos? Incitar os pobres idrianos a se rebelarem? Lembrá-los de Vahr e das suas promessas de liberdade, que ainda estavam tão frescas em suas mentes? Mostrar você aos chefes dos bandidos, fazendo com que pensassem que Idris estava trabalhando para minar o governo hallandreano? Princesa, você diz que todo homem acha que está do lado certo, dando a entender que todos que se opuseram a você estavam se iludindo. — Ele fitou-a nos olhos. — Nunca parou para pensar que talvez *você* estivesse do lado errado?

Vivenna gelou.

— Denth não estava trabalhando para você. Nem mesmo estava fingindo. Alguém nesta cidade o contratou para começar uma guerra entre Idris e Hallandren, e ele passou esses últimos meses usando você para fazer isso acontecer. Estou tentando entender por quê. Quem está por trás disso, e por que uma guerra seria vantajosa?

Vivenna se recostou, olhos arregalados. Não podia ser verdade. Ele tinha que estar errado.

— Você foi o peão perfeito — continuou Vasher. — Lembrou o povo nas favelas da sua verdadeira herança, dando a Denth alguém para mobilizá-los. A Corte dos Deuses está a um fio de atacar sua terra natal. Não porque odeiam idrianos, mas porque acham que insurgentes idrianos *já* estão os atacando.

Ele sacudiu a cabeça.

— Não pude acreditar que você não percebia o que estava fazendo. Imaginei que estivesse trabalhando com ele intencionalmente para começar a guerra. — Vasher a encarou. — Subestimei sua estupidez. Vista-se. Não sei se teremos tempo o bastante para desfazer o que você fez, mas pretendo tentar.

A ROUPA LHE PARECIA estranha. As calças apertavam suas coxas, fazendo-a se sentir exposta. Era estranho não sentir o farfalhar das saias nos seus tornozelos.

Caminhava silenciosamente ao lado de Vasher, a cabeça baixa, o cabelo curto demais para ser trançado. Ainda não havia tentado fazer com que crescesse de novo. Isso usaria nutrição de que seu corpo precisava.

Eles atravessaram a favela idriana e Vivenna teve que combater o impulso de pular a cada som, olhando sobre o ombro para ver se alguém a estava seguindo. Era um pivete querendo roubar o dinheiro que ela havia pedido de esmola? Um grupo de bandidos planejando vendê-la para Denth? Aquelas sombras seriam Sem-Vida de olhos cinzentos vindo para atacar e abater? Eles passaram por uma pedinte na rua, uma jovem de idade indeterminada, mas com um rosto coberto de fuligem e olhos brilhantes que os vigiavam. Vivenna podia ver a fome naqueles olhos. A mulher estava tentando decidir se devia tentar roubá-los.

A espada na mão de Vasher obviamente foi o bastante para alertá-la. Vivenna a viu correr para dentro de um beco, sentindo um estranho senso de conexão.

Cores, eu estive mesmo na pele dela?

Não. Ela nem de longe fora tão capaz quanto aquela garota. Vivenna havia sido tão ingênua que fora sequestrada sem saber, depois trabalhara para iniciar uma guerra sem compreender o que estava fazendo.

Nunca parou para pensar que talvez você estivesse do lado errado?

Ela não sabia ao certo em que acreditar. Fora enganada tão rápido por Denth que hesitava em aceitar qualquer coisa que Vasher dissesse. Contudo, *podia* ver sinais de que algumas das coisas que ele dissera eram verdade.

Denth sempre a levara para conhecer os elementos menos respeitáveis da cidade. Não apenas eram o tipo de gente que um mercenário como ele conheceria, mas também provavelmente o tipo que preferia o caos da guerra. Atacar os suprimentos de Hallandren não só tornaria mais difícil administrar a guerra, mas também tornaria mais provável que os sacerdotes atacassem enquanto ainda estavam fortes. As perdas também serviriam para deixá-los mais zangados.

Fazia sentido, de um modo arrepiante — um sentido que era difícil de ignorar.

— Denth me fez pensar que a guerra era inevitável — sussurrou Vivenna enquanto caminhavam pelas favelas. — Meu pai acha que é inevitável. Todo mundo diz que vai acontecer.

— Eles estão errados — respondeu Vasher. — Há décadas Hallandren e Idris estão próximas da guerra, mas nunca foi inevitável. Para que este reino ataque, os Retornados precisam ser convencidos... e eles geralmente estão concentrados demais em si mesmos para querer algo tão perturbador quanto a guerra. Só um esforço prolongado, primeiro para convencer os sacerdotes, depois para fazer com que eles discutam até que os deuses acreditem, daria resultado.

Vivenna olhava à frente para as ruas sujas com seus detritos coloridos.

— Eu sou realmente inútil, não sou? — sussurrou.

Vasher olhou-a de soslaio.

— Primeiro, meu pai enviou minha irmã para se casar com o Rei-Deus, em vez de me enviar. Eu vim atrás dela, mas não sabia o que estava fazendo. Denth me pegou no meu primeiro dia na cidade. Quando finalmente escapei dele, não consegui passar uma semana na rua sem ser roubada, surrada e então capturada. Agora você alega que levei sozinha meu povo à beira da guerra.

Vasher bufou.

— Não se dê *tanto* crédito. Denth já estava trabalhando nessa guerra há um bom tempo. Pelo que ouvi dizer, ele corrompeu até o embaixador idriano. Além disso, há elementos no governo hallandreano... as pessoas que contrataram Denth, para começo de conversa... que querem que esse conflito aconteça.

Era tudo tão confuso. O que ele dizia fazia sentido, mas Denth também parecera fazer sentido. Ela precisava saber mais.

— Você tem algum palpite de quem poderiam ser essas pessoas? Os contratantes de Denth?

Vasher balançou a cabeça.

— Um dos deuses, eu acho... ou talvez um grupo conspiratório de vários deles. Talvez um grupo de sacerdotes trabalhando por conta própria.

Eles voltaram a cair em silêncio.

— Por quê? — perguntou Vivenna finalmente.

— Como eu vou saber? — indagou Vasher. — Nem mesmo consigo descobrir *quem* está por trás disso.

— Não, não é isso. Quero dizer, por que você está envolvido? Por que se importa?

— Porque sim — disse Vasher.

— Porque sim por quê?

Vasher suspirou.

— Olha só, princesa, eu não sou como Denth; não tenho a habilidade dele com as palavras, e não gosto muito de pessoas, para começar. Não espere que eu fique de conversinha com você, está bem?

Vivenna fechou a boca, surpresa. *Se ele está tentando me manipular, tem uma maneira muito estranha de fazer isso.*

O destino deles acabou se revelando um edifício decrépito na esquina de um cruzamento igualmente decrépito. Enquanto se aproximavam, Vivenna parou, se perguntando como exatamente favelas como aquela tinham surgido. Será que as pessoas construíam edifícios apertados e desmazelados de propósito? Ou será que aquelas ruas, como outras que havia visto, antes tinham sido parte de uma área melhor da cidade que caíra em decadência?

Vasher agarrou seu braço quando ela parou, então a puxou até a porta e bateu nela com o cabo da sua espada. A porta abriu uma fresta um segundo depois, e um par de olhos nervosos espiou por ela.

— Saia da frente — disse Vasher, abrindo totalmente a porta de modo irritado e puxando Vivenna para dentro.

Um jovem cambaleou para trás, se apertando contra a parede do corredor para deixar Vasher e Vivenna passarem, depois fechou a porta atrás deles.

Vivenna sentia que deveria estar assustada, ou pelo menos zangada com aquele tratamento. Contudo, depois de tudo por que havia passado, não parecia ser grande coisa. Vasher a soltou e desceu marchando uma escadaria. Vivenna seguiu-o mais cuidadosamente, a escada escura lembrava-lhe o porão no esconderijo de Denth. Ela sentiu um arrepio. Lá embaixo, felizmente, as similaridades entre os porões terminaram. Aquele ali tinha piso e paredes de madeira e um tapete bem no meio, onde um grupo de homens estava sentado. Dois deles se levantaram enquanto Vasher contornava a escada.

— Vasher! Bem-vindo. Quer beber alguma coisa?

— Não.

Os homens se entreolharam desconfortáveis quando Vasher jogou sua espada do outro lado da sala. Ela bateu no chão com um estrépito, deslizando na madeira. Então ele estendeu a mão para trás e puxou Vivenna para a frente.

— Cabelo — ordenou ele.

Ela hesitou. Ele a estava usando exatamente como Denth havia feito. Mas, para não deixá-lo zangado, ela obedeceu. Os homens assistiram espantados enquanto seu cabelo mudava de cor, então vários deles curvaram a cabeça.

— Princesa — sussurrou um deles.

— Diga a eles que você não quer que entrem em guerra — mandou Vasher.

— Não quero — disse ela com sinceridade. — Nunca quis que meu povo lutasse com Hallandren. É quase certo que perderíamos.

Os homens se voltaram para Vasher.

— Mas ela estava trabalhando com os chefes das favelas. Por que mudou de ideia?

Vasher olhou para ela.

— E então?

Por que mudou de ideia? Ela *havia* mudado de ideia? Tudo estava indo rápido demais.

— Eu... Sinto muito. Eu... não percebi. Nunca *desejei* a guerra. Pensei que fosse inevitável, então tentei me planejar para ela. Mas posso ter sido manipulada.

Vasher assentiu, então empurrou-a para o lado, afastou-se e se juntou aos homens, que se sentaram de volta no tapete. Vivenna permaneceu onde estava. Passou os braços ao redor de si mesma, sentindo o tecido pouco familiar da túnica e casaco.

Esses homens são idrianos, ela compreendeu ao escutar seus sotaques. *E agora viram a mim, sua princesa, usando roupas de homem. Como pode ser que eu ainda me importe com essas coisas, levando em conta tudo mais que já aconteceu?*

— Muito bem — disse Vasher, se agachando. — O que vocês estão fazendo para deter a situação?

— Espere — disse um dos homens. — Você espera que isso nos faça mudar de ideia? Algumas palavras da princesa e deveríamos acreditar em tudo que você está nos dizendo?

— Se Hallandren for à guerra, vocês estão mortos — rebateu Vasher. — Não percebem? O que vocês acham que vai acontecer com os idrianos nestas favelas? Se pensam que as coisas estão ruins agora, esperem até serem vistos como simpatizantes do inimigo.

— Nós sabemos disso, Vasher — disse outro. — Mas o que você espera que a gente faça? Se renda ao modo como Hallandren nos trata? Capitule e adore seus deuses indolentes?

— Eu não me importo com o que vão fazer, contanto que não envolva ameaçar a segurança do governo hallandreano — respondeu Vasher.

— Talvez *devêssemos* admitir que a guerra está chegando e lutar — sugeriu mais um dos homens. — Talvez os chefes das favelas estejam certos. Talvez a melhor coisa a fazer seja torcer para que Idris vença.

— Eles nos odeiam — disse um rapaz na casa dos vinte, com olhos raivosos. — Nos tratam pior do que às estátuas nas ruas! Somos menos do que os Sem-Vida para eles.

Eu conheço essa raiva, Vivenna percebeu. *Eu a senti; ainda a sinto. Raiva de Hallandren.*

As palavras do rapaz agora soavam-lhe vazias. A verdade era que ela não havia sentido qualquer ira vinda do povo hallandreano. No máximo, sentira indiferença. Para eles, ela era apenas mais um corpo na rua.

Talvez fosse por isso que os odiava. Ela trabalhara a vida inteira para se tornar algo importante para eles — sua mente fora povoada pelo monstro que era Hallandren e seu Rei-Deus. E então, no fim, a cidade e seu povo simplesmente a ignoraram. Ela não importava para eles. E isso era enfurecedor.

Um dos idrianos, um homem mais velho usando um chapéu marrom--escuro, sacudiu a cabeça, pensativo.

— O povo está inquieto, Vasher. Metade dos homens fala em atacar a Corte dos Deuses, cheios de raiva. As mulheres armazenam comida, esperando pelo inevitável. Nossos jovens saem em grupos secretos, vasculhando as selvas em busca do lendário exército de Kalad.

— Eles acreditam nesse velho mito? — indagou Vasher.

O homem deu de ombros.

— É uma esperança. Um exército oculto, poderoso o bastante para praticamente terminar a Multiguerra por conta própria.

— O que me assusta não é eles acreditarem em mitos — observou outro homem. — É que nossos jovens cheguem a *pensar* em usar Sem-Vida como soldados. Fantasmas de Kalad. Bah! — Ele cuspiu ao lado.

— Isso significa que estamos desesperados — disse um dos homens mais velhos. — As pessoas estão zangadas. Não podemos deter as revoltas, Vasher. Não depois daquele massacre, algumas semanas atrás.

Vasher bateu no chão com um punho.

— É isso que eles querem! Seus tolos, não podem ver que estão dando aos seus inimigos perfeitos bodes expiatórios? Aqueles Sem-Vida que atacaram a favela não receberam ordens do governo. Alguém enfiou no grupo uns poucos Sem-Vida rendidos com ordens de matar, para deixar a situação complicada!

O quê?, pensou Vivenna.

— A teocracia de Hallandren é uma estrutura extremamente burocrática e inerte — declarou Vasher. — Nunca se move, a menos que alguém a empurre! Se tivermos revoltas nas ruas, será exatamente o que a facção a favor da guerra precisa.

Eu poderia ajudá-lo, pensou Vivenna, contemplando as reações dos idrianos. Ela os conhecia instintivamente de uma maneira que obviamente Vasher não entendia. Ele oferecia bons argumentos, mas os estava abordando da maneira errada. Ele precisava de credibilidade.

Ela podia ajudar. Mas será que deveria?

Vivenna não sabia mais o que pensar. Se Vasher estivesse certo, ela havia sido usada como uma marionete por Denth. Acreditava que isso fosse verdade, mas como saber se Vasher não estava fazendo a mesma coisa?

Ela queria guerra? Não, claro que não. Particularmente não uma guerra que Idris teria muita dificuldade em sobreviver, quanto mais vencer. Vivenna havia trabalhado duro para minar a habilidade de Hallandren de guerrear. Por que não havia pensado em tentar evitá-la?

Eu pensei. Esse era meu plano original quando estava em Idris. Eu pretendia convencer o Rei-Deus a não guerrear quando me tornasse sua esposa.

Havia desistido daquele plano. Não, ela havia sido manipulada a desistir dele. Se fora devido à sensação de inevitabilidade do seu pai ou à sutileza de Denth — ou a ambas as coisas —, não fazia muita diferença. Seu instinto inicial havia sido impedir o conflito. Essa era a melhor maneira de proteger Idris; e agora ela percebia que era também a melhor maneira de proteger Siri. Praticamente desistira de salvar sua irmã, em vez disso se concentrando no próprio ódio e arrogância.

Deter a guerra não protegeria Siri de ser abusada pelo Rei-Deus, mas provavelmente a impediria de ser um peão ou uma refém. Poderia salvar sua vida.

Isso era o bastante para Vivenna.

— É tarde demais — falou um dos homens.

— Não — disse Vivenna. — Por favor.

Os homens no círculo hesitaram, se entreolhando. Ela caminhou até lá e se ajoelhou diante deles.

— Por favor, não digam isso.

— Mas, princesa, o que podemos fazer? Os chefes das favelas estão incitando as pessoas à raiva. Não temos poder em comparação com eles.

— Vocês devem ter alguma influência. Parecem homens sábios.

— Somos homens de família e trabalhadores — respondeu um deles. — Não temos riquezas.

— Mas as pessoas dão ouvidos a vocês? — perguntou ela.

— Algumas.

— Então digam a elas que *existem* outras opções — pediu Vivenna, curvando a cabeça. — Digam a elas para serem mais fortes do que eu fui.

Os idrianos aqui nas favelas... eu vi a força deles. Se contarem que eles foram usados, talvez possam evitar que continuem sendo manipulados.

Os homens se calaram.

— Eu não sei se tudo que esse homem diz é verdade — continuou ela, indicando Vasher —, mas sei que Idris não vencerá essa guerra. Nós deveríamos fazer todo o possível para impedir um conflito, não encorajá-lo. — Ela sentiu uma lágrima no rosto, e seu cabelo havia se tornado branco. — Como podem ver, eu... não tenho mais o controle que uma princesa e seguidora de Austre deveria mostrar. Sou uma inútil para vocês, mas, por favor, não deixem meu fracasso condená-los. Os hallandreanos não nos odeiam. Mal nos notam. Eu sei que isso é frustrante, mas se vocês se *fizerem* notar por meio de revoltas e destruição, vão apenas causar comoção e raiva da nossa terra natal.

— Então devemos apenas meter o rabo entre as pernas? — perguntou o mais jovem. — Deixar que pisem em nós? O que importa se fazem isso sem reparar? Ainda somos esmagados.

— Não — disse Vivenna. — Deve haver um caminho melhor. Eles têm uma rainha idriana agora. Talvez, com o tempo, consigam vencer seu preconceito. Nós *temos* que concentrar nossas energias em impedir que nos ataquem!

— Suas palavras fazem sentido, princesa — disse o homem mais velho com o chapéu. — Mas... perdoe-me pela ostentação... mas nós aqui em Hallandren achamos difícil continuar nos importando com Idris. Idris nos decepcionou antes de partirmos, e agora não podemos realmente voltar.

— Nós *somos* idrianos — disse um dos outros. — Mas... bem, nossas famílias aqui são mais importantes.

Um mês atrás, Vivenna teria se ofendido. Contudo, sua jornada nas ruas lhe ensinara um pouco sobre o que o desespero podia causar. O que Idris significava para eles, se suas famílias passavam fome? Não podia culpá-los por sua atitude.

— Vocês acham que ficarão em uma situação melhor se Idris for conquistada? — perguntou Vasher. — Se a guerra estourar, serão tratados ainda pior do que agora.

— *Existem* outras opções — insistiu Vivenna. — Eu conheço suas dificuldades. Se voltar ao meu pai e explicá-las, talvez possamos encontrar uma maneira de levar vocês de volta a Idris.

— Voltar a Idris? — disse um dos homens. — Minha família vive em Hallandren há cinquenta anos!

— Sim, mas enquanto o rei de Idris viver, vocês terão um aliado. Podemos trabalhar através da diplomacia para facilitar as coisas para vocês.

— O rei não se importa conosco — replicou um outro, o tom triste.

— Eu me importo — respondeu Vivenna.

E se importava. Era estranho, mas parte dela sentia mais proximidade com os idrianos daquela cidade do que com aqueles que havia deixado para trás. Ela compreendia.

— Precisamos encontrar uma maneira de chamar atenção para nosso sofrimento sem causar ódio também — disse ela. — Vamos encontrar um jeito. Como disse, minha irmã está casada com o Rei-Deus. Talvez, através dela, ele possa ser persuadido a melhorar as favelas. Não por ter medo da violência que nosso povo pode causar, mas por compaixão pela nossa situação.

Ela continuou ajoelhada, envergonhada diante daqueles homens. Envergonhada de estar chorando, de ser vista em roupas imodestas e com cabelo curto e mal cortado. Envergonhada de ter falhado tão completamente.

Como pude falhar assim tão fácil? Eu, que supostamente era tão preparada, tão controlada. Como pude sentir tanta raiva a ponto de ignorar as necessidades do meu povo só porque queria que Hallandren pagasse?

— Ela é sincera — disse um dos homens finalmente. — Preciso admitir.

— Eu não sei — respondeu outro. — Ainda acho que é tarde demais.

— Se é esse o caso — replicou Vivenna, sem levantar os olhos —, o que vocês têm a perder? Pensem nas vidas que podem salvar. Eu prometo, Idris não vai mais se esquecer de vocês. Se fizerem as pazes com Hallandren, garantirei que sejam vistos como heróis na nossa terra natal.

— Heróis, é? — comentou um deles. — Será ótimo sermos conhecidos como heróis, em vez de como os homens que abandonaram as terras altas para viver na depravada Hallandren.

— Por favor — sussurrou Vivenna.

— Verei o que posso fazer — disse um dos homens, se levantando.

Vários dos outros concordaram e se levantaram também, apertando a mão de Vasher. Vivenna continuou ajoelhada enquanto eles partiram.

Por fim, a sala ficou vazia a não ser por ela e Vasher, que permaneceu do outro lado do tapete, diante dela.

— Obrigado — disse ele.

— Eu não fiz isso por você — sussurrou ela.

— Levante-se. Vamos embora. Quero que você conheça outras pessoas.

— Eu... — Ela se sentou no tapete, tentando compreender seus sentimentos. — Por que eu deveria fazer o que você manda? Como vou saber que não está me usando? Mentindo para mim, como Denth fez.

— Você não vai saber — retrucou Vasher, recuperando sua espada no canto. — Só precisa fazer o que digo.

— Eu sou uma prisioneira, então?

Ele a olhou de relance, então se aproximou e se agachou.

— Olhe só, nós dois concordamos que a guerra é ruim para Idris. Não vou levá-la a ataques ou fazer com que se reúna com chefes das favelas. Tudo que precisa fazer é dizer ao povo que não quer a guerra.

— E se eu não quiser fazer isso? Vai me forçar?

Ele a contemplou por um momento, então praguejou entredentes e se levantou, puxou uma bolsa cheia de alguma coisa e jogou-a em sua direção. A bolsa tiniu quando a atingiu no peito e caiu no chão.

— Vá — disse ele. — Volte para Idris. Vou fazer isso sem você.

Ela apenas continuou sentada, o olhar fixo. Ele fez menção de partir.

— Denth me usou. — Vivenna pegou-se sussurrando. — E a pior parte é que ainda acho que deve ser algum tipo de mal-entendido. Sinto que ele é realmente meu amigo, que deveria procurá-lo e descobrir por que ele fez o que fez. Talvez seja só uma confusão.

Ela fechou os olhos, pousando a cabeça nos joelhos.

— Mas então me lembro das coisas que o vi fazer. Meu amigo Parlin está morto. Outros soldados enviados pelo meu pai... enfiados em sacos. Estou tão confusa.

O cômodo caiu em silêncio.

— Você não foi a primeira que ele enganou, princesa — disse Vasher finalmente. — Denth... é muito sutil. Um homem como ele pode ser mau até o âmago, mas, se for carismático e divertido, as pessoas o escutam. Até mesmo gostam dele.

Ela levantou a cabeça, piscando olhos marejados. Vasher se virou.

— Eu... Eu não sou assim. Tenho dificuldade em falar. Fico frustrado. Grito com as pessoas. Isso não me torna muito popular. Mas prometo que não mentirei para você. — Vasher fitou-a nos olhos. — Quero deter essa guerra. É isso que realmente me importa no momento. Eu prometo.

Ela não tinha certeza se acreditava, mas percebeu que queria acreditar. *Idiota. Só vai ser enganada novamente.*

Não havia se mostrado uma boa juíza de caráter. Ainda assim, não pegou a bolsa de moedas.

— Estou disposta a ajudar. Contanto que não envolva nada além de dizer às pessoas que quero proteger Idris.

— Isso basta.

Ela hesitou.

— Você realmente acha que podemos conseguir? Deter a guerra?

Ele deu de ombros.

— Talvez, se eu conseguir me controlar e não arrancar as Cores de todos esses idrianos na porrada por agirem como idiotas.

Um pacifista com um temperamento problemático, ela pensou, sarcástica. *Que combinação. Um pouco parecido com uma devota princesa idriana que contém Respiração BioCromática suficiente para povoar uma pequena vila.*

— Há mais lugares como esse — disse Vasher. — Quero que você vá ver as pessoas neles.

— Tudo bem — disse ela, tentando não olhar para a lâmina enquanto se levantava. Mesmo agora, a arma parecia ter uma estranha habilidade de nauseá-la.

Vasher assentiu.

— Não haverá muitos homens em cada encontro. Eu não tenho as conexões de Denth, e não sou amigo de pessoas importantes. Conheço trabalhadores. Vamos ter que visitar os tonéis de tintura, talvez alguns dos campos.

— Entendido.

Sem mais nenhum comentário, Vasher pegou sua bolsa de moedas, então a conduziu até a rua. *E assim eu começo de novo*, pensou ela.

Só posso esperar que dessa vez eu esteja do lado certo.

44

SIRI OLHAVA PARA SUSEBRON com afeição enquanto ele comia uma terceira sobremesa. A refeição noturna deles estava espalhada pela mesa e pelo chão, alguns pratos completamente devorados, outros quase intocados. A primeira noite em que Susebron havia pedido um repasto iniciara uma tradição. Agora eles pediam comida toda noite — embora só depois de Siri realizar sua atuação para os sacerdotes à escuta. Susebron alegava achar isso divertido, embora ela houvesse notado curiosidade nos olhos dele enquanto a observava.

Susebron havia se provado um fã de doces, uma vez livre dos sacerdotes desaprovadores e de seu senso de etiqueta.

— Você provavelmente deveria tomar cuidado — comentou ela enquanto ele terminava outro docinho. — Se comer muitos desses, vai engordar.

Ele pegou sua lousa de escrever. **Não vou, não.**

— Vai, sim — disse ela, sorrindo. — É assim que funciona.

Não para os deuses, ele escreveu. **Minha mãe me explicou. Alguns homens se tornam mais corpulentos quando se exercitam muito e engordam**

se comem muito. Isso não acontece com Retornados. Nós sempre temos a mesma aparência.

Siri não pôde argumentar com isso. O que sabia sobre os Retornados?

A comida de Idris é como essa?, escreveu Susebron.

Siri sorriu. Ele estava sempre curioso sobre a terra natal dela. Podia sentir o anseio dentro dele, o desejo de estar livre do palácio e de ver o mundo exterior. Mas ele não queria ser desobediente, mesmo quando as regras eram severas.

— Realmente preciso me esforçar para corrompê-lo um pouco mais — observou ela.

Ele hesitou. **O que isso tem a ver com comida?**

— Nada. Mas ainda assim é verdade. Você é uma pessoa boa demais, Susebron.

Sarcasmo? Eu certamente espero que seja.

— Só em parte — respondeu ela, deitando-se de bruços e olhando para ele do outro lado da área improvisada de piquenique.

Meio sarcasmo? Isso é uma coisa nova?

— Não — disse ela, suspirando. — Às vezes há verdade até no sarcasmo. Eu não quero *realmente* corrompê-lo, mas acho que você é obediente demais. Precisa ser um pouco mais inconsequente. Impulsivo e independente.

É difícil ser impulsivo quando se está trancado em um palácio cercado por centenas de servos, ele escreveu.

— Bom argumento.

Contudo, tenho pensado sobre as coisas que você disse. Por favor, não fique com raiva de mim.

Siri ficou alerta, notando o constrangimento na expressão dele.

— Tudo bem. O que foi que você fez?

Conversei com meus sacerdotes. Com a escrita dos artesãos.

Siri sentiu um momento de pânico.

— Você contou a eles sobre nós?

Não, não, ele escreveu rapidamente. **Contei que estava preocupado em ter um filho. Perguntei por que meu pai morreu logo depois de ter um filho.**

Siri franziu o cenho. Parte dela desejava que ele lhe deixasse tocar essas negociações. Mas não disse isso a ele. Não queria mantê-lo preso, como seus sacerdotes faziam. Era a vida dele que estava sendo ameaçada — ele merecia a chance de trabalhar no problema também.

— Ótimo.

Não está zangada?

Ela deu de ombros.

— Eu estava justamente encorajando você a ser mais impulsivo! Não posso reclamar agora. O que eles disseram?

Ele apagou, então continuou. **Eles me disseram para não me preocupar. Disseram que tudo ficaria bem. Então perguntei de novo, e novamente deram uma resposta vaga.**

Siri assentiu lentamente.

Dói escrever isso, mas estou começando a achar que você tem razão. Notei que meus guardas e Despertadores andam mais próximos do que nunca ultimamente. Até deixamos de ir à Assembleia da Corte ontem.

— Isso é um mau sinal — concordou ela. — Não tive muita sorte em descobrir o que vai acontecer. Chamei mais três contadores de histórias, mas nenhum deles tinha informações melhores do que aquelas que Hoid me passou.

Você ainda acha que tem a ver com a Respiração que possuo?

Ela assentiu.

— Lembra o que eu disse sobre minha conversa com Treledees? Ele falou sobre essa sua Respiração com reverência. Para ele, é algo a ser passado de geração em geração, como uma tapeçaria de família.

Em uma das histórias do meu livro, há uma espada mágica. Um garoto a recebe do avô, e acaba que a espada era uma herança — o símbolo da soberania naquele reino.

— O que você quer dizer? — perguntou ela.

Talvez toda a monarquia de Hallandren não seja nada além de uma maneira de guardar a Respiração. O único modo de passá-la em segurança entre indivíduos e gerações é usar pessoas como hospedeiras. Então eles criaram uma dinastia de Reis-Deuses que podiam conter o tesouro e passá-lo de pai para filho.

Siri concordou lentamente.

— Isso significaria que o Rei-Deus é mais um receptáculo do que eu. Uma bainha para uma arma mágica.

Exatamente, escreveu Susebron, sua mão se movendo rápido. **Precisaram tornar minha família a realeza devido à quantidade de Respiração naquele tesouro. E tiveram que entregá-la a um Retornado — senão o seu rei e seus deuses poderiam competir pelo poder.**

— Talvez. Parece terrivelmente conveniente que o Rei-Deus sempre tenha um filho natimorto que se torna um Retornado... — Ela se interrompeu. Susebron também chegou à mesma conclusão.

A menos que o próximo Rei-Deus não seja realmente o filho do rei atual, ele escreveu, com um leve tremor na mão.

— Austre! — exclamou Siri. — Deus das Cores! É isso. Em algum lugar do reino, um bebê morreu e Retornou. É por isso que é tão urgente que eu engravide! Eles já têm o próximo Rei-Deus, agora só precisam manter a farsa. Eles me casam com você, esperando por uma criança o mais rápido possível, então trocam o bebê pela criança Retornada.

Então eles me matam e, de algum modo, tomam minhas Respirações. E as entregam para essa criança, que pode se tornar o próximo Rei-Deus.

— Espere. Bebês podem Retornar? — perguntou ela.

Sim, ele escreveu.

— Mas como um *bebê* Retorna de uma maneira heroica ou virtuosa, ou algo do gênero?

Susebron hesitou, e ela percebeu que ele não tinha resposta para isso. Um bebê Retornado. O povo dela não acreditava que uma pessoa era escolhida para Retornar por exemplificar alguma virtude. Essa era uma crença de Hallandren. Para ela, parecia um buraco na teologia deles, mas não queria desafiar Susebron mais ainda sobre o assunto. Ele já estava preocupado com o fato de Siri não acreditar na sua divindade.

Siri voltou a se sentar.

— Isso não importa tanto. A pergunta verdadeira é mais importante. Se os Reis-Deuses são apenas receptáculos para conter Respiração, então por que se dar ao trabalho de trocá-los? Por que não simplesmente deixar um único homem contendo a Respiração?

Eu não sei, escreveu Susebron. **Não parece fazer sentido, não é? Pode ser que se preocupem em manter um único Rei-Deus cativo por tanto tempo. Crianças são mais fáceis de controlar, talvez?**

— Se fosse esse o caso, então iam querer trocá-los com *mais* frequência — disse Siri. — Alguns Reis-Deuses duraram quase um século. Naturalmente, isso poderia estar relacionado apenas a quão rebelde consideram que o rei seja.

Eu faço tudo que deveria fazer! Você acabou de reclamar que sou obediente demais.

— Em comparação a mim. Talvez, do ponto de vista deles, você seja um homem imprevisível. Afinal, você escondeu aquele livro que sua mãe lhe deu, depois aprendeu a escrever. Talvez eles o conheçam bem o bastante para entender que você não vai permanecer dócil. Então agora que têm a oportunidade de substituí-lo, eles pretendem aproveitá-la.

Talvez, ele escreveu.

Siri repassou novamente suas conclusões. Com um olhar crítico, podia ver que eram apenas especulações. Porém, todo mundo dizia que os outros Retornados não podiam ter filhos, então por que o Rei-Deus seria diferente? Isso podia ser só uma maneira de esconder o fato de que traziam uma nova pessoa para ser o Rei-Deus quando a encontravam.

Aquilo ainda não respondia à pergunta mais importante. O que iam fazer com Susebron para tirar as Respirações dele?

Susebron se inclinou para trás e fitou o teto escuro. Siri o contemplou, notando o ar de tristeza nos seus olhos.

— O que foi? — perguntou ela.

Ele só sacudiu a cabeça.

— Por favor? O que foi?

Ele ficou ali sentado por um momento, então olhou para baixo e escreveu. **Se o que você diz é verdade, então a mulher que me criou não era minha mãe. Eu teria nascido de alguma pessoa aleatória, no interior. Os sacerdotes teriam me levado depois que Retornei, então me criado no palácio como o "filho" do Rei-Deus que haviam acabado de matar.**

Vê-lo sofrendo fez as entranhas de Siri se contorcerem. Ela contornou o cobertor e sentou-se ao lado dele, envolvendo-o nos braços e pousando a cabeça no braço dele.

Ela foi a única pessoa realmente generosa comigo, escreveu ele. **Os sacerdotes me reverenciam e cuidam de mim — ou pelo menos era o que eu achava. Contudo, nunca me amaram de verdade. Só minha mãe amou. E agora nem mesmo tenho certeza de que sei quem ela é.**

— Se ela criou você, então ela é sua mãe — disse Siri. — Não importa quem lhe deu à luz.

Ele não respondeu.

— Talvez ela fosse sua mãe verdadeira — comentou Siri. — Se trouxeram você para o palácio em segredo, também podem ter trazido sua mãe. Quem seria melhor para cuidar de você?

Ele concordou, então escreveu na lousa com uma das mãos — a outra ao redor da cintura de Siri. **Talvez você tenha razão. Embora agora me pareça suspeito que ela tenha morrido como morreu. Ela era uma das poucas pessoas que poderiam ter me contado a verdade.**

Isso pareceu deixá-lo ainda mais triste, e Siri chegou mais perto, pousando a cabeça no seu peito.

Por favor, conte-me sobre a sua família.

— Meu pai estava sempre frustrado comigo — disse Siri. — Mas ele me amava. Ele me *ama*. Só queria que eu fizesse o que eles consideravam certo. E... bem, quanto mais tempo passo em Hallandren, mais gostaria de ter dado ouvidos a ele, pelo menos um pouco. Ridger é meu irmão mais velho. Eu vivia metendo-o em encrencas. Ele era o herdeiro, e eu o corrompi *completamente*, até que ele ficou velho o bastante para ter que cumprir seus deveres. Ele é um pouco como você. Muito gentil, sempre tentando fazer o que é certo. Mas não comia tantos doces.

Susebron abriu um pequeno sorriso, apertando o ombro dela.

— Entre nós dois tem Fafen. Eu não a conheço muito bem, para falar a verdade. Ela entrou para um monastério quando eu ainda era muito novinha... e fiquei feliz por isso. Em Idris, é visto como um dever mandar pelo menos uma criança para os monastérios. São eles que cultivam comida para os necessitados e cuidam das coisas que precisam ser feitas ao redor da cidade. Aparar, lavar, pintar. Tudo para serem úteis.

Ele estendeu a mão. **Um pouco como um rei. Vivendo para servir os outros.**

— Claro — disse Siri. — Só que eles não são trancados em um só lugar e podem deixar de ser monges, se quiserem. De qualquer modo, estou feliz que tenha sido Fafen e não eu. Eu ficaria *louca* vivendo como uma monja. Eles precisam ser muito pios o tempo todo e devem ser os menos ostentosos na cidade.

Não combina com seu cabelo, ele escreveu.

— Com certeza não.

Muito embora, ele escreveu, franzindo um pouco a testa, **ele tenha parado de mudar de cor com tanta frequência.**

— Tive que aprender a controlá-lo melhor. — Siri fez uma careta. — As pessoas podem me ler com facilidade demais. Olha só.

Ela o mudou de preto para amarelo e ele sorriu, correndo os dedos pelos seus fios longos.

— Depois de Fafen e Ridger — disse Siri —, tem a mais velha, Vivenna. Era com ela que você ia se casar. Vivenna passou a vida inteira se preparando para se mudar para Hallandren.

Ela deve me odiar, escreveu Susebron. **Cresceu sabendo que teria que deixar sua família e viver com um homem que ela não conhecia.**

— Bobagem. Vivenna estava esperando por isso. Não acho que ela *consiga* sentir ódio. Ela sempre foi calma, e cuidadosa, e perfeita.

Susebron franziu a testa.

— Eu pareço despeitada, não é? — Siri suspirou. — Não é de propósito. Adoro Vivenna de verdade. Ela estava sempre cuidando de mim. Mas acho que ela se esforçava demais para me acobertar. Minha irmã mais velha, me salvando de encrencas, ralhando comigo calmamente, então cuidando para que eu não fosse punida tanto quanto deveria. — Ela hesitou. — Eles todos devem estar em casa neste momento, morrendo de preocupação por minha causa.

Você parece preocupada com eles, ele escreveu.

— E estou. Tenho escutado os sacerdotes discutindo na corte. Não parece nada bom, Seb. Há vários idrianos na cidade, e eles estão sendo muito imprudentes. A guarda da cidade foi forçada a enviar tropas para uma das favelas, algumas semanas atrás. Isso não está ajudando a reduzir as tensões entre nossos países.

Susebron não escreveu uma resposta, mas em vez passou o braço ao redor dela novamente, puxando-a mais para perto. Era bom ser abraçada por ele. Muito bom.

Depois de alguns minutos, ele afastou o braço e escreveu novamente, primeiro apagando meio sem jeito. **Eu estava errado, você sabe.**

— Sobre o quê?

Sobre uma das coisas que disse antes. Eu escrevi que minha mãe foi a única pessoa a me oferecer amor e generosidade. Isso não é verdade. Tem outra pessoa.

Ele parou de escrever e olhou para ela. Então se voltou novamente para a lousa. **Você não precisava ser boa comigo. Poderia ter me odiado por tirá-la da sua família e da sua terra natal. Em vez disso, me ensinou a ler, fez amizade comigo. Me amou.**

Ele olhou para ela. Ela olhou para ele. Então, hesitante, Susebron se inclinou e a beijou.

Ah, céus..., pensou Siri, uma dúzia de objeções surgindo em sua cabeça. Achou difícil se mover, resistir, ou fazer qualquer outra coisa.

Qualquer outra coisa além de beijá-lo de volta.

Ela sentiu calor. Sabia que precisavam parar, senão os sacerdotes conseguiriam exatamente o que estavam esperando. Ela *compreendia* todas essas coisas. No entanto, essas objeções começaram a parecer cada vez menos importantes enquanto ela o beijava, enquanto sua respiração se tornava cada vez mais apressada.

Ele hesitou, claramente incerto em relação ao que fazer em seguida. Siri levantou os olhos para ele, respirando forte, então o puxou para beijá-lo de novo, sentindo seu cabelo gradualmente se tornar um vermelho flamejante e apaixonado.

Naquele instante, deixou de se preocupar com qualquer outra coisa. Susebron não sabia o que fazer, mas ela sabia. *Eu realmente sou apressada demais*, pensou enquanto tirava sua combinação. *Preciso controlar melhor meus impulsos.*

Algum dia desses.

45

EM SEU SONHO, CANTO-de-Luz viu T'elir ardendo em chamas. O Rei-Deus estava morto e havia muitos soldados nas ruas. Os Sem-Vida matavam pessoas vestidas com roupas coloridas.

E havia uma espada negra.

46

VIVENNA DEVOROU SUA REfeição. A carne seca tinha um gosto forte de peixe, mas ela havia aprendido que, se respirasse pela boca, podia ignorar a maior parte do sabor.

Comeu cada pedaço, então lavou o gosto com alguns goles de água morna.

Estava sozinha no cômodo, uma pequena câmara embutida na lateral de um edifício perto das favelas. Vasher pagara algumas moedas por um dia de aluguel, embora não estivesse ali no momento. Ele saíra apressado para lidar com alguma coisa.

Vivenna se recostou, tendo terminado de comer, e fechou os olhos. Chegara ao ponto em que estava tão exausta que, de algum modo, achava difícil dormir. O fato de o cômodo ser tão pequeno não ajudava. Ela nem mesmo podia se esticar completamente.

Vasher não havia exagerado ao dizer que seu trabalho seria rigoroso. Parada após parada, ela falou com outros idrianos, consolando-os, implorando-lhes que não pressionassem Hallandren à guerra. Não havia restaurantes, como na época de Denth. Nem jantares com homens em roupas finas e guardas. Só um grupo após o outro de homens e mulheres cansados da classe trabalhadora. Muitos deles não eram rebeldes, e um grande número não vivia nas favelas. Mas eram parte da comunidade idriana em T'Telir e podiam influenciar os sentimentos de seus amigos e família.

Vivenna gostava deles; simpatizava com eles. Estava muito mais satisfeita com seus novos esforços do que com seu trabalho com Denth. E, até onde podia dizer, Vasher estava sendo honesto com ela. Havia decidido confiar naqueles instintos. Aquela era sua decisão, e aquela decisão significava ajudar Vasher, por enquanto.

Vasher não perguntava se ela queria continuar, apenas a conduzia de um local para outro, esperando que ela o acompanhasse. E assim ela fazia, encontrando-se com as pessoas e implorando seu perdão, apesar de quão emocionalmente drenada estava. Não sabia ao certo se podia reparar o que havia feito, mas estava disposta a tentar. Essa determinação parecia ter conquistado algum respeito de Vasher, muito mais relutante do que o de Denth.

Denth estava me enganando o tempo todo. Ainda era difícil recordar aquele fato; parte dela nem queria. Inclinou-se para a frente e fitou a parede sem graça diante dela na sala apertada. Tremeu. Era bom que estivesse trabalhando tanto ultimamente. Isso a impedia de pensar sobre as coisas.

Coisas desconfortáveis.

Quem era ela? Como podia definir a si mesma agora que tudo que já fora, e tudo que tentara, havia desabado ao seu redor? Ela não podia mais ser Vivenna, a princesa confiante. Aquela pessoa estava morta, abandonada naquele porão com o cadáver ensanguentado de Parlin. Sua confiança havia nascido da ingenuidade.

Agora sabia quão facilmente havia sido enganada. Conhecia o custo da ignorância e vislumbrara as horríveis verdades da genuína pobreza.

Contudo, também não podia ser *aquela* mulher — a pedinte das ruas, a ladra, a miserável surrada. Ela não era assim. Sentia como se aquelas semanas houvessem sido um sonho causado pelo estresse do isolamento e o trauma da traição, alimentado pelo fato de se tornar uma Descorada e ser sufocada pela doença. Fingir que aquele era seu eu verdadeiro seria parodiar aqueles que realmente viviam nas ruas. As pessoas entre as quais se escondera e tentara imitar.

E a que conclusão tudo isso levava? Seria ela a princesa quieta e penitente que se ajoelhava de cabeça baixa, implorando aos camponeses? Isso também era, em parte, uma atuação. Ela realmente estava arrependida. Contudo, estava usando sua humilhação como uma ferramenta. Ela não era assim.

Quem era ela?

Sentindo-se apertada na sala minúscula, ela se levantou e abriu a porta. A vizinhança não era exatamente uma favela, mas também não era rica. Era simplesmente um lugar onde as pessoas viviam. Havia cores o bastante nas ruas para ser hospitaleira, mas os edifícios eram pequenos e continham diversas famílias.

Ela caminhou pela rua, tomando cuidado para não se afastar muito da sala que Vasher havia alugado. Passou por árvores, admirando suas flores.

Quem ela era de verdade? O que havia sobrado, quando se removiam a princesa e o ódio por Hallandren? Era determinada. Gostava dessa parte de si. Havia se forçado a se tornar a mulher que precisava ser para se casar com o Rei-Deus. Trabalhara duro, se sacrificando para alcançar sua meta.

Ela também era uma hipócrita. Agora sabia o que era ser verdadeiramente humilde. Em comparação, sua vida anterior parecia mais descarada e arrogante do que qualquer camisa ou saia colorida.

Acreditava em Austre. Amava os ensinamentos das Cinco Visões. Humildade. Sacrifício. Ver os problemas dos outros antes dos seus. No entanto, estava começando a pensar que ela — junto com muitos outros — havia levado essa crença longe demais, deixando que seu desejo de ser vista como humilde se tornasse uma forma própria de orgulho. Agora via que, quando sua fé passara a ser sobre roupas em vez de pessoas, havia errado o caminho.

Ela queria aprender a Despertar. Por quê? O que isso dizia sobre ela? Que estava disposta a aceitar uma ferramenta que sua religião havia rejeitado apenas porque a tornaria poderosa?

Não, não era isso. Pelo menos, esperava que não.

Olhando os últimos tempos em retrospectiva, ficava frustrada com as vezes em que estivera indefesa. E *aquilo* parecia parte do que ela realmente era. A mulher que faria qualquer coisa para garantir que não ficasse indefesa. Foi por isso que ela estudou tanto com os tutores em Idris. Também era por isso que ela queria aprender a Despertar. Desejava o máximo de informação que pudesse obter e queria estar preparada para possíveis problemas.

Ela queria ser capaz. Isso podia ser arrogante, mas era a verdade. Queria aprender tudo que podia sobre como sobreviver no mundo. O aspecto mais humilhante do seu tempo em T'Telir havia sido sua ignorância. Não podia cometer aquele erro novamente.

Ela assentiu para si mesma.

Então é hora de praticar, pensou, voltando para a sala. Lá dentro, pegou um pedaço de corda — aquele que Vasher havia usado para amarrá-la, a primeira coisa que ela havia Despertado. Já havia recuperado sua Respiração da corda.

Saiu de novo, a corda entre os dedos, e a torceu, pensando. *Os Comandos que Denth me ensinou eram frases simples. Segure coisas. Proteja-me.* Ele dera a entender que a intenção era importante. Quando ela Despertou seus laços, fez com que se movessem como parte do seu corpo. Era mais do que apenas o Comando. O Comando dava a vida, mas a intenção — as instruções da sua mente — traziam foco e ação.

Ela parou ao lado de uma grande árvore com galhos finos e cobertos de flores que pendiam na direção do solo. Aproximou-se de um galho, tocou a casca do tronco da árvore para usar sua cor e estendeu a corda até ele.

— Segure coisas — Comandou ela, deixando escapar, por reflexo, parte da sua Respiração.

Teve um momento de pânico enquanto seu senso do mundo obscurecia.

A corda teve um espasmo. Contudo, em vez de extrair cor da árvore, o Despertar tirou cor da sua túnica. A roupa ficou cinza e a corda se moveu, se enrolando como uma cobra ao redor do galho. A madeira estalou baixinho enquanto a corda se estreitava. A outra ponta da corda se retorcia em um padrão estranho, balançando.

Vivenna observou, franzindo a testa, até que entendeu o que estava acontecendo. A corda estava se balançando em direção a sua mão, tentando segurá-la também.

— Pare — ordenou Vivenna.

Nada aconteceu. A corda continuou a apertar.

— Sua Respiração para a minha — Comandou ela.

A corda parou de se retorcer e sua Respiração retornou. Ela soltou a corda do galho. *Tudo bem. "Segure coisas" funciona, mas não é muito específico. Além da coisa que quero amarrar, acaba amarrando também meus dedos. E se eu tentar outra coisa?*

— Segure aquele galho — Comandou ela.

Novamente, a Respiração a deixou. Uma quantidade maior dessa vez. Suas calças perderam a cor e a ponta da corda se torceu, se enrolando ao redor do galho, enquanto o resto dela permaneceu parado.

Ela sorriu, satisfeita. *Então, quanto mais complicado o Comando, de mais Respiração ele precisa.*

Pegou de volta sua Respiração. Era um pouco como dar uma primeira mordida em algo muito saboroso. Não chocava seus sentidos, porque ela estava apenas voltando ao que se tornara seu estado normal. Ela se lembrou do que Vasher havia explicado — que, se passasse vários dias sem a Respiração, a recuperação do poder seria algo avassalador.

Vivenna olhou para suas roupas, que agora estavam completamente cinzentas. Só por curiosidade, tentou Despertar a corda novamente. Nada aconteceu. Pegou um graveto, então Despertou a corda. Dessa vez, funcionou, o graveto perdeu a cor, embora tenha precisado de *muito* mais Respiração. Talvez porque o graveto não fosse muito colorido. O tronco da árvore, contudo, não havia funcionado para fornecer cor. Presumiu que não fosse possível extrair cor de algo vivo.

Ela descartou o galho e pegou alguns dos lenços coloridos de Vasher da saleta, depois voltou até a árvore. *E agora?* Será que poderia colocar a Respiração na corda agora, então Comandá-la a segurar algo depois? Como poderia compor aquela frase?

— Segure as coisas que eu mandar — Comandou ela.

Nada aconteceu.

— Segure aquele galho quando eu mandar.

De novo, nada.

— Segure o que eu mandar.

Nada.

Uma voz ecoou atrás dela.

— Ordene que ela "segure quando jogada".

Vivenna deu um pulo, girando. Vasher estava atrás dela, segurando Sangue-da-Noite diante de si com a ponta para baixo e com sua mochila sobre o ombro.

Vivenna enrubesceu, olhando de volta para a corda.

— Segure quando jogada — disse ela, usando um lenço para fornecer cor.

Sua Respiração a deixou, mas a corda permaneceu flácida. Então ela a jogou em uns galhos que pendiam da árvore.

A corda imediatamente se torceu, juntando os galhos e segurando-os com força.

— Isso é útil — disse Vivenna.

Vasher ergueu uma sobrancelha.

— Talvez. Mas é perigoso.

— Por quê?

— Pegue a corda de volta.

Vivenna hesitou, percebendo que a corda havia se enrolado em galhos altos demais para que ela os alcançasse. Deu um pulo, tentando agarrá-la.

— Eu prefiro usar uma corda mais longa — disse Vasher, erguendo Sangue-da-Noite pela bainha e usando sua guarda curva para puxar os galhos para baixo. — Se você estiver sempre com uma ponta, não vai ter que se preocupar que ela lhe seja tomada. Além disso, pode Despertá-la quando precisar, em vez de deixar um bocado de Respiração preso em uma corda de que você pode ou não precisar.

Vivenna assentiu, recuperando sua Respiração da corda.

— Vamos — chamou ele, começando a caminhar até a sala. — Você já chamou bastante atenção por um dia.

Vivenna seguiu, reparando pela primeira vez nas várias pessoas na rua que haviam parado para observá-la.

— Como elas notaram? Eu não estava sendo *tão* óbvia assim.

Vasher bufou.

— E quantas pessoas em T'Telir andam por aí em roupas cinzentas?

Vivenna corou e seguiu Vasher até a sala apertada. Ele deixou a mochila no chão e então encostou Sangue-da-Noite contra a parede. Vivenna fitou a espada com o canto do olho. Ainda não sabia ao certo o que pensar daquela arma. Sentia um pouco de náusea toda vez que olhava a coisa, e a memória de como ficara violentamente enjoada quando a tocara ainda estava fresca.

Além disso, teve aquela voz na sua cabeça. Ela realmente a ouvira? Vasher fora tipicamente lacônico quando ela perguntara sobre a lâmina, evitando as questões.

— Você não é idriana? — perguntou Vasher, chamando sua atenção enquanto se acomodava.

— Até a última vez que conferi.

— Parece fascinada demais com o Despertar para uma seguidora de Austre — comentou ele, os olhos fechados, pousando a cabeça contra a porta.

— Eu não sou uma idriana lá muito correta — disse ela, se sentando. — Não mais. Então é melhor aprender a usar o que eu tenho.

Vasher concordou.

— Tudo bem. Nunca realmente entendi por que o Austrismo subitamente deu as costas ao Despertar.

— Subitamente?

Ele assentiu, olhos ainda fechados.

— Não era assim antes da Multiguerra.

— É mesmo?

— Mas é claro.

Vasher frequentemente falava daquele jeito, mencionando coisas que pareciam improváveis para ela, mas como se soubesse exatamente do que estava falando. Sem conjecturas, sem hesitação; como se soubesse de tudo. Dava para entender por que às vezes ele tinha dificuldade de se dar bem com as pessoas.

— Enfim — disse Vasher, abrindo os olhos. — Você comeu a lula toda?

Ela assentiu.

— Era lula, então?

— Era — confirmou ele, mexendo na mochila e pegando outro pedaço de carne seca e a oferecendo. — Quer mais?

Ela sentiu náusea.

— Não, obrigada.

Ele hesitou, notando sua expressão.

— O que foi? O pedaço que te dei estava estragado?

Ela balançou a cabeça.

— O que foi? — insistiu ele.

— Não foi nada.

Vasher ergueu uma sobrancelha.

— Eu disse que não foi nada. — Vivenna desviou o olhar. — Só não gosto muito de peixe.

— Não gosta? Tenho dado peixe para você comer já faz cinco dias.

Ela assentiu em silêncio.

— Você comeu todas as vezes.

— Eu dependo de você para conseguir comida — disse ela. — Não pretendo reclamar do que você me dá.

Ele franziu o cenho, então deu uma mordida na lula e começou a mastigar. Ainda usava suas roupas rasgadas, quase esfarrapadas, mas Vivenna já havia convivido o suficiente com ele para saber que as mantinha limpas. Vasher obviamente tinha os recursos para conseguir roupas novas, mas escolhia usar sempre as mesmas roupas gastas em vez disso. Também estava com a mesma barba por fazer, que nunca parecia ficar mais comprida, embora ela nunca o visse apará-la ou raspá-la. Como ele conseguia mantê-la precisamente do mesmo tamanho? Seria isso intencional, ou ela estava imaginando coisas?

— Você não é o que eu esperava — comentou ele.

— Eu teria sido. Algumas semanas atrás.

— Duvido — disse ele, mastigando seu pedaço de lula. — Esse espírito tenaz que você tem não veio de umas poucas semanas nas ruas. Tampouco esse senso de martírio.

Ela o encarou.

— Quero que me ensine mais sobre Despertar.

Ele deu de ombros.

— O que você quer saber?

— Eu nem mesmo sei como responder isso — disse ela. — Denth me ensinou uns poucos Comandos, mas foi no mesmo dia em que você me capturou.

Vasher assentiu. Eles ficaram em silêncio por alguns minutos.

— E então? — perguntou ela finalmente. — Vai me dizer alguma coisa?

— Estou pensando.

Ela ergueu uma sobrancelha.

Ele fez uma cara feia.

— Faz muitos, muitos anos que uso o Despertar. Sempre tenho dificuldade quando tento explicar. Não me apresse.

— Está bem — disse ela. — Leve o tempo que precisar.

Ele lhe lançou um olhar.

— Também não seja condescendente.

— Não estou sendo condescendente, apenas educada.

— Da próxima vez, seja educada em um tom menos condescendente — disse ele.

Eu não estava sendo condescendente! Ela o olhou de soslaio enquanto ele ficava ali sentado, mastigando sua lula seca. Quanto mais tempo passava com ele, menos assustador Vasher lhe parecia, mas também mais frustrante. *Ele é um homem perigoso*, ela lembrou a si mesma. *Tem deixado cadáveres por toda cidade, usando aquela espada que faz com que as pessoas matem umas às outras.*

Ela havia pensado em fugir dele em várias ocasiões, mas finalmente decidira que seria uma tola se fizesse isso. Não conseguia achar defeito nas suas tentativas de deter a guerra, e sua solene promessa no porão, naquele primeiro dia, não saía da cabeça de Vivenna. Acreditava nele. Com hesitação.

Só pretendia manter os olhos um pouco mais abertos de agora em diante.

— Tudo bem — disse ele. — Acho que é melhor assim. Estou ficando cansado de você andando por aí com essa sua aura brilhante que nem mesmo pode usar.

— E então?

— Então acho que devemos começar com a teoria. Existem quatro tipos de entidades BioCromáticas. A primeira, e a mais espetacular, são os Retornados. Eles são chamados de deuses aqui em Hallandren, mas prefiro chamá-los de Manifestações BioCromáticas Sapientes Espontâneas em um Hospedeiro Morto. O estranho em relação a eles é que são a única entidade BioCromática que ocorre naturalmente, o que é, em teoria, a explicação de por que não conseguem usar nem passar adiante sua Investidura BioCromática. Naturalmente, o fato é que *todo* ser vivo nasce com uma certa Investidura BioCromática. Isso também pode explicar por que os Tipo Um mantêm a sapiência.

Vivenna hesitou. Não era isso que ela estava esperando.

— Você está mais interessada nas entidades Tipo Dois e Tipo Três — continuou Vasher. — As entidades Tipo Dois são Manifestações Irracionais em um Hospedeiro Morto. Elas são baratas de fazer, mesmo com Comandos desajeitados. Isso se deve à Lei do Paralelismo BioCromático: quanto mais próximo um hospedeiro está de uma forma e molde vivos, mais fácil é Despertá-los. BioCroma é o poder da vida, portanto busca padrões de vida. Isso, contudo, nos leva à outra lei: a Lei da Comparabilidade, que afirma que a quantidade de Respiração necessária para Despertar alguma coisa não é necessariamente indicativa do seu poder quando Despertada. Um pedaço de pano quadrado e um pedaço de pano no formato de uma pessoa exigirão quantidades muito diferentes de Respiração para Despertar, mas serão essencialmente idênticos quando estiverem Investidos.

"A explicação para isso é simples. Algumas pessoas acham que Despertar é como botar água em um copo. Você verte até que o copo esteja cheio, então o objeto ganha vida. Essa analogia é falsa. Em vez disso, pense no Despertar como arrombar uma porta. Você esmurra e esmurra, e algumas portas são mais fáceis de abrir do que outras, mas, quando elas se abrem, fazem mais ou menos a mesma coisa.

Ele a encarou.

— Entendeu?

— Hã... — Vivenna havia passado a juventude treinando com tutores, mas aquilo estava além dos seus métodos de ensinamento. — É um pouco complicado.

— Bem, você quer aprender ou não?

Você perguntou se eu entendi. E eu respondi. Mas ela não vocalizou suas objeções. Era melhor que ele continuasse falando.

— Entidades BioCromáticas Tipo Dois — disse ele — são o que as pessoas em Hallandren chamam de Sem-Vida. Eles são bem diferentes das entidades Tipo Um. Os Sem-Vida podem ser criados à vontade, e só precisam de algumas Respirações para Despertar... qualquer quantidade entre uma e centenas, dependendo dos Comandos usados... e se alimentam da própria cor quando estão sendo Investidos. Eles não apresentam uma aura quando Despertados, mas a Respiração os sustenta, fazendo com que não precisem comer. Eles podem morrer e precisam de uma solução de álcool especial para continuarem funcionando além de uns poucos anos depois de Despertados. Devido ao seu hospedeiro orgânico, a Respiração deles se agarra ao corpo e não pode ser retirada depois de Investida.

— Eu sei um pouco sobre eles — disse Vivenna. — Denth e sua equipe têm um Sem-Vida.

Vasher se calou.

— Sim — disse ele finalmente. — Eu sei.

Vivenna franziu a testa, notando uma expressão estranha nos olhos dele. Ficaram sentados em silêncio por alguns momentos.

— Você estava falando sobre os Sem-Vida e seus Comandos... — lembrou ela.

Vasher assentiu.

— Eles precisam de um Comando para serem Despertados, como tudo mais. Até mesmo sua religião ensina sobre Comandos... ela diz que é Austre que Comanda os Retornados a voltar.

Vivenna concordou.

— Compreender a teoria dos Comandos é difícil. Veja os Sem-Vida, por exemplo. Levamos séculos para descobrir as maneiras mais eficientes de levar um corpo a um estado de Sem-Vida. Mesmo agora, não temos certeza se compreendemos como funciona. Acho que *isso* é a primeira coisa que gostaria que você entendesse: que o BioCroma é complicado, e nós não entendemos realmente a maior parte dele.

— Como assim? — perguntou ela.

— É exatamente como eu disse — replicou Vasher, dando de ombros. — Nós não sabemos realmente o que estamos fazendo.

— Mas você soa tão técnico e preciso nas suas descrições.

— Já descobrimos algumas coisas, mas os Despertadores não existem há tanto tempo assim. Quanto mais se aprende sobre BioCroma, mais se percebe que existem mais coisas que *não* sabemos do que coisas que sabemos. Por que os Comandos específicos são tão importantes, e por que precisam ser falados no seu idioma nativo? O que faz com que as entidades do Tipo Um, os Retornados, voltem à vida, para começo de conversa? Por que os Sem-Vida têm mentes tão toscas, enquanto os Retornados são totalmente sapientes?

Vivenna assentiu.

— Criar entidades BioCromáticas Tipo Três é o que chamamos tradicionalmente de Despertar — continuou Vasher. — É quando você cria uma manifestação BioCromática em um hospedeiro orgânico que está muito longe de ter sido vivo. Pano funciona melhor, embora bastões, gravetos e outros materiais vegetais possam ser usados.

— E quanto a ossos? — indagou Vivenna.

— São estranhos — respondeu Vasher. — Precisam de muito mais Respiração para Despertar do que um corpo ainda mantido inteiro pela carne, e não são tão flexíveis quanto um tecido. Ainda assim, a Respiração pega neles com bastante facilidade, já que já estiveram vivos e mantêm a forma de uma coisa viva.

— Então as histórias idrianas que falam sobre exércitos de esqueletos *não são* apenas invenções?

Ele deu uma risada.

— Ah, são, sim. Para Despertar um esqueleto, seria preciso organizar todos os ossos nos lugares corretos. É um trabalhão para algo que vai gastar mais de cinquenta ou sessenta Respirações para Despertar. Cadáveres intactos fazem muito mais sentido economicamente, mesmo que a Respiração pegue tão bem neles que seja impossível de recuperar. Ainda assim, vi algumas coisas muito interessantes feitas com esqueletos Despertados.

"Enfim, entidades do Tipo Três, objetos Despertados comuns, são diferentes. O BioCroma não pega nada bem neles. O resultado é que exigem muito mais Investidura para Despertá-los... geralmente mais de cem Respirações. O benefício, naturalmente, é que a Respiração pode ser extraída de volta. Isso permitiu muito mais experimentação e resultou em uma compreensão mais abrangente das técnicas de Despertar.

— Você está falando dos Comandos? — perguntou Vivenna.

— Isso. Como você já viu, os Comandos mais básicos funcionam facilmente. Se o Comando é algo que o objeto pode fazer, e se você o declarar de uma maneira objetiva, o Comando geralmente funciona.

— Eu tentei alguns Comandos simples. Na corda. Não funcionaram.

— Podem ter parecido simples, mas não eram. Comandos simples geralmente têm apenas uma ou duas palavras. Agarre algo. Segure algo. Suba. Desça. Se contorça. Até mesmo Comandos de duas palavras podem ser mais complicados, e é necessário prática para visualizá-los... ou, bem, imaginá-los. Bem, usar sua mente para...

— Eu entendo essa parte — disse ela. — Como flexionar um músculo.

Ele assentiu.

— O Comando "Me proteja", embora só tenha duas palavras, é extremamente complicado. O mesmo acontece com outros, como "Pegue algo". Você precisa fornecer o impulso correto ao objeto. É nessa área que começamos realmente a entender quão pouco sabemos. Há provavelmente milhares de Comandos que não conhecemos. Quanto mais palavras se acrescentam, mais complicado se torna o componente mental, o que faz com que descobrir um novo Comando possa levar anos de estudo.

— Como a descoberta de um novo Comando para fazer os Sem-Vida — disse ela, pensativa. — Trezentos anos atrás, as pessoas que possuíam o Comando de uma Respiração podiam criar Sem-Vida de modo muito mais barato do que aqueles que não o possuíam. Essa disparidade iniciou a Multiguerra.

— Sim — concordou Vasher. — Ou pelo menos foi parte do que causou a guerra. Não importa muito. A coisa a compreender é que ainda somos crianças quando o assunto é Despertar. Não ajuda muito o fato de que um bocado de gente que aprende Comandos novos e valiosos nunca os compartilha, e provavelmente morre levando consigo esse conhecimento.

Vivenna assentiu, notando como sua lição se tornara mais relaxada e coloquial conforme ele se aprofundava no tópico. O conhecimento dele a surpreendeu.

Vasher fica sentado no chão, comendo um pedaço de lula seca, sem se barbear há semanas, e usa roupas que parecem prestes a se desfazer. Contudo, ele fala como um erudito dando uma palestra. Carrega uma espada que emana fumaça negra e faz com que pessoas se matem, mas se esforça tanto para impedir uma guerra. Quem é esse homem?

Ela olhou de relance para o lado, onde Sangue-da-Noite estava encostada na parede. Talvez fosse a discussão dos aspectos técnicos do BioCroma, ou talvez apenas sua crescente suspeita. Estava começando a entender o que havia de errado com aquela espada.

— O que é uma entidade BioCromática Tipo Quatro? — perguntou Vivenna, olhando de volta para Vasher.

Ele não respondeu.

— O Tipo Um é um corpo humano com sapiência — disse Vivenna. — O Tipo Dois é um corpo humano sem sapiência. O Tipo Três é um objeto Despertado, como uma corda... um objeto sem sapiência. Existe uma maneira de criar um objeto Despertado *com* sapiência? Como um Retornado, mas dentro de outra coisa além de um corpo humano?

Vasher se levantou.

— Já avançamos o bastante por um dia.

— Você não respondeu à minha pergunta.

— E não vou responder — retrucou ele. — E te aconselho a não perguntar de novo. Compreendido?

Ele olhou de lado para ela, que sentiu um arrepio ao ouvir a dureza em sua voz.

— Tudo bem — respondeu Vivenna, embora não tenha desviado o olhar.

Ele bufou baixinho, então enfiou a mão na sua mochila enorme e puxou algo.

— Aqui. Trouxe isso para você.

Ele jogou no chão um objeto longo e envolto em pano. Vivenna se levantou e se aproximou para desembrulhá-lo. Dentro havia uma lâmina de duelo bem polida.

— Eu não sei como usar uma dessas.

— Então aprenda — retrucou ele. — Se souber como lutar, será muito menos irritante de se ter por perto. Não precisarei salvá-la dos problemas toda vez.

Ela corou.

— Uma vez.

— Vai acontecer de novo.

Ela hesitantemente pegou a espada embainhada, surpresa com sua leveza.

— Vamos — disse Vasher. — Há mais um grupo para visitarmos.

47

EM SEUS SONHOS, Canto-de-Luz tentava não pensar. Tentava não pensar em T'Telir em chamas. Nas pessoas morrendo. No mundo basicamente acabando. Estava no segundo andar do seu palácio, contemplando a Corte dos Deuses. Aquele andar era basicamente um terraço coberto aberto de todos os lados. O vento balançava seu cabelo. O sol estava quase se pondo. Já havia tochas dispostas no gramado. Era tão perfeito. Os palácios em um círculo, iluminados por tochas e lanternas que combinavam com as cores do edifício mais próximo.

Alguns dos palácios estavam escuros: os edifícios que atualmente não abrigavam deuses.

O que aconteceria se muitos mais Retornassem antes que nós *nos matássemos?*, pensou ele, distraído. *Será que construiriam mais palácios?* Até onde ele sabia, sempre houve espaço o bastante.

À frente da corte ficava o palácio do Rei-Deus, alto e negro, obviamente construído para que pudesse dominar até mesmo as mansões extravagantes dos outros, lançando uma sombra imensa e distorcida sobre a muralha dos fundos.

Perfeito. Tão perfeito. As tochas estavam arranjadas em padrões visíveis apenas do alto de um edifício. A grama estava sempre bem aparada, e as enormes tapeçarias da muralha eram substituídas com tanta frequência que não exibiam desgaste, manchas ou desbotamento.

As pessoas faziam tamanho esforço pelos seus deuses. Por quê? Às vezes isso o deixava perplexo. Mas o que pensar das outras religiões, aquelas sem deuses visíveis, apenas desejos ou imaginações incorpóreas? Certamente aqueles "deuses" faziam ainda menos pelo seu povo do que a corte hallandreana, mas mesmo assim eram venerados.

Canto-de-Luz balançou a cabeça. Seu encontro com Mãe-de-Todos fez com que se lembrasse de dias sobre os quais não pensava há muito tempo. Calma-Vidente. Ela havia sido sua mentora assim que ele Retornou. Faz-Corar sentia ciúmes das memórias que ele tinha dela, mas não compreendia a verdade. Tampouco ele poderia realmente explicar. Dentre todos os Retornados que Canto-de-Luz já conhecera, Calma-Vidente fora a que chegara mais perto de ser uma divindade. Ela havia cuidado dos seus seguidores tanto quanto Mãe-de-Todos tentava fazer agora, mas havia preocupação genuína no olhar da deusa. Ela não ajudava as pessoas por temer que parassem de adorá-la, e não tinha a arrogância de se considerar superior.

Bondade de verdade. Amor de verdade. Misericórdia de verdade.

Contudo, até mesmo Calma-Vidente se sentira inadequada. Ela frequentemente dizia que sentia culpa por não conseguir viver de acordo com as expectativas das pessoas. Como poderia? Como qualquer pessoa poderia? No final, ele suspeitava que isso a levara a responder a uma petição. Só havia uma maneira, segundo ela, de ser a deusa que todos exigiam que fosse; e essa maneira era entregar sua vida.

Eles nos levam a isso, pensou Canto-de-Luz. *Constroem todo esse esplendor e luxo, nos entregam tudo que desejamos, então nos cutucam sutilmente. Seja um deus. Profetize. Mantenha nossa ilusão.*

Morra. Morra para que possamos continuar acreditando.

Ele geralmente não ia ali no terraço. Preferia ficar lá embaixo, onde a perspectiva limitada tornava muito mais fácil ignorar a visão maior; tão mais fácil se concentrar em coisas simples, como sua vida naquele momento.

— Vossa Graça? — chamou Llarimar em voz baixa, se aproximando.

Canto-de-Luz não respondeu.

— Está bem, Vossa Graça?

— Nenhum homem devia ser tão importante assim — disse Canto-de--Luz.

— Como assim, Vossa Graça? — perguntou Llarimar, parando ao lado dele.

— Isso mexe com a gente de um jeito estranho. Não fomos feitos para isso.

— O senhor é um deus, Vossa Graça. Vocês *foram* feitos para isso.

— Não. Eu não sou um deus.

— Perdoe-me, mas o senhor não tem essa escolha. Nós o veneramos, e é isso que o torna um deus — disse Llarimar na sua maneira calma de costume. Será que aquele homem *nunca* se perturbava?

— Você não está ajudando.

— Peço desculpas, Vossa Graça, mas talvez devesse parar de discutir sobre as mesmas coisas sempre.

Canto-de-Luz sacudiu a cabeça.

— Hoje a situação é diferente. Não sei ao certo o que fazer.

— Está falando dos Comandos de Mãe-de-Todos?

Canto-de-Luz assentiu.

— Pensei que estivesse tudo resolvido, Afobado. Não consigo acompanhar todas as coisas que Faz-Corar está planejando... nunca fui bom com detalhes.

Llarimar não respondeu.

— Eu ia abrir mão deles — disse Canto-de-Luz. — Mãe-de-Todos estava se defendendo muito bem. Imaginei que, se desse a ela meus Comandos, então *ela* saberia o que fazer. Ela compreenderia se é melhor apoiar Faz--Corar ou se opor a ela.

— O senhor ainda pode deixar nas mãos dela — observou Llarimar. — Deu a ela seus Comandos também.

— Eu sei — disse Canto-de-Luz.

Ficaram em silêncio.

Então, chegamos a esse ponto. O primeiro de nós que mudar esses Comandos assume o controle de todos os vinte mil. O outro será deixado de fora.

O que ele escolheria? Ficaria ali sentado e deixaria a história acontecer, ou mergulharia na situação e estragaria tudo?

Não sei quem ou o que me mandou de volta, mas por que não me deixou ser apenas eu? Já vivi uma vida. Já fiz minhas escolhas. Por que teve que me mandar de volta?

Ele havia tentado de tudo, e ainda assim as pessoas o admiravam. Ele sabia que era um dos Retornados mais populares, visitado por mais suplicantes e recebedor de mais arte do que quase qualquer outro. *Sinceramente, qual é o problema dessa gente?* Será que tinham tanta necessidade de venerar alguma coisa que preferiam escolhê-lo a se preocupar que sua religião fosse falsa?

Mãe-de-Todos alegava que *alguns* pensavam isso. Estava preocupada com a falta de fé que percebia entre o povo. Canto-de-Luz não sabia se concordava. Ele conhecia as teorias — que os deuses que viviam mais tempo eram os fracos, porque o sistema encorajava os melhores a se sacrificarem rapidamente. Contudo, ele ainda tinha o mesmo número de suplicantes do início. Além disso, pouquíssimos deuses eram escolhidos no geral para que aquilo fosse estatisticamente válido.

Ou ele estava apenas se distraindo com detalhes irrelevantes? Apoiou-se no parapeito, olhando para o gramado e seus pavilhões brilhantes.

Aquele podia ser seu momento da verdade. Poderia finalmente provar que era um vadio indolente. Seria perfeito. Se ele não fizesse nada, então Mãe-de-Todos seria forçada a assumir os exércitos e resistir a Faz-Corar.

Era isso que ele queria? Mãe-de-Todos se mantinha isolada dos outros deuses. Não participava de muitas assembleias da Corte e não escutava os debates. Faz-Corar estava intimamente envolvida, conhecia bem cada deus e deusa, compreendia as questões e era muito astuta. De todos os deuses, só ela havia começado a agir para assumir o controle dos exércitos.

Siri não é uma ameaça, ele pensou. Mas e se mais alguém a estivesse manipulando? Será que Mãe-de-Todos teria sabedoria política para compreender o perigo? Sem a orientação preocupada dele, será que Faz-Corar cuidaria para que Siri não fosse esmagada?

Se ele se afastasse, haveria um preço. Ele seria o culpado, pois havia desistido.

— Quem era ela, Llarimar? — perguntou Canto-de-Luz em voz baixa. — A jovem nos meus sonhos. Era minha esposa?

O sumo sacerdote não respondeu.

— Eu preciso saber — disse Canto-de-Luz, se virando para ele. — Dessa vez, *realmente* preciso saber.

— Eu... — Llarimar franziu o cenho, então desviou o olhar. — Não — respondeu ele em um fio de voz. — Ela não era sua esposa.

— Minha amante?

Ele sacudiu sua cabeça.

— Mas ela era importante para mim?

— Muito.

— E ela ainda está viva?

Llarimar vacilou, então finalmente assentiu.

Ainda está viva, pensou Canto-de-Luz.

Se a cidade caísse, então ela estaria em perigo. Todos que veneravam Canto-de-Luz — todos que contavam com ele, apesar dos seus melhores esforços — estariam em perigo.

T'Telir não podia cair. Mesmo que houvesse guerra, a luta não chegaria ali. Hallandren não estava em perigo. Era o reino mais poderoso do mundo.

E os seus sonhos?

Ele recebera apenas um dever verdadeiro no governo: assumir o comando de dez mil Sem-Vida. De decidir quando deveriam ser usados. E quando não deveriam.

Ainda está viva...

Ele se virou e caminhou até os degraus.

O **ENCLAVE DOS SEM-VIDA** era tecnicamente parte da Corte dos Deuses. O enorme edifício ficava na base do platô da corte, e uma longa e recoberta passarela o atravessava.

Canto-de-Luz desceu os degraus com seu séquito. Passaram por vários postos de guarda, embora não soubesse ao certo por que precisavam de guardas em um corredor que vinha da corte. Ele só havia visitado o enclave uma ou duas vezes — em geral, durante suas primeiras semanas como Retornado, quando foi necessário que fornecesse a frase de segurança para seus dez mil soldados.

Talvez eu devesse ter vindo aqui com mais frequência. Mas de que adiantaria? Servos cuidavam dos Sem-Vida, garantindo que seu álcool-icor estivesse fresco, que se exercitassem e... fosse lá o que mais que um Sem-Vida fizesse.

Quando chegaram ao fim dos degraus, Llarimar e vários dos outros sacerdotes estavam ofegantes devido à longa e rápida caminhada. Canto-de-Luz, naturalmente, não teve dificuldades, já que estava em perfeita forma física. Havia algumas coisas na divindade de que ele nunca reclamava.

Um par de guardas abriu as portas para a instalação, que, naturalmente, era gigantesca — possuía espaço suficiente para quarenta mil Sem-Vida. Havia quatro grandes áreas de armazenamento semelhantes a armazéns para os diferentes grupos de Sem-Vida, uma pista para que pudessem correr, uma sala cheia de pedras e blocos de metal, para que mantivessem seus músculos fortes, e uma área médica onde seu álcool-icor era testado e renovado.

Eles atravessaram várias passagens tortuosas, projetadas para confundir invasores que pudessem tentar atacar os Sem-Vida, então se aproximaram de um posto de guarda junto a uma grande entrada aberta. Canto-de-Luz passou pelos guardas vivos e olhou para os Sem-Vida.

Havia se esquecido de que eram mantidos no escuro.

Llarimar acenou para que um par de sacerdotes erguessem lâmpadas e a porta se abriu para uma plataforma de observação. O chão do armazém se estendia abaixo, preenchido por fileiras e mais fileiras de soldados silenciosos a postos. Estavam usando suas armaduras e levavam suas armas nas bainhas.

— Há espaços vazios nas fileiras — observou Canto-de-Luz.

— Alguns devem estar se exercitando — replicou Llarimar. — Mandei um servo trazê-los.

Canto-de-Luz assentiu. Os Sem-Vida estavam de pé, os olhos abertos. Eles não se mexiam nem tossiam. Contemplando-os de cima, Canto-de-Luz subitamente se lembrou de por que nunca sentira qualquer desejo de retornar para inspecionar suas tropas. Eles simplesmente eram enervantes demais.

— Saiam todos vocês — ordenou Canto-de-Luz.

— Vossa Graça? — questionou Llarimar. — Não quer que uns poucos sacerdotes permaneçam?

Canto-de-Luz sacudiu a cabeça.

— Não. Eu mesmo vou guardar a frase.

Llarimar hesitou, mas então assentiu, fazendo como ordenado.

Na opinião de Canto-de-Luz, não havia uma boa maneira de guardar as frases de Comando. Deixá-las nas mãos de um único deus arriscava que a frase se perdesse em um assassinato. Contudo, quanto mais pessoas conhecessem as frases de Comando, mais provável seria que o segredo fosse obtido de alguém por suborno ou tortura.

O único fator atenuante era o Rei-Deus. Aparentemente, com seu poderoso BioCroma, ele podia render os Sem-Vida mais facilmente. Contudo, assumir o controle de dezenas de milhares levaria semanas, mesmo para o Rei-Deus.

A escolha era deixada nas mãos dos Retornados individualmente. Eles podiam permitir que alguns dos seus sacerdotes ouvissem a frase de Comando para que, caso algo acontecesse com o deus, eles pudessem passar a frase para o Retornado seguinte. Se o deus decidisse não revelar a frase para seus sacerdotes, então colocava um fardo ainda maior sobre si. Canto-de-Luz havia considerado essa opção tola, anos antes, e compartilhara o segredo com Llarimar e vários outros.

Dessa vez, viu a sabedoria de manter a frase para si mesmo. Se tivesse a chance, ele a sussurraria para o Rei-Deus. Mas apenas para ele.

— Linha final azul — disse ele. — Dou a vocês uma nova frase de Comando. — O deus fez uma pausa. — Pantera vermelha. Pantera vermelha. Andem até o lado direito da sala.

Um grupo de Sem-Vida perto da frente — aqueles ao alcance de sua voz — se moveram para o lado. Canto-de-Luz suspirou, fechando os olhos. Parte dele tivera esperança de que Mãe-de-Todos tivesse ido ali primeiro, que já houvesse mudado a frase de Comando.

Mas ela não fizera isso. Ele abriu os olhos, então desceu os degraus até o piso do armazém. Falou novamente, mudando a frase de outro grupo. Era possível fazer isso com cerca de vinte ou trinta de cada vez — ele se lembrava de que o processo levara horas na última vez.

Seguiu em frente. Deixaria os Sem-Vida com suas instruções básicas de obedecer aos servos quando eles pedissem às criaturas que se exercitassem ou que fossem até a enfermaria. Daria a eles um Comando inferior, que poderia ser usado para movê-los e fazer com que marchassem até locais específicos, como nos momentos em que haviam sido dispostos em fileiras fora da cidade para saudar Siri, e outro para fazê-los ir com os membros da guarda da cidade para fornecer reforço.

Contudo, só haveria uma pessoa com o controle supremo deles. Uma pessoa que poderia mandá-los para a guerra. Quando terminasse naquela sala, seguiria para assumir também o controle total dos dez mil de Mãe-de-Todos.

Traria os dois exércitos para si. E, ao fazer isso, assumiria seu papel no cerne do destino de dois reinos.

48

SUSEBRON NÃO PARTIA MAIS de manhã.

Siri estava deitada na cama ao lado dele, ligeiramente encolhida, a pele contra a dele, que dormia pacificamente, o peito subindo e descendo, os lençóis brancos emitindo cores prismáticas ao redor enquanto inevitavelmente reagiam à presença dele. Alguns meses antes, quem teria compreendido o ponto em que ela se encontrava agora? Não só casada com o Rei-Deus de Hallandren, mas também apaixonada por ele.

Ainda considerava isso incrível. Ele era a figura religiosa e secular mais importante de toda a área do Mar Interno; era a base da adoração dos Tons Iridescentes hallandreanos. Era a criatura mais temida e odiada pela maioria do povo de Idris.

E cochilava quietinho ao lado dela. Um deus das cores e da beleza, seu corpo tão perfeitamente esculpido quanto o de uma estátua. E o que era Siri? Não era perfeita, disso tinha certeza. Mas, de algum modo, dera a ele algo de que precisava. Um toque de espontaneidade. Uma brisa fresca, sem medo dos sacerdotes ou da reputação dele.

Ela suspirou, a cabeça pousada no peito dele. Haveria um preço a pagar pela felicidade daquelas últimas noites. *Nós realmente somos tolos*, pensou ociosamente. *Só precisamos evitar uma coisa: dar aos sacerdotes um filho. Estamos rumando direto para o desastre.*

Achava difícil se censurar muito duramente. Suspeitava que sua atuação não teria enganado os sacerdotes por muito mais tempo. Eles suspeitariam, ou pelo menos ficariam frustrados, se ela continuasse sem produzir um herdeiro. Podia imaginar que interfeririam diante de mais atrasos.

Não sabia o que ela e Susebron fariam para mudar os eventos, mas teriam que ser rápidos.

Ele se mexeu ao lado dela, e Siri virou o corpo, olhando para seu rosto enquanto ele abria os olhos. Susebron fitou-a por alguns minutos, acariciando seu cabelo. Era incrível quão rapidamente tinham ficado à vontade naquela intimidade.

Ele pegou sua lousa de escrever. **Eu te amo.**

Ela sorriu. Era sempre a primeira coisa que ele escrevia de manhã.

— E eu te amo — ela respondeu.

Contudo, provavelmente estamos encrencados, não estamos?

— Sim.

Quanto tempo? Até que seja perceptível que você vai ter um filho, quero dizer?

— Não tenho certeza — disse ela, franzindo a testa. — Obviamente, não tenho muita experiência com isso. Sei que algumas mulheres em Idris reclamavam de não conseguir ter filhos tão rápido quanto queriam, então talvez nem sempre aconteça imediatamente. Conheço outras que pariram filhos quase exatamente nove meses depois da sua noite de casamento.

Susebron pareceu pensativo.

Daqui a um ano, eu posso ser uma mãe. Siri achava a ideia assustadora. Até pouco tempo atrás, não havia realmente se considerado adulta. *Claro*, pensou ela, se sentindo um pouco enjoada, *de acordo com o que nos disseram, qualquer filho que eu tenha com o Rei-Deus será natimorto, de qualquer modo.* Mesmo que fosse mentira, seu filho estaria em perigo. Ela ainda suspeitava que os sacerdotes fossem sumir com ele, então substituí-lo por um Retornado. Muito provavelmente, também sumiriam com Siri.

Dedos-Azuis tentou me avisar. Ele falou de perigo, não só para Susebron como para mim.

Susebron estava escrevendo. **Eu tomei uma decisão.**

Siri ergueu uma sobrancelha.

Quero tentar me apresentar mais ao povo e aos outros deuses. Quero assumir controle do meu reino.

— Pensei que havíamos decidido que isso seria perigoso demais.

É perigoso, ele concordou. **Mas começo a achar que é um risco que devemos correr.**

— E suas objeções de antes? Você não pode gritar a verdade, e seus guardas provavelmente o impedirão na mesma hora se tentar escapar ou algo assim.

Sim, escreveu Susebron, **mas você tem muitos menos guardas, e você pode gritar.**

Siri hesitou.

— Posso, mas será que alguém acreditaria em mim? O que pensariam se eu só começasse a gritar que o Rei-Deus está sendo mantido prisioneiro pelos próprios sacerdotes?

Susebron inclinou a cabeça para o lado.

— Acredite, as pessoas achariam que eu sou louca.

E se você ganhasse a confiança do Retornado de quem tanto fala? Canto-de-Luz, o Ousado.

Siri pensou um pouco a respeito.

Você pode procurá-lo, escreveu Susebron. **Contar a ele a verdade. Talvez ele a apresente a outros Retornados que acredite que vão lhe dar atenção. Os sacerdotes não serão capazes de nos silenciar a todos.**

Siri ficou deitada ao lado dele por um momento, a cabeça ainda pousada em seu peito.

— Parece possível, Seb, mas por que apenas não fugirmos? Minhas criadas agora são de Pahn Kahl. Dedos-Azuis disse que vai tentar nos tirar daqui, se eu pedir. Podemos fugir para Idris.

Se fugirmos, as tropas de Hallandren nos seguirão, Siri. Não estaríamos seguros em Idris.

— Poderíamos ir para algum outro lugar, então.

Ele balançou a cabeça.

Siri, andei ouvindo os argumentos na Assembleia da Corte. Logo haverá guerra entre nossos reinos. Se fugirmos, estaremos abandonando Idris à invasão.

— A invasão também vai acontecer se ficarmos.

Não se eu assumir o controle do meu trono, argumentou Susebron. **O povo de Hallandren, até mesmo os deuses, têm a obrigação de me obedecer. Não haverá guerra se eles souberem que eu a desaprovo.** Ele apagou, então seguiu escrevendo mais rápido. **Contei aos sacerdotes que não quero a guerra, e eles pareceram me ouvir. Contudo, não fizeram nada.**

— Eles provavelmente estão preocupados — disse Siri. — Se permitirem que você comece a tomar decisões políticas, então você pode passar a achar que não precisa deles.

E teriam razão, ele escreveu, sorrindo. **Preciso me tornar o líder do meu povo, Siri. É a única maneira de proteger suas lindas colinas e a família que você tanto adora.**

Siri ficou em silêncio, sem oferecer mais objeções. Fazer o que ele estava dizendo seria pôr as cartas na mesa. Fazer uma jogada arriscando tudo. Se falhassem, os sacerdotes sem dúvida descobririam que Siri e Susebron estavam se comunicando. Isso causaria o fim de seu tempo juntos sozinhos.

Susebron obviamente notou a preocupação dela. **É perigoso, mas é a melhor opção. Fugir seria igualmente arriscado e nos deixaria em circunstâncias muito piores. Em Idris, seríamos vistos como o motivo da chegada dos exércitos hallandreanos. Outros países seriam ainda mais perigosos.**

Siri assentiu lentamente. Em outro país, eles não teriam dinheiro e seriam candidatos perfeitos a um sequestro. Escapariam dos sacerdotes só para serem capturados e usados contra Hallandren. O Reino da Iridescência ainda era amplamente detestado devido à Multiguerra.

— Nós seríamos capturados, como você diz — admitiu ela. — Além disso, em outro país, duvido que fôssemos conseguir uma Respiração para você toda semana. Sem elas, você morreria.

Ele pareceu hesitante.

— O que foi?

Eu não morreria sem Respiração. Mas isso não é um argumento a favor da fuga.

— Quer dizer que as histórias sobre os Retornados precisarem de Respiração para viver são mentiras? — perguntou Siri, incrédula.

De modo algum, escreveu ele depressa. **Nós precisamos de Respiração — mas você está se esquecendo de que possuo toda a Respiração passada há gerações na minha família. Já ouvi meus sacerdotes falando sobre isso. Se fosse necessário me levar para outro lugar, eu poderia sobreviver com as Respirações extras que possuo. O excedente à Respiração que me torna um Retornado. Meu corpo simplesmente se alimentaria dessas Respirações extras, absorvendo uma por semana.**

Siri se recostou, pensativa. Isso parecia implicar alguma coisa sobre a Respiração que ela não conseguia entender bem. Infelizmente, ela não tinha a experiência para descobrir o quê.

— Tudo bem. Então nós *podemos* nos esconder se for necessário.

Eu disse que esse não era um argumento a favor de fugir, escreveu Susebron. **Meu tesouro de Respirações pode me manter vivo, mas faria de mim um alvo muito valioso. Todo mundo vai querer essas Respirações — mesmo se eu não fosse o Rei-Deus, estaria em perigo.**

Isso era verdade.

— Tudo bem. Se vamos mesmo tentar expor o que os sacerdotes fizeram, acho que devemos avançar. Se eu exibir quaisquer sinais de estar grávida, aposto que os sacerdotes não vão nem piscar antes de me sequestrarem.

Susebron concordou. **Haverá uma Assembleia da Corte completa amanhã. Ouvi meus sacerdotes dizerem que será uma reunião importante — é raro que todos os deuses sejam reunidos para votar. Essa reunião vai decidir se queremos marchar ou não contra Idris.**

Siri assentiu, nervosa.

— Eu poderia me sentar com Canto-de-Luz e pedir a ajuda dele. Se formos falar com outros deuses, talvez, diante das multidões, eles possam exigir saber se estou mentindo ou não.

E eu vou abrir minha boca e revelar que não tenho língua. Então veremos o que fazem os sacerdotes. Serão forçados a se curvar à vontade do seu próprio panteão.

Siri inspirou profundamente.

— Tudo bem. Vamos tentar.

49

VASHER ENCONTROU-A PRAticando novamente.

Ele estava pairando do lado de fora da janela, tendo descido do teto por meio de uma corda Despertada que o envolvia pela cintura. Lá dentro, Vivenna repetidamente Despertava um pedaço de pano, alheia à presença de Vasher. Ela Comandou o pano a se arrastar pela sala, envolver uma taça, então carregar a taça sem derramar seu conteúdo.

Ela está aprendendo tão rápido, pensou ele. Os Comandos em si eram fáceis de dizer, mas fornecer o impulso mental correto era difícil. Era como aprender a controlar um segundo corpo. Vivenna era rápida. Sim, ela tinha um bocado de Respiração, e isso facilitava, mas o verdadeiro Despertar Instintivo — a habilidade de Despertar objetos sem treinamento ou prática — era um dom concedido apenas pela Sexta Elevação. Esse era um degrau acima até mesmo do que os Retornados tinham com sua única Respiração divina. Vivenna estava longe daquele estágio. Ela aprendia muito mais rápido do que deveria, embora Vasher soubesse que ela se frustrava com a frequência com que errava.

Ele viu quando ela cometeu um erro. O pano se moveu pela sala, mas subiu na taça em vez de envolvê-la. Ele tremeu, fazendo a taça cair, então por fim o pano voltou, deixando um rastro úmido. Vivenna praguejou e foi encher novamente a taça. Nem notou Vasher pendurado do lado de fora. Isso não o surpreendeu — no momento, ele era um Descorado, seu excesso de Respiração armazenado em sua camisa.

Ela reposicionou a taça, e ele se içou enquanto ela voltava. A mecânica de como ele se movia com as cordas era muito mais complicada do que parecia. Seu Comando incorporava fazer a corda reagir a toques do seu dedo. Despertar era diferente de criar um Sem-Vida — os Sem-Vida tinham cérebros e podiam interpretar Comandos e pedidos. A corda não tinha nada disso; só podia agir de acordo com suas instruções originais.

Com umas poucas batidas, ele desceu novamente; Vivenna estava de costas para ele enquanto pegava outra amostra colorida para usar como combustível ao Despertar o pano que usava para buscar a taça.

Eu gosto dela, disse Sangue-da-Noite. *Estou feliz que não a matamos.*

Vasher não respondeu.

Ela é muito bonita, você não acha?, comentou Sangue-da-Noite.

Você não tem como saber, replicou Vasher.

Tenho, sim, respondeu Sangue-da-Noite. *Decidi que tenho.*

Vasher balançou a cabeça. Bonita ou não, a mulher nunca deveria ter ido para Hallandren. Ela fornecera a Denth uma ferramenta perfeita. *Mas é claro que Denth provavelmente nem precisava dessa ferramenta*, admitiu ele com ironia. Hallandren e Idris estavam perto de perder as estribeiras. Vasher havia ficado tempo demais afastado. Sabia disso. Também sabia que não houvera como voltar mais cedo.

Dentro da sala, Vivenna conseguira fazer com que o pano trouxesse sua taça, e bebeu dela com um ar satisfeito, mas que Vasher mal podia ver de onde estava. Ele fez a corda o baixar até o chão, ordenou que ela se soltasse na parte de cima, então — depois de enrolá-la ao redor do seu braço — recuperou sua Respiração e subiu a escada que levava até a sala.

VIVENNA SE VIROU quando Vasher entrou. Ela pousou a taça, enfiando às pressas o pano no bolso. *Qual é o problema de ele me ver praticando?*, pensou ela, corando. *Não é como se eu tivesse algo a esconder.* Mas praticar diante dele era embaraçoso. Vasher era tão severo, tão intolerante com defeitos. Ela não queria que ele a visse falhar.

— E então? — perguntou ela.

Ele sacudiu a cabeça.

— Tanto a casa que você estava usando quanto o esconderijo nas favelas estão vazios — disse ele. — Denth é inteligente demais para ser pego dessa maneira. Ele sabe que você revelaria sua localização.

Vivenna rangeu os dentes, frustrada, se acomodando contra a parede. Como as outras salas onde haviam se hospedado, aquela ali era totalmente simples. Suas únicas posses eram um par de esteiras e as mudas de roupa deles, que Vasher carregava na bolsa.

Denth vivia de modo muito mais luxuoso. Ele podia fazer isso — agora possuía todo o dinheiro de Lemex. *Foi bem esperto. Dar-me o dinheiro, fazendo com que eu sentisse que estava no comando. Ele sabia todo o tempo que o ouro nunca estaria fora das suas mãos, assim como eu.*

— Pensei que fôssemos conseguir vigiá-lo — disse ela. — Talvez ter uma ideia do que ele está planejando.

Vasher deu de ombros.

— Não funcionou. Não adianta chorar. Vamos. Acho que consigo uma reunião com alguns dos trabalhadores idrianos em um dos pomares, contanto que cheguemos durante a pausa do almoço.

Vivenna franziu a testa enquanto ele se virava para sair.

— Vasher — disse ela. — Não podemos continuar fazendo isso.

— Isso?

— Quando eu estava com Denth, nos reunimos com chefes do crime e políticos. Você e eu estamos nos encontrando com camponeses nas esquinas e nos campos.

— Eles são boas pessoas!

— Eu sei que são — respondeu Vivenna rapidamente. — Mas você acha mesmo que estamos fazendo qualquer diferença? Em comparação com o que Denth provavelmente está fazendo, quero dizer?

Ele fechou a cara, mas, em vez de discutir, bateu com o punho contra a parede.

— Eu sei. Tentei outros caminhos, mas praticamente tudo que faço parece estar um passo atrás de Denth. Posso matar suas gangues de ladrões, mas ele sempre tem mais. Já tentei descobrir quem está por trás da guerra... até segui pistas na própria Corte dos Deuses... mas todo mundo está ficando cada vez mais de bico fechado. Imaginam que a guerra é inevitável agora, e não querem ser vistos como parte do lado perdedor da discussão.

— E os sacerdotes? — disse Vivenna. — Não são eles que levam as coisas à atenção dos deuses? Se pudermos fazer com que mais sacerdotes se posicionem contra a guerra, talvez possamos detê-la.

— Sacerdotes são volúveis — replicou Vasher, balançando a cabeça. — A maioria dos que argumentava contra a guerra cedeu. Até Nanrovah trocou de lado.

— Nanrovah?

— Sumo sacerdote de Quieta-Marca — explicou Vasher. — Pensei que ele fosse confiável... ele até se reuniu comigo algumas vezes para conversar sobre sua oposição à guerra. Agora ele se recusa a me ver e trocou de lado. Mentiroso descorado.

Vivenna franziu o cenho. *Nanrovah...*

— Vasher... Nós fizemos alguma coisa com ele.

— *O quê?*

— Denth e sua equipe — disse Vivenna. — Nós ajudamos uma gangue de ladrões a roubar um vendedor de sal. Usamos algumas distrações para encobrir o roubo. Incendiamos um edifício próximo e derrubamos uma carruagem que estava passando pelo jardim. A carruagem pertencia a um sumo sacerdote. Acho que seu nome era Nanrovah.

Vasher praguejou baixinho.

— Você acha que isso pode estar conectado? — perguntou ela.

— Talvez. Você sabe quais ladrões estavam realmente executando o roubo?

Ela balançou a cabeça.

— Vou voltar — disse ele. — Espere aqui.

ENTÃO, ELA ESPEROU. Esperou durante horas. Tentou praticar seu Despertar, mas já havia passado a maior parte do dia trabalhando nisso. Estava mentalmente exausta e achou difícil se concentrar. Por fim, pegou-se olhando pela janela, irritada. Denth sempre a deixara ir com ele nas suas saídas de coleta de informações.

Isso era só porque ele queria me manter por perto, ela pensou. Era óbvio que havia um monte de coisas que Denth havia escondido dela. Vasher simplesmente não se importava em mantê-la tranquila.

Mas ele não era egoísta com as informações, quando ela perguntava. Suas respostas eram rabugentas, mas costumava responder. Ela ainda estava pensando na conversa deles sobre o Despertar. Menos devido ao que ele dissera e mais pela maneira como dissera.

Enganara-se sobre ele. Tinha quase certeza disso agora. Precisava parar de julgar as pessoas. Mas seria isso possível? Interações não eram em parte baseadas em julgamentos? O histórico e as atitudes das pessoas influenciavam na maneira como respondia a elas.

A solução, então, não era parar de julgar; era lembrar que esses julgamentos eram mutáveis. Julgara que Denth fosse um amigo, mas não deveria ter ignorado a maneira como ele falava sobre mercenários não terem amigos.

A porta se abriu subitamente. Vivenna pulou, levando a mão ao peito. Vasher entrou.

— Comece a levar a mão à espada quando tomar um susto — recomendou ele. — Há pouco motivo para agarrar sua camisa, a menos que esteja planejando arrancá-la.

Vivenna enrubesceu, seu cabelo arruivando. A espada que ele lhe dera estava do outro lado da sala; não tiveram muita oportunidade de praticar, e ela mal sabia como segurar a coisa direito.

— E então? — perguntou enquanto ele fechava a porta.

Já estava escuro lá fora, e a cidade começava a cintilar com luzes.

— O roubo foi uma fachada — declarou Vasher. — O golpe real foi naquela carruagem. Denth prometeu aos ladrões algo valioso se eles cometessem um roubo e iniciassem um incêndio, duas distrações para chegar à carruagem.

— Por quê? — questionou Vivenna.

— Não tenho certeza.

— Moedas? Quando Tijolo golpeou o cavalo, um baú caiu da carruagem. Estava cheio de ouro.

— O que aconteceu então? — perguntou Vasher.

— Eu fui embora com alguns dos outros. Pensei que a carruagem fosse uma distração e que, quando ela caísse, eu deveria partir.

— Denth?

— Ele não estava lá, pensando bem — respondeu Vivenna. — Os outros me disseram que ele estava trabalhando com os ladrões.

Vasher assentiu, indo até sua mochila. Ele jogou para o lado as esteiras, então pegou vários artigos de vestuário, depois tirou a camisa, expondo um torso bem musculoso — e bastante peludo. Vivenna hesitou, surpresa, então corou. Provavelmente deveria ter se virado, mas seu lado curioso foi forte demais. O que ele estava fazendo?

Ele não tirou as calças, felizmente, apenas vestiu uma camisa diferente, com mangas cortadas em longas fitas junto dos pulsos.

— Quando chamados, se tornem meus dedos e agarrem o que eu precisar — disse ele.

As borlas dos punhos se remexeram.

— Espere aí — disse Vivenna. — O que foi isso? Um Comando?

— Complicado demais para você — respondeu ele, se ajoelhando e desfazendo as barras das suas calças. Ela viu que ali também havia tiras extras de pano. — Tornem-se como minhas pernas e deem força a elas — Comandou ele.

As borlas das pernas se cruzaram sob os pés dele, fechando-se. Vivenna não discutiu com a afirmação dele de que os Comandos eram complicados demais, mas os memorizou mesmo assim.

Finalmente, Vasher jogou sobre o corpo seu manto esfarrapado, que estava rasgado em alguns lugares.

— Proteja-me — Comandou ele, e ela viu um bocado da Respiração restante dele escoar para o manto.

Vasher enrolou seu cinto de corda ao redor da cintura — era fino para uma corda, mas forte, e ela sabia que seu propósito não era prender as calças.

Finalmente, ele pegou Sangue-da-Noite.

— Você vem?

— Para onde?

— Vamos capturar alguns desses ladrões. Perguntar a eles o que exatamente Denth queria com aquela carruagem.

Vivenna sentiu uma pontada de medo.

— Por que está me convidando? Isso não vai dar mais trabalho a você?

— Depende. Se nos metermos em uma luta e você ficar no meu caminho, então será mais difícil. Se nos metermos em uma luta e metade deles atacar você em vez de mim, então será mais fácil.

— Supondo que você não vai me defender.

— Uma boa suposição — disse ele, olhando-a nos olhos. — Se quiser vir, venha. Mas não espere que eu a proteja e, faça o que fizer, não tente seguir por conta própria.

— Eu não faria isso.

Vasher deu de ombros.

— Achei que deveria fazer a oferta. Você não é uma prisioneira, princesa. Pode fazer o que quiser. Só não fique no meu caminho, entendido?

— Entendido — respondeu ela, sentindo um arrepio enquanto tomava sua decisão. — Eu vou.

Ele não tentou dissuadi-la; apenas apontou para sua espada.

— Leve ela.

Vivenna assentiu, prendendo-a no cinto.

— Puxe da bainha — disse ele.

Ela obedeceu, e ele corrigiu sua pegada.

— De que adianta segurar a espada do jeito certo? Ainda não sei como usá-la.

— Se você parecer ameaçadora, talvez a pessoa que te ataca hesite. Uma hesitação de alguns segundos em uma luta pode significar muito.

Ela assentiu nervosamente, deslizando a arma de volta para a bainha. Então pegou diversos pedaços de corda.

— Segure quando lançado — disse ela ao pedaço menor, então o enfiou no bolso.

Vasher a encarou.

— É melhor perder a Respiração do que ser morta — disse ela.

— Poucos Despertadores concordariam com você. Para a maioria deles, a ideia de perder Respiração é muito mais assustadora do que a possibilidade da morte.

— Bem, eu não sou como a maioria dos Despertadores. Metade de mim ainda considera o processo blasfemo.

Vasher assentiu.

— Coloque o resto da sua Respiração em outra coisa — disse ele, abrindo a porta. — Não podemos nos dar ao luxo de chamar atenção.

Ela fez uma careta, então obedeceu, colocando sua Respiração na própria camisa com um Comando básico, não ativo. Era na verdade o mesmo que dar um Comando falado pela metade, ou balbuciado, que extraía Respiração, mas deixava o item incapaz de agir.

Assim que ela depositou a Respiração, o entorpecimento retornou. Tudo parecia morto ao seu redor.

— Vamos — disse Vasher, saindo para a escuridão.

A noite em T'Telir era muito diferente da de sua terra natal. Lá, era possível ver tantas estrelas no céu que parecia que um balde de areia branca havia sido lançado no ar. Ali havia postes de luz, tavernas, restaurantes e casas de entretenimento. O resultado era uma cidade cheia de luzes — um pouco como se as próprias estrelas houvessem descido para inspecionar a grandiosa T'Telir. Ainda assim, Vivenna ficava triste ao ver tão poucas estrelas reais no céu.

Nada disso significava que os locais para onde estavam indo seriam iluminados. Vasher a conduziu pelas ruas e rapidamente se tornou pouco mais do que uma sombra corpulenta. Deixaram para trás os lugares com postes, e até mesmo janelas iluminadas, adentrando uma favela pouco familiar. Era um dos locais onde Vivenna tivera medo de entrar quando viveu nas ruas. A noite pareceu se tornar mais escura enquanto entravam e atravessavam um dos becos sinuosos e sombrios que faziam as vezes de ruas em tais lugares. Permaneceram em silêncio. Vivenna sabia que era melhor não falar nem chamar atenção.

Por fim, Vasher parou e apontou para um edifício: só um andar, telhado plano e largo; o único em uma depressão, com barracos construídos com destroços cobrindo a colina baixa logo atrás. Vasher acenou para que ela ficasse para trás, então rapidamente colocou o resto da sua Respiração em sua corda e se esgueirou até a colina.

Vivenna esperou, nervosa, ajoelhada junto de uma cabana construída com tijolos meio arruinados. *Por que eu vim? Ele não me mandou vir — disse apenas que eu podia. Também podia ter ficado para trás.*

Mas ela estava cansada de as coisas acontecerem *com* ela; fora ela quem apontara que talvez houvesse uma conexão entre o sacerdote e o plano de Denth. Queria ver no que ia dar. Fazer alguma coisa.

Havia sido fácil pensar assim na sala iluminada. Não ajudava seus nervos o fato de que, à esquerda da cabana, havia uma estátua D'Denir. Também havia algumas nas favelas das terras altas, embora a maioria estivesse desfigurada ou quebrada.

Ela não captava nada com seu senso vital. Era quase como se estivesse cega. A ausência de Respiração trouxe memórias de noites dormindo na lama em um beco frio. Surras dadas por pivetes com metade do seu tamanho, mas o dobro da sua competência. Fome. Uma fome terrível, onipresente, deprimente e exaustiva.

Uma pegada ecoou e uma sombra surgiu. Ela quase arquejou de choque, mas conseguiu se conter, já que reconheceu Sangue-da-Noite na mão da figura.

— Dois guardas — disse Vasher. — Ambos silenciados.

— Eles servem para responder nossas perguntas?

Vasher balançou a cabeça na penumbra.

— Praticamente crianças. Precisamos de alguém mais importante. Vamos ter que entrar. É isso ou ficamos aqui sentados vigiando por alguns dias para determinar quem está no comando, depois pegamos a pessoa quando estiver sozinha.

— Isso levaria tempo demais — sussurrou Vivenna.

— Concordo. Mas não posso usar a espada. Quando Sangue-da-Noite termina de lidar com um grupo, nunca sobra ninguém para interrogar.

Vivenna sentiu um arrepio.

— Vamos — sussurrou ele.

Ela o seguiu do modo mais silencioso possível, movendo-se rumo à porta da frente. Vasher agarrou seu braço e fez que não. Contornaram o edifício, mal dando atenção aos dois corpos inconscientes que haviam sido rolados até uma vala. Nos fundos, Vasher começou a apalpar o chão. Depois de alguns momentos sem sucesso, ele praguejou baixinho e tirou algo do bolso. Um punhado de palha.

Em poucos segundos, havia construído três homenzinhos com palha e um pouco de linha, então usou Respiração recuperada do seu manto para animá-los e deu a cada um o mesmo Comando:

— Encontre túneis.

Vivenna assistiu, fascinada. *Esse Comando é muito mais abstrato do que eu julgava possível*, pensou ela enquanto os homenzinhos se moviam apressadamente pelo chão. Vasher retornou à sua busca. *Aparentemente, experiência — e a habilidade de usar imagens mentais — são os aspectos mais importantes do Despertar.*

Já faz muito tempo que ele pratica, e pela maneira como falou antes, como um erudito, parece que estudou o Despertar com muita seriedade.

Um dos homens de palha começou a pular para cima e para baixo. Os outros dois correram até ele e também começaram a quicar. Vasher se juntou a eles, assim como Vivenna, que ficou olhando enquanto ele descobria uma porta de alçapão escondida debaixo de uma grossa camada de terra. Ele abriu um pouco a passagem, então enfiou a mão por baixo dela. Sua mão voltou com vários pequenos sinos, que aparentemente haviam sido preparados para soar se a porta fosse aberta inteiramente.

— Nenhum grupo como esse tem um covil sem esconderijos — comentou Vasher. — Geralmente mais de um. Sempre com armadilhas.

Vivenna o observou recuperar a respiração dos homens de palha, agradecendo em voz baixa a cada um deles, o que ela achou curioso e a fez franzir a testa. Eles eram apenas punhados de palha. Por que agradecer?

Vasher colocou a Respiração de volta no manto com um Comando de proteção, então foi na frente pelo alçapão e desceu alguns degraus. Vivenna o seguiu, pisando de leve, e pulou um degrau específico quando Vasher a avisou. No fundo, havia um túnel feito de modo descuidado — ou foi a impressão que ela teve ao tocar os lados da câmara escura e de terra.

Vasher avançou, o que ela só percebeu devido ao ligeiro farfalhar de suas roupas. Ela foi atrás, e ficou curiosa quando viu luz à frente. Também podia ouvir vozes. Homens conversando e rindo.

Logo deu para enxergar a silhueta de Vasher e ela se aproximou, espiando para fora do túnel até uma sala feita de barro. Havia um fogo queimando no centro, a fumaça subindo até um buraco no teto. A câmara superior — o edifício em si — provavelmente era apenas uma fachada, pois a câmara ali de baixo parecia bastante usada. Havia pilhas de tecido, esteiras, panelas e frigideiras. Tudo tão sujo quanto os homens sentados ao redor do fogo, às gargalhadas.

Vasher gesticulou para a direita. Havia outro túnel a poucos metros de onde estavam escondidos. O coração de Vivenna saltou de susto quando Vasher se esgueirou para dentro da sala rumo ao segundo túnel. Ela olhou para a fogueira. Os homens estavam muito concentrados em suas bebidas, e cegos pela luz. Não pareceram notar Vasher.

Ela respirou fundo, então o seguiu para as sombras da sala grande, sentindo-se exposta com a luz do fogo nas suas costas. Vasher não avançou muito, contudo, antes de parar. Vivenna quase colidiu com ele, que ficou parado por alguns momentos; finalmente, Vivenna cutucou-o nas costas e ele chegou para o lado, deixando que ela visse o que estava adiante.

Aquele túnel terminava de maneira abrupta — aparentemente, não era bem um túnel, era mais uma toca. Encaixada contra a parede do recanto havia uma jaula que chegava à cintura de Vivenna. Dentro da jaula havia uma criança.

Vivenna arquejou baixinho, passando por Vasher e se ajoelhando ao lado da jaula. *A coisa valiosa na carruagem*, pensou ela, fazendo a conexão. *Não eram as moedas. Era a filha do sacerdote. O perfeito instrumento de barganha, se você quer chantagear alguém para que mude sua posição na corte.*

Quando Vivenna se ajoelhou, a garota recuou para o outro lado da jaula, fungando baixinho e tremendo. A jaula fedia a dejetos humanos, e a criança estava coberta de sujeira — exceto pelas linhas nas bochechas, que haviam sido limpas por trilhas de lágrimas.

Vivenna olhou de volta para Vasher, cujos olhos estavam ocultos pela sombra, mas ela pôde vê-lo trincando os dentes. Pôde ver a tensão nos seus músculos. Ele virou a cabeça para o lado, iluminando metade do seu rosto com a luz do fogo vermelho.

Naquele único olho, Vivenna viu fúria.

— Ei! — gritou um dos ladrões.

— Tire a criança daí — ordenou Vasher em um sussurro áspero.

— Como você entrou aqui?! — gritou outro homem.

Vasher encarou-a com seu único olho iluminado, e Vivenna se sentiu encolher diante dele. Ela assentiu e Vasher deu-lhe as costas, uma das mãos formando um punho, a outra agarrando Sangue-da-Noite com toda a força. Ele se aproximou dos homens de modo lento e deliberado, seu manto farfalhando. Vivenna pretendia fazer o que ele havia pedido, mas achou difícil desviar o olhar.

Os homens sacaram espadas. Vasher se moveu subitamente.

Sangue-da-Noite, ainda embainhada, acertou um homem no peito, e Vivenna ouviu ossos rachando. Outro homem atacou e Vasher girou, esticando a mão, e as borlas em sua manga se moveram por conta própria, se enrolando ao redor da lâmina da espada do ladrão e a agarrando. O impulso de Vasher arrancou a espada do ladrão, e ele a jogou de lado quando as borlas a soltaram.

A espada caiu no chão de terra do porão e a mão de Vasher subiu, agarrando o rosto do ladrão. As borlas envolveram a cabeça do homem como os tentáculos de uma lula. Vasher derrubou o homem de costas, batendo-o contra o chão — se ajoelhando durante o movimento para acrescentar a força do impulso — enquanto golpeava Sangue-da-Noite, ainda embainhada, nas pernas de outro homem, fazendo-o desabar. Um terceiro tentou acertar Vasher por trás, e Vivenna gritou um alerta. O manto de Vasher, contudo, subitamente se sacudiu — movendo-se por conta própria — e agarrou o homem surpreso pelos braços.

Vasher se virou, com expressão raivosa, e brandiu Sangue-da-Noite na direção do homem enrolado. Vivenna se encolheu diante do som de ossos quebrados e deu as costas à luta enquanto os gritos continuavam. Com dedos trêmulos, ela tentou abrir a gaiola.

Estava trancada, naturalmente. Ela sugou um pouco de Respiração de uma corda, então tentou Despertar a trava, mas nada aconteceu.

Metal. Claro. Ele nunca esteve vivo, então não pode ser despertado.

Em vez disso, puxou um fio solto da sua camisa, tentando ignorar os gritos de dor atrás dela. Vasher começou a urrar enquanto lutava, perdendo qualquer aparência de um assassino frio e profissional. Aquele era um homem furioso.

Ela ergueu o fio.

— Destranque coisas — Comandou.

O fio se remexeu um pouco, mas, quando ela o enfiou na fechadura, nada aconteceu.

Ela retirou a Respiração, respirou algumas vezes para se acalmar, então fechou os olhos.

Tenho que pensar direito na intenção. O fio precisa entrar, girar o ferrolho.

— Gire coisas — disse ela, sentindo a Respiração deixá-la.

Enfiou o fio na fechadura e ouviu um estalo. A porta se abriu. Os sons de luta atrás dela pararam, embora homens continuassem gemendo.

Vivenna recuperou sua Respiração, então estendeu a mão para dentro da jaula. A garota se encolheu de medo, gritando e escondendo o rosto.

— Sou uma amiga — disse Vivenna em um tom tranquilizador. — Por favor, estou aqui para ajudá-la.

Mas a garota se contorceu, gritando quando tocada. Frustrada, Vivenna se voltou para Vasher.

Ele estava ao lado do fogo, a cabeça baixa, corpos espalhados ao seu redor. Segurava Sangue-da-Noite na mão esquerda, a ponta embainhada pousada no chão sujo. E, por algum motivo, ele parecia *maior* agora do que alguns momentos atrás. Mais alto. De ombros mais largos. Mais ameaçador.

A mão direita de Vasher estava no cabo de Sangue-da-Noite. O fecho da bainha estava aberto e fumaça negra escapava da lâmina, parte escorrendo para o chão, parte flutuando até o teto. Como se não pudesse escolher.

O braço de Vasher estava tremendo.

Me... use..., uma voz distante pareceu dizer na cabeça de Vivenna. *Mate-os...*

Muitos dos homens ainda se contorciam no chão. Vasher começou a deslizar a lâmina para fora. Era negra como piche e parecia sugar a luz do fogo.

Isso não é bom, ela pensou.

— Vasher! Vasher, a garota não quer vir comigo!

Ele parou subitamente, então se voltou para ela, os olhos vidrados.

— Você os derrotou, Vasher. Não precisa desembainhar a espada.

Sim... precisa, sim...

Ele piscou, então a viu. Embainhou de novo Sangue-da-Noite, sacudindo a cabeça, e correu até ela. Chutou um corpo ao passar, causando um grunhido.

— Monstros descorados — sussurrou ele, olhando para a jaula.

Já não parecia maior, e ela decidiu que devia ter sido um truque da luz. Vasher estendeu as mãos para jaula e, estranhamente, a criança imediatamente foi até ele, agarrando seu peito e chorando. Vivenna assistiu, chocada. Vasher pegou a criança no colo, com lágrimas nos olhos também.

— Você a conhece? — perguntou Vivenna.

Ele sacudiu a cabeça.

— Eu encontrei Nanrovah, e sabia que ele tinha filhos pequenos, mas nunca os conheci.

— Então como? Por que ela foi com *você*?

Ele não respondeu.

— Vamos. Eu ataquei os que vieram correndo quando ouviram gritos, mas outros podem aparecer.

Quase parecia que ele desejava que isso acontecesse. Vasher se voltou para o túnel de saída e Vivenna o seguiu.

ELES IMEDIATAMENTE PARTIRAM para uma das vizinhanças ricas de T'Telir. Vasher não falava muito enquanto caminhavam, e a garota estava ainda menos comunicativa. Vivenna se preocupava com a mente da criança; ela claramente passara por meses difíceis.

Passaram de barracos a prédios de apartamentos, a casas decentes e a ruas decoradas com árvores cheias de lampiões. Quando chegaram às mansões, Vasher fez uma pausa na rua e pôs a menina no chão.

— Criança, eu vou dizer algumas palavras para você. Quero que você as repita. Repita, falando *sério*.

A menina olhou para ele com um ar ausente, assentindo de leve.

Ele olhou para Vivenna.

— Afaste-se.

Ela abriu a boca para protestar, mas pensou melhor. Afastou-se até sair do alcance da voz deles. Felizmente, Vasher estava perto de uma lâmpada de rua acesa, então ela podia enxergá-lo bem. Ele falou com a garotinha, e ela falou de volta com ele.

Depois de abrir a jaula, Vivenna havia recuperado a Respiração do fio. Não a armazenara em nenhum outro lugar. E, com a consciência extra que possuía, pensou ver alguma coisa. A aura BioCromática da garota — a aura normal, que todas as pessoas possuíam — tremeluziu levemente.

Foi tênue, mas, com a Primeira Elevação, Vivenna poderia jurar que vira.

Mas Denth me disse que era tudo ou nada. Você precisa entregar toda a Respiração que possui. E certamente não pode entregar parte *de uma respiração.*

Denth, como já havia ficado evidente em outras situações, era um mentiroso.

Vasher se levantou, a criança subindo de novo no seu colo. Vivenna se aproximou e ficou surpresa de ouvir a garota falar.

— Cadê o papai? — perguntou ela.

Vasher não respondeu.

— Eu estou suja — disse a garotinha, olhando para baixo. — Mamãe não gosta quando fico suja. O vestido também está sujo.

Vasher começou a caminhar. Vivenna apressou-se em segui-lo.

— Estamos indo para casa? Onde a gente estava? Já é tarde, e eu não devia estar na rua. Quem é essa mulher?

Ela não lembra, Vivenna percebeu. *Não lembra onde esteve... provavelmente não lembra nada de toda a experiência.*

Vivenna olhou novamente para Vasher, com sua barba rala, os olhos voltados para a frente, segurando a criança com um braço, Sangue-da-Noite no outro. Ele caminhou direto até os portões de uma mansão, então os abriu com um chute e adentrou o terreno, seguido por Vivenna, agora mais nervosa.

Um par de cães de guarda começou a latir, uivar e rosnar, se aproximando. Vivenna se encolheu. Mas, assim que viram Vasher, os cachorros se calaram, então seguiram atrás dele alegremente, um deles pulando e tentando lamber suas mãos.

O que, em nome das Cores, está acontecendo?

Algumas pessoas estavam se reunindo em frente à mansão, segurando lanternas, tentando ver o que havia causado os latidos. Uma delas viu Vasher, disse algo às outras, então desapareceu no interior da casa. Quando Vivenna e Vasher alcançaram o pátio, um homem já havia aparecido nas portas da frente. Ele usava uma camisola branca e era guardado por um par de soldados que avançaram para bloquear o avanço Vasher, mas o homem na camisola passou apressado entre eles, soltando um grito. Ele chorou ao tomar a criança dos braços de Vasher.

— Obrigado — sussurrou ele. — Obrigado.

Vivenna ficou em silêncio. Os cães continuavam a lamber as mãos de Vasher, embora visivelmente evitassem Sangue-da-Noite.

O homem agarrou sua filha antes de finalmente entregá-la a uma mulher que acabara de chegar — a mãe da criança, deduziu Vivenna. A mulher gritou de alegria, pegando a garota.

— Por que você a devolveu? — disse o homem, olhando para Vasher.

— Os homens que a pegaram foram punidos — disse Vasher em sua voz baixa e áspera. — Isso é tudo que deveria importar para você agora.

O homem estreitou os olhos.

— Eu conheço você, estranho?

— Já nos encontramos — disse Vasher. — Pedi que argumentasse contra a guerra.

— É isso mesmo! Você não precisava me encorajar. Mas quando me tomaram Misel... Não pude contar o que estava acontecendo, tive que mudar meus argumentos, eles disseram que a matariam.

Vasher se virou, indo na direção dos portões.

— Pegue sua filha, mantenha-a em segurança. — Ele fez uma pausa, virando o corpo. — E certifique-se de que este reino não use seus Sem-Vida para um massacre.

O homem assentiu, ainda chorando.

— Sim, sim. Claro. Obrigado. Muito obrigado.

Vasher seguiu em frente. Vivenna se apressou a alcançá-lo, olhando para os cães.

— Como você fez que eles parassem de latir?

Ele não respondeu.

Ela olhou de volta para a mansão.

— Você se redimiu — disse ele em voz baixa, passando pelos portões escuros.

— O quê?

— Sequestrar aquela garota é algo que Denth teria feito mesmo que você não tivesse vindo para T'Telir — explicou Vasher. — Eu nunca a teria encontrado. Denth trabalha com muitos grupos de ladrões, e achei que esse roubo específico fosse apenas para perturbar os suprimentos. Como todo mundo, eu ignorei a carruagem.

Ele parou, então olhou para Vivenna no escuro.

— Você salvou a vida daquela garota.

— Por acaso.

Ela não podia ver o próprio cabelo no escuro, mas sentiu que estava ficando vermelho.

— Ainda assim.

Vivenna sorriu, por algum motivo muito mais abalada pelo cumprimento do que deveria.

— Obrigada.

— Desculpe por ter perdido as estribeiras. Lá naquele covil. Um guerreiro deveria ser calmo. Quando você duela ou combate, não pode deixar que a raiva o controle. É por isso que nunca fui um duelista muito bom.

— Você fez seu trabalho, e Denth perdeu outro peão. — Eles saíram para a rua. — Ainda que preferisse não ter visto aquela mansão extravagante. Isso não melhorou minha opinião dos sacerdotes hallandreanos.

Vasher sacudiu a cabeça.

— O pai de Nanrovah era um dos comerciantes mais ricos da cidade. O filho se dedicou a servir os deuses por gratidão às suas bênçãos. Ele não recebe pelo seu serviço.

Vivenna hesitou.

— Ah.

Vasher deu de ombros no escuro.

— É sempre fácil botar a culpa nos sacerdotes. Eles são bodes expiatórios convenientes... Afinal de contas, qualquer um com uma fé intensa diferente da sua deve ser um fanático maluco ou um manipulador mentiroso.

Vivenna enrubesceu mais uma vez.

Vasher parou na rua, então se virou para ela.

— Perdão. Não quis falar desse jeito. — Ele praguejou, então se virou e continuou andando. — Eu falei que não era bom nisso.

— Está tudo bem. Já estou me acostumando.

Ele balançou a cabeça no escuro, parecendo distraído.

Ele é um bom homem. Ou pelo menos é um homem que está sinceramente tentando ser bom. Parte dela se sentiu tola por ter feito mais um julgamento.

Mas ela sabia que não podia viver — não podia interagir — sem fazer alguns julgamentos. Então julgou Vasher. Não como havia julgado Denth, que fazia gracejos e lhe oferecia tudo conforme esperado. Ela julgou Vasher pelo que o vira fazer: por chorar ao ver uma criança aprisionada; por devolver aquela criança ao pai, sua única recompensa uma oportunidade de fazer um pedido rude pela paz; por viver praticamente sem dinheiro, dedicando-se a evitar uma guerra.

Ele era rude. Ele era brutal. Ele tinha um péssimo temperamento. Mas também era um bom homem. E, ao seu lado, ela se sentiu segura pela primeira vez em semanas.

50

AGORA CADA UM DE NÓS tem vinte mil — disse Faz-Corar, andando junto de Canto-de-Luz pelo caminho de pedra que circulava a arena.

— Sim — respondeu ele.

Seus sacerdotes, atendentes e servos os seguiam como um sagrado rebanho, embora os dois deuses houvessem recusado palanquins e guarda-sóis. Caminhavam sozinhos, lado a lado. Canto-de-Luz em dourado e vermelho. Faz-Corar, daquela vez, usando um vestido que efetivamente a cobria.

É incrível como ela fica bem nesse tipo de roupa, pegou-se pensando. Não sabia ao certo o que fazia com que não gostasse dos trajes reveladores dela. Talvez houvesse sido um puritano na sua vida anterior.

Ou talvez apenas fosse um puritano agora. Ele deu um sorriso triste. *Quanto realmente posso culpar minha antiga personalidade? Aquele homem está morto. Não foi ele que se envolveu na política do reino.*

A arena estava enchendo, e todos os deuses estariam presentes, o que era algo raro de ver. Só Tempo-Bom estava atrasado, mas ele costumava ser imprevisível.

Eventos importantes são iminentes, pensou Canto-de-Luz. *E estão sendo planejados há anos. Por que eu deveria estar no centro deles?*

Seus sonhos da noite anterior haviam sido tão estranhos. Finalmente, nenhuma visão de guerra. Só a lua. E algumas esquisitas passagens sinuosas. Como... túneis.

Muitos dos deuses acenaram respeitosamente quando Canto-de-Luz passou por seus pavilhões — embora fosse preciso admitir que alguns fecharam a cara e uns poucos o ignoraram. *Que estranho sistema de governo. Imortais que duram apenas uma década ou duas, e que nunca viram o mundo exterior. Mas as pessoas confiam em nós.*

As pessoas confiam em nós.

— Acho que deveríamos compartilhar os Comandos dos Sem-Vida entre nós, Canto-de-Luz — disse Faz-Corar. — Para que possamos ter todos os quatro, só por via das dúvidas.

Ele não disse nada.

Faz-Corar desviou o rosto e olhou para as pessoas em suas roupas coloridas, aglomeradas nos bancos e cadeiras.

— Ora, ora, uma multidão e tanto. E tão poucos prestando atenção em mim. Muito grosseiro da parte deles, não acha?

Canto-de-Luz deu de ombros.

— Ah, é verdade — disse ela. — Talvez eles estejam apenas... como é mesmo? Deslumbrados, encantados e emudecidos?

Canto-de-Luz abriu um leve sorriso, se recordando da conversa de alguns meses atrás. O dia em que tudo aquilo havia começado. Faz-Corar o fitava com um anseio nos olhos.

— De fato — respondeu Canto-de-Luz. — Ou talvez estejam realmente ignorando você. Como forma de elogio.

Faz-Corar sorriu.

— E como, exatamente, me ignorar é um elogio?

— Isso provoca sua indignação. E todos nós sabemos que você indignada fica na sua melhor forma.

— Você gosta da minha forma, então?

— Ela tem suas utilidades. Infelizmente, não posso elogiá-la dessa forma, como os outros fazem. Sabe, eu teria que realmente, *sinceramente* ignorá-la para fornecer o elogio pretendido. Estou de fato indefeso e incapaz de ignorá-la. Peço mil desculpas.

— Entendo — disse Faz-Corar. — Estou lisonjeada. Eu acho. Mas você parece muito bom em ignorar *algumas* coisas. Sua própria divindade. Boas maneiras, de modo geral. Meus ardis femininos.

— Você não é lá muito ardilosa, minha querida — contestou Canto-de-Luz. — Uma pessoa ardilosa luta sempre com uma faca pequenina e muito bem escondida. Você é mais o tipo que esmaga o oponente com um bloco de pedra. Ainda assim, tenho outro método para lidar com você, que talvez considere bastante lisonjeiro.

— De algum modo, duvido que isso seja verdade.

— Você deveria ter mais fé em mim — disse ele com um aceno delicado. — Eu sou, afinal de contas, um deus. Na minha divina sabedoria, compreendi que a única maneira de realmente elogiar alguém como você, Faz-Corar, é sendo mais atraente, inteligente e interessante do que você.

Ela bufou.

— Muito bem, então eu me sinto bastante insultada pela *sua* presença.

— Touché — replicou Canto-de-Luz.

— E vai me explicar *por que* considera competir comigo a forma mais sincera de elogio?

— Mas é claro que vou — disse Canto-de-Luz. — Minha cara, você já me viu fazer uma declaração ridiculamente provocadora sem dar uma explicação igualmente ridícula para justificá-la?

— Óbvio que não. Você é sempre bastante abrangente na sua lógica autocongratulatória inventada.

— Sou deveras excepcional nesse aspecto.

— Indubitavelmente.

— Enfim — continuou Canto-de-Luz, levantando um dedo. — Ao ser de longe mais deslumbrante do que você, eu convido as pessoas a ignorá-la e a prestar atenção em mim. Isso, por sua vez, convida *você* a ser charmosa como sempre... tendo pequenos ataques de raiva e sendo excessivamente sedutora... para atrair a atenção deles de volta para sua pessoa. E é então, como expliquei, que você se torna mais majestosa. Portanto, a única maneira de me certificar que você receba a atenção que merece é tirar toda a atenção de você. Isso é realmente *bem* difícil. Espero que aprecie todo o trabalho que tenho para ser tão maravilhoso.

— Deixe-me garantir-lhe que eu o aprecio. De fato, aprecio tanto que gostaria que você tirasse uma folga. Pode dar um tempo. Suportarei o fardo horrendo de ser a mais maravilhosa dos deuses.

— Eu não poderia permitir isso.

— Mas se você for maravilhoso *demais*, meu querido, arruinará a sua imagem.

— Aquela imagem estava ficando cansativa mesmo — replicou Canto-de-Luz. — Por muito tempo procurei ser o mais preguiçoso dos deuses, mas estou percebendo cada vez mais que a tarefa está além do meu alcance. Os outros são todos naturalmente e agradavelmente mais inúteis do que eu. Só fingem não estar cientes disso.

— Canto-de-Luz! Assim poderiam comentar que você está enciumado!

— Também poderiam comentar que meus pés cheiram a goiaba — disse ele. — Só porque alguém *poderia* comentar algo não significa que seja relevante.

Ela deu uma gargalhada.

— Você é de matar.

— Pensei que eu fosse de T'Telir. Quando foi que nos mudamos?

Ela levantou um dedo.

— Essa piadinha foi forçada.

— Talvez fosse apenas uma tirada.

— Uma tirada?

— Sim, uma piada intencionalmente fraca para desviar a atenção da piada *verdadeira*.

— Que seria...?

Canto-de-Luz hesitou, dando uma olhada para a arena.

— A piada que pregaram em todos nós — disse ele, a voz mais baixa. — A piada que os outros no panteão me pregaram ao me concederem tanta influência sobre as ações do nosso reino.

Faz-Corar franziu o cenho, obviamente notando a crescente amargura em sua voz. Pararam na passarela, Faz-Corar voltada para ele, de costas para o chão da arena. Canto-de-Luz fingiu um sorriso, mas o momento estava acabando. Não podiam mais seguir do mesmo jeito; não em meio às questões sérias ao redor deles.

— Nossos irmãos e irmãs não são tão ruins quanto você dá a entender — disse ela em voz baixa.

— Só um grupo incomparável de idiotas daria a *mim* controle sobre seus exércitos.

— Eles confiam em você.

— Eles são *preguiçosos* — disse Canto-de-Luz. — Querem que outros tomem as decisões difíceis. É isso que esse sistema estimula, Faz-Corar. Estamos todos trancados aqui, e espera-se que passemos nosso tempo no ócio e no prazer. E então deveríamos saber o que é melhor para o nosso país? — Ele balançou a cabeça. — Temos mais medo do exterior do que estamos dispostos a admitir. Tudo que possuímos são obras de arte e sonhos. É por isso que você e eu acabamos com esses exércitos. Ninguém mais queria ser a pessoa efetivamente com o poder de enviar nossas tropas para matar e morrer. Todos querem estar envolvidos, mas ninguém quer ser *responsável.*

Ele se calou. Ela o encarou, uma deusa de forma perfeita. Tão mais forte que os outros, mas escondendo isso por trás do próprio véu de trivialidade.

— Eu sei que uma coisa que você disse é verdade — disse ela em voz baixa.

— O quê?

— Você é maravilhoso, Canto-de-Luz.

Ele ficou ali parado, fitando os olhos dela por um longo período. Olhos verdes, bem espaçados, lindos.

— Você não vai me entregar seus Comandos dos Sem-Vida, vai? — perguntou ela.

Ele fez que não com a cabeça.

— Eu meti você nessa situação. Você sempre fala sobre ser inútil, mas todos nós sabemos que é um dos poucos que sempre olha cada quadro, escultura e tapeçaria na sua galeria. Que escuta cada poema e canção. Que presta mais atenção aos pedidos dos seus suplicantes.

— Vocês são todos uns tolos. Não há nada em mim digno de respeito.

— Não — replicou ela. — É você quem nos faz rir, mesmo quando nos insulta. Não percebe o que *isso* faz? Não vê como você, mesmo sem querer, se coloca acima de todos os outros? Não faz isso de propósito,

Canto-de-Luz, e é por isso que funciona tão bem. Em uma cidade de frivolidade, você é o único que mostrou alguma sabedoria. Na minha opinião, é por isso que você possui os exércitos.

Ele não respondeu.

— Eu sabia que talvez você resistiria a mim — disse ela. — Mas achei que seria capaz de influenciá-lo mesmo assim.

— Você é capaz. Como disse, é por sua causa que estou envolvido em tudo isso.

Ela balançou a cabeça, ainda o encarando.

— Não consigo decidir qual sentimento por você é mais forte, Canto-de-Luz. Meu amor ou minha frustração.

Ele tomou a mão dela e a beijou.

— Eu aceito os dois, Faz-Corar. E me sinto honrado.

Dito isso, ele lhe deu as costas e partiu rumo à sua cabine. Tempo-Bom havia chegado; agora só faltava o Rei-Deus e sua esposa. Canto-de-Luz se sentou, se perguntando onde estava Siri. Ela costumava chegar à arena bem antes da sessão.

Achou difícil concentrar sua atenção na jovem rainha. Faz-Corar ainda estava na passarela onde ele a deixara, vigiando-o.

Finalmente, ela se virou e seguiu de volta para o próprio pavilhão.

SIRI CAMINHAVA PELOS corredores do palácio, cercada por suas servas em trajes marrons, com uma dúzia de preocupações correndo por seu cérebro.

Primeiro, vá até Canto-de-Luz, disse a si mesma, revisando o plano. *Não vai parecer estranho que eu me sente com ele — muitas vezes ficamos juntos nessas ocasiões.*

Espero a chegada de Susebron. Então pergunto a Canto-de-Luz se podemos conversar em particular, sem nossos servos ou seus sacerdotes. Explico o que descobri sobre o Rei-Deus. Conto a ele sobre como Susebron está sendo mantido em cativeiro. Então veremos o que ele faz.

Seu maior medo era que Canto-de-Luz já soubesse. Poderia ele ser parte da conspiração? Siri confiava tanto nele quanto em qualquer outra pessoa, exceto Susebron, mas seus nervos faziam com que ela questionasse tudo e todos.

Passou por uma sala atrás da outra, cada uma decorada com as próprias cores. Ela mal notava agora quão vivos eram aqueles tons.

Partindo do princípio de que Canto-de-Luz concorde em ajudar, eu espero pelo intervalo. Quando os sacerdotes deixarem a tribuna, Canto-de-Luz vai falar com vários dos outros deuses. Cada um deles vai falar com seus sacerdotes e os instruir a iniciar uma discussão na arena sobre por que o Rei-Deus nunca fala com eles. Então forçarão os sacerdotes do Rei-Deus a deixar que ele ofereça sua própria defesa.

Ela não gostava de depender dos sacerdotes, mesmo dos que não eram membros do sacerdócio de Susebron, mas aquele parecia ser o melhor caminho. Além disso, se os sacerdotes dos vários deuses não cumprissem aquelas ordens, Canto-de-Luz e os outros perceberiam que estavam sendo minados pelos próprios servos. De qualquer modo, Siri compreendia que estava adentrando um território muito perigoso.

Eu já parti de um território perigoso, pensou ela, deixando as salas formais do palácio e adentrando um corredor externo mais escuro. *O homem que amo está sendo ameaçado de morte e qualquer criança que eu parir será tirada de mim.* Precisava agir, ou deixar que os sacerdotes continuassem mandando nela. Susebron e ela estavam de acordo. O melhor plano era...

Siri começou a andar mais devagar. No final do corredor, bloqueando uma das escadarias, estava um pequeno grupo de sacerdotes com vários soldados Sem-Vida. Suas silhuetas se destacavam contra a luz do entardecer. Os sacerdotes se voltaram para ela e um deles apontou.

Cores!, pensou Siri, girando. Outro grupo de sacerdotes estava se aproximando pelo corredor atrás dela. *Não! Não agora!*

Os dois grupos a cercaram. Siri pensou em fugir, mas para onde? Correr naquele vestido longo — passando pelos servos e Sem-Vida — era impossível. Ela levantou o queixo, lançando sobre os sacerdotes um olhar arrogante, e manteve seu cabelo completamente sob controle.

— O que significa isso?

— Sentimos muitíssimo, Receptáculo — disse o sacerdote principal. — Mas foi decidido que a senhora não deve fazer esforço durante sua condição.

— Minha condição? — indagou Siri friamente. — Que tolice é essa?

— A criança, Receptáculo — explicou o sacerdote. — Não podemos arriscar que ela corra perigo. Há muitos que tentariam fazer mal à senhora, caso soubessem que está grávida.

Siri gelou. *Criança?*, pensou ela, chocada. *Como eles podem saber que Susebron e eu realmente começamos a...*

Mas não. Ela saberia se estivesse grávida. Contudo, supostamente estava dormindo com o Rei-Deus há meses. Era tempo suficiente para que uma gravidez tivesse começado a aparecer. Isso soaria plausível para o povo da cidade.

Tola!, pensou consigo mesma, subitamente em pânico. *Se já têm seu Rei-Deus substituto, eu não preciso realmente dar um filho a eles. Podem apenas fazer com que todo mundo* pense *que estou grávida!*

— Não há criança alguma. Vocês só estavam esperando... só ganhando tempo até terem uma desculpa para me trancar em algum lugar.

— Por favor, Receptáculo — disse um dos sacerdotes, gesticulando para que um Sem-Vida a tomasse pelo braço.

Ela não resistiu; forçou-se a permanecer calma, encarando o sacerdote, que desviou o olhar.

— É melhor assim — declarou ele. — É para seu próprio bem.

— Tenho certeza de que sim — retrucou ela rispidamente, mas permitiu que eles a conduzissem de volta aos seus aposentos.

VIVENNA ESTAVA SENTADA em meio às multidões, assistindo e esperando. Parte dela achava tolice sair de modo tão flagrante para um espaço aberto. Contudo, aquela parte dela, a cautelosa princesa idriana, estava se tornando cada vez mais silenciosa.

O pessoal de Denth a encontrara quando estava se escondendo nas favelas. Talvez estivesse mais segura em meio às multidões, com Vasher, do que jamais estivera nos becos, ainda mais levando em conta como agora estava se misturando bem. Não havia percebido como podia lhe parecer natural ficar sentada de calças e uma túnica, com cores vivas e sendo completamente ignorada.

Vasher apareceu no parapeito acima dos bancos. Ela cuidadosamente saiu do seu assento — outra pessoa logo o ocupou — e caminhou até ele. Os sacerdotes já haviam iniciado seus argumentos lá embaixo. Nanrovah, depois do resgate de sua filha, havia começado anunciando a retração da sua posição anterior. Naquele momento, estava liderando a discussão contra a guerra.

Ele tinha pouquíssimo apoio.

Vivenna se juntou a Vasher no parapeito, e ele abriu espaço para ela a cotoveladas, sem uma gota de culpa. Não estava carregando Sangue-da-Noite — por insistência dela, havia deixado a espada para trás junto com a lâmina de duelo da própria Vivenna. Ela não sabia ao certo como ele conseguira levar a espada escondida da última vez que fora à corte, mas algo que eles não queriam de jeito nenhum era atrair atenção.

— E então? — perguntou ela baixinho.

Ele balançou a cabeça.

— Se Denth está aqui, não consegui encontrá-lo.

— Não é de admirar, levando em conta o tamanho dessa multidão — disse Vivenna em voz baixa. Corpos os cercavam de todos os lados; centenas enfileirados apenas no parapeito. — De onde veio tanta gente? Isso está muito mais abarrotado do que as outras sessões da assembleia.

Ele deu de ombros.

— Pessoas que ganham uma visita à corte podem guardar sua ficha de entrada até o dia que desejarem usá-la. Muitos a usam na Assembleia Geral da Corte, em vez de em uma das reuniões menores. É sua única chance de ver todos os deuses juntos.

Vivenna se virou para olhar a multidão. Suspeitava que aquilo também tinha a ver com os rumores que escutara. As pessoas achavam que aquela seria a sessão em que o panteão dos Retornados enfim declararia guerra contra Idris.

— Nanrovah argumenta bem — disse ela, embora estivesse com dificuldade em ouvi-lo devido à multidão; ao que parecia, os Retornados tinham mensageiros que repassavam as transcrições.

Ela se perguntou por que alguém não mandava todo mundo ficar em silêncio. Aquele não parecia ser o jeito hallandreano. Eles gostavam de caos. Ou, pelo menos, gostavam da oportunidade de ficarem sentados, conversando, enquanto eventos importantes ocorriam.

— Nanrovah está sendo ignorado — observou Vasher. — Ele já mudou de ideia duas vezes sobre a mesma questão. Carece de credibilidade.

— Então ele deveria explicar por que mudou de ideia.

— Talvez explique, mas não sei. Se as pessoas souberem que sua filha foi sequestrada, provavelmente ficarão mais assustadas e decidirão que os instigadores idrianos estavam por trás disso, não importa o que ele diga. Além disso, existe o teimoso orgulho hallandreano, particularmente nos sacerdotes. Mencionar que sua filha foi sequestrada e que ele foi pressionado a mudar sua posição política...

— Pensei que você gostasse dos sacerdotes — disse ela.

— De alguns deles. Não de todos.

Ao dizer isso, ele olhou de soslaio para o pedestal do Rei-Deus. Susebron ainda não havia chegado, e todos tinham começado sem ele.

Siri tampouco estava presente. Isso irritou Vivenna, já que pretendera conferir como estava sua irmã, mesmo que de longe.

Vou ajudá-la, Siri. De verdade dessa vez. O primeiro passo precisa ser deter essa guerra.

Vasher olhou de volta para o piso da arena, inclinando-se sobre o parapeito. Ele parecia ansioso.

— O que foi?

Ele deu de ombros.

Vivenna revirou os olhos.

— Diga logo.

— Eu não gosto de deixar Sangue-da-Noite longe dos meus olhos por muito tempo.

— O que a espada vai fazer? — indagou Vivenna. — Nós a trancamos no armário.

Ele deu de ombros outra vez.

— Sinceramente — disse ela. — Pensei que você fosse concordar que trazer uma espada negra de um metro e meio chamaria alguma atenção. Tampouco ajuda, veja bem, que a dita espada vaze fumaça e possa falar dentro da cabeça das pessoas.

— Não me importo em chamar atenção.

— Eu me importo.

Vasher fez uma careta, e ela pensou que ele discutiria mais, porém, por fim, ele assentiu.

— Você tem razão, é claro. Discrição nunca foi meu forte. Denth costumava zombar de mim por causa disso também.

Vivenna franziu o cenho.

— Vocês foram amigos?

Vasher desviou o rosto e se calou.

Fantasmas de Kalad!, pensou ela, frustrada. *Qualquer dia desses alguém nesta cidade amaldiçoada pelas Cores vai me dizer toda a verdade. É provável que o choque me mate.*

— Vou ver se consigo descobrir por que o Rei-Deus está demorando tanto — declarou Vasher, deixando o parapeito. — Já volto.

Ela assentiu, e ele se foi. Vivenna se inclinou para baixo, desejando não ter abandonado seu assento. Antes, teria se sentido sufocada pela grande massa de pessoas, mas se acostumara às ruas cheias dos mercados, portanto estar cercada de gente não era tão intimidador quanto antes. Além disso, havia sua Respiração. Ela guardara parte na camisa, mas ainda estava com uma porção — precisava de pelo menos a Primeira Elevação para passar pelos portões da corte sem ser questionada.

Sua Respiração permitia que ela sentisse a vida como uma pessoa comum sentia o ar: sempre ali, fresco contra a pele. Ter tantas pessoas tão perto a deixava ligeiramente inebriada. Tanta vida, tantas esperanças e desejos. Tanta Respiração. Fechou os olhos, bebendo a sensação, escutando as vozes dos sacerdotes abaixo se elevarem sobre a multidão.

Sentiu a aproximação de Vasher antes que ele chegasse. Não só ele tinha um bocado de Respiração, como também estava olhando para ela, e podia sentir a ligeira familiaridade daquele olhar. Ela se virou e o identificou na multidão. Ele se destacava muito mais do que ela nos seus trajes esfarrapados e mais escuros.

— Parabéns — disse ele ao se aproximar. Depois tomou-a pelo braço.

— Por quê?

— Você logo será tia.

— O que você... — Ela deixou a frase morrer. — *Siri?*

— Sua irmã está grávida. Os sacerdotes vão fazer um anúncio mais tarde. O Rei-Deus aparentemente permaneceu no palácio para celebrar.

Vivenna se levantou, atordoada. *Siri. Grávida.* Siri, que era ainda uma garotinha na cabeça de Vivenna, esperando o filho daquela *coisa* no palácio. E, contudo, Vivenna não estava agora lutando para manter aquela coisa em seu trono?

Não, pensou ela. *Eu não perdoei Hallandren, mesmo que esteja aprendendo a não odiar. Mas não posso deixar que Idris seja atacada e destruída.*

Ela sentiu pânico. De repente, todos os seus planos pareciam insignificantes. O que os hallandreanos fariam com ela quando tivessem seu herdeiro?

— Temos que tirá-la daqui — disse Vivenna subitamente. — Vasher, precisamos salvá-la.

Ele permaneceu em silêncio.

— *Por favor,* Vasher — sussurrou. — Ela é minha *irmã.* Eu pensei em protegê-la ao terminar essa guerra, mas, se você estiver certo, então o próprio Rei-Deus quer invadir Idris. Siri não estará segura com ele.

— Muito bem — disse Vasher. — Verei o que posso fazer.

Vivenna assentiu e se voltou para a arena. Os sacerdotes estavam se retirando.

— Para onde eles estão indo?

— Falar com seus deuses — respondeu Vasher. — Para buscar a Vontade do Panteão em um voto formal.

— Sobre a guerra? — indagou Vivenna, sentindo um arrepio.

Vasher assentiu.

— Está na hora.

CANTO-DE-LUZ ESPERAVA DEBAIXO do seu toldo, com um par de servos abanando-o, um copo de suco gelado na mão, quitutes extravagantes dispostos ao seu lado.

Faz-Corar me levou a isso. Porque ela estava preocupada que Hallandren fosse pega de surpresa.

Os sacerdotes estavam consultando seus deuses. Ele via vários se ajoelhando diante dos seus Retornados, as cabeças baixas. Era a maneira como o governo funcionava em Hallandren. Os sacerdotes debatiam suas opções e então buscavam a vontade dos deuses, que se tornaria a Vontade do Panteão, que se tornaria a Vontade de Hallandren em si. Só o Rei-Deus podia vetar uma decisão do panteão inteiro.

E ele havia decidido não participar da reunião.

Tão satisfeito consigo mesmo por ter semeado uma criança que nem se importa com o futuro do seu povo?, pensou Canto-de-Luz, irritado. *Eu esperava que ele fosse melhor do que isso.*

Llarimar se aproximou. Embora ele tivesse estado lá embaixo com os outros sumos sacerdotes e sumas sacerdotisas, ele não ofereceu argumentos à corte. Llarimar tendia a guardar seus pensamentos para si.

O sumo sacerdote se ajoelhou diante dele.

— Por favor, conceda-nos sua vontade, meu deus Canto-de-Luz.

Canto-de-Luz não respondeu. Ele levantou os olhos, olhando através da arena aberta para onde estava o toldo de Faz-Corar, verdejante na luz vespertina.

— Ah, Deus — disse Llarimar. — Por favor. Conceda-me o conhecimento que procuro. Devemos ir à guerra contra nossos parentes, os idrianos? Eles são rebeldes que precisam ser sufocados?

Os sacerdotes já estavam voltando das suas súplicas. Cada um deles segurava uma bandeira levantada para indicar a vontade do seu deus ou deusa. Verde para uma resposta favorável. Vermelho para insatisfação com a petição. Até aquele momento, cinco das sete bandeiras que retornavam eram verdes.

— Vossa Graça? — Llarimar indagou, olhando para cima.

Canto-de-Luz se levantou. *Eles votam, mas de que adiantam seus votos?*, pensou, caminhando para fora do toldo. *Eles não possuem autoridade. Só dois votos importam de verdade.*

Mais verde. Bandeiras se agitavam enquanto sacerdotes desciam as passarelas. A arena estava fervilhando de gente. Eles enxergavam o inevitável. Atrás, Canto-de-Luz notou que Llarimar o seguira. O homem devia estar frustrado. Por que ele nunca demonstrava?

Canto-de-Luz se aproximou do pavilhão de Faz-Corar. Quase todos os sacerdotes haviam recebido suas respostas, e a vasta maioria levava bandeiras verdes. A suma sacerdotisa de Faz-Corar ainda estava ajoelhada diante dela. Faz-Corar, obviamente, adicionava drama ao momento.

Canto-de-Luz parou diante do toldo dela. A deusa estava reclinada em seu interior, contemplando-o com uma expressão tranquila, embora ele pudesse sentir sua verdadeira ansiedade. Ele a conhecia bem demais.

— Vai anunciar sua vontade? — perguntou ela.

Ele olhou para baixo, para o centro da arena.

— Se eu resistir, essa declaração de nada servirá. Os deuses podem gritar "guerra" até ficarem roxos, mas *eu* controlo os exércitos. Se eu não permitir que usem meus Sem-Vida, então Hallandren não vencerá guerra alguma.

— Você desafiaria a Vontade do Panteão?

— Tenho o direito de fazê-lo — respondeu Canto-de-Luz. — Assim como qualquer um deles.

— Mas você tem os Sem-Vida.

— Isso não significa que eu tenha que fazer o que me dizem.

Houve um momento de silêncio antes que Faz-Corar acenasse para sua sacerdotisa. A mulher se levantou, então ergueu uma bandeira verde e correu para se juntar aos outros. Isso causou um burburinho entre os presentes. As pessoas sabiam que as manobras políticas de Faz-Corar a tinham deixado em uma posição de poder. Nada mal para uma pessoa que havia começado sem o comando de um único soldado.

Com o controle que tem sobre tantas tropas, ela será uma parte fundamental do planejamento, da diplomacia e da execução da guerra. Faz-Corar poderia emergir disso como um dos mais poderosos Retornados na história do reino.

E eu também.

Ele a encarou por um longo momento. Não havia falado dos sonhos da última noite para Llarimar; guardara-os para si. Aqueles sonhos de túneis sinuosos, e da lua ascendendo, mal acima do horizonte. Seria possível que realmente significassem alguma coisa?

Ele não conseguia se decidir. Sobre nada.

— Preciso pensar mais no assunto — disse Canto-de-Luz, se virando para partir.

— O quê? — interpelou Faz-Corar. — Mas e o voto?

Canto-de-Luz balançou a cabeça.

— Canto-de-Luz! — gritou ela enquanto ele se afastava. — Canto-de--Luz, você não pode nos deixar esperando assim!

Ele deu de ombros, olhando para trás.

— Na verdade, eu posso. — Ele sorriu. — Sou mesmo frustrante.

Dito isso, ele deixou a arena, voltando ao seu palácio sem declarar seu voto.

51

VOCÊ VOLTOU PARA ME BUScar. Que bom, disse Sangue-da-Noite. *Estava muito solitário naquele armário.*

Vasher não respondeu, caminhando sobre o topo da muralha que cercava a Corte dos Deuses. Era tarde, estava escuro e silencioso, embora ainda houvesse luzes acesas em alguns dos palácios. Um desses pertencia a Canto-de-Luz, o Ousado.

Eu não gosto do escuro, comentou Sangue-da-Noite.

— Você quer dizer do escuro como o que estamos agora? — indagou Vasher.

Não. Do armário.

— Você nem pode ver.

Uma pessoa sabe quando está na escuridão, replicou Sangue-da-Noite. *Mesmo quando não pode ver.*

Vasher não soube como responder a isso. Fez uma pausa no topo da muralha, vendo o palácio de Canto-de-Luz. Vermelho e dourado. Cores ousadas, de fato.

Você não devia me ignorar, reclamou Sangue-da-Noite. *Eu não gosto disso.*

Vasher se ajoelhou, analisando o palácio. Nunca havia encontrado o deus chamado Canto-de-Luz, mas ouvira rumores. O mais ofensivo dos deuses, o mais condescendente e zombeteiro. E era essa pessoa que levava o destino de dois reinos em suas mãos.

Havia uma maneira fácil de influenciar esse destino.

Nós vamos matá-lo, não vamos?, disse Sangue-da-Noite, o anseio transparecendo na sua voz.

Vasher só ficou olhando para o palácio.

Nós deveríamos matá-lo, continuou Sangue-da-Noite. *Vamos lá. Nós deveríamos. Nós realmente deveríamos fazer isso.*

— Por que você se importa? — sussurrou Vasher. — Você não o conhece.

Ele é maligno, disse Sangue-da-Noite.

Vasher bufou.

— Você nem sabe o que isso significa.

Para variar, Sangue-da-Noite ficou em silêncio.

Esse era o ponto crucial do problema, a questão que havia dominado a maior parte da vida de Vasher. Mil Respirações. Essa fora a quantidade necessária para Despertar um objeto de aço e dar a ele sapiência. Shashara não havia compreendido totalmente o processo, embora tivesse sido a primeira a desenvolvê-lo.

Era necessário um indivíduo que havia alcançado a Nona Elevação para Despertar pedra ou aço. E mesmo assim o processo não deveria ter funcionado; deveria ter criado um objeto Despertado tão irracional quanto as borlas do seu manto.

Sangue-da-Noite não deveria ter vida. Mas tinha. Shashara sempre fora a mais talentosa, muito mais capacitada do que Vasher, que havia usado truques — como envolver ossos em aço ou pedra — para fazer suas criações. Shashara havia sido instigada pelo conhecimento que Yesteel lhe mostrara e o desenvolvimento do álcool-icor. Ela havia estudado, experimentado e praticado. E conseguira. Havia aprendido a forjar a Respiração de mil pessoas em um pedaço de metal, a Despertá-lo até a sapiência, e a dar a ele um Comando. Aquele único Comando assumia um poder imenso, fornecendo um fundamento para a personalidade do objeto Despertado.

Com Sangue-da-Noite, ela e Vasher haviam passado muito tempo pensando, então por fim escolheram um Comando simples mas elegante. "Destrua o mal". Parecera uma escolha tão lógica e perfeita. Só havia um problema, algo que nenhum deles havia previsto.

Como poderia um objeto de aço — um objeto tão distante da vida que consideraria a experiência de viver estranha e alienígena — compreender o que era o "mal"?

Eu estou começando a entender, disse Sangue-da-Noite. *Tive um bocado de prática.*

Na verdade, a espada não tinha culpa. Era uma coisa terrível e destrutiva, mas havia sido criada para destruir. Ainda não compreendia a vida, ou o que a vida significava. Só conhecia seus Comandos e tentava com toda força realizá-los.

Aquele homem lá embaixo, disse Sangue-da-Noite. *O deus no palácio. Ele tem o poder de começar a guerra. Você não quer que a guerra comece. É por isso que ele é maligno.*

— Por que isso o torna maligno?

Porque ele vai fazer o que você não quer que ele faça.

— Nós não temos certeza disso — replicou Vasher. — Além do mais, quem pode dizer que meu julgamento é o melhor?

É melhor, sim, insistiu Sangue-da-Noite. *Vamos lá. Vamos matá-lo. Você me disse que a guerra é má. Ele vai começar uma guerra. Ele é maligno. Vamos matá-lo. Vamos matá-lo.*

A espada estava ficando empolgada; Vasher podia sentir — sentir o perigo na sua lâmina, o poder deturpado das Respirações que haviam sido retiradas de hospedeiros vivos e enfiadas em algo antinatural. Ele podia visualizar essas Respirações sendo exaladas, sombrias e corrompidas, se retorcendo no vento. Atraindo-o para perto de Canto-de-Luz. Pressionando-o a matar.

— Não — disse Vasher.

Sangue-da-Noite suspirou. *Você me trancou em um armário. Deveria pedir desculpas.*

— Não vou pedir desculpas matando alguém.

Só me jogue lá dentro, sugeriu Sangue-da-Noite. *Se ele for maligno, vai se matar.*

Isso fez Vasher parar e pensar. *Cores*, pensou ele. A espada parecia estar se tornando mais sutil a cada ano, embora Vasher soubesse que estava só imaginando coisas, projetando. Objetos Despertados não mudavam ou se desenvolviam; apenas eram o que eram.

Ainda assim, era uma boa ideia.

— Talvez depois — respondeu ele, dando as costas para o edifício.

Você está com medo, disse Sangue-da-Noite.

— Você não sabe o que é medo — replicou Vasher.

Eu sei. Você não gosta que eu mate Retornados. Tem medo deles.

A espada estava errada, era lógico. Mas, de fora, Vasher supôs que sua hesitação realmente parecesse medo. Fazia muito tempo que não lidava com Retornados. Memórias demais. Dor demais.

Ele seguiu rumo ao palácio do Rei-Deus. A estrutura era antiga, muito mais antiga do que os palácios que a cercavam. Outrora, aquele lugar havia sido um posto avançado voltado para a baía. Não existia cidade. Nem cores. Só a austera torre negra. Vasher achava engraçado que ela houvesse se tornado o lar do Rei-Deus dos Tons Iridescentes.

Vasher deslizou Sangue-da-Noite para dentro da correia em suas costas, então saltou da parede para o palácio. As borlas Despertadas ao redor das suas pernas concederam-lhe força extra, permitindo que saltasse cerca de seis metros até pousar sobre o primeiro nível de blocos lisos de ônix na base piramidal. Ele retorceu os dedos e as borlas nas suas mangas agarraram a beirada acima dele enquanto usava as borlas das pernas para saltar sucessivos níveis até a base da torre.

Ele Respirou. O cinto que estava usando — tocando sua pele, como sempre — Despertou. A cor foi drenada do lenço amarrado à sua perna sob as calças.

— Escale coisas, então agarre coisas, então me puxe para cima — Comandou ele.

Três Comandos em um Despertar, uma tarefa difícil para alguns. Para ele, havia se tornado algo tão simples quanto piscar.

O cinto se desamarrou, revelando-se muito mais longo do que parecia quando enrolado ao redor dele. Os oito metros de corda subiram como uma serpente pela lateral da torre, se curvando para dentro de uma janela do terceiro andar. Segundos depois, a corda puxou Vasher para cima. Objetos Despertados podiam, se fossem criados adequadamente, ter muito mais força do que músculos. Ele já vira um pequeno grupo de cordas, não muito mais grossas do que a dele, levantar e jogar pedregulhos em uma fortificação inimiga.

Soltou a pegada das suas borlas, então liberou Sangue-da-Noite enquanto a corda o colocou dentro do edifício. Ele se ajoelhou em silêncio, seus olhos procurando na escuridão. A sala estava desocupada. Cuidadosamente, ele recuperou sua Respiração, então envolveu a corda ao redor do braço e a manteve ali, enrolada frouxamente. Seguiu em frente.

Quem nós vamos matar?, indagou Sangue-da-Noite.

Nem sempre é uma questão de matar, disse Vasher.

Vivenna. Ela está aqui?

A espada estava tentando interpretar seus pensamentos outra vez, e tinha dificuldades com coisas que não estavam totalmente formadas na cabeça de Vasher. A maioria dos pensamentos que percorriam a mente de um homem eram fugidios e momentâneos. Lampejos de imagens, sons ou aromas. Conexões feitas, então perdidas, depois recuperadas. Esse tipo de coisa Sangue-da-Noite achava difícil interpretar.

Vivenna. A fonte de muitos dos seus problemas. Sua tarefa na cidade havia sido muito mais fácil quando acreditara que ela estava trabalhando voluntariamente com Denth. Naquela época, ele pelo menos podia culpá-la.

Onde ela está? Ela está aqui? Ela não gosta de mim, mas eu gosto dela.

Vasher hesitou no corredor escuro. *Você gosta?*

Gosto. Ela é agradável. E é bonita.

Agradável e bonita — mais palavras que Sangue-da-Noite não compreendia de verdade. Apenas aprendera a usá-las. Ainda assim, a espada tinha opiniões, e raramente mentia. Devia gostar de Vivenna, mesmo que não pudesse explicar por quê.

Ela me lembra um Retornado, disse a espada.

Ah, pensou Vasher. *Mas é claro. Isso faz sentido.* Ele seguiu em frente.

O quê?, questionou Sangue-da-Noite.

Ela é descendente de um, pensou Vasher. *Dá para ver pelo cabelo. Há um pouco de Retornado nela.*

Sangue-da-Noite não respondeu, mas Vasher sentiu que estava pensando.

Ele fez uma pausa em uma interseção; tinha uma boa noção de onde deveriam estar os aposentos do Rei-Deus. Contudo, boa parte do interior parecia diferente naquele momento. A fortaleza havia sido austera, construída com estranhos desvios e curvas para confundir um inimigo invasor. Isso ainda permanecia — a cantaria ainda era a mesma —, mas os salões de jantar ou salas de guarnições haviam sido divididas em muitas salas menores, decoradas com cores vivas à moda da elite hallandreana.

Onde poderia estar a esposa do Rei-Deus? Se ela estava grávida, então estaria sob os cuidados de servos. Em um dos maiores complexos de câmaras, ele imaginou, em um nível mais alto. Seguiu até uma escadaria. Para sua sorte, já estava tarde e havia pouca gente acordada.

A irmã, disse Sangue-da-Noite. *Você está atrás dela. Está resgatando a irmã de Vivenna!*

Vasher assentiu em silêncio no escuro e subiu as escadas tateando ao redor, contando com seu BioCroma para avisá-lo caso alguém se aproximasse. Embora a maior parte da sua Respiração estivesse armazenada em suas roupas, ele tinha o bastante para Despertar a corda e para mantê-lo com uma boa consciência.

Você também gosta de Vivenna!, disse Sangue-da-Noite.

Bobagem, pensou Vasher.

Então, por quê?

A irmã dela. É uma chave para tudo isso, de algum modo. Compreendi isso hoje. Assim que a rainha chegou aqui, o movimento para começar a guerra ganhou força.

Sangue-da-Noite se calou. Aquele tipo de salto lógico era um pouco complexo demais para sua compreensão. *Entendo*, disse a espada, mas Vasher sorriu diante da confusão que percebeu em sua voz.

No mínimo, ela é uma refém útil para Hallandren, pensou Vasher. *Os sacerdotes do Rei-Deus — ou seja lá quem estiver por trás disso — podem ameaçar a vida da garota, caso a guerra vá mal para eles. Ela seria uma excelente ferramenta.*

Uma ferramenta que você pretende neutralizar, comentou Sangue-da-Noite.

Vasher concordou. Chegou ao topo da escadaria e se esgueirou por um dos corredores, caminhando até sentir alguém por perto — uma criada se aproximando.

Vasher Despertou sua corda, ficou nas sombras de uma alcova e aguardou. Quando ela passou, a corda se lançou das sombras, envolveu-a ao redor da cintura e puxou-a para a escuridão. Vasher fez uma das borlas de mão envolver a boca da mulher antes que ela pudesse gritar.

Ela se debateu, mas a corda a prendia bem apertado. Ele sentiu uma pequena pontada de culpa ao assomar sobre ela, vendo aqueles olhos apavorados se enchendo de lágrimas. Pegou Sangue-da-Noite e puxou a espada um pouco para fora da bainha. A garota imediatamente pareceu enjoada. Um bom sinal.

— Eu preciso saber onde está a rainha — disse Vasher, pressionando Sangue-da-Noite de modo que o cabo tocasse a bochecha da mulher. — Você vai me dizer.

Ele a segurou assim por algum tempo, vendo-a se contorcer, sentindo-se mal consigo mesmo. Finalmente, ele relaxou as borlas, mas manteve a espada contra o rosto da criada, que começou a vomitar, fazendo-o virá-la de lado.

— Diga logo — sibilou ele.

— Canto sul — sussurrou a garota, tremendo, com cuspe em sua bochecha. — Neste andar.

Vasher assentiu, então a amarrou com a corda, a amordaçou e pegou sua Respiração de volta. Ele empurrou Sangue-da-Noite de volta para a bainha, então seguiu apressado pelo corredor.

Você não vai matar um deus que planeja mandar seus exércitos para a guerra?, indagou Sangue-da-Noite. *Mas quase estrangula uma jovem até a morte?*

Era uma declaração complicada para a espada. Contudo, carecia da acusação que um humano teria colocado nas palavras. Para Sangue-da-Noite, era realmente só uma pergunta.

Eu também não entendo minha moralidade, pensou Vasher. *Sugiro que você evite se confundir.*

Ele encontrou o lugar com facilidade. Estava guardado por um grupo grande de brutamontes que destoavam completamente dos belos corredores do palácio.

Vasher fez uma pausa. *Alguma coisa estranha está acontecendo aqui.*

Como assim?, indagou Sangue-da-Noite.

Ele não estava falando com a espada, mas esse era o problema de um objeto que podia ler mentes. Quaisquer pensamentos que Vasher formava,

Sangue-da-Noite considerava que era para si. Afinal de contas, na opinião da espada, *tudo* realmente devia ser para ela.

Guardas na porta. Soldados, não servos. Então eles já a estavam mantendo cativa. Estaria ela realmente grávida? Ou será que os sacerdotes só estavam garantindo seu poder?

Seria impossível matar tantos homens sem fazer barulho. O melhor que podia esperar era vencê-los rápido. Talvez estivessem isolados o bastante para que uma luta breve não fosse ouvida.

Ele ficou sentado por alguns minutos, o maxilar travado. Então finalmente se aproximou e jogou Sangue-da-Noite em meio aos homens. Deixaria que eles lutassem e estaria pronto para lidar com qualquer um que não fosse dominado pela influência da espada.

Sangue-da-Noite retiniu nas pedras. Os olhares de todos os homens se voltaram para a arma. E, naquele momento, alguma coisa agarrou Vasher pelo ombro e puxou-o para trás.

Ele praguejou, girando, e ergueu as mãos para lutar com o que quer que o estivesse segurando. Uma corda Despertada. Homens começaram a lutar atrás dele. Vasher grunhiu e pegou a faca da sua bota, então cortou a corda Despertada. Alguém o acertou enquanto ele se soltava, e Vasher foi jogado contra a parede.

Ele agarrou seu atacante pelo rosto com uma das borlas do braço, então girou-o para trás e jogou-o também contra a parede. Outra figura atacou-o por trás, mas o manto Despertado de Vasher agarrou-a, fazendo-a tropeçar.

— Agarre coisas que não sejam eu — disse Vasher rapidamente, agarrando o manto de um dos homens caídos e o Despertando.

O manto chicoteou para todos os lados e derrubou outro homem, a quem Vasher então matou com um golpe da sua adaga. Ele chutou mais um, jogando-o para trás e abrindo um caminho.

Vasher avançou na direção de Sangue-da-Noite, mas três outras figuras surgiram das salas ao redor, bloqueando sua passagem. Eram do mesmo tipo de brutamontes que agora estavam lutando pela espada. Havia homens por toda parte. Dezenas. Vasher chutou, quebrando uma perna, mas um homem arrancou seu manto com um puxão certeiro. Outros se empilharam sobre ele. E então outra corda Despertada estalou e amarrou suas pernas.

Vasher levou a mão ao colete.

— Sua Respiração para... — começou ele, tentando extrair para si alguma Respiração para usar em um ataque, mas três homens agarraram sua mão e a afastaram.

Em segundos, ele estava enrolado pela corda Despertada. Seu manto ainda lutava contra três homens que se esforçavam para cortá-lo, mas o próprio Vasher estava imobilizado.

Alguém emergiu da sala à esquerda.

— Denth. — Vasher cuspiu, se debatendo.

— Meu bom amigo — disse Denth, sinalizando com a cabeça para um dos seus capangas, aquele conhecido como Tonk Fah, avançar pelo corredor rumo à sala da rainha. Denth se ajoelhou ao lado de Vasher. — É muito bom vê-lo de novo.

Vasher cuspiu outra vez.

— Estou vendo que continua tão eloquente como sempre. — Denth suspirou. — Sabe qual é a melhor coisa sobre você, Vasher? Você é confiável. Previsível. Acho que também sou, de certa maneira. É difícil viver tanto tempo quanto nós sem cair em padrões, não é mesmo?

Vasher não respondeu, embora tenha tentado gritar enquanto homens o amordaçavam. Ele notou com satisfação que conseguira derrubar uma dúzia de oponentes antes que conseguissem detê-lo.

Denth olhou para os soldados caídos.

— Mercenários — disse ele. — Nenhum risco é grande demais com o pagamento certo — disse ele com um brilho no olhar. Então se inclinou, sua jovialidade sumindo assim que fitou Vasher nos olhos. — E você sempre esteve destinado a ser *meu* pagamento, Vasher. Eu devo isso a você. Por Shashara, mesmo agora. Estávamos esperando, escondidos no palácio há uma semana, sabendo que uma hora a queridíssima princesa Vivenna enviaria você para salvar a irmã dela.

Tonk Fah voltou com um pacote embrulhado em um cobertor. Sangue--da-Noite. Denth olhou-a de soslaio.

— Jogue isso em algum lugar bem longe — disse ele com uma careta de repulsa.

— Eu não sei, Denth — replicou Tonk Fah. — Meio que acho que a gente devia ficar com ela. Podia ser muito útil...

A sede de sangue começava a aparecer em seus olhos, o desejo de sacar Sangue-da-Noite, de usar a espada. Para destruir o mal. Ou, na verdade, apenas para destruir.

Denth se levantou e tirou bruscamente o embrulho das mãos do outro homem. Então deu um tapa forte na nuca de Tonk Fah.

— Ai! — reclamou Tonk Fah.

Denth revirou os olhos.

— Pare de choramingar; acabei de salvar sua vida. Vá verificar como está a rainha, depois limpe essa bagunça. Eu mesmo vou cuidar da espada.

— Você sempre fica tão babaca quando Vasher está por perto — resmungou Tonk Fah enquanto se afastava.

Denth envolveu Sangue-da-Noite com cuidado no embrulho; Vasher assistiu, esperando ver a sede de sangue aparecer nos olhos dele. Infelizmente, a vontade de Denth era forte demais para que fosse dominada pela espada. Ele tinha quase tanta história com ela quanto Vasher.

— Removam todas as roupas Despertadas dele — disse Denth aos seus homens, se afastando. — Então o pendurem naquela sala ali. Ele e eu vamos ter uma longa conversa sobre o que ele fez com a minha irmã.

52

EM UMA DAS SALAS DO seu palácio, Canto-de-Luz estava sentado com uma taça de vinho na mão, rodeado por luxo. Apesar da hora adiantada, servos entravam e saíam, empilhando mobília, pinturas, vasos e pequenas esculturas. Qualquer coisa que pudesse ser carregada.

As riquezas se empilhavam no chão. Canto-de-Luz estava recostado no divã, ignorando pratos de comida vazios e taças quebradas, que ele se recusara a deixar que seus servos levassem embora.

Um par de criados entrou carregando um sofá vermelho e dourado e o encostaram na parede mais distante, quase derrubando uma pilha de tapetes. Canto-de-Luz viu-os partir, então bebeu o resto do vinho. Deixou cair a taça vazia no chão ao lado das outras e estendeu a mão para receber outra taça cheia. Um servo o atendeu, como sempre.

Ele não estava bêbado. Não podia ficar bêbado.

— Você já teve a impressão de que algo estava acontecendo? — perguntou Canto-de-Luz. — Algo muito maior do que você? Como uma pintura da qual você só pode ver um canto, por mais que aperte os olhos e procure?

— Todos os dias, Vossa Graça — disse Llarimar.

Ele estava sentado em um banco ao lado do divã de Canto-de-Luz. Como sempre, assistia aos eventos calmamente, embora o deus notasse sua desaprovação enquanto outro grupo de servos empilhava várias estatuetas de marfim no canto.

— Como você lida com isso?

— Eu tenho fé, Vossa Graça, na existência de alguém que compreenda.

— Não eu, espero — comentou Canto-de-Luz.

— O senhor é parte da crença, mas ela é muito maior do que isso.

Canto-de-Luz franziu a testa, vendo mais servos entrarem. Logo a sala estaria tão ocupada pela sua riqueza que seus servos não seriam capazes de entrar e sair.

— É estranho, não é? — disse Canto-de-Luz, indicando uma pilha de pinturas. — Organizado dessa maneira, nada disso ainda parece belo. Quando tudo é colocado desse modo, em pilhas, só parece lixo.

Llarimar ergueu uma sobrancelha.

— O valor de um objeto está relacionado ao modo como é tratado, Vossa Graça. Se o senhor vê esses itens como lixo, então eles são lixo, não importa quanto alguém pagaria por eles.

— Há uma lição nisso, não há?

Llarimar deu de ombros.

— Eu *sou* um sacerdote, afinal de contas. Somos inclinados a fazer sermões.

Canto-de-Luz bufou, então acenou para os servos.

— Já chega — disse ele. — Podem ir agora.

Os servos, que já haviam se resignado a serem banidos, deixaram o recinto prontamente. Logo Canto-de-Luz e Llarimar estavam sozinhos com pilhas e mais pilhas de riquezas, todas roubadas de outras partes do palácio e trazidas para aquela única sala.

Llarimar examinou os montes.

— Então, qual é o sentido de tudo isso, Vossa Graça?

— É isso que eu significo para eles — disse Canto-de-Luz, engolindo mais vinho. — O povo. Eles abrem mão das suas riquezas por mim. Sacrificam a Respiração de suas almas para me manter vivo. Suspeito que muitos até morreriam por mim.

Llarimar concordou em silêncio.

— E tudo que se espera de mim no momento é que eu escolha seus destinos por eles. Nós vamos para a guerra ou permanecemos em paz? O que você acha?

— Eu poderia argumentar a favor de qualquer um dos lados, Vossa Graça — disse Llarimar. — Seria fácil ficar aqui sentado e condenar a guerra por uma questão de princípios. A guerra é algo terrível, terrível. E, ainda assim, parece que poucas grandes realizações na história ocorreram sem o fato desafortunado da ação militar. Até a Multiguerra, que causou tanta destruição, pode ser considerada o fundamento do poder moderno de Hallandren na região do Mar Interno.

Canto-de-Luz assentiu.

— Mas atacar nossos irmãos? — continuou Llarimar. — Apesar da provocação, não posso deixar de pensar que a invasão é uma medida muito extrema. Quanta morte, quanto sofrimento, estamos dispostos a causar apenas para provar que não aceitamos ser pressionados?

— E o que você decidiria?

— Felizmente, não tenho que decidir.

— E se fosse forçado a isso? — insistiu Canto-de-Luz.

Llarimar ficou quieto por um momento. Então, cuidadosamente, removeu a grande mitra da cabeça, revelando o cabelo negro e esparso grudado na cabeça pelo suor, e a deixou de lado.

— Falo agora com você como um amigo, Canto-de-Luz, não como seu sacerdote — disse Llarimar em voz baixa. — O sacerdote não pode influenciar seu deus por medo de interferir no futuro.

Canto-de-Luz assentiu.

— E, como seu amigo, eu sinceramente tenho dificuldade em decidir o que faria. Não argumentei no plenário da corte.

— Você raramente faz isso — replicou Canto-de-Luz.

— Estou preocupado — disse Llarimar, enxugando a testa com um lenço, depois sacudindo a cabeça. — Não acho que possamos ignorar a ameaça ao nosso reino. A questão é que Idris é uma facção rebelde vivendo dentro das nossas fronteiras. Nós os ignoramos durante anos, suportando seu controle quase tirânico das rotas do norte.

— Então você é a favor de atacar?

Llarimar fez uma pausa, então balançou a cabeça.

— Não. Não, eu não acho que a rebelião de Idris justifique o massacre que seria necessário para retomar essas rotas.

— Que ótimo — comentou Canto-de-Luz secamente. — Então você acha que devemos ir à guerra, mas não atacar.

— Na verdade, sim. Declaramos guerra, fazemos uma demonstração de força, e os assustamos até que percebam quão precária é a posição deles. Então começamos conversas pela paz, e aposto que poderemos forjar tratados mais favoráveis para o uso daquelas rotas. Eles renunciariam formalmente à sua reivindicação ao nosso trono; nós reconheceríamos a soberania independente deles. Todos nós não estaríamos conseguindo o que desejamos?

Canto-de-Luz ficou pensativo.

— Eu não sei. Essa é uma solução muito razoável, mas não acho que as pessoas que estão pedindo a guerra a aceitariam. Parece que estamos deixando passar alguma coisa, Afobado. Por que agora? Por que as tensões estão tão elevadas depois do casamento, que *deveria* ter nos unificado?

— Eu não sei, Vossa Graça — disse Llarimar.

Canto-de-Luz sorriu, ficando de pé.

— Muito bem, então — disse ele, olhando de lado seu sumo sacerdote. — Vamos descobrir.

SIRI ESTARIA IRRITADA se não estivesse tão apavorada. Estava sentada sozinha na câmara nupcial negra. Parecia errado que Susebron não estivesse ali com ela.

Havia esperado que ele talvez tivesse permissão de vê-la quando anoitecesse. Mas ele não foi, naturalmente. Os planos dos sacerdotes, fossem quais fossem, não precisavam que ela estivesse efetivamente grávida. Não agora que eles haviam dado sua cartada e a trancado.

A porta rangeu e ela se sentou na cama, a esperança voltando. Mas era só o guarda vindo ver como ela estava de novo. Um dos soldados rudes que a estavam guardando nas últimas horas. *Por que mudaram para esses homens?*, ela se perguntou enquanto o guarda fechava a porta. *O que aconteceu com os Sem-Vida e os sacerdotes que estavam me vigiando?*

Deitou-se de volta na cama e olhou para o dossel, ainda usando seu vestido elegante. Sua mente continuava voltando para a primeira semana no palácio, quando estivera trancada para sua Jubilação Matrimonial. Havia sido bem difícil, mesmo sabendo quando ia terminar. Agora, nem mesmo tinha a garantia de que sobreviveria aos próximos dias.

Não. Eles vão me manter aqui tempo o bastante para que meu "bebê" nasça. Eu sou uma garantia. Se alguma coisa der errado, ainda vão precisar me exibir.

Não era um grande consolo. Ela pensou em seis meses engaiolada no palácio — sem permissão de ver ninguém, para que não notassem que ela não estava realmente grávida —, e achou assustador o bastante para que quisesse gritar.

Mas o que poderia fazer?

Confiar em Susebron. Eu o ensinei a ler e lhe dei a determinação de se libertar dos seus sacerdotes.

Isso terá de ser o bastante.

— **VOSSA GRAÇA** — disse Llarimar, a voz hesitante —, tem certeza de que quer fazer isso?

Canto-de-Luz se agachou, espiando entre os arbustos o palácio de Estrela-Caridosa. A maioria das janelas estava escura. Isso era bom. Contudo, ela ainda tinha vários guardas patrulhando o palácio. Estava com medo de outra invasão.

Com toda a razão.

Ao longe, ele viu que a lua mal havia nascido no céu noturno. Estava quase na mesma posição que ocupara no seu sonho, na noite anterior, o mesmo sonho onde vira os túneis. Seriam aquelas coisas realmente símbolos? Sinais do futuro?

Ele ainda resistia. A verdade era que não queria acreditar que fosse um deus. Isso implicaria coisas demais. Porém, não podia ignorar as imagens, mesmo que elas só viessem da sua mente subconsciente. Precisava ir até aquelas passagens sob a Corte dos Deuses. Precisava aprender, enfim, se *havia* algo profético nas coisas que vira.

Escolher o momento certo parecia importante. A lua nascendo... só mais um grau, mais ou menos.

Pronto, ele pensou, baixando o olhar do céu. Uma patrulha da guarda estava se aproximando.

— Vossa Graça? — chamou Llarimar, parecendo mais nervoso.

O corpulento sumo sacerdote estava ajoelhado na grama ao lado de Canto-de-Luz.

— Eu deveria ter trazido uma espada — disse Canto-de-Luz, pensativo.

— O senhor não sabe usar uma espada, Vossa Graça.

— Nós não sabemos disso — protestou Canto-de-Luz.

— Vossa Graça, isso é uma tolice. Vamos voltar para seu palácio. Se *temos* que ver o que está nesses túneis, podemos contratar alguém da cidade para entrar neles sorrateiramente.

— Isso levaria tempo demais — replicou Canto-de-Luz. A patrulha da guarda passou pelo lado do palácio onde eles estavam. — Pronto? — perguntou ele quando a patrulha se afastou.

— Não.

— Então espere aqui — disse Canto-de-Luz, e saiu correndo rumo ao palácio.

Depois de um momento, ouviu Llarimar soltar "Fantasmas de Kalad!", então as folhas dos arbustos farfalhando quando o sacerdote o seguiu.

Ora, eu não me lembro de tê-lo ouvido praguejar antes, pensou Canto-de--Luz, achando graça. Não olhou para trás; apenas continuou correndo até a janela aberta. Como na maioria dos palácios dos Retornados, os portais e janelas eram desobstruídos — o clima tropical encorajava esse tipo de construção. Canto-de-Luz alcançou a lateral do edifício sentindo-se empolgado. Entrou pela janela, então estendeu a mão para ajudar Llarimar quando ele chegou. O parrudo sacerdote arquejava e suava, mas Canto-de-Luz conseguiu puxá-lo para a sala.

Fizeram uma pausa de alguns momentos, Llarimar descansando com as costas contra a parede enquanto arquejava, sem fôlego.

— Você realmente precisa se exercitar com mais regularidade, Afobado — aconselhou Canto-de-Luz, então moveu-se furtivamente até um portal e espiou o salão mais além.

Llarimar não respondeu, só ficou ali sentado, arfando, sacudindo a cabeça como se não pudesse acreditar no que estava acontecendo.

— Eu me pergunto por que o homem que invadiu o edifício não entrou pela janela — disse Canto-de-Luz.

Então notou que os guardas diante da entrada tinham uma vista fácil para aquela sala em particular. *Ah. Muito bem, então, está na hora de usar o plano reserva.* Canto-de-Luz se empertigou e saiu para o corredor. Llarimar o seguiu, então teve um sobressalto quando viu os guardas, que também tinham expressões de espanto similares no rosto.

— Olá — saudou Canto-de-Luz, então lhes deu as costas e continuou caminhando.

— Esperem! — disse um deles. — Parem!

Canto-de-Luz se virou para eles, franzindo o rosto.

— Você ousa comandar um deus?

Os homens ficaram paralisados. Então se entreolharam. Um deles saiu correndo na direção oposta.

— Eles vão alertar os outros! — disse Llarimar, se apressando. — Seremos pegos.

— Então vamos andar rápido! — respondeu Canto-de-Luz, voltando a correr.

Ele sorriu ao ouvir Llarimar resmungar e começar a correr atrás dele. Logo chegaram ao alçapão.

Canto-de-Luz se ajoelhou e apalpou por alguns momentos antes de encontrar o fecho oculto. Ele abriu o alçapão com uma puxada triunfante e apontou para baixo. Llarimar balançou a cabeça, resignado, então desceu por uma escada para as trevas. Canto-de-Luz pegou um lampião da parede e o seguiu. O guarda restante, incapaz de interferir nas ações de um deus, simplesmente assistia, preocupado.

O fundo não ficava muito abaixo. Canto-de-Luz encontrou um cansado Llarimar sentado em algumas caixas, no que evidentemente era um pequeno porão de armazenamento.

— Parabéns, Vossa Graça — disse Llarimar. — Nós descobrimos onde eles escondem a farinha.

Canto-de-Luz bufou e se moveu pela câmara, cutucando as paredes.

— Alguma coisa viva — disse ele, apontando para uma parede. — Naquela direção. Posso senti-la com meu senso vital.

Llarimar ergueu uma sobrancelha e se pôs de pé. Eles empurraram para o lado algumas caixas, atrás das quais havia uma pequena entrada de um túnel cortada na parede. Canto-de-Luz sorriu, então se ajoelhou e começou a engatinhar para dentro, empurrando o lampião à frente.

— Não sei se vou conseguir passar — disse Llarimar.

— Se eu passo, você também passa — respondeu Canto-de-Luz, a voz abafada pelo espaço pequeno.

Ele ouviu outro suspiro de Llarimar, seguido pelo som de pés se arrastando enquanto o homem robusto adentrava o buraco. Por fim, Canto-de-Luz atravessou outro buraco para um túnel muito maior, iluminado por vários lampiões que pendiam de uma das paredes. Ele se levantou, satisfeito consigo mesmo, enquanto Llarimar se espremeu para atravessar.

— Pronto — disse Canto-de-Luz, baixando uma alavanca para fazer uma grade cair sobre a abertura. — Agora vai ser difícil eles nos seguirem!

— E vai ser difícil para nós escaparmos — replicou Llarimar.

— Escapar? — disse Canto-de-Luz, levantando o lampião para inspecionar o túnel. — Por que iríamos querer escapar?

— Perdão, Vossa Graça — disse Llarimar. — Mas parece que está se divertindo demais com essa experiência.

— Bem, eu sou chamado de Canto-de-Luz, o *Ousado*. É bom finalmente merecer o título. Agora, calado. Ainda sinto vida aqui perto.

Estava evidente que o túnel havia sido escavado, e tinha a aparência que Canto-de-Luz imaginava para um poço de mina. Exatamente como a imagem dos seus sonhos. Os túneis possuíam várias ramificações, e a vida que ele sentia estava direto à frente. Canto-de-Luz não foi naquela direção, em vez disso virou à esquerda em um túnel com declive íngreme. Ele o seguiu por alguns minutos para julgar sua provável trajetória.

— Já descobriu? — perguntou Canto-de-Luz, se voltando para Llarimar, que havia levado um dos lampiões, já que aquele túnel não possuía qualquer luz própria.

— As casernas dos Sem-Vida — disse Llarimar. — Se o túnel continuar por esse caminho, vai levar diretamente até elas.

Canto-de-Luz concordou.

— Por que eles precisariam de um túnel secreto até as casernas? Qualquer deus pode ir até lá sempre que quiser.

Llarimar balançou a cabeça e eles continuaram pelo túnel. De fato, depois de um curto período, chegaram a um alçapão no teto que, quando empurrado para cima, deu em um dos armazéns escuros dos Sem-Vida. Canto-de-Luz estremeceu, olhando para as intermináveis fileiras de pernas mal iluminadas por seu lampião. Ele baixou a cabeça de volta e fechou o alçapão, então avançaram mais pelo túnel.

— Ele forma um quadrado — comentou baixinho.

— Com portas para cada uma das casernas dos Sem-Vida, aposto — disse Llarimar, estendendo a mão e removendo um torrão de terra da parede, então o esfarelando entre os dedos. — Esse túnel é mais novo do que o outro, acima.

Canto-de-Luz assentiu.

— Temos que seguir em frente — disse ele. — Aqueles guardas no palácio de Estrela-Caridosa sabem que estamos aqui embaixo. Eu não sei a quem eles vão contar, mas prefiro terminar de explorar antes que sejamos postos para fora.

Llarimar estremeceu ao ouvir aquilo. Caminharam de volta pelo túnel íngreme até o túnel principal, que ficava abaixo do palácio. Canto-de-Luz ainda sentia vida mais abaixo, em um túnel lateral, mas escolheu explorar a outra bifurcação. Logo ficou aparente que aquela ali se dividia e fazia curvas numerosas vezes.

— Túneis para alguns dos outros palácios — especulou ele, cutucando uma viga de madeira usada para sustentar a passagem. — Antigo... muito mais antigo do que o túnel até as casernas.

Llarimar concordou.

— Muito bem, então — disse Canto-de-Luz. — Hora de descobrir para onde vai o túnel principal.

Llarimar o seguiu enquanto Canto-de-Luz se aproximava do túnel principal e fechava os olhos, tentando determinar quão perto estava a vida. Era uma sensação tênue. Quase além da detecção. Se tudo mais naquela catacumba não fosse apenas rochas e terra, ele nem mesmo teria notado a vida, para começo de conversa. Acenou com a cabeça para Llarimar, e eles continuaram pelo túnel do modo mais silencioso possível.

Parecia que era capaz de se mover com furtividade surpreendente? Será que possuía experiência em se esgueirar, vinda de épocas que não recordava? Ele certamente era melhor nisso do que Llarimar. Mas também, um pedregulho em uma avalanche provavelmente teria se movido de modo mais silencioso do que Llarimar, levando em conta suas roupas volumosas e sua respiração ofegante.

O túnel seguiu reto por algum tempo, sem bifurcações. Canto-de-Luz ergueu os olhos, tentando estimar o que estava acima deles. *O palácio do Rei-Deus?*, adivinhou. Não podia ter certeza; era difícil julgar a direção e a distância no subterrâneo.

Sentia-se empolgado. Entusiasmado. Aquilo era algo que deus nenhum deveria fazer. Esgueirar-se pela noite, através de túneis escondidos, procurando segredos e pistas. *Estranho. Eles nos dão tudo que acham que podemos querer; nos fartam de sensações e experiências. E, ainda assim, sentimentos verdadeiros, como medo, ansiedade, empolgação, nos são completamente tomados.*

Ele sorriu. Ao longe, ouvia vozes. Ele apagou o lampião e se aproximou de modo ainda mais silencioso, acenando para que Llarimar ficasse para trás.

— ... leve-o para cima — disse uma voz masculina. — Ele veio atrás da irmã da princesa, como eu disse que faria.

— Você conseguiu o que queria, então — disse outra voz. — De verdade, você dá atenção demais àquele sujeito.

— Não subestime Vasher — respondeu a primeira voz. — Ele já realizou mais em sua vida do que cem homens, e já fez mais pelo bem comum do que você jamais será capaz de compreender.

Silêncio.

— Está planejando matá-lo? — disse a segunda voz.

— Sim.

Silêncio.

— Você é uma pessoa estranha, Denth — observou a segunda voz. — Contudo, nosso objetivo foi cumprido.

— Seu povo ainda não conseguiu a guerra que queria.

— Nós conseguiremos.

Canto-de-Luz se agachou atrás de uma pequena pilha de destroços. Via luz à frente, mas não conseguia distinguir muito além de algumas sombras se movendo. Pareceu uma sorte excepcional chegar para ouvir aquela conversa. Seria prova de que seus sonhos eram de fato previsões? Ou apenas coincidência? Estava muito tarde, e qualquer um ainda acordado estaria provavelmente envolvido em atividades clandestinas.

— Eu tenho um trabalho para você — disse a segunda voz. — Uma pessoa que queremos que você interrogue.

— Que pena — respondeu a primeira voz, se tornando distante. — Eu tenho um velho amigo para torturar. Só preciso fazer uma pausa para me livrar dessa espada monstruosa.

— Denth! Volte aqui!

— Não foi você quem me contratou, homenzinho — respondeu a primeira voz, soando mais distante. — Se quer me obrigar a fazer alguma coisa, vá chamar seu chefe. Até lá, você sabe onde me encontrar.

Silêncio. E então algo se moveu atrás de Canto-de-Luz. Ele girou, mal conseguindo identificar Llarimar se aproximando. Canto-de-Luz acenou para que ele recuasse, então se juntou a ele.

— O que foi? — sussurrou Llarimar.

— Vozes à frente — murmurou Canto-de-Luz de volta, o túnel escuro ao redor deles. — Falando sobre a guerra.

— Quem eram?

— Eu não sei. Mas vou descobrir. Espere aqui enquanto eu...

Ele foi interrompido por um grito alto. Canto-de-Luz deu um pulo. O som veio do mesmo local onde ouvira as vozes, e parecia...

— Soltem-me! — gritou Faz-Corar. — O que vocês acham que estão fazendo?! Sou uma deusa!

Canto-de-Luz se empertigou abruptamente. Uma voz respondeu Faz--Corar, mas ele estava longe demais para compreender as palavras.

— Vocês vão me soltar! — berrou Faz-Corar. — Eu... — Ela foi interrompida bruscamente e gritou de dor.

O coração de Canto-de-Luz estava disparado. Ele deu um passo à frente.

— Vossa Graça! — chamou Llarimar. — Nós deveríamos pedir ajuda!

— Nós *somos* a ajuda — disse Canto-de-Luz.

Ele respirou fundo, então — surpreendendo a si mesmo — saiu correndo pelo túnel. Logo alcançou a luz, virando uma esquina e chegando a uma seção do túnel construída com pedra. Em segundos, estava correndo em um chão de pedra lisa e adentrou subitamente o que parecia ser um calabouço.

Faz-Corar estava amarrada a uma cadeira. Um grupo de homens usando as roupas dos sacerdotes do Rei-Deus a rodeava, com vários soldados uniformizados. O lábio de Faz-Corar estava sangrando, e ela chorava através de uma mordaça. Usava uma linda camisola, mas que estava suja e amarrotada.

Os homens na sala levantaram os olhos, surpresos, chocados em ver alguém surgindo atrás deles. Canto-de-Luz se aproveitou desse choque e se jogou contra o soldado mais próximo, lançando o homem contra a parede, seu tamanho e peso superiores derrubando-o com facilidade. Canto-de-Luz se ajoelhou e logo tomou a espada do guarda caído.

— Ahá! — disse Canto-de-Luz, apontando a arma para os homens diante dele. — Quem será o primeiro?

Os soldados o encararam, perplexos.

— Escolho você! — falou Canto-de-Luz, atacando o guarda que estava mais próximo.

Ele errou o homem por vários centímetros, desajeitado e desequilibrado pela investida. O guarda finalmente entendeu o que estava acontecendo e sacou a própria espada. Os sacerdotes recuaram contra a parede. Faz-Corar piscou através das lágrimas, os olhos arregalados.

O soldado mais próximo de Canto-de-Luz atacou, e o deus levantou sua lâmina desajeitadamente, tentando aparar o golpe, mas fazendo um péssimo trabalho. O guarda aos seus pés de repente se jogou contra as pernas de Canto-de-Luz, derrubando-o no chão. Então, um dos guardas de pé enfiou a espada na coxa de Canto-de-Luz.

O sangue que brotou foi tão vermelho quanto o de qualquer outro mortal. Subitamente, Canto-de-Luz conheceu a dor. Uma dor muito maior do que qualquer coisa que havia conhecido na sua curta vida.

Ele gritou.

E viu, através de lágrimas, Llarimar heroicamente tentando agarrar um guarda por trás, mas o ataque foi quase tão mal executado quanto o de Canto-de-Luz. Os soldados se afastaram, vários indo guardar o túnel, outro segurando sua espada ensanguentada junto da garganta de Canto-de-Luz.

Engraçado, pensou Canto-de-Luz, trincando os dentes contra a dor. *Não foi assim que eu imaginei que aconteceria.*

53

VIVENNA ESPEROU ACORdada por Vasher. Ele não voltou.

Ela andava de um lado para outro no pequeno esconderijo de um só cômodo — o quinto em uma série. Nunca passavam mais de um dia ou dois em cada local. Sem adornos, o cômodo só incluía suas esteiras, a mochila de Vasher e uma única vela oscilante.

Vasher a teria censurado por gastar a vela. Para um homem que possuía a fortuna de um rei em Respirações, ele era surpreendentemente frugal.

Ela continuou andando de um lado para outro. Sabia que provavelmente deveria dormir. Vasher sabia se cuidar — parecia que a única pessoa na cidade que não conseguia fazer *aquilo* era Vivenna.

Contudo, ele dissera que só estava indo em uma rápida missão de reconhecimento. Embora ele fosse uma pessoa solitária, aparentemente compreendia o desejo dela de ser incluída nas coisas, então geralmente lhe dizia aonde estava indo e quando deveria voltar.

Ela nunca havia esperado acordada pelo retorno de Denth de uma missão noturna, e estava trabalhando com Vasher há uma fração do tempo que passara com os mercenários. Por que se preocupava tanto?

Embora houvesse sentido que era amiga de Denth, não se importara de verdade com ele. Ele era divertido e encantador, mas distante. Vasher era... bem, ele era quem ele era. Não havia mentira; ele não usava máscaras. Ela só havia conhecido uma outra pessoa assim: sua irmã, aquela que daria à luz um filho do Rei-Deus.

Senhor das Cores!, pensou Vivenna, ainda andando de um lado para outro. *Como as coisas acabaram nessa confusão?*

SIRI DESPERTOU SOBRESSALTADA. Havia gritos vindo de fora do seu quarto. Ela se levantou rápido e foi até a porta, então encostou a orelha nela. Conseguiu ouvir sons de luta. Se pretendia fugir, talvez aquela fosse a hora. Forçou a maçaneta, esperando, por algum motivo, que a porta estivesse destrancada. Não estava.

Praguejou. Havia escutado som de luta mais cedo — gritos e homens morrendo. E agora de novo. *Alguém está tentando me resgatar, talvez?*, ela pensou, esperançosa. *Mas quem?*

A porta de repente tremeu e ela recuou quando a passagem se abriu. Treledees, sumo sacerdote do Rei-Deus, surgiu na entrada.

— Rápido, menina — disse ele, acenando para ela. — Você precisa vir comigo.

Siri procurou desesperadamente uma maneira de fugir. Afastou-se do sacerdote, que praguejou baixinho e acenou para que um par de soldados em uniformes da guarda da cidade a agarrasse. Ela gritou, pedindo ajuda.

— Quieta, sua tola! — disse Treledees. — Estamos tentando ajudá-la.

As mentiras dele soavam vazias aos ouvidos dela, e Siri resistiu quando os soldados a puxaram para fora do quarto. No chão do lado de fora jaziam corpos, alguns em uniformes da guarda, outros em armaduras sem identificação, outros ainda com pele cinza.

Ela ouviu sons de combate vindos do corredor e gritou naquela direção enquanto os soldados rudemente a carregavam para longe.

O VELHO CHAPPS, ERA como o chamavam. Ao menos quem ainda o chamava de alguma coisa.

Ele estava sentado em seu barquinho, movendo-se lentamente pela água escura da baía. Pescaria noturna. Durante o dia, era preciso pagar uma tarifa para pescar nas águas de T'Telir. Bem, tecnicamente, durante a noite também se deveria pagar.

Mas o negócio da noite era que ninguém podia vê-lo. O Velho Chapps ria consigo mesmo ao baixar sua rede pela lateral do barco. As águas faziam seu característico plop, plop, plop contra a lateral do barco. Escuro. Ele gostava de escuro. Plop, plop, plop.

De vez em quando, arrumava um trabalho melhor. Pegar corpos com um dos chefes de favela da cidade, amarrar um saco de pedras aos seus pés e jogá-los na baía. Provavelmente havia centenas deles lá embaixo, flutuando na corrente com seus pés presos ao fundo. Uma festa de esqueletos dançando em um baile. Baile, baile, baile.

Nenhum corpo naquela noite, porém. Uma pena. Isso significava peixes. Peixes grátis, sem impostos. E peixes grátis eram bons peixes.

Não..., disse uma voz. *Um pouco mais para a direita.*

Às vezes o mar falava com ele, estimulando-o a ir para um lado ou para outro. Ele alegremente seguiu a direção indicada. Estava nas águas quase toda noite; elas deviam conhecê-lo muito bem àquela altura.

Ótimo. Lance a rede.

Ele lançou. Não era tão fundo naquela parte da baía. Podia arrastar a rede atrás do barco, arrastando as bordas com pesos pelo fundo, pegando os peixes menores que vinham à parte rasa para se alimentar. Não eram os melhores peixes, mas o céu estava parecendo perigoso demais longe da costa. Uma tempestade chegando?

Sua rede bateu em alguma coisa. Ele grunhiu, puxando-a. Às vezes ficava presa em detritos ou em corais. Era algo pesado. Pesado demais. Ele puxou a rede de volta pela lateral do barco, então abriu o protetor em seu lampião, arriscando um pouco de luz.

Enrolada na rede, uma espada jazia no fundo do barco. Prateada, com um cabo preto.

Plop, plop, plop.

Ah, muito bom, disse a voz, muito mais clara agora. *Eu detesto a água. É tão molhado e nojento lá no fundo.*

Fascinado, o Velho Chapps estendeu o braço e pegou a arma. Era pesada em sua mão.

Por algum acaso você não quer destruir um pouco de mal?, disse a voz. *Eu não tenho certeza do que isso significa, para falar a verdade. Vou só confiar na sua decisão.*

O Velho Chapps sorriu.

Ah, tudo bem, disse a espada. *Você pode me admirar um pouco mais, se quiser. Mas, depois disso, realmente precisamos voltar para a costa.*

VASHER ACORDOU AINDA grogue.

Estava amarrado pelos pulsos a um gancho no teto de uma sala de pedra. A corda que havia sido usada para amarrá-lo, ele notou, era a mesma que usara para amarrar a criada. Toda sua cor havia sido drenada.

De fato, tudo ao redor dele era de um cinza uniforme. Haviam-no despido, exceto pelas roupas de baixo, brancas. Ele grunhiu, seus braços dormentes devido ao ângulo desconfortável de ser pendurado pelos pulsos.

Não estava amordaçado, mas não lhe sobrara Respiração — usara o restante na luta, para Despertar o manto do homem caído. Ele gemeu.

Uma lanterna ardia no canto. Havia uma figura ao lado dela.

— E assim estamos de volta — comentou Denth em voz baixa.

Vasher não respondeu.

— Você ainda me deve a morte de Arsteel — disse Denth. — Quero saber como foi que o matou.

— Em um duelo — respondeu Vasher com voz rouca.

— Você não o venceu em um duelo, Vasher. — Denth deu um passo à frente. — Eu sei disso.

— Então talvez eu tenha me esgueirado e o apunhalado pelas costas. Era o que ele merecia.

Denth deu-lhe um tapa no rosto, fazendo que balançasse no gancho.

— Arsteel era um bom homem!

— Foi, um dia — disse Vasher, sentindo gosto de sangue. — Um dia, fomos todos bons homens, Denth. Um dia.

Denth ficou em silêncio.

— Você acha que sua pequena missão aqui vai desfazer o que já fez?

— Melhor do que me tornar um mercenário — respondeu Vasher. — Trabalhando para qualquer um que pague.

— Eu sou o que você fez de mim — disse Denth em voz baixa.

— Aquela garota confiou em você. Vivenna.

Denth se virou, os olhos escurecidos, a luz da lanterna mal alcançando seu rosto.

— Era mesmo para ela confiar.

— Ela gostava de você. Então você matou o amigo dela.

— As coisas saíram um pouco do controle.

— Sempre saem, com você — retrucou Vasher.

Denth ergueu uma sobrancelha, sua expressão parecendo divertida à luz fraca.

— *Eu* perco o controle, Vasher? Eu? Quando foi a última vez que *eu* iniciei uma guerra? Que massacrei dezenas de milhares de pessoas? Foi você quem traiu seu melhor amigo e matou a mulher que o amava.

Vasher não respondeu. Que argumento poderia oferecer? Que Shashara precisara morrer? Já havia sido ruim o bastante quando ela revelara os Comandos para fazer os Sem-Vida com uma única respiração. E se a maneira de fazer aço Despertado, como Sangue-da-Noite, houvesse se espalhado na Multiguerra? Monstros mortos-vivos abatendo pessoas com espadas Despertadas sedentas de sangue?

Nada disso importaria para um homem que vira a irmã ser assassinada pelas mãos de Vasher. Além disso, Vasher sabia quão pouca credibilidade possuía. Criara os próprios monstros para lutar naquela guerra. Não de aço Despertado, como Sangue-da-Noite, mas mortíferos o bastante a seu próprio modo.

— Eu ia entregar você a Tonk Fah — disse Denth, dando-lhe as costas novamente. — Ele gosta de machucar. É uma fraqueza que ele tem. Todos nós temos fraquezas. Sob minha mentoria, ele conseguiu se restringir a animais.

Denth se virou para ele, segurando uma faca.

— Sempre me perguntei por que ele acha tão prazeroso causar dor.

ESTAVA QUASE AMANHECENDO. Vivenna jogou longe seu cobertor, incapaz de dormir. Vestiu-se, frustrada, mas sem saber ao certo por quê. Vasher provavelmente estava bem. Devia estar saracoteando por aí.

Claro, pensou ela sarcasticamente, *saracoteando. Isso é bem a cara dele.*

Ele nunca havia permanecido fora uma noite inteira. Algo devia ter dado errado. Ela desacelerou enquanto vestia o cinto, olhando para a mochila de Vasher e para a muda de roupa que havia dentro dela. *Tudo que tentei fazer desde que deixei Idris foi um fracasso*, pensou ela, continuando a se vestir. *Falhei como revolucionária, falhei como pedinte. E falhei como irmã. O que devo fazer? Encontrá-lo? Nem sei por onde começar.*

Ela desviou o olhar da mochila. Fracasso. Não era algo com que estivesse acostumada, em Idris. Tudo que ela havia feito lá dera certo.

Talvez seja essa a questão, ela pensou, se sentando. *Meu ódio a Hallandren. Minha insistência em salvar Siri, em assumir o lugar dela.* Quando seu pai escolheu Siri em vez dela, foi a primeira vez na vida que não se sentiu boa o bastante. Então ela fora para T'Telir determinada a provar que o problema não era com ela, mas com alguma outra pessoa. *Qualquer* outra pessoa. Contanto que Vivenna não fosse imperfeita.

Mas Hallandren havia provado muitas vezes que ela *era* imperfeita. E agora que havia tentado e falhado com tanta frequência, estava achando difícil agir. Ao escolher agir, ela poderia falhar — e isso era tão assustador que não fazer nada parecia preferível.

Era o ápice da arrogância na vida de Vivenna. Ela baixou a cabeça. Uma última pluma de hipocrisia para adornar seu cabelo real.

Você quer ser competente? Quer aprender a estar no controle do que acontece ao seu redor, em vez de apenas ser empurrada de um lado para outro? Então terá que aprender a lidar com o fracasso.

Era assustador, mas ela sabia que era verdade. Levantou-se e foi até a mochila de Vasher, pegou uma camisa amarrotada e um par de calças. Ambas tinham borlas pendendo das barras.

Vivenna as vestiu. O manto sobressalente de Vasher veio em seguida. Tinha o cheiro dele e estava cortado — como o outro — na forma vaga de um homem. Pelo menos ela entendia um dos motivos de as roupas dele parecerem tão esfarrapadas.

Ela pegou um par de lenços coloridos.

— Proteja-me — Comandou ao manto, imaginando-o agarrando pessoas que tentavam atacá-la.

Então tocou a manga da camisa.

— Quando chamada, se torne meus dedos e agarre o que eu precisar — Comandou ela.

Ouvira Vasher dar o Comando apenas umas poucas vezes, e ainda não sabia ao certo como visualizar o que queria que a camisa fizesse. Imaginou as borlas se fechando ao redor das suas mãos, como vira acontecer com Vasher.

Então Despertou as calças, Comandando-as que fortalecessem suas pernas. As borlas das pernas começaram a se torcer, e ela levantou um pé de cada vez, deixando que as borlas envolvessem suas solas. Sua postura se tornou mais firme, e as calças se estreitaram contra sua pele.

Por fim, ela amarrou a espada que Vasher lhe dera. Ainda não sabia como usá-la, embora pudesse segurá-la da maneira correta. Parecia certo carregá-la.

Então saiu.

CANTO-DE-LUZ POUCAS VEZES vira uma deusa chorar.

— Não era para ser assim — disse Faz-Corar, sem prestar atenção às lágrimas descendo pelo seu rosto. — Eu tinha tudo sob controle.

O calabouço abaixo do palácio do Rei-Deus era uma sala apertada. Jaulas — do tipo que poderiam ser usadas para animais — estavam enfileiradas junto às paredes. Eram grandes o bastante para conter um deus. Canto-de-Luz não conseguia decidir se aquilo era apenas uma coincidência.

Faz-Corar fungou.

— Pensei que o sacerdócio do Rei-Deus estivesse do meu lado. Estávamos trabalhando juntos.

Tem algo de errado nisso, pensou Canto-de-Luz, olhando para o grupo de sacerdotes que conversavam, nervosos, do outro lado da sala. Llarimar estava sentado na própria cela, que ficava ao lado da de Canto-de-Luz, com a cabeça baixa.

Canto-de-Luz olhou de volta para Faz-Corar.

— Há quanto tempo? Há quanto tempo você está trabalhando com eles?

— Desde o início — disse Faz-Corar. — Era meu dever conseguir os Comandos dos Sem-Vida. Nós bolamos o plano juntos!

— Por que eles se voltaram contra você?

Ela balançou a cabeça, olhando para baixo.

— Alegaram que eu não fiz a minha parte. Que eu estava escondendo coisas deles.

— E estava?

Ela virou o rosto, com os olhos cheios de lágrimas. Era estranho vê-la ali naquela cela. Uma linda mulher de proporções divinas, usando uma delicada camisola de seda, sentada no chão, cercada de barras. Chorando.

Precisamos sair daqui, pensou Canto-de-Luz. Ele se arrastou até as barras que separavam sua gaiola da de Llarimar, ignorando a dor na coxa.

— Afobado — sibilou ele. — Afobado!

Llarimar levantou os olhos, parecendo exausto.

— O que se usa para arrombar fechaduras? — perguntou Canto-de-Luz.

Llarimar hesitou.

— O quê?

— Arrombar uma fechadura — disse Canto-de-Luz, apontando. — Talvez eu descubra que sei como fazer isso, se colocar as mãos na posição certa. Ainda não entendi por que minhas habilidades de espadachim eram tão ruins, mas certamente consigo fazer isso. Só preciso me lembrar do que usar.

Llarimar o encarou fixamente.

— Talvez eu... — começou Canto-de-Luz.

— Qual é o seu problema? — sussurrou Llarimar.

Canto-de-Luz hesitou.

— Qual é o seu problema?! — berrou Llarimar, se levantando. — Você era um *escriba*, Canto-de-Luz. Um *escriba* amaldiçoado pelas Cores. Não um soldado. Não um detetive. Não um ladrão. Você era um contador para um agiota local!

O quê?, pensou Canto-de-Luz.

— E era tão idiota naquela época quanto é agora! — gritou Llarimar. — Nunca *pensa* no que está fazendo antes de correr e fazer! Por que não pode parar de vez em quando e se perguntar se está sendo um completo idiota ou não? Vou lhe dar uma pista! A resposta *geralmente* é sim!

Canto-de-Luz cambaleou para longe das barras, chocado. Llarimar. *Llarimar* estava berrando.

— E toda vez — disse Llarimar, dando-lhe as costas — *eu* me meto em encrencas junto com você. Nada mudou. Você se tornou um deus, e eu *ainda* acabo na prisão!

O corpulento sacerdote se encolheu em um canto, arquejando profundamente, sacudindo a cabeça, frustrado. Faz-Corar estava olhando fixamente para eles. E os sacerdotes também.

O que estou achando estranho neles?, pensou Canto-de-Luz, tentando organizar seus pensamentos e emoções enquanto o grupo de sacerdotes se aproximava.

— Canto-de-Luz — disse um deles, parando junto à sua jaula. — Precisamos das suas frases de segurança.

Ele bufou.

— Lamento dizer que eu as esqueci. Você deve saber que sou conhecido por ter uma mente fraca. Quer dizer, que tipo de idiota invadiria este lugar e seria capturado com tanta facilidade?

Ele sorriu para os homens.

O sacerdote junto da sua jaula suspirou, então acenou para os outros, que destrancaram a cela de Faz-Corar e começaram a arrastá-la para fora. Ela berrou e lutou, e Canto-de-Luz sorriu com o trabalho que ela deu a eles. Contudo, havia seis sacerdotes, e por fim conseguiram levá-la para fora.

Então um deles pegou uma faca e cortou a garganta dela.

O choque do momento atingiu Canto-de-Luz como um golpe físico. Ele gelou, os olhos arregalados, fitando horrorizado o sangue vermelho escorrer pela garganta de Faz-Corar e manchar sua linda camisola.

Muito mais perturbador era o pânico aterrorizado em seus olhos. Olhos tão lindos.

— *Não!* — gritou Canto-de-Luz, se jogando contra as barras e estendendo as mãos inutilmente na direção dela.

Ele forçou seus músculos divinos, pressionando o corpo contra o aço enquanto sentia seu corpo começar a tremer. Era inútil. Até mesmo um corpo perfeito não podia atravessar o ferro.

— Seus canalhas! — berrou. — Seus canalhas amaldiçoados pelas Cores!

Debateu-se, golpeando as barras com uma das mãos enquanto os olhos de Faz-Corar começavam a embotar. Então seu BioCroma foi sumindo. Como uma fogueira ardente diminuindo até uma única vela. E se apagou.

— Não... — disse Canto-de-Luz, caindo de joelhos, entorpecido.

O sacerdote o encarou.

— Então você gostava *mesmo* dela. Sinto muito que isso tenha sido necessário. — Ele se ajoelhou solenemente. — Contudo, Canto-de-Luz, decidimos que precisávamos matá-la para que você compreendesse que estamos falando sério. Eu conheço sua reputação e sei que costuma lidar com as coisas de um jeito despreocupado. Esse é um belo atributo em muitas situações. Neste momento, você precisa entender como as coisas são perigosas. Mostramos que vamos matar. Se não fizer o que pedirmos, outros morrerão.

— Canalha... — sussurrou Canto-de-Luz.

— Eu preciso das suas frases de segurança — declarou o sacerdote. — Isso é importante. Mais importante do que possa imaginar.

— Pode tentar arrancá-las de mim à força — rosnou Canto-de-Luz, sentindo a raiva lentamente vencer o choque.

— Não — disse o sacerdote, balançando a cabeça. — Na verdade, somos novos nisso tudo. Não sabemos direito como torturar, e levaria muito tempo para forçá-lo a falar desse jeito. As pessoas habilitadas a torturar não estão colaborando muito no momento. Nunca pague um mercenário antes do trabalho estar cumprido.

O sacerdote acenou e os outros largaram o cadáver de Faz-Corar no chão. Então rumaram para a jaula de Llarimar.

— Não! — berrou Canto-de-Luz.

— Estamos falando sério, Canto-de-Luz. Muito, muito sério. Sabemos o quanto se importa com seu sumo sacerdote. Você sabe agora que vamos matá-lo se não fizer o que pedimos.

— Por quê? — disse Canto-de-Luz. — Do que se trata isso tudo? O Rei-Deus que você serve poderia nos mandar mobilizar os exércitos, se quisesse! Nós obedeceríamos a ele. Por que se importam tanto com esses Comandos dos Sem-Vida?

Os sacerdotes arrancaram Llarimar da jaula, então o colocaram de joelhos. Um colocou uma faca em sua garganta.

— Pantera vermelha! — berrou Canto-de-Luz, chorando. — Essa é a frase de segurança. Por favor. Deixem-no em paz.

O sacerdote balançou a cabeça para os outros, que colocaram Llarimar de volta na cela. Eles deixaram o cadáver de Faz-Corar no chão, o rosto na poça de sangue.

— Espero que não tenha mentido para nós, Canto-de-Luz — disse o sacerdote principal. — Não estamos brincando. Seria uma infelicidade se descobríssemos que você ainda está. — Ele balançou a cabeça. — Nós não somos homens cruéis, mas estamos trabalhando para conseguir algo muito importante. Não nos provoque.

Dito isso, ele saiu. Canto-de-Luz mal notou. Ainda estava olhando fixamente para Faz-Corar, tentando se convencer de que estava tendo uma alucinação, ou de que ela estava fingindo, ou de que algo mudaria para fazer com que percebesse que era tudo uma enganação elaborada.

— Por favor — sussurrou ele. — Por favor, não...

54

TUFT, O QUE ESTÃO DIZENdo nas ruas? — perguntou Vivenna, andando ao lado de um pedinte.

Ele bufou, estendendo o copo para os poucos que passavam na luz matinal. Tuft era sempre um dos primeiros a chegar, de manhã.

— Por que eu me importaria em saber?

— Vamos lá — insistiu Vivenna. — Você me chutou para fora desse ponto em três ocasiões. Acho que me deve alguma coisa.

— Eu não devo nada a ninguém — disse ele, olhando para os passantes com seu único olho. O olho direito era só um buraco vazio; ele não usava um tapa-olho. — Muito menos a você, que era só uma fingida. Não era uma pedinte de verdade.

— Eu... — Vivenna hesitou. — Eu não era uma fingida, Tuft. Só achei que devia saber como é.

— Hã?

— Viver entre vocês. Eu imaginava que sua vida não era fácil, mas não tinha como saber... não *de verdade*... até vivenciar de fato. Então vim para as ruas. Determinada a viver nelas por um tempo.

— Foi uma idiotice.

— Não. Idiotas são as pessoas que passam sem sequer pensar em como deve ser viver como vocês. Talvez, se eles soubessem, dessem a vocês alguma coisa.

Ela enfiou a mão no bolso, tirando um dos lenços coloridos, e o colocou no copo.

— Eu não tenho nenhuma moeda, mas sei que você pode vender isso.

Ele grunhiu, espiando o lenço.

— Como assim o que estão dizendo nas ruas?

— Agitações — respondeu Vivenna. — Coisas fora do comum. Talvez envolvendo Despertadores.

— Vá para as favelas da Terceira Doca — disse Tuft. — Dê uma olhada nos edifícios perto do píer. Talvez você encontre o que está procurando por lá.

LUZ SURGIU PELA janela.

Já é de manhã?, pensou Vasher, a cabeça baixa, ainda pendendo pelos pulsos. Ele sabia o que esperar da tortura; não era novidade para ele. Sabia como gritar, como dar ao torturador o que ele queria. Sabia como não desperdiçar sua força resistindo demais.

Também sabia que nada daquilo adiantaria. Como estaria depois de uma semana de tortura? Sangue escorria pelo seu peito, manchando sua roupa de baixo. Uma dúzia de pequenos cortes marcava sua pele, cortes que haviam sido ensopados com suco de limão.

Denth estava de costas para Vasher, lâminas ensanguentadas no chão ao seu redor.

Vasher levantou o rosto, forçando um sorriso.

— Não é tão divertido quanto você pensou que seria, não é, Denth?

Denth não se virou.

Ainda há um homem bom ali dentro, pensou Vasher. *Mesmo depois de todos esses anos. Ele só foi surrado pela vida. Ensanguentado. Cortado mais fundo do que eu.*

— Me torturar não vai trazê-la de volta — disse Vasher.

Denth se virou, os olhos sombrios.

— Não. Não vai.

Ele escolheu outra faca.

OS SACERDOTES EMPURRARAM Siri pelas passagens do palácio. Vez ou outra passavam por cadáveres nos corredores negros, e ela ainda podia ouvir sons de combate ecoando de mais de um local.

O que está acontecendo? Alguém estava atacando o palácio. Mas quem? Por um momento, ela teve a esperança de que fosse seu povo — os soldados do seu pai vindo salvá-la. Mas logo descartou a ideia. Os homens se opondo aos sacerdotes estavam usando soldados Sem-Vida; isso eliminava a chance de ser Idris.

Era outra pessoa. Uma terceira força. E queriam livrá-la das mãos dos sacerdotes. Com sorte, seus pedidos de socorro não seriam ignorados. Treledees e seus homens a conduziram depressa pelo palácio, passando pelas coloridas salas centrais na pressa de chegar aonde quer que estivessem indo.

As barras brancas no vestido de Siri subitamente começaram a refratar cores. Ela levantou os olhos, cheia de esperança, quando entraram em uma última sala. O Rei-Deus estava ali, cercado por um grupo de sacerdotes e soldados.

— Susebron! — disse ela, se esforçando para se soltar dos seus captores.

Ele deu um passo na direção dela, mas um guarda segurou seu braço, puxando-o para trás. *Estão tocando nele*, pensou Siri. *Qualquer farsa de respeito se foi. Não precisam mais fingir.*

O Rei-Deus olhou para o braço, franzindo o cenho. Tentou se soltar, mas outro soldado se aproximou para ajudar a segurá-lo. Susebron olhou para esse homem, então para Siri, confuso.

— Eu também não compreendo — disse ela.

Treledees entrou na sala.

— Abençoadas sejam as Cores — disse ele. — Você chegou. Rápido, precisamos sair daqui. Este lugar não é seguro.

— Treledees — disse Siri, fazendo com que ele se voltasse para encará-la, o cenho franzido. — O que está acontecendo?

Ele a ignorou.

— Eu sou sua *rainha.* Você vai responder à minha pergunta!

Ele de fato parou, para a surpresa dela, e se virou com um ar irritado.

— Um grupo de Sem-Vida atacou o palácio, Receptáculo. Estão tentando chegar ao Rei-Deus.

— Até aí eu percebi, sacerdote — rebateu Siri. — Quem são eles?

— Nós não sabemos — respondeu Treledees, dando as costas para ela, bem no momento em que Siri ouviu um grito distante seguido por sons de luta.

Treledees olhou na direção dos sons.

— Precisamos avançar — disse ele para um dos outros sacerdotes. Havia talvez mais de dez na sala, assim como meia dúzia de soldados. — O palácio tem entradas e passagens demais. Seria muito fácil nos cercar.

— A saída dos fundos? — sugeriu outro sacerdote.

— Se conseguirmos chegar lá — respondeu Treledees. — Onde está o esquadrão de reforços que convoquei?

— Eles não vêm, Vossa Graça — disse uma nova voz.

Siri se virou e viu Dedos-Azuis, que parecia exausto, adentrar pela porta mais distante com uns poucos soldados feridos.

— O inimigo tomou a ala leste e está avançando nesta direção.

Treledees praguejou.

— Precisamos levar Sua Majestade para um lugar seguro! — disse Dedos-Azuis.

— Estou bem ciente disso — retrucou Treledees.

— Se a ala leste caiu — disse o outro sacerdote —, não seremos capazes de sair por aquele caminho.

Siri assistia, impotente, tentando chamar a atenção de Dedos-Azuis. Ele a olhou nos olhos, então assentiu discretamente, sorrindo.

— Vossa Graça, temos a opção de escapar pelos túneis — sugeriu Dedos-Azuis.

Os sons de combate estavam se aproximando. Parecia a Siri que aquela sala estava praticamente cercada pelo combate.

— Talvez — disse Treledees enquanto um dos seus sacerdotes corria para a porta para espiar lá fora.

Os soldados que tinham chegado com Dedos-Azuis estavam descansando junto à parede, sangrando. Um deles parecia ter parado de respirar.

— Temos que ir — disse Dedos-Azuis com urgência.

Treledees ficou em silêncio. Então caminhou até um dos soldados caídos e pegou a espada do homem.

— Muito bem — disse ele. — Gendren, pegue metade dos soldados e vá com Dedos-Azuis. Leve Sua Majestade para um lugar seguro. — Ele olhou para Dedos-Azuis. — Procure as docas, se puder.

— Sim, Vossa Graça — respondeu Dedos-Azuis, parecendo aliviado.

Os sacerdotes soltaram o Rei-Deus, que correu até Siri e tomou-a nos braços. Ela o abraçou, tensa, tentando entender suas emoções.

Dedos-Azuis. Ir com ele fazia sentido — sua expressão indicava que ele tinha um plano para salvar a ela e ao Rei-Deus, tirá-los dos sacerdotes. E ainda assim... algo lhe parecia errado.

Um dos sacerdotes chamou três soldados, então atravessou a sala e espiou lá fora. Eles acenaram para Siri e o Rei-Deus. Os outros sacerdotes se juntaram a Treledees, pegando armas dos guardas mortos com expressões sombrias.

Dedos-Azuis puxou o braço de Siri.

— Vamos, minha rainha — sussurrou ele. — Eu fiz uma promessa à senhora. Vamos tirá-la dessa confusão.

— Mas e os sacerdotes? — perguntou ela.

Treledees a encarou.

— Garota tola. Vá! Os atacantes estão vindo nesta direção. Vamos deixar que nos vejam, então vamos conduzi-los para o outro lado. Eles vão pensar que sabemos onde está o Rei-Deus.

Os sacerdotes com ele não pareciam esperançosos. Se — quando — fossem pegos, seriam executados.

— Vamos! — sibilou Dedos-Azuis.

Susebron olhou para ela, assustado. Siri lentamente deixou que Dedos-Azuis puxasse a ela e ao Rei-Deus para o lado, para onde o sacerdote solitário e três soldados haviam se juntado a um grupo de servos vestidos de marrom. Alguma coisa sussurrava em sua mente. Alguma coisa... que Canto-de-Luz havia dito a ela.

Não chame atenção demais até estar pronta para atacar, dissera ele. *De modo súbito e surpreendente, é assim que deve ser. Não pareça inofensiva demais... as pessoas sempre suspeitam dos inocentes. O truque é parecer mediana.*

Mediana.

Era um bom conselho. Conselho que outros provavelmente conheciam. E compreendiam. Ela olhou de relance para Dedos-Azuis ao seu lado, estimulando-a a avançar. Nervoso como sempre.

O combate, ela pensou. *Diferentes grupos andaram disputando, assumindo o controle do meu quarto. Uma força pertence aos sacerdotes. A segunda força — aquela com os Sem-Vida — pertence a outro grupo. A essa misteriosa terceira parte.*

Alguém em T'Telir estava pressionando o reino para a guerra. Mas quem teria algo a ganhar com tamanho desastre? Hallandren, que gastaria imensos recursos para sufocar rebeldes, lutando em uma batalha que eles sabiam que venceriam, mas provavelmente a grande custo? Não fazia sentido.

Quem ganharia mais se Hallandren e Idris entrassem em guerra?

— Espere! — disse Siri, parando.

As coisas subitamente se encaixaram.

— Receptáculo? — chamou Dedos-Azuis.

Susebron pousou a mão em seu ombro, olhando-a com ar confuso. *Por que os sacerdotes se sacrificariam se estivessem planejando matar Susebron? Por que nos deixariam ir, permitindo que fugíssemos, se a segurança do Rei-Deus não fosse sua principal preocupação?*

Ela fitou Dedos-Azuis e viu-o ficar mais nervoso. Seu rosto empalideceu, e ela soube.

— Como é, Dedos-Azuis? — questionou ela. — Você é de Pahn Kahl, mas todo mundo sempre considera seu povo hallandreano. O povo de Pahn Kahl já estava nesta terra, que foi tomada de vocês. Agora vocês são apenas mais uma província, parte do reino dos seus conquistadores. Vocês querem ser livres, mas seu povo não tem exército próprio. Por isso, aqui estão vocês. Incapazes de lutar. Incapazes de se libertar. Considerados cidadãos de segunda classe. Mas se os seus opressores se envolvessem em uma guerra, isso daria a vocês uma abertura. Uma chance de se separarem...

Ele a encarou, então saiu correndo, fugindo da sala.

— Em nome das Cores, o que foi isso? — disse Treledees.

Siri o ignorou, olhando para o rosto do Rei-Deus.

— Você estava certo todo esse tempo. Nós *deveríamos* ter confiado nos seus sacerdotes.

— Receptáculo? — chamou Treledees, se aproximando.

— Não podemos ir naquela direção — disse Siri. — Dedos-Azuis estava nos levando para uma armadilha.

O sumo sacerdote abriu a boca para responder, mas ela o encarou com severidade e deixou seus cabelos no tom vermelho flamejante da ira. Dedos--Azuis a traíra. A única pessoa que ela confiara que poderia ajudá-los.

— Então vamos para os portões principais — disse Treledees, olhando para o grupo misto de sacerdotes e soldados feridos. — E tentar lutar para sair.

FOI FÁCIL PARA Vivenna descobrir o local que o pedinte havia mencionado. O edifício — um cortiço — estava cercado por curiosos, apesar de ser tão cedo. Pessoas sussurravam, falando sobre espíritos, morte e fantasmas vindos do mar. Vivenna se deteve no perímetro, tentando enxergar o que atraíra a atenção delas.

As docas estavam à esquerda, com um forte cheiro de maresia. As favelas das docas, onde muitos dos estivadores viviam e bebiam, eram uma pequena área de edifícios aglomerados entre armazéns e estaleiros. Por que Vasher teria ido ali? Ele estivera planejando visitar a Corte dos Deuses. Pelo que ela pôde descobrir, houvera um assassinato no edifício onde a multidão havia se formado. As pessoas sussurravam sobre espectros e os Fantasmas de Kalad, mas Vivenna apenas balançou a cabeça. Não era isso que estava procurando. Teria que...

Vivenna? Embora a voz fosse tênue, conseguiu ouvi-la, lá no fundo. E reconhecê-la.

— Sangue-da-Noite? — sussurrou ela.

Vivenna. Venha me pegar.

Ela estremeceu. Queria se virar e fugir — até pensar sobre a espada era nauseante. Mas Vasher havia levado Sangue-da-Noite com ele. Estava no local certo, afinal.

Os curiosos falavam de um assassinato. Será que Vasher era a pessoa que havia sido morta?

Subitamente preocupada, ela abriu caminho a empurrões pela multidão, ignorando gritos de que não deveria avançar. Subiu as escadas, passando uma porta atrás da outra. Na sua pressa, quase passou direto pela que tinha fumaça negra saindo por baixo da fresta.

Gelou. Então, respirando fundo, empurrou a porta e entrou.

A sala estava malconservada, o chão coberto de lixo, os móveis bambos e desgastados. Quatro cadáveres jaziam no chão. Sangue-da-Noite estava ao lado do quarto cadáver, um velho com um rosto coriáceo que jazia deitado de lado, os olhos mortos arregalados.

Vivenna!, disse Sangue-da-Noite alegremente. *Você me encontrou. Que empolgante. Tentei fazer com que eles me levassem à Corte dos Deuses, mas não deu muito certo. Mas ele me desembainhou um pouquinho. Isso é bom, certo?*

Ela caiu de joelhos, sentindo-se enjoada.

Vivenna?, chamou Sangue-da-Noite. *Eu me saí bem, certo? VaraTreledees me jogou no oceano, mas consegui sair de lá. Estou bastante contente. Você deveria dizer que me saí bem.*

Ela não respondeu.

Ah, disse Sangue-da-Noite. *E Vasher está ferido, eu acho. Nós deveríamos ir encontrá-lo.*

Ela levantou os olhos.

— Onde? — perguntou ela, sem saber se a espada seria capaz de ouvi-la.

O palácio do Rei-Deus, disse Sangue-da-Noite. *Ele foi lá para soltar sua irmã. Acho que ele gosta de você, embora diga que não gosta. Ele diz que você é irritante.*

Vivenna ficou atônita.

— Siri? Vocês foram atrás de Siri?

Sim, mas VaraTreledees nos deteve.

— Quem é esse? — perguntou ela, franzindo o cenho.

Você o chama de Denth. Ele é irmão de Shashara. Pergunto-me se ela está aqui também. Não sei bem por que ele me jogou na água. Pensei que gostasse de mim.

— Vasher... — disse ela, se levantando novamente, tonta devido à influência da espada.

Vasher havia sido levado por Denth. Ela estremeceu, recordando a raiva na voz de Denth quando mencionava Vasher. Trincou os dentes, agarrou um cobertor sujo da cama simples e envolveu-o ao redor de Sangue-da-Noite para que ela não precisasse tocar na espada.

Ah, disse Sangue-da-Noite. *Você realmente não precisa fazer isso. Fiz com que aquele velho me limpasse logo depois de me tirar da água.*

Ela ignorou a espada, conseguindo levantar o embrulho com apenas uma ligeira náusea. Então partiu, rumo à Corte dos Deuses.

CANTO-DE-LUZ ESTAVA SENTADO, olhando fixamente para as pedras diante dele. Um fio do sangue de Faz-Corar descia por uma rachadura na pedra.

— Vossa Graça? — chamou Llarimar com voz baixa. Ele estava de pé junto às barras entre suas jaulas.

Canto-de-Luz não respondeu.

— Vossa Graça, me perdoe. Eu não deveria ter gritado.

— De que adianta a divindade? — sussurrou Canto-de-Luz.

Silêncio. Lampiões tremeluziam nos dois lados da pequena câmara. Ninguém havia removido o corpo de Faz-Corar, embora houvessem deixado uns poucos sacerdotes e Sem-Vida para trás para vigiar Canto-de-Luz. Eles ainda precisavam dele, caso houvesse mentido sobre aquela frase de segurança.

Ele não havia mentido.

— O quê? — Llarimar finalmente perguntou.

— De que adianta? — disse Canto-de-Luz. — Nós não somos deuses. Deuses não morrem assim. Um pequeno corte. Nem chegava a ser tão largo quanto a minha palma.

— Sinto muito — disse Llarimar. — Ela era uma boa mulher, mesmo entre os deuses.

— Ela não era uma deusa. Nenhum de nós é. Esses sonhos são mentiras, se me conduziram a isso. Eu sempre soube a verdade, mas ninguém presta atenção no que digo. Não deveriam escutar àquele que veneram? Particularmente se ele está dizendo para *não* o venerar?

— Eu... — Llarimar pareceu não saber o que dizer.

— Eles deveriam ter visto — sibilou Canto-de-Luz. — Deveriam ter visto a verdade a meu respeito! Um idiota. Não um deus, mas um escriba. Um escribazinho idiota que deixaram brincar de deus por alguns anos! Um covarde.

— Você não é um covarde — disse Llarimar.

— Não pude salvá-la. Não pude fazer nada. Só fiquei ali sentado e gritei. Talvez, se eu fosse mais corajoso, tivesse me juntado a ela e assumido o controle dos exércitos. Mas eu hesitei. E agora ela está morta.

Silêncio.

— Você era um escriba — disse Llarimar em voz baixa no ar úmido. — E foi um dos melhores homens que já conheci. E era meu irmão.

Canto-de-Luz levantou os olhos.

Llarimar olhava através das barras para um dos lampiões que pendiam da parede de pedra nua.

— Eu já era um sacerdote naquela época. Trabalhava no palácio de Ventos-Gentis, o Honesto. Via como ele mentia nos seus jogos políticos. Quanto mais eu permanecia naquele palácio, mais a minha fé minguava.

Ele ficou em silêncio por um momento, depois levantou os olhos.

— E então você morreu. Morreu salvando minha filha. Essa é a garota que você vê nas suas visões, Canto-de-Luz. A descrição é perfeita. Ela era sua sobrinha favorita. Ainda seria, imagino. Se você não tivesse... — Ele balançou a cabeça. — Quando encontramos você morto, eu perdi a esperança. Ia renunciar ao meu posto. Ajoelhei-me diante do seu corpo, chorando. E então as Cores começaram a brilhar. Você levantou a cabeça, seu corpo começou a mudar, ficar maior, seus músculos se tornaram mais fortes. Eu soube naquele momento. Soube que se um homem como *você* era escolhido para Retornar... um homem que havia morrido para salvar outra pessoa... então os Tons Iridescentes eram reais. As visões eram reais. E os deuses eram reais. Você devolveu minha fé, Stennimar.

Ele olhou nos olhos de Canto-de-Luz.

— Você é um deus. Para mim, pelo menos. Não importa quão facilmente possa ser morto, quanta Respiração você tem, ou a sua aparência. Tem a ver com quem você é e o que você significa.

55

HÁ LUTA NOS PORTÕES do palácio, Vossa Excelência — disse o soldado ensanguentado. — Os insurgentes estão lutando entre si ali. Nós... talvez consigamos sair.

Siri sentiu uma pontada de alívio. Finalmente algo estava dando certo.

Treledees se virou para ela.

— Se conseguirmos chegar à cidade, o povo vai se juntar ao Rei-Deus. Devemos ficar em segurança lá.

— Onde eles conseguiram tantos Sem-Vida? — indagou Siri.

Treledees sacudiu a cabeça. Haviam parado em uma sala perto da frente do palácio, desesperados e incertos. Atravessar as forças de Pahn Kahl que controlavam a Corte dos Deuses seria difícil.

Ela olhou para Susebron. Seus sacerdotes o tratavam como uma criança — eles o respeitavam, mas obviamente nunca consideraram pedir sua opinião. Já o deus estava de pé com a mão no ombro dela, e Siri via os pensamentos e ideias trabalhando por trás daqueles seus olhos, mas não havia nada em que ele pudesse escrever para contá-los.

— Receptáculo — disse Treledees, chamando a atenção dela. — A senhora precisa saber de uma coisa.

Ela o encarou.

— Hesito em mencionar isso — disse Treledees —, já que a senhora não é um sacerdote. Mas... se a senhora sobreviver e nós não...

— Fale logo — ordenou ela.

— A senhora não pode dar ao Rei-Deus um filho. Como todos os Retornados, ele é incapaz de gerar filhos. Nós ainda não descobrimos como o Primeiro Retornado conseguiu ter um filho, em seus tempos. De fato...

— Vocês nem mesmo acham que ele teve — disse ela. — Acham que a linhagem real é uma invenção.

É claro que os sacerdotes contestam o registro de que a linhagem real teria vindo do Primeiro Retornado, pensou ela. *Não iam querer dar credibilidade à reivindicação de Idris ao trono.*

Ele enrubesceu.

— O que importa é no que as pessoas acreditam. De qualquer modo, nós... temos uma criança...

— Sim — disse Siri. — Uma criança Retornada que vocês vão tornar o próximo Rei-Deus.

Ele a encarou, chocado.

— Você *sabe*?

— Vocês estão planejando matá-lo, não estão? — sibilou ela. — Tomar a Respiração de Susebron e deixá-lo para morrer!

— Cores, não! — disse Treledees, chocado. — Como... como pôde pensar isso? Não, nós nunca faríamos tal coisa! Receptáculo, o Rei-Deus só precisa entregar o tesouro de Respirações que ele contém, Investindo-as no próximo Rei-Deus, e então pode viver o resto da sua vida em paz, se ele assim desejar. Nós trocamos de Reis-Deuses sempre que um bebê Retorna. Esse é nosso sinal de que o Rei-Deus anterior realizou seu dever e que deve ter permissão de viver o resto da vida sem carregar seus terríveis fardos.

Siri olhou para ele com ceticismo.

— Isso é bobagem, Treledees. Se o Rei-Deus entregar sua Respiração, ele morre.

— Não, há uma maneira — disse o sacerdote.

— Deveria ser impossível.

— De modo algum. Pense sobre o assunto. O Rei-Deus tem *duas* fontes de Respiração. Uma delas é uma Respiração divina inata... aquela que o torna um Retornado. A outra é a Respiração dada a ele como o Tesouro de Pacificador, cinquenta mil Respirações. *Isso* ele poderia utilizar, como qualquer Despertador, contanto que fosse cuidadoso com seus Comandos. Ele também poderia sobreviver facilmente como um Retornado sem ela. Qualquer um dos deuses poderia fazer isso, caso ganhasse mais do que a única Respiração semanal de que precisa para seu sustento. Eles a consumiriam a uma razão de uma por semana, naturalmente, mas poderiam acumulá-las e usar as extras nesse meio-tempo.

— Mas vocês os impedem de saber disso — disse Siri.

— Não os *impedimos*, especificamente — disse o sacerdote, desviando o olhar. — A informação não vem à tona. Por que os Retornados se importariam em Despertar? Eles têm tudo de que precisam.

— Exceto conhecimento — disse Siri. — Vocês os mantêm na ignorância. Estou surpresa de não terem cortado a língua de todos para esconder seus preciosos segredos.

Treledees olhou para ela, sua expressão endurecendo.

— A senhora ainda nos julga. Fazemos o que fazemos porque é *preciso*, Receptáculo. O poder que ele possui com esse Tesouro... cinquenta mil Respirações... poderia destruir reinos. É uma arma poderosa demais; fomos encarregados, como nossa única missão divina, de mantê-lo seguro e *não* deixar que seja usado. Se o exército de Kalad voltar algum dia do seu exílio, nós...

Um som veio da sala seguinte. Treledees levantou os olhos, preocupado, e Susebron apertou o ombro de Siri com mais força.

O olhar dela endureceu.

— Treledees — disse ela. — Preciso saber. Como? Como Susebron pode entregar sua Respiração? Ele não consegue falar nenhum Comando!

— Eu...

Treledees foi interrompido por um grupo de Sem-Vida irrompendo pela passagem à esquerda deles. Treledees gritou para que ela fugisse, mas outro grupo das criaturas veio pela direita. Siri praguejou, agarrando a mão de Susebron e puxando-o até outro portal. Ela o abriu.

Dedos-Azuis estava do outro lado. Ele a encarou, com o rosto sombrio. Havia soldados Sem-Vida atrás dele.

Siri sentiu uma pontada de terror e recuou. Sons de luta vinham de trás dela, mas estava concentrada demais nos Sem-Vida contornando Dedos-Azuis em direção a ela e Susebron. O Rei-Deus gritou, um grunhido de fúria sem língua e sem palavras.

E então os sacerdotes os alcançaram. Eles se lançaram diante dos Sem-Vida, tentando afastá-los, tentando desesperadamente proteger seu Rei-Deus. Siri se agarrou ao marido na sala avermelhada, assistindo enquanto os sacerdotes eram massacrados por guerreiros frios e de rostos cinzentos. Um sacerdote após o outro pulou no caminho, alguns com armas, outros apenas balançando os braços em um ataque desesperado.

Ela viu Treledees cerrar os dentes, seu terror aparente no olhar enquanto ele corria adiante, tentando atacar um Sem-Vida. Ele morreu com os outros. Seus segredos morreram com ele.

Os Sem-Vida passaram por cima dos cadáveres. Susebron empurrou Siri para trás dele, seus braços tremiam enquanto ele recuava com ela até uma parede, encarando os monstros ensanguentados. Os Sem-Vida finalmente pararam e Dedos-Azuis os contornou, olhando além de Susebron para ela.

— Bom, Receptáculo, acredito que tínhamos um lugar para ir.

— **SINTO MUITO, SENHORA** — disse o guarda, levantando a mão. — Todo o acesso à Corte dos Deuses está proibido.

Vivenna rangeu os dentes.

— Isso é inaceitável. Devo me reportar à deusa Mãe-de-Todos imediatamente! Você não vê quantas Respirações possuo? Você não pode simplesmente me mandar embora!

Os guardas permaneceram firmes. Havia mais de vinte deles nos portões, detendo qualquer um que tentasse entrar. Vivenna virou-se de lado. Não sabia o que Vasher fizera na noite anterior, mas aparentemente causara muita agitação. Pessoas se aglomeraram ao redor da entrada da corte, exigindo respostas, perguntando se alguma coisa estava errada. Vivenna passou de volta por elas, deixando os portões para trás.

Vá para o lado, disse Sangue-da-Noite. *Vasher nunca pergunta se pode entrar. Ele só entra.*

Vivenna olhou para os limites do platô. Havia uma estreita saliência rochosa ao longo do pé da muralha da Corte dos Deuses. Com os guardas tão distraídos pelas pessoas que queriam entrar...

Ela escapuliu para a direita. Era de manhã bem cedo, o sol não havia ainda surgido sobre o Mar Brilhante a leste. Havia guardas na muralha acima — ela podia senti-los com seu senso vital —, mas Vivenna estava obscurecida pela muralha e abaixo do ângulo de visão deles, contanto que olhassem adiante. Talvez ela conseguisse passar escondida.

Esperou até que uma patrulha passasse, então Despertou uma das tapeçarias.

— Levante-me — disse ela, deixando cair um lenço drenado.

A tapeçaria se retorceu no ar e a envolveu, a parte superior ainda presa à muralha. Como um braço musculoso, o objeto a levantou, então se contorceu e a depositou no topo da muralha. Vivenna olhou ao redor enquanto recuperava sua Respiração. Mais para a direita, a alguma distância, um grupo de guardas apontava para ela.

Você não é nem um pouco melhor nisso do que Vasher, comentou Sangue-da-Noite. *Vocês não sabem se esgueirar! Yesteel ficaria tão desapontado com você.*

Ela praguejou, então Despertou a tapeçaria novamente e fez com que a baixasse até a corte. Recuperou sua Respiração, então saiu correndo pelo gramado. Havia poucas pessoas por perto, mas isso só a fez se destacar mais.

O palácio, disse Sangue-da-Noite. *Vá para lá.*

Era para lá que Vivenna *estava* indo. Contudo, quanto mais segurava a espada, mais compreendia que Sangue-da-Noite falava qualquer coisa que passasse por sua mente de aço, fossem seus comentários relevantes ou não. Era como uma criança, falando ou fazendo perguntas sem inibição.

A frente do palácio estava muito bem guardada por um grupo de homens sem uniformes. *Ele está ali*, disse Sangue-da-Noite. *Posso senti-lo. Terceiro andar. Onde eu e ele estivemos antes.*

Vivenna recebeu uma imagem da sala, como se empurrada para dentro da sua cabeça. Ela franziu o cenho. *Incrivelmente útil para uma arma maligna de destruição.*

Eu não sou uma arma maligna, replicou Sangue-da-Noite, sua voz apenas informativa em vez de defensiva. Como se estivesse lembrando-a de algo que Vivenna havia esquecido. *Eu destruo o mal. Acho que talvez devêssemos destruir esses homens à frente. Eles parecem malignos. Você deveria me sacar da bainha.*

Por algum motivo, ela duvidou que aquilo fosse uma boa ideia.

Vamos lá, disse Sangue-da-Noite.

Os soldados estavam apontando para ela, que olhou para trás e viu outros correndo pela grama. *Que Austre me perdoe*, ela pensou. Então, trincando os dentes, jogou Sangue-da-Noite — com cobertor e tudo — em direção aos guardas na frente do edifício.

Eles pararam. Todos olharam para a espada que saiu rolando do cobertor, a bainha prateada refulgindo no gramado. *Bem, acho que isso também funciona*, comentou Sangue-da-Noite, sua voz parecendo distante.

Um dos soldados pegou a espada. Vivenna passou correndo por eles, ignorada pelos homens, que então começaram a lutar.

Não dá para ir por ali, pensou enquanto olhou a entrada, sem querer se arriscar a passar pelos homens que lutavam. Então, correu até a lateral do enorme palácio. Os andares mais baixos eram feitos de blocos negros semelhantes a degraus que davam ao palácio sua aparência piramidal. Acima deles havia uma fortaleza mais tradicional com muralhas íngremes. Havia janelas, se conseguisse alcançá-las.

Ela retorceu seus dedos, fazendo as borlas das mangas se apertarem e se abrirem. Então saltou, suas calças Despertadas fazendo com que subisse uns metros a mais. Vivenna estendeu a mão e fez com que as borlas agarrassem a beirada de um grande bloco de pedra negra. As borlas mal conseguiram se sustentar, agarrando a pedra como dedos de trinta centímetros. Com dificuldade, içou-se para cima do bloco.

Homens berravam e gritavam abaixo, e ela olhou por um instante. O guarda que havia agarrado Sangue-da-Noite estava lutando com os outros, um pequeno fio de fumaça negra girava ao redor dele. Enquanto ela assistia, ele recuou para o palácio, seguido pelos outros homens.

Tanto mal, comentou Sangue-da-Noite, como uma mulher fazendo "tsc, tsc" enquanto limpava teias de aranha no teto.

Vivenna desviou o olhar, sentindo-se ligeiramente culpada por dar a espada aos homens. Ela saltou e se içou para o próximo bloco quando os soldados que a haviam visto na muralha chegaram. Eles usavam as cores da guarda da cidade e, embora uns poucos tivessem se envolvido na luta por Sangue-da-Noite, a maioria a ignorou.

Vivenna continuou subindo.

Para a direita, disse Sangue-da-Noite em uma voz distante. *Aquela janela no terceiro andar da torre. Duas mais acima. Ele está ali...*

Enquanto a voz dele sumia, Vivenna olhou para a janela indicada. Ainda precisava escalar uns dois blocos, então, de algum modo, alcançar uma janela que estava dois andares acima em uma parede lisa. Parecia haver alguma cantaria decorativa que poderia servir de apoio para as mãos, mas ela ficou tonta ao pensar em escalar.

Uma flecha se quebrou contra a pedra ao lado dela, assustando-a. Vários guardas abaixo tinham arcos.

Cores!, pensou, erguendo-se para o bloco seguinte. Ela ouviu um zunido atrás de si e se encolheu, sentindo como se tivesse sido atingida, mas nada aconteceu. Ela subiu para o bloco, então se virou.

Vislumbrou uma ponta do seu manto segurando uma flecha e teve um sobressalto, agradecida por tê-lo Despertado. O manto deixou cair a flecha, depois voltou ao normal.

Isso é bem útil, ela pensou, escalando o último bloco. Quando chegou ao topo, seus braços estavam doendo. Felizmente, seus dedos Despertados ainda estavam agarrando tão bem quanto antes. Ela respirou fundo, então começou a escalar direto pela parede da fortaleza negra, usando os entalhes como suporte para as mãos.

E decidiu que, por sua própria sanidade, era melhor não olhar para baixo.

CANTO-DE-LUZ OLHAVA DIRETO à frente. Informações demais. Coisas demais estavam acontecendo. O assassinato de Faz-Corar, então a revelação de Llarimar e a traição dos sacerdotes do Rei-Deus em uma sucessão tão rápida.

Ficou sentado em sua gaiola, seus braços envolvendo o corpo, a túnica vermelha e dourada suja por se arrastar pelo túnel e depois se sentar no chão. Sua coxa doía onde havia sido perfurada com a espada, embora a ferida não fosse tão ruim e mal sangrasse. Ele ignorou a dor; era insignificante em comparação com a dor que sentia por dentro.

Os sacerdotes conversavam baixinho no outro lado do recinto. Curiosamente, quando olhava para eles, algo chamou sua atenção. Deixou sua mente ser distraída pela compreensão — finalmente entendeu o que o incomodava neles. Deveria ter visto mais cedo. Tinha a ver com cor — não a cor de suas roupas, mas a cor dos seus rostos. Era ligeiramente diferente. Aquela diferença teria sido fácil de ignorar em um homem só, mas todos eles juntos formavam um padrão.

Ele poderia nunca ter prestado atenção naquilo, mas, com as Elevações que o deus possuía, e agora que sabia o que procurar, era óbvio.

Aqueles homens não eram de Hallandren.

Qualquer um pode usar uma túnica, ele compreendeu. *Isso não significa que sejam sacerdotes.* De fato, julgando por seus rostos, ele entendeu que os homens deviam ser de Pahn Kahl.

E então tudo fez sentido, rápido assim. Todos eles haviam sido feitos de tolos.

— DEDOS-AZUIS — CHAMOU Siri. — Fale comigo. O que vai fazer conosco?

O labirinto do palácio do Rei-Deus era complexo, e às vezes era difícil para ela se situar, mesmo depois de todo aquele tempo. Tinham descido uma escadaria, mas agora estavam subindo por outra.

Dedos-Azuis não respondeu. Ele caminhava com seu nervosismo de sempre, retorcendo as mãos. O combate nos corredores parecia estar diminuindo. De fato, quando deixaram a escadaria, aquele novo corredor estava extremamente silencioso.

Siri caminhava com o braço agitado de Susebron ao redor da sua cintura. Ela não sabia o que ele estava pensando — não haviam conseguido fazer uma pausa longa o bastante para que ele escrevesse qualquer coisa. Ele abriu um sorriso reconfortante para ela, mas Siri sabia que a situação devia ser tão aterradora para ele quanto era para ela. Talvez até mais.

— Você não pode fazer isso, Dedos-Azuis — reclamou Siri com o homenzinho calvo.

— É a única maneira que terei de me libertar — disse Dedos-Azuis, sem se virar, mas finalmente respondendo.

— Mas você não pode! — disse Siri. — Os idrianos são inocentes!

Dedos-Azuis balançou a cabeça.

— Quantos do meu povo você sacrificaria se isso significasse liberdade para o seu?

— Nenhum!

— Gostaria de ver você dizer isso se nossas posições estivessem invertidas — disse ele, ainda sem olhá-la nos olhos. — Eu... sinto muito pela sua dor. Mas seu povo *não* é inocente. Vocês são exatamente como os hallandreanos. Na Multiguerra, vocês nos pisotearam, fizeram de nós seus trabalhadores e escravos. Só no final, quando a família real fugiu, foi que Idris e Hallandren se dividiram.

— Por favor — pediu Siri.

Susebron subitamente socou um Sem-Vida.

O Rei-Deus rosnou, se debatendo enquanto chutava outro. Havia dezenas deles. Susebron olhou para ela e acenou, indicando que devia fugir. Ela não pretendia deixá-lo. Em vez disso, tentou agarrar Dedos-Azuis, mas um Sem-Vida foi mais rápido, pegando o braço dela e o segurando com firmeza, independentemente do quanto Siri batesse nele. Uns dois homens com os trajes do sacerdócio de Susebron saíram de uma escadaria adiante carregando lampiões. Siri, olhando mais de perto, imediatamente reconheceu-os como sendo de Pahn Kahl. Eram baixos demais, e seus tons de pele eram ligeiramente diferentes.

Fui uma tola, ela pensou.

Dedos-Azuis havia jogado tão bem. Criara uma desarmonia entre ela e os sacerdotes desde o início. A maior parte dos seus medos e preocupações tinham vindo dele — e sido reforçados pela arrogância dos sacerdotes. Tudo parte do plano do escriba de algum dia usá-la para ganhar liberdade para seu povo.

— Nós acabamos de dar aos Sem-Vida de Canto-de-Luz a nova frase de segurança — disse um dos falsos sacerdotes para Dedos-Azuis. — Todos os exércitos são nossos agora.

Siri olhou para Susebron. Os Sem-Vida que ele enfrentava conseguiram derrubá-lo. Ele gritou, embora tenha soado mais como um gemido. Siri deu um puxão, tentando escapar dos Sem-Vida que a seguravam e ajudá-lo. Então começou a chorar.

Ali perto, Dedos-Azuis assentiu para seus cúmplices, parecendo fatigado.

— Muito bem. Deem o Comando. Ordenem que os Sem-Vida marchem contra Idris.

— Assim será feito — respondeu o homem, pousando a mão no ombro de Dedos-Azuis.

Dedos-Azuis assentiu, parecendo melancólico enquanto os outros partiam.

— Por que está com essa cara triste? — rosnou Siri.

Dedos-Azuis se voltou para ela.

— Meus amigos agora são os únicos que conhecem as frases de segurança do exército dos Sem-Vida de Hallandren. Quando esses Sem-Vida partirem rumo a Idris, com ordens de destruir tudo que encontrarem, meus amigos se matarão com veneno. Não haverá ninguém para deter as criaturas.

Austre..., pensou Siri, sentindo-se entorpecida. *Senhor das Cores...*

— Levem o Rei-Deus para baixo — disse Dedos-Azuis, acenando para vários Sem-Vida. — Mantenham-no lá até que chegue a hora.

Eles foram acompanhados por um escriba de Pahn Kahl vestindo trajes de sacerdote enquanto arrastavam Susebron para a escadaria. Siri estendeu a mão para ele, que continuou a se debater, estendendo a mão de volta, mas os Sem-Vida eram fortes demais. Ela escutou seus gritos inarticulados ecoando escadaria abaixo.

— O que você vai fazer com ele? — perguntou Siri, suas lágrimas geladas contra o rosto.

Dedos-Azuis olhou para ela, mas novamente evitou seus olhos.

— Haverá muitos no governo hallandreano que considerarão o ataque dos Sem-Vida um erro político, e eles podem procurar deter a guerra. A menos que Hallandren realmente se comprometa com esse combate, nosso sacrifício será em vão.

— Não estou entendendo.

— Vamos pegar os corpos de Canto-de-Luz e Faz-Corar, os dois deuses com os Comandos, e deixá-los nas casernas dos Sem-Vida, cercados por idrianos mortos que pegamos na cidade. Então vamos deixar o cadáver do Rei-Deus para ser encontrado nos calabouços do palácio. Os investigadores vão acreditar que assassinos idrianos o atacaram e mataram... nós contratamos vários mercenários das favelas idrianas, então não deve ser tão difícil de acreditar. Os meus escribas que sobreviverem à noite confirmarão a história.

Siri piscou entre lágrimas. *Todos vão acreditar que Faz-Corar e Canto-de--Luz enviaram os exércitos como retribuição pela morte do Rei-Deus.*

E, com o rei morto, o povo vai ficar furioso.

— Gostaria que você não estivesse envolvida em tudo isso — disse Dedos-Azuis, indicando aos captores Sem-Vida que a arrastassem. — Teria sido muito mais fácil para mim se você tivesse conseguido evitar uma gravidez.

— Eu não estou grávida! — protestou ela.

— As pessoas acham que está — disse ele, suspirando enquanto caminhavam para a escadaria. — E isso é o bastante. Nós temos que quebrar esse governo *e* temos que deixar os idrianos zangados o bastante para destruir Hallandren. Acho que seu povo vai se sair melhor nessa guerra do que todo mundo diz, especialmente se os Sem-Vida marcharem sem liderança. Seu povo vai emboscá-los, garantindo que não seja uma guerra fácil para qualquer lado.

Ele lhe lançou um olhar.

— Mas, para que essa guerra funcione direito, os idrianos precisam *querer* lutar. Se não, vão fugir e desaparecer naquelas terras altas. Não, os dois lados precisam se odiar, atrair o máximo de aliados para a batalha, de modo que todos fiquem distraídos demais...

E que melhor maneira de fazer com que Idris esteja disposta a lutar do que me matar?, pensou ela com horror crescente. *Os dois lados verão a morte do meu suposto filho como um ato de guerra. Isso não será uma simples batalha por dominação; será uma guerra prolongada de ódio. O combate pode durar décadas.*

E ninguém vai reparar que nosso verdadeiro inimigo — que começou tudo isso — é a pacífica e tranquila província no sul de Hallandren.

56

VIVENNA PENDIA DO LADO de fora da janela, respirando com esforço e suando copiosamente. Ela espiou lá dentro. Denth estava ali, assim como Tonk Fah. Vasher pendia de um gancho no teto. Ele estava ensanguentado e não continha Respiração, mas parecia vivo.

Será que consigo deter Denth e Tonk Fah?, perguntou-se. Seus braços estavam cansados. Ela tinha alguns pedaços de corda no bolso que podia Despertar. E se os jogasse e errasse? Já havia visto Denth lutar. Ele era mais rápido do que ela achava que fosse possível. Teria que surpreendê-lo. E, se errasse, morreria.

O que estou fazendo? Pendurada em uma parede, prestes a desafiar dois guerreiros profissionais?

Os últimos tempos deram-lhe força para sufocar seu medo. Eles poderiam matá-la, mas seria um fim rápido. Ela havia sobrevivido a traições, à morte de um amigo querido e a um período enlouquecendo devido à doença, à fome e ao terror de viver nas ruas. Fora humilhada, forçada a admitir que havia traído seu povo. Não havia de fato mais nada que pudessem fazer com ela.

Por algum motivo, esses pensamentos deram-lhe poder. Surpresa com a própria determinação, ela silenciosamente recuperou a Respiração do seu manto e das calças. Despertou um par de pedaços de corda, ordenando-os a agarrar quando fossem lançados. Fez uma oração silenciosa para Austre, então entrou na sala pela janela.

Vasher estava grunhindo. Tonk Fah cochilava no canto. Denth, segurando uma faca ensanguentada, olhou imediatamente quando ela pousou. A expressão de choque absoluto em seu rosto quase valeu tudo por que ela havia passado. Vivenna jogou uma corda nele e a outra em Tonk Fah, então avançou correndo.

Denth reagiu no mesmo instante, cortando a corda no ar com sua adaga. Os pedaços se torceram e se agitaram, mas não eram longos o bastante para agarrar nada. A que ela atirou em Tonk Fah, contudo, deu certo. Ele gritou, despertando enquanto a corda se enrolava ao redor do seu rosto e do seu pescoço.

Vivenna parou ao lado do corpo oscilante de Vasher. Denth havia sacado a espada; ele a puxara mais rápido do que ela pôde acompanhar. Vivenna engoliu em seco, então desembainhou a própria espada e a brandiu como Vasher havia lhe ensinado. Denth fez apenas uma breve pausa, surpreso.

Foi o suficiente. Ela golpeou — não Denth, mas a corda prendendo Vasher ao teto. Ele caiu com um grunhido e Denth atacou, perfurando o ombro dela com a ponta da sua espada de duelo.

Ela caiu, ofegando de dor.

Denth deu um passo atrás.

— Bem, princesa — disse ele, segurando sua espada de modo cauteloso. — Eu não esperava vê-la aqui.

Tonk Fah fez um som de sufocamento enquanto a corda se retorcia ao redor do seu pescoço, estrangulando-o. Ele se esforçava para arrancá-la, com pouco sucesso.

Outrora, a dor no seu ombro teria sido debilitante, mas depois das surras que levara nas ruas, pareceu-lhe familiar. Ela levantou os olhos e encarou Denth.

— Isso deveria ser um resgate? — perguntou Denth. — Porque, para ser sincero, não estou muito impressionado.

Tonk Fah derrubou seu banco enquanto se debatia. Denth olhou para ele, então de volta para Vivenna. Houve um momento de silêncio, exceto pelos esforços cada vez mais fracos de Tonk Fah. Finalmente, Denth praguejou e saltou para cortar a corda no pescoço do amigo.

— Você está bem? — indagou Vasher atrás dela.

Ela ficou chocada por quão firme a voz dele soou, apesar do corpo ensanguentado.

Ela assentiu.

— Eles vão mandar os Sem-Vida marcharem contra sua terra natal. Estávamos enganados esse tempo todo. Não sei quem está por trás disso, mas acho que estão vencendo a batalha pelo palácio.

Denth finalmente conseguiu cortar a corda.

— Você precisa correr — disse Vasher, livrando suas mãos da corda. — Volte ao seu povo, diga a eles para não lutarem com os Sem-Vida. Eles precisam fugir pelas rotas do norte, se esconder nas terras altas. *Não lutem* nem arrastem outros reinos para a guerra.

Vivenna olhou para Denth, que estava esbofeteando Tonk Fah para que recuperasse a consciência.

Então ela fechou os olhos.

— Sua Respiração para a minha — disse ela, extraindo a Respiração das suas mangas e acrescentando-a à grande quantidade que já possuía.

Ela estendeu a mão e tocou Vasher.

— Vivenna... — disse ele.

— Minha vida para a sua. Minha Respiração se torna sua.

Seu mundo tornou-se embotado. Ao lado dela, Vasher arquejou, então começou a tremer devido à passagem da Respiração. Denth se ergueu, virando o corpo.

— Você cuida disso, Vasher — sussurrou Vivenna. — Vai fazer tudo muito melhor do que eu poderia.

— Mulher teimosa — disse Vasher enquanto dominava os tremores.

Ele estendeu a mão, como se fosse devolver a Respiração a ela, mas notou Denth, que sorriu, levantando sua espada. Vivenna levou a mão ao ombro para estancar o fluxo de sangue e começou a se mover de volta para a janela — embora, sem a Respiração, não soubesse ao certo o que pretendia fazer ali.

Vasher se levantou, pegando a espada dela. Ele só usava a roupa de baixo ensanguentada que lhe chegava aos joelhos, mas sua postura era firme. Devagar, envolveu na cintura a corda com que estivera amarrado, formando seu cinto característico.

Como ele faz isso? De onde vem a força dele?

— Eu devia ter ferido você com mais gravidade — disse Denth. — Fui muito lento. Estava apreciando demais.

Vasher bufou ao amarrar o cinto. Denth parecia estar esperando, na expectativa de alguma coisa.

— Sempre achei engraçado como nós sangramos como homens comuns — comentou Denth. — Podemos ser mais fortes, podemos viver mais, mas morremos do mesmo jeito.

— Não do mesmo jeito — disse Vasher, erguendo a espada de Vivenna. — Outros homens morrem com muito mais honra do que nós, Denth.

Denth sorriu. Vivenna podia ver a empolgação em seus olhos. *Ele sempre alegou que não havia jeito de Vasher ter vencido seu amigo Arsteel em um duelo. Ele quer lutar com Vasher. Quer provar a si mesmo que Vasher não é tão bom quanto ele.*

Lâminas se lançaram ao combate. E, depois de uma rápida troca de golpes, Vivenna pôde ver que não havia dúvida. Denth era claramente o melhor. Talvez fossem as feridas de Vasher; talvez fosse a raiva crescente que ela via nos olhos dele enquanto lutava, prejudicando sua capacidade de ficar calmo e centrado. Talvez ele simplesmente não fosse tão bom quanto Denth. Mas, enquanto Vivenna assistia, ela percebeu que Vasher ia perder.

Eu não fiz tudo isso só para que você morresse!, pensou ela, se levantando para tentar ajudar.

Uma mão pousou no ombro dela, empurrando-a de volta para baixo.

— Acho que não — disse Tonk Fah, assomando sobre ela. — Belo truque com a corda, aliás. Muito inteligente. Eu também conheço alguns. Sabia, por exemplo, que uma corda pode ser usada para queimar a carne de uma pessoa? — Ele sorriu, se inclinando. — Humor de mercenário, você sabe.

O manto dele deslizou levemente do seu ombro, roçando a bochecha dela.

Não pode ser, pensou ela. *Eu tentei Despertar o manto de Tonk Fah para escapar dele, mas usei um Comando ruim. Será que ele foi estúpido o bastante para continuar usando o mesmo manto?*

Ela sorriu, olhando por cima do ombro. Vasher havia recuado rumo à parede mais distante, que tinha a janela, e estava suando, gotículas ensanguentadas caindo no chão. Denth forçou-o a recuar mais ainda e Vasher subiu na mesa junto da parede, procurando a vantagem da altura.

Ela olhou para Tonk Fah novamente. O manto dele ainda tocava sua bochecha.

— Sua Respiração para a minha — disse ela, e sentiu uma súbita e bem-vinda explosão de Respiração.

— Hã? — disse Tonk Fah.

— Nada. Só... Ataque e agarre Denth!

Comando dado, visualização feita, o manto começou a tremular. A camisa de Tonk Fah perdeu a cor e seus olhos se arregalaram, surpresos. O manto subitamente chicoteou o ar, puxando Tonk Fah para o lado e fazendo com que tropeçasse para longe dela.

É por isso que eu sou a princesa e você é o mercenário, pensou ela com satisfação, rolando para o lado.

Tonk Fah gritou. Denth girou ao ouvir o som, berrando enquanto o enorme e cambaleante homem de Pahn Kahl se chocava contra ele, seu manto se agitando para todos os lados.

Denth caiu para a frente, pegando Vasher de surpresa enquanto se chocavam. Tonk Fah grunhiu. Denth praguejou.

E Vasher foi empurrado através da janela.

Vivenna hesitou, surpresa. Não era isso que ela havia pretendido.

Denth cortou o manto e empurrou Tonk Fah para longe.

Tudo ficou em silêncio na sala por um instante.

— Vá chamar nossa tropa de Sem-Vida! — ordenou Denth. — Agora!

— Você acha que ele vai sobreviver? — indagou Tonk Fah.

— Ele só despencou de uma janela de terceiro andar para a morte certa — respondeu Denth. — É claro que vai sobreviver! Mande a tropa até o portão do palácio para retardá-lo! — Denth olhou para Vivenna. — Você, princesa, dá muito mais trabalho do que vale.

— Eu escuto isso o tempo todo — respondeu ela.

Com um suspiro, ela levou a mão ensanguentada ao ombro novamente, exausta demais para estar tão assustada quanto provavelmente deveria.

VASHER CAÍA RUMO aos duros blocos de pedra lá embaixo. Olhou a janela se distanciar acima dele. *Quase,* ele pensou com frustração. *Eu quase o peguei!*

O vento assoviava. Ele gritou de frustração e puxou a corda da cintura, a Respiração de Vivenna era uma força viva dentro dele.

— Agarre coisas — Comandou ele, sacudindo a corda e extraindo cor do seu calção manchado de sangue, que desbotou até ficar cinzento.

Então a corda se enrolou ao redor de uma saliência de pedra na parede do palácio e se esticou, e Vasher correu de lado, descalço, pela superfície negra como carvão, desacelerando sua queda.

— Sua Respiração para a minha — gritou ele enquanto sua aceleração diminuía. A corda caiu, livre, e ele pousou no primeiro bloco. — Torne-se como minha perna e dê-lhe força! — Comandou ele, extraindo cor do sangue seco em seu peito.

A corda se retorceu, envolvendo sua perna e seu pé enquanto ele pulava. Vasher pousou no bloco seguinte, três metros abaixo, a corda enrolada e seus estranhos músculos inumanos suportando a maior parte do choque.

Depois de quatro saltos, ele chegou ao chão. Um grupo de soldados rodeava alguns corpos nos portões da frente, parecendo confusos. Vasher correu na direção deles, sangue seco cinzento caindo da sua pele enquanto ele sugava a Respiração de volta da corda.

Ele pegou a espada de um soldado morto e os homens diante dos portões se viraram e prepararam suas armas. Vasher não tinha tempo ou paciência para conversa; ele atacou, abatendo homens com eficiência e velocidade. Não era tão bom quanto Denth, mas havia praticado durante muito, muito tempo.

Infelizmente, havia muitos homens; talvez demais para ele enfrentar. Vasher murmurou um xingamento, girando entre eles, e abateu mais um. Ele se curvou e pôs a mão na cintura de um soldado caído, tocando tanto a camisa quanto as calças, e enfiando o dedo para encostar na camisa de baixo, colorida.

— Lutem por mim, como se fossem eu — Comandou ele, drenando totalmente a cor da camisa de baixo do homem.

Vasher se voltou para bloquear um ataque de espada. Outro veio da lateral, e mais outro. Não podia aparar todos.

Uma espada fulgurou no ar, bloqueando uma arma que deveria ter atingido Vasher. A camisa e as calças do homem morto, tendo se libertado, estavam de pé, segurando uma espada. Elas atacaram como se controladas por uma pessoa invisível ali dentro, aparando e investindo com habilidade. Vasher deu as costas para seu Despertado. Quando teve chance, criou outro, esgotando sua Respiração restante.

Eles lutaram em um trio, Vasher e seus dois conjuntos de roupas Despertadas. Os guardas praguejavam, muito mais preocupados agora. Vasher olhou-os de lado, planejando um ataque. Naquele momento, uma tropa de cerca de cinquenta Sem-Vida chegou correndo em sua direção.

Cores!, pensou Vasher, rosnando de raiva, atacando e abatendo outro soldado.

Cores, Cores, Cores!

Você não devia praguejar, disse uma voz em sua cabeça. *Shashara me disse que isso é maligno.*

Vasher se voltou para o som. Um fio de fumaça negra estava saindo por trás dos portões do palácio.

Você não vai me agradecer?, disse Sangue-da-Noite. *Eu vim salvá-lo.*

Um dos seus conjuntos de roupa caiu, a perna cortada pelo ataque inteligente de um soldado. Vasher estendeu a mão para trás e extraiu a Respiração de volta do outro conjunto de roupas, então encostou um dedo do pé descalço no conjunto caído e recuperou a Respiração dali também. Os soldados se afastaram, preocupados, mais do que felizes em deixar que os Sem-Vida o enfrentassem.

E naquele momento de paz Vasher correu para os portões do palácio, jogando o ombro contra eles e abrindo-os bruscamente, então derrapando no corredor de entrada.

Um grande número de cadáveres jazia no chão. Sangue-da-Noite brotava do peito de um homem, como de costume, o cabo apontando para o teto. Vasher hesitou só por um momento. Ouvia os Sem-Vida avançando atrás dele.

Ele correu, agarrou o cabo de Sangue-da-Noite e puxou a espada, deixando a bainha para trás, no corpo.

A lâmina jorrou uma onda de líquido negro quando ele a brandiu, que se dissolveu em fumaça antes de tocar as paredes ou o chão, como água em um forno. A fumaça se retorceu, parte dela se erguendo da lâmina, outra parte fluindo até o chão, pingando como sangue negro.

Destruir! A voz de Sangue-da-Noite ressoou em sua cabeça. *O mal precisa ser destruído!* A dor disparou pelo braço de Vasher, e ele sentiu sua Respiração sendo vampirizada, sugada para a lâmina, alimentando a fome dela. Desembainhar a arma custava um preço terrível. Naquele momento, ele não se importava. Virou-se para os Sem-Vida que avançavam e, enraivecido, atacou.

Cada criatura que ele atingia com a lâmina imediatamente se desfazia em um clarão e virava fumaça. Um único arranhão e os corpos se dissolviam como papel sendo consumido por um fogo invisível, deixando para trás apenas uma grande mancha de negrume no ar. Vasher girou entre eles, atacando em fúria, matando um Sem-Vida depois do outro. A fumaça negra se agitava ao redor dele, e seu braço se contraía de dor enquanto gavinhas semelhantes a veias subiam pelo cabo e envolviam seu antebraço — como vasos sanguíneos negros que se agarravam à pele, se alimentando da sua Respiração.

Em momentos, a Respiração que Vivenna lhe concedera havia sido reduzida pela metade. Contudo, naqueles momentos, ele destruiu todos os Sem-Vida. Os soldados do lado de fora estavam paralisados pelo choque, assistindo à performance. Vasher estava entre uma massa fervilhante de fumaça cor de ébano que se erguia lentamente no ar, o único resquício das cinquenta criaturas que havia destruído.

Os soldados fugiram.

Vasher gritou e avançou rumo à lateral da sala. Usou Sangue-da-Noite para perfurar uma parede e a pedra se dissolveu tão facilmente quanto a carne, evaporando diante dele. Irrompeu através da fumaça negra que se dissipava, adentrando a sala seguinte. Não se deu ao trabalho de encontrar uma escadaria; apenas saltou para cima de uma mesa e enfiou Sangue-da-Noite no teto.

Um círculo de três metros de diâmetro se abriu. Fumaça negra caiu ao redor dele como faixas de tinta. Ele Despertou sua corda de novo e jogou-a para cima, então a usou para subir até o andar seguinte. Um momento depois, repetiu o processo, então de novo e de novo, até alcançar o terceiro andar da torre superior da fortaleza.

Praguejou, cortando através de paredes, berrando enquanto corria de volta em direção a Denth. A dor no braço era incrível, e sua Respiração estava se esgotando a uma taxa alarmante. Quando acabasse, Sangue-da-Noite o mataria.

Tudo estava ficando turvo. Ele golpeou a última parede, encontrando a sala onde havia sido torturado.

Estava vazia.

Ele gritou, seu braço tremendo. *Destruir... o mal...*, disse Sangue-da-Noite em sua mente, toda leveza, toda familiaridade eliminada do seu tom. Soava como um comando. Uma coisa horrível, desumana. Quanto mais Vasher segurava a espada, mais rápido ela drenava sua Respiração.

Arquejando, ele jogou a espada para o lado e caiu de joelhos. A arma derrapou, abrindo um buraco no chão que virou fumaça, mas o cabo bateu em uma parede com um *plin* e ela parou. Fumaça emanava da lâmina.

Vasher se ajoelhou, o braço tremendo. As veias negras na pele lentamente se evaporaram. Ele mal tinha Respiração suficiente para alcançar a Primeira Elevação. Mais uns poucos segundos, e Sangue-da-Noite teria sugado o resto. Ele sacudiu a cabeça, tentando clarear a visão.

Algo caiu no chão ladrilhado diante dele. Uma espada de duelo. Vasher ergueu os olhos.

— Levante-se — ordenou Denth com uma expressão dura. — Vamos terminar o que começamos.

57

SIRI, PRESA POR VÁRIOS Sem-Vida, foi conduzida por Dedos-Azuis até o quarto andar da torre. O andar mais alto. Adentraram uma sala extravagantemente ornamentada com cores ricas, mesmo para Hallandren. Guardas Sem-Vida permitiram sua passagem, baixando a cabeça para Dedos-Azuis.

Todos os Sem-Vida na cidade são controlados por Dedos-Azuis e seus escribas, ela pensou. *Mas mesmo antes disso, os escribas tinham grande poder sobre a burocracia e o funcionamento do reino. Os hallandreanos não perceberam que estavam se condenando ao relegarem o povo de Pahn Kahl a postos tão humildes, mas tão importantes.*

— Meu povo não vai cair nessa — disse Siri enquanto era puxada até a frente da sala. — Eles não vão combater Hallandren. Vão recuar pelas rotas, se refugiar nos vales das terras altas ou em um dos reinos distantes.

A frente da sala continha um bloco negro de pedra com a forma de um altar. Siri franziu a testa. Um grupo de Sem-Vida chegou por trás, carregando os cadáveres de vários sacerdotes, o de Treledees entre eles.

O que é isso?, pensou Siri.

Dedos-Azuis se voltou para ela.

— Vamos nos certificar de que eles fiquem furiosos — replicou ele. — Acredite. Quando terminarmos aqui, princesa, Idris lutará até que ela ou Hallandren seja destruída.

JOGARAM ALGUÉM NA cela ao lado de Canto-de-Luz. Ele levantou os olhos cansados, sem se importar. Era outro Retornado. Qual dos deuses haviam capturado agora?

O Rei-Deus, ele pensou. *Interessante.*

Baixou os olhos novamente. De que adiantava? Falhara com Faz-Corar. Falhara com todo mundo. Os exércitos dos Sem-Vida provavelmente já estavam marchando para Idris. Hallandren e Idris lutariam e os Pahn Kahl teriam sua vingança, que demorara trezentos anos para se realizar.

VASHER SE LEVANTOU com dificuldade, segurou a espada de duelo na mão direita trêmula, ainda abalado pelo uso de Sangue-da-Noite, e olhou para Denth. O corredor preto vazio agora estava aberto ao redor deles. Vasher havia destruído várias das paredes. Era incrível que o teto não houvesse desabado.

Cadáveres estavam espalhados pelo chão, o resultado da luta quando os homens de Denth tomaram o palácio.

— Vou deixar você morrer facilmente — disse Denth, levantando sua lâmina. — Só me diga a verdade. Você nunca derrotou Arsteel em um duelo, derrotou?

Vasher levantou a própria espada. Os cortes, a dor no braço, a exaustão de estar acordado há tanto tempo... tudo isso estava se acumulando. A adrenalina só podia levá-lo até certo ponto, e até mesmo o corpo *dele* só aguentava até certo ponto. Não respondeu.

— Como quiser — disse Denth, atacando.

Vasher recuou, forçado a ficar na defensiva. Denth sempre fora melhor na esgrima. Vasher fora melhor na pesquisa, mas o que ganhara com isso? Descobertas que haviam causado a Multiguerra, criando um exército de monstros que mataram milhares.

Ele lutou. Sabia que estava lutando bem, levando em conta quão cansado se sentia, mas de pouco adiantou. Denth perfurou o ombro esquerdo de Vasher com sua lâmina — seu lugar favorito para um primeiro ataque, pois permitia que seu oponente ferido continuasse lutando, e prolongava o duelo para sua diversão.

— Você *nunca* derrotou Arsteel — sussurrou Denth.

— **VOCÊ VAI ME** matar em um altar — disse Siri, parada naquela sala estranha, presa pelos Sem-Vida. Ao redor, outros Sem-Vida colocavam corpos no chão. Sacerdotes. — Não faz sentido, Dedos-Azuis. Você não segue a religião deles. Por que fazer isso?

Dedos-Azuis estava ao lado, segurando uma faca. Ela podia ver a vergonha em seus olhos.

— Dedos-Azuis — chamou ela, forçando sua voz a permanecer calma, seu cabelo a permanecer negro. — Dedos-Azuis, você não precisa fazer isso.

Ele finalmente a encarou.

— Depois de tudo que já fiz, acha que uma morte a mais significa qualquer coisa para mim?

— Depois de tudo que você fez, acha mesmo que uma morte a mais vai fazer diferença para sua causa?

Ele olhou para o altar.

— Sim. Você sabe como os idrianos comentam sobre as coisas que acontecem na Corte dos Deuses. Seu povo odeia e desconfia dos sacerdotes hallandreanos; falam de assassinatos cometidos nos altares sombrios dos palácios. Bem, vamos deixar um grupo daqueles idrianos mercenários ver isso aqui, quando você estiver morta. Vamos mostrar a eles que chegamos tarde demais para salvá-la, que os perversos sacerdotes já haviam matado você em um dos seus altares profanos. Mostraremos a eles os sacerdotes que matamos tentando salvá-la. Os idrianos vão se rebelar na cidade. Eles já estão mesmo a ponto de explodir... podemos agradecer a sua irmã por isso. A cidade vai cair no caos e haverá uma chacina como não se vê desde a Multiguerra conforme os hallandreanos matarem camponeses idrianos para manter a ordem. Os idrianos que sobreviverem vão voltar à sua terra natal para contar a história. Informarão a todos que os hallandreanos só queriam uma princesa de sangue real para que pudessem sacrificá-la ao seu Rei-Deus. É um exagero e uma tolice pensar que os hallandreanos de fato fariam tal coisa, mas às vezes as histórias mais loucas são as mais fáceis de acreditar, e os idrianos aceitarão essa. Você sabe que sim.

E ela sabia. Ouvira histórias similares desde a infância. Hallandren era remota para seu povo: assustadora, bizarra. Siri se debateu, ainda mais preocupada.

Dedos-Azuis olhou de volta para ela.

— Eu realmente sinto muito.

*EU **NÃO SOU** nada*, pensou Canto-de-Luz. *Por que não pude salvá-la? Por que não pude protegê-la?*

Estava chorando de novo. Estranhamente, mais alguém também estava. O homem na cela ao lado. O Rei-Deus. Susebron gemia de frustração, batendo nas barras da jaula. Contudo, ele não falava nem denunciava seus captores.

Por que será que não?, pensou Canto-de-Luz.

Homens se aproximaram da cela do Rei-Deus. Homens de Pahn Kahl, com armas. Suas expressões eram sombrias.

Canto-de-Luz achou difícil se importar com isso.

Você é um deus. As palavras de Llarimar ainda o desafiavam. O sumo sacerdote estava deitado na própria cela, à esquerda de Canto-de-Luz, os olhos fechados contra os terrores ao redor deles.

Você é um deus. Pelo menos para mim.

Canto-de-Luz sacudiu a cabeça. *Não. Não sou nada! Deus nenhum. Nem mesmo um bom homem.*

Você é... para mim...

Água respingou nele. Canto-de-Luz sacudiu a cabeça, chocado. Um trovão distante ressoou. Ninguém mais pareceu notar.

Estava escurecendo.

O quê?

Ele estava em um barco. Balançando e sacudindo em mar escuro. Canto-de-Luz estava no convés, tentando permanecer de pé nas tábuas úmidas. Parte dele sabia que aquilo era apenas uma alucinação, que ainda estava na cela da prisão, mas parecia real. Muito real.

As ondas se encresparam, o céu negro foi rasgado por raios mais à frente, e o movimento súbito do convés fez com que batesse o rosto na parede da cabine do barco. A luz de um lampião pendurado em um poste tremeluzia de modo incerto. Parecia fraca em comparação com o lampejo dos raios, tão violentos e zangados.

Canto-de-Luz piscou. Seu rosto estava pressionado contra algo pintado na madeira. Uma pantera vermelha refulgindo sob a luz do lampião e da chuva.

O nome do navio, lembrou-se. *O* Pantera Vermelha.

Ele não era Canto-de-Luz. Ou era, mas uma versão muito menor e mais rechonchuda de si mesmo. Um homem acostumado a ser um escriba; a trabalhar longas horas contando moedas, conferindo livros-razão.

Procurando dinheiro perdido. Era isso que ele fazia. As pessoas o contratavam para descobrir onde haviam sido roubadas ou se um contrato não havia sido pago corretamente. Seu trabalho era conferir os livros, procurando desvios escondidos ou confusos pela aritmética. Um detetive. Só que não do tipo que havia imaginado.

As ondas se chocavam contra o barco. Llarimar, parecendo alguns anos mais novo, gritou pedindo ajuda na proa. Marinheiros se apressaram em ajudá-lo. O navio não era de Llarimar, nem de Canto-de-Luz. Eles o pegaram emprestado para uma simples viagem de prazer. Navegar era um passatempo de Llarimar.

A tempestade chegara subitamente. Canto-de-Luz se levantou, mal conseguindo ficar de pé enquanto avançava, agarrado à balaustrada. Ondas cobriam o convés e os marinheiros lutavam para impedir que o barco virasse. As velas se foram, sobrando apenas fragmentos retalhados. A madeira rangia e estalava ao redor deles. Água negra como tinta se agitava no oceano a poucos centímetros à direita.

Llarimar gritou para que Canto-de-Luz amarrasse os barris. Canto-de--Luz agarrou uma corda e amarrou uma ponta em uma serviola. Uma onda bateu e ele escorregou, quase caindo sobre a balaustrada para a água.

Ele parou, agarrando a corda e olhando para as profundezas enlouquecidas e apavorantes do mar. Recompôs-se, então amarrou a corda em um amplo nó corrediço. Fez isso com naturalidade; Llarimar já o levara em vários passeios de barco.

Llarimar gritou por ajuda de novo. E subitamente uma jovem deixou a cabine e correu pelo convés, agarrando cordas como se quisesse ajudar.

— Tatara! — chamou uma mulher de dentro da cabine, com a voz aterrorizada.

Canto-de-Luz levantou os olhos. Reconhecia a garota. Ele estendeu a mão, segurando a corda enrolada. Gritou para que voltasse para baixo, mas sua voz se perdeu no trovão.

Ela se virou para encará-lo.

A onda seguinte a lançou no oceano.

Llarimar gritou, desesperado. Canto-de-Luz assistiu, em estado de choque. O profundo negrume tomou sua sobrinha; a engolfou, a engoliu.

Um caos tão grande, tão horrível. O mar em uma tempestade noturna. Ele se sentiu inútil, o coração batendo forte com o susto enquanto via a jovem ser levada pela correnteza agitada. Viu lampejos do seu cabelo dourado serpenteando na água. Um toque tênue de cor passando pelo lado do navio onde ele estava. Logo sumiria.

Homens praguejavam. Llarimar gritava. Uma mulher chorava. Canto-de-Luz olhou para as profundezas borbulhantes que alternavam espuma e escuridão. A terrível, terrível escuridão.

Ainda segurava a corda.

Sem pensar duas vezes, ele saltou da balaustrada e se jogou na escuridão. A água gelada o engoliu, mas ele estendeu a mão enquanto se debatia e era sacudido na tempestade. Mal sabia nadar. Alguma coisa passou por ele.

Ele a agarrou pelo pé. Passou o laço ao redor do seu tornozelo e, de algum modo, conseguiu apertar o nó, apesar da água e das ondas. Assim que fez isso, um fluxo na água ondulante o puxou para longe. Sugando-o para baixo. Ele estendeu a mão para onde os relâmpagos iluminavam a superfície. Aquela luz se tornou distante enquanto ele afundava.

Descendo. Para a profundeza escura.

Levado pelo vazio.

Ele piscou, as ondas e o trovão sumindo. Estava sentado nas pedras frias da sua cela. O vazio o tomara, mas algo o mandara de volta. Ele havia Retornado.

Porque vira guerra e destruição.

O Rei-Deus estava berrando de medo. Canto-de-Luz olhou enquanto os falsos sacerdotes agarravam Susebron e vislumbrou o interior da boca do Rei-Deus. *Ele não tem língua. Naturalmente. Para impedi-lo de usar todo aquele BioCroma. Faz sentido.*

Ele se virou para o lado. O corpo de Faz-Corar jazia no chão, rubro e ensanguentado. Tivera uma visão sobre aquilo. Nas vagas sombras da memória matinal, ele havia pensado que a imagem a mostrara ruborizada, mas agora ele lembrava. Ele olhou para o lado. Llarimar, de olhos fechados, como se estivesse dormindo — aquela imagem estivera também nos seus sonhos. Canto-de-Luz compreendeu que ele chorava de olhos cerrados.

O Rei-Deus na prisão. Canto-de-Luz também vira isso. Mas, acima de tudo, ele se lembrava de estar do outro lado de uma brilhante e colorida onda de luz, olhando para baixo e vendo o mundo de lá. E enxergando tudo que ele amava se dissolvendo na destruição da guerra. Uma guerra maior do que qualquer outra que o mundo já conhecera, um conflito ainda mais mortífero do que a Multiguerra.

Ele se lembrou do outro lado. E se lembrou de uma voz, calma e reconfortante, oferecendo-lhe uma oportunidade.

De Retornar.

Pelas Cores..., pensou Canto-de-Luz, se levantando enquanto os sacerdotes forçavam o Rei-Deus a se ajoelhar. *Eu* sou *um deus.*

Canto-de-Luz deu um passo à frente, se movendo até as barras da jaula. Viu a dor e as lágrimas no rosto do Rei-Deus e pôde compreendê-las. O homem amava *mesmo* Siri. Canto-de-Luz vira a mesma coisa nos olhos da rainha. De algum modo, ela passara a gostar do homem que deveria oprimi-la.

— Você é meu rei — sussurrou Canto-de-Luz. — E senhor dos deuses.

Os homens de Pahn Kahl forçaram o Rei-Deus a se deitar nas pedras com o rosto para baixo. Um dos falsos sacerdotes levantou uma espada. O Rei-Deus estendeu o braço, a mão voltada para Canto-de-Luz.

Eu vi o vazio, ele pensou. *E eu voltei.*

E então Canto-de-Luz estendeu o braço entre as barras e agarrou a mão do Rei-Deus. Um falso sacerdote ergueu os olhos, alarmado.

Canto-de-Luz fitou os olhos do homem, então abriu um largo sorriso e olhou para o Rei-Deus.

— Minha vida para a sua — disse Canto-de-Luz. — Minha Respiração se torna sua.

DENTH GOLPEOU, FERINDO Vasher na perna.

Ele tropeçou, caindo apoiado em um joelho. Denth atacou de novo e Vasher mal conseguiu desviar a espada dele.

Denth recuou, sacudindo a cabeça.

— Você é patético, Vasher. Aí está, ajoelhado, prestes a morrer, e ainda acha que é melhor do que o resto de nós. Pode me julgar por me tornar um mercenário? O que mais eu deveria fazer? Dominar reinos? Governá-los e iniciar guerras, como você fez?

Vasher curvou a cabeça. Denth rosnou e avançou, golpeando com a espada. Vasher tentou se defender, mas estava simplesmente fraco demais. Denth derrubou sua arma, então o chutou no estômago, jogando-o contra a parede.

Vasher desabou, a espada perdida. Tentou alcançar uma faca no cinto de um soldado caído, mas Denth se adiantou e pôs a bota sobre a mão dele.

— Acha que eu poderia simplesmente voltar a ser como era antes? — Denth cuspiu. — O homem feliz e amigável, amado por todos?

— Você era uma boa pessoa — sussurrou Vasher.

— Aquele homem viu e fez coisas terríveis — disse Denth. — Eu tentei, Vasher. Eu *tentei* voltar. Mas a escuridão... está dentro de mim. Não consigo escapar. Meu riso é como um fio de navalha. Não consigo esquecer.

— Posso fazer com que esqueça — disse Vasher. — Eu conheço os Comandos.

Denth hesitou.

— Eu prometo. Apago tudo isso de você, se desejar.

Denth ficou parado por um longo momento, seu pé no braço de Vasher, sua espada abaixada. Então por fim ele fez que não com a cabeça.

— Não. Eu não mereço isso. Nenhum de nós merece. Adeus, Vasher.

Ele levantou a lâmina para o golpe. E Vasher moveu o braço e tocou sua perna.

— Minha vida para a sua. Minha Respiração se torna sua.

Denth parou subitamente, então cambaleou. Cinquenta Respirações emanaram do peito de Vasher e irromperam no corpo de Denth. Elas não seriam bem-vindas, mas ele não podia recusá-las. Cinquenta Respirações.

Não muitas. Mas o bastante. O bastante para fazer Denth tremer de prazer. O bastante para fazer com que perdesse o controle só por um segundo e caísse de joelhos. E, naquele segundo, Vasher se levantou e arrancou uma faca do cadáver ao lado, então a usou para cortar a garganta de Denth.

O mercenário caiu para trás, olhos arregalados, sangue jorrando do seu pescoço. Ele tremia pelo prazer de ganhar novas Respirações mesmo enquanto a vida lhe escorria.

— Ninguém nunca espera por isso — sussurrou Vasher, dando um passo à frente. — Respiração vale uma fortuna. Colocá-la em uma pessoa e então matá-la é perder mais riqueza do que a maioria dos homens jamais conhecerá. Eles nunca esperam por isso.

Denth convulsionou à medida que o fluxo escarlate diminuía. Seu cabelo subitamente se tornou negro como piche, então louro, depois um vermelho furioso.

Por fim, seu cabelo se tornou branco de terror, e permaneceu assim. Ele parou de se mover, sua vida escoando, as Respirações novas e antigas desaparecendo.

— Você queria saber como eu matei Arsteel — disse Vasher, e cuspiu sangue para o lado. — Bem, agora você sabe.

DEDOS-AZUIS PEGOU UMA faca.

— O mínimo que posso fazer é matá-la pessoalmente, em vez de deixar que os Sem-Vida façam isso. Prometo que será rápido. Depois vamos fazer com que pareça ter sido um ritual pagão, poupando-a da necessidade de uma morte dolorosa. — Ele se virou para os seus captores Sem-Vida. — Amarrem-na no altar.

Siri se debateu contra os Sem-Vida que a seguravam pelos ombros, mas foi inútil. Eles eram terrivelmente fortes, e as mãos dela estavam amarradas.

— Dedos-Azuis! — chamou bruscamente, encarando-o. — Eu *não* vou morrer amarrada a uma pedra como uma donzela indefesa das histórias. Se quer me matar, então pelo menos tenha a decência de me deixar morrer de pé.

Ele hesitou. A autoridade na voz dela chegou a fazê-lo se encolher. O homem levantou uma das mãos, detendo os Sem-Vida que a puxavam para o altar.

— Muito bem — disse ele. — Segurem-na bem.

— Você percebe a maravilhosa oportunidade que está desperdiçando ao me matar? — disse ela quando ele se aproximou — A esposa do Rei-Deus seria uma excelente refém. Você seria um tolo em me matar e...

Ele a ignorou dessa vez, pegando a faca e posicionando-a contra seu peito, escolhendo o ponto certo. Siri começou a se sentir entorpecida. Ela ia morrer.

Realmente ia *morrer*.

E a guerra começaria.

— Por favor — sussurrou ela.

Ele a encarou, hesitou, então seu rosto se tornou severo e ele ergueu a adaga.

O edifício começou a sacudir.

Alarmado, Dedos-Azuis olhou para os lados, fitando vários dos escribas. Eles balançaram a cabeça, confusos.

— Terremoto? — perguntou um deles.

O chão começou a ficar branco. A cor se moveu como uma onda de luz solar cruzando o terreno enquanto o sol se erguia acima das montanhas. As muralhas, o teto, o chão — toda aquela pedra negra desbotou. Os sacerdotes se afastaram dela, parecendo apavorados, um deles pulando para um tapete para não tocar as estranhas pedras brancas.

Dedos-Azuis a encarou, confuso. O chão continuou a tremer, mas ele ergueu a lâmina mesmo assim, com dedos que haviam sido manchados repetidamente por tinta. E, estranhamente, Siri viu o branco dos olhos dele refratar e liberar um arco-íris.

A sala inteira explodiu em cores, o branco das pedras se desfocando e se refratando como luz através de um prisma. As portas do recinto estouraram. Uma massa retorcida de panos coloridos entrou em disparada, os incontáveis tentáculos de um furioso leviatã marinho. Eles se agitavam e se enrolavam, e Siri reconheceu tapeçarias, carpetes e longas faixas de seda das decorações do palácio.

Tecidos Despertados golpearam para longe os Sem-Vida, enrolando-os, lançando-os ao ar. Sacerdotes gritaram enquanto eram agarrados, e um longo e fino pedaço de pano roxo avançou e se enrolou ao redor do braço de Dedos-Azuis.

A massa ascendente ondulou, fervilhando, e Siri finalmente viu uma figura caminhando no meio dela. Um homem de proporções épicas. Cabelos negros, rosto branco, aparência jovem, mas com a compostura da maturidade.

Dedos-Azuis se esforçou para enfiar a faca no peito de Siri, mas o Rei-Deus levantou a mão.

— Você vai *parar*! — ordenou Susebron em uma voz nítida.

Dedos-Azuis congelou, olhando absolutamente perplexo para o Rei-Deus. A faca escorregou dos seus dedos atordoados enquanto um tapete Despertado se torcia ao redor dele, puxando-o para longe de Siri.

Ela se levantou, confusa. As roupas de Susebron levantaram-no e o levaram até o lado dela, e um par de pequenos lenços de seda avançou, enrolando-se nas cordas que prendiam as mãos de Siri, desamarrando-as com facilidade.

Libertada, ela o agarrou e deixou que ele a tomasse nos braços, chorando.

58

A PORTA DO ARMÁRIO abriu, deixando entrar a luz de um lampião. Vivenna levantou os olhos, amordaçada e amarrada, para encontrar a silhueta de Vasher. Ele arrastava Sangue-da-Noite atrás de si, guardada, como de costume, na sua bainha prateada. Parecendo muito cansado, Vasher se ajoelhou e desatou sua mordaça.

— Até que enfim — comentou ela.

Ele abriu um sorriso fraco.

— Não tenho mais nenhuma Respiração — disse em voz baixa. — Foi bem difícil te localizar.

— Para onde foi tudo?

— Sangue-da-Noite devorou a maior parte — contou ele, desatando as cordas das mãos dela.

Eu não acredito nele, disse Sangue-da-Noite alegremente. *Eu...* não me lembrar *realmente do que aconteceu. Mas destruímos um bocado de mal!*

— Você desembainhou a espada? — perguntou Vivenna enquanto Vasher soltava os pés dela.

Ele assentiu.

Vivenna esfregou as mãos.

— E Denth?

— Morto. Nem sinal de Tonk Fah ou da mulher, Joias. Acho que pegaram o dinheiro e fugiram.

— Então acabou.

Vasher assentiu, deslizou para se sentar e pousou a cabeça contra a parede.

— E nós perdemos.

Ela franziu a testa, fazendo uma careta devido à dor no ombro ferido.

— Como assim?

— Denth tinha sido contratado por alguns dos escribas de Pahn Kahl no palácio — disse Vasher. — Eles queriam iniciar uma guerra entre Idris e Hallandren na esperança de que isso enfraquecesse os dois reinos e permitisse que Pahn Kahl conquistasse sua independência.

— E daí? Denth está morto.

— Daí que os escribas tinham as frases de Comando para os exércitos de Sem-Vida — respondeu Vasher. — E já despacharam as tropas. Os Sem-Vida deixaram a cidade há mais de uma hora, avançando para Idris.

Vivenna se calou.

— Toda essa luta, toda a questão com Denth, era secundária — disse Vasher, batendo a cabeça de volta contra a parede. — Isso nos distraiu. Eu não consegui chegar aos Sem-Vida a tempo. A guerra começou. Não há como impedi-la.

SUSEBRON CONDUZIU SIRI pelas profundezas do palácio. Ela caminhava ao lado dele, abrigada cuidadosamente sob seu braço, uma centena de pedaços de tecido se retorcendo e girando ao redor deles.

Mesmo com todas aquelas coisas Despertadas, ele ainda tinha Respiração suficiente para fazer cada cor por onde passavam brilhar intensamente. Naturalmente, aquilo não funcionava em muitas das pedras cruzavam. Embora grandes pedaços do edifício ainda fossem negros, pelo menos metade havia ficado branca.

Não apenas o cinza do Despertar normal; era um branco como o dos ossos. E, sendo tão brancas, as pedras agora reagiam ao incrível BioCroma dele, refratando-se de volta em cores. *Como um círculo. Colorido, então branco, então colorido de novo.*

Ele a conduziu a uma câmara específica, e Siri viu o que ele havia contado que encontrariam ali. Escribas esmagados pelos tapetes que ele havia Despertado, barras arrancadas da mobília, paredes quebradas. Uma fita disparou de Susebron, virando um corpo para que ela não precisasse ver a ferida. Siri não estava prestando muita atenção. No meio dos destroços havia um par de cadáveres. Um deles era Faz-Corar, ensanguentada e vermelha, com o rosto para baixo. O outro era Canto-de-Luz, com todo seu corpo drenado de cor. Como se fosse um Sem-Vida.

Os olhos dele estavam fechados, e o deus parecia dormir, como se estivesse em paz. Uma pessoa estava sentada ao lado dele — o sumo sacerdote de Canto-de-Luz, segurando a cabeça do deus no colo.

O sacerdote levantou o rosto e sorriu, embora ela pudesse ver lágrimas nos seus olhos.

— Eu não compreendo — disse ela, voltando-se para Susebron.

— Canto-de-Luz deu sua vida para me curar — explicou o Rei-Deus. — De algum modo, ele sabia que minha língua havia sido removida.

— Os Retornados podem curar uma pessoa — disse o sacerdote, olhando para seu deus. — É o dever deles decidir quem e quando. Alguns dizem que eles voltam com esse propósito. Para dar vida à pessoa que precisa.

— Eu nunca o conheci — disse Susebron.

— Ele era um homem muito bom — afirmou Siri.

— Percebo que sim. Embora nunca tenha falado comigo, de algum modo ele foi nobre o bastante para morrer a fim de que eu pudesse viver.

O sacerdote sorriu, olhando para baixo.

— A coisa mais incrível é que Canto-de-Luz fez isso duas vezes — disse ele.

Ele me disse que eu não poderia contar com ele no fim, pensou Siri, com um leve sorriso, embora ao mesmo tempo estivesse triste. *Acho que mentiu sobre isso. Bem a cara dele.*

— Venha — disse Susebron. — Precisamos reunir o que resta dos meus sacerdotes. Temos que encontrar uma maneira de impedir nossos exércitos de destruir seu povo.

— TEM QUE HAVER uma maneira, Vasher — insistiu Vivenna, ajoelhada ao lado dele.

Ele tentou abafar sua fúria, a raiva que sentia de si mesmo. Fora à cidade para impedir uma guerra. Novamente, havia chegado tarde demais.

— Quarenta mil Sem-Vida — disse ele, batendo o punho no chão. — Não posso deter tantos. Nem mesmo com Sangue-da-Noite e as Respirações de cada pessoa na cidade. Mesmo que eu pudesse, de algum modo, me equiparar a sua marcha, um deles uma hora conseguiria um golpe de sorte e me mataria.

— *Tem* que haver uma maneira — disse Vivenna.

Tem que haver uma maneira.

— Eu já pensei a mesma coisa — disse ele, segurando a cabeça nas mãos. — Queria impedir que acontecesse. Mas, quando percebi, já era tarde demais. Ela havia ganhado vida própria.

— Do que está falando?

— Da Multiguerra — sussurrou Vasher.

Silêncio.

— Quem é você?

Ele manteve os olhos fechados.

Costumavam chamá-lo de Talaxin, disse Sangue-da-Noite.

— Talaxin? — perguntou Vivenna. — Em homenagem a um dos Cinco Eruditos?

Não, ele era um deles, explicou Sangue-da-Noite.

Vivenna deu uma gargalhada.

— Mas eles viveram... — Ela perdeu o fio da meada, então franziu a testa. — ... há mais de trezentos anos — disse por fim.

— BioCroma pode manter um homem vivo por muito tempo — disse Vasher, suspirando e abrindo os olhos. Ela não discutiu.

Costumavam chamá-lo de outras coisas também, observou Sangue-da--Noite.

— Se você realmente é um deles, então saberá como deter os Sem-Vida.

— Claro — respondeu Vasher em um tom irônico. — Com outros Sem-Vida.

— Só existe essa maneira?

— É a mais fácil. Tirando isso, podemos persegui-los e pegar um por vez, então rendê-los e trocar suas frases de segurança. Mas mesmo que se tenha a Oitava Elevação, que permite quebrar Comandos instintivamente, mudar tantos deles levaria semanas.

Vasher balançou a cabeça.

— Nós poderíamos mandar um exército para lutar com eles, mas eles *são* nosso exército. As forças de Hallandren não são grandes o bastante para lutar com os Sem-Vida por conta própria, e não seriam capazes de chegar a Idris com a velocidade necessária. Os Sem-Vida chegarão primeiro, com dias de vantagem, pois não dormem, não comem e podem marchar sem se cansar.

— Álcool-icor — sugeriu Vivenna. — O deles vai acabar.

— Não funciona como comida, Vivenna. É como sangue. Eles precisam de um novo suprimento se são cortados e drenados, ou se o fluido é adulterado. Uns poucos provavelmente vão parar de funcionar sem manutenção, mas só um pequeno número.

Ela ficou em silêncio.

— Muito bem, então. Vamos Despertar um exército nosso para lutar com eles.

Ele sorriu, sem forças. Estava tão zonzo. Havia cuidado de suas feridas — das piores, pelo menos —, mas não seria capaz de lutar tão cedo. Vivenna não parecia muito melhor, com aquela mancha de sangue no ombro.

— Despertar um exército nosso? Primeiro, onde conseguiríamos tanta Respiração? Eu usei toda a sua. Mesmo que encontremos minhas roupas, que ainda tem alguma Respiração, seriam só umas duzentas. Cada Sem-Vida precisaria de uma. Estaríamos em uma minoria severa.

— O Rei-Deus — disse ela.

— Não pode usar sua Respiração — disse Vasher. — A língua dele foi removida quando ele era criança.

— E você não pode tomar a Respiração dele de algum modo?

Vasher deu de ombros.

— A Décima Elevação permite que um homem Comande mentalmente, sem falar, mas pode levar meses de treinamento para aprender a fazer isso... mesmo com alguém para lhe ensinar. Acho que os sacerdotes dele devem saber como fazer isso, para que possam transferir aquele tesouro de Respiração de um rei para outro, mas duvido que já o tenham treinado. Um dos deveres deles é impedir o Rei-Deus de usar suas Respirações, em primeiro lugar.

— Ele ainda é nossa melhor opção — disse Vivenna.

— Ah, é? E como você vai usar o poder dele? Para criar Sem-Vida? Esqueceu que precisaríamos encontrar *quarenta mil* corpos?

Ela suspirou, se recostando contra a parede.

Vasher?, chamou Sangue-da-Noite na sua mente. *Você não deixou um exército por aqui da última vez?*

Ele não respondeu. Mas Vivenna abriu os olhos. Ao que parecia, Sangue-da-Noite havia decidido incluí-la em todos os seus pensamentos.

— Que história é essa? — perguntou ela.

— Não é nada — respondeu Vasher.

É, sim, insistiu Sangue-da-Noite. *Eu lembro. Você falou com aquele sacerdote, disse a ele para tomar conta da sua Respiração para você, caso precisasse dela de novo. E deu a ele seu exército, que parou de se mover. Você chamou de um presente para a cidade. Não lembra? Foi ainda ontem.*

— Ontem? — indagou Vivenna.

Quando a Multiguerra acabou, disse Sangue-da-Noite. *Quando foi isso?*

— Sangue-da-Noite não compreende o tempo — explicou Vasher. — Não lhe dê ouvidos.

— Não — disse Vivenna, contemplando-o. — Tem alguma coisa aí.

Ela pensou por um momento, então seus olhos se arregalaram.

— O exército de Kalad — disse, apontando para ele. — Seus fantasmas. Você sabe onde eles estão!

Vasher hesitou, então concordou, relutante.

— Onde?

— Aqui na cidade.

— Precisamos usá-los!

Ele a olhou de soslaio.

— Você está me pedindo para dar a Hallandren uma ferramenta, Vivenna. Uma ferramenta terrível. Algo pior do que o que temos agora.

— E se aquele exército deles massacrar o meu povo? O exército de que você está falando vai dar a eles mais poder do que isso?

— Sim.

Ela ficou em silêncio.

— Faça mesmo assim.

Ele a encarou.

— Por favor, Vasher.

Ele fechou os olhos novamente, se lembrando da destruição que havia causado. Das guerras que havia começado. Tudo devido às coisas que aprendera a criar.

— Você daria aos seus inimigos tamanho poder?

— Eles não são meus inimigos. Mesmo que eu os odeie.

Ele fitou-a por um momento, então finalmente se levantou.

— Vamos encontrar o Rei-Deus. Se ele ainda estiver vivo, então veremos.

— MEU SENHOR E minha senhora — disse o sacerdote, fazendo uma mesura diante deles, a cabeça baixa. — Ouvimos rumores de um plano para atacar o palácio. Foi por isso que os trancamos. Queríamos protegê-los!

Siri olhou para o homem, então para Susebron. O Rei-Deus esfregou o queixo, pensativo. Ambos reconheciam aquele homem como um dos verdadeiros sacerdotes dele, em vez de um impostor. Só foram capazes de determinar isso com certeza a respeito de um punhado deles.

Os outros tinham sido aprisionados e a guarda da cidade fora chamada para começar a limpar os destroços do palácio. A brisa soprava o cabelo de Siri — vermelho para exibir seu desagrado — enquanto estavam ali no terraço do palácio.

— Ali, meu senhor! — disse um guarda, apontando.

Susebron se virou e caminhou até a beirada do palácio. A maior parte do seu séquito de tecido contorcido não estava mais tremulando ao seu redor, mas esperavam suas ordens em uma pilha no terraço. Siri se juntou a ele na beira do palácio e, à distância, conseguiu identificar uma mancha que parecia fumaça.

— O exército Sem-Vida — disse o guarda. — Nossos batedores confirmaram que está marchando rumo a Idris. Quase todos na cidade o viram passar pelos nossos portões.

— E aquela fumaça? — perguntou Siri.

— A poeira da passagem deles, minha senhora. É um bocado de soldados.

Ela olhou para Susebron, que franziu o cenho.

— Eu poderia detê-los. — A voz dele era mais forte do que ela havia esperado. Mais profunda.

— Como assim, meu senhor? — perguntou o guarda.

— Com esse tanto de Respiração, eu poderia atacá-los, usar esses panos para amarrá-los.

— Meu senhor — disse o guarda, de modo hesitante. — Há quase *quarenta mil* soldados. Eles cortariam os tecidos, o suplantariam.

Susebron parecia resoluto.

— Preciso tentar.

— Não — disse Siri, pousando a mão no peito dele e acalmando o próprio cabelo até ficar negro.

— Seu povo...

— Mandaremos mensageiros explicando nosso pesar. Meu povo pode recuar, emboscar os Sem-Vida. Podemos mandar tropas para ajudar.

— Nós não temos muitas tropas — replicou ele. — E não chegarão lá muito rápido. Será que seu povo realmente pode fugir?

Não, ela pensou, seu coração se dilacerando. *Mas você não sabe disso, e é inocente o bastante para acreditar que eles podem escapar.*

Seu povo poderia sobreviver como um todo, mas muitos morreriam. Susebron se matar lutando contra as criaturas não seria muito útil. Ele tinha um poder incrível, mas lutar com tantos Sem-Vida estava muito além do escopo de suas habilidades.

Ele viu a expressão no rosto dela e, surpreendentemente, a interpretou bem.

— Você não acredita que eles vão escapar. Só está tentando me proteger.

Ah, ele já me compreende tão bem.

— Meu senhor! — disse uma voz atrás deles.

Susebron se virou, olhando para o outro lado do terraço. Estavam ali em parte para dar uma olhada nos Sem-Vida, mas também porque tanto Siri quanto Susebron estavam cansados de ficar fechados em salas apertadas. Queriam espaços abertos, onde seria mais difícil que pessoas chegassem sorrateiramente.

Um guarda veio da escadaria, então se aproximou, a mão direita na espada, e fez uma mesura.

— Meu senhor. Há alguém aqui para vê-lo.

— Eu não quero ver ninguém — disse Susebron. — Quem é?

É incrível como ele fala bem, pensou ela. *Sem nunca ter tido uma língua. O que a Respiração de Canto-de-Luz fez? Ela curou mais do que seu corpo. Deu a ele a capacidade de usar sua língua regenerada.*

— Meu senhor — disse o guarda. — A visitante... ela tem as Madeixas Reais!

— O quê? — perguntou Siri, surpresa.

O guarda se virou, e, para o choque dela, Vivenna adentrou o terraço. Ou pelo menos Siri *achava* que era Vivenna. Ela estava usando calças e uma túnica, com uma espada amarrada na cintura, e parecia ter uma ferida sangrenta em um ombro. Vivenna viu Siri e sorriu, seu cabelo se tornando amarelo de alegria.

O cabelo de Vivenna mudando?, pensou Siri. *Não pode ser ela.*

Mas era. Vivenna deu uma gargalhada e correu pelo terraço. Alguns guardas a interceptaram, mas Siri acenou para que a deixassem passar. Ela correu e abraçou Siri.

— Vivenna?

Ela deu um sorriso triste.

— Sim, na maior parte — respondeu ela, lançando um olhar preocupado para Susebron. — Sinto muito — disse Vivenna em voz baixa. — Eu vim à cidade para tentar salvá-la.

— Isso foi muito gentil de sua parte, mas não preciso ser salva.

Vivenna franziu o cenho.

— E quem é essa, Siri? — perguntou Susebron.

— Minha irmã mais velha.

— Ah — disse Susebron, curvando a cabeça cordialmente. — Siri me falou muito sobre a senhorita, princesa Vivenna. Gostaria que tivéssemos nos conhecido sob circunstâncias melhores.

Vivenna encarou o homem, o choque estampado no seu rosto.

— Ele não é tão ruim quanto dizem — disse Siri, sorrindo. — Na maior parte do tempo.

— Isso é sarcasmo — observou Susebron. — Ela adora sarcasmo.

Vivenna voltou-se para Siri.

— Nossa terra natal está sob ataque.

— Eu sei. Estamos trabalhando nisso. Estou preparando mensageiros para enviar ao nosso pai.

— Tenho uma ideia melhor — replicou Vivenna. — Mas você vai ter que confiar em mim.

— É claro — disse Siri.

— Um amigo meu precisa falar com o Rei-Deus. Onde não possa ser ouvido pelos guardas.

Siri hesitou. *Sua boba*, pensou. *É Vivenna. Eu posso confiar nela.*

Havia pensado que podia confiar em Dedos-Azuis também. Vivenna a fitava com uma expressão curiosa.

— Se isso pode ajudar a salvar Idris — disse Susebron —, então eu vou. Quem é essa pessoa?

MOMENTOS DEPOIS, VIVENNA estava parada em silêncio no terraço do palácio com o Rei-Deus de Hallandren. Siri estava a uma curta distância, assistindo aos Sem-Vida levantarem poeira ao longe. Todos aguardavam enquanto os soldados revistavam Vasher em busca de armas; ele estava com os braços levantados do outro lado do telhado, cercado por guardas desconfiados. Vasher sabiamente deixara Sangue-da--Noite lá embaixo e não tinha outras armas consigo. Nem mesmo tinha qualquer Respiração.

— Sua irmã é uma mulher incrível — disse o Rei-Deus.

Vivenna olhou para ele. Aquele era o homem com quem ela deveria ter se casado. A criatura terrível a quem deveria ter se entregado. Nunca esperara terminar naquela situação, tendo uma conversa agradável com ele.

Também nunca pensara que gostaria dele.

Era um julgamento rápido. Ela já não se criticava por fazer isso, embora houvesse aprendido a deixá-los abertos à revisão. Viu bondade na ternura dele por Siri. Como um homem daqueles havia terminado como Rei-Deus da terrível Hallandren?

— Sim, ela é mesmo.

— Eu a amo — declarou Susebron. — Gostaria que você soubesse disso.

Lentamente, Vivenna assentiu, olhando para Siri. *Ela mudou tanto*, pensou. *Quando foi que ela se tornou tão majestosa, com esse ar de comando e a habilidade de manter seu cabelo negro?* Sua irmã caçula, que já não era tão pequena, parecia usar bem aquele vestido caro. Combinava com ela. Estranho.

Do outro lado do terraço, os guardas levaram Vasher para trás de um biombo para se trocar. Obviamente queriam ter certeza de que nenhuma de suas roupas estava Despertada. Ele saiu alguns momentos depois, usando um tecido ao redor da cintura, mas nada além disso. Seu peito estava cortado e machucado, e Vivenna achou vergonhoso que ele fosse forçado a passar por tal humilhação.

Ele suportou o tratamento, caminhando pelo terraço com uma escolta. Siri também se aproximou de volta, seus olhos o acompanhando atentamente. Vivenna havia falado pouco com a irmã, mas já percebera que Siri não se orgulhava mais de ser insignificante. Havia realmente mudado.

Vasher chegou e Susebron dispensou os guardas. Atrás dele, as selvas se estendiam a oeste, rumo a Idris. Vasher olhou para Vivenna, e ela achou que ele fosse mandá-la se afastar. Contudo, ele por fim deu as costas para ela, parecendo resignado.

— Quem é você? — indagou Susebron.

— O responsável pela sua língua ter sido cortada — respondeu Vasher.

Susebron ergueu uma sobrancelha.

Vasher fechou os olhos. Ele nada disse, não usou sua Respiração nem deu um Comando. Contudo, subitamente, começou a brilhar. Não como um lampião, não como o sol, mas com uma aura que tornava as cores mais vivas. Vivenna se sobressaltou quando Vasher aumentou de tamanho. Ele abriu os olhos e ajustou o tecido na cintura, dando espaço para seu crescimento. Seu peito se tornou mais definido, os músculos inchando, e a barba rala do seu rosto recuou, deixando-o glabro.

Seu cabelo se tornou dourado. Ele ainda tinha cortes no corpo, mas eles pareciam insignificantes; já ele parecia... divino. O Rei-Deus assistia com interesse. Agora estava diante de um companheiro deus, um homem de sua própria estatura.

— Não me importo se você acredita em mim ou não — disse Vasher, sua voz parecendo mais nobre. — Mas preciso que saiba que deixei algo aqui há muito tempo. Um tesouro de poder que prometi recuperar um dia. Dei instruções de como cuidar dele, e a ordem de que nunca fosse usado. Os sacerdotes aparentemente levaram isso a sério.

Susebron, surpreendentemente, se ajoelhou.

— Meu senhor. Por onde esteve?

— Pagando pelo que fiz — disse Vasher. — Ou pelo menos tentando. Isso não é importante. Levante-se.

O que está acontecendo?, pensou Vivenna. Siri parecia igualmente confusa, e as irmãs se entreolharam.

Susebron se levantou, embora continuasse com uma postura reverente.

— Você tem um grupo de Sem-Vida renegados — disse Vasher. — Perdeu o controle deles.

— Sinto muito, meu senhor — disse o Rei-Deus.

Vasher o observou, então olhou de lado para Vivenna, que assentiu.

— Eu confio nele.

— Não é uma questão de confiança — retrucou Vasher, se voltando para Susebron. — De qualquer modo, vou lhe dar uma coisa.

— O quê?

— Meu exército.

Susebron franziu o cenho.

— Mas, meu senhor, nossos Sem-Vida acabaram de marchar para atacar Idris.

— Não, não aquele exército. Vou dar a você o outro, que deixei para trás há trezentos anos. O povo o chama de Fantasmas de Kalad. Eles são a força que usei para deter a guerra de Hallandren.

— Deter a Multiguerra, meu senhor? — disse Susebron. — O senhor fez isso através de negociações.

Vasher bufou.

— Você não sabe muito sobre guerras, não é?

O Rei-Deus hesitou, então balançou a cabeça.

— Não.

— Bem, então aprenda — aconselhou Vasher. — Porque estou encarregando-o do comando do meu exército. Use-o para proteger, não para atacar. Use-o apenas em emergências.

O Rei-Deus assentiu, mudo.

Vasher olhou-o de soslaio, então suspirou.

— Meu pecado seja oculto.

— O quê? — questionou Susebron.

— É uma frase de segurança — explicou Vasher. — Que você pode usar para dar novas ordens às estátuas D'Denir que deixei na sua cidade.

— Mas, meu senhor! — disse Susebron. — Pedras não podem ser Despertadas.

— A pedra não foi Despertada — replicou Vasher. — Há ossos humanos naquelas estátuas. Eles são Sem-Vida.

Ossos humanos. Vivenna sentiu um arrepio. Vasher lhe contara que ossos costumavam ser uma escolha ruim para Despertar porque era difícil mantê-los na forma de um homem durante o processo. Mas se esses ossos estivessem envolvidos em pedra? Pedra que mantinha a forma, pedra que os protegeria de danos, tornando-os quase impossíveis de ferir ou quebrar? Objetos Despertados podiam ser muito mais fortes do que músculos humanos. Se um Sem-Vida pudesse ser criado a partir de ossos, tornado forte o bastante para movimentar um corpo de pedra... Você teria soldados diferentes de todos que já haviam existido.

Cores!, ela pensou.

— Há cerca de mil D'Denir originais na cidade — disse Vasher —, e a maioria ainda deve funcionar. Eu os criei para durar.

— Mas eles não têm álcool-icor — disse Vivenna. — Nem mesmo têm *veias*!

Vasher a encarou. *Era* ele. A mesma estrutura facial, as mesmas expressões. Ele não havia mudado de forma para parecer outra pessoa; só uma versão *Retornada* de si mesmo. O que estava acontecendo?

— Nós não tínhamos álcool-icor na época — disse Vasher. — Ele deixa o Despertar mais fácil e barato, mas não é a única maneira. E acredito que, na mente de muitos, ele se tornou uma muleta. — Ele olhou novamente para o Rei-Deus. — Você deve ser capaz de gravar neles uma nova frase de segurança, então ordenar-lhes que detenham o outro exército. Acho que vai descobrir que esses meus fantasmas são... muito eficazes. Armas são praticamente inúteis contra a pedra.

Susebron assentiu mais uma vez.

— Eles são sua responsabilidade agora — declarou Vasher, dando-lhe as costas. — Use-os melhor do que eu.

EPÍLOGO

AVANÇANDO PELOS PORTÕES da cidade e correndo pela estrada atrás dos Sem-Vida que haviam partido no dia anterior, havia um exército de mil soldados de pedra.

Vivenna estava do lado de fora da cidade, encostada na parede assistindo à partida deles.

Quantas vezes estive sob o olhar desses D'Denir sem saber que eles estavam vivos, só esperando para serem Comandados novamente?

Todos diziam que Pacificador havia deixado as estátuas como um presente para o povo, um símbolo para recordá-los de que não deveriam partir para a guerra. Ela sempre achara aquilo estranho. Um bando de estátuas de soldados, um presente para lembrar às pessoas que a guerra era terrível?

No entanto, elas *eram mesmo* um presente. O presente que havia encerrado a Multiguerra.

Ela se voltou para Vasher, também estava recostado na muralha da cidade, com Sangue-da-Noite em uma das mãos. Seu corpo havia revertido para a forma mortal, com cabelo desgrenhado e tudo.

— Qual foi a primeira coisa que você me ensinou sobre Despertar? — perguntou ela.

— Que não sabemos muito a respeito? — Ele tentou lembrar. — Que há centenas, talvez milhares, de comandos que ainda não descobrimos?

— Isso mesmo — confirmou ela, virando-se para observar as estátuas Despertadas avançando ao longe. — Acho que você estava certo.

— Você acha?

Ela sorriu.

— Elas realmente serão capazes de deter o outro exército?

— É provável que sim — disse Vasher, dando de ombros. — Serão rápidas o bastante para alcançá-lo... os Sem-Vida de carne não serão capazes de marchar tão rápido quanto aqueles com pés de pedra. Eu já vi essas coisas lutando. Elas são *realmente* duras de vencer.

Vivenna assentiu.

— Então meu povo estará seguro.

— A menos que o Rei-Deus decida usar as estátuas dos Sem-Vida para conquistá-los.

Ela bufou.

— Alguém já lhe disse que você é um rabugento, Vasher?

Finalmente alguém concorda comigo!, disse Sangue-da-Noite.

Vasher franziu o cenho.

— Eu não sou rabugento, apenas ruim com as palavras.

Ela sorriu.

— Bem, então é isso — disse ele, pegando sua mochila. — Vejo você por aí.

Dito isso, ele pegou a estrada que saía da cidade.

Vivenna caminhou até ficar ao lado dele.

— Para onde você vai? — perguntou ele.

— Vou com você.

— Você é uma princesa. Fique com a garota que reina em Hallandren, ou volte para Idris e seja proclamada a heroína que os salvou. De qualquer modo, terá uma vida feliz.

— Não — respondeu ela. — Acho que não. Mesmo que meu pai *de fato* me aceitasse de volta, duvido que eu seria capaz de viver feliz em um palácio opulento ou em uma vila tranquila.

— Você vai mudar de ideia depois de algum tempo na estrada. É uma existência difícil.

— Eu sei, mas... bem, tudo que eu fui... tudo que fui treinada a ser... era uma mentira embrulhada em ódio. Não quero voltar a isso. Não sou essa pessoa. Não quero ser.

— Quem é você, então?

— Eu não sei — disse ela, indicando o horizonte. — Mas acho que vou descobrir a resposta por aí.

Eles caminharam por algum tempo.

— Sua família vai se preocupar com você — disse Vasher.

— Eles vão superar.

Finalmente, ele deu de ombros.

— Tudo bem. Não me importo de verdade.

Ela sorriu. *É verdade*, pensou ela. *Eu não quero voltar.* A princesa Vivenna estava morta; havia morrido nas ruas de T'Telir. Vivenna, a Despertadora, não tinha desejo de revivê-la.

— Então — disse ela enquanto caminhavam pela estrada em meio à selva —, não consegui descobrir. Qual deles é você? Kalad, que iniciou a guerra, ou Pacificador, que a terminou?

Ele não respondeu imediatamente.

— É estranho o que a história faz com um homem — disse ele, por fim. — Acho que as pessoas não entenderam por que eu mudei subitamente. Por que parei de lutar e por que trouxe os Fantasmas de volta para tomar o controle do meu próprio reino. Então decidiram que eu devia ser duas pessoas. Um homem pode ficar confuso sobre sua identidade quando coisas assim acontecem.

Ela grunhiu, concordando.

— Mas você ainda é um Retornado.

— É claro que sou.

— De onde recebeu a Respiração? A semanal, que precisa para sobreviver?

— Eu as levei comigo, junto com a Respiração que me torna um Retornado. De várias maneiras, os Retornados não são exatamente o que as pessoas acham que são. Eles não têm automaticamente centenas ou milhares de Respirações.

— Mas...

— Eles são da Quinta Elevação — interrompeu Vasher. — Contudo, não a alcançam pelo número de Respirações, mas pela qualidade. Retornados têm uma única Respiração poderosa, que os leva até a Quinta Elevação. É uma Respiração divina, poderia-se dizer, mas o corpo deles se alimenta de Respiração, como...

— A espada.

Vasher assentiu.

— Sangue-da-Noite só precisa de Respiração quando sai da bainha. Os Retornados se alimentam de Respiração uma vez por semana. Então, caso não recebam uma, acabam essencialmente comendo a si mesmos... devorando sua única Respiração. Isso os mata. Contudo, se receberem Respirações extras sobre a única Respiração divina que já têm, vão se alimentar delas a cada semana.

— Então, os deuses hallandreanos poderiam ser alimentados com um estoque de Respirações — disse Vivenna. — Uma proteção para mantê-los vivos caso não dê para arrumar uma Respiração.

Vasher assentiu.

— Isso os tornaria menos dependentes dos cuidados da religião, contudo.

— Essa é uma maneira cínica de ver as coisas.

Ele deu de ombros.

— Então você vai queimar uma Respiração por semana, reduzindo nosso estoque?

Vasher assentiu.

— Eu costumava ter milhares de Respirações. Devorei todas elas.

— Milhares? Mas levaria anos e mais anos para...

Ela parou de falar. Ele estava vivo há trezentos anos. Se absorvesse cinquenta Respirações por ano, *chegaria* a milhares.

— É caro manter você por perto — observou ela. — Como faz para não parecer com um Retornado? E por que não morre quando entrega suas Respirações?

— Esses são segredos meus — disse ele, sem a encarar. — Embora você já devesse ter compreendido como os Retornados podem mudar de forma.

Ela ergueu uma sobrancelha.

— Você tem sangue de Retornado — disse ele. — A linhagem real. De onde você acha que vem essa habilidade de mudar a cor do cabelo?

— Isso significa que posso mudar mais do que apenas meu cabelo?

— Talvez. Leva tempo para aprender. Porém, passeie pela Corte dos Deuses hallandreana qualquer dia. Vai descobrir que os deuses têm exatamente a aparência que acham que deveriam ser. Os velhos parecem velhos, os heroicos se tornam fortes, aquelas que acham que uma bela deusa deve ser bem-dotada tornam-se imensamente voluptuosas. É tudo uma questão de como se veem.

E é assim que você se vê, Vasher?, pensou ela, curiosa. *Como esse homem emaciado, rude e desgrenhado?*

Ela não mencionou nada daquilo; só caminhou, seu senso vital permitindo que sentisse a selva ao redor deles. Haviam recuperado o manto, a camisa e as calças de Vasher — as roupas que Denth havia tomado dele. Nelas, havia Respiração suficiente para dividir entre os dois e deixar cada um deles na Segunda Elevação. Não era tanto quanto ela estava acostumada, mas era bem melhor do que nada.

— Para onde vamos, afinal de contas?

— Já ouviu falar de Kuth e Huth? — perguntou ele.

— Claro. Foram seus principais rivais na Multiguerra.

— Alguém está tentando restaurá-los — disse ele. — Algum tirano. Aparentemente, ele recrutou um velho amigo meu.

— Mais um?

Vasher deu de ombros.

— Éramos cinco. Eu, Denth, Shashara, Arsteel e Yesteel. Parece que Yesteel enfim reapareceu.

— Ele é parente de Arsteel? — adivinhou Vivenna.

— Irmão.

— Que ótimo.

— Eu sei. Foi ele que descobriu como fazer álcool-icor. Ouvi rumores de que ele tem uma nova fórmula, mais potente.

— Melhor ainda.

Eles caminharam em silêncio por um longo tempo.

Que tédio, reclamou Sangue-da-Noite. *Prestem atenção em mim. Por que ninguém fala comigo?*

— Porque você é irritante — retrucou Vasher.

A espada bufou.

— Qual é o seu verdadeiro nome? — indagou Vivenna finalmente.

— Meu verdadeiro nome? — perguntou Vasher de volta.

— Sim. Todo mundo chama você de coisas diferentes. Pacificador. Kalad. Vasher. Talaxin. Esse último é seu nome de verdade, o nome do erudito?

Ele balançou a cabeça.

— Não.

— Bem, qual é, então?

— Eu não sei. Não me lembro do tempo antes de Retornar.

— Ah — disse ela.

— Mas, quando eu voltei, recebi um nome — disse ele, por fim. — O Culto dos Retornados... aqueles que mais tarde fundaram os Tons Iridescentes hallandreanos... me encontraram e me mantiveram vivo com Respirações. Eles me deram um nome. Não gostei muito dele; não parecia combinar comigo.

— E então? Qual era o nome?

— Rompe-Guerra,* o Pacífico — admitiu ele depois de uma pausa.

Ela ergueu uma sobrancelha.

— Não consigo decidir se foi um nome realmente profético, ou se eu só estava tentando viver para fazer jus a ele — disse Vasher.

— E isso importa?

Ele caminhou em silêncio por algum tempo.

— Não. Não, acho que não importa. Só queria saber se existe realmente algo de espiritual nos Retornos, ou se é nada além de uma casualidade cósmica.

— Provavelmente não é nosso destino saber.

— Provavelmente.

Silêncio.

— Deviam ter chamado você de Ama-Verrugas, o Feio — disse Vivenna.

— Quanta maturidade — retrucou ele. — Realmente acha que esse tipo de comentário é adequado para uma princesa?

Ela sorriu de orelha a orelha.

— Eu não me importo. E nunca mais terei que me importar.

*N.T.: No original, *Warbreaker.*

ARS ARCANUM

TABELA DE ELEVAÇÕES

Elevação	Número aproximado de Respirações necessário para alcançar a Elevação	Efeitos da Elevação
Primeira	*50*	*Reconhecimento de aura*
Segunda	*200*	*Ouvido perfeito*
Terceira	*600*	*Reconhecimento de cor perfeito*
Quarta	*1.000*	*Senso vital perfeito*
Quinta	*2.000*	*Ausência de envelhecimento*
Sexta	*3.500*	*Despertar instintivo*
Sétima	*5.000*	*Reconhecimento de respiração investida*
Oitava	*10.000*	*Quebra de comando*
Nona	*20.000*	*Despertar superior, comando audível*
Décima	*50.000*	*Distorção de cor, Invocação perfeita, ????*

NOTA UM: Ultrapassar a Sexta Elevação é incrivelmente raro; consequentemente, poucas pessoas compreendem os poderes da Sétima Elevação para cima. Muito poucas pesquisas foram realizadas. Pelo que se sabe, as únicas pessoas que alcançaram da Oitava Elevação para cima são os Reis-Deuses hallandreanos.

NOTA DOIS: Os Retornados parecem alcançar a Quinta Elevação devido à sua Respiração. A teoria é de que eles não recebem efetivamente duas mil Respirações quando Retornam, mas, em vez disso, recebem uma única Respiração poderosa, que traz os poderes das cinco primeiras Elevações.

NOTA TRÊS: Os números fornecidos na Tabela de Elevações são apenas estimativas, já que muito pouco se sabe sobre as Elevações superiores. De fato, até mesmo para os níveis inferiores, menos ou mais Respirações podem ser necessárias para alcançar uma determinada Elevação, dependendo das circunstâncias e da força da Respiração.

NOTA QUATRO: Cada Respiração adicional concede algo, independentemente de qual Elevação um Despertador tenha alcançado. Quanto mais Respiração o indivíduo possui, mais resistência a doenças e ao envelhecimento ele possui, mais fácil é para ele distinguir cores, mais naturalmente pode aprender a Despertar, e mais forte se torna seu senso vital.

PODERES DAS ELEVAÇÕES

RECONHECIMENTO DE AURA: A Primeira Elevação concede a habilidade de ver as auras de Respiração dos outros instintivamente. Isso permite que a pessoa avalie aproximadamente quantas Respirações a outra contém e a saúde geral daquela Respiração. As pessoas sem essa Elevação têm muito mais dificuldade em julgar auras diretamente, e em vez disso devem observar quão profundas ficam as cores ao redor de uma pessoa quando adentram sua aura. Sem pelo menos a Primeira Elevação, é impossível a olho nu notar um Despertador que possui menos de trinta Respirações.

OUVIDO PERFEITO: A Segunda Elevação concede ouvido perfeito para aqueles que a alcançam.

RECONHECIMENTO DE COR PERFEITO: Enquanto cada Respiração adquirida leva uma pessoa a uma maior apreciação das cores, só quando se alcança a Terceira Elevação que é possível determinar instantânea e instintivamente os tons exatos das cores e as harmonias de seus matizes.

SENSO VITAL PERFEITO: Na Quarta Elevação, o senso vital de um Despertador alcança sua força máxima.

AUSÊNCIA DE ENVELHECIMENTO: Na Quinta Elevação, a resistência do Despertador ao envelhecimento e a doenças alcança sua força máxima. Tal indivíduo é imune à maioria das toxinas — incluindo os efeitos do álcool — e à maioria das doenças físicas. (Como dores de cabeça, moléstias, e falência de órgãos.) A pessoa não envelhece mais e torna-se praticamente imortal.

DESPERTAR INSTINTIVO: Todas as pessoas da Sexta Elevação e acima imediatamente compreendem e conseguem usar Comandos básicos de Despertar sem treinamento ou prática. É mais fácil para eles dominar e descobrir Comandos mais complexos.

RECONHECIMENTO DE RESPIRAÇÃO: As poucas pessoas que alcançaram a Sétima Elevação ganham a habilidade de reconhecer as auras de objetos e podem dizer quando algo foi Investido com Respiração através do Despertar.

QUEBRA DE COMANDOS: Quaisquer pessoas da Oitava Elevação ou acima adquirem a capacidade de suplantar Comandos em outros Objetos Investidos, incluindo os Sem-Vida. Isso exige concentração e deixa o Despertador exausto.

DESPERTAR SUPERIOR: Pessoas da Nona Elevação supostamente são capazes de Despertar pedra e aço, embora fazer isso exija grandes Investiduras de Respiração e Comandos especializados. Essa habilidade não foi estudada ou confirmada.

COMANDO AUDÍVEL: Pessoas da Nona Elevação também ganham a capacidade de Despertar objetos que não estão tocando fisicamente, mas que estão dentro do alcance da sua voz.

DISTORÇÃO DE COR: Na Décima Elevação, um Despertador adquire a capacidade intrínseca e natural de dobrar luz ao redor de objetos brancos, criando cores a partir delas como se de um prisma.

INVOCAÇÃO PERFEITA: Despertadores da Décima Elevação podem extrair mais cor dos objetos que usam para alimentar sua arte. Isso deixa os objetos drenados até o branco, em vez do cinza.

OUTROS: Há rumores de outros poderes concedidos pela Décima Elevação, que não são compreendidos ou que não foram revelados por aqueles que a alcançaram.

DIREÇÃO EDITORIAL
Daniele Cajueiro

EDITORA RESPONSÁVEL
Mariana Rolier

PRODUÇÃO EDITORIAL
Adriana Torres
Júlia Ribeiro
Mariana Oliveira

REVISÃO DE TRADUÇÃO
Beatriz D'Oliveira

REVISÃO
Emanoelle Veloso
Perla Serafim
André Marinho

DIAGRAMAÇÃO E ADAPTAÇÃO DE PROJETO GRÁFICO DE MIOLO
Larissa Fernandez
Leticia Fernandez

Este livro foi impresso em 2024, pela Vozes, para a Trama.
O papel do miolo é o Avena 70g/m².